Ehm Welk Die Lebensuhr des Gottlieb Grambauer

Beichte eines einfältigen Herzens

Hinstorff Verlag Rostock

ISBN 3-356-00370-4

3. Auflage 1990. Lizenz-Nr. 391
Printed in Germany
Ausstattung: Eberhard Binder
Herstellung: Wiesbadener Graphische Betriebe GmbH, Wiesbaden
Bestell-Nr. 523 051 2

VORWORT

Dieses in Form und Inhalt eigenartige Buch ist die Zusammenfassung der Aufzeichnungen und Erzählungen eines neunzig Jahre alten einfachen Mannes, der, nachdenklich und doch ein wenig verspielt, den harten Beginn seines Lebens auf dem Dorfe, seine wirren Versuche, sich die Stadt zu erobern, und den langen, arbeitsschweren Ablauf seines Lebens auf dem Lande in das Geschehen seines Volkes und Vaterlandes verflocht und mit humorvollen, einfältigen und tiefsinnigen Betrachtungen über das Dasein und seine unterschiedlichen Äußerungen durch Mensch, Tier und die grüne Natur versah. Ein Jahrhundert preußisch-deutscher Geschichte ist von einem fernen Dorfwinkel aus beobachtet worden, mit zwei offenen Augen, von denen das eine naiv, das andere pfiffig bemüht war, den Menschen, ob sie auf Sesseln oder auf Schemeln saßen, hinter den Brustlatz zu sehen. Aber auch dem eigenen Leben.
Ich habe mich bemüht, die Einfachheit der ungeschminkten Darstellung zu wahren. So ist, hoffe ich, in der wimmelnden Fülle der holzgeschnitzten Gestalten, ihrer Schwächen und oft krausen Taten und in dem Lachen und Räsonieren darüber sichtbar geblieben, was von Beginn vorhanden gewesen sein muß, ein zum unvollkommenen Leben und Sterben gütig lächelndes menschliches Herz.

EHM WELK

Ansage

Meine Lieben!

Unser Leben währet siebenzig Jahre, und wenn es hoch kommt, so sind es achtzig Jahre, und wenn es köstlich gewesen ist, so ist es Mühe und Arbeit gewesen …
Siehe, es ist hoch gekommen, und es ist köstlich gewesen. Es ist sehr hoch gekommen, denn heute, da ich mit Gottes Gnade dieses Blatt beschreibe, bin ich neunzig Jahre alt. Und wenn es an dem ist, wie es geschrieben steht in der Schrift und Pastor Lämmchen es in seiner Geburtstagsansprache gesagt hat, daß Mühe und Arbeit das Leben köstlich machen, dann will ich auch nicht mehr klagen, daß ich bloß noch ein paar Brösel von Zähnen in meinem Munde habe. Da weiß ich nun ja, wo die Zähne geblieben sind, nämlich daß ich sie mir wohl an all den Köstlichkeiten von Zuckerkand und Lakritzen ausgebissen habe und nicht, wie ich in meinem undankbaren Gemüte früher so mannich Jahr gedacht, beim Abknabbern von harten Knochen. Es hat eben alles seine höhere Ordnung im Leben, auch daß die Menschen meistens keinen Schinken zu beißen kriegen, wenn sie Zähne haben, und keine Zähne haben, wenn sie Schinken kriegen.
Also ist es wohl auch mit dem Reden der Menschen. Ich halte nicht viel von den Wörtern, die Hörner und Zähne haben. Ein Wort aus einem alten Munde kann daher nicht so leicht verschrammen und blutig reißen. Es hat eben alles sein Gutes. Und gerade das, was nicht da ist, hat oft sein besonderes Gutes. Als Salomo seine weisen Sprüche machte von wegen: „Alle Worte meines Mundes sind gerecht!“ und warnte vor der Lust am Fleische, da war er ein alter Mann und hatte keine Zähne mehr. Aber in seiner Jugend, da hatte er kommandiert und alle Nachbarn und ihre Kinder zu Fronsleuten gemacht und hatte siebenhundert Frauen und dreihundert Kebsweiber. Nun war er bloß ein alter Judenkönig, aber wir mußten ihn lernen. Welcher Salomo hat uns da einen Eindruck gemacht? Der mit den tausend Weibern! Welcher

sollte uns einen Eindruck machen? Der mit den Sprüchen der Weisheit! Ich kann das Beispiel aber auch aus der Nähe holen. Inspektor Kattentitt war allezeit ein Christ, aber in seinen jungen Jahren fluchte er wie ein Heide und prügelte wie ein Türke seine Schnitter und Hofgänger, wenn sie die Rüben nicht sauber verzogen hatten, und er meinte, dessentwegen müßte die Welt Schande häufen auf Kummerow, und er könnte nicht weiterleben. Er beruhigte dann seinen Zorn nächtelang bloß an anderer Leute Frauen und Töchtern. Siehe, auch er redete im Alter sanft und sagte zu seinem jungen und forschen Nachfolger: „Man immer langsam mit de jungen Peer!" Und sprach zu Zank und Krieg und Revolution: „Wat makt de Minschheit bloß fürn Prott wegen dat büschen Leben!" Doch selbst solches sagte er nur Mal zu Mal, denn er mußte dazu erst seine Pfeife aus dem Munde nehmen. Dies war ihm voll Unbequemlichkeit, dieweil er an ihr Mundstück zwei Gummischeiben von Bierflaschen befestigt hatte und die Pfeife bloß solchgestaltig in seinen Kiemen halten konnte. Da mußte schon viel los sein in Kummerow und in der übrigen Welt, bevor Vater Kattentitt sich inkommodierte. Um einen Köm zu trinken, brauchte er die Pfeife nicht auszuhaken. Den ließ er über das Mundstück hinfließen, und das hatte sein Gutes, dieweil die Gummischeibe dann wie eine Schütt im Graben wirkte, indem sie den Strom bremste und der Köm nur so bei kleinem durchsickern konnte. „Siehe, so hat auch das Gebrechen seinen Nutzen", sprach er. Das sagte auch Nachtwächter Bärensprung, wenn er seine Krücke nahm und sein Weib verdrosch. In meinem Sinnen dachte ich oftmalen, es wäre wohl nicht von Schaden, könnte manchein zusehen, wenn Vater Kattentitt in der Zeitung liest über das Getöse, welches sie in der Welt machen. Aber er ist nun schon lange tot.
Es mag freilich an dem sein, daß die Wörter aus einem alten Mul nicht alle verständlich sind. Weil sie zu leise und zu vernusselt kommen. Aber es leben ihrer viele Tausend Menschen mit feinen Ohren, die können hinwiederum nicht eine junge Schnauze verstehen. Weil sie zu laut und zu deutlich ist. Bloß unser Herrgott, der wird sie beide verstehen und sich einen Vers davon machen. Oder nicht. Das weiß der Himmel.
Meinerseits rede ich gar nichs. Ich schrieb alles in ein Buch. Da mag es auch genusselt sein und altmodisch. Aber dies macht mir keine Bekümmernis. Denn die Erde und wie sie das macht mit Frühling und Herbst und Säen und Ernten, das ist auch altmodisch. Sie lieben einander, Mann und Weib, und es ist doch altmodisch und kehrt so immer wieder. Sie essen ihr Brot im Schweiße ihres Angesichts und gönnen es einander nicht, und es ist doch altmodisch mit solchem Tun. Sie kriegen feuchte Augen, wenn sie ihr Fleisch und Blut sehen zum ersten Male. Sie schämen sich ihrer Tränen nicht, wenn

sie an einem Grabe stehen, und ihr Herz langt nach ihrem altmodischen Glauben an ein Wiedersehen.
Das Buch war inwendig weiß, und die Frau meines Sohnes hat es mir geschenkt, als sie mich zu meinem achtzigsten Geburtstag aus meinem Dorf Kummerow in ihre große Stadt Berlin holten.
„Einen alten Baum darf man nicht verpflanzen!" Jeden Tag hatten die Nachbarn in Kummerow mir damit die Ohren vollgedröhnt. Was die Gutgesinnten waren. Die anderen plinkerten bloß: „Lat em lopen, een halbes Joar, un he ist wedder doa! Bur bliwt Bur, un wenn he bet Middag schlöppt!" Wobei das von den Neidhammeln Gesagte sein Recht behalten mag, hingegen nicht das von den Freunden über den alten Baum.
Ich hab in den Jahren vor dem Siebziger Krieg zugesehen, wie der Fürst Pückler in Branitz ganz alte Bäume verpflanzt hat, und hatte sie von weit hergeholt über das Meer. Da stand ich auch und griente, als wir eine alte Thuja aus Amerika in die Cottbuser Heide setzen sollten. Sie hatte wohl gut ihre zehn Meter, und wir sagten dazu Lebensbaum und kannten ihn bloß kleiner.
„Was lachst du denn dauernd so dumm, Grambauer?" ranzte mich der alte Fürst an. „I, Durchlaucht", sagte ich, „es ging mir so durch meinen Sinn: Was denkt sich nu bloß solch armer Baum?" – „Wieso?" fragte er. – „Ja, da sind nu all die Jahre immer bloß Affen und Papageien unter ihm rumgehopst, nu muß er sich doch langweilen?" Da lachte der Fürst und sagte: „Dann braucht der Baum bloß nach unten zu sehen. Und wenn von uns beiden nichts mehr übrig ist, Grambauer, da werden genauso wie heute immer genug Affen und Papageien um den Lebensbaum stehen und werden ihn nicht begreifen und das Maul aufreißen und dummes Zeug reden!"
Und siehe, es geschah also. Der Fürst war lange tot, als ich vor drei Jahren nochmalen in Branitz war. Nun war die Thuja wohl schon zwanzig Meter hoch. Da hörte ich, wie ein Herr zu einer Besucherzahl sagte: „Der menschlichen Narrheit verdanken wir dieses Wunder an natürlicher Schönheit!" Und eine Dame kakelte dazu: „Eine schwarze Sklavin soll er sich ja auch mitgebracht haben von seinen Weltreisen, und ist doch verheiratet gewesen!"
Worauf es mir ohne weiteres verständlich wurde, warum die Thuja von den Menschen der Lebensbaum genannt wird. Nämlich, wenn ihre Blätter aneinander gerieben werden, riechen sie sehr unangenehm.
„Wenn du dich langweilst", sagte die Frau meines Sohnes, als sie mir das weiße Buch gab, „dann geh in Gedanken dein langes Leben zurück und schreib es auf für uns!" Und so nahm ich denn das schöne weiße Buch, und nun ist es inwendig schwarz. Da sind Krakelfüße auf allen Seiten und

Kleckse, und ist auch zu sehen, daß ich versucht habe, wegzuradieren und zu verbessern und auszustreichen. Dieweil mir nämlich immer zwei über die Schulter geguckt haben.

Zuerst, da sah ich die Zweie an, des Glaubens, es ist der Herrgott und der Gottseibeiuns. Und ich fürchtete mich ihrer ein wenig. Von wegen der Aufrichtigkeit, zu der ich willens und auch wieder zu schwach war. Bis ich erkannte, es sind bloß zwei alte Freunde. Nämlich Herr Faßmann und Herr Laßmann. Das habe ich aufgeschrieben zu seiner Zeit. Das war, als ich vor langen Jahren einmal in mich ging und nachdachte über mein sündiges Leben, und daß es schwer ist für einen jungen Mann, ein unsündiges Leben zu haben. Durch das viele Nachdenken hatte das Gute und das Böse in mir menschliche Gestalt angenommen. Es waren zwei Männer, und sie waren zusammengewachsen und hingen einer vom anderen ab und bekämpften sich dennoch in meiner Brust, und ich mußte es ausbaden. Da nannte ich sie nicht Teufel und Gott, sondern ich nannte sie Herr Faßmann und Herr Laßmann. Sagte der eine: „Faß man zu!", so sagte der andere: „Laß man lieber!" Bis ich sie mir aufmalte auf Papier, und sahen vor meinem sichtlichen Auge so aus:

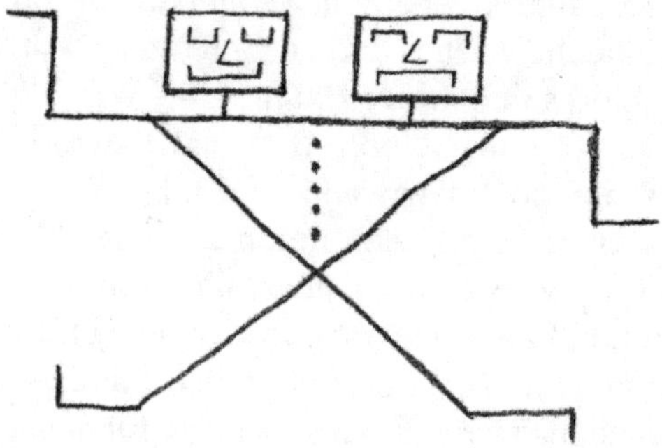

„Es ist Seelenmalerei", sagte damals mein Freund. „Nein", sagte ich, „es ist der Mensch." Und fand es in Ordnung, daß die Erde Freude hat und Tränen und hat Wiegen und Gräber. Daß ich fünfmal habe an Wiegen stehen können und herabblicken auf das, was von mir gekommen war. Aber das ich zehnmal habe an Särgen stehen müssen und herniedersehen auf das, was von mir gegangen war. Denn siehe, sie gehören zusammen, die Wiegen und die Särge. Wie die Rosen und die Dornen. Wie Faßmann und Laßmann.

So habe ich also meine Lebensuhr noch einmal aufgezogen. Es ist keine Turmuhr und kein Schaustück am Rathaus, es ist nur eine alte Kastenuhr aus Fichtenholz, und bloß eichenfarbig angestrichen, und hat auf Erden wohl immer nur auf der Diele gestanden. Aber sie hat ein gutes Gehwerk mitgekriegt und ein gutes Schlagwerk auch. Ich habe beides in Ehren gehalten und bei Sauberkeit neunzig Jahr. Da mag es noch einmal abschnurren.

Allerlei Figuren an Menschen und Getier treten zu ihrer Zeit aus dem Gehäuse. Sie sind keines Menschen Werk, der Herr hat sie alle gemacht. Und wenn es zwischendurch mal Kuckuck ruft in dem ernsten Spiel, ich kann auch da nichts für.
Meine Lieben, es ist alles eitel, und die Vögel singen weiter. Aber es ist immer so gewesen. Dieses tröste euch in eurem Verdruß, so euch die Mächtigen welchen machen und die Unmächtigen es euch gönnen. In wieder neunzig Jahren ist alles vorbei. Da hat sie alle der Kuckuck geholt. Uns auch. Amen.

DIE ERSTE STUNDE

Ziffer I

Die Rüster mit dem Storchen

Am Anfang war ein Baum, eine Rüster, und sie hatte keine Krone. Wo die Krone gewesen war, da saß ein Storchennest. Wenn ich zurückschaue auf das weite Feld, welches mein Fuß durchschritt, so steht ganz hinten die Rüster. Wo die Erinnerungen anfangen in Schummrigkeit unterzugehen, da ragt in klarer Merklichkeit der Baum mit dem Storchennest. Also muß es wohl das erste von der Welt gewesen sein, was einen Eindruck auf mich gemacht hat.

Der Baum stand auf unserem Hof zwischen Stall und Scheune. Am schönsten war es, wenn die Störche Junge hatten und sie fütterten. Deutlich habe ich gesehen, wie der Frosch mit seinen langen Hinterbeinen angelte, er wollte wohl nicht aus einem alten Schnabel auch noch in einen jungen hinein. Aber das half ihm nichts. Das hilft auch den menschlichen Fröschen nichts. Da müßten sie wohl erst das Beißen erlernen.

Ganz genau weiß ich noch, wie mein Vater mal sagte: „Siehst du, ohne ihre Eltern müßten die Kleinen verhungern." Mein Großvater Hussak hatte auf der Bank auf dem Hof gesessen und gerufen: „Ja, und wenn die Jungen aus dem Dreck raus sind und die Alten können sich kein Futter mehr suchen, dann wird ihnen noch der Schluck Schnaps mißgönnt!" Worauf mein Vater gesagt hatte: „Jawohl, denn es gibt Alte, die haben beizeiten genug getrunken, die haben sogar das Erbteil ihrer Nachkommen durch die Gurgel gejagt!" Welche Reden mich sehr verwunderten, denn ich hatte noch nicht gesehen, daß ein Storch Branntwein durch die Gurgel jagte. Später erst erfuhr ich das über meinen Großvater Hussak, nämlich daß er zwei Bauernhöfe vertrunken hatte. Er war der Vater von meiner Mutter.

Mein anderer Großvater, der Vater von meinem Vater, trank keinen Schnaps. Der hatte auch eine andere Meinung über Störche und Frösche. Als wir mal im Bruch gingen und die Störche immerzu Padden pickten, zeigte ich auf einen und sagte: „Siehst du, Großvater, die bringt er alle seinen Kindern!“ Großvater Grambauer sah hin und sprach: „Nein, der nun gerade nicht, der frißt sie alleine, das ist Großvater Hussak!“

Später habe ich mir meine Gedanken gemacht. Nämlich daß wir Menschen wohl leichter darüber wegsehen, wenn es bei den Tieren dieselben Schweinehunde gibt wie bei uns, die alles bloß für sich haben wollen. Wir achten dessen nicht, weil wir die Tiere, welche uns einen Vorteil Leibes oder der Seele versprechen, ein für allemal über Gebühr schätzen. Hingegen wir andere, von denen wir uns Schaden befürchten, einfach hassen. Weil der Storch uns ins Leben bringt, lieben wir alle Störche, und auch dann noch, wenn wir schon lange wissen, daß das mit dem Kinderbringen ein fauler Zauber ist. Und weil der Totenvogel uns aus dem Leben ruft, hassen wir alle Käuzchen und schmeißen mit Steinen in den Baum, und es läuft uns kalt den Puckel runter, auch wenn wir schon lange wissen, der Vogel hat mit dem Tod nicht mehr zu schaffen als jegliche Kreatur und sieht schöner aus als ein Storch. Siehe, das alles macht der Glaube, welcher Gewohnheit wird. Er ist stärker als das Wissen. Und nicht bloß in so kleinen Sachen wie diesen, o nein. Und nicht bloß bei dem einzelnen, sondern auch bei den Völkerschaften. Bei denen es sich dann nicht mehr um Störche und Käuzchen handelt, aber auch um Leben und Sterben.

Vielleicht ist das wirklich nicht zu ändern, daß der Glaube selig macht und nicht das Wissen. Ich muß da immer an den Weihnachtsmann denken. Den gab es echt für uns nur die ersten Jahre. Nachher war es der Vater oder Onkel Krischan. Und noch später, da waren wir es selber. Aber jedesmal streichelt uns der Glaube immer wieder das Wissen aus dem Kopf. Siehe, da ist es nicht Onkel Krischan. Ich meine, daß es wohl so sein soll bei den Menschen. Woher hätte sonst der Schandarm sein amtswürdiges Ansehen oder der Herr Pastor das seinige? Und erst ein Landrat oder ein König? Nein, der Storch muß die Kinder bringen, mag es auch nicht schön aussehen, wenn er lebendige Frösche verschluckt. Und der Totenvogel muß gefürchtet sein, auch wenn er als Käuzchen schöner ist als ein Papagei. Und der strenge Schandarm muß sein als sichtbarliche Regierung. Und der sanfte Pastor muß auch sein und gehen wie ein Weihnachtsmann, und muß hinten im Sack den lieben Gott als Geschenk haben und vorn in der Tasche den Deubel als Rute. Und der Landrat muß ein Monokel tragen und der König eine Krone, und es schickt sich nicht für uns, zu denken, wie es aussieht, wenn sie im Hemde sind und nach dem Nachttopf langen. Und mein Großvater Grambauer, der keinen Schnaps trank und ein rechtschaffener Mann war, der mußte sein; und mein Großvater Hussak, der zwei Höfe vertrunken hatte und ein Wilddieb war, der mußte auch sein. Denn siehe, wie hätten sich sonst rechfertigen

lassen Gut und Böse, Gott und Teufel und die Notwendigkeit von Pastoren und Schandarmen?
Als damals der Baum mit dem Storchennest zum ersten Male in mein Leben trat, kann ich höchstens fünf Jahre alt gewesen sein. Denn mein Bruder Gottfried war noch nicht da, und derselbe ist nur fünfeinhalb Jahre jünger als ich. Ich weiß das so genau, weil ich den Storch immer um einen Bruder angesungen habe und Großvater Hussak darauf mal etwas gesagt hatte, wofür meine Mutter sehr verdrießlich wurde und weinte. Dieses hing mit mir zusammen und dem Storch, der mich wohl ein wenig zu früh gebracht hatte, und soll dadurch mein Vater erst auf Hussaks Hof gekommen sein. Sie haben mich gewissermaßen veranstaltet, um endlich heiraten zu können. Sonst ist es umgekehrt. Vielleicht ist darum in meinem Leben auch manches umgekehrt zugegangen.
Am Tage meiner Geburt soll mein Großvater Hussak jedenfalls gesagt haben: „Noch ein Fresser mehr!" Denn es war am 13. Mai 1847, und das Jahr vorher war eine schreckliche Mißernte in ganz Deutschland gewesen und im Winter Hungersnöte und Revolten in den Städten. Nun aber war das neue Jahr mit all den gleichen Vorzeichen heraufgekommen und zeigte eine neue Mißernte an. Darum hatte mein Großvater Hussak das von dem Fresser gesagt, obwohl er mich gerechtermaßen in meinen ersten Tagen hätte als einen Trinker begrüßen müssen. Und somit als einen Kumpan. Mein Großvater Grambauer jedoch, der nicht auf unserem Hof wohnte, dieweil er einen eigenen und größeren hatte, der kam stracks angelaufen und soll mich hochgehoben und angesehen und gesagt haben: „Ein Sonntagskind! Gott sei Dank kein Hussak!" Worauf meine Mutter geweint haben soll. Denn obwohl sie ihren Vater nicht achtete, war sie doch eine Hussak.

Ziffer 2

Ich greife in die Revolution von 1848 ein

Die Mißernte kam auch 1847 wieder. Es gab eine schreckliche Teuerung, der Scheffel Roggen kostete zehn Taler. Im Winter wurden kaum noch Schweine geschlachtet, die mußten verkauft werden für den Pachtzins für Äcker und Wiesen. Denn die Bauern in unseren Dörfern hatten alle nur ein paar Morgen Eigenland und pachteten seit Jahrhunderten vom Grafen, jedes Jahr neu, und wer seine Pacht nicht bezahlte, der bekam kein Land. Also mußten sie diesen

Winter auch auf den Dörfern bei uns hungern. So daß sie auch den Leinsamen verkaufen mußten für den Zins und trocken Brot hatten statt Leinöl. Und was für Brot! Nicht aus Roggen, nein, aus Kleie, gemahlener Baumrinde und Knöterichsamen.

Nun waren damals die Bauern zwar noch sehr dumm, aber so dumm waren sie nun wieder auch nicht, daß sie all die Not und das Elend allein auf die Mißernte schieben und nur den lieben Gott verantwortlich machen wollten. O nein, dieses nun nicht. Die kleinen Bauern bei uns wußten, wie schwer sie hatten bluten müssen, um die Taler aufzutreiben für den Loskauf des Bodens vom Grafen, und die meisten in unserem Dorf hatten es nicht mal geschafft. Diese hofften nun auf einen Erlaß der Pacht, aber der Graf, dem neunzigtausend Morgen gehörten, lehnte das ab. Nun war in der Lausitz fast jeder kleine Bauer auch noch ein Handwerker, bei uns waren sie meistens Leineweber, nur Großvater Grambauer war Garnwebermeister. Es waren damals aber auch die Maschinen aufgekommen und hatten den Webern das Brot genommen oder doch die Preise so gedrückt, daß die Weber sich die Brustkrankheit anarbeiten konnten und mußten doch hungern. Darum auch stahlen sie wie die Raben. Bloß, es war eben kaum was da zum Stehlen. Großvater Grambauer war zwar ein gerechter Mann, aber die Leineweber verachtete er, weil einer von ihnen mal Kartoffeln gestohlen hatte. In seinem Zorn erzählte er mir, die Leineweber hängten sich einen Salzhering an einer Strippe an die Stubendecke und stippten dann reihum die gepellten Kartoffeln an den Hering. Dann holte sich der Nachbar den Hering und am Tag drauf wieder ein anderer. Ich hab das alles geglaubt und mit den anderen Bengels, deren Väter keine Leineweber waren, die Leineweberkinder geneckt und geärgert, indem daß wir ihnen Spottverse auf ihre Armut nachsangen, obwohl wir auch arm waren. Einen Vers kann ich heute noch:

> Der Leineweber schlachtet alle Jahr zwei Schwein,
> das eine ist gestohlen, das andre ist nicht sein!
> Holla – hollo

Aber damals, als ich noch nicht singen konnte, sondern bloß krähen, sollen sich alle im Dorf einig gewesen sein, daß es nicht so weitergehen könne mit den Reichen und den Armen, den Freien und den Knechten.

So hörte ich wohl als erste menschliche Laute um mich herum bloß rebellische Reden, und daß es eine himmelschreiende Ungerechtigkeit wäre im Leben, und daß man müßte einen Knüppel nehmen.

Da nahmen sie einen Knüppel. Dermaßen machte ich die Revolution von 1848 mit, als Einjähriger. Aber ganz aktiv, jawohl.

In der Stadt Lübbenau, wo der Graf wohnte und war Standesherr und hatte rund fünfundzwanzig Dörfer und fast alles Land verpachtet, da hatten sie eine Schützengilde. Seit vielen Jahrhunderten. Da hatten sie auch eine Urkunde. Darin war geschrieben, daß die Stadt Lübbenau keinen Wald und kein Land mehr zu eigen hätte. Die Bürger auch nicht, nur so viel, wo ihre Häuser standen, und ein bißchen Garten und einen Abtritt. Sonst nichts. Und sie mußten jedem neuen Standesherrn den Untertänigkeitseid leisten. Sie hatten das auch in Ordnung gefunden, solange sie etwas Leinöl, ein paar Knödel und einen Taler zum Schützenfest hatten. Nun aber sah es böse aus damit. Sie hungerten sich den Winter über in einen bösen Grimm hinein. Alles kann man den Lausitzern nehmen, vielleicht gar den Besitz und die Braut, bloß nicht das Leinöl. Da werden sie rebellisch.

So sagten sie denn, im März 1848: „Bürger, wir wollen diesmal ein besonderes Schützenfest feiern und den Herrn Grafen zum Tanz einladen!"

„Für Pulver und Musik und Federn am Hut, da habt ihr Geld", schimpfte der Graf, „aber für Pacht, da habt ihr kein Geld!"

Nun war einer in Lübbenau, der hieß Carl Just und war ein Schuhmachermeister. Der sagte: „Er hat recht, der Herr Graf. Was prahlen wir noch mit Federn, wo er uns schon so gerupft hat! Was brauchen wir Pulver, wo er doch unser Geld verpulvert! Was brauchen wir Musik, wo er uns auf dem letzten Loch pfeifen läßt! Wir wollen ihm ehrfurchtsvoll schreiben, daß wir ganz allein ein bißchen Land brauchen, um uns begraben zu lassen!"

Dieses tat er aber nicht, sondern schrieb einen Brief mit Anstand und Ehrerbietung und forderte bloß die Änderung des Vertrages mit der Stadt. Der Graf solle die Ländereien und Wälder herausgeben, so seine Vorfahren mit List und Gewalt an sich gebracht hätten, dergestalt, daß die Stadt keinen Fußbreit mehr besitze. Das solle aufgehoben werden, denn er hätte ja noch genug bei den Bauern und Dörfern. Sie aber wären Stadtbürger. Worauf der Graf ihnen sagen ließ, sie könnten ihm. Worauf Just die Rebellen auf dem Marktplatz antreten ließ und den Bescheid verlas und sie alle bereit waren, es dem Grafen zu können, wie er gewünscht.

Die meisten hatten sich fein gemacht, wie zum richtigen Schützenfest, die Bürger im Sonntagsanzug, die, welche Schützen waren, in blauer und grüner Montur, auf dem Hut hatten sie weiße Federbüsche, und weiße Hosen hatten sie an, und der Rebellenführer Just war im Bratenrock. So zogen sie mit klingendem Spiel zum Schloß. „Siehst du", sagte der Graf zu seiner Tochter, als er die Rebellen im Schloßhof sich versammeln sah, „man muß ihnen bloß die harte Hand zeigen, dann kuschen sie! Paß auf, nun kommen sie mit krummem Puckel und bitten um Land, und ob ich die Gnade hätte und käme zum Schützenfest. Ich werde die Gnade für letzteres haben. Land und Wald aber gibt es nicht."

Unten spielten sie den Jägermarsch. Ich weiß das alles, weil ich mit dabei

war. Meine Mutter hatte Besorgungen gehabt in der Stadt und mich in der Kiepe mitgenommen. Sie ist dann ein bißchen gucken gegangen und schwer ins Gedränge geraten. Aber richtig erzählt hat mir alles der General Just. In späteren Jahren, als er aus dem Zuchthaus raus war und keiner ihn mehr ästimierte. Plötzlich also schlugen sie die Trommel zum Sturm und besetzten das Schloß. Der Graf hatte sich verkrochen. Aber sie fanden ihn. Sie schleppten ihn auf den Balkon. Just zeigte ihn den Bürgern.
„Runterschmeißen!" schrien sie.
„Nein", sagte Just, „aber er soll die Urkunde zerreißen!"
„Nein", sagte der Graf.
„Dann müssen Herr Graf runter", rief Just.
Da kam die Komtesse Anna auf den Balkon und bat für ihren Vater, und sie sollten sie runterschmeißen und ihren Vater leben lassen.
„Wenn er die Urkunde nicht zerreißen will, dann soll er wenigstens das Pachtland wiedergeben", forderte Just. Das sagte der Graf zu. „Wir wollen nichts geschenkt", sagte Just, „wenn die Ernte dies Jahr besser wird, bezahlen wir auch die alte Pachtschuld!"
„Ist gut, Herr Just", sagte der Graf.
„Und wir wollen nicht mehr gezwungen sein, des Nachts Wachtposten zu stellen in Schloß und Hof", forderte Just.
„Ist gut, Herr Just", sagte der Graf.
„Und unsere Frauen, da soll hinfürder kein Zwang mehr sein, daß sie umsonst auf dem Schloß das Geschirr abwaschen müssen", verlangte Just.
„Ist gut, Herr Just", sagte der Graf und richtete sich langsam auf.
Nämlich, Herr Just hatte rasch mal zu den Rebellen runtergesehen. Die hatten bisher dagestanden und bei jeder Forderung von Just mit den Fäusten gefuchtelt und mit dem Kopf genickt und grimmige Wörter sich entfahren lassen. Meine Mutter, die hatte mit anderen Frauen dicht dabeigestanden, und sie haben alle nicht gewußt, was da gespielt wird, und haben das Gejöhl für eine neue Mode von Schützenfest und für eine Ehrung des Herrn Grafen gehalten. Wie nun die Männer immer weiterriefen, da ist mir das in meiner Kiepe wohl vergnüglich vorgekommen. Meine Mutter hat mir später erzählt, und von den Bürgern auch welche, ich hätte mit einem Male gestanden und über den Rand von der Kiepe gesehen und mit den Händen gefuchtelt und laut gequietscht. Das hat den Rebellen so viel Spaß gemacht, und sie müssen wohl sehr kinderlieb gewesen sein, denn sie haben von dem Balkon mit Just und dem Grafen weggesehen und her zu meiner Mutter Kiepe. Da wollen sie denn bemerkt haben, ich hätte mit meinen kleinen Fäusten auch zum Grafen raufgedroht. Was ja nun nicht gut stimmen kann, denn ich war ja erst zehn Monate. Oder es hat das Unbewußte in mir für die Freiheit demon-

striert. Die Frauen, die fanden das nun erst recht vergnüglich, das mit dem kleinen Jungen in der Kiepe, und daß sie nicht mehr abwaschen sollten, und bloß meine Mutter schüttelte den Kopf, denn sie dachte, es sollte überhaupt für alle Frauen auch zu Hause nicht mehr bräuchlich sein. Als nun von den Männern welche rankamen und anfingen, ihren Spaß mit ihr wegen der Kiepe und dem Inhalt zu haben, und Witze machten, da riß sie aus. Da soll ich mordsmäßig gebrüllt und mit meinen Ärmchen immer nach der Revolution gelangt haben.
Ihr sagt, das sind Kindereien, und prahlt mit eurem Verhalten in wirklichen Revolutionen. Nun gut, aber deshalb ist doch manche Revolution eine Kinderei gewesen, manche hat als eine solche angefangen, manche ist durch Kindereien beendigt worden. Durch mein Eingreifen aber, das ist wahr, habe ich dem Grafen wohl mancherlei erspart, denn da die Revolutionäre wegen der Ablenkung durch mich nicht mehr lärmten und fuchtelten, hörte Just auf zu fordern und ging nach unten.
Die Rebellen waren zuerst wütend auf Just und seine drei Begleiter, daß sie die Urkunde nicht mitgebracht hatten wegen der Aufhebung der Sachen mit der Stadt. Denn sie sagten, wir sind nicht ausgezogen, um für uns etwas zu erstreiten, sondern für die Stadt. Aber dann freuten sie sich doch und zogen in die Lokale und feierten den Sieg, daß sie ihr altes Pachtland wiederbekommen sollten für ihr Geld. Und daß sie nicht mehr Wache stehen mußten im Schloß. Und daß ihre Frauen nicht mehr das Geschirr im Schloß abzuwaschen brauchten. Siehe, das waren die Errungenschaften der bürgerlichen Revolution 1848 in der Stadt Lübbenau.

Ziffer 3

Der König greift in die Revolution ein

Aber die Errungenschaften blieben solche bloß für ein paar Stunden. Der Graf war gleich mit seiner Familie im Kahn nach Lübben geflüchtet und hatte an den König in Berlin telegrafieren lassen, der sein Freund war. Es kamen dann auch bald zwei Kompanien Neuschateller in Lübbenau an. Das war richtiges Militär, und die Rebellen konnten sich nicht mehr formieren zum Widerstand, weil sie inzwischen zuviel Zielwasser genommen hatten. Da wurden ihrer viele ins Gefängnis geschmissen, und die vier Anführer bekamen Zuchthaus, und Just, der es doch nur für die Stadt getan hatte, bekam

allein vier Jahre. Seit der Zeit dürfen die Lübbenauer bis auf den heutigen Tag beim Schützenfest nicht mehr über den Schloßhof marschieren wie früher viele Jahrhunderte lang.
Zuerst haben sie sich alle über den Ausgang der Revolution furchtbar empört, dann haben sie auf Just geschimpft, und als er rauskam aus dem Loch, da haben sie sich wegen dem Grafen nicht mal getraut, ihre Miststiebeln bei Just besohlen zu lassen. So kann es denen gehen, die einem Volk sein Recht erstreiten wollen. Wenn sie kein Glück haben. Es kommt bei dem Kampf um das Recht nicht immer auf das Recht, aber immer auf das Glück an.
Mein Vater und mein Großvater Hussak waren auf den Lärm hin auch in die Stadt gelaufen. Mein Großvater, weil es Krach gab, mein Vater wegen meiner Mutter und mir. Er wollte mit vielen anderen Bauern auch die Abschaffung der Pacht und wollte Land kaufen. Das Recht dazu hatten sie wirklich. Denn in vielen Familien wurde seit mehr als zweihundert Jahren dauernd und richtig die Pacht bezahlt. Siehe, da kam schön was zusammen. Nehmen wir an, ein Land kostet hundert Taler. Da nimmt der Graf jährlich fünf Taler Pachtzins. In zwanzig Jahren ist das Land bezahlt. In zweihundert Jahren haben sie es also zehnmal bezahlt und haben es nicht gekriegt. Aber mein Vater kam in der Stadt an, als die Soldaten schon da waren. Meinen Großvater Hussak haben sie noch drei Tage festgehalten, weil er räsonierte und eine Armbrust umhatte. So konnte er nicht in die Kirche gehen, wo Herr Oberpfarrer Stempel für die Errettung von Thron, Altar und Ordnung dem lieben Herrgott dankte und eine Bitte um Verzeihung an den Herrn Grafen richtete wegen der unbotmäßigen Stadt.
Unser Herrgott scheint nicht ganz der Ansicht gewesen zu sein wie Herr Pastor. Als der Graf wieder frohlockend und stolz durch die Stadt ging, denn Land hatte er zur Pacht an keinen gegeben, der dabeigewesen war, obwohl er es versprochen hatte, da wurde die Komteß Anna krank. Ihr Gemüt verdunkelte sich, und sie ermahnte ihren Vater zur Einhaltung des Gelöbnisses. Er lachte sie aus. Da wurde sie schwersinnig. Und sie ist danach in geistige Vernachtung gefallen und ist des Morgens oft schon vor Sonnenaufgang, nur in ihrem Nachtgewand und mit einem Kopftuch bekleidet, durch die Straßen und Gassen der Stadt gelaufen und hat allen Leuten Land angeboten.
Das ist Gottes Gericht, sagten da die armen Leute, das ist für das Verhalten des Grafen in der Revolution! Aber der Herr straft wohl nicht die Sünden der Väter an solchen Kindern, die schon vor der bösen Tat der Eltern da waren, denn sonst hätte er doch nicht zu gleicher Zeit ein gewaltiges Cholerasterben in die Gegend geschickt, welches den vierten Teil der Bevölkerung tötete und in der Hauptsache die Armen. Das ist Gottes Gericht,

sagten da die Reichen, das ist wegen der Revolution! Da meine Eltern nicht arm und nicht reich waren und Gottes Willen niemalen aus Strafen an der Menschheit ersahen, blieben wir alle am Leben. Auch Großvater Hussak, obwohl er nicht gebetet hatte. Er dankte hinterher auch bloß dem Schnaps für seine Errettung aus der großen Choleragefahr.
So sah die Welt eines Sonntagskindes in seinen ersten drei Lebensjahren aus.

Ziffer 4

Das heilige Abendmahl

Gleich neben der Rüster kommen als erste meine beiden Großväter aus dem Dunkel. Eigentlich hätten es ja Vater und Mutter sein müssen. Dies liegt wohl daran, daß sie nicht so auffällig waren. Meine Großväter, die waren es. Zwischen Großvater Grambauers Knien habe ich oft gestanden, wie das gezeichnet ist in alten Büchern. Dann saß er in seinem großen Stuhl am Fenster und erzählte mir von der Welt. Denn er war weit herumgekommen. Bis nach Paris. Er war Garnwebermeister und ein Künstler und hatte immer einen langen braunen Tuchrock an mit goldenen Knöpfen. Denn er war eigen. Die Landwirtschaft mußten seine Frau und die Kinder besorgen. Mein Vater hatte noch einen älteren Bruder, der bekam den Hof. Großvater Grambauer war immer rasiert, und rechts und links hatte er einen Backenbart. Er war sehr groß und mager und hatte eine lange, schmale Hakennase und darüber dicke weiße Augenbuschen. Er ging langsam und gemessen. Er sprach langsam und gemessen. Das alles weiß ich so gut, weil mein anderer Großvater Hussak genau gegenteilig war, äußerlich und innerlich.
Mein Großvater Grambauer war ein rechtschaffener Mann, er war fromm und ordentlich. Da mußte alles seinen Schick haben im Haus und im Stall und auf dem Feld.
Bloß inwendig hat es keinen Schick mehr mit der Menschheit, sagte er oft zu mir. Damit meinte er, daß es mit dem Handwerk zu Ende ginge und sie überall mechanische Webstühle aufstellten und Fabriken bauten. Er haßte Fabriken, aber nicht, weil sie ihm Arbeit wegnahmen, sondern weil sie Schund machten und die edle Kunst des Webens aus dem Ansehen brachten. Denn er war sehr stolz auf sein Handwerk und seine Kunst. Er saß oben am Meistertisch in der Zunft, und die Garnweber-Innung saß oben unter allen

Zünften. Sie war so reich, daß sie der Stadt öfters Geld borgen konnte. Sie hatten auch ihren Standesstolz, sie durften nach ihrem Gesetz sich nicht um Arbeit Bemühung machen, auch nicht anpreisen. Sie mußten immer warten, bis einer zu ihnen kam und Garn brachte und eine Bestellung.
Da holten sie nun von England die Maschinen und spannen damit und webten damit, und die kleinen Drillichweber aus unserem Dorf liefen in die Fabrik. Die aber nicht liefen, die ließen überall ansagen, sie hätten Zeit für Aufträge. Mein Großvater machte das nicht, der hatte immer Arbeit, denn er war ein rechter Kunstweber. Sie kamen aus dem ganzen Kreis zu ihm in unser kleines Dorf. „Die Maschine ist vom Teufel", sagte mein Großvater, „denn siehe, sie macht den Handwerker liederlich, sie macht ihn brotlos, sie reißt ihn von Haus und Hof, sie zerstört die Familien, sie zerstört Sippe und Dorf und Gottes Reich." Deshalb liefen aber aus unserem Dorf doch bald alle Weber in die Spinnerei und Weberei. Zuerst brachten sie immer gutes Geld mit nach Hause, dann wurde es weniger, weil sie aus allen Dörfern ankamen und einer immer billiger arbeiten wollte als der andere. Zuletzt kriegten sie das meiste in Anweisungen auf Kaufmannsläden und Gastwirtschaften, und an diesen Geschäften waren die Fabrikherren beteiligt.
In den Spinnereien arbeiteten auch Frauen und Kinder. Ich war acht Jahre alt, als mein Großvater Grambauer starb. Da mußten schon ebenso kleine Kinder wie ich den ganzen Tag in der Fabrik arbeiten. Ich dagegen konnte mit meinem Vater fischen gehen. Ich glaubte damals, ich könnte in meinem ganzen Leben fischen gehen, wenn andere arbeiteten. Gott, Kaiser und die Herren haben es nicht gewollt. Ich habe später nicht mal zusehen dürfen, wenn andere fischen gingen.
Die Weber und Bauern in unserem Dorf haben anfangs meinen Großvater verspottet, weil er so auf die Fabriken schimpfte. Dabei meinte er nicht mal so sehr die Maschinen, sondern mehr den ganzen Betrieb mit der Pfuscherei und der Antreiberei durch die Fabrikherren. Sie haben ihm Stücke gebracht, welche die Maschine gemacht hat, und haben gefragt, ob er so was auch könnte. Da hat er gesagt, von so was ließe er nicht mal Waschlappen machen.
Sie sind dann voll Respekt geworden, als meinem Großvater seine größte Ehre widerfuhr. Die Tochter von einem großen Weberei-Fabrikmann in Vetschau, der schon über hundert Webstühle hatte und auch eine Spinnerei und ein sehr reicher Mann war, dieselbe wollte heiraten. Das Garn für ihre Aussteuer hatte sie selbst gesponnen mit dem Handrad. Da hatte ihr Vater drauf gehalten. Nun wollte sie ein großes Tafeltuch haben. Darum kam sie mit ihrem Garn zu meinem Großvater. In einer großmächtigen Kalesche. „Das Tuch muß feinste Damastweberei sein", sagte sie, „zwölf Ellen lang

und vier Ellen breit. Und ein schönes Muster. Und ein schönes Bild muß es auch haben. Können Sie das?"
Mein Großvater sagte nichts, er befaßte bloß das Garn und nickte.
„Können Sie dieses hier reinweben, Meister?" fragte sie dann und zeigte ihm ein Bild, und es stellte das heilige Abendmahl dar. „Das hat ein berühmter Maler in Italien auf eine Mauer gemalt", sagte sie.
Großvater sah sich das an. „Die Männer da sind mir alle zu aufgeregt bei einer solchen heiligen Handlung und fuchteln zu sehr mit Armen und Händen rum", sagte er dann und schüttelte den Kopf.
„Es war ja das erste Mal, und sie waren doch im Lande der Juden", sagte sie.
„Ich werde Ihnen das reinweben", sagte der Großvater, „aber unser Herr Jesus bekommt einen größeren Heiligenschein."
„Das tun Sie man", sagte sie.
„Wer ist denn von den Jüngern wohl der Judas?" fragte der Großvater.
„Der da", sagte sie und zeigte auf einen ganz links.
„Den mach ich aber nicht so auffällig", sagte der Großvater, „der tut ja, als wäre er der Wichtigste, und ist doch bloß ein Verräter. Kann ich den nicht ganz weglassen?" Dieses wollte sie nicht, es wären dann bloß elf Jünger.

Aber er durfte ihn kleiner machen und hat ihn auch bescheidentlicher hingesetzt.
Viele Monate hat der Großvater daran gewebt. Die Vorrichtung für den Webstuhl und überhaupt die Einrichtung, das hat länger gedauert als die ganze Weberei. Da sind sie aber gekommen, die Herren von den Fabriken, und haben es sich angesehen.
„Das bringen wir mit Maschinen doch nicht fertig", sagte einer.
„Weil ein Mensch nun mal mehr ist als eine Maschine. Und weil unser Herrgott selbst der oberste Handweber ist und sogar Menschen webt!" sagte der Großvater.
„So", sagte der Fabrikmann, „als was hat er Sie denn da gewebt?"
Der Großvater dachte nach. „Ich denke mir, als ein gutes Stück Gebrauchsleinen für Arbeitsröcke."
„Und mich?" fragte der Fabrikherr hochmütig weiter.
„I", sagte der Großvater, der merkte, daß er ihn hochnehmen wollte, „als Grobleinen für einen Geldsack!"
Dieses hat er immer voll Stolz erzählt. Das damastische Tafeltuch habe ich in den siebziger Jahren selbst gesehen. Es war alles an dem. Es ist noch heutigentags im Besitz der Familie. Mein Sohn sagt, es wird noch halten, wenn das Bild von dem italienischen Maler auf der Mauer längst vergangen ist. Dieweil die Mauer feucht gewesen ist und er mit Öl gemalt hat. Wahrscheinlich hat er da das neumodische Provanzer Öl genommen und nicht unser gutes altes Leinöl. Denn wovon werden hierorts die Leute alle so alt? Bloß von dem Leinöl. Wenn das aber die Menschen vor dem Verfallen erhält, da wird es wohl auch ihre Abbildungen erhalten können.

Ziffer 5

In properer Montur

Außer daß er ein Kunstwebermeister war, war mein Großvater noch ein Soldat. Erzählte er nicht von der Weberei, erzählte er von den Soldaten. Könige aber konnte er nicht leiden, und als der König Friedrich Wilhelm der Vierte nach Lübbenau kam und sich die neue Chaussee ansah, da ist mein Großvater als einziger Mann aus unserem Dorfe zu Hause geblieben. „Ich konnte seinen Vater nicht leiden", sagte er.
Das hatte schon seine Begründung. Bis 1813 waren wir sächsisch. Mein

Großvater war 1812 gegen seinen Willen zu den sächsischen Gardedragonern gekommen. Das war ein wunderschönes Regiment. Bloß, wunderschön war nicht, daß der König von Sachsen das Regiment für Napoleon aufgestellt hatte. Meinen Großvater hatte schon geärgert, daß der sächsische König mit seinen Soldaten nach der Schlacht von Jena rasch auf Napoleons Seite getreten war. Für einen Franzosen wollte ihn nun ein Sachse gegen Rußland schicken, indessen sie in Preußen, das dicht bei uns grenzte, schon heimlich rüsteten.

„Wir sind hier schon vor fünfhundert Jahren brandenburgisch gewesen", sagte er, „was ging uns der König von Sachsen an, und was hatten wir in Rußland zu suchen!"

Da ließ mein Großvater also eines Nachts in Lübbenau sein Pferd und seine sächsische Montur in Stich und retirierte in den Spreewald. Siehe, das war gut, denn sonst lebte ich wohl nicht. Sind doch erwiesenermaßen von dem stolzen Regiment der Prinz-Albrecht-Dragoner, das aus lauter Bauernsöhnen aus unserer Gegend bestand und mit siebenhundert Mann nach Rußland zog, bloß dreiundvierzig Mann wiedergekommen. Die anderen sind alle als Tote in Rußland geblieben. Bis auf einen, der lebendig dort blieb. Das war der Barbiergeselle August Müller aus Lübbenau. Der ist in seinem Regiment Feldscher geworden, dann in russische Dienste getreten, ist Generalstabsarzt geworden und Leibarzt vom Zaren Alexander. „Jaja", lachte mein Großvater immer, „Müllers August, der konnte nicht bloß Lübbenauer Bürgersleute einseifen! Und alles eigentlich bloß, weil seine Braut ihn in der Nacht, als sein altes Regiment ausrückte, nicht aus der Kammer gelassen hat! Dadurch kam er zu unserem Regiment. Vielleicht, wenn ich mit dem zusammengeblieben wär, daß ich heute ein russischer General sein könnte! Aber man besser ein preußischer Korporal als ein Zarengeneral oder ein sächsischer König!" Worüber sich immer Großvater Hussak ärgerte. Der war bei den Sachsen geblieben und gar nichts geworden.

Großvater Grambauer also hatte sich damals versteckt und war nach Preußen gegangen, bis Napoleon aus Rußland zurückkam. Nach Hause durfte er aber noch nicht, oder bloß heimlich, denn der Sachsenkönig hielt noch immer zu den Franzosen und ließ dafür Soldaten anwerben, und seine Schandarme verrieten jeden Ausreißer. Also türmte Großvater Grambauer wieder nach Preußen. Als es dann losging, war er beim Yorckschen Korps. Und hat die Freude erlebt, bei der großen Leipziger Schlacht mit anzusehen und zu helfen, seinen Landesvater gefangenzunehmen. Ich höre seine Worte noch heute in meinem Ohr, und es ist, als trommelt einer mit gelösten Saiten:

„Sechsmal haben wir vom Yorckschen Korps das Dorf Möckern gestürmt, sechsmal haben uns die Franzosen wieder rausgeschmissen. Nein, bloß fünfmal, das sechste Mal blieben wir drin. Und nach zwei Tagen dann rein nach Leipzig. Mein Junge, da sah ich dir einen König. Nämlich Friedrich August von Sachsen. Und das sollte doch *mein* König sein. Bis zuletzt hat er auf Napoleons Seite gestanden, und auch noch, als seine Soldaten schon übergelaufen waren. Bloß, *an* Napoleons Seite hat er nicht gestanden. Der Franzose, das war ein Soldat und stand auf dem Schlachtfeld im Kugelregen. Der Sachse, der saß in der Zeit im Keller von einem Hotel in Leipzig zwischen Gerümpel, weil er Angst hatte vor den Kugeln. Da fanden ihn unsere Jäger. Als dann der Preußenkönig und der Russenkaiser in das Hotel kamen, da stand mein sächsischer Landesvater mit bloßem Kopf auf dem Hausflur und dienerte sie an. Aber sie sind an ihm vorbeigegangen und haben ihn nicht angesehen. Da hat er losgeheult wie ein Schloßhund. Wir standen Posten und sahen uns das Theater an. Mein Kamerad war ein Berliner und hieß mit Namen Fritz Pasecke. Wie nun der Preußenkönig und der Russenkaiser vorbei sind, machen wir es uns kommod. Kommt da doch so ein Stück Adjutant von Friedrich August und schreit uns an, wir hätten auch Seiner Majestät von Sachsen die Ehre zu erweisen. Wir sehen uns an und sehen den Adjutanten an und sehen das Stück königliches Malheur an, und dann lachen wir los. ‚Wat', brüllt Pasecke, ‚Majestät, der? Det ick nich lach. Dann is meine Unterhose auch 'ne Majestät! Ein Hampelmann is det und gehört an die Wand!' In diesem Augenblick kommt auch noch der Kaiser von Österreich an. Da machten nun die beiden Sachsen wieder ihre Bücklinge. Bloß, der Adjutant von dem Österreicher, der machte ein verächtliches Gesicht und sagte: ‚Zu spät!' Am Abend haben sie Friedrich August dann ja auch zum Kriegsgefangenen gemacht. Daraus kannst du lernen, daß dein Vaterland nicht immer dort zu sein braucht, wo dein sogenannter Landesvater ist, mein Junge!"

Mein Großvater erkannte dann auch schon damals den von Preußen als seinen rechtmäßigen König an. Bis dann die Sache mit Paris kam, wo er sich auch mit diesem König verzürnte. „Siehst du", sagte mein Großvater, „von allen Korps hatten wir von Yorck wohl die meisten Drecksachen machen müssen. Da hatten wir oft keinen ganzen Faden auf dem Leib. Sauber schon gar nicht. Aber die Flecke, das waren welche von erobertem Boden oder von unserem eigenen Blut. Nun war Paris genommen, und wir sollten einziehen. Da ritten sie umher, alle die großmächtigen Herren, und glitzerten in der Maiensonne wie Stieglitze. Wir hatten die ganze Nacht geputzt, aber weißt du, was vom Blute stammt, das sitzt fester als denen ihre Edelsteine und Orden. Da kommt der König Friedrich Wilhelm von Preußen und bestimmt: ‚Nein, das Korps Yorck soll nicht mit einmarschieren in Paris, das ist nicht proper genug in der Montur, was sollen die Franzosen denken!' – ‚Majestät', sagt da der Graf York, ‚mache gehorsamst aufmerksam, was die Franzosen sind, die haben gelernt, das Richtige zu denken vom Yorckschen Korps!‘ Doch der König reitet dir weg. Läßt ihn einfach stehen. So durften wir nicht mit einmarschieren in Paris. Nach drei Tagen erst durften schließlich auch wir rein, so von der Hoftür aus. Da schrieb mein Hauptmann an den König. ‚Majestät‘, schrieb er, ‚wenn in diesem Kriege meine Soldaten so proper in der Montur geblieben wären wie Majestät und die anderen hohen Herren, da wäre wohl überhaupt keiner in Paris einmarschiert!‘ Dann hat er sich totgeschossen. Darum konnte ich den König niemals leiden. Ein Jahr später ist er unser Landesvater geworden. Da hätten wir auch den von Sachsen behalten können.“

Ziffer 6

Einzug in das andere Paris

Auf dem langen braunen Tuchrock von meinem Großvater war wohl nie ein Staubkorn. So ist er auch gestorben. Blank geputzt auch die Montur der Seele, sagte Oberpfarrer Stempel. Damals war ich wohl acht Jahre. Acht Tage lang hat er alles aufgeschrieben und ausgeteilt. Sie wollten es alle nicht glauben, aber er sagte immerzu. „Nun ziehe ich ein in mein himmlisches Paris!“ Der Dorfrichter, der das Testament gemacht hatte, sagte: „Du willst sagen: himmlisches Paradies!“ Da sah ihn mein Großvater lächelnd an. „Ich meine Paris!“

Er lag in der großen Stube, wo sein Webstuhl stand. Als es soweit war, mußten wir alle kommen, meine Eltern, die Großmutter, die Onkels. Dann der Lehrer. Dann der Schulze. Dann der Pastor. Großvater Hussak kam von allein. Der Sarg, den Großvater sich von seinem Freund, dem Obermeister Rehan in Lübbenau, hatte machen lassen, stand auch in der Stube. Auf ihn war fein des Großvaters brauner Rock gelegt. Auch seine Fellmütze, die weiße Kniehose und die Schnallenschuhe.

Er sah ganz feierlich aus, wie er da in seinem Bett lag, und alles hatte er selbst gewebt. Ganz still waren alle, als er das heilige Abendmahl empfing. Dann sagte er: „Lassen Sie Reveille blasen, Herr Pastor!“ und richtete sich auf. Sie mußten ihm helfen, sich anzuziehen. Mein Vater mußte ihm das Haar glattkämmen. Er sah aus, als wollte er ausgehen. Aber da wurde ihm krüselig, und er wäre beinahe hingefallen. Sie wollten ihn wieder ins Bett tragen.

In diesem Augenblick brachte mein Onkel, Vaters Bruder, das Sterbestroh in die Stube. Nämlich, es war damals Brauch, daß die Bauern in unseren Dörfern nicht im Bett sterben wollten, um das Bett nicht durch den Tod zu verderben. Sie wurden daher in ihrer letzten Stunde auf eine Strohschütte auf den Fußboden gelegt. Mein Großvater aber wurde zornig, als er das Stroh sah. Sie mußten ihn angezogen in den Sarg legen. Ich habe laut geheult. Meine Großmutter auch. Dann war es lange Zeit still. Bloß der Pastor betete.
Da rührte sich der Großvater wieder. Er fragte: „Ist das Tor los?"
„Es erwartet einen Gerechten", sagte der Pastor.
„Kann ich so vor den himmlischen König hintreten?" fragte mein Großvater. „Ist die Montur proper?" Er hatte die Augen zu dabei. Keiner antwortete ihm.
Dann sagte er laut: „Tritt gefaßt!" Und dann murmelte er noch was und straffte sich ganz lang und lag still.
Sie warteten noch eine Zeit. Dann trat der Pastor zu ihm und streichelte ihm über den Kopf. „Er ist eingezogen", sprach er.
Siehe, so starb mit siebzig Jahren mein Großvater Johann Preisgott Grambauer, Kunstwebermeister und Bauer. Als ein Soldat und Mensch und Künstler, und innerlich und äußerlich proper, wie er gelebt hatte.
„Und was hat er nu davon?" krähte mein Großvater Hussak. „Da liegt er nu und ist tot; und ich steh hier und bin lebendig!"
Da ihm keiner recht gab, nörgelte er weiter. „Das soll mich bloß wundern, solch ein Heidenkram. Verachtet der Väter Gebräuch mit dem Sterbestroh und legt sich bei Lebzeiten in einen Sarg. Dieses ist Gottes Wille nicht. Da soll es mich bloß wundern bei der Beerdigung."
„Was soll dich wundern?" fragte mein Vater ärgerlich.
„Ob der Alte bei all seiner Properkeit es nicht vergessen hat." – „Was denn?" fragte mein Vater.
„Na, einen gehörigen Satz auszusetzen, um das Fell zu versaufen!" Nämlich, so nannten sie überall den Leichenschmaus. Großvater Grambauer hatte das nie leiden können, mein Vater auch nicht. „Die feinen Preußen", schimpfte Großvater Hussak. Er fühlte sich als Lausitzer Sachse. „Bloß, in unsere Wirtschaften reinheiraten, da sind sie nicht zu fein." Aber es kümmerte sich keiner um den alten Saufaus. Sie machten die Fenster auf und hörten zu, wie Onkel Traugott, Vaters Bruder, in alle Stalltüren hineinrief und es dem Vieh verkündete: „Der Wirt ist tot!"
Großvater Grambauer hatte nicht vergessen, einen Leichenschmaus zu bestimmen. Sie lobten ihn denn auch sehr nach der Beerdigung und waren bald alle betrunken. Ich stand an der Tür und brachte Flaschen und Gläser und hörte zu. „Wenn ich gewollt hätte, da hätte er das alles gar nicht erlebt",

prahlte mein Großvater Hussak. „Dieweil ich ihm hab gegenübergestanden bei Leipzig in der großen Schlacht. Da war er auf feindlicher Seite. Denn er war ein Preuße. Da hätten wir sie alle können in Klump hauen. Aber wir haben uns gefangennehmen lassen. Dank hat er mir dafür niemals erwiesen!"

Ja, so war nun wieder mein anderer Großvater. Sie ärgerten ihn denn auch und fragten, warum er sich nicht schon in der Schlacht bei Luckau, im Juni 1813, habe gefangennehmen lassen.

„Da wollte ich helfen den Grafen verjagen", prahlte er. „Die Könige, die sind schon gut, bloß die Grafen taugen nichts!" Er hatte eine Mordswut auf seinen Grafen, aber das hatten viele Bauern. Sie hatten zu seiner jungen Zeit noch fast fünf Stunden den Tag mit eigenen Pferden für den Grafen ackern müssen und noch fünfzig Scheffel Korn abliefern, und die Kossäten mußten drei Tage die Woche mit den Händen für den Grafen arbeiten. „Soll ich mich für solche totschießen lassen? Unsere Gräfliche, das war ja diejenige von Napoleum. In unserem Schloß, da hat er die Pläne gemacht gegen Rußland. Da hat er ihr auch gleich einen Jungen gemacht!"

Ich hab später darüber in den Büchern nachgelesen. Die Sache war nicht ganz so. Die Gräfin hatte als Witwe einen Grafen Kielmannsegg geheiratet, wurde geschieden und dann erst Napoleons Freundin. Er schrieb ihr noch von Sankt Helena aus, wohin sie sogar auswandern wollte. Aber der Sohn, den sie von Napoleon haben soll, der stammt von einem französischen Offizier, welcher in Napoleons Auftrag die Gräfin oft in ihrem Schloß in Lübbenau besucht hat. Er hatte wohl in seinem Übereifer den Auftrag seines Kaisers, ihn bei der Gräfin zu vertreten, ein bißchen weitherzig ausgelegt. Daß solches dem Napoleon geschah, hat mich am meisten gefreut. Schade ist nur, daß er es niemals erfahren hat, denn die Gräfin hat erst nach seinem Tode ausgesagt, sie habe es getan, um sich an dem Eroberer für die Besetzung Preußens zu rächen. Es geht eben nichts über den Patriotismus der feinen Leute.

Ziffer 7

Mit großen Augen vor Erde und Himmel

Großvater Grambauer, der hatte wohl die erste Luke für mich aufgemacht zum Hinaussehen in die Welt. Bis auf Königsthrone und nach Paris. Den Napoleon hatte er angesichts gesehen. Und den von Österreich. Und den von

Rußland. Aber sie imponierten ihm nicht weiter. „Einen Weber können sie nicht betrügen mit ihrem Aussehen", hatte er gesagt. „Ein Weber, der sieht keine Uniform und keinen Talar, der sieht zuerst bloß ein Tuch und ein Leinen. Und ob es gut gewebt ist und wovon. Der sieht aber auch, ob die Herren so glänzend sind bloß von aufgenähten Kordeln und Silberkram. Der sieht des weiteren, wenn sie unter dem Stoff krumme Beine haben und dicke Bäuche. Der sieht, daß sie nackt sind aus Mutterleib gekommen wie gewöhnliche Menschen auch. Der sieht sie endlich stehen vor Gottes Thron, und ist keiner anders als der andere Mensch, denn sie haben alle das gleiche Gewand an aus Leinen. Tue recht, fürchte Gott, scheue niemand!"
Ja, das sagte er. Wenn mein Großvater Hussak betrunken war und es nachmachte, sagte er öfters, um Großvater Grambauer zu ärgern: „Scheue rechts, fürchte links, tue niemals was!" Was ja auch wieder paßte.
Das von den Königen und von Paris habe ich damals bloß halb verstanden und es erst in der Schule nachgelernt. Wir hatten im Bruch eine Schwedenschanze und ein Franzosenloch, also glaubte ich immer, das Franzosenland liege gleich hinter der Heide. Wenn wir aber in die Heide fuhren, dann war dieses das Schönste, und vergessen waren Schwedenland und Frankreich. Da konnte ich es gar nicht glauben, daß es Jungens geben sollte in der Welt, die keinen Hof hatten und kein Feld und keinen Wald und keine Heide. Bloß arbeiten wollte ich nicht in Feld und Wald und Heide. Um davon freizukommen, log ich das Blaue vom Himmel runter, und es kam mir gar nicht in den Sinn, daß ich dadurch wohl nicht so werden würde wie Großvater Grambauer.
Wir hatten zweiunddreißig Völker Bienen. Gleich früh vor Sonnenaufstehen fuhren wir los in die Heide. Fuhren und fuhren bis hinter Gollmitz. Nichts zu sehen als Kiefern und Heidegras und Berge. Dorthin krochen die Wagen von allen Seiten.
In der Heide standen Bretterwände mit kleinen Dächern. Da wurden die Körbe reingestellt und blieben stehen bis zum Herbst. Einer aus Gollmitz, Großvater Wuschofius hieß er und hatte bloß ein Bein, der paßte auf. Nämlich, sie stahlen öfters die Bienenvölker. Einen Sommer war er krank. Da konnte er nicht aufpassen. Da stahlen sie die Völker genauso, als wenn er da war. Dafür bekam er von jedem Bienenhalter einen Taler.
Zu der Zeit gab es in der Heide noch viel Buchweizen, wovon wir die Grütze aßen. Aber bloß sonntags und beim Schlachten in der Grützwurst. Alltäglich aßen wir Gerstengrütze oder welche von Hafer. Das Schönste war aber der Heidekuchen. Den brachten die Leute aus der Heide auf unsere Dörfer. Er wurde in kleinen Blumentöpfen gebacken. Jeder kostete einen Sechser. Bloß, sie hatten nicht immer den Sechser.

Am allerschönsten war es im Spreewald. Vielleicht, daß ich da die Liebe zu den Bäumen empfing. Dahin fuhren wir im Kahn und holten das Heu. Das dauerte einen ganzen Tag. Es war aber alles bloß gepachtet. Darum brachten wir öfters Fische mit. Oder Krebse. Die waren nicht gepachtet. Hilf dir selbst, so hilft dir Gott, sagte mein Vater dann. Mein Vater stand in solchen Dingen in der Mitte zwischen den beiden Großvätern. Großvater Grambauer hätte so was nie gemacht, Großvater Hussak machte so was viel schlimmer, allerdings mit Schießen und Schlingen.
Ich weiß es noch wie heute, daß ich damals nicht gewußt habe, obwohl ich sehr viel darüber nachdachte, wie ich es mal machen würde. Später wußte ich es. Aber alles zu seiner Zeit.
Und am allerschönsten war es bei den Spinnabenden. Da sangen die Frauen. Wenn es bei uns war, sangen sie wendisch, weil wir doch Hussaks Hof hatten. Bei Großvater Grambauer war es feiner, da sangen sie deutsch. Wir Kinder kannten alle ein paar Brocken Wendisch, aber es wurde nicht mehr darauf gehalten. Wo nun auch die Spinte war und ob sie wendisch oder deutsch

sangen, eins war gleich, das erkannte ich schon mit meinen jungen Augen; wenn sie nicht sangen, erzählten die Männer was. Immer von Kriegen. Oder sie schimpften auf die Regierung. Oder wie sie den Förster geärgert hatten. Sie waren fast alle Holzdiebe, wohl auch Wilddiebe. Bloß, sie erzählten es immer einer vom andern.
Ich hatte das Amt, aufzupassen, daß die Kienspäne am Brennen blieben. Anderes Licht gab es damals kaum auf den Dörfern. Wenn ich daran zurückdenke, merke ich erst, wie alt ich bin. Stücker fünf Späne brannten bei der Spinte immer in der Stube. Wenn da einer gesagt hätte, in einigen Jahren gibt es keine Kienspäne mehr, da brennt ihr alle Petroleumlampen, der wäre schön ausgelacht worden. Es hätten auch die wenigsten gewußt, was eine Petroleumlampe ist. Auch hätte der Mann mit seiner Prophezeiung nicht recht behalten, denn es gab noch in den sechziger Jahren bei uns alte Leute, die bei ihrem Kienspan geblieben waren und alles neumodische Lampenzeug ablehnten. Genauso war es, als die Schwefelhölzer aufkamen. Damals kannte die auch kein Mensch, denn wir machten Feuer immer mit der Puschka. Das war ein kleiner Kasten mit einem Feuerstein, einem Stahl und zerriebenem morschem Holz.
Kein Mensch fand, es wäre nicht hell genug. Und wenn sie nach den Wilderergeschichten anfingen, von dem Unheimlichen und Spukigen zu erzählen, dann reckten sich die Geister an den Wänden hoch und langten nach einem. Die Mädchen und Frauen rückten dann ganz dicht zusammen und mußten nachher von den Burschen nach Hause gebracht werden. Aber dann quiekten sie unterwegs ganz lustig. Wahrscheinlich hatten die Geister sie dann gekiddelt.
Das hörte ich oft, wenn die Spinte zu Ende war. Ich ging nachher immer mit meinem Vater in den Garten, zum Wasserabschlagen. Das war besonders schön, wenn ein klarer Himmel war. Da hatte jeder seinen Baum, und Vater erklärte mir dabei die Sterne. Er liebte die Sterne und kannte viele Hunderte. Davon habe ich wohl die Vorliebe für das Himmlische erworben.
„Jeder Stern ist eine Erde", sagte mein Vater, „da wohnen überall Menschen."
„Haben die alle einen Himmel und eine Hölle?" fragte ich.
„Ja", sagte mein Vater, „das schon, und der Himmel, der ist für alle wohl derselbe, das sieht man. Die Hölle aber, da haben sie wohl alle ihre eigene."
Das Siebengestirn, das waren die sieben Waisen, die mußten betteln gehen, weil ihr Vater, der Fuhrmann, alles versoffen hatte. Dabei hatte der Kerl den Großen Wagen umgeschmissen, und die Deichsel war heute noch zerbrochen. Dann liefen noch die Zwillinge über den Himmel, das waren die Söhne vom Herkules. Der Herkules war mutig, aber der Fuhrmann lief weg und

suchte sein Haus. Die Frau vom Fuhrmann hieß Jungfrau, die verkroch sich oft aus Angst vor ihm.
Es waren aber auch wilde Tiere am Himmel: Bären, Schlangen, der Drache, Adler, Löwe, das Dromedar. „Ruhe haben die da oben auch nicht", sagte mein Vater. Zuerst habe ich sie wohl alle verwechselt, später, als ich älter war, mußte ich sie alle hersagen und mit dem Finger hinzeigen.
Das Schönste aber war die Milchstraße. Mein Vater fand den Namen zu ordinär und sagte immer Lichtstraße. „Es ist die Straße der Seligen", sagte er, „da ziehen sie hin zu Gottes Thron. Wenn ein Gerechter stirbt, wird ein Licht mehr angemacht."
Als mein Großvater Grambauer gestorben war, haben wir abends aufgepaßt. Da brannte ein ganz großes Licht mehr, wie eine Laterne. „Das ist er", sagte mein Vater und fing an zu weinen.
Da weinte ich auch. „Ich will werden wie Großvater", sagte ich.
„Das können wir nicht", sagte mein Vater.
„Du auch nicht?" fragte ich.
„Ich auch nicht", sagte er.
„Warum nicht?"
„Weil wir alle mehr als einen Vater haben!"
Da schwieg ich still, denn ich verstand das nicht. Da sagte er: „Es ist also: Warum bin ich kein Künstler, wie Großvater einer war? Weil Großmutter bloß eine Bauerntochter war. Jeder Mensch hat in sich immer die Hälfte von Vater und Mutter. Aber Großmutter Grambauer ist eine ordentliche Frau, und das ist genug. Bloß weiß ich nicht, wo ich hingehöre."
Darüber erschrak ich, denn ich dachte an meine Mutter. Es konnte nicht an dem sein, daß sie die Hälfte in sich hatte von Großvater Hussak und ich dergestaltig auch was von ihm. „Mutter hat aber nicht die Hälfte von dem alten Süffel", rief ich wütend, „gar nichts hat sie von ihm!"
„Nein", sagte mein Vater und streichelte mich, „das ist eben die Gnade Gottes!"
Dann sind wir reingegangen, und er hat sie umgefaßt und hat ihr einen Kuß gegeben. Da ist sie ganz rot geworden. Ich hab so lange gebettelt, bis ich ihr auch einen Kuß geben konnte. Da sagte sie: „Du machst den Jungen noch ganz verrückt mit deinem Himmelbegucken!" Aber dann sammelte sie rasch die Hände und sprach: „Gott verzeih mir die Sünde!"
Hinterher, als ich im Bett lag, erkannte ich klar, daß meine Lügereien und Spitzbübereien wohl doch von Großvater Hussak überkommen sein mußten. Da sah ich mich als Säufer und Wilddieb enden und betete zu Gott und gelobte, ein frommer, fleißiger und wahrheitsliebender Mensch zu werden. Es hielt dann auch immer so drei Tage vor.

Ziffer 8

Die Nacht der Schrecken

Das Jahr 1855 fing böse an. Es war im Winter eine furchtbare Kälte gewesen und kein Schnee, und die ganze Wintersaat war ausgefroren. Als dann der Auftau kam, fing es an zu pladdern, und immer war ein furchtbarer Wind, der spülte auch noch den Rest der Saat aus. „Frau“, sagte mein Vater, „die Zeit der Prüfung ist noch nicht zu Ende!“
Mein Großvater Hussak hatte das gehört und knarrte: „Ja, aber immer mehr Fresser in die Welt setzen, das kannste!“ Dabei schielte er wütend auf uns Kinder. Meine Eltern achteten gar nicht auf seine Reden. „In die Zunft, da kann er sein Geld tragen und versaufen“, krakeelte der Alte weiter, „aber wenn unsereiner mal einen Schluck haben will –“
Da nahm ihn mein Vater am Griebs und brachte ihn in seine Stube. Nämlich, das, was er von meinem Vater gesagt hatte, das war gemein. Weil mein Vater gar nicht trank. Die Zünfte hielten bloß streng an ihren Bräuchen fest, wenn es auch verboten war. Das war seit Jahrhunderten so und blieb so, als die Gewerbefreiheit eingeführt war und die Fabriken arbeiteten. Die konnten zwar die Handwerker kaputtmachen, aber nicht die Zünfte. Und als sie die Zünfte doch kaputtgekriegt hatten, da konnten sie doch nicht ihre Bräuche kaputtkriegen.
Nach seinem Herzen war mein Vater ein Gärtner. Dann noch ein Fischer. Dann vielleicht noch ein Bauer. Nach seinem Beruf aber war er zuerst Garnwebermeister wie sein Vater und nebenbei Kossät. Darum auch mußte er am Sonntag Judika des Jahres 1855, das ist der zweite Sonntag vor Ostern, nach der Stadt, daselbst das Quartal zu feiern. Gegen elf Uhr des Nachts kam er schon nach Hause. Im Kuhstall war noch Licht. Meine Mutter hielt dort Wache, weil eine Kuh kalben mußte. Da standen sie zusammen und freuten sich, daß alles gut ging und Gottes Segen wohl doch auf ihnen ruhe. Sie hatten nun schon drei Kinder. Es war nach mir meine Schwester gekommen, die hieß Johanna. Dann war nach ihr mein Bruder gekommen, der hieß Gottfried. Aber sie riefen ihn Friede. Mich riefen sie Liepe. Darüber schämte ich mich damals immer.
„Ich sehe das Jahr schon anders an“, sagte mein Vater zu meiner Mutter, „paß auf, wir kommen vorwärts.“ Er hat das nachher oft erzählt. Weil es so furchtbar war in seinem Zufolge. Er ist mit meiner Mutter auch noch zum Jungvieh und in den Schweinestall gegangen. Wir hatten viel Vieh, weil wir jetzt mehr Futter hatten. Da war nämlich das Jahr vorher die Separation

gewesen, und der Graf hatte Land rausrücken müssen. Bloß nicht genug. Die Stadt Lübbenau hatte ihren Bürgerwald wiedergekriegt, 2500 Morgen. Aber wie, das werd ich rasch noch erzählen.
Nämlich, der Graf hatte beim König so arbeiten lassen, daß es hieß, er brauche nur das „Gebiet“ des Stadtwaldes rauszugeben. Da ließ er denn den ganzen herrlichen Wald abholzen, viele Tausende alter Eichen, bis vor die Tore der Stadt, und der Wald war den Lübbenauern heilig gewesen, denn seit Jahrhunderten hatten sie sich bei Krieg immer mit ihren Familien und ihrem Vieh dahin zurückgezogen und manchmal jahrelang da gelebt. Alle die alten Eichen ließ er runtermachen, auch die, unter welchen sie in den Nöten des Dreißigjährigen Krieges ihren Gottesdienst gehalten hatten. Das war seine Rache für die Revolution von vor sieben Jahren. Von den Wiesen hätte er sicher auch noch das Gras rausreißen lassen. Bloß, das ging nicht. Da er jedoch sein vieles Land nicht allein bewirtschaften konnte, mußte er weiterverpachten. Aber es sah für die Bauern doch besser aus.
„Das dauert gar nicht so lange“, sagte mein Vater darum in der Nacht im Kuhstall zu meiner Mutter, „und wir können auch den letzten der Geschwister auszahlen.“ Dann gingen sie schlafen, denn das Kalb kam nicht vor dem Morgen.
Es war wohl so nach Mitternacht. Da riß Großvater Hussak die Tür auf zu der Stube, wo meine Eltern schliefen. Er hatte seine kleine Stube nach dem Hof raus, wie das immer so ist bei uns auf dem Lande. Sie nennen es den Austrag. Die Alten nennen solche Stube die Hölle. Warum, das weiß keiner. Oder doch nicht, wer die Teufel sind, die Alten oder die Jungen. Na, jedenfalls das Begehren nach Geld und Besitz. Die Hölle ist in allen Häusern gleich.
Da stand also der Großvater plötzlich im Hemde in der Stube und rief: „Wir sind im Feuer!“ Sie dachten zuerst, er ist verrückt oder es spukt, denn er hatte sein ganzes Bett mit Bettgestell auf dem Nacken und Kopf. Damit rannte er aus der Stube und raus auf die Dorfstraße. Meine Eltern schrien auf. Da platzten auch schon die Fensterscheiben zum Hof, und die Flammen leckten rein. Sie rannten nun auch im Hemde auf den Flur. Raus kamen sie nicht mehr, denn die Flammen langten schon vom Hausboden runter. Sie mußten zurück und im Hemde durch das Fenster springen.
Jetzt erst sahen sie, daß das ganze Gehöft brannte. Das ganze Dorf brannte. Da schrie meine Mutter: „Um Gottes Barmherzigkeit, meine Kinder!“ Da rannte mein Vater durch das Feuer zurück ins Haus, riß uns alle aus den Betten, warf meine Schwester und meinen Bruder in eine Plane, nahm das Bündel über die Schulter, mich nahm er untern Arm. Dann lief er in die andere Stube, wo das eine Fenster noch nicht brannte. Er kam gerade noch

durch. Dann brannte das Fenster auch. Ich hab noch sehen können, wie alles zusammenkrachte. Dann nahm uns mein Onkel, der Mutters Bruder war, mit in sein Haus. Mein Onkel hatte das Jahr neu aufgebaut und massiv. Sein Gehöft war das einzige im ganzen Dorf, das stehen blieb. Nein, der Gasthof blieb auch stehen, der war auch neu.
Dies höre ich noch wie heute, wie die Menschen in den heulenden Sturmwind hineinschrien und weinten und beteten. Dies sehe ich noch wie heute, wie die himmelhohen Flammen kalbten, und die Kälber flogen wie feurige Engel weit weg und flatterten mit den Flügeln. Und wo sie niedergingen, da brannte es wieder. Ich dachte wirklich, wir sind alle mitten in die Hölle gefallen, und schrie, wie sie alle schrien.
Ich sollte im Bett in meines Onkels Haus bei meinen Geschwistern bleiben, aber ich zog heimlich ein Paar Pantoffel von meinem Onkel an und eine Hose von ihm und krempelte sie hoch und lief auf die Straße. Da waren Feuerwehren von überall, aber sie konnten nicht löschen, weil die Brunnen mitten im Feuer waren. Die Menschen rannten schreiend durch die rote Nacht, sie brachten noch gerettete Sachen in die Gärten, auch ein Stück Vieh, das grausig brüllte. Ich lief umher, und wenn ich fror, ging ich ans Feuer ran und wärmte mich. So kam ich dicht an eine tote Kuh, die hatte noch ein totes Kalb bei sich liegen. Sie waren beide ganz schwarz. Da sah ich, daß ich auf unser Gehöft gekommen war. Es war nämlich nichts zu erkennen mehr, es war alles dahin. Auch der Baum mit dem Storchennest war verbrannt. Dadurch erst wurde mir klar, was wirklich geschehen war, und ich fing furchtbar an zu schreien. Mein Vater fand mich und trug mich ein zweites Mal in meines Onkels Haus. Ich aber weinte immerzu um den verbrannten Baum mit dem Storchennest und ersah an ihm mehr als an dem verbrannten Haus und Gehöft, daß wir nun arm waren.
Am andern Tag, das war beinah noch schlimmer. Da war der Sturm gefallen, und das große Jammern und Wehklagen war in seinen Wörtern zu verstehen. Alle Menschen weinten und heulten und beteten und fluchten, daß sie nichts mehr hatten, was sie das Ihre nennen konnten. Es waren in der Nacht der Heimsuchung auch noch Halunken aus den Städten angeschlichen gekommen und hatten Sachen und Kleintier gestohlen. Siehe, solche gibt es auch und heißen Menschen und Christen und Untertanen wie die anderen. Rinkas Vater erwischte solchen Strolch, der hatte zehn Hühner im Sack. Rinkas Vater riß mit bloßen Händen einen brennenden Balken von seinem Dach und schlug dem Kerl damit auf den Kopf. Als der Mann zu Boden fiel, warf ihm Rinkas Vater das glühende Holz ins Gesicht und trat mit dem Stiefel fest darauf. So hatte er ihn umgebracht. Es hat ihn keiner gehindert und auch keiner was gesagt, denn es waren Rinkas Hühner. Der Kerl war aus Vetschau

und ist dort anständig begraben worden, und sie sagten, er sei beim Retten verunglückt und eigentlich ein Held gewesen.
Bis auf die Gastwirtschaft und meines Onkels Gehöft war alles niedergebrannt, denn es war alles mit Stroh und Rohr gedeckt gewesen. Es begann ein großes Fragen nach der Schuld. Sie sagten, es sei am Ostende des Dorfes ausgekommen, der große Wind habe es im Nu über das ganze Dorf gestreut. Dieses stimmte wohl, denn wir wohnten mitten im Dorf, und vor uns waren schon zehn Gehöfte abgebrannt. Bloß, wir hatten nichts wahrgenommen.
Unser Retter aber war Großvater Hussak. Er war aufgewacht, weil er am Fenster schlief und die platzenden Scheiben ihm aufs Bett gefallen waren. „Ich bin euer Retter“, sagte er die ganzen nächsten Tage, „ohne mich wäret ihr furchtbaren Todes gewesen!“ Dafür löschte er auch jede Stunde seinen inwendigen Brand. Und er nahm es als eine Gnade Gottes und ihm erwiesen, daß die Schänke stehen geblieben war.

Ziffer 9

Sechs nackte Leben und kein nacktes Herz

Die nächsten Tage scharrten und kratzten und gruben sie alle auf ihren Höfen in der Asche. Manche fanden auch noch was. Manche hatten sogar fast alles Vieh gerettet. Manche auch Kleider und etwas Sachen. Wir hatten nichts gerettet als das Leben und jeder ein Hemd. Nein, mein Vater hatte auch noch acht Bienenvölker von seinen zweiunddreißig gerettet. Das aber war alles. Wo ein schönes Gehöft gestanden hatte mit Sachen und Vieh und Bäumen, da war nichts als schwarze Asche und sechs Menschen, die in der tiefsten Wahrheit das nackte Leben gerettet hatten. Dieses Grauen, welches abwechselnd rot war wie Feuer und schwarz wie Asche, denke sich der Mensch aus, der solches vermag.
Mein Vater war sehr traurig. Er sagte auch nichts, wenn mein Großvater auf ihn schimpfte. Denn nun wohnten wir bei meinem Onkel Hanko, meiner Mutter Bruder, alle in einer Stube. Meine Mutter weinte immerzu. Auch mein Onkel schimpfte auf meinen Vater. Da hörte ich auch, warum sie so waren. Wir waren nicht versichert. Meinem Vater waren die Zahlungen immer im Wege gewesen, weil er möglichst rasch die Schulden von den Geschwistern der Mutter los sein wollte.
„Es steht alles in Gottes Hand“, hatte er zu meiner Mutter gesagt, „er hat

hundert Jahre das Haus bewahrt, er wird es auch weiter bewahren!" Darum hatte er vor zwei Jahren die Versicherung ablaufen lassen. Nun hatten wir nichts als die Erde, auf der unser Haus gestanden hatte. „Nun bete man und vertrau auf deinen Herrgott", lärmte mein Großvater, „dafür hat man sich nu ein Leben lang geplagt und hat immer die Versicherung bezahlt und nie was rausgekriegt!"
Er war wohl so besonders wütend, weil sie erzählten, einige von den sehr hoch versicherten Besitzern hätten das Feuer angesteckt. Es ist aber nichts rausgekommen. Sie sagten dann, Mutter Niewasch habe es gemacht. Sie ist nachts mit der Laterne in den Kuhstall gegangen, weil auch bei ihr eine Kuh kalben wollte. Dann in die Scheune, um Stroh zu holen. Da hat sie die Laterne hingestellt, und der Scheunentorflügel soll das Licht umgeschmissen haben. Ob es an dem war, weiß keiner, Mutter Niewasch ist mit verbrannt.
Am Sonntag war in Lübbenau ein besonderer Trostgottesdienst angesagt für das abgebrannte Dorf. Da sind die meisten hingegangen, weil sie hofften, der Trost würde sich in die Hand nehmen und nach Hause tragen lassen. Der alte Pastor Stempel hat auch sehr schön gepredigt, und viele haben geweint, meine Mutter auch. Aber mit dem Trost, da war es bloß seelisch gemeint. Nämlich, er predigte aus dem Evangelium Matthäus:
„O ihr Kleingläubigen! Warum wollt ihr sorgen und sagen: Was werden wir essen? Was werden wir trinken? Womit werden wir uns kleiden? Nach solchem allem trachten die Heiden. Denn euer himmlischer Vater weiß, daß ihr des alles bedürfet. Trachtet am ersten nach dem Reich Gottes und nach seiner Gerechtigkeit, so wird euch solches alles zufallen!"
Mein Vater ist leise rausgegangen, er war so weit weltlich gesinnt, daß er dachte: Ein Haufen Bretter, und er fiele mir zu, das wäre schon ein Trost! Und so ging er denn zur gräflichen Holzmühle gleich hinterm Schloß. Den Holzmüller kannte er. Er fragte, ob er nicht eine kleine Ladung Bretter kriegen könnte, damit er sich für seine Familie eine Hütte auf seinem Grundstück bauen möchte. Der Müller zuckte die Achseln. „Hast du Geld, Gottfried?" Geld hatte mein Vater nicht, aber er bot ihm eine Verschreibung auf sein Grundstück an. „Ohne Geld kann ich dir keine Bretter geben", sagte der Müller.
„Aber Menschenskind", sagte mein Vater ärgerlich, „ihr wißt doch gar nicht, wo ihr hin sollt mit dem ganzen Holz aus dem Bürgerwald, den ihr abgeschlagen habt!"
Der Müller schüttelte den Kopf: „Von mir aus – aber es ist so angeordnet!"
Mein Vater ist dann zurückgegangen bis zur Kirchentür und hat meine Mutter abgepaßt und ist mit ihr zu Herrn Pastor Stempel in die Wohnung gegangen. Als der alte Pastor es vernahm von dem erhofften und nicht

erhaltenen Trost durch ein paar Bretter, da hat er meinen Vater groß angesehen und den Kopf geschüttelt und ganz bedauernd gesagt: „Aber, mein lieber Grambauer, da haben Sie Gottes Wort auch ganz falsch verstanden!“

Diese Erzählungen meines Vaters habe ich in achtzig Jahren nicht vergessen. „Ja, ja“, hatte er des öfteren grimmig gesagt, „es liegt wohl in der menschlichen Natur, daß der Arme eher hundert nackte Hintern zu sehen kriegt als ein nacktes Herz.“

Es sind dann aber doch Liebesgaben gemacht worden im Kreis. Da haben wir auch so viel Bretter von bekommen, daß mein Vater einen dünnen Schuppen mit einem Raum hat bauen können. Darin schliefen wir auf Stroh. Wenn es regnete, regnete es eben durch. Wenn es nicht regnete, sahen wir mitunter einen Stern vorbeigehen. Ich versuchte öfters, ihn durch die Ritzen zu erkennen und mit Namen zu bezeichnen. Es war sehr spaßig für mich. Auch, daß keine Fenster in der Hütte waren, bloß Luken.

Mein Vater wurde immer stiller, mein Großvater immer lauter, wenn er uns besuchen kam, meine Mutter betete immer mehr. Sie hatte als Liebesgabe von Herrn Pfarrer eine Bibel bekommen, denn unsere war verbrannt. Auf alle Schuttstellen, wo Häuser gestanden hatten, hatte das Konsistorium als ersten Baustein eine Bibel legen lassen. Da las meine Mutter also eines Morgens in der Bibel, und es war Ostersonntag, und ich weiß es wie heute, dieweil es ein Wunder war. Sie hatte einfach so in die Bibel gefaßt, denn ihr Herz war schwer, und sie hatte die Heilige Schrift auch nicht studiert. Da las sie eine lange Weile für sich. Mein Vater sah schon unruhig hin und her. Dann wurde ihr Gesicht ganz rot, und sie las laut und langsam:

„Alle Züchtigung aber, wenn sie da ist, dünket uns nicht Freude, sondern Traurigkeit zu sein. Aber darnach wird gegeben eine friedsame Frucht denen, die dadurch geübt sind. Darum richtet wieder auf die lässigen Hände und die müden Knie. Und gehet weiter mit euren Füßen und strauchelt nicht wie ein Lahmer und bauet das Haus neu auf aus eurem Herzen!“

Da ist mein Vater still aufgestanden und hat gesagt: „Mutter, du bist ein besserer Prediger als Herr Pastor!“ Dann hat er sich vom Krüger eine Karre geborgt und einen Strick und hat die acht Bienenvölker auf die Karre gebunden. Sein Herz hing sehr daran, und sie waren alles, was er besaß. Da hat er die Karre nach Boblitz gefahren. Für die Bienen aber hat er eine Ziege bekommen. Die band er nun an den Strick und kam nach Hause.

Die erste Nacht hat die Vierbeinige mit in der Hütte gewohnt. Am zweiten Ostertag ist mein Vater um einige Bretter nach Boblitz gegangen und hat ihr einen kleinen Verschlag gebaut.

So haben wir wieder angefangen.

Ziffer 10

Es war sehr schwer

Der Winter war ganz vergangen, der Frühling hatte sich lieblich angemeldet. Da brachte mein Vater eines Tages einen Buschen Schneeglöckchen mit und pflanzte ihn neben unserer Bretterbude ein. Großvater Hussak sah es am anderen Tag, fluchte und sagte, er solle lieber ein Fundament einpflanzen. Wo mein Vater das Geld hernehmen solle für ein Fundament, das sagte er nicht.
Ende April wurde es wieder sehr kalt. Es kann aber auch sein, der Frühling wollte bloß nicht in die Bretterbude einziehen. Da haben wir noch oft traurig und mit gesammelten Händen zwischen unserem Schutt gestanden. Denn die Obrigkeit, die hatte nur die verbrannten Tiere wegbringen lassen, alles andere hatte sie liegengelassen. Mit den Holzresten kochten wir uns Pellkartoffeln. Denn mit den Liebesgaben, das hatte bald aufgehört.
Dafür aber war der Landrat in Calau ein Mann von Mitleid. Bloß, es war ein besonderes Mitleid. Er befahl alle Abgebrannten, die nicht versichert waren, nach Calau. Da liefen sie gern fünfzehn Kilometer, denn da nur die kommen sollten, die nicht versichert waren, konnte es sich doch nur um staatliche Hilfe handeln. Der Staat half ihnen auch, er gab ihnen durch den Landrat Bettelbriefe, damit konnten sie nach allen Himmelsrichtungen hin betteln gehen, und kein Schandarm durfte sie anhalten. Als mein Vater es zu Hause erzählte, hat er vor Beschämung laut geweint. Dann hat er den Bettelbrief verbrennen wollen. Aber Großvater Hussak hatte schon davon gehört und ist gekommen und hat den Brief genommen. Meine Mutter und mein Vater schämten sich sehr, denn sie glaubten, nun geht er betteln. Er hat ihn aber bloß in der Schänke an einen anderen verkauft. Drei Liter Schnaps hat ihm der Brief eingebracht.
Die Sonne kam immer höher, und nun wurde überall mobil gemacht. Der Schutt wurde weggeräumt, und die versichert hatten, fingen an zu bauen. Die noch Geld hatten, konnten bei den anderen wenigstens Pferd und Wagen mieten zum Aufräumen. Wir hatten nichts. Darum blieb alles bei uns liegen, denn ohne Geld war keine Hilfe zu kriegen. Als dann nach dem Sommer aufs neue der Herbst und Winter kam, mußten wir aus unserer Bretterbude raus und zogen wieder zu meinem Onkel, wo der Großvater uns mit Schimpfen empfing. Er sagte, mein Vater sei bloß faul und stolz. Mitunter schenkte er mir ein paar Nickel und bedauerte mich, daß ich ein armer Junge bleiben müßte. Wenn er dann alle Schuld auf meinen Vater schob, war ich oft gewillt, ihm zu glauben. Siehe, das ist der Fluch des Geldes für den Armen.

Mein Vater aber hatte den ganzen Sommer über des Abends und des Nachts Feldsteine auf den Feldern gegraben und in Säcken und Kiepen nach Hause geschleppt. Am Tag arbeitete er nämlich schwer auf Lohn. Das kam so: Er war nochmalen beim Landrat gewesen wegen einer Beihilfe zum Bau. Die war ihm zugesagt worden, aber erst wenn das Fundament daliege. Als mein Vater traurig heimging durch das Dorf Kückebusch, da sah ihn der Gutsherr und fragte ihn, ob er Arbeit habe. Und dann bot er ihm an, in seiner Ziegelei zu arbeiten. Das hat mein Vater bis in den Winter getan, im Akkordlohn sogar, und wenn er todmüde nach Hause kam, dann hat er Feldsteine gegraben und geschleppt.
Meine Mutter aber hat die ganze Feldarbeit gemacht. Manchmal habe ich geholfen, aber meistens drückte ich mich, wo ich konnte, und war lieber bereit, auf meine Geschwister aufzupassen. Dann sperrte ich sie in die Hütte und lief mit den anderen Jungens in den Busch. Kam meine Mutter abends nach Hause, flunkerte ich alles mögliche zusammen. Ich war auch ärgerlich, daß es nicht mehr so gutes Essen gab wie früher. Oft habe ich in späteren Jahren darüber nachgedacht, wie es kommen mag, daß eines Kindes Herz so voller Eigensucht und Verstellung stecken kann. Denn ich bin dessen überzeugt, daß ich nicht allein also beschaffen war. Bloß, ich gestehe es mir ein. Heute. Die meisten alten Menschen aber sehen sich im Kinderkleid als Engelein.
Zu allem Unglück hatte der Sommer auch noch wahr gemacht, was der Winter und der Frühling angekündigt hatten. Es wurde ein ganz schreckliches Jahr. Nicht bloß die Dörfer im Spreewald, auch die am Rande litten unter einer furchtbaren Wassersnot. Dazu brach das kalte Fieber aus, und der Tod holte sich viele Menschen. An uns Armen ging er gnädig vorbei. Nur litten wir sehr mit dem Essen. Wir hätten nun Fische essen können, denn die Gerechtigkeit zum Fischen in dem Fluß ruhte auf unserem Grundstück. Bloß, mein Vater hatte keine Zeit, er mußte in der Ziegelei arbeiten. Da fischten wohl andere aus dem Dorf in unserem Wasser, doch sie vergaßen uns Fische abzugeben. Im Hochsommer fiel dann eine höllische Hitze auf die Erde, und es brach ein so fürchterliches Fischsterben aus, daß der ganze Spreewald stank und die Gemeinden gezwungen wurden, die toten Fische wagenweise auf den Äckern zu vergraben. „Wenn ihr mich nicht hättet, müßtet ihr alle verhungern", prahlte Großvater Hussak, denn er brachte öfters, wenn mein Vater nicht da war, einen gewilderten Hasen, ein Stück vom Reh und ähnliches. Unsere Hofstelle aber lag wüst bis zum Winter, als wir wegen der Kälte die armselige Bretterbude verlassen mußten.
Dieser Winter in der einen Stube beim Onkel und zusammen mit dem alten Säufer, das war wohl für meinen Vater das Schlimmste. Es freute ihn nur,

daß der Besitzer der Ziegelei, ein Herr von Bomsdorf, ihm mit Gespann ganze Wagen voll Mauersteine umsonst geschickt hatte. Sie waren alle schadhaft und eigentlich Abfall, aber das machte nichts. Der Herr von Bomsdorf war bekannt als ein warmherziger Christ, der gerne gab. Sein Sohn ist daran späterhin pleite gegangen und hat das Gut räumen müssen. Es werden somit auch zuweilen die guten Taten heimgesucht an den Kindern.
Als der Auftau endlich kam, und es war ja nun schon ein Jahr nach dem Brand, grub mein Vater das Fundament aus und mauerte es aus Feldsteinen. Ganz allein. Dann ging er nach Calau, denn noch ein Jahr hätte er die Not nicht ertragen. Da bekam er eine Brandhilfe von fünfzig Talern geliehen. Damit ging er nach Vetschau und kaufte eine Kuh. Sie hat siebenundzwanzig Taler gekostet. Wir haben drumherum getanzt, als er sie brachte. Nun hatten wir schon zwei Tiere. Die Ziege war für uns, die Kuhmilch und die Butter verkauften wir. So fing es denn nach einem Jahr endlich an. Die Kuh hatte ihren Stand in einer Bretterbude neben der Ziege. Es war wunderschön, wenn sie muhte. Meiner Mutter sind beim ersten Male vor Freude die Tränen geflossen.
Bis zum Winter stand unser neues Haus und hatte sogar schon ein Dach. Das meiste hatte mein Vater selber gemacht, denn er war sehr geschickt mit seiner Hände Werk. Fenster und Türen aber hatte unser Haus noch nicht. Mein Vater arbeitete Tag und Nacht, machte auch hiervon das meiste allein, und eine Woche vor Weihnachten zogen wir aus der Bretterbude in unser neues Haus. Möbel aber hatten wir noch nicht. Das sollte den Winter über fertig werden. Mein Vater hatte jetzt etwas Holz kaufen können vom Grafen. Als das Haus unter Dach war, hat er noch einmal vom Landrat zweihundert Taler Brandgeld auf das Grundstück geliehen bekommen. Mit dem nächsten Frühling wollte er dann Stall und Scheune auch noch selber bauen.
Es war eine schöne Weihnachtsfeier. Ich sehe noch wie heute, daß nichts verputzt war im Haus. Aus rohen Brettern hatte Vater einstweilen Tisch und Bänke und Bettgestelle zusammengeschlagen. Später wurde immer eins nach dem andern durch bessere Sachen ersetzt. Ein Weihnachtsbaum war auch da. Die Mutter hatte etwas Kuchen gebacken. Nachher fehlte ein ziemliches Stück, und meine Mutter schimpfte auf die Katze vom Nachbarn. Ich sah sie über den Hof schleichen und schmiß mit einem Stein nach ihr. Aber die Katze war ich gewesen.
Wir hatten eigentlich auch ein Schwein, aber das stand bei Onkel im Stall, und wir trugen unsern Abfall immer hin. Bloß, wir schlachteten es nicht, da es verkauft werden sollte für den Bau. Da ging mein Vater am Heiligabend zum Fischen, und er fing auch ein paar. Doch er hat sich furchtbar dabei erkältet. Der Weihnachtsabend aber war schön. Die Kuh und die Ziege waren

auch in die Stube geholt worden, da es in den Bretterbuden zu kalt war. Als die Ziege nun meckerte und die Kuh muhte, als die Kerzen am Weihnachtsbaum brannten, da sagte mein Vater: „Wie in Bethlehem!"

Bis nachher Großvater Hussak kam. Das war kein König aus dem Morgenland. Er hatte sein Bett gleich mitgebracht. „Nun wohne ich wieder auf meinem eigenen Grund und Boden", sagte er, „wo ist meine Stube? Aber

erst will ich essen! Ich sehe, ihr habt Fisch!" Da futterte er uns den dicksten Karpfen auf.
So hatten wir ihn wieder bei uns. Ich fürchtete mich vor ihm, denn ich hatte in der Nacht geträumt, er habe mich in den Arm genommen und gesagt: „Dies ist mein lieber Sohn, an dem ich Wohlgefallen habe!" Es war wohl wegen des Kuchenstehlens und der Lügerei mit der Katze.
Am andern Tag hing ein Hase in der Küche. Mein Vater hat nichts davon gegessen. Darüber schimpfte der Großvater und haute mit der Faust auf den Tisch. Dann zog er den Teller von meinem Vater an sich ran und fraß ihn auch noch leer. Darauf schenkte er meiner Mutter einen Taler. Er hatte wohl mehr als einen Hasen gewildert.

Ziffer 11

Der Mann mit dem Stock

Sieh da, was kommt denn da herein? Herr Lehrer Kasper Kleemann. „Guten Morgen, Herr Lehrer. Wir dachten schon alle, Sie sind mit verbrannt. Wo waren Sie denn bloß so lange? So, in Dragow. Ach ja, da haben Sie ja zwei Bauernhöfe. Da waren Sie ja vierzig Jahre Lehrer, bevor Sie zu uns gekommen sind! Sagen Sie mal, Herr Kleemann, hat Ihnen nicht Ihr Gewissen gesagt, Sie als ein reicher Mann hätten müssen den Armen im Dorfe etwas abgeben?"
Herr Kleemann schüttelte den Kopf. „Mein Haus ist ja auch verbrannt." Es war aber das Schulhaus und gehörte der Gemeinde. „Aber meine Sachen und Bäume und Hühner und Blumen?" Ja, da hatte er recht, wenn er auch gut versichert war. „Auch habe ich allen Geld geliehen, die Sicherheit hatten, und habe nicht mehr als acht Prozent genommen."
Siehe, so war unser christlicher Lehrer, und war derselbe siebzig Jahre alt, als er wieder erschien. Vielleicht, daß er ein bißchen krummer ging als vordem schon; seinen kurzen weißen Vollbart kratzte er genau wie früher, und die Augen, die ganz klein waren, gingen genauso listig wie vor dem Brand umher.
Wir hatten uns also umsonst gefreut, wir Jungens. Das Schulhaus war ratzekahl abgebrannt. Da hatten wir den ganzen Sommer keine Schule gehabt. Den Winter über dann nur immer in der Woche zwei Stunden in der Schänke. Die gab ein Lehrer aus der Stadt. Da bauten sie als erstes das

Schulhaus wieder auf, damit wir nicht zuchtlos würden. Dazu hatten sie Geld, wir konnten in der Bretterbude totfrieren.
Ich bin immer ganz gern in die Schule gegangen, in die alte und in die neue. Ich hab auch ganz leicht gelernt, bloß, ich hab nie die richtige Lust gehabt. Dabei kam eigentlich ein jeder bloß jede Woche einmal ran. Denn wir waren alle in einer Schulstube, von sechs Jahren bis zur Einsegnung und Jungens und Mädchens zusammen. Aus dieser Zeit habe ich bloß fünf Dinge behalten.
Erstens, daß wir vier Landkarten hatten, eine von Brandenburg, eine von Preußen, eine von Europa, eine von der Welt. Wenn die aufgehängt wurden, war ich immer vorneweg. Da wußte ich viel, denn in die Welt wollte ich, wie Großvater Grambauer.
Die zweite einprägliche Sache war, daß wir mal draußen über der Haustür einen Eimer Wasser an einen Nagel gehängt hatten. Als Herr Kleemann dann rausging und die Tür aufmachte, schülperte der Eimer natürlich über, und er wurde pudelnaß. Da kam er rein und brüllte: „Wer ist das gewesen?“ Es sagte aber keiner. „Wer es sagt, der bekommt zwei Groschen!“ Da sagte Hanka Koalik: „Grambauers Liepe ist’s gewesen!“ Darauf hat er mich fürchterlich verhauen, denn das konnte er, obwohl er nur spillerig war. Als ich nach Hause kam, stand schon mein Vater da. Er holte ein Stück ungebrannter Asche hervor und drosch nun seinerseits seinen Stammhalter, als wenn der ein Bund Hafer wäre. Dann sperrte er mich in den Keller. Wenn ich Keller sage, so war das anders als heute. Nämlich, der Keller war bloß ein Loch, zwei Meter lang und breit, und eine Leiter ging runter, und eine Falltür schloß oben ab. Da unten war es ganz duster. Er schloß auch noch die Falltür zu und redete, daß ich bis morgen früh nichts zu essen kriegen sollte. Abends erst hat er mich wieder rausgelassen. Und auch bloß, weil ich laut brüllte, ich müßte es entweder in die Hose oder in den Keller machen. Als Zusatzstrafe kriegte ich dann so viel Arbeit von ihm, daß ich zu dummen Streichen keine Zeit mehr hatte. Gefreut aber hat es mich, daß Hanka Koalik angeschmiert wurde. Erst hatte Herr Kleemann das überhaupt vergessen mit den zwei Groschen. Dann, als sie ihn mahnte, hat er ihr einen halben Groschen gegeben und „Mein gutes Kind!“ gesagt. Ich aber habe ihr am nächsten Tag den blanken Hintern versohlt. Später hat sie einen Lehrer geheiratet.
Das dritte Große aus der Schule, welches mir im Kopfe blieb, das waren die Nebenflüsse des Rheins. Nämlich, es war Herr Oberpfarrer Stempel aus Lübbenau da und machte Inspektion. Wir wußten alle nichts. Die drei, die oben saßen, die wußten am wenigsten. Aber es waren die drei Söhne von den drei größten Bauern. Und der Lehrer hatte einen großen Bauch. Da

gingen viele Würste und Eier und dergleichen geistige Gaben hinein. Dafür saßen die Jungen dann als Erste. Genau nach der Morgenzahl. Wir hatten ja nun so gut wie nichts mehr.
Also Herr Oberpfarrer wollte was von den deutschen Strömen wissen. Da wußten die drei gar nichts. Die Spree, ja, und die Gorroschoa und die Mudnitza. Gregor Mlosch wußte auch noch was von der Havel. Da fragte Herr Kleemann mich. Ich kannte Weichsel, Oder, Elbe, Weser und Rhein. „So", sagte Herr Oberpfarrer, „nun zeige sie mir mal auf der Landkarte!" Das konnte ich. „So, nun zeige mir mal die Nebenflüsse vom Rhein und wo er entspringt!" Das konnte ich auch. Darauf flüsterte er mit Herrn Kleemann, welcher immerzu dienerte. Darauf sagte Herr Kleemann: „Gottlieb Grambauer, setz dich mal auf den zweiten Platz!" So verdammt ich mich da gefreut habe, aber warum nicht gleich auf den ersten? Das getraute sich Herr Kleemann nicht. Auf dem ersten saß Jürgen Nowka, dessen Vater war Schulze. Da traute sich wohl auch Herr Oberpfarrer Stempel nicht ran. Zu mir sagte er: „Grüße deinen Vater, und sage ihm, die, welche geduldig sind, werden belohnt."
Als ich mittags nach Hause kam, war schon Herr Kleemann dagewesen. Er hatte wohl auch was für die Botschaft gekriegt. Mein Vater aber nahm mich in die Arme, weil ich die großschnauzigen Bauernjungens abgewürgt hatte. Seit sie die Gelder für die Versicherung gekriegt hatten, konnte er sie nicht mehr leiden.
„Ich bin direkt stolz auf dich", sagte mein Vater. Da bestellte ich das von Herrn Oberpfarrer von wegen den Geduldigen. Mein Vater griente: „Er kann mich ..." Aber er sagte es nicht richtig zu Ende, er sagte: „... gern haben!" Ich aber dachte in meinem Sinn: Wenn der Schwarze das nächste Mal bloß nicht nach den Propheten fragt! Dann bist du geliefert! Er hat mich bis zur Konfirmation nicht danach gefragt. Siehe, so blieb ich Zweiter. Darum hab ich zeit meines Lebens die Wacht am Rhein immer gern gesungen.
Die vierte schöne Sache blieb leider auf den Winter beschränkt. Da mußte jedes Kind, ob groß oder klein, arm oder reich, an jedem Tag eine Handvoll Reisig oder ein Scheit Holz mit zur Schule bringen, sonst wäre nicht geheizt worden. Das Feueranzünden machte viel Spaß, und wir dehnten es lange aus, denn bevor es nicht richtig warm war, kam Herr Kleemann nicht rein, begann jedenfalls nicht mit dem Unterricht. Manchmal brachten wir nasses Holz und grünes Reisig mit, da ließ sich gar kein Feuer machen, und Herr Kleemann fror und schickte uns nach Hause. Als wir das zu oft machten, zog er sich einen Schafpelz an und ließ uns frieren. Dann rächten wir uns und machten derartigen Qualm, daß die ganze Schulstube voll war und er furchtbar hustete und kröchte. Wir auch, aber das schadete nichts. Das Lustigste war, als

Plischkas Karle mal Schießpulver in ein Holzscheit gemacht und in den Ofen geschoben hatte. Da flog die Tür auf, und die ganze Glut kam raus. Herr Kleemann hat sich vor Schreck nicht mehr an den Ofen getraut, wir auch nicht, und so sind in die Bohlen große Löcher gebrannt.

Die fünfte Erinnerung an die Schule aber ist die beste. Sie betrifft die Frühstückspause. Nämlich so: Wir hatten alle in der Tasche einen ordentlichen Knallen Brot. Ohne was drauf natürlich. Alle, auch die von den fetten Bauern. Das, was sie heute machen, mit den belegten Frühstücksbroten für ihre Lämmer in der Schule, das kannte damals keiner. Höchstens hatte mal einer einen Apfel. „Pause!" sagte Herr Kleemann und ging raus. Dann zogen wir das Brot aus den Taschen, das war oft zwei Zoll dick. Richtig schaffen konnten wir es nie. Nun hätten wir ja weniger von zu Hause mitbringen können, denn da war es immer knapp. Aber zu Hause machten wir Krach, denn dieses Brot war eine wirkliche Gabe Gottes. Dieweil es Herrn Kleemanns Gunst gewann. Es dauerte niemals lange, dann kam er wieder rein. Er brachte dann immer einen Spankorb mit. Den stellte er unter die Wandtafel und sagte fromm, und war es doch scheinheilig: „Liebe Kinder, lasset uns wieder beginnen! Aber Brot ist eine Gabe Gottes, lasset uns vorher die Brosamen sammeln, damit nichts umkomme. Darum stelle ich diesen Korb hierher. Wer da will, der tue seine Reste hinein!" Das sagte er jahraus, jahrein. Und ebenso lange warfen wir jeden Schultag von unseren Plätzen aus mit Brotstücken nach dem Korb. Wir zielten, wir machten Rückpraller von der Wand, Querschläger von der Wandtafel, und am schönsten war es, wenn ein Geschoß abprallte und gegen das Katheder sauste. Dort saß Herr Kleemann und paßte auf und nahm es nicht übel, wenn er mal eins an den Balg kriegte. War alles verschossen, stand er auf und las die verstreuten Stücke zusammen. Dann ging er mit dem Korb hinaus, denn er hatte viele Hühner und Gänse, und er wußte genau, wenn wir das Brot sittsam in den Korb legen müßten, würden wir weniger mitbringen. Das Schießen aber machte uns Spaß. Darauf hatte er seinen Plan gebaut, dafür bückte er sich gern.

So, das sind meine hauptsächlichsten Erinnerungen an die Schulzeit. Bloß das eine noch, daß Herr Kleemann in dem neuen Hause noch drei Jahre regierte. Dann, als ihm die Kreide immer aus den zittrigen Fingern fiel, ging er wieder nach Dragow und ließ sich pensionieren. Denn er hatte einen dritten Bauernhof gekauft. Auch wollten ihm einige bei uns wegen seiner hohen Zinsen den Hals abdrehen. Er ist dann nach sieben Jahren gestorben, und sie haben ihn beim Begräbnis als ein Vorbild gerühmt. Wir aber hatten einen neuen Lehrer bekommen. Einen sehr jungen noch, und er hieß Herr Schulze und mußte voll bezahlt werden.

Darüber wurde viel geschimpft im Dorf. Es wäre schon genug mit den kirchlichen Lasten. Früher, zum Beispiel in Zinnitz, da hatten sie den Pastor Reeka so knapp gehalten, daß er sein Einkommen verbesserte, indem er im Winter wochenlang bei den Bauern die Schweine schlachtete. Dieses ist wahrhaftig so gewesen. Nun ginge das auch mit den teuren Lehrern los. Sie wären schon zu freigebig zu Herrn Kleemann gewesen. In Groß-Beuchow, da wäre vor einigen Jahren erst Herr Faber pensioniert worden, derselbe hatte drei Ämter in eins bekleidet. Er war Schullehrer, Dorfhirte und Nachtwächter. Dafür bekam er zehn Scheffel Korn von der ganzen Gemeinde, drei lübbensche Maß Korn von jedem der fünfzehn Besitzer, drei Groschen von jedem Büttner und Tagelöhner, eine Metze Leinenaussaat, zwei Bund Stroh von jedem Besitzer, freies Holz, soweit solches in der Gegend zu haben, zu den Feiertagen ein Stück Kuchen von jedem Besitzer, freie Wohnung und ein Gärtchen, desgleichen die Erlaubnis, sich eine Kuh halten zu dürfen, sechs Pfennige Schulgeld wöchentlich von jedem Kind zur Winterszeit, im Sommer aber nur drei Pfennige. Faber, der ein alter abgedankter Soldat war, hat das Amt fünfundvierzig Jahre ausgeübt. Hat also in der Nacht die Wachen gelaufen, darauf von fünf oder sechs in der Früh drei Stunden Schule gehalten, darauf das Vieh ausgetrieben und gehütet. Im Jahre 1845 erst ist er abgegangen.

Alle Dörfer haben die Beuchowschen um ihren Schulmeister beneidet. Am meisten mein Großvater Hussak. Seine verstorbene Frau war eine Bauerntochter aus Beuchow gewesen. „Hier wird das Geld rausgeschmissen und heißt es Herr Lehrer hinten und vorn", krakeelte er, „und fürs Viehhüten muß wieder einer sein, und fürs Nachtwachen muß wieder einer sein! Wer aber bezahlt das alles? Unsereiner! Wo bringen es die Bauern zu was und sind reich und angesehen? in Beuchow! Das mit dem vielen Lernen, das verwirrt bloß den Kopf und macht ihn krank. Das ist wie mit dem vielen Waschen. Woher kommt denn die Brustkrankheit, he?"

Damit meinte er die Schwindsucht, die in diesen Jahren sehr stark gewachsen war. Die in den Spinnereien und Fabriken arbeiteten, die mußten sich abends immer sehr waschen, um den Staub abzukriegen. Also hatten sie die Brustkrankheit nicht von dem Staub, sondern von dem Waschen gekriegt.

Ziffer 12

Neue schwarze Wolken

Das fing mit meinem Vater an in den Jahren der Trübsal, als er viel im Wasser lag und fischte. Da ist er manchmal morgens ganz verkühlt nach Hause gekommen. Dann hat er angefangen, sich warm zu arbeiten. Er war ein starker Mann, doch die Not seines Lebens war stärker. Oder doch kälter.
Wir hatten nun wieder ein Gehöft mit Haus und Stall und Scheune. Und Kühe und Schweine und Hühner und Gänse und all solch Takelzeug. Bloß einen Garten hatten wir noch nicht. Diesen aber liebte mein Vater über alles. Er war ein großer Gärtner. Da mein Vater kein Geld übrig hatte, junge Bäume zu kaufen, schnorrte er sich überall welche zusammen. Man bloß, sie trugen noch nicht. Und wenn an einigen ein bißchen was dran war, dann erntete ich oft vor der Zeit.
Einmal half ich dem Vater, als er ganz besondere Beete machte. Das war im Frühjahr. Er mischte sich sogar die Erde.
„Was soll denn da rein, Vater?"
„Das wirst du schon sehen!"
Ich kriegte es aber nicht zu sehen. Er auch nicht. Dieses kam so: Als er sein Beet fertig hatte, ging er ins Haus. Es dauerte lange. Ich versuchte auch Erde zu mischen. Da kam er wieder. Sein Gesicht war ganz düster, vorher war es fröhlich gewesen.
„Hast du die Nüsse gestohlen?" Er hielt mich gleich fest. Ich sagte erst nein, denn ich wußte zunächst wirklich von nichts, so lange war es schon her. Da schüttelte er mich wie ein Kornsieb, und nun flogen die Lügen wie Spreu davon, und die Wahrheit fiel unten durch. Dann nahm er sie auf in Gestalt eines Stockes und verdrosch mich wie nie in meinem Leben. Ich habe wirklich drei Nächte auf dem Bauch schlafen müssen.
Es war so gewesen: Mein Vater hatte gehört, daß sie in Branitz ganz neumodische Walnüsse hatten. Da war er im Herbst zu Fuß bis Branitz gelaufen, welches auf dem Weg hin schon dreißig Kilometer sind. Da hatte er einen Gärtner zum Freund. Der schenkte ihm drei Dutzend der neumodischen Nüsse. Sie waren noch in ihrer grünen, saftigen Haut. Die Nüsse legte mein Vater auf dem Boden in die Kleiekiste, ganz unten. Aber das wußte keiner. Sie sollten in der Kleie frisch bleiben bis zum Frühjahr. Ich mußte im Winter nun oftmalen Kleie holen. Einmal war nicht mehr viel in der Kiste. Nanu, was kommt denn da raus? Eine Walnuß, und ist grün. Noch eine. Noch eine. Ich sagte mir zwar, die kann nur der Vater da reingelegt haben. Ich sagte

mir aber auch, na, eine oder zweie, das merkt er ja nicht. Dieweil ich mir das aber immer wieder sagte, wenn ich Kleie holen mußte, wurden sie alle. Zu Weihnachten hatte ich Angst. Nun wird er sie holen wollen, dachte ich, die sollten sicher an den Weihnachtsbaum. Er holte sie nicht. Die hat er wohl vergessen. Da vergaß ich sie auch. Na, und dann erinnerte er sich ihrer im Frühjahr. Ich habe mich ihrer nachher noch länger erinnert.

Weil er so unermüdlich arbeitete und sich keine Ruhe gönnte, hatte mein Vater sich wohl sehr abgeschwächt. Da stand er eines Morgens nicht auf und hustete sehr. Dann kam der Doktor. Dann weinte meine Mutter viel. Dann beteten wir alle viel. Dann kam der Pastor mit dem heiligen Abendmahl.

Da ich nun schon zwölf Jahre alt war, verstand ich es. Es war am 14. Januar, und er hatte Geburtstag. Als der Pastor fort war, durften wir zu ihm. Er lag in seinem Bette und hatte ein weißes Hemd an. Er war ein breiter, kräftiger Mann gewesen, und ich hatte wegen seiner Stärke, wenn er die schweren Steine schleppte, immer voll Stolz mit ihm geprahlt. Einen Bart trug er nicht, nun sah er schmal und müde und klein aus. Wir knieten alle an seinem Bett und langten nach ihm. Unsere Mutter betete. Da sagte er, und es war schwer für ihn bei dem Husten: „Sie sollen was lernen!" Dann keuchte er: „Sie sollen das Böse meiden!" Dann flüsterte er: „Gott wird euch beistehen!" Dann segnete er uns mit seiner Hände Zeichen. Dann sank er zurück und röchelte. Und dann wurde es still. Meine Mutter fing an, schrecklich zu weinen. Da schrien wir drei Kinder laut.

So starb mein Vater, Johann Gottfried Grambauer, Garnwebermeister und Kossät. Er ist bloß siebenunddreißig Jahre alt geworden. Ich habe zuerst nicht geglaubt, daß er tot sein könnte. Ich hatte meinen Großvater sterben gesehen, das war so anders, so groß und gewaltig gewesen. So, als wenn einer in eine vornehme Kutsche steigt und verreist vierspännig. Ich dachte, das Sterben müßte immer so sein. Nun war es hier eine fast unbeträchtliche Sache, und war doch mein Vater. Ich habe lange noch in der Stube an seinem Bett gesessen und gewartet, daß er die Augen wieder aufmacht. Da wollte ich ihm sagen, daß ich keine Streiche mehr machen würde und nur arbeiten. Er hat sie nicht mehr aufgemacht.

Mein Großvater Hussak ist reingekommen, aber bloß bis zur Tür. Da stand er still und brummelte: „Das hat er nu von der ewigen Arbeit. Da liegt er nu und ist tot, und ich steh da und bin lebendig!"

Da hab ich alle Ehrfurcht vor dem Alter vergessen und hab ihn angeschrien: „Geh raus, du!" Da ist er rausgegangen.

DIE ZWEITE STUNDE

Ziffer 1

Ich vergrößere mein Vaterland

Genaugenommen war die Grundlage meines Vaterlandes eine Kegelkugel. Solches jedenfalls war sie für den Wirt von der Boblitzer Mühle und seine Kegelbrüder. Für mich war sie von Anfang an eine Erdkugel.
Schuld hatte unser neuer Lehrer, Herr Schulze. Der hatte einen Globus mitgebracht. Wir hielten es zuerst für einen Aberglauben, daß ein so närrisches Ding die Erde vergegenständlichen sollte. Besonders das mit der Erdachse, das konnte er uns lange nicht klarmachen. Wir waren bei Achsen ja nicht so dumm und wußten, was es heißt, eine Wagenachse zu schmieren. Die Großen wollten es erst recht nicht glauben, daß durch die Erde eine Achse gehen sollte. „Und wer hält die Achse?" fragten sie. „Steckt die nun irgendwo in der Himmelswand?"
„Die Kugel fliegt doch frei im Weltenraum", sagte Herr Schulze.
„Wenn sie fliegt, was braucht sie da eine Achse?"
Mein seliger Vater erklärte es mir anders: „Die Achse geht quer durch die Erdkugel. Das eine Ende hält unser Herrgott, das andere der Leibhaftige. Der eine will die Kugel nach links drehen, der andere nach rechts. Dabei wird mal dem einen der Arm lahm, mal dem anderen. I, denkt dann der eine und der andere, nun kannst du ja mal die Richtung ein bißchen in deinem Sinn verschieben! Dann merkt es der andere. So kommt dann ein Gezottel heraus, mal rechts, mal links, mal aufwärts, mal abwärts, der zieht, und der zieht, und auf der Erde purzelt alles durcheinander. Das nennen sie dann Krieg und Revolution und Hungersnot und Pestilenz."
Ich glaube an die Erdkugel. Auch Herr Kleemann hatte schon was davon gesagt. Bloß, auf seinen Karten sah man das nicht. Auf dem Globus aber waren alle Länder und Meere drauf. Da wünschte ich mir einen Globus zu Weihnachten. Ich kriegte keinen. Da trachtete ich, mir einen zu machen. Bloß, die Kugel, woher nehmen und nicht stehlen?

Ich ging zu meinem Onkel Hanko, Mutters Bruder, der war Drechsler und machte auch ganz große Kegelkugeln. Aber er gab mir keine und plinkerte bloß listig und sagte: „Ein dämlicher Ochse, der im Klee steht und frißt nicht!“

Erst am Sonntagabend ging mir ein Licht auf über diese Worte. Nämlich, am Sonntag, da hatte ich immer in der Boblitzer Mühle zu tun. Dahin kamen sonntags die Lübbenauer Bürger mit Kind und Kegel. Das heißt, die Kegel waren schon da. Die jungen Männer kamen wegen der Mädchen, die jungen Mädchen kamen wegen der jungen Männer, die Frauensleute wegen Kaffeeklatsch und die verheirateten Männer wegen Kegelschieben. Ich half dem Sohn vom Gastwirt, welcher mein Freund war, beim Kegelaufsetzen. Dafür gab es fünf Groschen für uns beide zusammen und für jede Neun einen Sechser.

Nun waren wir beide strebsam und trachteten, wie wir mehr verdienen konnten. Wir hatten es auch bald raus, es ging aber bloß abends, wenn es dunkel war, denn die Petroleumlampe, die der Gastwirt auf der Bahn hatte, die war nicht so hell wie bei uns zu Hause der Kienspan. Na, und dann lud eben der eine, und der andere schoß. Wir hatten uns kleine Steine gesammelt, und wenn eine Kugel so einigermaßen in die Vollen kommen mußte, dann schmiß der andere, der verdeckt stand, die Kiesel schön seitlich gegen die Kegelköpfe, und dann purzelten auch meistens alle Neune. Gewissensbisse wegen der Mogelei hatten wir keine, denn die Kegelbrüder machten jedesmal ein Freudengeheul. Und wenn einer mehrmals das Glück hatte, und wir kannten ja auch bald unsere Kunden und bevorzugten sie, da gab es sogar statt eines Sechsers einen Groschen. Immer, wenn wir auf diese Art gut verdient hatten, waren auch die Kegelbrüder in gehobener Stimmung. Und der Wirt auch, denn dann wurde mehr getrunken. So hatten wir im Grunde bloß Freude auf die Erde gebracht. Siehe, sagte ich mir da, es kommt wirklich auf den Glauben an. Und der Zehnte weiß oft nicht, daß sich der Elfte mit kleinen Steinen sein Brot verbessert.

Diesen Sonntagabend, da war ich also nicht der Ochse im Klee, der nicht frißt. Da rollte die dickste Kugel, und es gibt heute so große gar nicht mehr, da rollte sie so daneben, daß ich sie nachher im Garten fand, und ich schleppte sie in der Nacht mit nach Hause.

Zu Hause malte ich heimlich in der Scheune alle Länder und Meere drauf. Die hatte ich in einem kleinen Atlas. Farbe hatte ich bloß blaue Stubenfarbe und Kalkweiß und Zinnober. Dann schlug ich oben und unten zwei Nägel in die Kugel und feilte die Köpfe ab. Dann mußte ich nachmalen, so viele Länder hatte ich wieder ausgewischt. Dann nahm ich einen von Vaters Spannbügeln, mit welchen er auf der Hobelbank Bretter festspannte. Die

Kugel paßte rein und drehte sich auch. Aber ich mußte noch einen Fuß machen an den Bügel, damit der Globus stehen konnte. Als ich fertig war, erwischte mich Vater. Erst wollte er mich verhauen, weil ich seinen Spannbügel verruiniert hatte. Dann fragte er, wo die Kugel her ist. Ich sagte: „Das siehste doch, die hat Onkel Hanko gemacht!" Es war nicht gelogen. Dann sah er, was ich gemacht hatte. Darüber freute er sich so, daß er meinen Globus zu Herrn Schulze in die Schule trug.
Sie waren alle neidisch auf mich. Das war das Schönste an dem Globus. Nachher aber sagte Herr Schulze: „Bloß, die Länder stimmen nicht, Gottlieb! Sieh mal, du hast Brandenburg zu groß gemacht, und Preußen bedeckt ja die Hälfte von der Kugel!"
„Das ist egal", sagte mein Vater, „Preußen ist sehr groß!"
„So groß nun auch wieder nicht", sagte Herr Schulze.
„Dann wird es noch mal so groß", sagte mein Vater. Er war eben ein echter Preuße.
„Aber gleich die halbe Erde?" sagte Herr Schulze und lachte.
„Die ganze!" rief mein Vater, denn er war ärgerlich, daß mein Globus Herrn Schulze nicht in allem gefallen hatte und ich deswegen nicht gleich Erster geworden bin. „Der Junge hat einen besseren politischen Sinn als Sie, Herr Schulze!"
Der Erdkugelkegelglobus hat lange in unserer Stube gestanden. Bis ihn so viele befaßt hatten, daß keine Farbe mehr dran war und Preußen und Frankreich und Europa und Amerika und überhaupt alles verwischt war zu einer Internationale. Es war wohl die erste ihrer Art. Da nahm mein Vater seinen Bügel ab und reparierte ihn wieder um. Die Erdkugel aber erlebte einen ganzen Weltuntergang. Meine Mutter wollte die Kugel zu Kleinholz machen, bloß, das Beil wäre ihr an dem harten Holz beinahe ins Bein gerutscht. Da nahmen wir Jungens die Kegelkugel und spielten Trudelball mit ihr auf der Dorfstraße. Nachher blieb sie in der Hofecke im Dreck liegen. Möglich, daß es der wirklichen Erde auch mal so geht. Aber das wäre schade. Schon wegen der Vögel und Blumen und Bäume.

Ziffer 2

Die Erdkugel bestimmt meine Laufbahn

Eines Tages fand ich meine Kugel wieder. Mein Vater war schon zwei Jahre tot, und ich war eingesegnet. Ich sollte was werden. Zuerst, und weil ich der Älteste war, sollte ich Bauer werden. Ich bedankte mich. Früher, ja, da kannte ich nichts Schöneres. Aber nach der Feuersbrunst die Not und Plackerei, nein, da war es aus mit dem Dorf. Ich war doch auch ein Sonntagskind und zu was Feinerem bestimmt. „Das Feinste ist, wenn einer sein Eigenes hat“, sagte meine Mutter. Aber sie war eine Frau, und von den Frauen aus unserem Dorf waren manche in ihrem ganzen Leben nicht mal bis in ein Nachbardorf gekommen. Es gab sogar solche Mannsleute. „Nein, immer bloß im dreckigen Stall und auf dem Feld bei Regen und für'n Herrn Grafen guten Tag und krummen Puckel? Da reiß ich aus, Mutter!“
Sie sagte nichts und plackte sich schwer weiter. Da kam mein Onkel Hanko, der auch mein Vormund war. „Laß ihn Garnweber werden“, sagte er.
„Das tu ich nicht, Onkel, da reiß ich aus! Ich will nicht hungern!“
„Was willst du denn werden?“ fragte meine Mutter.
„Gärtner“, sagte ich. Dazu hatte ich große Lust. Die Blumen und Bäume, das war meine Herzensfreude. Dagegen kam nicht mal die Stadt an. Das hatte ich wohl von meinem Vater.
„Das kostet zuviel“, sagte meine Mutter, „ich bin eine arme Frau.“
So ging wieder ein halbes Jahr hin. Da sagte mein Onkel Vormund: „Ich weiß es jetzt, du wirst Drechsler! Ich nehme dich in die Lehre.“
„Ich will aber nicht in diesem dämlichen Dorf bleiben“, rief ich, „ich will in die Welt wie Großvater Grambauer! Ich will ein großer und reicher Mann werden.“
„Ich mache dich zu meinem Universalerben“, sagte mein Onkel, „dann bist du ein großer und reicher Mann!“ Er war Junggeselle und hatte ein kleines Grundstück. „Sonntag machen wir es fest.“
Aber der Köder zog nicht. Als er am Sonntag kam, ich gleich hinten zum Fenster raus. Den Abend ließ ich mich nicht sehen, und die Nacht schlief ich auf dem Stallboden. Da holte mich meine Mutter am andern Morgen runter. „Ich reiße aus und geh auf See!“ sagte ich. „Ich will ein großer und reicher Mann werden, und wenn es in Amerika ist.“
Erst erschrak sie sehr, dann sagte sie: „Den Hintern voll!“ Aber das mit dem Drechsler gab sie auf.
In dieser Zeit war es, als ich die Kegelkugel wiederfand. Da fing ich an zu

basteln. Ich machte mir wieder einen Rahmen mit einem Fuß, der anzuschrauben war. Dann bohrte ich rundum, wo der Äquator gewesen war, lauter Löcher. Darein kamen so zehn Zentimeter lange Sticksel. Auf jeden Sticksel setzte ich eine Figur. Die schnippelte ich aus Holz. Einen König mit einer Krone, Fürsten, Priester, die ich einfach schwarz anmalte, Bauern mit Mistgabeln und Mädchen mit rundem Rock und Stadtbürger mit Zylinder und Soldaten und Pferde. Heute weiß ich, daß ich da unbewußt wieder etwas Politisches gemacht hatte. Rund um die Kugel, aber weiter nach unten zu, so im Wendekreis des Steinbocks, feilte ich einen Kerb und legte um ihn einen langen Bindfaden. Der lief in Halteschienen um ein altes Spinnrad. Wenn ich das Spinnrad langsam drehte, schnurrte die Kugel wie ein wunderschönes Karussell. Ich aber spielte den Mächtigen oder gar den Allmächtigen und konnte es laufen lassen, langsam und rasch, vorwärts und sogar zurück, und konnte es anhalten, wenn ich wollte. Ich dachte oft: So muß einem Kaiser zumute sein. Bloß, wir hatten damals noch keinen. Heute haben wir keinen mehr. Es lebt sich rasch in der Welt.
Das Karussell wurde ganz bunt bemalt. Dann war ich großmütig und schenkte es meiner Schwester zu Weihnachten. Aber sie verstand seinen Wert nicht zu schätzen, konnte es auch nicht regieren und machte es bald kaputt. Dann lag es wieder umher.
Es war so drei Wochen vor Ostern, als ich es neu zurechtbastelte. Mit anderen, viel feineren Figuren aus allen Völkern und Rassen. Da kam ein Mann in die Stube. Das war Herr Tischlermeister Mühlan aus Vetschau. Der hatte noch ein paar Sachen für uns gemacht und kam wohl nachsehen von wegen Moses und die Propheten. Meine Mutter war nicht zu Hause. „Hast du das gemacht?“ fragte er mich. „Was stellt es denn vor?“
Ich antwortete stolz: „Die Welt!“ Er fand es sehr sinnreich.
Als meine Mutter abends kam, fragte sie mich, ob ich Tischler werden wollte. Meister Mühlan habe ihr von dem Karussell erzählt, und er wolle es mit mir versuchen. Ich zog erst ein Gesicht, sagte dann aber ja, denn wenn es nun vorerst auch nicht Amerika war, so war Vetschau doch eine Stadt, und ich kam raus aus dem Dorf und wenn es mir nicht paßte, konnte ich den Hobel ja hinschmeißen.
In vierzehn Tagen wollte der Meister wiederkommen. Wird er es tun? Ich habe zuerst nichts darum gegeben, aber dennoch vor den Jungens geprahlt und hatte nun Angst, ich könnte als ein Schwindler gelten. Er kam denn auch. Mein Vormund wurde gerufen, und der Kuhhandel ging los. Der Meister bezeigte mir eine gute Gesinnung, und er wollte mich an Vaters Statt verwalten, wenn ich, statt gleich ein Meister der Welt zu sein – und dabei plinkerte er zu meinem Karussell hin –, erst mal einen folgsamen und

fleißigen Lehrling machte. Er versprach auch, ich sollte bei meiner Hände Geschick in zweieinhalb Jahren auslernen. Es wurde alles schriftlich gemacht und unterschrieben, und siehe, da war mein Fell verkauft.
Vierzehn Tage sollte ich noch zu Hause bleiben, das wollte meine Mutter, die heilige Kirmes sollte ich noch mitmachen.

Ziffer 3

Eine Mutter kann alles

Indem ich das hier so aufschreibe, da schäme ich mich. Bloß, es nutzt nun nichts mehr. Damals aber, als es was genutzt hätte, da schämte ich mich nicht. Siehe, so ist der Mensch. Nämlich, daß er in der Jugend das Gelüst hat auf das Unrechte und im Alter das Gefühl für das Rechte. Bei einigen ist es vielleicht umgekehrt. Da geht es dann erst recht verquer.
Da hatten nun meine Eltern gestanden in der Nacht nach dem Brande, mit nichts am Leib als einem Hemd und an der Hand drei Kinder. Und hatten nichts besessen als ein Stück Land, und da lag Schutt drauf. Sie hatten gebetet und gearbeitet. Dann hatte meine Mutter mit drei Waisen dagestanden und hatte Schulden auf dem Haus und einen unnützlichen Vater auf dem Hals. Da hatte sie gebetet und war wieder an die Arbeit gegangen. Von frühmorgens, wenn es noch dunkel war, bis spätabends, wenn es schon dunkel war.
Wir aber waren immer hungrig. Dann gab es, ach zu oft, bloß ein Stück trocken Brot. Manchmal etwas Leinöl. Wenn ich mir dann so das trockene Brot beschaute und das Maul zog, da lachte sie und sprach: „Iß nur, im Bauch ist kein Fenster!" Denn sie aß es auch und mußte soviel arbeiten. Die ganze Wirtschaft allein. Ich muß es noch einmal bekennen, daß ich nicht voll Einsicht war und mich drückte, wo ich konnte. Da war nun kein Vater mehr, der haute, da stromerte ich lieber auf den Wiesen und in der Heide rum. Nicht immer, ich arbeitete auch, aber die anderen Jungens hatten es besser und lachten mich aus.
Einmal, da war es ganz schlimm. Sie möge es mir noch heute verzeihen in ihrem Himmel. Sie war aufs Feld gegangen, und ich sollte im Garten ein Stück Land umgraben, da wollte sie Tabak pflanzen. Es war ein großes Stück, und ich fing auch ganz ehrlich an. Wenn dich die bösen Buben locken...! Sie lockten, denn sie wollten ins Bruch und Kiebitzeier suchen. Da halfen sie zuerst ein bißchen. Dann schmissen sie die Spaten hin und schoben ab. Da

weinte ich vor Wut und schmiß auch den Spaten hin und spuckte auf das Land und stieß es mit dem Fuß. Dabei kriegte ich eine Idee. Ich nahm einfach Erde auf den Spaten und streute sie dünn über das Stück Land, das ich umgraben sollte. Dann harkte ich alles, und siehe, nun sah es aus, als wäre es umgegraben.
Kiebitzeier haben wir nicht gefunden, aber es war wunderschön. Am Abend kam meine Mutter vom Feld und sah, daß ich das ganze große Stück geschafft hatte. Da streichelte sie mich und lobte mich. „Das ist brav und gottgefällig, daß du deiner Mutter so hilfst, Liepe!" Sie gab mir auch ein großes Butterbrot und hatte doch eigentlich die Butter verkaufen wollen. Es hatte zuerst geschmeckt wie Pech und Schwefel. Dann aber doch wie Butterbrot. Siehe, so ist des Menschen Eingeweide! Es ist stärker an Macht als sein Gewissen. Aber der Herr sieht alles, er ließ es in der Nacht regnen.
Nämlich, hätte er es nicht regnen lassen, dann hätte meine Mutter noch ein paar Tage gewartet mit dem Tabakpflanzen. Tabak wird gern bei nassem Wetter gepflanzt. Das war nun da. Sie ließ auch alles stehen und liegen und fing an. Sie nahm die Pflanzen aus dem Beet und stieß Zeigefinger und Mittelfinger in die Erde. Zuerst ging das gut, denn da war sie auf der Stelle, die ich richtig umgegraben hatte. Dann, alle Wetter, was ist das? Die Finger wollten nicht in den Boden hinein. Noch einmal versucht. Derselbe Erfolg. Sie stand auf und nahm den Spaten und fing an zu wühlen. Da entdeckte sie denn ja auch den Schwindel. Sie legte den Spaten weg und sagte nichts. Aber sie ging ins Haus und kam mit einem ziemlichen Tröster wieder. Ausreißen, dachte ich, du bist doch schon dreizehn Jahre! Es standen auch schon ein paar von den Freunden auf der Straße und lauerten. Sie wußten um mein Graben und hatten schon eine ganze Zeit auf das Donnerwetter gewartet. Da riß ich aber nicht aus, sondern ich ging einfach auf den Hof. Mutter war so verdutzt, daß sie bloß langsam nachkam. Aber da packte sie der Zorn, und sie packte mich, und da hat sie mich großen Lulatsch doch ganz gewaltig verdroschen. Ich hab zum ersten Male stillgestanden, denn ich wollte, sie sollte alles Schlechte aus mir rausprügeln. Sie hatte es wohl auch gewollt. Bloß, es schien, als wollte sich das Schlechte nicht recht von mir lösen, denn sie hat reichlich lange geprügelt.
Meine Mutter war hinterher gleich wieder gut. Ich war ja eigentlich ihr Verzug, denn sie hatte viel ausgehalten meinetwegen, als ich mein Kommen anzeigte. Trocken Brot aber blieb lange mein Kuchen. Wie es schmeckt, davon kann ich ein Lied singen. Meine Mutter schaffte es aber und brachte unsere Wirtschaft hoch und konnte abends beim Spinnen noch ein frommes Lied aus ihrem dicken Gesangbuch singen. Dazu blies ich Flöte, die hatte Onkel Hanko gemacht, der auch sehr musikalisch war. Wir hatten bald recht

schönes Vieh und auch Glück mit Ernten in Korn und Gemüse. Da war meine Mutter direkt fröhlich und sang auch weltliche Lieder. Und war doch immer allein und ging zu keinem. Wenn sie uns zu Bett brachte, da betete sie mit uns und sagte hinterher stets: „Witwen und Waisen verläßt der liebe Gott nicht!"

An welcher Zuversicht sie festhielt bis an ihr seliges Ende. Siehe, sie war sechzig Jahre Witwe und wurde fünfundneunzig Jahre und sechs Monate alt und war niemals krank. Wenn einmal der Himmel abbrennt und unser Herrgott läßt den Kopf hängen, dann wird sie wohl erst beten, aber dann geht sie bestimmt hin und baut die ganze Wirtschaft wieder auf. Und wenn sie es müßte ganz allein machen. Und abends und nachts, da spinnt und webt sie dann noch das ganze Leinen für die Hemden der himmlischen Heerscharen. Aber da wird sie sich doch wundern, weil die alle so lange Hemden anhaben.

Ziffer 4

Ich grüße das ehrsame Handwerk

In meinen Gedanken war ich schon ein großer Meister, bevor ich meines Lehrherrn Haus gesehen hatte. Da machte ich bloß Erdkugeln und Karussells und so was Künstlerisches. Zweimal hatten mich meine früheren Mitschüler noch verhauen, weil ich zu sehr prahlte und sie von oben herab behandelte, daß sie dämliche Bauernjungs bleiben müßten. Sie standen denn auch auf der Straße und guckten zu, als meine Mutter mit mir abschob. Sie riefen auch „Leimschieter!" und ähnliches Unanständiges hinter mir her. Ich drehte mich um und rief: „Schietetreter – Mistbullen!" und so. Darum ging ich auch ganz stramm aus dem Dorf, obwohl mir inwendig ein bißchen bammlig zumute war vor der Fremdheit, die auf mich lauerte.

Mutter hatte meine paar Habseligkeiten in ihre große Kiepe gepackt. Es war immer noch dieselbe, aus welcher ich vor fünfzehn Jahren in die Welt geguckt hatte, die eine Revolution war. Die Kiepe war bei dem großen Feuer nicht mit verbrannt, weil Mutter sie zufällig in Onkel Hankos Haus gelassen hatte. Drei Stunden zockelten wir die Landstraße lang, dann waren wir da. Vetschau war für mich eine ganz große Stadt. Wir kamen gerade mittags an, das hatte meine Mutter in ihrer Klugheit wohl so eingerichtet.

Ich nahm allen Mut zusammen und sagte laut: „Gott grüße das ehrsame Handwerk! Mit Gunst, Meister und Gesellen!" Das hatte mir Onkel Hanko, der ein Schelm war, eingepaukt und gesagt, es wäre so üblich und machte gleich einen guten Eindruck. Die Gesellen lachten jedoch alle, und der Meister blickte mich prüfend an. „Ist wohl ein Klugschieter?" sagte er dann zu meiner Mutter. „Aber der Junge hat ein gutes Herz", sagte meine Mutter.

Wir wurden sehr freundselig aufgenommen. Es wurde auch gleich Mittag gegessen. Der Meister, die Meisterin, drei Gesellen, meine Mutter und ich. Die vier Töchter, die der Meister noch hatte, mußten in der Küche mit dem Mädchen essen. Ich fand, das gehörte sich auch so für das Weibervolk.

Es war ein Sonntag, und es gab Schweinebraten. Erst war ich da noch etwas benommen bei den vielen fremden Menschen. Dann siegte der Schweinebraten, den hatte ich seit unserer Verarmung nicht mehr geschmeckt. Die Meisterin packte mir auch noch ein zweites großes Stück auf den Teller und machte liebliche Augen dazu. Da war ich froh, daß ich Handwerker geworden war. Die leben anders als ein Bauer.

Nach dem Essen zogen die Gesellen ab. Der Altgeselle sagte: „Na, Junge, nu aber erst morgen!“ Die anderen Gesellen lachten. Meister und Meisterin unterhielten sich noch mit meiner Mutter und machten zu ihr liebliche Augen. Wenigstens die Meisterin, das Luder. Aber langsam.

Ich mußte mal auf den Hof und schlich mich aus Neugierde in die Werkstatt, um ein bißchen Umschau zu halten. Das wird fein, dachte ich, immer so mit dem schönen Handwerkszeug rumbasteln, Karussells und Schnitzereien machen, mittags Braten, morgens sicher süßen Kaffee und viel schlafen sicher auch. Hol der Deubel die Feldarbeit, ich bin ein Sonntagskind!

Meine Mutter ging dann weg, und ich ging noch ein Stück mit. „Na“, sagte sie, „wirst du auch aushalten?“

„Es gefällt mir großartig“, sagte ich. „Wenn ich Meister bin, ziehst du zu mir, da brauchst du nicht mehr zu arbeiten, da kannst du immer den Braten machen, Mutter!“ Da fiel mir was ein, und ich war selber gerührt. „Wenn ich's mal nicht aufkriege und ich komm nach Haus, da bring ich dir was von dem guten Essen hier mit!“ Sie lachte. „Das ist schön, Liepe, daß du deiner Mutter Essen mitbringen willst, das tu!“

Ich warf mich in die Brust. „Gleich das nächste Mal, wenn ich nach Hause komme, paß mal auf!“ Warum sie dazu kicherte, weiß ich jetzt ja. Damals nahm sie mich in den Arm, und dann stakte sie die Straße weiter, und ich ging zu meinem Meister.

Es waren da also noch die vier Töchter, die älteste war zwölf. Ein Dienstmädchen hatten sie auch. Die Mädchen zeigten mir das ganze Haus und wo ich schlafen sollte. Nämlich oben auf dem Boden in der großen Stube, mit den drei Gesellen zusammen. Ich konnte es gar nicht abwarten, daß es Morgen werden wollte, damit ich gleich in der Werkstatt anfangen konnte. Ich wollte denen schon was zeigen.

Ziffer 5

Das ehrsame Handwerk grüßt mich

Um Viertel sieben wurde geweckt. Im Sommer um Viertel sechs. „Los, raus“, rief einer der Gesellen, „du zuerst!“ Waschen mußte ich mich auf dem Hof. Dann ging das Dienstmädchen mit mir zum Bäcker und holte Salzkuchen zum ersten Frühstück. „Von morgen ab mußt du sie allein holen“, sagte sie. Ein Salzkuchen ist ein Schusterjunge. Damals war ein Schusterjunge so groß wie heute ein Schustermeister. I, wie eine ganze Innung.

Jeder Geselle bekam zum ersten Frühstück einen trockenen Schusterjungen und einen Becher mit einem Viertelliter schwarzen Roggenkaffee vom Mädchen auf die Hobelbank gestellt. Dabei schülperte sie den Kaffee über, denn sie wurde von den Gesellen in den Hintern gekniffen und konnte sich, derweilen sie doch alle Hände voll hatte, dagegen bloß durch Kreischen wehren. Ich wollte ihr die Kaffeebecher abnehmen, damit sie sich richtig wehren konnte, aber sie sagte: „Geh weg, dummer Bengel!" Da sah ich, sie brachte gern wehrlos den Frühstückskaffee. Ich mußte meinen Kaffee in der Küche mit den Töchtern und dem Dienstmädchen trinken. Darüber war ich gar nicht froh.

Dann rief mich der Meister und hängte mir eine blaue alte Tischlerschürze um. „So", sagte er, „nun bist du zünftig!" Ich wollte gleich in die Werkstatt. „Nein", rief er, „in die Küche, du hilfst der Meisterin!" Da sah ich die Schürze an als ein Joch, welches man dem Ochsen umhängt. Um Berta, das Mädchen, für mich freundlich zu stimmen, kniff ich sie, als sie mit zwei Töpfen hantierte, auch in ihre Rückseite. Da kreischte sie nicht, sondern stellte die Töpfe weg, haute mir eine runter, sagte: „Altes Schwein!", und sie würde es der Meisterin sagen. Da erkannte ich, daß es Unterschiede gibt im Kneifen und Gekniffenwerden.

In die Werkstatt kam ich morgens bloß zum Aufräumen. Um halb zehn rief der Meister: „Frühstücken!" und ging in die Küche. Der Altgeselle voran, folgten ihm die Gesellen. Da saß der Meister. Neben sich einen Napf mit Schmalz, mal auch mit Butter. Und eine Buddel Schnaps. Auf dem Tisch lag ein großes, dickes Brot. Davon durfte sich jeder Geselle einen Schacht abreißen. Das taten sie auch, meistens so von drei Finger Dicke. Damit kamen sie zum Meister. Der strich Schmalz drauf. Mal auch Butter. Aber immer dünn. Belag und so gab es nie, die neumodische Sache kam erst später auf. Jeder Geselle nahm sich seinen Becher voll Roggenkaffee mit, und dann ging es in den Garten oder an die Hobelbank. Ich mußte letzter sein, denn zum zweiten Frühstück durfte ich in die Werkstatt. Aber essen konnte ich noch lange nicht, erst mußte ich für die Gesellen was aus der Kneipe oder vom Schlächter holen, auch mal Bier oder Schnaps. Denn die Schnapsbuddel auf dem Frühstückstisch war bloß für den Meister. Nach dem Frühstück war mein Platz wieder in der Küche.

Um zwölf gab es Mittag. Meist Mehlsuppe. Oder welche von Hirse, Erbsen, Bohnen oder Kartoffeln. Darin schwammen ein paar Speckgrieben und langweilten sich wie bei uns im Bach die Fische nach dem großen Sterben. Sonntags war wohl auch etwas Fleisch in der Suppe, und dann war sie auch meist ein Brei. Alle Jubeljahr und an den hohen Feiertagen der Christenheit gab es auch mal einen Braten.

Sonst also stand alle Tage die große Suppenschüssel auf dem Tisch und so viel Teller, wie wir waren, und so viel Löffel auch. Der Tisch war aus Lindenholz und kriegte sonntags eine karierte Wachstuchdecke und festtags eine aus Leinen. Die Schüssel hatte wohl so vierzig Zentimeter im Durchmesser und war immer dieselbe, jahraus, jahrein. Bis sie der Altgeselle heimlich anknackte. „Ich wollte mal was anderes auf dem Tisch sehen", sagte er nachher.
Die Meisterin teilte aus. Erst dem Meister, dann sich, dann den Gesellen, dann mir. Bei mir fischte sie immer so lange rum und schülperte den Schöpflöffel immer wieder halb aus in die Schüssel, bis auch wirklich kein Brösel Speck mehr im Löffel war. Es gab auch für alle meist noch einen zweiten Schlag, und wer gut löffeln konnte, kam dann zuerst dran. Wenn weiter nichts ist, dachte ich. Aber als ich dann als erster meinen Teller wieder hinhielt, sagte die Meisterin: „Du hast zu warten, bis die anderen dran waren!" Na, und da reichte es zum Lehrling runter in den ganzen Jahren nicht bis zum zweiten Teller.
Einmal, als ich wohl gar zu bedremmelt dasaß, schob mir einer der Gesellen seinen Teller hin, es war sein dritter, und sagte: „Da, du Gierschlung, friß!" Aber der Meister verwies es ihm. Es wäre ein unfeiner Ausdruck und schickte sich nicht bei Tisch, und es sähe auch aus, als müßten die Lehrlinge in seinem Hause das essen, was andere stehenließen!
Aber deshalb bekam ich doch keinen zweiten Teller voll. Ist man gut, dachte ich, daß wir nicht auch noch beten, wie ich es gewohnt war von zu Hause: Komm, Herr Jesus, sei unser Gast! Nämlich, wenn Herr Jesus auch noch mitgegessen hätte, würde er bestimmt meinen Teller voll gekriegt haben.
Abends gab es Pellkartoffeln mit Hering oder mit Leinöl. Bei Hering bekam jeder einen halben Fisch, bei Leinöl jeder einen Eßlöffel voll. Da rechnete ich wie ein Geselle und war stolz darauf.
Die ersten Tage hungerte ich nicht gerade. Da war noch etwas von Muttern übriggeblieben. Auch hatte sie ein paar Groschen dagelassen. Aber dann tat Hunger weh, und ich sehnte mich schon ein bißchen nach der Landwirtschaft.
So kam es dann. In den damaligen Zeiten war es üblich, daß jeder Kunde sich beim Bäcker seine Ware selber aussuchte. Die lag auf dem Ladentisch, und man wühlte darin herum, drückte, beroch, legte wieder hin, bis man seins hatte. Dann ging man mit dem Korb zur Frau an der Kasse, zeigte vor, und sie sagte, was es machte. Da nun morgens immer ein ziemlicher Andrang war beim Bäcker, trat der Versucher an mich heran. Jeden Morgen, bis er mich hatte. Nämlich, ich wartete nun immer, bis Andrang war, und ließ beim Aussuchen einen oder auch mal zwei Schusterjungens in den Latz meiner

Schürze verschwinden. Auf dem Weg zu meinem Meister wurden sie dann verdrückt. Es war nicht recht, aber es war auf jeden Fall billig. Wer unter euch ohne Sünde blieb, wenn er hungerte, der esse hinfürder seine Schusterjungens mit Butter.

Zweieinhalb Jahre habe ich gelernt. Es hat wohl auch ein paarmal Braten gegeben. Aber da habe ich nur immer eine Scheibe bekommen, die so dünn war, daß ich durch sie durchsehen und feststellen konnte, der goldene Boden des Handwerks lag bestimmt nicht auf meinem Teller. Einmal aber kriegte ich auch Zulage bei Tisch. Der Meister hatte Geburtstag und auch mittags eine Flasche Schnaps neben sich. Es war alles sehr fröhlich. Die Gesellen taten ihm Bescheid. Sie hoben das Glas und sagten: „Ich seh Euch im Glase, Meister!"

Da ich keinen Schnaps kriegte, nahm ich meine dünne Bratenscheibe hoch und sagte: „Ich seh Euch im Braten, Meisterin!"

Da langte sie mir eine am Tisch. Der Meister aber sprach ernst: „Es geziemt einem Lehrling nicht, gierig zu sein in seines Leibes Begehr!"

Das war zu Ende meines ersten Lehrjahres, wo ich noch immer kaum in die Werkstatt kam. Dafür mußte ich jeden Tag für den Meister, die Meisterin, die vier Töchter und das Dienstmädchen die Schuhe putzen. Dann Kartoffeln schälen. Das Vieh füttern. Im Garten graben und wieten. Für die Gesellen Schnaps und Wurst holen. Stühle und Tische, und was sonst gemacht wurde, im Handwagen wegfahren. Dabei wuchs ich unheimlich. Aber der Hunger wuchs noch rascher.

Ziffer 6

Teure Heimat, sei gegrüßt!

Jeden dritten Sonntag durfte ich nach Hause gehen. Gehen – ich bin nicht gegangen, ich bin immer gerannt. Das heißt hin, zurück ging ich dafür sehr langsam.

War das schön bei Muttern! Die meiste Zeit aß ich. Die ersten Male hatte ich Angst, sie würde fragen, wo ich denn den mitgebrachten Braten hätte. Aber dann wußte ich, warum sie damals so gekichert hatte. Wenn ich nicht aß, mußte ich meinen ehemaligen Schulkameraden was vorlügen von wegen meiner Tischlerkunst und dem guten Essen. Aber ich machte es mäßig, denn einer Prügelei war ich körperlich nicht mehr recht gewachsen.

Zog ich ab, hatte ich von Muttern immer einen vollgepackten Korb mit. Davon war das wenigste Wäsche. Ein halbes Brot, einen Topf Schmalz, eine Flasche Leinöl. Und ein paar Groschen. Meine Schwester war gut, die kam mir nachher jeden Sonntag auf halbem Wege entgegen mit einem Korb. Ich dann immer erst rein in den Straßengraben und den Topf mit Essen vorgenommen. Was nicht in den Bauch ging, nahm ich mit. Das schmeckte auch kalt noch ein paar Tage, wenn es auch man ein Hirse- oder Reisbrei war.
Im Sommer und Herbst wußte ich mir ja Rat. Da gab es genug Gärten in Vetschau mit Beeren und Obst. Sie haben mich nie gekriegt. Bloß, ich kriegte oft den Durchfall. „Frau", sagte dann der Meister, „wie geht das bloß zu bei dem Jungen, bei *der* Kost?" Da hat mich einmal ein Geselle verpetzt, aber aus gutem Herzen. Er nahm ein paar Mohrrüben, von welchen ich immer einige in meinem Kasten hatte, hielt sie dem Meister hin und sagte: „So geht das zu!" Da bekam ich von der Meisterin Ohrfeigen, weil es ihre Mohrrüben waren. Ich mußte feierlich geloben, keine Mohrrüben mehr zu stehlen. Also nahm ich fortan Gurken und Steckrüben und grünes Obst.
Einmal sonntags waren sie alle aus, auch alle Gesellen und das Dienstmädchen. Ich hatte die Wache. Da ging ich in die Küche auskundschaften. Aber sie hatten alles weggeschlossen. Bloß die Kartoffeln nicht.
Da hatte ich eine Idee. Ich nahm einen Haufen Kartoffeln mit nach oben, schälte sie und rieb sie. Die Reibe hatte ich aus der Küche mitgenommen. Bloß eine Pfanne hatte ich nicht, das würde sie nachher gemerkt haben. Da nahm ich die eiserne Ofenschaufel und putzte sie ein wenig blank. Im Ofen war Feuer. Etwas Leinöl hatte ich noch. Und so machte ich mir Kartoffelpuffer. Sie wurden nicht gar, aber geschmeckt haben sie fein. Abends, als sie zu Haus waren, schnüffelten sie umher, es hat wohl nicht gut im Haus gerochen von dem Öl. „Was hast du angestellt?" kreischte die Meisterin und hatte mich auch schon beim Wickel. Da sagte ich es. Darauf bekam ich Dresche. Erst vom Meister wegen überhaupt. Dann von der Meisterin wegen der Kartoffeln. Dann vom Altgesellen, weil die Stube stank. Da nahm ich mir vor, nicht mehr gleich die Wahrheit zu sagen, wenn ich was ausgefressen hatte. Fortan bekam ich weniger Dresche.
Ein Unglück aber kommt selten allein. Die Bäckersfrau mußte Lunte gerochen haben. Von Stund an suchte sie mir die Schusterjungs zusammen. Da war es aus mit dem Einkauf unter der Schürze. Ich bekam vom Meister nun schon acht Groschen Lohn. Aber fünf Groschen behielt er ein. Wofür? „Wenn du Geselle wirst, mußt du einen neuen Tuchrock haben!" So langten die übrigen drei Groschen gerade hin, mir morgens einen Schusterjungen extra zu kaufen.
Da ist es zu verstehen, daß meine Liebe für meinen Meister und seinen

Betrieb nicht gerade groß war. Ein dutzendmal wollte ich ausreißen, bloß, ich fürchtete die Schande. Und dachte auch immer, wenn wieder eine neue Fabrik in Vetschau aufgemacht wurde: Laßt mich man erst ausgelernt haben, dann gehe ich in die Fabrik! Einmal hörte das der Meister, als ich so zu dem einen Gesellen sprach, und er sagte: „Da wirst du bei lebendigem Leibe verhungern!" Ich griente ihn an und antwortete: „Kann mir nicht passieren, Meister, gelernt ist gelernt!" Ich wußte, daß ich dafür eine kriegte, ich hatte mich auch nicht geirrt. Daß ich selber so eine große Fabrik aufmachen würde, das war für mich sicher, und wenn auch bloß, um meinen Meister und all die anderen kleinen Krauter totzumachen. In solchen Stimmungen steckte ich sogar mein Ziel, groß und reich zu werden, hinter der Rache für das Hungern zurück.
Bloß, von inwendig hatte ich noch nie eine Fabrik gesehen. Mein Vater hatte mir fürchterliche Sachen von den Fabriken erzählt, die er auf seiner Wanderschaft gesehen hatte; er war auch dabeigewesen, als sie da irgendwo in Westdeutschland eine Fabrik gestürmt und verbrannt hatten. Mein Großvater Grambauer hatte nie eine Fabrik gesehen und immer bloß gesagt: „Was soll ich erst noch der Menschheit in den Hintern gucken, mir genügt zum Erkennen schon der Dreck, den sie macht." Damit meinte er die Fabrikware. Ich war ja nun nicht so für das Alte, und die großen Spinnereien, die sahen mir eher wie Königsschlösser aus.
Endlich machte es sich, daß ich rein konnte. Ich mußte Schemel und Bänke hinbringen. Na, mein Vater hatte nicht zuviel erzählt; vor Staub konnte ich zuerst gar nichts sehen, so dick schwirrte er in der Luft rum. Auf allen Maschinen und Bänken und Schränken und Menschen lag richtiger Schnee, das waren die feinen Flocken von dem Gesponnenen. Die Menschen husteten und kröchten und spuckten alles auf den Fußboden, der war glitschig schon von Öl und Fett und solchem Kram. Und die Menschen sahen elend und böse aus, besonders die Frauen und Mädchen. Da dachte ich an die Spinte-Abende und machte, daß ich wegkam.
Aber wie der Mensch so ist in den Jahren: natürlich sah für mich bloß eine Spinnereifabrik so aus, die anderen Fabriken blieben Königsschlösser, und ich freute mich wie ein alter Vetschauer Bürger, wenn wieder mal solch mehrstöckiges Gebäude dastand und dafür ein Dutzend kleine, schöne Landhäuser abgebrochen und ebenso viele schöne Gärten abgeholzt wurden. Bloß weg von allem, was nach Landleben aussieht! Das war im Dorf so und in der Kleinstadt, bei den Jungen und bei den meisten Alten. Die kleinen schönen Landstädte hätten jedem Fabrikbesitzer ihr Land nachgeschmissen für die Ehre, eine qualmende und schlecht riechende Fabrik zu kriegen. Dann erst war man was.

Wenn die Alten so dachten, da war es uns Jungen nicht zu verargen. Und mir auch nicht, denn ich dachte noch extra für mich so wie ein richtiger Fabrikherr: Wenn du erst mal solche Fabrik hast, ist es ja egal, wie es innen aussieht, dann brauchst du selber ja nicht mehr in dem Dreck zu arbeiten, dann sind das ja andere!

Ziffer 7

Verwunderliche Erhörung eines Gebets

Ich war dazumalen bei allem noch ziemlich fromm und betete zuweilen gegen die Ungerechtigkeit in der Welt und in Vetschau. Allerdings sah ich die größte Ungerechtigkeit bloß darin, daß Lehrlinge hungern mußten. Das Beten half auch. Alle paar Tage erwischte ich was. Mal ein Stück Kuchen, mal einen Schnippen Wurst. Einmal, als ich ganz inbrünstiglich gebetet hatte, war der Erfolg ein Wunder. Aber gerade diesmal bekam ich schwere Strafe. Und war unschuldig wie ein Pastor. Dies geschah obendrein zu Hause, bei uns im Dorf.

Wir hatten doch die Fischereigerechtigkeit. Dazu hatte mein Vater den ganzen Bach gepachtet, vom herrschaftlichen Park Kittlitz bis zur Boblitzer Mühle. Da geht man gut eine halbe Stunde lang. Nach meines Vaters Tod hatte mein Vormund die Sache übernommen für meine Mutter, die seine Schwester war. Nun hatte der Herr auf Kittlitz sich Fischteiche angelegt und das Wasser dazu vom Fluß abgeleitet. Da wurden es immer weniger Fische bei uns. Bis mein Onkel sagte, es sind gar keine mehr drin.

Als ich nun mal zu Hause war, sah ich mir das an. Auch die Fischteiche des Herrn auf Kittlitz. Da wimmelte es nur so von Karpfen und Schleien. Ich sah das als Unrecht an, denn er war reich und bewohnte ein Schloß. Meine Mutter aber war arm. Da betete ich so im Gehen, der liebe Gott möchte dem die Schütten brechen lassen und die Fische möchten alle in unseren Fluß kommen.

Ich kann es beschwören, dies war alles, was ich tat. Am Abend war großes Hallo im Dorf. Mein Onkel kam angestürzt und hatte mehrere Mann zu Hilfe genommen. Von dem einen Teich, und es war der größte, war die Schütt gebrochen, und die Fische waren in unserem Fluß. Der Herr von Kittlitz und sein Inspektor und Fischmeister, die wollten sie nun aus dem Fluß fangen lassen. Da ging aber mein Onkel los. Die im Dorf waren alle auf seiner Seite,

einmal um der Gerechtigkeit willen und dann, weil mein Onkel ihnen versprochen hatte, er wolle nur die Hälfte haben, das andere könnten sie sich teilen. Also mußten die Herrschaftlichen mit leeren Händen abziehen, sonst hätte es Hiebe gesetzt.
Wir haben die ganze Nacht gefischt, der Bach war übergetreten, und sie konnten die Karpfen auf den Wiesen fangen. Mein Onkel verkaufte allein zwei Zentner nach Lübben, die Bauern die andere Hälfte, die er ihnen versprochen hatte, und das war viel mehr als die Hälfte. So hatten sie denn auch ihn noch beschuppt. Das hatte er von seiner Gerechtigkeit.
Mir war so wunderbar zumute, denn ich schob alles auf mein Gebet. Gottes Hand hatte mich angerührt, ich war wohl doch ein Sonntagskind. Und ich prahlte das aus mit meinem Gebet wegen der Schütten.
Es hatte mich aber auch einer von den Herrschaftlichen am Nachmittag bei den Teichen gesehen, und sie holten mich am anderen Tag nach Kittlitz. Der Schandarm war auch da. Da rührte mich der Menschen Hand an in Gestalt von Ohrfeigen. Erst von Herrn von Kittlitz, dann von seinem Fischmeister, dann vom Schandarm.
„Was hast du gemacht?“

„Ich habe gebetet!“ heulte ich. Da bekam ich noch ein paar. Bis mein Onkel, der mitgekommen war, dazwischenging. Darauf gingen sie endlich mit mir los und untersuchten die Schüttbretter. Da entschied der Schandarm, die sind von allein gebrochen. Er entschied auch, daß die Fische im Bach somit meinem Onkel gehörten, und ließ sich davon durch keine Gegenrede des Herrn von Kittlitz abbringen.
Er ist dafür bald in die Heide versetzt worden. Herr von Kittlitz ist schon lange tot. Seine Kinder sind verstreut in alle Winde. Das Gut ist aufgeteilt unter Siedler. Es werden also auch die Kinder heimgesucht wegen der schlechten Taten der Väter. Wenigstens manchmal.
Damals freilich hab ich die Nacht nicht schlafen können. Denn warum hatte der liebe Gott mein Gebet erhört und die Schütt brechen lassen, wenn er mich nachher dafür verhauen ließ? Siehe, da war ich nahe daran, ein Antichrist zu werden.
Zuerst aber wurde ich krank. Meine Mutter ging nach Vetschau und meldete es dem Meister.

Ziffer 8

Schwarzkünstler und Wilderer

Wir hatten für die Fische eine Menge Geld gekriegt. Davon wollte auch mein Großvater sein Teil haben. Er bekam es auch. Doch es bekam ihm nicht. Aus Freude, daß mal einem Herrschaftlichen was schlecht bekommen war, trank er so viel, daß es sogar bei ihm zuviel wurde. Er starb zwei Tage nach dem Fischfang. Es war schrecklich, und es wird mir noch heute schwummrig, wenn ich daran denke.
Für seine Laster hatte mein Großvater eine Entschuldigung. Als er sein Erbteil übernahm, da war das mit der Erbuntertänigkeit und den Frondiensten noch nicht vorbei. Er habe seine Wirtschaft verludern lassen, sagte er, weil er immer für den Grafen arbeiten mußte. Dazu hatte er sich bei den sächsischen Soldaten das Saufen angewöhnt. Aber er durfte nicht trinken, solange seine Frau lebte. In den Dreißigerjahren starb sie, darauf hat er in zwölf Jahren seine beiden Höfe vertrunken. Gearbeitet hat er dann gar nicht mehr. „Ich hatte soviel nachzuholen“, sagte er.
Als ich klein war, konnte ich bei ihm aus und ein gehen. Ich war damals sein Branntweinbote. Dafür bekam ich jedesmal einen Sechser. Er hatte aber

auch Tage, wo die Nüchternheit bei ihm dämmerte. Das war immer, wenn er kein Geld hatte. Aber er wußte Rat, indem er dann auf Wilddieberei ausging. Er machte sich aus Pferdehaaren und Weidenbügeln Schlingen für Rebhühner und Hasen. Ich hab ihm in meiner Unschuld oft dabei zugesehen und geglaubt, das muß so sein. Gewöhnlich aber zog er abends im Dunkeln los und kam erst spät in der Nacht wieder. Nächsten Tag schob er dann mit einem Kober ab nach der Stadt. Manchmal hat er mich mit auf seine Dieberei genommen, und ich wußte bald genau die Stellen, wo er seine Schlingen auslegte. Er schickte mich auch allein los, und ich mußte die Hühner ausknüpfen. Obwohl er mir verboten hatte, etwas davon zu erzählen, habe ich doch niemals gewußt, daß er unrecht tat. Bis mein Vater dahinterkam, da kriegte ich Senge, und mein Vater nannte mich einen Hehler. Weil ich manchmal für den Alten die Hühner in die Stadt zu seinen Abnehmern tragen mußte. Dabei waren das immer feine und angesehene Leute: Kaufleute, Lehrer, Advokaten und diese Art. Sie wußten alle, daß es unredlich Gut war, aber da sie Wild gern aßen und es beim Wilddieb billiger war als in den Läden, nahmen sie es ihm ab. Solchermaßen lernte ich früh, wie es zugeht in der Welt.
Die Wildwärter und Förster waren sehr hinter dem alten Hussak her. Sie haben ihn nicht ein einziges Mal gekriegt. Er konnte eben mehr als Brot essen. Von meinen Eltern habe ich es selbst gehört: Der Alte hat das sechste und siebente Buch Mosis! Ihr schüttelt den Kopf, aber was ich jetzt erzähle, ist ein Erlebnis von mir und gewiß wahr, denn ich habe es mit meinen sichtlichen Augen gesehen und mit meinen leibhaftigen Händen gefühlt. Eines Morgens ganz früh ist er auf unseren Hof gekommen, ich war da wohl zehn Jahre alt oder elf. Da hatte er eine Hirschkuh am Strick. Die zottelte hinter ihm her wie eine von unseren zahmen Kühen. Ich glaubte, ich schlafe noch. Dann schrie ich, denn ich dachte, er ist der Teufel. Dann kam mein Vater. Dann meine Mutter. Wir machten alle viel Geschrei. Er hat bloß geschimpft, wir sollten stille sein, und hat die Hirschkuh in den Kuhstall geführt. Da hat sie vierzehn Tage gestanden, und er hat sie gefüttert, und ich habe sie oft angefaßt. In einer Nacht dann hat er sie geschlachtet. Das Fleisch hat er auf der Schubkarre weggefahren nach Cottbus.
Als sie das raus hatten mit Cottbus und ihm da auflauerten, schob er mit seiner Schubkarre bis Berlin. Das waren hin und zurück zweihundert Kilometer. Eine Eisenbahn gab es damals noch nicht bei uns, und ein Fuhrwerk hatte er doch nicht. Solche Reise dauerte zwei Wochen, acht Tage hin, acht Tage zurück. Er schob los und hatte gewöhnlich einen Hirsch auf der Karre und keinen Groschen Geld in der Tasche. Er kannte aber die Wirtshäuser, und die kannten ihn und borgten. Auf der Rückreise kehrte er dann in all

den Schänken wieder ein und bezahlte. Darin war er korrekt. Ich habe später mal einen von diesen Brüdern kennengelernt, der ließ nichts auf die Ehrlichkeit von Hussaks Vater kommen. Wenn er dann mit der Schubkarre wieder in unserem Dorf anlangte, hatte er meist keinen Groschen mehr. Na, dann besorgte er sich eben wieder einen Hirsch oder erst mal ein Reh oder ein paar Hasen. Ein Gewehr benutzte er nicht mehr, seitdem sie ihn durch das Knallen beinahe mal erwischt hätten. Er hatte eine Armbrust mit Stahlbügel, damit schoß er Hirsche und Rehe. Das meiste fing er aber wohl in der Schlinge. Sogar Hirsche.

Was ich jetzt erzähle, das wissen alle in der Gegend bis auf den heutigen Tag. Weil sie ihn durch den Förster nicht kriegten und doch alle gewußt haben, es ist der alte Hussak, ließ der Graf den Wald von Lübbenschen Jägern umstellen. Da mußten sie ihn kriegen, denn er war drin. Es war finstere Nacht. Dann ging der Mond auf. Da ist er doch auf einem Hirsch aus dem Wald herausgeritten gekommen in wildem Galopp. Wie sie das sahen, sind die Soldaten ausgerissen, denn sie dachten, der Schwarze kommt in eigener Person. Später erst, ich war schon über Fünfzig, hab ich erfahren, wie das zugegangen war. Denn daß es an dem war, das hatten ihrer zu viele gesehen. Aber diesmal war es ganz natürlich zugegangen, wie er es selber erzählte. Er hatte den Hirsch in der Schlinge gefangen und sich auf ihn gesetzt, um ihm die Kehle durchzusäbeln. Da ist das Tier in seiner Todesangst aufgesprungen, hat die Schlinge zerrissen und ist losgerannt. Er hat sich mit der linken Hand festgehalten, denn er wollte den Hirsch doch nicht entkommen lassen, und mit der rechten hat er weiter in der Kehle des Hirschen gegniedelt. So sahen ihn im Mondlicht die Jäger als einen wilden Reiter auf einem Hirschen. Da kann auch einem Soldaten das Herz in die Hosen fallen, meine ich.

Ziffer 9

Überlistet

Dreimal haben sie den listenreichen Hund aber doch überlistet. Einmal, in der Jugend, gelang es seinen Kumpanen, dann einem Amtsrichter, das dritte Mal einer Weibsperson.

Er muß es nämlich schon in der Jugend unheimlich getrieben haben. Sogar für seine Artgenossen, und davon gab es viele. Sie waren als Spieler, Trinker,

Schläger und Wilddiebe berüchtigt. Zwischen unserem Dorf und Lübbenau liegt hinter den Heidebergen ein Bruch, davon heißt noch heutigentags ein Stück Wiese Wutzka, das heißt die Nachtweide. Da weideten früher in der Nacht die Pferde aus dem Dorf, und es mußten immer einige junge Bauern aufpassen, daß die aus den anderen Dörfern nicht die Pferde stahlen. Dort hatten sie demzufolge die gleichen Brüder. Auf der Nachtweide haben sie beim Lagerfeuer getrunken, Karten gespielt und sich betrogen, und es heißt heute noch in den Wirtshäusern der Gegend, wenn unehrlich gespielt wird: Es geht zu wie auf Wutzka! Von dort sind sie nachts auf Wilddiebereien ausgegangen, denn es waren verwegene Gesellen, und ich sehe sie vor meinem sichtlichen Auge, wie sie in der finsteren Nacht am Feuer sitzen und hatten das Messer allezeit locker, oder sie führten einander ihre tollen Reiterkunststücke vor. Manchmal sind sie mit allen Pferden nachts durch die umliegenden Dörfer gebraust und haben solchermaßen die Bauern erschreckt. Dabei wurden dann mal in Beuchow ein paar Rinder gestohlen. Aber das war ein Streich gewesen, den die Kumpane meinem Großvater gespielt hatten, dieweil nämlich die Kühe einem Bauern aus Beuchow gehörten, welcher der zukünftige Schwiegervater von Großvater Hussak war, und die Rinder eigentlich einen Teil der Aussteuer der Braut darstellten. Mein Großvater wußte damals nicht, wessen Färsen es waren, und war mit dafür, daß sie abgeschlachtet wurden. Als es rauskam, sollte er die Braut nicht kriegen. Da gelobte er Besserung und schwur einen furchtbaren Eid darauf und hielt ihn auch, bis seine Frau tot war. Sie sagen, damals, als er den Eid auf Gott schwur, hat er gleich auch den Pakt mit dem Bösen gemacht und ihm gelobt, nach dem Tode seiner Frau alles nachzuholen. So sehr soll es ihn geärgert haben, daß er überlistet worden war.
Das zweite Mal betraf es seinen Hof. Unser Hof war früher nämlich seiner gewesen. Als er nun alles vertrunken hatte und von diesem Hof ihm bloß noch die Hofstelle und ein bißchen Land und Wiese gehörten, wollten ihn seine Verwandten entmündigen lassen. Das Entmündigen war sehr schwer, im letzten Augenblick war der Alte immer nüchtern und normal. Bis er wieder trank und wieder ein Stück Land verramschte.
Da haben sie ihm auf Anraten des Richters ein paar Tage tüchtig zu trinken gegeben und die freiwillige Abtretung mit ihm besprochen. Dann sind sie alle zum Amtsgericht nach Lübbenau gefahren und haben den Vertrag gemacht. Was noch da war von der Hofstelle, das bekam meine Mutter, weil sie die Älteste von seinen sieben Kindern war. Die anderen sollten ausbezahlt werden. Dafür mußte sie den Alten auf sich nehmen. Als alles soweit fertig war beim Gericht, wollte er durchaus noch vierundzwanzig Stunden Bedenkzeit haben. Da sagte der Richter: „Laßt ihn bloß nicht wieder nüchtern

werden!“ Und so sind die Zeugen nachher mit ihm von einer Kneipe in die andere gezogen und haben ihn einen ganzen Tag und eine ganze Nacht lang unter Schnaps gesetzt. Da hat er am anderen Tag alles bestätigt, denn er dachte, das geht nun alle Tage so. Nachher hat er den Amtsrichter totschlagen wollen. Weil er Angst hatte, er kriegte nun überhaupt kein Geld mehr zum Trinken. In seiner Wut haute er auf den Tisch und schimpfte über das verfluchte Saufen, und er sei im Suff betrogen worden, und alles, was der Mensch im Suff mache, sei Unsinn und gelte nicht. Aber es galt.

Mein Vater, der eingeheiratet hatte, dem war es nicht zum Lachen. Der Alte konnte meinen Vater auch aus einem anderen Grunde nicht leiden. Nämlich, es war so Brauch durch die Jahrhhunderte, daß immer die Wirtschaft den Namen des Besitzers bestimmte. Solch ein Hof hieß ein für allemal, sagen wir Riwa. Dann hießen alle späteren Besitzer, die ihn kauften oder die hineinheirateten, auch Riwa. Das waren die sogenannten Torsäulennamen, die gingen allem vor und sollten dartun, zuerst kommt der Hof, dann erst der Mensch. Die Menschen in unserem Dorf hatten fast alle zwei Namen, vor dem zweiten stand das Wort „sonst“. Mein Vater hätte also heißen müssen „Hussak sonst Grambauer“. Aber da Grambauers schon um Sechzehnhundert im Dorfe gewesen waren, hatte Großvater Grambauer es meinem Vater verboten, den Namen des alten Saufsacks zu führen. Dafür haßte der alte Hussak meinen Vater noch besonders.

Ganz schlimm wurde es, als durch die Separation die Bauern mehr Land bekamen, wenn sie es auch kaufen mußten. Da verlangte der Alte zehn Morgen für sich. Mein Vater war ein ruhiger Mann, aber der alte Deubel krakeelte so lange, seine Kinder hätten ihn um alles gebracht, bis sie ihm zwei Morgen am Bruch abtraten. Damit aber ist der Alte böse reingefallen, er hat sie ganze vier Wochen gehabt und das Geld dafür nicht mal vier Tage.

Das kam so: Der Hof nebenan bei uns, der hatte früher zu uns gehört, und die Leute darauf, die hatten dem Alten vorher immer Geld geliehen zum Versaufen und hatten es eintragen lassen und dann die Schlinge zugezogen. Die waren auf meine Mutter ärgerlich, weil sie den Rest nicht auch noch hatten erwischen können, und hetzten den Alten auch jetzt noch gegen seine Tochter auf. Als er nun seine zwei Morgen hatte, zog er gleich wieder rüber und borgte sich ein paar Taler darauf. Na, und dann beredeten sie ihn, er soll ihnen die zwei Morgen doch gleich verkaufen, und er würde blanke Taler dafür kriegen. Sie gingen denn auch nach Lübbenau und machten es richtig.

Zu Hause bei ihnen kriegte der Alte dann seine Taler vorgezählt. Da sagte die Frau: „Hussaks Vater, die drüben amende un nimmt Eich das Geld glei weg!“ Das glaubte er auch, aber er hatte ja seine Lade. „Die amende un macht

die Lade los!“ Ja, aber wohin mit dem Segen? Da riet sie ihm, das Geld auf dem Zwei-Morgen-Acker zu vergraben. „Daß ich's derweil nich find und vergeß die Stelle!“ wendete der Alte ein. Da sagte sie, er müsse es in ein Tuch einwickeln und so vergraben, daß er einen kleinen Zipfel rausgucken läßt. Sie gab ihm auch gleich ein Tuch von sich, aus lauter Freundschaft.
Als er nach zwei Tagen hinkommt, um etwas abzuheben, ist kein Zipfel mehr zu sehen. Da hat er zum ersten Male in seinem Leben gearbeitet, indem er den ganzen Acker umgegraben hat. Aber es war umsonst. Darauf hat er das ganze Dorf beschimpft, sie hätten ihn belauscht und bestohlen. Bloß die beschimpfte er nicht, die es getan hatte. Als er nun aber auch dem Mann mal sein Leid klagte über die Schlechtigkeit der Menschen und der ihm beistimmte und, um ihn zu trösten, ihn zu einem Schluck einlud, da sah der Alte doch wahrhaftig das Tuch und kannte es wieder. So sicher fühlte sich die Bande und war so gierig, daß sie das Tuch nicht mal versteckte oder verbrannte. Na, da ist der Alte aber hochgegangen und hat ihnen das Glasspind zerteppert und die halbe Bude in Klump gehauen. Aber die Frau ist ihm ins Gesicht gesprungen und hat ihm die Nase zerkratzt und hat gedroht, sie werde den alten Lumpen vor den Friedensrichter bringen. Und dann haben sie ihn zusammen auf die Straße geschmissen. Er hat nachher allen im Dorf die Gemeinheit erzählt und immer gesagt: „Sie sollen mich verklagen, ich beweise alles!“
Sie haben ihn nicht verklagt. Es wollten ihm wohl viele gern was anflicken, aber es traute sich keiner an ihn ran. Auch nicht der Schandarm. Der sagte mal zu meinem Vater: „Ich werd den Deubel tun, ich hab Frau und Kinder!“

Ziffer 10

Großvater Hussaks Höllenfahrt

Wie ich es schon sagte, ich hatte eigentlich keine Angst vor dem Alten, dieweil ich von klein auf um ihn gewesen war. Als es nun mit ihm zu Ende ging, da dachte ich zunächst bloß daran, ob ich nicht hinter seine schwarzen Geheimnisse kommen könnte.
Dieselben hatten mich schon immer neugierig gemacht. Einmal, als ich ihm wieder Branntwein holen sollte, sagte ich nein. Da ging er allein los. Ich schaute ihm nach, bis er halb zum Gasthaus ran war. Dann fix in seine Stube

und an die Truhe. Sie war nicht zugeschlossen. In der Lade war ein Beikasten, darin stand ein Teller von Steingut mit grünem Rand, darin lagen viele Silberlinge. Davon nahm ich nichts, ich wollte bloß das sechste und siebente Buch Mosis finden. Nach meiner Meinung mußte der Alte gerade im Gasthaus angelangt sein. Da ging die Tür auf, und er stand da. Zugleich auch hatte er mich und haute mir mächtige Ohrfeigen runter und schmiß mich aus seiner Tür. Meine Mutter hat mich dann bebötet, damit seine Verfluchungen nicht in Erfüllung gehen sollten. Ich sollte nämlich in einem Monat sterben oder ewig ein armes Luder bleiben. Als das erstere nicht eintrat, bangte ich sehr wegen des zweiten. Siehe, es ist eingetroffen.
Ich hab es aber noch einmal gewagt, dem Alten hinter seine Geheimnisse zu kommen. Zwischen unserer Stube und seiner stand ein großer Ofen, der beide Stuben heizte. Er hatte zwei große Türen, bei uns eine gußeiserne, bei ihm eine blecherne. Eines Tages sah ich ihn die Dorfstraße entlang gehen, bis ans Ende. I, dachte ich, heute ist die Luft rein. Seine Stube hatte er jetzt immer abgeschlossen. Ich machte also die Ofentür bei uns auf, nahm einen Besenstiel und stieß so lange durch den Ofen gegen die Blechtür zu seiner Stube, bis sie aufsprang. Da ich nun aber schlauer geworden war, mußte meine Schwester draußen Wache stehen. Ich also kletterte durch den Ofen und ran an die Lade. Es wunderte mich, daß sie wieder nicht verschlossen war. Vielleicht hatte er eine unsichtbare Sicherung. Wie ich gerade beim Suchen war, klapperte das Vorhängeschloß zur Tür. Ich sofort rein in den Ofen und die Ofentür zugezogen. Es wurde still, er kam nicht rein. Ich wieder raus aus dem Ofen und nochmals die Lade durchstöbert. Plötzlich klapperte das Schloß wieder, ich hörte sogar den Schlüssel einstecken. Bums, schlug ich die Lade zu, und wieder rein in den Ofen. Diesmal aber durch bis in unsere Stube. Dann ich raus, um meine Schwester zu verhauen, weil sie nicht aufgepaßt hatte. Sie hatte keinen Alten gesehen. Wir beide rum auf den Hof, er war nicht da. Aber an der Tür war er gewesen. Meine Senge habe ich hinterher doch noch gekriegt, meine Mutter hatte es an ihrer Stube und an meinem Anzug gemerkt, daß ich mal wieder geforscht hatte. Die schwarze Kunst hatte zu sehr abgefärbt.
Damals, nach dem Fischfang, starb er dann. Aber wie. Das war sehr schlimm für mich wegen der Nachdenklichkeit. Denn wenn ich auch wußte, den Alten holt mal der Leibhaftige, so hatte ich mir das Sterben selbst nicht so gedacht. Ich hatte vielmehr immer geglaubt, das machen alle so ähnlich schön und groß wie mein Großvater Grambauer. Oder doch so fein und still wie mein Vater. Mein Großvater Grambauer hatte die Hände an den Seiten gehabt, lang neben den Hüften, und hatte etwas kommandiert. Mein Vater hatte die Hände gesammelt auf der Brust gehabt und hatte für uns gebetet, als er starb.

Mein Großvater Hussak, der machte Fäuste. Und ein schreckliches Gesicht. Er war bloß mittelgroß, aber sehr breit, und sein Kopf war viereckig, und ein kurzer schwarzer Vollbart, der wirr war und struppig, machte ihn unheimlich für die anderen.
Sein Sterben, das war ganz gräsig. Er schüttelte die Fäuste und drohte immer einem, den man nicht sah. Das war sicher der Böse. Er war nämlich betrunken, als er starb. So merkten wir es zuerst gar nicht, daß es zu Ende ging. Er hatte krakeelt, lag lange auf seinem Bett und war ganz angezogen. „Ihr Hunde!“ brüllt er immer. „Ihr Höllenhunde! Kommt mal her, wenn ihr was wollt! Meine Höfe, mein Geld, alles habt ihr durchgebracht! Jetzt, wo das viele Geld kommt, da wollt ihr mich wegholen, da soll ich sterben. Ich werde euch was ...“, und da sagte er was ganz Unanständiges.
Als er das sagte, kam Nowkas Vater rein. Der kannte ihn gut. „Bolko“, sagte er, „willst du sterben?“
„Ich soll sterben, aber ich tu’s nicht!“ grölte der Alte.
Da ging Nowkas Vater raus und holte ein Bund Stroh, das Sterbestroh. Als er damit reinkam, sprang der Alte doch wahrhaftigen Gotts vom Bett auf und wollte Nowkas Vater würgen. „Kommt alle her, wenn ihr was wollt“,

brüllte er, „ich schlag euch zu Dreck!“ Dabei schlug er mit den Fäusten immer in die Luft. „Kommt her, ihr schwarzen Hunde, ich will nicht sterben, ich will nicht sterben!“ Zwischendurch lachte er schauerlich und guckte auf die Erde und stieß etwas Eingebildetes mit dem Fuß weg. „Rabautz, da liegt wieder einer!“
Als er wieder mal so um sich schlug, fiel er auf sein Bett und blieb liegen. Danach hat er sich übergeben, und es stank fürchterlich. Da sagte Nowkas Vater: „Jetzt hat er sicher seine Seele ausgekotzt!“ Er lag nämlich ganz still in seinem Unrat.
Meine Mutter war nicht in der Stube und kam auch nicht rein. Aber Onkel Hanko kam angelaufen, und sie hoben den Alten auf. Er war tot. So starb mein Großvater Bolko Hussak, dreiundsiebzig Jahre alt, ehemaliger reicher Bauer und späterer Wilddieb und Säufer.
Ja, dachte ich da in meinem Sinn, wie kann einer so sterben? Dann kann eben jeder anders sterben? Da muß am Ende jeder so sterben, wie er gelebt hat? Da bekam der Tod ein anderes Gesicht für mich, denn bisher hatte ich das Sterben als nichts Böses und Schreckliches angesehen, bloß als etwas, was den anderen weh tat. Dann dachte ich, wie das nun möglich sein könnte, daß ich von zwei solchen Großvätern abstammen sollte. Wie kann das angehen? Dann aber dachte ich in meinem Sinn: Denk lieber darüber nach, wie das mal bei dir ausgehen kann!
Er konnte mehr als Brot essen, das ist gewiß, aber sein Tun war nicht von Gott eingegeben, sondern vom Bösen. Der hat ihn auch geholt, das stand für alle im Dorfe fest. Und wenn so viele zur Beerdigung kamen, so nur, um zu sehen, wie sich Oberpfarrer Stempel da rauswickelte mit Gottes Wort. Na, er hat einfach ganz allgemein von Sünde und Vergebung gesprochen.
Meine Mutter hat jeden Abend lange gebetet, es möchte nichts von Großvater Hussak auf ihre Kinder überkommen. Der Herr hat ihre Gebete erhört. Mein Bruder ist dreiundachtzig Jahre alt geworden und ist gestorben, wie er gelebt hat, als ein ehrsamer Bauersmann, und seine Wirtschaft war gesegnet. Ich aber lernte an meinem Großvater den Schnapsteufel erkennen, welches gut war. Seinen Müßiggang, zu dem ich anfangs neigte, den ließ der Herr nicht zu in meinem Leben. Na, und von der schwarzen Kunst meines Großvaters war eben nichts zu erben. Denn nach der Beerdigung, als seine Stube gesäubert war, durchsuchte ich alle seine Sachen. Von dem sechsten und siebenten Buch Mosis habe ich nichts gefunden. Er hat alles mit ins Grab genommen. Ein paarmal ist er mir dann noch nachts erschienen. Es haben ihn auch viele im Walde gesehen. Noch fünfzig Jahre später, wenn sie die Kleinen gruselig machen wollten, da sagten sie: „Hu – hu – Hussaks Vater kommt!“

Ziffer 11

Gesellenstücke

Zu Ausgang meines ersten Lehrjahres durfte ich endlich richtig in der Werkstatt anfangen. Aber solche Sachen, wie ich lernen wollte, die gab es nicht zu machen. Der eine Geselle, der machte ähnliches. Die anderen bloß immer Stühle und Tische und Kommoden und Fenster. Dieses lernte ich nun auch, aber für mich allein hatte ich weitergebastelt, und mein Karussell war schon ein Kunstwerk geworden. Die Gesellen hatten jeder ein bißchen geholfen. Jetzt war schon eine Unterlaufbahn mit Widerhölzern da. Wenn man sie drückte, fielen die einzelnen Figuren vom Stengel. Da ließen wir sie abwechselnd purzeln, mal einen Kaiser, mal einen Pastor, mal einen Soldaten.

Nach zwei Jahren, so um die Weihnachtszeit, kam der Meister und sagte: „Nun fang an und mach dein Gesellenstück!" Einen einfachen Stuhl sollte ich machen. Das war ja nun lächerlich. Ich wollte was mit Kunst machen, aber ich mußte den Stuhl machen. Da machte ich für mich nach Feierabend und sonntags, und das Holz mußte ich bezahlen, einen Spiegel auf einer Truhe, sie sagen Frisierspiegel dazu. Aus Mahagoniholz, mit drei Schüben. Rechts und links eine Säule, darin drehte sich der Spiegel. Oben hatte ich eine Schnitzerei aus Lindenholz angebracht. Zuerst wollte ich einen Heiligen und einen Teufel machen, aber sie wurden sich so ähnlich, daß es nicht anging, denn es war mir schenierlich, wenn einer fragte: „Welches ist nun der Fromme, und welches ist der Böse?" Ich tröstete mich: als der Herr die ersten Menschen gemacht hat, sind sie ihm sicher auch nicht so voll Unterschied gelungen wie heutzutage. Dann machte ich einfach zwei Engel aus den beiden Figuren, wobei ich erkannte, wie wenig dazu gehörte: bloß ein paar Messerschnitte und ein bißchen Glauben. Die Engel hielten eine Krone. Das wurde gebeizt und oben in den Spiegelrahmen eingelassen. Ich hab daran beinahe bis Fastnacht gearbeitet. Der Meister hatte was dagegen, so was wäre keine ehrliche Handwerksarbeit, sondern ein Künstlerkram.

Vierzehn Tage vor Fastnacht sagte mein Meister: „Los, wir wollen den Rock anmessen lassen!" Wir gingen zum Kaufmann und dann zum Schneider, und ich bekam meinen Gesellenrock. Damals gab es bei uns noch die strenge Zunft. Alljährlich zweimal wurde Quartal gefeiert. Fastnacht, das war eine ganz heilige Sache. Am Montag feierten die Meister, Dienstag und Mittwoch die Gesellen, immer dort, wo die Herberge war.

„Montag vormittag also machst du dich fertig", sagte der Meister. Die

Meisterin steckte mir ein Sträußchen an meinen neuen Rock. Das war das einzige, was sie mir in den zweieinhalb Jahren zugesteckt hatte. Ich mußte meinen Stuhl nehmen, und los ging es zur Herberge.
An der Tür mußte ich warten, bis ich aufgefordert wurde vorzutreten. Da saßen an einem Tisch der Bürgermeister, der Obermeister und mein Lehrmeister. An den anderen Tischen saßen andere Meister. Es wurden mir nun verschiedene Fragen vom Bürgermeister gestellt und auch vom Obermeister. Die Fragen waren alle Jahre dieselben, und ich hatte sie schon von den Gesellen gelernt. Dann wurde der Stuhl von allen Seiten geprüft, und ich mußte erklären, daß ich ihn allein gemacht hatte. „Ist es so?" fragte der Obermeister meinen Lehrherrn. „Es ist so", sagte der. Obermeister, dachte ich, du würdest Augen machen, wüßtest du, was ich noch gemacht habe!
Wie ich noch so denke, wird die Tür aufgerissen, und einer von unseren Gesellen kommt rasch rein. Tut, als hätte er sich abgejachtert. Und was bringt er an? Meinen Spiegel. Stellt ihn vor den Obermeister auf den Tisch und sagt: „Bitte um Entschuldigung, aber der Bengel hat sein Gesellenstück in der Werkstatt vergessen!" Und raus ist er wieder.
„Was ist das nun?" fragte der Obermeister streng. Da mußte mein Lehrmeister schon sagen, daß ich für mich noch ein extra Gesellenstück gemacht hätte, bloß daß es solch Schnickschnack wär und er es dieserhalb nicht zugelassen hätte. Sie besahen es sich aber von allen Seiten, und der Bürgermeister besah es für eine gute Arbeit. Er möchte es wohl kaufen. „Jedenfalls", sagte der Obermeister, „das ist mehr wert als der dumme Stuhl!"
Mein Meister sah mich böse an, denn er dachte doch sicher, ich hätte das mit dem Gesellen ausgeheckt. Bloß daß ich nichts davon wußte und Angst hatte, sie würden es mir übelnehmen, denn das war noch nicht vorgekommen in der Zunft, daß ein Geselle in das Prüfungszimmer eindringen konnte. Aber es ging alles gut ab. Der Bürgermeister hielt noch eine Ansprache, und dann bekam ich meinen Gesellenschein.
Am Mittag war der Meister noch immer böse. Dem Gesellen, der den Spiegel gebracht hatte, dem kündigte er. Mir warf er vor, ich hätte die Bürgerschaft gegen ihn aufgehetzt, und das wäre zu Unrecht geschehen, denn er hätte es mir doch gestattet, den Spiegel zu machen. Dienstag ging es dann zur Gesellenbrüderschaft. „Gott segne das Handwerk, Meister und Gesellen, ich sage mit Gunst! Gunst genug vom Altgesellen!" Dann vor die Lade treten, die zu meiner Zeit schon über zweihundert Jahre alt war. Der Altgeselle nahm aus der Lade eine Urkunde und verlas sie. „Aber erst der fromme Mann griff das Handwerk richtig an ..." Ich wurde hochgenommen. Hoch soll er leben! Ich wurde mächtig hochgenommen, denn als Neuer mußte ich alle bewirten.

Nachher ging der Tanz los. Ich hatte keine Ahnung von Mädchen und Tanzen und dachte bloß immer über die Ehre nach, daß der Bürgermeister meinen Spiegel kaufen wollte. Das schien mir in meinem Stolz noch mehr zu bedeuten, als daß die Herren aus der Fabrik meinem Großvater ein Tafeltuch zu weben gegeben hatten. O ja, ich würde schon was Bedeutendes werden in der Welt und reich auch.
Am andern Tag wurde Aschermittwoch gefeiert. Da versammelten sich sämtliche Gesellen beim Altgesellen. Es war Zunft und Brauch, alle Meister zu besuchen. Jeder Geselle hatte eine Rute aus Birkenreisig, damit wurden Meister und Meisterin sachte auf den Rücken gestäupt, auch die Töchter und das weibliche Personal, bis sie sich durch Geld freigekauft hatten. Aber bei der weiblichen Jugend ging das nicht so sachte zu wie bei Meister und Meisterin, wenn ich auch schon bei meiner Meisterin ein bißchen mit der Rute über den Puckel nach oben gelangt hatte, so daß sie aus Versehen ein paar Striemen ins Genick kriegte. Das Stäupen bei den Mädchen und größeren Töchtern in der Stadt, das war eine derbe Handgreiflichkeit, denn zum richtigen Stäupen und daß es fühlbar sein soll, da nahm man den jungen Weibern die Röcke hoch. Und wenn sie sich auch sträubten und zappelten, so kreischten sie doch vor Vergnügen. Es gehörte das nun mal zu den ehrsamen Bräuchen und geschah ja auch unter Aufsicht von Meister und Meisterin. Gott grüße das ehrsame Handwerk!
Ja, früher, sagen die Menschen gern, da herrschte noch Zucht und Sitte.

Ziffer 12

Der wahrsagende Spiegel

Nun war ich also ein Geselle und ein Herr. Ich trug die Nase mächtig hoch. Auf den Spiegel waren meine Mitgesellen ebenso stolz wie ich. Bloß, er hatte einen Haken. Nämlich das Glas. Weil ich kein Geld gehabt hatte, war mein Freund, ein Glaserlehrling, der auch auslernen sollte, so gut gewesen und hatte mir das Glas umsonst eingesetzt. Aber es war wohl nicht gerade eben und glatt, oder es war sonst was los. Wer in den Spiegel reinguckte, dem verzog der Spiegel das Gesicht, und da sah man komisch aus.
Später hab ich das anders gesehen. Denn ich habe den Spiegel bis in mein hohes Alter behalten. Da sah ich das mit dem Spiegelglas als eine Hand Gottes an. Nämlich immer, wenn ein Mensch vor einen Spiegel tritt und er

ist von Natur ein freundlicher und harmloser Mensch, aber vor dem Spiegel setzt er plötzlich ein anderes Gesicht auf, zieht das Maul energisch, streicht den Bart forsch, und wenn er eine Frau ist, dann lächelt er süß. Nämlich jeder Mensch will vorm Spiegel mehr rausbeißen, als er in sich hat. Jeder will so aussehen, wie er sich sieht, wenn er sich nicht sieht. Menschenskind, dachte ich öfters, wie ist das nun, wenn mal ein Kaiser in einen Spiegel guckt oder ein Heiliger? Wie wollen die sich denn bloß noch sehen, wo sie doch schon alles sind?

Ja, und da kam nun also mein verflixter Spiegel, der von weitem mit seinen Engeln so aussah, als wollte er den, der hineinblickte, krönen oder doch segnen, und der in Wirklichkeit lächelte über die Würde, welche sie sich gaben. Siehe, da habe ich viel von gelernt. So sieht unser Herrgott wohl die Menschen, dachte ich in meinem Sinn, mach dir man lieber erst gar keine Würde ins Gesicht! Aber das später.

Damals, als er mein Gesellenstück war, da hatte ich Würde in meinem Gesicht und in meinem Herzen. Es hatte zu meiner Lehrlingspflicht gehört, für den Meister, die Meisterin und die Töchter sämtliches Schuhzeug zu putzen. Nach meiner Prüfung sagte einer der Gesellen zu mir: „Du bist jetzt Geselle, du blamierst das Handwerk, wenn du jetzt noch Schuhe putzt!"

Es war gerade Sonntagmorgen. Na, dem Meister putzte ich noch die Stiefel, das blieb ja in der Zunft. Kam die Meisterin. „Warum hast du meine Pantoffeln und die anderen Schuhe nicht geputzt?"

Ich machte ein beleidigtes Gesicht. „Du? Wer ist hier du? Ich bin Geselle!"

Sie schrie: „Ein dämlicher Bengel bist du!" und langte mir doch weiß Gott eine Maulschelle. Einem ausgelernten Gesellen.

Der Meister kam dazu. „Warum willst du die Schuhe nicht putzen?"

Ich: „Weil ich Geselle bin! Und daß Sie es wissen, Meister, in vierzehn Tagen karre ich!"

Das wäre ja noch schöner. Wer einen solchen Spiegel machen kann, der großen Herren die Würde lächerlich macht, der wird fremde Stiefel putzen? Dem steht die ganze Welt offen. Um den reißen sich Leute und Bürgermeister, der wird was! Sicherlich hat mein Spiegel dazu gegrinst. Damals sah ich bloß nicht hinein. Ich hätte mich wohl auch nur so gesehen, wie ich das wollte: als einen, der auszieht, die Welt zu erobern.

Und heißt sie zuerst auch bloß Vetschau! Und hat als Stadtwappen einen hochstehenden Hund, der „Bitte! Bitte!" macht. Sie sagen: Das solle ihre Treue zu ihrem Herrn bedeuten, dieweil der Hund zu einem Schild hochleckt, und dieser hat die Zeichnung und Farbe ihrer damaligen Schloßherren, der Grafen von Schlieben, und sei der Stadt so verliehen worden, weil die Bürger das alte Stadtwappen entehrt hätten.

Ich kenne mich gut auf Hunde aus und habe sie um mich gehabt neunzig Jahre. Ich sage, dieser Hund springt weniger aus Treue empor, sondern weil er bettelt in Unterwürfigkeit. Damals, sagten sie dazu Erbuntertänigkeit. Dafür und des zum Ausdruck hatte er auch ein Halsband um, mit einem Ring für die Kette. Weshalb auch der Hund von Vetschau nicht aus sich hochsprang, sondern die Herren von Schlieben ließen ihn hochspringen.
Möglich, daß meine Sprünge ins Leben nicht bis auf einen Geldschrank oder auf einen Direktorsessel ausreichten, weil sie unter solchen Zeichen begannen.

DIE DRITTE STUNDE

Ziffer 1

Vom Jungen zum dummen Jungen

Meine Lieben, dies scheint mir zum Nachdenken: Wie ist es möglich, daß einer im Alter sich sehr gut auf alle Bilder und Äußerlichkeiten seiner Jugend besinnen kann, hingegen auf seine damals gehabten Gedanken und Gefühle, da kann er sich nicht recht besinnen? Oder will er sich bloß nicht besinnen? Vielleicht, daß er in seines Herzens Grund sich ein weniges seiner damaligen Gelüste und Aufplustereien schämt. Denn mir will es heute dartun, daß die Jahre von Achtzehn bis Zweiundzwanzig bei einem Mann das sind, was bei einer Saatpflanze die Zeit zwischen dem Pikieren und dem Auspflanzen ist. Nämlich wo die Pflanze gar nichts, hingegen der Gärtner alles bedeutet. Dieweilen sich da zwischen dem Jungen und dem Mann der dumme Junge einfügt. Der läuft umher und vergißt seine bescheidene Herkunft und sein noch armseligeres Können, sieht die Alten und ihre Arbeit und ihre Gesetze geringschätzig an, übersieht gar, daß er auch das bißchen, was er darstellt, noch diesen Alten verdankt, und fragt großmäulig: „Was kostet die Welt?" Radaut er so im Geistigen herum, dann sagen die, welche es entschuldigen: „Es sind Jugendideale!" Lärmt er im Leiblichen, dann sagen sie: „Jugend muß austoben!" Gott sei Dank ist es so eingerichtet, daß die Welt sich nicht um den Willen der Jungens und ihre Großmäuligkeit kümmert und die Jungens sich mit jedem Tag weniger um den eigenen Willen. Und daß sie erfahren, wie die Welt für sie mit jedem Jahr teurer wird, ihr Geldbeutel aber immer kleiner. Dafür aber mit einem Male die alltäglichen Dinge und die Menschen billiger und man sehr vieles schon durch tüchtige Arbeit und Anständigkeit erwerben kann. Dann vergeht so bei kleinem der Appetit auf das Kaufen der ganzen Welt, und die meisten sind zufrieden, wenn es ihnen gestattet wird, an der Veränderung der Welt mitzuhelfen, und wenn es nebenbei für eine kleine Wohnungseinrichtung beim Heiraten langt.
Als ich so lossprang ins Leben, ein freier Geselle, da erging es mir wie dem

Hund von Vetschau: Du glaubst zu springen, und du wirst gesprungen! War ich nicht ein freier Mann? Da lag weit hinter mir ein kleines Dorf mit einem kleinen Gehöft, wo mein Bruder sich mit Mutter und Schwester placken mußten. Die konnten nicht weg, die waren an ihre Erde festgekettet. Ich hatte die Kette abgestreift, mir stand die ganze Welt offen! Ach, ich redete mir ein, nicht mal an der Leine gelegen zu haben, ich vergaß das Halsband, ich war überzeugt, als eine freie Kreatur auf die Welt gekommen zu sein, als ein Herr. Damals verschwieg ich es gern und schämte mich ein wenig, daß ich vom Dorfe stammte. Alles, was mit mir zu tun gehabt hatte, mußte größer und feiner sein. War ich aber schon vom Dorfe, nun, dann war wenigstens unsere kleine Wirtschaft ein großer Bauernhof, und ich setzte hinzu: Früher hatten wir drei Höfe! Und natürlich hatten wir Pferde, und gleich vier Stück. Und ich dachte monatelang nicht an Zuhause.
Bis es mir dann schlecht ging und das Leben mich hart bedrängte. Da trat der kleine Hof aus dem Nebel der Dummheit und war im Kopf klar erkenntlich als eine kleine Kossätenwirtschaft und wuchs nicht nach dem Maul zu, sondern nach dem Herzen zu als ein Grafenschloß. Darum, weil es so ist in den Jahren, nenne ich sie die Jahre der dummen Jungens. Und bleibe dabei auch, steht mir gleich einer gegenüber, der auf der hohen Schule der Wissenschaft studiert hat und herablassend und wissend tut und zu mir sagt: „Dummer Bauer, was wissen Sie schon von der gebildeten Jugend, die unsere Zukunft ist!" Und bleibe dabei auch, steht mir gleich einer gegenüber, der auf der politischen Schule der Revolution studiert hat und herablassend und wissend tut und zu mir sagt: „Dummer Reaktionär, was wissen Sie schon von der werkelnden Jugend, die unsere Zukunft ist!" Dieweil ich lächeln muß über solches Gerede, das schon immer da war und schon immer Zukunft, Gegenwart und Vergangenheit in einem war. Und schon immer haben das gerade die Menschen, die herablassend und allwissend tun, nicht gewußt.
Darum also meine ich, man soll die Jungens reden lassen, soviel sie wollen, denn das beruhigt sie, und außerdem legt sich das mit der grünen Gegenwart, die eine goldene Zukunft werden soll, was man nicht weiß, ja mit jedem Tag, den Gott werden läßt. Und näher kommt das, von dem man bestimmt weiß, daß man es werden wird: eine graue Vergangenheit.
Es war nämlich schon immer so mit den Jungen und den Alten. Das übersehen wieder gern die Alten, wenn sie über die Jugend klagen. Wir hatten einen Turnverein, wo wir nicht bloß große Sprünge und große Schwünge an dem hölzernen Pferd der Jugendriege des Turnvereins machten, sondern auch an dem ledernen Bock der Politik in der Altersriege. Da war es für uns Jungens sicher, daß alles, was vorher von den Alten gemacht worden war, keinen besonderen Wert hatte. Auch nicht der ganze Freiheitskrieg von Anno

Dreizehn. Na, und Blücher, der Marschall Vorwärts, der war man auch so ein langsames Hin- und Herzotteln gewesen. Wenn wir damals gelebt hätten, da wäre der Napoleon nicht zweimal, sondern mindestens dreimal gefangengenommen worden. Und hinterher, als der Krieg zu Ende war, da hätten wir die hohen Herren auf ihrem Kongreß in Wien nicht so Walzer tanzen lassen und hätten nicht eher Ruhe gegeben, als bis ein großmächtiges Deutschland wäre gegründet worden. Siehe, dann hätten wir die Blamage mit der Revolution von Achtundvierzig nicht nötig gehabt. Jawohl, solche Kerle waren wir als dumme Jungens. Daß da der Krieg und Vierundsechzig keinen von uns sonderlich kümmerte, war zu verstehen. Höchstens die Düppeler Schanzen und der Pionier mit dem Pulversack um den Leib und rin in den Graben und Streichholz ran. Ein Kerl war das schon, ein richtiger Held, aber ein Dämlack war er auch. Wir hätten nämlich eine Zündschnur genommen und unser Leben aufgespart für den Krieg von Sechsundsechzig oder Siebzig, wo Helden gebraucht wurden. Bloß, Sechsundsechzig, das wurde durchaus keine lange Heldensache wie Anno Dreizehn. Es wurde nur in einem die gleiche Sache, nämlich daß die Sachsen wieder gegen die Preußen kämpften. Wie 1813, wie 1756. Aber nicht, weil die Preußen so reaktionär waren und die Sachsen so fortschrittlich. Du lieber Himmel, wer kümmerte sich dazumal schon um so was. Da ging es doch in den Revolutionen nur darum, daß die Bürger ein großmächtiges Deutschland haben wollten und die Fürsten ihren kleinen Thronsessel behalten wollten. Wenn in den meisten Sesseln auch schon die Holzwürmer und die Motten drin waren. Sechsundsechzig, das schien zuerst auch für uns Jungens so eine Gelegenheit zu sein für ein großes Vaterland. Wir vom Turnverein wollten darum auch alle mit, bloß die vom Militär sagten: „Dazu brauchen wir Männer und keine Jungens!" Daß sie es dann ohne uns schafften, das hat uns mächtig geärgert. Wir von der Jugendriege feierten darum auch Königgrätz nicht, wir hätten es ihnen gegönnt, wenn sie richtige Dresche gekriegt hätten. So ist der Mensch in solchen Jahren.
Und so kommt es dann wohl auch, daß er dumme Streiche macht, um die Alten zu ärgern. Ohne daß sie ihn geärgert haben. Solche Streiche sieht er als Taten an. Das wird wohl so bleiben, solange die Welt besteht. Die Alten revanchieren sich dann und reden und schreiben davon, daß keine Jugend so verwahrlost und verweichlicht und verroht und was weiß ich ist, wie gerade immer diejenige. Damals, vor Siebzig, da standen alle Blätter davon voll. Später, vor 1914, auch. Meine Lieben, so was muß man ab und zu nachlesen, dann wird man gerechter.
Wir waren nachher denn auch einverstanden mit Sechsundsechzig. Auf Königgrätz war ich direkt stolz, weil unser Geselle, eben derselbige, der

meinen Spiegel zum Obermeister gebracht und den unser Meister dafür rausgeschmissen hatte, daß der dann Soldat geworden und gefallen war. Ich ging umher, als wenn ich der Geselle war, der gefallen war. Auch mein Lehrmeister tat so am Biertisch, als hätte der Geselle den Heldentod bei ihm gelernt.
Das habe ich noch vielmal in meinem Leben gesehen, daß die anderen, die sich den Teufel um den Menschen gekümmert hatten, als er lebte, nachher, wenn er einen rühmlichen Tod gehabt hatte, davon profitieren wollten. Die Großen und die Kleinen. Denn er war unser, sagten sie dann. Er war unser, das sagen die Menschen auch gern, wenn einer ihrer Bekannten oder Untergebenen eine große Ehre erleidet und sie den persönlichen Neid gegen den Vorteil abwägen, ein Bekannter oder Kollege des Geehrten zu sein. Dann ist ihnen der andere so eine Art Spiegel für ihren eigenen Wert, und sie nehmen Haltung an und machen ihr Ausgehgesicht. Und sie sehen nicht, wie der Spiegel in ihrem eigenen Gesicht die Wahrheit sieht und grient.

Ziffer 2

Protest gegen Obrigkeit und Kirche

Wir bekamen damals die erste Eisenbahn in der Gegend. Die ging von Berlin nach Görlitz und mußte an Vetschau vorbei. Da wollten die Vetschauer, daß ihre Stadt ein großer Knotenpunkt werden sollte. Dieses haben wir ihnen verdorben. Wir dummen Jungens. Nämlich, mit dem ersten Zug kamen der Regierungspräsident und der Eisenbahnpräsident. In welcher Stadt der Zug hielt, standen die Zünfte und Einwohner und Vereine mit Fahnen und Musik, und der Bürgermeister nahm den Zylinder ab und sagte: „Ehrfurchtsvoll begrüßen wir ..." Aber vorher spielte die Kapelle einen mächtigen Tusch.
Siehe, so war es auch für Vetschau geplant. Aber weil der Zug nicht pünktlich kam, denn vielleicht hatten die Bürgermeister von Lübben und Lübbenau zu lange geredet, bevor sie ehrfurchtsvoll grüßten, also, weil es so lange dauerte mit dem Zug gingen bei uns die Musiker und die Zünfte in die Kneipen, denn es war Dezember und mächtig kalt. Die Trompeten ließen sie im Flur stehen. Und so wurde Vetschau kein Eisenbahnknotenpunkt.
Plötzlich hieß es nämlich: Sie kommen! Alles rannte zum Bahnhof, Himmel und Menschen und der Landrat von Calau und der Bürgermeister von Vetschau. Der Zug hielt, und die Herren Präsidenten stiegen aus. Da winkte

der Bürgermeister zur Kapelle. Sie setzten an und wollten einen schmettern. Mahlzeit! Sie pusteten und pusteten und kriegten keinen Ton raus. Sie drehten die Trompeten rum und guckten rein und faßten rein, als wollten sie die Töne mit der Hand rausholen. Nichts zu machen. Sie setzten wieder an, es kam kein Ton. Da blieb auch der Bürgermeister sprachlos. Die Herren aber lachten, und der Regierungspräsident sagte: „Euch Vetschauern sind wohl die Begeisterungstöne eingefroren, was?“
Da fing der Bürgermeister an, ohne Tusch zu reden. Aber nun waren ihm wohl die Gedanken eingefroren, oder es ängstigten ihn die Folgen für seine Laufbahn wegen des ausgebliebenen Begrüßungstusches, oder es verbiesterte ihn, daß die Musiker immer weiter an ihren Trompeten fummelten

und die Vetschauer bei kleinem das Lachen kriegten. „Hurra, hurra, hurra!" Dieses brachte er noch aus seinem Innern. Ein Glück, daß die Trommel und die Pauke da waren und Töne hatten, die machten denn nun auch ein gewaltiges Getöse, sie glaubten wohl, sie müßten für die anderen mitlärmen. Der Eisenbahnpräsident und seine Herren hielten sich die Ohren zu und retirierten in den Zug. Der fuhr gleich weiter.

Hinterher haben alle gesagt, an den Musikern liege es, daß der Knotenpunkt nach Lübbenau gekommen ist und nicht nach Vetschau. Dabei hatte ich mit zwei Kameraden bloß etwas Werg vom Hof der Spinnerei geklaut und in die Trompeten gestopft und mit einem Stock festgestampft. Weil man uns nicht hatte auf den Bahnhof lassen wollen. Also protestierten wir gegen die Obrigkeit.

„Ich krieg euch schon", schimpfte der Nachtwächter, der am Bahnhof die Absperrung gehabt hatte und einen Verdacht auf mich und meine Freunde trug. Aber wir kriegten ihn. Es ging ein Rinnstein durch Vetschau, in dem floß richtiges Wasser von einem Graben und dazu das Wasser von den Häusern. Auch am Marktplatz vorbei. Da saßen wir eines Nachts, und es war heller Mondschein, und wir angelten. Drei Mann. Wir hatten richtiges Angelzeug. Endlich kommt der Nachtwächter. „Was macht ihr Lümmels da?"

„Wir angeln!"

„Ihr seid wohl verrückt, da gibt es doch nichts zu angeln!"

„Doch, da sind viele Fische drin!" Er wollte uns wegjagen. Ich aber sagte: „Es ist nicht verboten, im Rinnstein zu angeln!" Er sah ein bißchen zu.

„Ich glaube", sagte ich nach einer Weile, „ich hab einen dran!" und zog raus. Richtig, da saß an meiner Angel ein anständiger Fisch.

„Bei mir beißt es auch", rief mein Freund und zog raus. Da war auch ein Fisch dran. Dem Nachtwächter wurde mulmig. Er war wohl auch nicht mehr ganz nüchtern. Das war er nie ganz. „Ich hab auch einen", rief der Dritte im Bunde. „Ich beschlagnahme die Fische", lärmte der Nachtwächter, „das ist städtischer Grund und Boden, und ihr habt keine Fischereigerechtigkeit!" Da rissen wir aus.

Er hat uns wirklich angezeigt. Wegen Angelns und Fischens im Rinnstein am Markt. Da wollte ihn der Bürgermeister, der monatelang ärgerlich war wegen der Eisenbahnsache, rausschmeißen wegen Besoffenheit, denn sie glaubten es ihm nicht. Er hat Stein und Bein verschworen, er hätte es gesehen, und es wären viele Fische drin. Darauf setzten sie ihn wirklich ab, weil er absinnig und nicht mehr richtig wäre. Darauf sahen wir ihn zuweilen des Nachts mit einem Kescher den Rinnstein ausfischen. Bloß, er fing nichts als mal 'ne Kartoffel oder einen alten Stiefel. Da wurde er doppelsinnig und

betrank sich auch am Tag. Mit unserem Fischen war das so, daß wir grüne Heringe an die Angel gemacht hatten.
Wir fühlten uns als Helden. Bloß, daß sie den alten Nachtwächter weggejagt hatten, das ärgerte uns. Dafür mußten wir dem Magistrat eins auswischen. Sie hatten an der Rathaustür das Stadtwappen, den weißen Hund, der nach dem Wappen des Gutsherrn springt. Er hatte ein Halsband um mit einem Ring, daran malte mein Freund, der Maler, eines Nachts eine dicke Kette. Vor das Maul des Hundes, der gieprig die Zunge herausstreckte, malte er eine dicke, runde Wurst. Sie haben es erst am andern Tag nachmittags gemerkt und dann noch beinahe acht Tage drangelassen, wegen der Untersuchung. Alle Maler wurden verhört, denn es konnte bloß ein Maler gewesen sein, das sah man. Es ist aber nicht rausgekommen. Die Vetschauer haben das verbesserte Wappen ganz schön gefunden. Aber dann ist ihnen die Wurst wieder weggenommen worden.
Dem Herrn Hauptpastor haben wir auch einen Streich gespielt. Der hatte zwei schöne weiße Bänke vor seiner Tür. Da setzten wir uns öfter abends rauf. Auch mal so'n bißchen mit Mädchen. Aber in allen Ehren. Da jagte er uns weg. „Setzt euch lieber auf eine Bank in der Kirche", sagte er, „da seid ihr dem Herrgott näher, aber da seh ich euch nicht!"
Da wir nun in dem einen großen Kirchengebäude zwei getrennte Kirchenräume hatten, nämlich die wendische und die deutsche, fragte ich: „In welche von den beiden Kirchen sollen wir uns denn setzen?"
Er war wohl verblüfft über soviel Frechheit, aber dann hat er es für Dummheit gehalten und gesagt: „Das ist unserem Herrgott egal!"
Na, dachte ich, dann man zu, und sagte: „Wenn es dem Herrgott egal ist, warum müssen es denn zweie sein?"
Aber dann schimpfte er was von frechen Bengels und kam hinter uns her. Wir los bis hinter die großen Bäume. „Herr Oberpfarrer", rief ich, „in der deutschen Kirche, da kann keiner die Augen zum Herrgott aufheben, da müßten Sie erst alle die Wappen abmachen lassen, und das getrauen Sie sich doch nicht!"
Nämlich, es hatten die Gutsbesitzer, denen in den Jahrhunderten Vetschau gehört hatte, oben an der Kirchendecke ihre Wappen anbringen lassen: die Lynars, die Rabenaus, die Schliebens, die Promnitzens, die Zabeltitzens, die Pourtalès, Fürsten Reuß – i, was weiß ich alles. Das hatte mich geärgert, denn ich sagte mir: Siehe, wie sich die vornehmen Leute zwischen die Armen und die Erde stellen, so stellen sie sich auch zwischen die armen Menschen und den Himmel! Was hat ihr Familienstolz im Hause Gottes zu suchen? Ein Wunder, daß sie unsern Herrgott wenigstens am Kreuz gelassen haben und haben ihm nicht erst ihr Wappen übergehängt.

Damals, als der Oberpfarrer hinter uns her war, rissen wir aus, dachten aber: Warte man! In der Nacht trugen wir seine beiden weißen Bänke auf den Kirchplatz. Wir holten eine Leiter, und am Morgen standen die Bänke oben auf dem Dachfirst vom Spritzenhaus. Aber der Oberpfarrer nahm da oben nicht Platz und wäre so doch dem Herrgott näher gewesen als seinen Grafenwappen.

Ziffer 3

Wie der Flachs nach Deutschland kam

Schon von Adam und Eva her herrscht ein sonderbares Gefühl in den Menschen, wenn sie aus der Kinderzeit raus sind. Sie nennen es Liebe. Da sollen Könige und Heilige nicht von verschont bleiben. Die Menschheit kleidet sich anders, und sie redet anders mit den Jahren. Aber dieser Punkt hat sich unverändert fortgepflanzt bis auf den heutigen Tag. Die Liebe höret nimmer auf. Die Liebe nicht, bloß der einzelne Mensch muß mit den Jahren damit aufhören. Aber dafür fängt es bei dem einen früher an als bei dem andern. Da ist es nur natürlich, daß es bei dem einen früher aufhört als bei dem andern. Doch für den, welchen es allzufrüh trifft mit dem Aufhören, ist es ärgerlich.
Ich war nun schon zwanzig Jahre, da entbrannte auch in mir ein Funken. Das heißt, der Funke rumorte schon seit Jahren, jetzt brannte er als Flamme. Nicht gegen eine gewisse weibliche Flamme, bloß so im allgemeinen. Da solches in meinem Gewissen Sünde war, suchte ich eine Gewisse und hielt Umschau unter den Töchtern des Landes. Es sollte aber keine sein von denen, die immer bloß zum Tanze gingen. Vielleicht bloß deshalb nicht, weil ich nicht tanzen konnte. So ein einziges Töchterchen, danach stand mein Sinn. Die wollte ich lieben als Jugendliebe, ihr treu sein gegen alle Gewalt, wie ich's in Romanen gelesen hatte, und später, nach meiner Rückkehr aus der Welt, wollte ich sie heiraten.
Durch einen neuen Freund, einen Maler – und eben den, der das mit dem Stadtwappen gemacht hatte, kam ich in sein Elternhaus. Sein Vater war Weber und konnte die Maschinen nicht leiden, wie Großvater Grambauer. Es hatten in Vetschau noch einige Familien im Winter die Spinte, die Spinnstube. Zu diesen gehörten auch die Eltern meines Freundes. Das war wunderschön. Da sangen sie liebliche Lieder. Zehn bis zwölf Mädchen in

Tracht waren immer da. Viel los war ja nicht mehr mit den Bräuchen. Als ich geboren wurde, gab es noch 13 000 Menschen im Kreis Calau, die Wendisch redeten; als ich eingesegnet wurde, waren es bloß noch 5 000. Sie machten es eben meist wie mein Großvater Grambauer: „Was tot ist, das ist tot, lebendig ist allein der Bramborski Wojak!" Das bedeutet: brandenburgischer Soldat! und ist ein altes Sprichwort, denn die Lausitzer sind alle leidenschaftlich gern Soldaten gewesen.
Ich hab immer viel übrig gehabt für die Musik. Darum auch spielte ich Flöte, und jetzt schon die große. So spielte ich manchmal Flöte zu dem Singen der Mädchen in der Spinte. Dann wurden Geschichten erzählt.
Eine weiß ich noch, nämlich wie der Flachs nach Deutschland kam:
Adam und Eva waren die ersten Menschen und wohnten im Paradies und gingen nackt und waren gieprig auf die Frucht der Erkenntnis. Gott sprach, ihr sollt nicht, sie aber taten es doch. Also zeugte Adam Kain. Dann taten sie es wieder, und es wurde Abel daraus. Kain wurde ein Ackersmann, Abel wurde ein Hirte. Eines Tages fing Abel an, seinen Schafen die Wolle zu flechten. Dabei riß er ihnen welche aus und zwirbelte daraus Fäden. Darauf schnitt er ihnen die Wolle ab und flocht sie zu immer feineren Strähnen. Davon machte er Röcke. So kam die Weberkunst auf die Erde.
Kain lernte das auch, aber Abel gab ihm keine Wolle und keine Schafe. Da schlug Kain den Abel tot und wanderte aus in das Land Ur. Da nahm er ein Weib. Aber es war ihr schenierlich, denn sie hatten nichts anzuziehen. Schafe aber hatten sie auch nicht, und er war ja auch ein Ackersmann und kein Hirte. Da flocht Kain Röcke aus Gras, welches sie Flachs nannten. Er zeugte Henoch, der zeugte Lamech, der nahm zwei Weiber, die eine hieß Ada, die andere Zilla. Daher kommt das, daß sie sagen: Von A bis Z. Und Ada gebar Jabal, von dem sind hergekommen, die in Hütten wohnen und Vieh ziehen. Und sein Bruder hieß Jubal, von dem sind gekommen die Geiger und Pfeifer. Von beiden aber stammen die Lausitzer, bloß, von einem mehr als vom andern. Nämlich, es ergrimmte eines Tages Jabal über seinen Bruder Jubal. Der wollte nicht erschlagen werden wie sein Urgroßonkel Abel und lief weg. Er hatte nichts bei sich als einen Schurz aus Flachs und eine Tasche voll Leinsamen, welchen sie auf Brot aßen.
Jubal kam in ein Land, da war es lausig kalt, und er nannte das Land auch Lausig. Da waren keine Menschen, bloß wilde Tiere. Da säte er seinen Samen, um die Körner zu essen. Eines Tages aber, als er seinen Flachs gemäht hatte, packte ihn das Heimweh. Erst spielte er auf seiner Flöte, dann ward er zornig und warf den ganzen Flachs in den Sumpf. Da fing es an zu stinken, und der Schandarm kam, und er mußte ihn wieder rausholen. Da lag denn der Flachs und trocknete in der Sonne. Kannst ihn ja verbrennen,

dachte Jubal, und warf ihn in seinen Ofen. Aber da war keine richtige Glut mehr. Als er den Ofen ausräumte, kam der Flachs wieder raus, bloß geröstet. Da packte ihn wieder die Wut, und er trampelte wild darauf rum.
Aber siehe, da waren plötzlich lauter feine Fasern. Die flocht er zu Schnüren und knüpfte Tücher daraus und Röcke. Damit ging er zu den Menschen. Die kauften wie toll. Da fing Jubal an, bloß noch Flachs zu bearbeiten und zu spinnen und zu weben. Und es erschien ihm ein Engel und sagte: „Siehe, ich habe dich ausersehen unter vielen. Der Stein, den die Bauleute verworfen, ist zum Eckstein geworden. Gehe hin und tue desgleichen!" Da nahm er ein Weib, und sie zeugten viele Kinder und wurden reich. Und wenn sie das verdammte Geigen und Flötespielen und Trinken gelassen hätten, so wären sie es heute noch. Also ist das Leinen auf die Erde gekommen und hat seinen Ursprung im Spreewald.
Dann schnurrten die Spinnräder immer noch mal so schön, und die Mädchen sangen dazu das wendische Lied von den schönen Spreewälderinnen:

Scharfe Dornen stechen sehr,
Falsche Burschen noch viel mehr.
Will mich eh'r auf Dornen wiegen,
Als bei solchen Burschen liegen.
Solche Burschen, so wie ihr,
Gibt es Haufen über Haufen;
Solche Mädchen, so wie wir,
Muß man tausend Meilen laufen.

Bloß, wenn die Mädchen nach Hause gingen, vergaßen sie den Stolz und ließen sich von den Burschen bringen. Wie ich es ja schon als Junge gesehen hatte.

Ziffer 4

Sie hieß Alma

In meines Freundes Haus, in welchem die Spinte abgehalten wurde, da war auch eine Tochter. Eine einzige, und sie hatte schwarze Augen und Haare und hieß Alma. Da sie Vorsängerin war in der Spinte und ich ihr auf der Flöte vorspielte, fanden sich unsere Herzen. Ich beschloß, sie zu meiner treuen

Jugendgeliebten zu machen, die auf mich warten sollte, indessen ich die Welt nach Schätzen durchstreifte. Ich sagte es ihr, und als sie mich vergeblich angefleht hatte, nicht in die wilde Welt zu gehen, sagte sie zu und schwur mir, ewig meiner zu harren.

So hatte ich eigentlich alles und hatte doch nichts, denn wenn die anderen Mädchen sich nach der Spinte von den Burschen auf den Weg bringen ließen, blieb Alma zu Hause. Da nahm ich mir mal vor der dunklen Haustür ein Herz und faßte sie um die Taille. Dieses war mein erster Liebesakt, denn bisher hatten wir uns bloß in Worten geliebt. Sie rückte auch gar nicht weg, aber ich ließ sie los und schrie auf. Nämlich, die Liebe tat weh. Sie sehen so schnuddelig aus, die Spreewälderinnen in ihrer Tracht, aber ihre Liebe ist voller Dornen wie die Rosen. Nämlich alles, was sie anhaben, das ist mit Stecknadeln zusammengesteckt, und ist das eine Kunst. Bloß, es ist nichts für Verliebte. Erst mal haben sie für ein feuriges Jünglingsherz viel zu viel um die Taille an, und dann faßt man auch noch in lauter Stecknadeln. Vielleicht, daß es sein Gutes hat und sie dadurch besonders keusch bleiben bis zur Hochzeit.

Es wurde aber auch so langsam schön, und einen Händedruck und später auch mal ein Küßchen gab es ja doch. Bloß, dann kam Alma von Hause weg, denn ihrem Vater ging es immer schlechter. Und er tat es nicht und tat es nicht und ging etwa als Weber in die Fabrik. Das litt sein Meisterstolz nicht. Da kam sie zum Apotheker als Kindermädchen. Worauf ich sie bloß mal abends sah, wenn sie mir aus dem Dachfenster zuwinkte und auch mal ein liebes Wort herunterwarf.

Doch die Liebe kennt keine Grenzen. Wer die Welt erobern will, der wird auch vor einer Apotheke nicht zurückweichen. Ich hatte es bald raus, wenn Apothekers ausgingen, und daß sie erst spät heimkamen. Da beschwor ich Alma so lange und drohte, schon am nächsten Ersten nach Amerika zu gehen, bis sie mich einließ. Aber dann waren wir beide so verlegen, daß ich keinen Anfang fand und bloß immer was erzählte. Ich mußte ihr schwören, am Ersten noch nicht nach Amerika zu gehen. Worauf sie aufhörte zu weinen. So dachte ich, und nun... Aber ich traute mich nicht, und da ging unten die Haustür. Mein Gott, Apothekers kommen! Ich wie der Blitz noch grade runter, aber vorn raus konnte ich nicht. Also nach hinten auf den Hof. Vorne schloß die Apothekern zu, und ich hörte sie den Schlüssel abziehen, hinten aber war um den Hof eine Mauer und ein hoher Zaun. Ich war gefangen.

Eine Stunde habe ich da wohl im Dunkeln gestanden und immer gedacht: Alma kommt und läßt dich raus. Endlich Schritte auf dem Flur. Ich wollte schon aufs Haus zugehen, da sah ich noch rechtzeitig, es ist der Apotheker, und er mußte noch mal auf den Hof. Es dauerte lange, dabei hatte der Kerl

doch genug Pillen in seinem Laden. Und wenn schon, konnte es ihm nicht angekommen sein dort, wo er zu Besuch war? Dann hätten wir noch schöne Zeit gehabt. Von so was hängt manchmal die Liebe ab.
Erst wollte ich warten, bis sie morgens das Haus wieder aufmachten. Aber dann hätten sie mich am Ende gesehen, und Almas Tugend wäre in Verruf gekommen. Also rüber übern Zaun. Zuerst ging es ganz gut, dann brachen ein paar Stakete. Nun mußte ich schon weiter. Ich kam auch bis oben. Dann sprang ich ab. Bloß, eins meiner Hosenbeine hatte sich über eine Staketspitze gezogen und blieb hängen, und ich kam mit dem Kopf zuerst runter. Als ich mich wieder hochgerappelt hatte, sah ich, daß ich mit dem einen Bein so-

zusagen im Freien stand. Meine schöne neue Hose, ich hatte nicht gedacht, daß die Liebe sie mir diesergestaltig ausziehen würde.
Gleich nächsten Sonntag traf ich Alma bei ihren Eltern. Sie tat so merkwürdig nebensächlich zu mir. Dafür erzählte sie, sie wolle weg von Apothekers, die Frau hätte ihr Montag morgens ein Stück Tuch gebracht und gefragt, ob sie das kenne. Keine Ahnung hatte sie. Es hat aber hinten am Zaun gehangen, hätte die Apothekersche gezetert, und Sonntag wäre es noch nicht dagewesen! Und was stelle es dar? Ein Stück einer männlichen Hose, und das wäre Pfui und Schande! Das wollte sich Alma nicht bieten lassen. Auch ihr Vater nicht.
Man gut, daß sie das Tuch nicht mit hatte und ich wieder meinen alten Anzug trug. Ganz in Gedanken strich ich mein linkes Hosenbein. Almas Vater aber ging anderntags zur Apothekerin und machte einen großen Krach wegen Beleidigung seiner Tochter. „Stille Wasser sind tief", sagte die Apothekerin.
„Danach müßten Sie mit Ihrem Mundwerk ja ganz flach sein", brauste Almas Vater auf, „denn still waren Sie ja nie nicht. Aber tief waren Sie genug! Und es mag wohl sein, daß Ihnen manches männliche Hosenbein gar nicht so unbekannt ist!"
Sie kreischte, und der Apotheker kam und schmiß Almas Vater raus. Er verklagte ihn auch beim Friedensrichter, und er mußte, obwohl er arm war, fünf Taler bezahlen. Er tat es gern. „Die Unschuld meiner Tochter ist mir das wert", sagte er. Da Apothekers aber über die Sache redeten, schrieb Almas Vater an seinen Bruder nach Berlin, und sie besorgten ihr da eine Stellung. Die Bekannten rieten ab von Berlin, wegen der Gefahren für ein junges Mädchen. „Pah", sagte der Vater, „meine Alma, die laß ich allein durch die ganze Welt reisen!"
Alma forderte mich auf, auch nach Berlin zu gehen, aber da ich keine Traute hatte, sagte sie: „Na, in Berlin wird es ja auch noch Herren geben!"
Erst auf dem Bahnhof nahmen wir Abschied. Aber da waren sie alle dabei, und ich konnte bloß flüstern: „Ich bleib dir treu, bis du wiederkommst!" Und es fiel mir gar nicht auf, daß ich dadurch die Rollen in dem Roman vertauscht hatte.
Es kam auch ein Brief, aber sehr kühl. Ich natürlich sofort wieder geschrieben und alles reingepfeffert, was ich von Liebesqualen und Schwüren von ewiger Treue wußte. Dann hörte ich nichts mehr von ihr. Darüber blutete mein Herz, und zwei Monate lang lebte ich wie ein Veilchen im Verborgenen und machte Gedichte über Falschheit der Weiber und Sterben der Männer. Eins weiß ich noch und finde es kennzeichnend für die Jugend und ihre Ansehung des Lebens, und nicht bloß bei der Liebe:

Wir waren so jung, so mutig jung,
Sie sechzehn, ich zwanzig eben,
Da schwuren im ersten Liebesschwung
Wir Treue uns für das Leben.

Wir waren so jung, so traurig jung,
Sie sechzehn, ich zwanzig eben,
Da tat ihre Treu schon den Todessprung.
Ich wollte, das tät auch mein Leben.

Dann fand ich einen neuen Freund. Dem klagte ich mein Leid. Da sang er bloß:

Was hilft das Klagen,
laß es dir sagen,
vorbei ist vorbei!
Es gibt ja im Städtchen
noch andere Mädchen!
Schön ist's im Mai,
dideldumdei!

Das Lied hatte eine schöne Melodie. Erst spielte ich sie auf der Flöte. Dann pfiff ich sie. Dann sang ich sie. Dann kaufte ich mir eine neue Hose.

Ziffer 5

Es hatten die Damen noch viele Namen

Kunst bringt Gunst. Mein Flötenspiel lockte die Lämmer. Aber doch bloß die Lämmer. Da lernte ich die Kunst des Tanzens. Da kamen auch die Schäferinnen.
Eine war, und sie hieß Paula. Ich kannte sie schon, als sie noch zur Schule ging, da kam sie in meines Lehrherrn Haus. Sie hatte liebevolle Eigenschaften, und ich hatte sie damals schon ein bißchen in mein junges Herz eingebaut. Später traf ich sie mal auf der Kirmes. Wir liebten uns sofort. Bloß, am anderen Sonntag mußte sie nach Cottbus, die Mutter hatte sie zu einem Oberlehrer in Stellung gegeben.

Da hatte ich also wieder das Nachsehen. Ich wollte aber nicht immer der Dumme sein und tröstete mich mit einer anderen. Die hieß Berta. Die hieß Klara. Die hieß Hanka. Geschämt habe ich mich gar nicht, es lag ja auch immer etwas Zeit dazwischen. Bei zweien wurde ich dafür verhauen. Einmal von einem Vater, der dazukam, einmal von einem Schatz, der dazukam. Da ich fürchtete, auch bei der dritten erwischt zu werden, erwachte wieder die Liebe zu meiner Paula. Ich schrieb ihr, aber sie antwortete nicht. Da beschloß ich den Heldentod, damit sie alle um mich weinen sollten.
Nämlich, es war nun der Krieg von Anno Siebzig herangekommen. Einmal wegen der Liebe und um dafür zu sterben und dann auch wegen Großvater Grambauer wollte ich endlich Soldat werden. Sie sagten, es geht los gegen Frankreich. Da konnte ich denn für meinen Großvater in Paris einziehen.
Mit meinem Freund zusammen fuhr ich an einem Sonntag nach Cottbus. Erst ließen wir uns fotografieren. Jeder Mann, der etwas Bedeutendes getan hat, läßt sich gern fotografieren. Und erst recht jeder, der etwas Bedeutendes erst vorhat. Das ist so geblieben bis auf den heutigen Tag. Wir trennten uns dann, mein Freund wollte Verwandte besuchen, und am Nachmittag wollten wir uns im Spreeschloß treffen, wo Tanz war, wollten Abschied vom Leben feiern, denn wir glaubten, sie würden uns am andern Tag gleich in der Kaserne behalten. Die Nacht sollte ich mit ihm bei seinen Verwandten bleiben.
Wie ich nun so über den Wall gehe und immer denke, jeder muß es mir ansehen, daß ich ein Kriegsfreiwilliger bin und den Heldentod sterbe, siehe, wer kommt da an? Ein Fräulein. Was für ein Fräulein? Meine Paula! Als sie hörte, was ich vorhatte und daß ich nach Paris wollte und den Heldentod sterben, erwachte die Liebe neu in ihr, und sie lud mich zu sich ein, denn Oberlehrers waren verreist. Sie bewirtete mich köstlich aus Oberlehrers Küche, und das war keine Sünde, denn es kam ja einem Soldaten zugute. Sie wollte mir zwar den Plan ausreden und weinte viel, da ich aber sah, daß ich als Held und Todeskandidat ihre Liebe erst recht anfachte, blieb ich fest. Es entspann sich dann auch zwischen uns in schönen Stunden die Leidenschaft der Liebe. Siehe, ich bin nicht in das Spreeschloß tanzen gegangen und habe auch nicht mit meinem Freund bei seinen Verwandten geschlafen.
Am anderen Morgen holte ich meinen Freund ab. Da war er sehr böse. Er hatte sich das auch überlegt mit seinem Heldentod. Ich stellte mich aber. Da sagte der Stabsarzt: „Lieber Freund, es geht nicht, Leutnants haben wir genug, und zum Gemeinen sind Sie zu schade!“ So endete meine Heldenlaufbahn, und statt in Paris zog ich wieder bei Oberlehrers ein. Ich war ganz zufrieden und hab mich erst wieder über den dammlichen Stabsarzt geärgert,

als die den Kaiser Napoleon bei Sedan gefangen hatten, und dann nochmals, als Bismarck in Versailles einen deutschen Kaiser ausrief. Da war nun das großmächtige Deutschland geworden, und ich hatte nichts dazu getan. Da schämte ich mich.
Nun hatte ich immer, wenn ich zu Hause bei Muttern war, sonntags auch im Schützenhaus in Lübbenau dem Tanzbein gehuldigt. Daran war was hängengeblieben. Sie hieß Emilie und war eines Kürschnermeisters einziges Töchterlein. Als sie gehört hatte, daß ich Soldat werden wollte und in den Krieg ziehen, weinte auch sie um mich. Da tröstete ich auch sie. Daß sie mich nicht genommen hatten, das sagte ich nicht. Da nahm sie mich. So hatte ich zwei Bräute. Das war unschicklich, aber es war schön. Welche es nun bleiben sollte, das war schwer zu sagen. Da griff der liebe Gott ein.

Ziffer 6

Ein Freundesdienst

Nämlich, ich hatte so viel mit meiner Liebe zu tun, daß ich meine Freunde vernachlässigte und nicht mehr ausging. Das ärgerte sie sehr, aber ich fand es mit Damen reizvoller.
An einem Sonntagnachmittag saß ich so in meiner Stube in Vetschau und schrieb Liebesbriefe. Einen an Paula nach Cottbus, einen an Emilie nach Lübbenau. Ich sparte bei keiner an Zärtlichkeiten und fühlte mich so recht als Hahn im Korbe. Denn in Vetschau hatte ich auch noch eine, und sie hieß Helene.
Da kam einer meiner Freunde und wollte mich abholen zur Mühle, da wäre Hahnenschlagen, Musik, Kahnfahren, Kegelschieben, Tanz. Ich sagte nein, ich müßte Briefe schreiben. Da sagte er: „Ich warte, bis du fertig bist!“ Ich schrieb noch die Adressen, da sagte er: „Nun zieh dich rasch an, ich mache derweilen deine Briefe fertig und klebe die Marken auf.“ Wir zogen denn auch ab, und es war sehr schön. Bloß die Mädchen gefielen mir nicht, da kam keine gegen meine Paula an und gegen meine Emilie. Nicht mal gegen meine Helene.
Die ganze Woche verging, es kam keine Antwort. Nicht aus Cottbus und nicht aus Lübbenau. Ich wurde schrecklich unruhig. Endlich, nach zehn Tagen, ein Brief aus Cottbus. In hellrosa Umschlägen kamen sie immer von Paula. Emilie, die hatte violette. Diesmal war der Umschlag aus Cottbus weiß

und groß. Aber ich erkannte die Handschrift von Paula. Aufgemacht mit zitternden Fingern. Keine liebevolle Anrede. „Werter Herr!
Sie hätten sollen lieber Soldat werden und Ihren Heldentod sterben, wenn Sie so einer sind. Ich verachte Sie, da gehen Sie man zu Ihrer Emilie, das wird schon so ein Mensch sein und paßt zu solchem und nicht ein anständiges Mädchen wie ich. Wagen Sie es ja nicht und kommen mir noch einmal in meine Ehre. Du bist in meinen Augen ein Schuft. Das sagt Ihnen und ich grüße Sie nicht mehr. Auf Nimmerwiedersehen. Ihre Paula."
Zuerst war lauter Nebel um mich, daß ich es gar nicht empfand, wie komisch der Brief war. Ich fühlte bloß, das war noch komischer. Dann brauste ein Unwetter los, daß die Hagelschloßen nur so flogen. Da waren alle meine Rosen vernichtet. Sicher auch die im Lübbenauer Garten. Und der war ein guter Bürgergarten gewesen. Ganz zerknirscht stand ich da, wie ein Verbrecher. Aber die meiste Wut hatte ich auf meine Dummheit, denn ich wußte ja nun, daß ich die Umschläge verwechselt hatte. Erst ein Jahr später sagte mir mein Freund, daß er es gemacht hatte, mit Willen, damit ich wieder mit Männern zusammen sein sollte. Ich habe mich darauf von ihm losgesagt, und er hat später die Paula geheiratet. Der hatte aber nichts zu lachen. Keinmal allein ausgehen, keinen Schluck. Sie soll ihn auch vermöbelt haben. Siehe, so waltet eine Gerechtigkeit über uns, wenn wir sie auch nicht immer erkennen. Aber er hat mir nachher doch leid getan.
Emilie schrieb mir gar nicht. Aber sie sagte es meiner Mutter, denn sie war aus gutem Hause. Mutter hat uns später wieder zusammengebracht. Bloß, da war meine Liebe erloschen.
Bevor es aber soweit kam und ich das von dem schlechten Streich meines Freundes erfahren hatte, da legte ich noch einmal los. Erst habe ich viel Flöte gespielt und bin betrübt gewesen. Dann sang ich und tanzte mit Helene, die gar nicht wußte, warum ich plötzlich so verliebt war:

Solange du jung bist, lacht dir der Mai,
Herbst kommt für jeden, wer immer es sei!
Deine Sichel ist scharf, darum eins, zwei, drei,
Schneide das Korn, eh' die Ernte vorbei,
Eh' noch der Wind geht über die Stoppeln ...

Ziffer 7

Böse Menschen haben auch Lieder

Mit einem Male war es Schluß mit den Mädchen. Ich hatte das Erkennen, sie wären mir alle zu gering, und ich würde mich verplempern und wegen der Begierden niemals ein großer Mann werden. Eine Feine und Gebildete aber, nach der ich mich sehnte, die kam mir nicht in die Quere. Also entsagte ich der Liebe ganz.

Ich hatte mich dafür der Kunst ergeben. Nämlich dem Gesang und Flötenspiel. Seit über einem Jahr war ich schon Mitglied im Männergesangverein. Zweiter Tenor. Jetzt sang ich all meinen Liebesschmerz in Chorliedern aus. Aber auch das ist eine Beobachtung von mir: Wenn einer sein Herzeleid recht schön klagt und besingt, siehe, dann kommen rasch andere Herzen und wollen ihn trösten. Das weibliche Herz kann wohl keinen Mann um Liebe leiden sehen.

Die Spremberger wollten ein ganz großes Sängerfest feiern, und zweiundfünfzig Vereine hatten sie eingeladen zum Wettsingen.

Wir Vetschauer waren gut bei Kehle und Brust. Drei Lieder übten wir jeden Abend mit Todesverachtung: Brüder, reicht die Hand zum Bunde; Nun leb wohl, du stille Gasse; Zu Valendaar am Rheine.

Dreißig Mann hoch zogen wir eines Sonntags früh zur Bahn. Schwarzer Rock, weiße Weste, weiße Halsbinde, Zylinder. Ich trug die Fahne, Klempnermeister Schickedanz eine große blaue Schärpe mit Fransen. Er war der Vorsitzende. Lehrer Lehmann dirigierte.

Zehn Taler vom Ersparten hatte ich in der Tasche, es sollte zwei Tage dauern. Ich wußte auch, daß wir ein paar Hinkende unter uns hatten. Mein neuer Freund, ein Barbier, war auch so einer. Rinka hieß er. Er schabte sich redlich durch die Welt, aber was konnte er schon zusammenkratzen? Vierteljährlich fünfundsiebzig Pfennig bei zweimal in der Woche Rasieren.

In Spremberg hatten sie eine Bühne über den halben Marktplatz gebaut. Jeder Verein mußte einzeln ran. Es war mächtig feierlich. Viele Tausend Menschen, und Fahnen und Musik. Wir Vetschauer mußten ziemlich warten, bis die Reihe an uns war. Dann stieg unser Chor: Brüder, reicht die Hand zum Bunde! Nachher noch: Nun leb wohl, du stille Gasse! Na, das Probesingen dauerte bis gegen Abend. Dann prangte die blaue Siegerschleife an unserer Vereinsfahne. Darauf sangen alle Vereine großen Chor. Wir standen ganz vorn und fühlten uns.

Es ist was Schönes um die Kunst: sie bringt dem, der Erfolg hat, auch noch

Liebe ein. Das merkten wir am Abend, als wir jungen Kerle uns in die Säle mischten, wo Tanz war. Die Vetschauer kommen, hieß es da, die Preissinger! Na, und schließlich war ich der Fahnenträger der Vetschauer und vergaß meine Absage an die Liebe. Da sich die Mädchen so um mich hatten, siegte eben die Eitelkeit. Meine Lieben, kein Mensch ist so gering, als daß das Loblied, welches er uns singt, ihn nicht in unseren Augen um ein mehreres erhöhte. Und also waren die kleinen Mädchen von Spremberg plötzlich alle feine Damen, und ich vergab mir nichts, wenn ich mich mit ihnen befaßte. Wir tanzten also Schuhsohlen kaputt und Mädchenherzen.
Dabei hatten wir ganz vergessen, wo wir wohnten, denn es gab Quartierzettel. Wir fanden dann aber unser Logis. Es war bei zwei alten Jungfern, die hatten uns beide, meinen Freund, den Barbier, und mich, schon lange erwartet. Nun kamen wir erst nach Mitternacht an, und wir alberten auf der Straße, und ein Dutzend Mädchen ging mit uns, und die kicherten und quietschten. Da war das Haus zu. „Wo wollen wir heute schlafen, Feinsliebchen mein?" Aber sie quiekten und schämten sich, denn es waren ihrer zu viele auf einem Haufen. Wir sangen:
Die Spremberger Mädchen sind freundlich und nett,
Sie bringen ihre Gäste bis – an das Bett!
Wir sangen es so oft, und die Mädchen sangen es mit, bis die beiden alten Jungfern wach wurden. Mit Nachtmützen auf dem Kopf sahen sie aus dem Fenster. Dann warf uns eine schimpfend den Hausschlüssel runter. Wir irrten uns noch in der Wohnungstür und weckten ein paar fremde Leute. Aber schließlich kamen wir doch in unsere Betten.
Am andern Morgen stand unser Frühstück bereit, aber die alten Jungfern ließen sich nicht sehen. An der Kaffeekanne hing ein Zettel: „Quartier ist nur für eine Nacht!" Sie hatten gefürchtet, wir blieben ein paar Tage. Warte, sagte ich auf dem Flur. Dann fingen wir beide an: Nun leb wohl, du stille Gasse, nun leb wohl, du altes Haus – siehe, da ging doch eine Tür auf, und sie kamen beide raus und machten freudevolle Gesichter, und alles war wieder gut. Das ist die Macht des Gesanges.
Viele von unseren älteren Mitgliedern waren noch Sonntag abend nach Hause gefahren. Wir Jüngeren, so rund ein Dutzend, hielten durch. Jetzt sollte ein Ausflug nach Heinrichslust gemacht werden, selbstverständlich in Damenbegleitung. Sechs Wagen voll waren wir, und es war egal, was es kostete. Für mich kostete es sogar doppelt, denn der Bartkratzer hatte keinen Groschen mehr.
In Heinrichslust war eine Kneipe mit einem Saal und einem Musikautomaten. Da wurde denn gekneipt und gescherbelt, und wir spielten den Herrn Baron. In Heinrichslust war aber auch eine Braunkohlengrube, und die Arbeiter

saßen in einem Nebenzimmer und vesperten. Sie sahen immer öfter in den Saal, und wir rümpften immer öfter die Nase über sie und machten Bemerkungen, von wegen, sie sollten sich an die Arbeit scheren und bessere Herren nicht stören. Da fingen sie bei kleinem an zu stänkern von wegen Heringsbändiger und popelige Bengels. Da sagte eine unserer Damen zu ihnen: „Ihr alten schwarzen Rübenschweine!" Darauf haute einer von den Kerls ausgerechnet meiner Dame eine runter. Darauf haute ich ihm eine runter. Darauf haute er mir eine runter. Bloß, ich hatte eine weiße Weste an und reine Hände, er hatte einen schwarzen Rock an voll Kohlenstaub und schwarze Hände. Er färbte ab, ich färbte nicht ab.
Genauso war es bei meinen Sangesbrüdern. Die Schwarzen prügelten uns aus dem Lokal raus und schmissen noch mit Braunkohle hinter uns her. Wir türmten, unsere Damen immer vorneweg. Kurz vor Spremberg vereinigten wir uns wieder, und die Damen machten uns mit ihren Taschentüchern rein, so gut das ging. Von unseren zwölf Zylindern waren nur vier heil geblieben. Wir schmissen die eingeschlagenen Hüte auf einen Baum und marschierten barhäuptig zum Bahnhof, jeder mit seiner Donna eingehakt.
„Das sind die Vetschauer", sagten die Spremberger, „die sind aus Rand und Band!" Solches waren wir wirklich, manche waren sogar aus den Nähten. Meine sagte: „Bleibst du mir auch treu?" – „Ja", sagte ich, „treu wie das Wasser im Korb!" Der Zug lief ein. „Auf Wiedersehen!" riefen die Mädchen.
Auf Nimmerwiedersehen! Die zehn Taler waren alle.

Ziffer 8

Der Schattenmann rührt mich an

Am Abendhimmel leuchteten die Sterne, als wir in Vetschau ankamen. Müde, hungrig, die Augen voll Kohlenstaub, zog ich in meine Bude ein. Von meinem schwarzen Rock war ein Ärmel halb ausgerissen, meine weiße Weste war voll Kohlendreck, meine weiße Binde sah aus wie ein Scheuerlappen, der Zylinder war ganz weg. Aber ich fühlte mich als ein Held und Lebemann. Ich konnte auch noch Kasse machen. Doch jede Tasche hatte ein Loch, ich fand bloß ganze vier Silbergroschen. Am anderen Tag und die ganze Woche mußte ich den Schmachtriemen enger und enger ziehen und aß mal wieder trocken Brot.

Mit einem Male schämte ich mich wirklich und echt. Dann suchte ich nach einem, dem ich die Schuld geben könnte. Heute weiß ich, daß der Mensch in jüngeren Jahren immer die Schuld außer seiner selbst sucht. Doch ich fand keinen und erkannte, daß ich ganz allein schuld war, weil ich es machen wollte mit dem Leben wie die Älteren, die das Doppelte verdienten! Und weil ich Blech für Silber gehalten und meine Werte für Gold! Dafür hatte ich mein schönes und wirkliches Silber ganz vertan. Ich sah im Geiste meine Mutter vor mir stehen und weinen. Da schämte ich mich noch mehr und freute mich doch, denn da ich es erkannt hatte, konnte ich noch nicht ganz schlecht sein. Ich beschloß, mich zu bessern. Ich fing auch wirklich an, langsamer zu gehen, und meine breiten Wege zum Verderben schmälerten sich.
Zuerst war es sehr schwer. Dann wurde es leichter. Wenn du jetzt wieder schwach wirst, sagte ich mir immer laut her, dann bist du verloren! Da fiel mir ein, daß ich meinem Freund, dem Schaber, ja drei Taler gepumpt hatte. „Das wirst du jetzt abarbeiten", sagte ich zu ihm. Vierteljährlich, wenn er kassierte, mußte er abzahlen. Ich saß ihm auf der Pelle wie der Wucherer dem Bauern. Ich war dabei sicher ungerecht, aber ich behandelte ihn, als sei er an allem schuld. Aus einem Verschwender war ich zu einem Geizhals geworden.
Ich wäre aber wohl doch noch ein paarmal ausgerutscht, wenn da nicht das Leben selber Ernst gemacht hätte. Wieder einmal waren Typhus und Cholera ins Land gefallen und wüteten schrecklich. Ich machte schlapp und glaubte, es geht zu Ende, und befand es als Strafe für meinen liederlichen Lebenswandel. Aber ich wollte zu Hause sterben. Also nahm ich mein Bündel und zog zu Fuß heim. Wohl ein Dutzendmal mußte ich in den Chausseegraben, und ein paarmal fiel ich um vor Schwäche. Bei Boblitz, zwei Kilometer von uns, da war es aus. Da konnte ich gerade noch in einen Heuschober kriechen. Ja, dachte ich, so geschieht es recht mit dem Enkel von Johann Preisgott Grambauer, daß er vor dem Dorf hinterm Heuschober verrecken muß und ist noch so jung. Aber dann weinte ich, und dann betete ich. Doch ich kam nicht bis zum Amen, sondern ich wurde krüselig und blieb liegen, und es wurde Nacht.
Am Morgen haben sie mich gefunden und heimgebracht, und da ich beinahe starr war, haben sie gedacht: Es ist aus mit ihm. Meine arme Mutter, und ich war doch ihr Liebling. Aber sie hat auch das geschafft und hauptsächlich mit Kräutern. Für die ging sie bis nach Lübben zu einem Wunderdoktor.
Der Wunderdoktor war ein Schäfer. Da war bei uns mal ein zehnjähriges Mädchen gewesen, der Leib wurde immer dicker. Der gelehrte Doktor sagte, es ist Wassersucht, aber helfen konnte er nicht. Das Kind sah aus wie eine schwangere Frau. Da hörte die Mutter des Kindes von dem Wunderdoktor.

Sie schaffte ihr krankes Kind auf einen kleinen Handwagen und zog es die drei Stunden nach Lübben. Der Schäfer gab ihr Kräutertee. Glaubt es oder glaubt es nicht, aber nach einem halben Jahr war das Mädchen schlank und gesund.

Nun hatten sich die richtigen Doktors schon genug über den Schäfer geärgert, und sie zeigten ihn an, daß er ihnen die Kunden wegnahm. Die Apotheker waren auch wütend auf ihn und die Tischler auch. Weil daß sie so viel Särge weniger zu machen hatten. Aber da war gerade der Fall gewesen mit des Mädchens Wassersucht, und die Regierung untersuchte das und bestätigte es ihm, und er konnte weiter sein Heilgewerbe ausüben.

Einmal kam ein Arzt aus Lübben zu ihm, der war der Haupthetzer gewesen. Er hatte eine dreizehnjährige Tochter, welche gichtig war und die fallende Sucht bekam. Nachdem er alle Professoren durchprobiert und sich auch und es doch immer schlechter wurde, da kam er mit dem Kind zu dem Schäfer gefahren. Als vorsichtiger Mann wollte er den Schäfer ausfragen, wie er seine Kuren macht und was alles drin ist in den Kräutern. Doch der Schäfer sagte kein Wort. „Aber ich muß doch wissen, was Sie mit ihr machen“, schrie der Doktor. Der Schäfer sagte: „Sie wissen schon so viel, daß Sie einen Dreck wissen. Von heute ab müssen Sie glauben!“ Der Arzt nahm sein Kind wieder mit. Nach acht Tagen brachte er das Mädchen wieder. In einem Vierteljahr war es gesund und ist es geblieben. Erzählt hat das alles der Doktor aus Dankbarkeit, aber seine Kollegen haben gesagt, der Schäfer habe ihn verhext.

Ein Totentanz

Der Schäfer aus Lübben hat mir geholfen, wie er überhaupt Hunderte den Klauen der Cholera entrissen haben soll mit seinen Kräutern. Da hatte ich einen schrecklichen Traum: der Tod kam an mein Bett und wollte mich holen.

Ich hatte immer vorgehabt, zu sterben wie mein Großvater Grambauer, und war willens gewesen, mir rechtzeitig einen Sarg zu machen und vor mein Bett zu stellen. Aber dann bekam ich es mit dem Grauen und wollte lieber sterben wie mein Vater. Jetzt, als der Tod sichtbarlich vor meinem Bette stand, heulte ich in Schrecken.

Da kam meine Schwester herein, sie war neunzehn Jahre alt und bildschön. „Warum weinst du so?“ fragte sie.

„Der will, ich soll sterben“, sagte ich und zeigte auf den Tod, der ein Knochengerüst war mit Großvater Hussaks Kopf obenauf.

„Wenn die mit will, darfst du dableiben“, sagte der Tod und bot meiner Schwester den Arm. Zu meinem Entsetzen lachte sie und nickte und tanzte mit ihm über unseren Hof.

Ich hab nun wohl wirklich geschrien vor Angst, denn meine Schwester kam jetzt an mein Bett. „Er hat Fieber“, sagte sie zu meiner Mutter, die ihr gefolgt war. Ich schämte mich wegen der ängstlichen Schreie und sagte keinem was von meinem Traum.

Als ich wieder auf war, wurde in Groß-Lübbenau bei Verwandten von uns eine Bauernhochzeit gefeiert. Ich war voll inwendiger Unruhe und bat meine Schwester, sie solle nicht hingehen. Sie lachte mich aus, und meine Mutter lachte auch. Ich bat sie, sie solle wenigstens nicht tanzen.

„Bin ich so häßlich anzusehen?“ fragte sie mich und tanzte mir was vor und akkurat so, wie sie im Traum getanzt hatte. Es trugen damals immer weniger Mädchen Tracht, sie trug ihre noch. Ich sehe sie noch vor mir in ihrem besten Staat, als sie losfuhr zur Hochzeit. Da wollte ich das von dem Traum sagen, aber ich fürchtete mich vor ihrem hellen Lachen. Als sie aber im Wagen saß, lief ich herzu und bat: „Bitte, bitte, Hannchen, tanz nicht!“ Sie aber schwenkte den Kopf und lachte. „Wenn du es keinem anderen gönnst, so komm doch mit und tanz mit mir!“

„Hanna“, schrie ich, „es ist der Tod, der mit dir tanzen will!“

Da sah sie unsere Mutter ernst an und sagte: „Mutter, er hat noch Fieber, soll ich zu Hause bleiben?“

Meine Mutter aber sagte: „Geh nur, mein Kind! Ich koch ihm Lindenblütentee!“ Ganz verzweifelt wankte ich ins Haus.
Sie ist zur Hochzeit gegangen. Sie hat viel getanzt. Am Tag nach der Hochzeit hat sie sich hingelegt. Nach drei Tagen war sie tot. Der eine Doktor sagte Lungenentzündung, der andere Cholera. Meine Mutter klagte sich an, sie hätte es mit der Krankheit nicht für so schwer genommen und wäre nicht gleich zu dem Wunderschäfer gelaufen. Sie hat mir später auch gesagt, daß da noch ein anderer Grund war. Nämlich, meine Schwester war mit der Weide geprüft worden. Das aber war so: In unserer Gegend traf man bis zu Ende des Jahrhunderts ganz merkwürdige Weidenbäume an. Sie waren in der Mitte gespalten und hatten die seltsamsten Formen gekriegt. Das rührte von der Befragung her. Hatte eine Mutter ein Kind und solches war im ersten Vierteljahr schwächlich oder kränklich, so suchten sich die Eltern einen ganz jungen Weidenbaum aus. Der Vater spaltete denselben in der Mitte mit dem Messer, und während er den jungen Stamm auseinanderzerrte und festhielt, zog die Mutter das Kind durch den Spalt der Weide. Das sollte zur Folge haben, daß alle Krankheiten und schlechten Säfte, so in dem Kinde steckten, in die Weide übergingen. Überdauerte die Weide den schweren Eingriff, dann blieb auch das Kind am Leben; ging die Weide ein, dann war damit zu rechnen, daß das Kind nicht alt wurde. Bei meiner Schwester war die Weide am Leben geblieben, daher hatte meine Mutter ihre Zuversicht. Sie hatte es, so sagte sie mir später, außer Betracht gelassen, daß die Weide bei dem großen Feuer mit verbrannt war.
Ich allein aber glaubte damals bei meiner Schwester Tod zu wissen, daß alles Bestimmung gewesen war, und ich schlief nicht vor Reue, denn sie war ja für mich gestorben. Wir hatten es nicht mal gesehen, als sie starb, so leicht war sie in der Nacht davongetanzt.
Sie wurde mit all ihrem prächtigen Staat beerdigt, und ich blies ihr auf der Flöte an ihrem Sarg ihr Lieblingsstück:

> Hier, Burschen, habt ihr ein Röselein,
> Es muß ja leider das letzte sein …

Alle Frauen und Mädchen des Dorfes und die Burschen weinten. Aber der Pfarrer kam dazu und verwies mein Flötenspiel als unchristlich. Und sie sangen: Jesus meine Zuversicht! Da legte ich mich in der Scheune ins Stroh und weinte heiße Tränen. Nachher aber richtete sich meine Seele zornig auf, und ich schrie den Unsichtbaren an: Wozu machst du das? Sprich! Als Antwort flötete bloß eine Amsel.

Ziffer 10

Der Aufschwung und der Abschwung

Meine Freunde in Vetschau haben mich nachher viel angestänkert mit meinem gebesserten Leben, aber ich blieb fest und war nun viel allein. Das war die Zeit, wo mir abwechselnd immer der Böse und der Gute über die Schultern guckte, manchmal auch beide zugleich, und ich hielt sie zuerst für Gott und Teufel, bis ich sie nachher Herr Faßmann und Herr Laßmann nannte. Und merkte, daß sie beide in mir wohnten wie in jedermann. Da zeichnete ich sie mir auf, und später schnitzte ich sie aus Holz. Wie ich sie erkannte, das war an sich ein Wunder. Als ich nämlich so über mich nachdachte und über das Böse und Gute, fiel mein Blick auf mein Taschenmesser. Da waren auf der Klinge zusammengewachsene Zwillinge drauf, die gaben mir wohl das inwendige Bild ein. So haben auch die kleinen und die toten Dinge ihren Sinn und werden lebendig. Ja, sagte ich und nickte, hätt ich damals nicht – aber dann hielt ich inne, denn da war zu Faßmann und Laßmann ein dritter gekommen, der Herr Hättich. Später sagte mir mal einer: „Wenn ich den Hättich erwische, dem schlage ich alle Knochen kaputt, der hat mir mein ganzes Leben ruiniert!" – „I", sagte ich da schon, „sagen Sie das nicht, denn siehe, auch der Hättich hat einen Widersacher, den Herrn Hättichnich. Er scheint mir ganz gleich zu sein mit ihnen, denn sooft der Mensch sagt: Hätt ich damals – ebensooft kann er sagen: Hätt ich damals nicht! Es kommt alles im Leben doch wieder auf das Sterben hinaus. Und auf das Fortpflanzen und Leben."
Ich habe das alles in unserer kleinen Stadt Vetschau erlebt. Aber es war wohl überall so. Nämlich daß sie alle auch im Geschäftsleben so lebten, wie ich im privaten Leben gelebt hatte, so jeder über seine Grenzen und zu großspurig. Und jeder nahm Tombak für Silber, wie ich die Sinnenlust für Liebe, mein Luderleben für Lebenslust und mich Dorflackel selbst für einen feinen Städter genommen hatte, der einfach nicht sehen wollte, daß seine Damen ja doch nur Klater waren. Vielleicht, daß an solchen Austobungen die frühere Enge schuld ist. Bei mir und beim Leben überhaupt. Auch bei einem Volk und Staat.
In meinem Beruf ging das mit dem großspurigen Tun schon im Französischen Krieg los, da machten alle Tischlereien Munitionskisten und verdienten viel Geld. Nachher machten sie Tische und Schränke für das Militär. War es da ein Wunder, daß alle, die daran verdienten, für ein großes Heer und für kriegerische Politik waren? Der Herr Krupp und die Besitzer von Tuch-

fabriken hatten es uns ja vorgemacht. Dann ging das große Bauen los. Da machten die Tischler Fenster und Türen. Dann ging das Geldverdienen los und das Heiraten. Da machten sie Möbel. Dann ging es mit dem Vermögenmachen los, da machten sie aus jeder Werkstatt eine Fabrik. Dann machten sie Pleite.

Ich hatte nach der Lehrzeit zuerst noch bei zwei kleinen Meistern gearbeitet, bis ich den Koller kriegte, nach Cottbus ging und in eine Fabrik wollte. Da ich keine fand, nahm ich Beschäftigung im fürstlichen Park zu Branitz. Das war noch vor Siebzig, und es war eine herrliche Zeit, so den alten Fürsten Pückler am Werke der Natur zu sehen. Bloß, ich war kein Gärtner und hatte keine Aussichten, und darum ging ich zurück nach Vetschau, denn dort tat sich allerhand.

Es war nach Vetschau ein Zimmergeselle zurückgekehrt, der aus einem kleinen Dorf dichtbei stammte. Der hatte allerhand gelernt in der Welt. Seine Eltern konnten ihm dreihundert Taler geben, ein gewisser Lehnow war er mit Namen. Davon kaufte er sich dicht am Bahnhof ein Stück Sandland, baute sich einen Schuppen mit Pappdach und machte allein mit einem Gesellen eine Maschine zum Kornreinigen. Damit reiste er auf die großen Viehmärkte und Tierschauen in der Gegend und führte seine Maschine vor. Er bekam viele Aufträge von den Bauern. Die Bude wurde bald zu klein, er kriegte Geld geliehen und baute ein Haus. Dann machte er auch Dreschmaschinen. Bald hatte er zwanzig Gesellen. Dann kam der Krieg, der wurde sein Brotgeber. Er baute seine Fabrik aus und machte nun alles, was in den Kram paßte. Da hatte er schon hundert Gesellen. Nachher wurde er ein großmächtiger Prinzipal, die Fabrik wurde eine Aktiengesellschaft, sie gewann Weltruf. Noch heute stehen die großen Fabrikanlagen, aber es raucht kein Schornstein mehr.

Damals, als ich aus Branitz kam, glückte es mir nicht, in eine Fabrik zu kommen, und ich kroch wieder bei einem kleinen Meister unter. Kurz nach dem Krieg, da war es für jeden Tischler aber nicht bloß eine Ehre, sondern ein Gebot, beim großen Lehnow zu arbeiten. Maschinen, Maschinen, das war unser Ehrgeiz. Was war uns ein gewöhnlicher Meister, bei Lehnow gab es Direktoren, Betriebsleiter, Obermeister, Meister, Vormänner. Und alle redeten bloß vom Aufschwung. Und davon, daß wir das alles dem Kriege verdankten. Jawohl, sagte mein Meister, man bloß, man muß ihn gewonnen haben und die Toten nicht rechnen! Aber die Zünfte bestanden immer noch, und es wurde auch immer noch der blaue Montag gefeiert. Jetzt gewöhnlich bei einem Gastwirt, der auch eine Schlächterei hatte. Da lernte ich mal einen Werkmeister von Lehnow kennen, der gern einen schmetterte. Dafür gab ich einen Taler aus, und er versprach mir, mich unterzubringen. Ich hatte

allerhand gelernt, konnte feine Schränke und Kommoden bauen und prima schnitzen. I, dachte ich, bist du erst einmal in einem großen Betrieb, da sollen sie schon was merken! Dann geht es vorwärts, und dann machst du selber eine Fabrik auf und wirst ein reicher Mann. Ich sagte meinem kleinen Krauter von Meister auf und sprach beim Obermeister in der Fabrik vor. Gott segne das Handwerk, Meister und Gesellen, ich sage mit Gunst! Gunst genug, ablegen!
Zuerst dacht ich, das ist Spaß. Es war aber Ernst. Nämlich daß sie mich behandelten wie einen Lehrjungen. Ich mußte für die Abteilung, in die ich eingetreten war, Schnaps holen. Dann kam ich an eine Schneidemaschine. Die brauchten nämlich keinen Künstler und Schnitzer, die brauchten eigentlich nur Handlanger. So bestand meine Arbeit bloß darin, Bretter zuzuschneiden, von denen ich nicht mal wußte, wozu sie gebraucht werden sollten. Dafür bekam ich wöchentlich zwölf Mark. Das war nicht viel, aber es muß anders bewertet werden als heute. Für einen Groschen bekam man damals ein großes Bier oder vier Zigarren. Auch dachte ich, laß mich man erst warm werden, ich will euch schon zeigen, was Handwerk ist. Bloß, sie ließen es sich nicht zeigen, sie brauchten es nicht, sie brauchten bloß Knechte für ihre Maschinen.
Als ich warm geworden war und sah, mein Meister ist es auch, dachte ich: Mein Gott, der kann sich am Ende heißlaufen, den mußt du schmieren! Ich schmierte ihn. Da kam ich von der Zuschneidemaschine weg. Aber das hatte bloß den Erfolg, daß ich mehr verdiente. Fünfzehn Mark. Die Arbeit war an allen Maschinen gleich langweilig. Dann gab es Akkord. Da verdiente ich zwanzig Mark. Bloß, daß einer dazu Kunsttischler sein mußte, das verstand ich nicht.
Sie hatten alle einen Koller, die Fabrikbesitzer, die Meister, die Gesellen. Die anderen Menschen sicher auch. Alles drehte sich bloß um das Geschrei von Freiheit und Geld. Sie hielten das wohl für eine selbstverständliche Verbindung. Die Freiheit war für sie die Gewerbefreiheit, und nun konnte jeder Geselle für sie nach Herzenslust pfuschern, wenn er nur einen fand, der ihm für seinen Betrieb etwas Geld borgte. Alle waren wir überzeugt, dies ist eine goldene Zeit. Und sie ist um so goldener, je weiter man oben sitzt.
Dann aber kam es anders. Zuerst hörte das auf mit den alten Zunftbräuchen von wegen blauem Montag und Zunftfeiern und in die Kneipe gehen und frühstücken. Es wurden Schilder angebracht, und darauf stand, daß die Arbeitszeit soundso lange dauert und daß derjenige rausfliegt, der in der Zeit seinen Platz verläßt. Da haben wir erst gelacht, aber als ein paar geflogen waren, sahen wir, daß es Ernst war. Dann hörte die Akkordarbeit auf. Dann wurden die Stundenlöhne herabgesetzt. Siehe, bald war ich so weit mit

meinem Verdienst, wie ich in der Werkstatt gewesen war. Bloß daß wir dort unsere schönen Freiheiten und Zunftbräuche gehabt hatten und ehrliche Handwerksarbeiten machen konnten. Es gab nun in der Fabrik schon einige, die von Arbeitervereinen redeten und von Sozialdemokraten; aber da wir doch einen Handwerkerstolz hatten, glaubten wir, in einem Arbeiterverein nichts zu suchen zu haben. Auch hatte der Meister gesagt, wer da mitmacht, der fliegt.

Dabei durften wir nicht einmal wagen und von uns aus Schluß machen mit der Fabrikarbeit, denn einige, die es versucht hatten, waren viel umhergelaufen, bis sie wieder unterkamen, so knapp war Arbeit geworden. Von überallher hörten wir bloß noch von Pleiten und Arbeitsnot. Der Abschwung hatte begonnen.

Ziffer 11

Lockende Rufe

Zwei Jahre hatte ich ausgehalten, bevor ich karrte. Schönes Geld hatte ich mir in der ersten Zeit gespart, das verwahrte Mutter. Nun hin in eine wirkliche Stadt, sagte ich mir, ehe es zu spät ist, verließ Vetschau und ging wieder nach Cottbus. Da wollte ich mir diesmal einen alten, ehrsamen Betrieb suchen. Ich fand zwar einen, obwohl es schwer war, da sie auch in Cottbus aus fast allen Werkstätten Fabriken gemacht hatten. Mein neuer Meister aber schimpfte auf den Plunder, der das Handwerk ruinierte. Dafür hatte er nie Geld und blieb mir oft den Lohn schuldig. Dann kriegte er mal einen großen Auftrag für einen Bau. Da verdiente er gut dran. Da ging er hin und mietete eine verkrachte Maschinenfabrik und machte eine Möbelfabrik drin auf. Dann waren wir nach einem halben Jahr pleite.

In diesem Betrieb hatte mal kurze Zeit ein Geselle gearbeitet, den ich aus meiner ersten Zeit von Vetschau her kannte. Er war inzwischen in Berlin gewesen. „Mensch", sagte er, „hau hier ab und geh nach Berlin. Da ist noch immer was zu machen. Du mit deinem Kopf und deinem Können. Ich sage dir, ich war da in einem Betrieb bei Obermeister Basdorf, Alexanderplatz. Mit voller Verpflegung und fünfzehn Mark die Woche. Ein Essen sage ich dir, da kennen sie kein Leinöl. Der Alte ging jede Woche kegeln. Da gewann er so viel Gänse und Enten, daß wir die Woche ein paarmal Gänsebraten hatten."

„Warum bist du denn da weggegangen?" fragte ich. Er machte eine Andeutung, als wäre es wegen der Liebe geschehen. Nun kannte ich ja die Macht der Liebe und glaubte es ihm. Immer mußte ich an den Betrieb mit dem vielen Gänsebraten denken. Ich beschloß, nach Berlin zu gehen.

Vorher aber wurde ich wieder mal kränklich. „Du hast es in der Brust", sagte mein Freund, „das ist noch von der Fabrik her und gefährlich, da lebst du nicht mehr lange!" Er war ein gemütlicher Sachse und wollte mich auf seine Art wohl trösten. Da ging ich also zu einem Doktor. Der sagte: „Nee, mein Lieber, in der Brust haben Sie es nicht, bloß Sie haben nichts *auf* der Brust, kein Fleisch und kein Fett, das ist es! Ich verschreibe Ihnen also: Wechseln Sie Ihren Beruf. Oder Ihren Lebenswandel. Am besten beides. Gehen Sie auf einige Zeit zu Muttern, und nehmen Sie täglich Milch und Schinken ein, und bleiben Sie von den Mädchen weg! In einem Vierteljahr sind Sie wieder gesund!" Siehe, der Mann hat recht behalten.

Meine Mutter und mein Bruder kriegten aber zuerst doch einen Schreck, als

sie mich sahen, und Doktor Küh, der dann kam, denn der Wunderschäfer war tot, der sagte: „Lebensgefahr besteht nicht, aber alt wird er wohl gerade auch nicht werden, seine Natur ist nicht kernig genug.“ Er wollte meine Mutter wohl auf seine Art trösten.
Als meine Mutter mich wieder hochgepäppelt hatte, wollte ich sofort nach Berlin. Denn in die große Stadt mußte ich jetzt, das stand fest, ich wollte endlich ein großer Mann werden. Wozu war ich ein Sonntagskind? Da weinte meine Mutter viel, denn sie hatte Angst um mich in der großen Stadt.
„Aber Mutter“, sagte ich, „die Hörner hab ich mir längst abgelaufen!“
Sie schüttelte den Kopf. „Du hast nie welche gehabt, Liepe, und du wirst nie welche kriegen, um damit Menschen beiseite zu stoßen. Du wirst viel eher immer gestoßen werden!“
Ich lachte sie aus, blieb aber noch einige Zeit bei ihr. Aber ich schämte mich, denn wozu war ich ein feiner Mann geworden und hatte Bildung gelernt? Aus unserem Dorf waren schon verschiedene getürmt und hatten es in der Stadt versucht. Wenn sie auch nicht alle solches Glück gehabt hatten wie Plischkas Karl, mein Schulfreund. Der war als zweiter Bauernsohn losgegangen, war Hausdiener gewesen im Café Alsen in Berlin, und nun war er dort Oberkellner. Sein Vater hatte es jedenfalls voll Stolz erzählt.
Da ich mit Karl immer gut gekonnt hatte, schrieb ich ihm. Er bestätigte mir alles und prahlte so mit seinem Verdienst und dem feinen Leben, daß ich ihm meinen Wunsch mitteilte. „Komm nur“, antwortete er, „aber bring ein paar Taler mit, damit du in Ruhe die Stelle auswählen kannst.“ Und ich könnte ja mit ihm zusammen wohnen, das Geld läge noch immer auf der Straße für den, der einen hellen Kopf hätte.
Auch die Mädchen aus den Dörfern hatten den Rappel gekriegt, trugen nichts Handgesponnenes und Handgewebtes mehr, sondern Fabrikware, und zum mindesten mußten sie im nächsten Städtchen Tanz und Anstand lernen. Was das in Wirklichkeit war, das lernte ich durch Mariechen Boschwitz kennen. Sie war Vater Boschwitzens Älteste und sechzehn Jahre alt, und er wollte im Dorfe schon immer mehr gelten als die anderen. Treffe ich da mal Mariechen auf dem Weg nach Lübbenau. Ich kam mit dem leeren Mistwagen zurück, und Mariechen ging fein geputzt nach Lübbenau. Sie sah mich spöttisch an, und ich schämte mich auch, daß ich als ein feiner Mann Mist gefahren hatte. Ich wollte sie besser stimmen und hielt sie an und sagte: „Na, Mariechen, gehst du nähen lernen?“
Da blieb sie stehen, aber jetzt sah sie ganz verächtlich auf mich, rümpfte die Nase und rief schnippisch: „Scheiße, ich lerne Bildung!“

Ziffer 12

Erlebnisse eines Bremsers

Damals suchte die Eisenbahn Bremser. Ich hatte keine Lust, weiter auf dem Felde zu arbeiten, und meldete mich. Mit Berlin war es noch nichts, etwas in Karl Plischkas Briefen gefiel mir nicht. Sie nahmen mich an bei der Bahn. So fuhr ich nun doch in die Welt. Wenn auch bloß in einem kleinen Bremserhäuschen auf dem Güterzug. Dieses war zuerst wunderschön. Da sitzt man so, und wenn der Kerl vorne pfeift, so oder so, dann bremst man, mal langsamer, mal rascher. Da kannte ich bald jeden Hasen und jedes Reh unterwegs, ich glaube sogar, jede Blume.

Ich hatte auch immer Bücher bei mir und las unterwegs. Konnte ich nicht mehr lesen, dann blies ich Flöte. So hatten wir mal in Lübben gehalten, und ich hatte es nicht gemerkt und weiter Flöte gespielt. Da kam der Inspektor und verwies es mir, denn Flöteblasen sei eines Eisenbahners unwürdig. Das ärgerte mich, denn siehe, sogar der Alte Fritz hatte Flöte geblasen. Als wir mal wieder durch Lübben rollten, spielte ich aber lieber Ziehharmonika. Sie haben es rausgekriegt, und ich wurde verwarnt, und es wurde mir angedroht, sie würden mich rausschmeißen.

Besonders einer der Lokomotivführer war ein Angeber. I, dachte ich, warte mal! Er hatte nämlich geprahlt, daß ein Lokomotivführer die Hauptperson sei im Eisenbahnbetrieb. „Ich bin wie ein Kapitän", sagte er, „ich bin Herr über Leben und Tod, wenn ich versage, versagt alles!"

Wir saßen zusammen, so zehn Mann. Einer fand, ein Stationsvorsteher sei mehr, der trage die Verantwortung für alle Züge im Kopf.

Darauf lärmte der Lokomotivführer mit Prahlerei weiter: „Der Stationsvorsteher? Das ist bloß eine rote Mütze, der Kopf aber ist der Lokomotivführer!"

Da stach mich der Hafer, wie immer in meinem Leben, wenn einer sich so aufmutzte, und ich mußte grienen. Dazu sagte ich: „Na, ein Bremser ist auch wichtig."

Er lachte höhnisch und schrie: „Ja, ein Hintern ist auch wichtig."

Es war gemein, und ich schämte mich, besonders da sie mich nun alle auslachten. Aber ich machte ein nachdenkliches Gesicht und sagte lächelnd: „Na, bei Ihnen ist er nicht wichtig, Sie können auch das noch mit dem Maul machen."

Da brüllte er los, er würde mich melden und rausschmeißen lassen. Aber sie besänftigten ihn und sagten mir hinterher alle, ich hätte recht gehabt. Bloß

zu ihm sagte das keiner. Da erkannte ich, was eine Zustimmung wert ist, und sie ist gleich ehrlich gemeint. Einer sagte sogar zu mir, der Bremser, das ist die Hauptperson beim Zug. Fahren kann der Lokomotivführer, ja, aber wir können ihn jederzeit anhalten, wann wir wollen.
Einmal, als wir so munter durch die Gegend rollten und er wieder auf seiner Lokomotive war, da zuckte es mir in der Hand. Ich drehte langsam die Bremse an. Sie quietschte. Er ließ Kohlen aufschmeißen, ich merkte es am Qualm. Ich drehte noch ein bißchen. Der Zug ruckte direkt und fuhr langsamer. Dann hielt er. Ich drehte fix die Bremse zurück. Na, es gab ein mordsmäßiges Geschimpfe, aber ich stellte mich dumm, denn zu beweisen war da nichts, obwohl er mich im Verdacht hatte. Wir kamen zu spät, und er kriegte einen reingehängt.
Die Sache hatte mir Spaß gemacht, und ich probierte sie noch ein paarmal, wenn er Dienst auf der Lokomotive hatte. Da bekam er noch einige Verweise, und er prahlte nicht mehr mit seiner Wichtigkeit. Darauf ließ ich das mit dem Schabernack.
Siehe, so erfuhr ich, daß auch eine Bremse ein sehr gutes Erziehungsmittel ist.
Bloß an den Stationsinspektor von Lübben konnte ich nicht ran. Da bekam ich die ganze Sache satt. Nämlich, ich hatte bemerkt, daß mein Bruder unruhig geworden war. Der dachte sicher, nun kommt der nach Hause, wird Eisenbahner und nimmt am Ende auch noch den Hof, denn er ist der Älteste. Das verdroß mich, wenn ich ihm sein Denken auch nicht verargen konnte. Die Landwirtschaft hatte in Preußen ihre schönste Zeit in den Jahren von 1860 bis Mitte der siebziger Jahre. Dieweil die Bauern nun frei waren und durch bessere Anbaulehren das Doppelte von ihren Äckern holten, waren Bauernhöfe sehr gesucht. Nur hatten wir in unserer Gegend alle zuwenig Acker. Mein Bruder war erst zwanzig Jahre alt, aber ein Bauer von reinstem Blut. Er erzählte immer bloß von besser düngen, tiefer den Boden lockern, sauberer bestellen, Wiesen trockenlegen, mehr Futter und mehr Vieh und hatte bloß einen Wunsch, wieder ein großer Bauer zu werden wie einst die alten Väter. Ich gönnte es ihm und meiner Mutter, denn ich glaubte an meinen eigenen Stern, und der konnte nur in der Stadt aufgehen. Aber dann wurde es Zeit, denn ich war schon fünfundzwanzig Jahre alt.
Als ich daran dachte, kriegte ich einen gewaltigen Schreck, daß die Jugend eigentlich vorbeigerannt war, und ich wußte nicht mal, an welcher Seite und nach welcher Richtung. Aber ich war gesund und würde es schon zwingen. Ich war ja auch nicht Handwerker geworden und hatte Kunstschnitzereien gemacht, um als Bremser auf Kohlenzügen durch die Lausitz zu fahren. Ich wollte jetzt auf jeden Fall nach Berlin, aber vorher wollte ich den

Wichtigtuer von Lübben noch ärgern. Ich hatte nun immer eine Trompete bei mir. Endlich hielten wir denn auch mal wieder in Lübben. Da nahm ich sie vor, machte meine Tür am Bremserhäuschen auf und blies, so laut es ging: Muß i denn, muß i denn ... Er ist beinahe geplatzt in seinem Beamtengemüt, weil er so anschwoll aus Wut über den dreisten Untergebenen. Aber die Natur sorgte auch hier für Ausgleich und ließ ihn nicht platzen. Denn rechtzeitig drückte die Angst vor *seinem* Vorgesetzten, weil so etwas bei ihm passieren konnte, seinen Zorn wieder zusammen, und er meldete mich nicht mal. Er ließ es durch einen anderen besorgen, und ich mußte denn ja auch zum Tor hinaus.
Aber es war das Tor auf dem Weg zur großen Stadt Berlin, wo aus einem Laufburschen im Handumdrehen ein Oberkellner wird und die Tischlergesellen jede Woche ein paarmal Gänsebraten essen müssen.

DIE VIERTE STUNDE

Ziffer 1

Achtung, jetzt kommt Gustav!

So dachte ich mir, daß sie es ansehen und ästimieren würden, wenn ich in Berlin ankäme. Nämlich Gustav, das war ich. Schon die letzten Jahre in Vetschau und Cottbus war mir das schenierlich gewesen mit dem Bauernnamen Gottlieb. Plischkas Karle, der Oberkellner, der hieß jetzt gar Scharly, was englisch wäre, hatte er mir geschrieben. „Merken sie, daß du ein Bauer bist, kannst du nichts werden in der Stadt Berlin, feine Leute heißen nicht Gottlieb!" Schön, wenn weiter nichts ist. Ich dachte sogar darüber nach, wie ich den Bauern aus meinem Vatersnamen herausbrächte, doch zum Glück ging es nicht.
Na, sie beachteten auch den Gustav nicht mal in Berlin. Keiner beachtete mich, nicht mal mein Freund, der Oberkellner Scharly Plischka aus dem Café Alsen, der geschrieben hatte, er würde mich abholen.
Als ich nun so auf dem Görlitzer Bahnhof stand und auf meinen Freund wartete, ging ich auf und ab und bis vor die Lokomotive. Was sah ich? Noch drei Meter, und die Gleise waren zu Ende. Da stand ein Prellbock mit einer Sandschanze dahinter, und noch etwas weiter war die Wand vom Bahnhofsgebäude. Das war seltsamlich, nämlich auf allen Bahnhöfen, durch welche ich bisher gefahren war, da gingen die Gleise hindurch und weiter. So muß das auch sein, dachte ich, wie im Leben, kein Ende. Aber hier auf dem Görlitzer Bahnhof in Berlin, hier gab es kein Weiterkommen für die Maschine, hier hieß es umkehren und wieder raus aus der Sackgasse. Diesem sah ich lange sinnend zu und nahm es schließlich als eine Warnung und einen Fingerzeig Gottes, daß er es mich erkennen ließ: Kehre um, hier läufst du gegen einen Prellbock oder in den Sand! Ich achtete es aber nicht in meiner Verblendung, obwohl Faßmann und Laßmann eine Weile an mir herumzottelten. Ich verwies sie beide zur Ruhe, dieweilen sie Gottlieb zugehörten und nicht Gustav, und fuhr über den Prellbock weg und über die

Sandschanze. Bis ich mit dem Kopf wirklich vor der Mauer stand. Da kehrte ich doch um. Bloß, ich hatte durch den Bums die Richtung verloren. Aber alles der Reihe nach.

Meine Mutter hatte geweint und für mich gebetet, und ich sollte nicht in die sündige Stadt Berlin, lieber nach Cottbus. „Ich gehe nach Berlin, Mutter!" sagte ich fest. Da holte sie Emilie aus Lübbenau. Die machte nasse Augen, wie damals, als ich den Heldentod sterben wollte. „Ich gehe nach Berlin, ich will ein Fabrikbesitzer werden!" Da machte mir Emilie bewunderliche Augen und nickte. Also packte mir Mutter Speck, Schinken, Wurst, einen Schmalztopf und ein großes selbstgebackenes Brot in einen mächtigen Reisekorb. In meinem Kasten hatte ich mein Handwerkszeug und den geschnitzten Spiegel, auch das Globuskarussell und Faßmann und Laßmann.

Sie brachten mich alle zum Bahnhof in Lübbenau. Unterwegs trafen wir Jarricks Marten aus Vorberg. „Wo will er denn hin, Christiane?" – „Ach Gottachgott", jammerte sie, „er lernt nu man um!" – „So, was will er denn werden?" – „Fabrikbesitzer in Berlin", klagte meine Mutter. „Jemersch, jemersch", jammerte Jarricks Marten und kratzte sich den Bart.

Auf dem Bahnhof versprach ich ihr, wenn ich erst ein großes Haus und zwanzig Gesellen hätte, müßte sie für immer nachkommen nach Berlin. Sie nickte auch, aber sie sagte: „Min arme Liepe, wann's dir schlechte gaht, din Mutter at immer Platz für dich!"

Sie war eben nur eine einfache Bauersfrau, die noch ihr altes selbstgesponnenes Zeug trug. Mir aber war es schenierlich, die vielen dicken Wollstrümpfe, die sie mir gestrickt hatte, und die groben Hemden, die sie selbst gesponnen und gewebt hatte. Wer trug denn so was noch, und gar erst in Berlin, und gar einer, der Gustav hieß? Sie weinte auch, als sie das hörte mit dem Gustav. „Nu aste dich an deinen Eltern versündigt – da ruht kein Segen nicht drauf!"

In meinen Gedanken hatte ich es wohl nicht beachtet, daß die Menschen auch nicht mehr so aßen wie da, wo ich herkam. Denn als ich in der Bahn meinen Korb aufmachte und meine Eßsachen rauslangte und reinhaute wie ein Gottlieb, da grienten sie rundum. Na ja, was die Berliner eine Stulle nennen und die noch feineren Leute eine Schnitte, das ist auch wahrhaftigen Gott keine Lausitzer Schniete. Eine Schniete hat ihre zwei Finger Dicke. Aber ich ließ mich nicht stören, bloß, in Berlin, da wollte ich fortan als Gustav essen.

Nach einer Stunde hatte ich genug von dem Warten auf dem Görlitzer Bahnhof. Ich zog den Zettel aus der Tasche. Köpenicker Straße 76 wohnte Scharly Plischka, eine Treppe. Aber wo ist das in Berlin für einen, der mit einem Kasten, einem Reisekorb und einem Schultersack Einzug hält? Ich

nahm mir eine Droschke. „Man rin, junger Mann“, sagte der Kutscher. Und fuhr und fuhr, und es machte einen Taler.
Das Zimmer war bei einem Sattler und hatte zwei Betten, ein Spind, einen Tisch und zwei Stühle. Mein Freund war nicht rechtzeitig gekommen, weil ich in meiner Stürmischkeit einen Tag zu früh eingetroffen war. „Haste Kies mit?“ fragte er zur Begrüßung, „Berlin ist teuer!“ Ich klimperte mit den Talern. Dreißig Stück, mehr hatte Mutter nicht bewilligt. „Denn isset jut!“
Wir vesperten von meinem Mitgebrachten, dann ging ich mit ihm zum Café Alsen. „Et is man bloß“, sagte er, „daß de nicht alleene bist.“
Er bediente wirklich Gäste, aber mit Oberkellner, das merkte ich gleich, da stimmte es nicht. Bis um Mitternacht saß ich da auf einem roten Plüschsofa, und mein Verzehr war teuer. Dann gingen wir nach Haus.
Unterwegs mußte ich noch einen ausgeben. In der Nacht hatte ich einen Traum. Ich war Inhaber einer Möbelfabrik, und Bismarck kam in mein

Geschäft und sagte: „Herr Grambauer, können Sie einen Kaiserthron machen mit Schnitzwerk, rechts Faßmann, links Laßmann und oben zu Häupten Ihr Karussell?“ Ich sagte: „Jawohl, und den Spiegel gebe ich zu!“ Da sagte er: „Sind Sie ein Umstürzler? Den Spiegel können wir nicht brauchen. Aber sie sollen mein Hoflieferant werden!“ Da wachte ich auf und konnte es mir nicht enträtseln, denn der erste Traum in einer neuen Wohnung soll immer eintreffen.

Ziffer 2

Instruktionsstunde

Am Vormittag wollte ich Arbeit suchen. „Wat denkste“, sagte Plischkas Karle. „Wenn se merken, daß de noch nich warm bist in Berlin, denn hauen se dir übers Ohr!“
„Wie lange meinst du, Karle, daß das so dauert, das Warmwerden?“ fragte ich.
„Erst mal eens, Liepe“, sagte er, „sag nich Karle, det könnte mir von Nachteil sein, für Berlin heeß ick Scharly.“ Er dachte nach. „Also vierzehn Tage mußte woll warten.“
Ich dachte auch nach. „Also dann, lieber Scharly, sag nicht Liepe, für die Berliner bin ich Gustav.“
Aber er lachte. „Bei dir kommt det noch nich so druff an, du bist ja noch nischt geworden!“
„Ist gut“, sagte ich, „bloß vierzehn Tage warten, da werden meine Groschen auch nichts geworden sein. Nein, so lange sitz ich nicht still.“
Wir einigten uns schließlich auf acht Tage warten. Dann gingen wir los, Berlin ansehen. Mittags hatten wir Hunger. Rin in eine Budike. Er bestellte, ich bezahlte.
Am Nachmittag nach Café Alsen. Wieder dagesessen bis Mitternacht.
„Komm“, sagte er, „wir haben bestimmt noch Hunger.“ Rin in eine Budike. Er bestellte, ich bezahlte. Na, dachte ich, daß der Bruder so zugeknöpft ist, das kommt sicher daher, daß er keine Knöppe hat.
Andern Tags wieder Berlin ansehen. Mittags wollte er essen gehen. „Nein, mein lieber Scharly“, sagte ich, „erst hin zum Alexanderplatz!“ Er glotzte mich an. „Wat issn da los?“
Ich machte den Überlegenen. „Da hab ich sozusagen und ziemlich sicher eine

Arbeitsstelle. Bei einem gewissen Herrn Tischlermeister Basdorf." Ich erzählte ihm das mit dem Gänsebraten. „Wenn ich ankomme", sagte ich, „dann kann ich vielleicht gleich beim Meister mitessen."
Er machte gar kein freundliches Gesicht. „Hör mal, Liepe, heut mußte mir nochmal inladen. Ick bin jerade etwas knapp, un schließlich ha'ck dir det mit Berlin ja besorcht!" Berlinern konnte er wie ein Echter.
„Na schön", sagte ich, „wenn es klappt und ich soll gleich dableiben, dann komme ich noch mal raus und borge dir einen Taler. Aber sieh mal, auf den Gänsebraten will ich nicht verzichten!"
Das schien ihm in Ordnung, der Taler war ihm mehr wert als meine Gesellschaft.
Wir also hin und fragen uns durch. Doch ja, da wäre bis vergangenes Jahr eine Möbelfabrik Basdorf gewesen, aber die sei pleite gegangen.
Als ich es meinem Freund erzählte, sah er mich böse an, als hätte ich Pleite gemacht. „So", sagte ich, „jetzt hört das auf mit dem großkotzigen Essen mittags, meine paar Taler, die jungen nicht!"
„Am Molkenmarcht, da weeß ick'n billijet Lokal", sagte er. Wir hin. Zwei Weiße, zwei Kümmel, zwei Schrippen und zweimal ein Ende Wurst. Es war billig und schmeckte gut.
Da gingen wir jetzt immer hin. Am fünften Tage aber sagte ich, daß ich jetzt genug warm wäre, und die Berliner könnten mir nichts mehr anhaben. Da gestand er mir, daß er auch suchen müsse, und er habe im Café Alsen nur aushilfsweise als Oberkellner gearbeitet. Aha, dachte ich, so geht der Wind, da hast du dich ja schön verheiratet! Es war auch so, Scharly hatte nur aushilfsweise mit bedienen dürfen, und nicht als Oberkellner.
Und so gingen wir denn jeden Nachmittag in die Zimmerstraße, wo das Intelligenzblatt ausgeteilt wurde. Die Straße wimmelte von Menschen, wie eine Mauer standen sie. Alles Arbeitslose. Und so viele vom Lande. Um fünf wurde das Tor aufgemacht, Männer und Frauen kamen raus, jeder mit einem Packen Zeitungen überm Arm, und brüllten: „Intelligenzblatt, jroßer Arbeitsmarcht, det Stück 'n Sechser!"
Ein Sturm wie im Herbst überm Bruch, so ging es los. Einer stieß den andern beiseite, um zuerst eine Zeitung zu erwischen. Mein Gott, dachte ich, wie geht das zu? Da schreiben sie doch in der Zeitung von Aufschwung, und Handel und Wandel blüht, und nennen es die Gründerzeit, und dabei so viele Arbeitslose? Da sah ich sie mir durchdringlicher an und erkannte, daß den meisten der Wind schon durch beide Backen wehte. Jetzt, im Sommer, wie erst im Winter!
Wir kriegten auch eine Zeitung. Ich suchte nach Tischlereien, mein Freund nach Kellnern, Laufburschen, Hausburschen und so. I, denke ich, bringe den

man erst unter, sonst hast du ihn dauernd auf dem Hals, du wirst schon noch was finden! Wir hin, besetzt. Weiter. Schon besetzt. Andere Gegend, bedaure, nicht mehr frei.
Das ging so eine ganze Woche. In der Zeit hatte auch ich es ein paarmal versucht. Zuerst kam ich immer zu spät, weil ich mich mit den Straßen noch nicht auskannte. Als ich dann mal mit den ersten da war, gab es eine richtige Schlägerei. Der eine hatte eine kranke Frau, der andere hatte sechs Kinder, der dritte hatte alte Eltern. Jeder wollte zuerst ran. Da hauten sie sich. Dabei rutschten ein paar von hinten nach vorn. Die erwischten die zwei Stellen. Siehe, dachte ich, man gewinnt eine Schlacht nicht immer durch Schlagen.

Ziffer 3

Zeitalter der Pfuscher

Wir verloren bei der Jagd nach Arbeit nicht den Mut. Mein Freund Scharly schon gar nicht, der machte jeden Abend andere Luftschlösser, der kaufte schon Destillen mit Gottes und meiner Hilfe. Solange Mutters Freßkober aushielt, ging es ja, und die Taler waren auch noch nicht alle. Und schließlich waren noch welche zu Hause. Teile dein Stückchen Brot mit dem Nächsten in der Not.
Endlich fand mein Freund etwas Arbeit, so von elf bis drei, die übrige Zeit ging er mit mir bummeln und instruierte mich weiter über das Berliner Leben. „Also zuerst mußte dir immer nach vorn drängeln. In Berlin brauchste keen Kopp, bloß 'ne richtige Fresse und zwee Ellbogen. Wat meenste, wenn die 'nen Generaldirektor suchen fürs Jaswerk oder für Borsigen seine Fabrike, ick melde mir. Und denn bloß keen Mitgefühl, Liepe. Ick heeße ick und schreibe mir von! Erst mal ran an die Krippe, wechjagen können sie dir immer noch! Und immer det sein, wat de jerne sein möchtest, denn wirste et ooch!“ Die ersten Tage hatte ich auch zugehört, nun fragte ich nicht mal mehr, was er denn wohl gern sein möchte.
Meine Märker aber wurden dabei immer weniger. Als wir wieder mal so bei dem Budiker Wurst aßen, las ich in der Zeitung, daß eine Roßschlächterei einen Arbeiter suchte. „Nein“, sagte ich, „eher verrecken, als Pferdewurst auch bloß riechen!“ Da lachte mein Freund Scharly gemein. Nachher, als wir draußen waren, sagte er: „Liepe, weeßte, wat det für Wurscht is, wo wir nu schon drei Wochen lang fressen? Det is Pferdewurscht, mein Junge!“

Siehe, da kam es mir hoch, und es war nicht köstlich gewesen. Da schrieb mich ein Blauer auf wegen Verunreinigung der Straße, und die Leute schimpften, daß ein so junger Mensch schon am hellen lichten Tag besoffen sei. Es kostete einen Taler Strafe. Jahrelang habe ich nachher keine Wurst mehr gegessen. Auch keine von zu Hause. Ich konnte überhaupt keine sehen. Ich bekam sogar eine Wut auf die armen unschuldigen Pferde. Wenn du jetzt nicht bald was findest, sagte ich mir, dann mußt du nach Hause. Da werden sie dich auslachen, daß du schon Pleite gemacht hast, bevor du Fabrikbesitzer gewesen bist.

Dann war etwas in der Jägerstraße. Zentraltelegrafenamt. Die suchten Boten zum Depeschenaustragen. Ich hin. Ein Kunsttischler als Depeschenbotenanwärter! Zwei Mark den Tag, morgens um sieben zur Stelle sein, alle Bestellzeiten pünktlich einhalten, sonst abhauen. Na, wir werden es schon schaffen.

Jawohl, da stand ich nun mit vier, fünf Depeschen in der Hand. Wohin nun zuerst? Wo ist die Oranienburger, wo die Burgstraße, wo die Viktoria? Und wohin zuerst? Ich fragte die Leute auf der Straße. Der eine schickte mich dahin, der andere dahin. Jeden Tag saß ich fest mit der Zeit. Bloß nicht versagen, sagte ich mir. Festhalten mit allen Mitteln, vielleicht wirst du hier

noch mal Direktor. Dann nahm ich mir eine Droschke. In der Zeit war ich wohl der schlechteste Geschäftsmann in meinem ganzen Leben, denn ich verfuhr jeden Tag mehr, als ich Lohn erhielt, und sah noch kein Ende. Na, dachte ich nach acht Tagen, so wird aber die Elle länger als der Kram, mit der Droschke wirst du auf keinen grünen Zweig kommen! Ich ließ es aber nicht, und wie das eben so ist, entschieden wurde es dann von einem Höheren.

Ich kam wieder mal in der Droschke an. Da sah es einer der Oberen. Schnauzte mich der Kerl doch an, wie ich mir das dächte, Droschke fahren im Dienst? „I“, sagte ich, und es fuhr mir durch den Sinn, wie mancher Soldat und kleine Mann durch eine unerschrockene Antwort, so sie nur vernünftig war, seinem Vorgesetzten imponiert und sein Glück gemacht hatte, „ich denke mir, die Hauptsache bei der Post ist Pünktlichkeit.“ – „Wieso das?“ fragte er. Da erzählte ich und fühlte mich schon als Direktor, daß ich das schon seit acht Tagen mit der Droschke mache, auf meine Kosten, denn unser Unternehmen dürfe doch nicht leiden, und anders käme ich nicht zurecht.

„Da will ich Sie nicht ruinieren“, sagte der Kerl großmütig. „Sie brauchen nicht mehr wiederzukommen!“

Mein Geld war alle. Scharly hatte auch keins. Unsere Wirtin hatte, solange es ging, immer schön mitgegessen von Mutters Schinken und Schmalztopf. Jetzt nuckte sie. „Du hast doch noch Kröten zu Hause“, sagte mein Freund, „schreib doch!“ Ich schrieb.

Ich bekam Antwort:

„Lieber Sohn,
ich hab es gesagt. Wer nicht hören will, muß fühlen. Geld schick ich nicht. Es ist Gottes Wille. Komm nach Haus!

Deine Mutter.“

Ja, da saß ich. „Die Olle is woll varückt“, schimpfte Scharly, „ich denke, du hast noch Erspartes zu Hause?“

„Du“, sagte ich, „rede nicht so von meiner Mutter!“ Da schwieg er. Aber Geld hatten wir davon auch nicht. Da wurde trocken Brot gegessen.

Einmal klappte es dann. In einer Werkstatt in der Elsässer Straße. Kistenarbeiten. Ist zwar nicht das Erträumte für einen Kunsttischler, aber besser geleiert als gefeiert. Vier Groschen die Kiste, leichte Arbeit, gewiß, aber mehr als vier am Tag schaffte ich nicht. Viermal vier sind sechzehn Groschen. Doch, einmal schaffte ich fünf. Das waren also zwei Mark. Dabei merkte ich, daß die Pfuscher, die niemals was Ordentliches gelernt hatten und keinen Stuhl fertig kriegten, sieben und acht Kisten schafften. Nanu, dachte ich, wer nichts gelernt hat in seinem Fach, der kommt weiter als ein anderer? Ist das wirklich an dem? Da gingen mir die Augen auf. Nämlich, daß es wohl wirklich das Jahrhundert der Pfuscher war. Also tat ich meinem Jahrhundert die Ehre und lernte pfuschen. Und siehe, mein Meister war mit mir zufrieden, nun schaffte ich sechs Kisten. Dann sieben. Einmal sogar acht. Da war sogar der Inhaber mit mir zufrieden. Bloß einer war nicht mit mir zufrieden. Ich.

Ziffer 4

Wir reparieren die Welt

Unser Herrgott ist bestimmt nicht ganz zu Rande gekommen, als er die Welt gebastelt hat. Sein Betrieb hapert an allen Ecken. Mein Globuskarussell funktionierte besser. Da brauchte ich bloß auf den einen oder anderen Hebel zu drücken, und es purzelten großmächtige Herrschaften aus dem Sattel. Wenn er auf den Hebel drückte bei seinem Karussell, da purzelten immer bloß arme Leute aus dem Sattel. Ich sammelte meine Herrschaften auf und

setzte sie wieder aufs Pferd. Er sammelte seine nicht auf, wer runtergeflogen war, der blieb liegen im Dreck. Nein, nicht alle, aber doch die meisten. Manchmal purzelten wohl auch bei ihm großmächtige Herren runter, das war wohl wegen dem Ausgleich, aber die las er alle wieder auf, oder sie lasen sich gegenseitig auf. Purzelte heute so eine Fabrik und morgen ein großes Geschäft, übermorgen eine Bank, dann fingen die Gerissenen, wenn sie sich bekobert hatten, fast immer wieder neu an und saßen bald wieder auf hohem Pferd und fuhren wieder Karussell. Aber die Kleinen und Armen!
Da sagte einer, das Gemeinste wäre, daß die kleinen Leute das Karussell, von dem sie runtergeflogen waren, auch noch drehen müßten für die anderen. Der das sagte, war hingegangen und hatte den Deutschen Arbeiterverein gegründet.
Um so etwas hatte ich mich mein Lebtag nicht sonderlich gekümmert. Dieweil mich die Arbeiter nichts angingen, ich sagte es schon, denn ich war ein Handwerker, sogar ein Kunsthandwerker. Und wollte ein Fabrikbesitzer und reicher Mann werden. Dazu aber gehörte, daß ich mich an bessere Menschen hielt und nicht an Arbeiter.
Da hieß es nun bei uns ganz ungeniert in der Fabrik, der Arbeiterverein sei eine ganz große Partei geworden, und wenn wir alle mitmachten, dann würde die Welt repariert, und es gäbe keine Armut mehr. In unserer Fabrik waren sie zuerst alle dafür. Bloß die beiden Meister nicht und nicht der Inhaber. Ich schwankte lange, ging dann aber mit den Kollegen in eine Versammlung. Ich dachte, da wären nun lauter Tischler, aber es waren alle Berufe da. Die schimpften unter sich im Saal. Die, welche auf der Bühne schimpften, waren Studierte. Darauf waren wir alle stolz. Es gefiel mir zunächst auch sehr, was da gesagt wurde.
Ich hatte immer ganz gern mit Freunden und Kollegen geteilt und wollte nichts voraushaben vor den anderen. Mochte jeder sehen, daß er Meister oder Fabrikherr wurde, ich gönnte es jedem, aber ich gönnte es mir zuerst. Bloß, bei uns waren ausgemachte Faulpelze, die schrien am meisten von Ausbeutung und spielten den Fleißigen Schabernacke. Dagegen sagte ich mal was. Da stänkerten sie mich an. Sie wollten die Reichen austilgen und alles verteilen und gleichmachen. „Und versaufen, nicht?“ fragte ich. Da wurde es noch schlimmer. Also fragte ich mal in einer Versammlung einen der Studierten. Der sagte es anders, und ich war wieder bei der Sache.
So ging es wohl ein halbes Jahr, und ich war dafür, daß unsere Führer nun anfingen, die Welt zu reparieren. Als dann die Wahlen kamen, sagte der eine Meister: „Grambauer, halten Sie zu mir und zum Chef, dann können Sie Ihr Glück machen.“

Ich sagte: „Ich mache mein Glück gern, aber ich kann doch nicht gegen meine Kollegen?" Nämlich, wir hatten jetzt auch schlechteres Holz, und sie schafften mit noch so viel Pfuschen nicht mehr ihr Quantum. Da wollte der Meister, ich sollte den Kollegen beweisen, das Holz wäre gut.
Dann ließ mich der Chef, ein gewisser Herr Plettner & Co. mit Namen, in sein Kontor kommen und sagte zu mir: „Herr Grambauer", jawohl, er sagte Herr, „Sie sind ein geschickter Mann. Sie sind ein kluger Mann. Der Meister ist zu alt. Ich werde ihn rausschmeißen. Wenn Sie imstande sind und fahren zwischen die Bande und schaffen Ordnung und melden mir die größten Hetzer, dann sollen Sie Meister werden!"
Donnerwetter! Meister, das war gar nicht so ohne, der verdiente sehr gut, und vom Holzlieferanten bekam der auch noch Provisionen, das wußte ich, denn darum wurde doch das Holz immer schlechter. Da fragte der Chef noch: „Haben Sie etwas Geld hinter sich?"
Ich wollte schon sagen nein, aber ich dachte an Scharlys Instruktionsstunde und sagte: „Kann wohl sein, warum?"
„Ja", sagte er, „bei uns klemmt es sich ein bißchen. Aber wir haben große Aufträge. Wenn Sie etwas Geld flüssig machen können, nehme ich Sie als Kompagnon auf!"
Da war ich also beinahe schon Fabrikbesitzer. Bloß, ich mußte zuerst meine Arbeitskollegen verpfeifen, den Meister hintergehen und endgültig mein künstlerisches Handwerk aufgeben und Pfuscher werden und meine Mutter beschwindeln, damit sie etwas herausrückte. Faßmann plinkerte, und ich sah mich schon im neuen Rock mit Zylinder als ein reicher Mann und war in mir gegen die Aufteilung und die Reparierung der Welt durch unsere Abgeordneten. Ich schrieb auch an die Mutter, und daß sie eine Hypothek aufnehmen sollte, und ich wäre sofort Fabrikbesitzer. Sie antwortete:

„Lieber Sohn!
Dieweil du dummer bist als deine Mutter. Und ist bloß eine Pauersche. Der will bloß dein Geld. Was du nicht hast. Was deine Mutter auch nicht hat. Schulden das gibt es nicht. Iß trocken Brot und bleib ehrlich. Hastu kein trocken Brot, komm nach Hause. Dazu schick ich dir Geld.

Deine liebe Mutter."

Lange Briefe schrieb sie nicht. Aber ihre Briefe, die hatten es in sich. Sie brachte es auch fertig, mit den paar Wörtern alle vier Seiten vollzukriegen. So wurde ich kein Kompagnon. So blieb ich ehrlich, und Laßmann verbeugte sich. So behielt ich mein Geld. Will meinen, unserer Mutter ihrs. Denn nach einem Vierteljahr war Herr Plettner & Co. pleite.

Später habe ich mich oft gefragt, was wäre geworden, hätte sie das Geld besorgt? Ich meine, das Geld wäre hin gewesen, aber wie wäre ich dann wohl in meinem Innern weitergekommen? Und wie in meinem Äußeren? Ich meine, ob mir dann noch einmal ehrliche Handarbeit geschmeckt hätte? Ich weiß heute, daß unsere Tugend und Ehre oft nur an einem Geländer gehen, welches dünn ist wie ein Spinnfaden. So daß wir es nicht sehen können. Aber vorhanden ist es immer, dies ist mir gewiß.

Ziffer 5

Die Welt repariert uns

War ich nun nicht mit der Fabrik pleite gegangen, so ging ich mit der Politik pleite. Nämlich, einmal sagte einer der Studierten in der Versammlung, daß wir das Maul halten sollten mit dem Jammern über die Zusammenbrüche. „Je mehr Betriebe kaputtgehen, desto mehr kommt Elend unter die Massen. Je mehr Elend unter den Massen, desto mehr Unzufriedenheiten. Je mehr Unzufriedenheit, desto rascher Revolution."
I, denke ich, ist der so dumm oder so schlau? Ich meldete mich zu Wort.
„Sagen Sie mal", fragte ich, „und was wird nach der Revolution?"
„Wiederaufbau", sagte er, „dann gibt es keine Klassen mehr."
„So, und wie lange kann das dauern mit dem Aufbau?"
„Eine Generation, auch mehrere!"
„Red deutsch", sagte ich, „was willst du mit den Generatoren?" Ich hatte ihn wohl verstanden, aber es ärgerte mich, daß er so von oben herab zu uns war.
„Wenn Sie das nicht verstehen", sagte er, „dann melden Sie sich nicht zum Wort!"
„Ich denke", sagte ich, „das ist eine Arbeiterversammlung? Wenn es an dem ist, dann passe ich wohl eher hierher als Sie!"
„Bravo, bravo!" riefen da welche.
„Sie halten es wohl mit den Kapitalisten?" fragte er.
„Nein", sagte ich, „aber in der langen Zeit gehen doch auch viele kleine Meister kaputt, jede Woche, da gibt es kaum noch ein ehrliches Handwerk, ist das in Ordnung?"
„Das ist sehr in Ordnung", sagte er, „die kleinen Betriebe müssen verschwinden, sie sind im Wege, überall, um so rascher kommt der Umschwung.

Die Handwerksmeister, das ist der reaktionäre Mittelstand, der gehört eigentlich zum Proletariat, bloß, er will zur Burschasie gehören. Darum muß er weg!"
„Bravo, bravo!" riefen sie auch da.
„Schön", sagte ich, „aber wo gibt es dann noch die gute Arbeit? Dann gibt es bloß noch Fabriken mit Antreibung und Pfuscherkram. Soll das die Zukunft sein für ehrliche Arbeiter?"
„Bravo, bravo!" riefen sie da auch.
„Dann gibt es für alle gleiche Löhne", sagte er, „und nun halten Sie nicht mehr die Versammlung auf! Lesen Sie ein andermal vorher unsere Schriften!"
„Bravo, bravo!" riefen sie da auch.
Zu Hause dachte ich viel nach. Ich sah auch in den Spiegel. Da griente mein Gesicht. Ich holte Faßmann und Laßmann vor. Da sah ich in ihnen nicht bloß mein Leben, ich sah aller Leute Leben.
Da holte ich mein Karussell raus und hatte eine Idee. Es verdroß mich, daß die drei Stücke so getrennt waren, wo es doch schien, als gehörten sie zusammen. Ich beschloß in meinem Sinn, sie zusammenzubauen. Wenn du Geld übrig hast, sagte ich, kaufst du dir eine alte Standuhr. Dann zimmerst du ein neues, schönes Gehäuse. Darein baust du den Spiegel, Faßmann und Laßmann kommen an den Perpendikel, hier geht er hin, da geht er hin, alle Stunde aber geht eine Tür auf, und das Karussell wird sichtbar und dreht sich, und abwechselnd fällt einer der Herrschaften runter. Siehe, da wurde ich fröhlich.
Bloß, in der Fabrik wurde es nicht fröhlich. Der Herr Chef bat mich in sein Kontor, es war ja noch vor der Pleite. „Haben Sie Ihr Geld flüssig?"
„Nein", antwortete ich, „meine Mutter will nicht."
„So", sagte der Chef böse, „na, dann bleiben Sie eben ein Prolet! Ich bedaure, mit Ihnen gesprochen zu haben!"
Von Stund an grüßte mich der Hund nicht, dankte nicht mal für meinen Gruß. Da fingen sie an zu munkeln in der Fabrik. Der Meister wurde immer mißtrauischer, und mal ließ er mich in seinen Verschlag rufen. Ich erzählte ihm, daß der Alte Geld haben wollte und mich zum Kompagnon machen, aber ich hätte abgelehnt. Ich sagte ihm auch, er solle sich vorsehen, er suche nun sicher einen anderen und offerierte immer, man könnte gleich Meister bei ihm sein, denn den alten schmisse er doch bald raus! „So", nickte der Meister, „so ist das mit dem alten Gauner!"
Von Stund an wurde er eklig, aber nicht gegen den Chef, sondern gegen mich, schikanierte mich, obwohl er doch von mir nichts mehr zu befürchten brauchte und ich ihm einen großen Dienst getan hatte. I, dachte ich, sind die

Menschen so? Nämlich, meine Kollegen fingen auch an, gegen mich zu sticheln. „Na ja, zum Chef ins Kontor laufen! Na ja, zum Meister laufen und schmusen, das sind die Richtigen! Solche brauchen ja auch nicht in die Versammlung zu gehen, und in die Partei brauchen sie erst recht nicht!"
„Ihr seid verrückt", sagte ich und erzählte ihnen, was der Chef von mir gewollt hatte, nämlich, daß ich sie verpfeifen sollte, dann wollte er mich zum Kompagnon machen. Aber ich hätte das abgelehnt.
„So", sagten sie, „so einer bist du? Ein verkappter Kapitalist!"
„Nein", sagte ich, „ich habe kein Geld und habe mehr trocken Brot in meinem Leben gegessen als ihr!"
„Ach, sieh mal an, und woher weiß der Chef, daß du Kapital hast? Uns hat der den Kompagnon nicht angeboten. Der weiß schon Bescheid. Der weiß schon, wie die Bauern sind. Da stammst du doch her! Die müßte man alle in die Fresse schlagen und ihnen die Buden anstecken! Na, wartet man!"
Ich dachte, ich hörte nicht recht. „Ihr seid verrückt", sagte ich, „euch hat der studierte Versammlungsonkel verrückt gemacht!"
„Ein Spitzel bist du", lärmten sie. Da erzählte ich ihnen, was ich dem Meister gesagt hatte. „Der weiß schon", lärmten sie, „an wen er sich hält, das Ausbeuterschwein! Gleiche Brüder, gleiche Kappen!"
Da erzählte ich ihnen, was sie ja wußten, nämlich daß der Meister mich jetzt genauso schikanierte wie der Chef.
„Das kennen wir", lachten sie höhnisch, „das ist so zum Schein, aber wenn auch, Pack schlägt sich, Pack verträgt sich!"
Da sagte ich schlicht: „Ihr könnt mich alle!"
Siehe, das war meine erste Wirksamkeit in der Politik. Es war eine Pleite. Lieber Herrgott, dachte ich, repariere du dir man deine Welt allein, es ist da zuviel Bruch, und ich weiß einstweilen nicht, wo ich gutes Holz zum Ausbessern hernehmen soll! Ich werde lieber erst mal anfangen, meine eigene Lebensuhr zu bauen.

Ziffer 6

Das größte Portemonnaie hat Ludewig

Ich hatte mir bei den schlechten Löhnen noch etwas gespart. Es waren ja auch noch Kröten zu Hause. Da ließ ich mir ein bißchen Zeit mit dem Suchen nach neuer Arbeit. Das müßte doch mit dem Teufel zugehen, wenn es in der

ganzen großen Kaiserstadt Berlin nicht eine gute Tischlerwerkstatt geben sollte.
Bei meinem Freund Scharly wohnte ich schon lange nicht mehr, weil es zu weit war. Wir waren aber in Verkehr geblieben. Er hatte auch wieder eine Arbeit gefunden, aber bloß als Hausdiener. „Mensch“, sagte ich, „Karle, du bist doch gelernter Landwirt. Geh doch aufs Land!“
„Nee“, sagte er, „eher freß ick zehn Pferde als Wurscht uff, als det mir zehn Pferde wieder uffs Dorf bringen. Laß man, wenn unsere erst siejen un machen Revolution, da wart ick lieber!“
„Unsere?“ fragte ich. „Bist du denn in der Partei?“
Er griente. „Nich direktemang. Sie haben mir rausgeschmissen. Aber wenn't mir schlecht geht, dann mach ick immer'n bißchen mit. Det kost nischt und beruhigt det Gemüt.“
Es regte sich bei kleinem auch wieder der junge Adam in mir. Da ging ich mit Scharly nach der Hasenheide. Donnerwetter, das war ein anderer Betrieb als in Vetschau oder in Lübbenau. Die Fabrikklater und die Küchendragoner, die sahen alle aus wie gnädige Fräuleins. Und wie sie scherbelten, das war eine Lust. Sie lagen einem an der Brust, und dann sangen sie: „Hat ein Mädchen A gesagt, sagt es auch noch B ...“ I, denke ich, bloß B? Ihr Luders sagt gleich das ganze Alphabet her! Na, ich kratze mir doch eine an. Mit der ging ich dann öfters. Es war wirklich ein Luder, und ich fand bestätigt, was meine liebe Mutter von solchen gesagt hatte: Seide vergeht, Leinen besteht! Ich hörte mal, wie diese Mädchen von Aussteuer redeten. „Ach“, sagte eine, „wenn een Hemd kaputt is, hol ick mir 'n neuet, wir sind doch keene Bauerntrinen in Berlin!“ Es war also an dem, was sie bei uns von solchen und ihrem Besitz an Hemden sagen: Eins auf dem Zaune, das andere auf der Kaldaune!
Natürlich gab es auch andere. Bloß, wer sollte sie herausfischen. Ich schlenkerte meine ab, und sie hieß Fanny. Ich suchte weiter. Da machte ich ja bessere Erfahrungen, aber die waren alle zu leicht für unsereinen. Tanzen, das konnten sie. I, denke ich, du gehst ja auch in die Hasenheide, um zu tanzen, und nicht, um zu heiraten.
Sie hatten wohl auch bald raus, daß ich ein bißchen knickrig war. Ich spendierte schon, aber ich hielt meine Moneten zusammen. Weil ich noch immer keine neue Arbeit hatte und Scharly sowieso in der Hasenheide in meinem Portemonnaie mitwohnte.
Da waren nun etliche Tänzer, die ließen die Taler man so springen. Woher sie dieselben hatten, das weiß der Himmel. Da gab es einen Tanz, und der hieß: „Das größte Pochtmonee hat Ludewig ...“ Das sangen alle mit, und dann schmissen die Kavaliere Limonaden und Bier und Schnäpse. Da waren

sicher mehrere unter ihnen, die Ludewigs waren.
Mitunter kamen mir so die Gedanken. Siehe, da dachte ich, so gehet alles seinen Weg. Zuerst, wo du sie hast zusammensitzen sehen, Mädchen und Burschen, und sie hatten sicher auch Lustgefühle, das war in der Spinte, da sangen sie:

Mädchen aber, so wie wir,
gibt es in der Welt nur wenig ...

Dann später, als die Spinte lustiger wurde und Musik dabei war, sangen sie:
Trieb ein Storch die Schafe an,
hatte rote Stiefel an,
hopsassa, trallala ...

Und das war ein schönes Volkslied. Dann auf dem Tanzboden in Vetschau und Lübbenau, da sangen sie schon:

Mein Liebster ist beim Militär,
wo nehm ich einen Liebsten her?
Ich weiß es schon, ich sag es frei:
Ich bleib ihm treu, ich bleib ihm treu ...

Jetzt singen sie vom Abc der Liebe und wollen es von A bis Z machen und schmeißen Kulleraugen und lieben die Ludewigs, die das größte Portemonnaie haben. Aber was soll man es den kleinen Mädchen verdenken, wo doch auch die großen Herren und alle Menschen den Geldbeutel über alles lieben? Wo unsereiner sich klüglich einen neuen Namen gibt und einen neuen Anzug und neue Stiefel kaufen muß, dieweilen er sonst zu bäurisch aussieht in der Kaiserstadt Berlin. Meine Herren, da stimmte was nicht in dem Getriebe. Aber was war es, und wie konnte man den Schaden reparieren? Ob ich es nicht doch nochmalen mit der Politik versuchte?

Ziffer 7

Das Handwerk hängt sich an den Nagel

Ich machte mich fein und ging lieber noch einmal los auf Arbeitssuche. Aber nicht mit Hitze und nicht mit Bitten, auch nicht mit großem Maul und Ellenbogen, sondern nur so ein bißchen herablässig. Da fand ich auch eine Stelle in der Frankfurter Straße bei einem früheren Obermeister, und er machte keine Kisten, sondern Schreibtische und Sessel. Sie müssen in den Jahren unglaublich viel zu schreiben gehabt haben. Jeder Ehemann, der ein bißchen was vorstellen wollte vor den Bekannten, mußte seinen Schreibtisch haben mit Aufbau, und verwahrte er darin auch bloß seine Zigarren. Mein Großvater Grambauer hatte keinen Schreibtisch gehabt und hat Briefe geschrieben wie ein Pastor und ein Landrat zusammen. Es war also auch das mit den nötigen Schreibtischen man bloß Angeberei von den Bürgersleuten, die so was haben wollten.

Die neue Arbeit war nach meinem Geschmack. Bloß, der Meister hatte wieder kein Geld. Und wenn er welches hatte, dann vertrank er erst mal die Hälfte. Aus Kummer. Er weinte dann jedesmal, weil es mit dem Handwerk so bergab ging, und schimpfte auf Bismarck. „Ich liebe ihn als deutscher Mann", sagte er, „aber als Tischlermeister könnte ich ihn umbringen!"

Seine Frau erschrak darüber immer sehr. „Du wirst dich noch ins Zuchthaus reden", jammerte sie.

Er aber haute auf den Tisch. „Was wahr ist, kann ein freier deutscher Mann auch sagen! Hat er darum das Reich gegründet, daß er selber wortbrüchig wird?" Er holte aus seinem Schrank ein zerknittertes Blatt, das war eine Rede Bismarcks vom Jahre 1859:

„Die Fabriken bereichern den einzelnen und bescheren dem Staat dafür eine Masse von schlechtgenährten Arbeitern, die ihm gefährlich werden können. Die Gewerbefreiheit liefert wohlfeile Waren, aber daran klebt vergiftend das Elend und der Jammer des Handwerkerstandes, der für einen Staat ein lebensnotwendiges Glied ist und nun seinem Ruin entgegengeht."

Der Meister faltete sein Blatt zusammen. „Ist er dafür der mächtige Mann, daß er das einsieht und es doch duldet? Ich werde ein Roter werden und es ihm besorgen!" Aber er dachte nicht daran. Ich aber dachte: Akkurat ist er wie ich. Geht es einem schlecht, ist die Arbeiterpartei gut genug, geht es einem besser, dann nichts wie raus aus dem Verein! Der blieb wohl nur bestehen, weil es den meisten dauernd schlecht ging.

Ich aß Mittag und Abendbrot bei dem Meister, denn die Meisterin war tüchtig. Mal kriegte ich denn auch wieder ein paar Taler ab. Feine Sachen machten wir, denn wenn er nüchtern war, konnte er arbeiten. Da war noch manches von ihm zu lernen. Die großen Ludewigs, die bezahlten es auch gut. Bloß, er war Holz und alles andere immer schuldig geblieben, und da hatte einer wohl die Aufsicht über ihn, und wir bekamen nur gelegentlich Geld.

Eines Morgens hing Meister Kramann an seinem Prachtschrank, in welchem er bloß die Rede Bismarcks aufbewahrte. Der Schrank war seine erste selbständige Arbeit gewesen. Er hatte einen Zettel daran gemacht. Darauf stand geschrieben: „Mein Meisterstück." Ich habe dem alten Meister den

Sarg gemacht, prima Arbeit mit Schnitzereien. Die Frau fand, das wäre Verschwendung für einen Selbstmörder. Sie begrub ihren Mann, kassierte noch ein paar Gelder ein, verkloppte den Prachtschrank billig, schenkte mir die Rede Bismarcks, und dann zog sie weg.
Ich überlegte lange, ob ich das Geschäft weiterführen sollte. Ich hatte aber keine Lust mehr. Ich sagte mir, wenn du hier auf dem Hof in der Frankfurter Straße hängenbleibst, dann bist du geliefert. Dann wirst du vielleicht in zwanzig Jahren es so weit gebracht haben wie er und kannst dir dein Leben aus dem Sarg begucken. Ich erkannte in meinem Herzen, daß mich die Großstadt nicht annehmen wollte. Es waren nun zwei Jahre her, und ich hatte sie brünstig geliebt, sie aber hatte meiner verachtet.

Ziffer 8

Der Prophet

In der Zeit hatte ich einen Altgesellen kennengelernt, Döring hieß er, der wollte mich wieder in die Politik rein haben. Der lieh mir Bücher von einem gewissen Marx. Aber das war mir zu absinnig, zu schwer. „Dann August Bebel", sagte er, „das ist bestimmt unser Mann, das ist ein Holzarbeiter wie wir, ein Drechsler!"
Ich hatte zwar was gegen Drechsler, weil mein Onkel und Vormund auf dem Dorf einer war, aber die Reden von dem Drechsler Bebel las ich doch und diskutierte darüber mit meinem neuen Freund. Denn der ging nie zum Vergnügen aus, der lebte bloß für seine Ideen und die große Reparierung der Welt. Da lernte ich insoweit um, daß das Unsinn war mit dem Aufteilen der Besitzungen und was wir früher geglaubt hatten. Ich ging auch wieder in Versammlungen, denn daß das ein Unrecht war hier in Berlin mit den großen Ludewigen und den kleinen Popels, das hatte ich ja nun kennengelernt. Mein neuer Freund sagte: „Wir werden das in Ordnung bringen!"
Er war ein ernster Mann und hatte seinen guten Glauben. Ich hatte nur einen guten Willen, aber kein Ziel. Außer dem, ein reicher Mann zu werden und ohne, wenn es sich machen ließ, ein schlechter oder hartherziger Mensch werden zu müssen. Er gab sein Geld an die Armen, er war ein Echter. Wir lasen auch viel zusammen, und eines Tages sagte er: „Wir müssen es erkämpfen, komm zu uns!"

„Ich sehe es noch nicht klar, Ferdinand!“ antwortete ich.
„Du bist nicht dumm“, sagte er, „du verstehst deine Arbeit ausgezeichnet. Du bist ordentlich. Widme dich der Befreiung deiner Brüder!“
„Und wovon soll mein eigener Schornstein rauchen?“ fragte ich.
„Du bekommst eine Anstellung bei uns“, sagte er, „du wirst bald ein Sekretär oder ein Funktionär, da wirst du gut bezahlt, denn du kannst reden und diskutieren.“
Ich überlegte. „Dieses, daß ich eine gute Stelle kriege, ist aber nicht der Zweck des Kampfes.“
„Nein“, sagte er, „aber wir Vorkämpfer müssen unabhängig sein.“
„Aber einer bezahlt uns doch. Wer ist das?“
„Die Partei“, sagte er.
„Dann hängen wir aber doch ganz von der Partei ab“, sagte ich.
„Die Partei, das sind wir selbst“, sagte er.
Nimm, sagte Faßmann. Hände weg, sagte Laßmann und hob den Finger.
„Nein, Ferdinand“, sagte ich, „es geht nicht. Siehe, du bist ein Beispiel. Du bist in deinem Herzen besser als so viele, die Gott im Munde führen. Ich kenne dich. Aber dich hat wohl doch der Wahn. Du liebst das ehrsame Handwerk und bist doch dafür, daß die Fabriken es zerschlagen. Du bist aus der Kleinstadt und liebst das Landleben mehr als ich und bist doch dafür, daß der Bauer verschwindet für den Großbetrieb. Du bist fromm und gläubig und trittst auf gegen die Kirche. Du bist stolz, Siebzig dabeigewesen zu sein, und bist für kein Vaterland und singst hinterher die Internationale. Du redest von wegen: alle Menschen sind gleich, aber du machst dich nicht gemein mit ihnen. Du bist für die Masse, gehörst aber nicht zu ihr. Was aber das Schlimmste ist, Ferdinand, das ist dieses: Du bist als Mensch lieb und gut wie ein Lamm, so als einzelner Mensch; wenn du aber bloß der Parteimensch bist, dann wandelst du dich zum reißenden Wolf! Wir sind wie Blumen und Unkraut in Gottes Garten und blühen rot und blau und weiß, und riechen so und so, und machen uns wohl auch Licht und Sonne und Nahrung streitig. Bis dann einige von uns den Wahn kriegen, wie du ihn gekriegt hast, und sich als Gärtner fühlen, und sind doch nur wilde Böcke und zerfressen und zerstampfen alles und schmeißen auf den Mist, was nicht nach ihrem Geschmack ist. Gärtner muß es auch geben, das weiß ich, du aber bist keiner.“
„So wirst du ewig ein Sklave bleiben!“ rief er zornig.
„Nein“, rief ich ebenso zornig, „aber ich könnte ja auch ein Arbeiter bleiben und es doch mit dem Bebel halten!“
„Die Freiheit –“, eiferte er weiter.
„Die sehe ich nicht darin, daß ich mich von dir kommandieren lassen soll!“

„Du wirst an mich denken", schloß er hämisch, „du hängst dein Leben an diese Bruchbuden hier, du gehst an deinem Glück vorbei, du bleibst ein Bauer, es ist schade!"
„Herrgottnochmal", rief ich wütend, „es muß in der Arbeiterpartei doch auch Arbeiter und Bauern geben, es können doch nicht alle Mitglieder Funktionäre sein wollen."
So kamen wir nicht zusammen. So kamen wir auseinander. Er ist später Reichstagsabgeordneter geworden. Ich habe auch mal gelesen, was er geredet hat. Ich habe sogar gelesen, was seine Gegner geredet haben. Er nicht, da kannte ich ihn zu gut. Und dann kreuzten sich unsere Wege seltsamlich. Heute, wo ich dieses aufschreibe, ist er wohl lange tot. Da wird er nun wohl den Himmel verbessern. Oder die Hölle. Ich weiß ja nicht, wo fanatische Leute seiner Art hinkommen. Sie passen in beide Wohnungen. Sogar zu gleicher Zeit.

Ziffer 9

Frau Apfel im Paradies

Ich bekam keine Arbeit mehr in meinem Beruf, soviel ich auch suchte. Und in eine Fabrik brachte mich keiner mehr rein. Es war da nun eine junge Witwe von einem Gastwirt, und ich hatte in ihrem Lokal, als ich noch in Arbeit war, öfters ein Bier getrunken und einen Happen gegessen. Die mochte mich gern, so etwas fühlt ein Mann. Ich fand sie auch sehr nett und anständig. Das Geschäft ging, das sah ich, auch hatte sie noch etwas hinter sich, das wußte ich.
Mit dieser jungen Frau, die wohl so an die Dreißig war und keine Kinder hatte, war ich mal ins Gespräch über der Zeiten Geläuft gekommen. Sie klagte nicht gerade, wenn auch ihr Geschäft zurückgegangen war, denn die Menschen hatten kein überflüssiges Geld. Aber sie klagte über ihr Alleinsein, und daß solches ihr oft unangenehm sei in ihrem Betrieb, derweilen die Mannsleute in vorgerückter Stunde sich gern etwas herausnähmen gegen eine alleinstehende Frau.
Als das mit meinem Meister passiert war, den sie sehr gut kannte, da riet sie mir ab, das Geschäft auf meine Rechnung weiterzuführen, denn auch sie meinte, ohne eine Fabrik könnte heute kein Mensch mehr vorwärtskommen. Sie wußte auch, daß ich vergeblich nach neuer Arbeit gelaufen war und keine

zu sehen gekriegt hatte. Da wollte sie keine Bezahlung mehr haben für das, was ich verzehrte. „Das können Sie ja bezahlen, wenn Sie wieder Einnahmen haben", sagte sie. Na, das Vertrauen schmeichelte mir ja auch, aber ich nahm das Anerbieten nicht an. Nach einer Woche sagte sie dann ganz glatt heraus: „Wäre ein gutgehendes Restaurant nichts für Sie?" Zuerst schüttelte ich den Kopf, aber zu Hause fing ich an, mir die Sache zu überlegen. Und ich muß es sagen, da erst erkannte ich ihren Rat in seiner ganzen Gänze.
Alle Wetter! Ich ging ein paar Tage nicht hin, weil ich mir die Sache doch überlegen wollte. Die Frau war anständig und ganz schnuddelig und das Lokal in Ordnung und konnte wohl eine Familie recht ernähren, und ich hatte für mich keine Aussichten, in diesem Berlin als Handwerker auch nur mein Brot zu verdienen, geschweige denn ein reicher und vornehmer Mann zu werden. Griff ich hier zu, war ich mit einem Male aller Sorgen ledig. Es ist so schön, einen Ehrgeiz zu haben, aber es ist nicht schön, weiter gar nichts zu haben. Ich war daher bald willens, die Sache einiges weitertreiben zu lassen. Johann Preisgott Grambauers Enkel als Budiker statt als Künstler und Soldat – na ja, aber wenn schon.
Da erschrak ich schwer, denn ich fühlte, ich war ja auch noch eines anderen Großvaters Enkel. Da erschauderte ich sogar, daß es am Ende Bolko Hussak war, der hier meine Schritte lenken wollte, damit ich doch noch ein Hussak würde. Ich sah meinen Vater vor mir stehen, wie er mir das zum ersten Male erklärt hatte, von dem, was man in sich hat von Vater und Mutter und deren Eltern. Und in der Nacht träumte ich wild. Nämlich, daß die beiden Großväter mich gepackt hatten und sich um mich stritten und mich hin und her zerrten. Es war am Zaun zum Paradies, und einer zog mich raus, einer rein. Und ich sah, auf Großvater Hussaks Seite stand die junge Wirtin und zog mit. Nach innen.
Am anderen Morgen, als ich mein Elend wieder bei Lichte besah, lachte ich über den Traum und nahm mir vor, mittags in die Wirtschaft zu gehen und es dem Schicksal zu überlassen. Wie ich mich nun so dem Lokal nähere, da lese ich zum erstenmal eigentlich die Inschriften. Und da lese ich den Namen „Inh. Johanna Apfel". Ich wußte ja, daß sie so mit Namen war, aber jetzt kam mir der Traum dazu in den Sinn. Da sah ich die niedliche Frau als den Apfel an, mit welchem mich die Schlange der Bequemlichkeit und des Müßiggangs und des albernen Bürgerstolzes, der sich zu fein dünkt, um mich ganz ein Arbeiter sein zu lassen – ja, da sah ich, wie diese Schlange mich verführen wollte, und ich nahm es als eine inwendige Ansage, daß die Frau Apfel hieß, als eine Warnung, und ich ging vorüber.
Da war ich fest entschlossen: Nein, von diesem Apfel beißt du nicht ab! Und ich nahm die Warnung als neuen Beweis, daß das Schicksal mich doch noch

für Größeres ausersehen hatte, und sah nun auch die Gefahr, der ich entronnen war, und übertrieb sie, und es saßen nun gleich immer zwei Hussaks in solchen Lokalen. Nicht so schlimm, aber sozusagen doch alles Pflegekinder von ihm. Nein, sagte ich, alles, bloß das nicht! Bloß nicht mit Leuten umgehen müssen, die betrunken sind. Schon wenn sie nur einen Kleinen sitzen haben, fangen sie an, andere zu bekehren. Am liebsten mit Schreien. Oder mit Grölen. Dann mit Beleidigungen. Dann mit Schubsen. Dann mit Schlägereien. „Hab ich nicht recht?" brüllt der eine. „Hab ich nicht recht?" brüllt der andere. So stehen sie da wie vor einem Spiegel. Wenn der griente, sähen sie es nicht mal. Wenn sie es sähen, schlügen sie mit der Faust rein. Der Suff ist auch ein Spiegel. Aber bloß für den Nüchternen. Ich wollte nicht der Haken sein, an welchem solcher Spiegel hängt. Diese Streitereien im Suff, ob der Lassalle recht hätte oder der Bismarck, die haben mir das Interesse an der Politik und der Frage, wie man die Ungerechtigkeiten aus der Welt schafft, noch einmal gründlich vergrämt.
Die junge Frau tat mir einiges leid, daß sie es nun so allein weitermachen sollte, ein Geschäft, vor dem ich als ein Mann zurückschreckte. Da hatte ich einen edlen Gedanken. Ich suchte Scharly auf, der mal wieder keine Arbeit hatte, und erzählte ihm alles. Er griff gar nicht gleich zu. „Det Geschäftliche reizt mir zwar, aber wenn det Mächen nich fürs Herze is, denn wird det nischt, Liepe!" Siehe, so war er, und ich kannte ihn auch so, daß er bei all seinem Getu doch ein anständiger Junge geblieben war. Na, wir gingen also zusammen hin. Er bemühte sich dann auch mächtig, Eindruck zu machen. Wenn ich dieses nun auch haben wollte von ihm, so tat es mir doch wohl, daß der Apfel noch immer lieber an meiner Seite trudeln wollte.
Aber nein, ich blieb fest und entsagte. Der Liebe und dem Geschäft. Ich kam mir vor wie ein heiliger Mann und meinte, der liebe Gott müßte es nun aber auch ohne weiteres gutmachen an mir.
Scharly war ehrlich überzeugt, seinen Glücksstern gefunden zu haben, und es traf wohl auch beides für ihn zusammen, die Frau und das Geschäft. Schade war bloß, daß er nun immer heimlich hinging, er traute mir nicht recht. Da wuchs ich noch mehr als Heiliger in meinen Augen, denn ich verzog aus meiner Wohnung, ging überhaupt nicht mehr zum Apfel ins Paradies und stellte alle meine Hoffnungen auf Gott. Nämlich, daß er nun anfangen könnte, mir meine edle Tat zu vergelten, indem er meine Wünsche befriedigte.

Ziffer 10

Der Engel mit dem feurigen Schwert

Ich hatte mir vorgenommen, nicht zu verzagen, vielmehr durchzuhalten, und wenn ich auch hungern sollte. So sehr war ich überzeugt, es müßte, nachdem ich selbstlos einen Vorteil weggegeben hatte, das Gute mit Besserem belohnt werden. Vielleicht, daß das meiste Gute, welches getan wird, aus solchen Gefühlen getan wird. Und es solchermaßen nicht seinen Lohn in sich trägt.
Zuerst, als ich den Apfel abgelehnt hatte, war ich in meinem Innern wieder der feine Gustav geworden und hatte meine Zukunft nur bei besseren Leuten und in besseren Gegenden gesehen. Darum war ich auch immer bloß in solchen Straßen spazierengegangen, und manchmal hatte ich ganz fest geglaubt, jetzt kommt ein Mann mit einem Zylinder oder eine feine Dame aus solchem Haustor und sagt: „Guten Tag, Herr Grambauer, kommen Sie endlich?“ Demzufolge gab ich auch ruhig mein erspartes Geld für gute Kleider, Bücher, Theater und dergleichen aus. Ich war des ja sicher, mein Glücksstern mußte jetzt aufgehen.
Aber er ging nicht auf. Und weil mein Geld anfing auszugehen, ging ich nicht mehr aus. Da ergrimmte ich in meinem Herzen. Auf Kaiser, Fürsten, Kapitalisten bis herunter zu Frau Apfel und Scharly, auf alle, die ein Zuhause hatten und etwas zu essen. Da dachte ich an meinen Propheten Döring. Und wenn ich nun nicht auf Arbeitssuche war, mied ich die Straßen der Paläste und ging durch die Gassen der Armut. So was hatte ich früher nicht für möglich gehalten, daß da Menschen in solchen Höfen wohnen konnten, ohne Licht, und daß da Kinder groß werden sollten. Und sie bauten immer mehr solcher Häuser. Nein, an solchem System, da mußte etwas nicht stimmen.
Ich erforschte es nicht, ich pries unbewußt in meinem Innern meine Kindheit, und auch jene, als wir abgebrannt waren bis aufs Hemd und in einer Bretterbude wohnten und trocken Brot aßen. Da war doch immer noch eine Erde unter unseren Füßen gewesen und kein dreckiges Pflaster, und es waren Bäume und Sträucher um uns, und es war ein Himmel über uns gewesen. Wenn hier ein Vater mit seinem Sohn vor das Haus tritt und will ihm die Sterne erklären, dann muß er ihm die neuen Gaslaternen zeigen. Bis es mir nach einiger Zeit so war, als schätzten in der großen Kaiserstadt Berlin auch die einfachen Leute die Gaslaternen mehr als die Sterne. Je mehr ich mir das ansah, je mehr Verlangen kriegte ich nach Petroleumlampen und sogar nach Kienspänen. Aber ich bekämpfte es in mir und ging die Gassen der Armut und glaubte, daß ich vielleicht doch bestimmt sei, ein Erretter zu sein.

Und ich wartete direkt, es müßten Männer in Arbeitsröcken und Frauen in zerrissenen Kleidern, elend und arm, aus den dreckigen Haustüren kommen und rufen: „Gottlieb Grambauer, kommen Sie endlich, uns zu helfen?“ Bloß, es kam keiner, der mich dazu anleitete, und wenn welche kamen, so sprachen sie dergleichen nicht, sondern machten höchstens „Psst, psst!“ oder riefen mir Unanständiges nach wegen meiner guten Kleidung, oder bedrohten mich gar.
Mit einem Male hatte ich kein Bedauern mehr, daß mir das Geld fehlte für die Hasenheide. Oder für die Theater. Ich hatte auch keine Lust mehr auf die Paraden. Auch nicht auf die Kirchen. Ich fand mich, daß ich dem Propheten Döring recht gab, wenn ich mich fragte, warum das so sein müßte mit dem menschlichen Leben. Die Bibel sagte es nicht. Die Pastoren auch nicht. Der Kaiser sagte es nicht. Bismarck auch nicht. Die Reichstagsabgeordneten ebenfalls nicht, die sagten alles durcheinander. Die Bücher, die ich hatte, sagten es aber auch nicht. Und die Zeitungen erst recht nicht. Und die armen Leute selbst? Da war überall im Leben bloß Faßmann und Laßmann.
Es sollte also wohl ewig so bleiben, oder ich war am Ende verdammt, für alle Zeit ein armer Schlucker zu sein, weil ich nicht den Mut gehabt hatte, den umgekehrten Adam zu spielen. Nämlich, der richtige Adam war aus dem Paradies heraus und in Arbeit und Elend geschmissen worden, weil er dem Versucher nicht widerstanden hatte; ich wäre aus Armut und Elend herausgekommen, zwar nicht gleich ins Paradies, aber doch in ein besseres Leben, wenn ich dem Versucher gewillfahrt hätte.
Mein Geld aber war alle. Zu der Wirtin ging ich nicht mehr, obwohl ich oft darum mit mir kämpfte. Zu Scharly ging ich auch nicht. Ja, meine Lieben, ich hungerte. Dreizehn Tage. Ich half für ein Frühstück Wagen abladen. Ich trug Gepäck. Ich schrieb nach Hause und bat um Geld, denn ich hatte noch fünfzig Taler stehen. Lange keine Antwort. Dann ein Brief:
„Lieber Sohn. Wenn du und hast kein Geld, dann komm zu deiner Mutter.“
Ich lief mir noch einmal die Hacken ab nach Arbeit. Es war umsonst. Nun hatte ich schon drei Nächte auf einer Bank im Tiergarten geschlafen.
Langsam ging ich durch die Alleen und setzte mich wieder auf eine Bank. Da sah ich im Geiste, wie zwei Feinde auf mich zukamen, von der einen Seite der Hunger, von der anderen Seite die düsteren Häuser aus den ärmlichen Straßen. Der eine Feind griente und höhnte und piesackte mich greulich, der andere lockte und lachte und war ein schamloses Weib und hieß das Laster oder das Verbrechen. Ich erkannte zum ersten Mal, wie leicht es ist für den, welcher keinen Hunger hat und Arbeit, die Unglücklichen zu verurteilen, die am Rande des Tisches hungern müssen. Darüber machen wir uns auf den

Dörfern und in den kleinen Städten keine Gedanken; die meisten Menschen in den Großstädten wohl auch nicht.
Ich fühlte es plötzlich wie Feuer in meinem Blut und war wohl rot vor Scham, denn ich erkannte, daß ich es auch erst fühlte, weil ich nun einer war vom Rande des Tisches. Mußte das wirklich so sein?
Da sprang ich auf und sah ganz wild die Bäume an und hätte es in Ordnung gefunden, hing ich an einem und alles wäre vorüber. Ich war entschlossen, zu Döring zu gehen und zu helfen, solche Zustände zu ändern. Und sei es mit Gewalt.
Auf dem Weg durch den Tiergarten aber faßte mich wehlich das Heimweh an, nicht nach Hause, nein, das noch immer nicht, ganz einfach nach Bäumen. Ich hatte sie zuletzt bloß immer als Holz gesehen. Da waren sie manchmal aus Brettern wieder emporgewachsen, ich hatte dann in der Fabrik ganze Wälder vor meinen inwendigen Augen gesehen. Die hatten oft geschrien und mir gedroht, als ich in der Elsässer Straße Kisten aus ihnen machte. Siehe, fühlte ich nun, sie haben sich gerächt. Ich streichelte den Baum vor mir. Ich legte meine Backe an ihn, obwohl er eine rissige Akazie war. Ich weinte.
„Sie sinn woll schon am hellichten Tage knille?“ sagte ein Schutzmann, der das gesehen hatte. „Schämen Sie sich!“
„Herr Wachtmeister“, sagte ich und spürte bei allem Kummer, wie es doch komisch ist, daß ein Mensch, der ein Gefühl zeigt, für den anderen ohne weiteres als betrunken gilt. „Herr Wachtmeister, der Mai ist gekommen!“ Dabei machte ich aber doch wohl ein ernstes Gesicht.
„Ach so“, sagte er, „nich knille, woll verliebt, wat? Wie heeßt denn det Luder?“ Aber dann fixierte er mich. „Hamse Papiere?“
Ich faßte in die Tasche und holte dabei auch das abgenutzte Blatt der Bismarck-Rede von 1859 heraus. Er griff danach zuerst. „Woll son rotet Flugblatt, wat?“ Dann las er die fettgedruckte Zwischenzeile:
„... eine Masse von schlechtgenährten Arbeitern, die dem Staat gefährlich werden kann.“
Er pfiff durch die Zähne und griente hämisch: „Siehste woll, dacht ick mir't doch! Wer hat denn den uffrührerischen Quatsch geschrieben?“
Ich legte den Finger auf den Mund und tat erschrocken und sah mich scheu um. „Um Gottes willen, ruhig, es könnte Ihnen die Stellung kosten – das ist doch von Bismarck!“
„Wat'n – wat'n –?“ Seine Hände klappten das Blatt ganz auf. Er schüttelte den Kopf. „Vastehn Sie det?“
Ich zuckte mit den Achseln. „Es ist Politik, Herr Wachtmeister, und wenn der Fürst erfährt oder der Polizeipräsident, daß ein Schutzmann dazu Quatsch sagt ...“

Er sah mir fest in die Augen. „Erst mal ha'ck det nich jesagt. Zweetens ha'ck nich jewußt, dat Bismarck det jeschrieben hat. Drittens ha'ck Sie in Verdacht dunkler Umtriebe. Wenn nich jar Schlimmeres." Er taxierte mich von oben bis unten. „Jeb'n Se mal Ihre Papiere wieder her!"
Da war nun nichts dran auszusetzen. Er gab sie mir denn auch wieder und ging weiter. Na, so hatte sich doch noch jemand für mich in der Kaiserstadt Berlin interessiert. Zwar kein reicher Mann und kein armer Mann, aber doch ein Schutzmann.
Ich setzte mich auf die Bank und sah hinüber zu den Häusern der Tiergartenstraße. Plötzlich stand er wieder da. „Ick ha Sie beobachtet. Wat baldowern Sie denn da aus an die Villas, he?"
Ich legte wieder den Finger an den Mund. „Die Häuser interessieren mich. In eins von ihnen wollte ich mal einziehen!"
Er lachte. „So sehn Se aus! Einziehen det Nachts un durchs Fenster, wat? Un nu jeb ick Ihn eenen Rat" – und er streckte den rechten Arm aus und stand da wie der Engel mit dem flammenden Schwert –, „vadufte!"

Ziffer 11

Am Scheideweg

Ich denke in meinem Herzen, so jemand hin und wieder eine andere Richtung einschlägt auf seinem Lebensweg oder in seinem Glauben, so ist das ganz gleich an Wert, ob einer es auf einem Feldweg tut und zu Fuß ist, ob einer es auf einer Landstraße im Wagen vornimmt oder auf der Eisenbahn. Bloß, vor den Menschen scheint es nicht gleich zu sein. Denn siehe, ein kleiner Mann, der würde auf der Eisenbahn oder in einer goldenen Kalesche von sich aus gar nicht merken, daß er sich verfahren hat. Nachher aber würde er es schwer empfinden, aus der Irre raus zu müssen. Ein großer Mann aber, der auf einen Feldweg gerät, würde bloß trachten, so rasch wie möglich herunterzukommen, müßte er dabei auch durch einen Sumpf.
Jeglicher Mensch aber hält seinen eigenen Weg für die wichtigste Lebensstraße. Sie sind hingegen alle wichtig. Manche Menschen wollen natürlich bloß „Viere-lang" fahren, nachher sind ihrer viele froh, wenn sie es als Kutscher dürfen. Ich gräme es ihnen nicht und mache keinem einen Vorwurf, wenn er sich verfährt. Denn die, welche von sich sagen, sie irren sich nie, die sind in ihrem ärgsten Irrtum. Weil sie nicht wieder herausfinden.

Ich fand heraus. Ich ging zu Fuß zu meinem Freund Scharly und erzählte ihm alles. Er hätte Arbeit, sagte er und gab mir was zu essen. Dann fuhren wir los und holten meine Sachen, die noch bei meiner früheren Wirtin standen. Scharly drang darauf, daß ich bei ihm wohnte. Von Frau Apfel sagte er nichts, fragte auch nicht, was ich nun anzufangen trachtete. Ich schrieb nach Hause:

„Liebe Mutter, ich bitte Dich herzinnig, schicke mir sofort von meinem Geld zehn Taler. Ich habe keine Arbeit und hungere. Ich werde wohl aufs Land gehen. Dein Sohn."

Ich war plötzlich wieder sehr ärgerlich, denn es war mein Geld, und ich war achtundzwanzig Jahre alt. Und war ja auch wieder satt. Und schon reckte sich wieder die Hoffnung. Endlich ein Brief:

„Lieber Sohn. Ich schicke Dir die zehn Taler. Ich glaube Dir, Du gehst aufs Land. Belüge nicht Deine alte Mutter."

Ja, Mutter, das sagst du so. Wie soll ich aufs Land gehen? Was brauchen die einen Kunsttischler auf dem Land? Nun hast du ja wieder Geld, sagte Faßmann, bleib in Berlin! Laßmann aber hob warnend den Zeigefinger.

Herr Laßmann war ausgerechnet mein Freund Scharly. Er sagte: „Liepe, ick seh det ein, du mußt uffs Land, sonst wirste janz krank. Du paßt jar nich in die Stadt. Dir fehlen die Ellbogen. Du tust bloß so, als hättste welche!"
Ich war schon willens, aber wie sollte es geschehen? Auf den Kunsttischler wollte ich gern verzichten, aber im landwirtschaftlichen Stellennachweis suchten sie nicht mal einen gewöhnlichen Leimstreicher. Stellmacher, ja, das aber hatte ich nicht gelernt, das war mir nicht nobel genug gewesen. Da ergrimmte ich noch einmal und sagte zu ihm: „Na, jetzt gehen wir erst mal zu Frau Apfel!"
Worauf Scharly verlegen wurde und mich schließlich bat, vorläufig nicht hinzugehen, denn sie hätte noch einen Pik auf mich, warum, das wüßte er zwar nicht, und außerdem wäre sie so gut wie seine Braut, und er arbeite da schon jeden Abend, und mein Wiederauftreten könnte ihm die Sache gefährden. „Un sieh mal, Liepe, für dich is det nu mal nischt. Is ooch zu ordinär für dich. Nee, det ha'ck nu erkannt, du mußt raus aus Berlin, du mußt uffs Land!"
Und er erinnerte sich an seinen Schwager, der wäre ein Milchverwalter auf einem Gut, der verdiente schön und hätte dabei noch Zeit zum Lesen und Basteln. Solche würden gesucht.
„Ich versteh doch nichts davon", sagte ich. „Was ist denn das, ein Milchverwalter?"
„Jott, sie sagen dazu ooch Milchkühler. Und weeßte, mein Schwager hat erst ooch nischt davon verstanden. Du kriegst for die erste Zeit eenen Lehrmeester. Et sin da immer Stellen frei. Et will ja heutzutage keen vanünftijer Mensch uffs Land. Leute vons Land werden da bevorzugt!"
Wir zogen los zur Zimmerstraße. Wirklich, es wurden zwei solche gesucht. Wir hin. Bedaure sehr, zu spät. Nächsten Tag wieder so. „Laß man", sagte er, „det sin alles bloß welche, die wollen unterkriechen von wejen Hunger, die haben keene Ausdauer!" Vierten Tag in der Prinzenstraße zu einem großen Milchgeschäft. Es war bloß die Frau da. Ja, die Stelle sei noch frei, bloß, ihr Mann war nicht da. „Kommen Sie um sechs wieder!" Ich hatte keine Hoffnung.
Als wir wiederkamen, war er da. „Kennen Sie das Fach?"
„Nein, aber Kühe kenne ich."
Er zuckte die Schultern. „Es ist ein Elend, da bietet man Geld und noch Geld, und keine Leute. Lieber hungert das in der Stadt!"
Da haute mein Freund ein. Er schilderte mich als einen gelernten Landwirt, und den Milchkram, den lernte ein Mann wie ich in ein paar Tagen.
Wir hätten zu Hause eine Landwirtschaft von dreißig Kühen, prahlte er, vier Pferde, Butterei, Käserei, bloß, ich wollte aus der Gegend fort.

„Dann ist es was anderes“, sagte der Mann und hieß mit Namen Herr Kuhnert. „Ich habe auf dem Dorf einen Menschen, der kann Sie anlernen. Aber bloß acht Tage. Ich nehme Sie also zur Probe. Ich bringe Sie hin. Wir können übermorgen fahren.“
„Menschenskind“, sagte ich zu meinem Freund, „was hast du da bloß geschwindelt von unserer Landwirtschaft zu Haus!“
„Hat et jeholfen oder nich?“ fragte er und lachte. Ich sagte: „Ja, das hat es wohl.“
„Siehste“, sagte er, „so muß so wat in der jroßen Stadt jemacht werden. So machen sie det alle. Die Kleenen un die Jroßen! Meinst du, der Bismarck nich ooch?“
„Ja“, sagte ich, „kann sein, daß unser Herrgott es auch so macht, wenn er uns was von seinem Himmel erzählt.“
„Wo mag es bloß sein?“ fragte ich nachher. Danach hatten wir uns gar nicht erkundigt.
„Na“, sagte Scharly, „bloß nich nach Pommern, da verstehste keen Wort. Aber laß man, wenn de jenug hast, denn hauste wieder ab. Wird schon irjend so'n dreckiget Lehmkaff sein.“
Er war ein seltsamlicher Tröster, mein Freund Scharly. Doch seine Freude war echt. „Jlück haste jehabt“, lärmte er, „un wer hattet dir besorcht? Dein Freund Scharly! Det tröstet mir ooch über den Valust, den ick durch deinen Vazug erleide.“
Dieweilen mein Gesicht wohl ganz abwesend war, glaubte er auch noch mehr riskieren zu können. „Hanna wird et ooch mächtig erfreun. Det Mädchen hat een zu jutet Herze. Sieh mal, Scharly, hat sie zu mir jesacht, der Justaf. Beinah hätt ick mir in ihn vajafft. Bis ick 'n denn erkannt habe in seinen Wert. Nämlich, er is jespalten in sein Charakter. Oder doch ingekerbt wie ne Schrippe.“
Da mußte ich doch aufstehen. „So, das hat sie gesagt. Und was hat sie mit der Schrippe gemeint, deine Johanna?“
Er witterte nun wohl eine Gefahr, denn es mag Bitterkeit in meinem Wort gelegen haben. „Ach, wie man so wat sagt. Vielleicht ha'ck det ooch selber jesacht. Aba jemeint hat sie det so, denk ick mir. Nämlich, uff der eenen Seite biste ein zu feinet Aas, als dette in eene Kneipe als Chef passen tätest. Un uff die andre Seite biste woll doch zu sehr een dummer Bauer, als dette in Berlin wat werden kannst.“
Die Wahrheit, die darin enthalten war, die machte mich wieder nachdenklich. Worauf Scharly mir seinen Arm um die Schulter legte. „Laß man, da mußte dir nischt draus machen. Jeder is nu mal nich for Berlin jeboren. Un sieh mal, woanders, da wird ooch Brot jebacken. Un sieh mal, eener ißt jern

Schrippen, und der andere, der ißt jern Kommißbrot! Hanna, die is for Schrippe, und die hätt sich an dir doch man bloß den Magen vadorben."
Ich ließ ihn reden und tun. Er war mehr als nobel, denn er ging mit mir aus, in ganz feine Lokale und ins Theater, und bezahlte alles. Spät in der Nacht, als ich schon einen sitzen hatte, fragte ich: „Wo gehn wir jetzt hin?"
„Det is mir ejal", lärmte Scharly, „un wenn't zehn Taler kost't!"
Ich sagte, ich würde gern noch in zwei Lokale gehen, bevor ich aus Berlin müßte. Nämlich in die Jägerstraße in Bismarcks Stammlokal und in die Warschauer Straße zum Apfelparadies.
Scharly lehnte beide Vorschläge barsch ab. „Sieh mal, in die Jägerstraße werden wir rausjeschmissen. Un in die Warschauer Straße, da werden wir och rausjeschmissen. Wozu det?" Also gingen wir nach Hause und schliefen uns aus.
Dann packte ich meine Sachen. Ganz zuunterst mein Karussell, Faßmann und Laßmann, den Spiegel und das Handwerkszeug. Meine Hände zitterten ein weniges vor Scham. Denn siehe, ich hatte einen Krieg verloren und wagte mich nicht zurück in mein Heimatland. Ich riß aus. Immer sah ich meinen Großvater Grambauer aus dem Himmel herabsehen und den Kopf schütteln. Mit Gunst, Meister und Gesellen! Gunst genug, bloß kein Bedarf! Die Garde stirbt, doch sie ergibt sich nicht! Zuerst, mein Sohn, halte die Montur sauber! Ach, Großvater, das größte Portemonnaie hat Ludewig!

Ziffer 12

Wenn ... vielleicht

Mein Freund Scharly brachte mich zum Bahnhof. Er hatte wohl auch ein bißchen Angst, ich könnte zu guter Letzt doch noch dableiben und Lust haben, in den Paradiesapfel zu beißen. Jetzt, da er sah, ich zog ab, wurde er lustig und holte eine halbe Flasche Kognak aus der Tasche. Die war sicher im Paradies geerntet. „Sie, Herr Kuhnert, wo jeht et denn hin mit ihm?"
Der Chef sagte etwas von an der Oder. Na schön, dachte ich, wenigstens Wasser. Scharly krähte: „Paß uff, Liepe, et wird dein Jlück!"
Mein Gesicht war wohl nicht danach, denn mein Chef schaute mich an wie saure Milch. Ich gab Scharly die Hand. „Na, und dir wünsch ich auch Glück. Paß auf, es wird."
„Meinerseits", sagte er.

„Einsteigen“, sagte mein Chef. Ich folgte ihm in den Wagen wie ein Hammel seinem Schlächter. Es war am 30. Juli des Jahres 1875.
„Liepe, Liepe ...“, hörte ich da eine Stimme. Als ich aus dem Fenster sah, stand Scharly noch da. „Haste denn für Hannchen keenen Jruß nich?“
Ich mußte mich erst besinnen, wer Hannchen war. Nämlich Frau Johanna Apfel. „Doch“, sagte ich. „Ich wünsche ihr einen vernünftigen Mann und ein Dutzend Gören!“
„Wird gemacht!“ rief Scharly, indes der Zug losfuhr. Ich sah ihm nach, wie er vergnügt von dannen zog. Da will ich es auch gleich zu Ende bringen mit ihm. Er heiratete sie, bekam von seinem Vater sein Erbteil, kaufte sich ein größeres Geschäft mit Weinstube, und wenn sie auch kein Dutzend Kinder kriegten, so wurde es doch ein halbes Dutzend, und alle blieben am Leben und wurden tüchtige und rechtschaffene Menschen.
Ich aber fuhr nun doch in der gleichen Richtung weiter, welche ich meinem Lebenszug hatte geben wollen, von Süden nach Norden, und nur das Ziel hatte ich gewechselt. Und als ich noch einmal zurückblickte auf die glänzende Kaiserstadt Berlin, da kam ich mir gar nicht heldenhaft vor. Gib keinem die Schuld, Gottlieb, du hast versagt! sprach ich in meinem Inwendigen, denn zu mir selbst sagte ich schon wieder Gottlieb. Aber das ärgerte mich auch gleich, und ich sagte mir: Ein erbärmlicher Schlappschwanz bist du gewesen und kein Mann der Tat. Für deine Feigheit hast du dir Ausreden gesucht, daß dieses und jenes nicht recht und gut sei! Das tun alle, die nicht vorwärtskommen. Wer tüchtig ist, der denkt zuerst an sich.
Wenn du dich damals in der Fabrik in der Elsässer Straße einfach auf die Seite des Meisters gestellt hättest und gegen deine Arbeitskollegen, dann wärst du heute vielleicht ...
Wenn du damals deiner Mutter das Geld abgetrotzt hättest und wärst in die Firma als Mitinhaber eingetreten und hättest dem Chef deine Bedingungen gestellt oder hättest ihn vorher totgemacht, dann wärst du heute vielleicht ...
Wenn du das Geschäft von deinem Obermeister für dich weitergeführt hättest und die Gläubiger ausgepreßt und die Not der Gesellen ausgenutzt, dann wärst du heute vielleicht ...
Wenn du dem Propheten Döring gefolgt wärst, dann hättest du einen Posten bekommen und ein gutes Gehalt, wärst ein Politiker geworden und heute vielleicht ...
Wenn du auch bloß Johanna Apfel geheiratet hättest, dann wärst du heute vielleicht ... Wenn du aber auch nur deiner Mutter gefolgt und zu Hause geblieben wärst und hättest eine nette Frau genommen, dann wärst du heute

nicht vielleicht, aber ganz wirklich Besitzer einer kleinen, aber sicheren Landwirtschaft, und sie könnten dir alle den Puckel runterrutschen, und du brauchtest nicht in einem pommerschen Kuhstall zu landen. Denn die zweihundert Jahre Bauernväter hängen einem Menschen wohl doch wie Blei am Hintern, ziehen einem den Rücken gerade und verhindern ihn solchergestaltig am Tanzen ums Goldene Kalb ebenso wie am Stoßen mit dem Ellbogen, wie am Puckelkrümmen, wie am Hinhocken zum Dukatenmachen. So leicht wird eben aus einem Gottlieb kein Gustav.
Wenn du dich daher im Tiergarten aufgehängt hättest ...
Ich seufzte, denn ich erkannte, daß mich an allem ja doch nicht die Anständigkeit gehindert hatte, sondern mir die rechte Traute gefehlt hatte. Und daß ich Ausreden gesucht hatte und nunmehr entschlossen war, kämen mir die Wenns heute vor, sie zur Tat zu machen. Da es zu spät war, seufzte ich.
„Maulen Sie jetzt schon?“ fragte mein Chef gutmütig. Da sah ich ihn mir erst richtig an. Er war dick, glatzköpfig, und seine Stirn war bloß zwei Fingerbreiten hoch. Ich seufzte nochmals, weil ich nicht begriff, daß solch einer ein großes Geschäft in Berlin haben konnte, in einer Stadt, die für mich nicht mal ein redliches Stück Brot hatte.
„Was haben Sie?“ fragte er nochmals.
Stoß ihn vor den Bauch, er ist ein Kapitalist, rebellte es in mir, was kann er machen, er braucht dich ja! Ich zeigte auf seinen dicken Bauch, der groß rauskam, weil er wegen der Hitze seinen Rock ausgezogen hatte. „Ich dachte nach“, sagte ich, „ob ich wohl auch mal auf ehrlichem Weg solchen dicken Bauch und solche dicke goldene Uhrkette darauf kriegen werde?“
Er lachte bloß. „Mensch, alles ist eitel. Der Bauch, der ist echt, dafür aber auch hinderlich und nicht schön. Die Uhrkette, die ist nicht hinderlich, die ist schön, dafür ist sie aber auch bloß Doublé! Nun können Sie sich das aussuchen.“
Ich sagte nichts mehr und guckte lieber aus dem Fenster. Wo die dicke und goldene Kaiserstadt Berlin gewesen war, da sah ich jetzt bloß eine gewaltige Masse Dunst.

DIE FÜNFTE STUNDE

Ziffer 1

Herr Kannitverstan

Wir waren unterwegs mal umgestiegen, ich hatte es nicht beachtet. „Hier müssen wir raus", sagte mein Chef, „wir sind da!" Es war mir so egal.
Auf dem Bahnsteig sah ich ein Schild: „Schwedt". Das gab es also wirklich. Davon hatte ich schon mal gehört, wir hatten was von Schwedt im Lesebuch gehabt. Vom tollen Markgrafen. Aber ich hatte es für Schwindel gehalten.
Ein Jagdwagen stand da, und wir fuhren eine wunderschöne Kastanienchaussee entlang. Ich machte die Augen zu, ich wollte mich nicht freuen, ich wollte traurig sein. So ist der Mensch. Dann ein Dorf, ein großer Wirtschaftshof, dahinter ein Schloß, da herum ein großer Park mit mächtigen Bäumen. Beinahe wie in Branitz. Na, wenigstens Bäume, sagte ich mir nun doch.
Ein dicker Herr in einem Drillichrock, Langschäftern und mit einem roten Bart, der war mindestens ein viertel Meter lang, taxierte mich ab, besonders meine dünnen Schuhe. „Das ist Herr Administrator Herbst", sagte mein Chef.
„Wie war Sein Name?" fragte der Dicke.
Ich sah ihn mir an. „Gustav Grambauer", sagte ich und machte ihm eine Verbeugung. Seine Augen waren man klein, dafür war seine Nase um so größer. I, dachte ich, das ist ja der Deubel aus Mitternacht.
Ich hörte sehr gut, wie er in abfälliger Weise zu meinem Chef sagte: „Lange werden Sie den feinen Popel wohl nicht behalten!" Weil er mich wenigstens für fein hielt, sagte ich nichts. Dann lachte er. „Na, nehmen tut Er also auch gern einen!" Damit zeigte er auf die halbe Flasche Kognak, die aus meiner Jackettasche guckte.
Jetzt sah ich ihn aber voll an. „Donnerwetter, Ihre Nase aber auch!"
„Wieso?" fragte er und faßte hin, sie stand ihm im Gesicht wie ein zu heißer Lötkolben.

„Daß Sie den Kognak riechen, wenn die Flasche noch zu ist!“ Damit stellte ich sie auf den Tisch. Er warf ihr einen Blick zu und ging mit meinem Chef hinaus.
Da saß ich nun. Da stand ich nun. Der Kutscher brachte meine Sachen herauf. Im Verwalterhaus hatte ich mein Stübchen. Man klein, ein Bett, ein Spind, ein Tisch und ein Stuhl. Vom Fenster sah ich auf den Gutshof. In der Mitte war ein riesengroßer Misthaufen. Siehe, dachte ich, nun bist du also wirklich wieder am Misthaufen gelandet. Zwar ist er größer und ist auch nicht mehr paurisch, sondern gräflich. Darüber freute ich mich.
Doch dann wurde ich wieder traurig. Er ist ja nicht dein eigener, dachte ich, das ist es! Wieso, sagte Faßmann in mir, du wärest nicht der erste, der den eigenen Acker mit fremdem Dung ertragreicher machte!
Ein Mädchen brachte mir zu essen. Eine Suppe, einen Teller Salzkartoffeln mit einer anständigen Scheibe gebratenem Speck und grünen Salat. Es steht

vor mir bis an mein Lebensende. Es ist was Schönes, wenn ein Mann tiefe Gedanken hat. Es ist was Schöneres, wenn eine Frau tiefe Gefühle hat. Es ist das Allerschönste, wenn einer sehr gehungert hat und hat mit einem Male einen tiefen Teller voll zu essen! Davon werden nämlich die Gedanken und Gefühle der Menschen gewandelt und werden besser und friedvoller. Darin gab ich meinem Freund, dem Politiker Döring, nun recht. Gebt den Menschen allen satt zu essen, und es ist Friede auf Erden.
Ich war gerade fertig mit dem Essen, da kam mein Chef und der Rotbart. „Na", sagte der, „geschmeckt hat es ja! Wohl so'n Hungerleider, was?" Dabei sah er den anderen Dickbauch, meinen Chef, an, und sie lachten beide.
„Gott", sagte ich, „der eine liebt 'ne Nische, der andere 'nen Balkon!" – „Wieso", sagte er.
Ich piekte auf seinen dicken Bauch. „Von nichts wird nichts!"
Da machte er ein strenges Gesicht. „Hören Sie mal, ich habe Ihnen zwar nichts zu sagen, aber Respekt bitte ich mir doch aus! Oder sind Sie am Ende ein Roter?"
Da mußte ich lachen. „Nee", sagte ich, „von uns beiden bin ich der Rote bestimmt nicht, Herr Winter!" Da lachte er auch und streichelte seine rote Roßhaarmatratze. So wurden wir miteinander bekannt.
„Aber ich heiße nicht Winter, sondern Herbst!" sagte er.
Ich machte ein nachdenkliches Gesicht. „Ich werde es mir merken an dem Laub, das färbt sich auch so im Herbst." Sie verhandelten dann mein Fell. Von Berlin bekam ich mein Gehalt, fünfzig Mark im Monat. Vom Gut Wohnung und Verpflegung. Viel war das weiß Gott nicht. Aber schließlich hatten sie ja auch ein mächtiges Schloß und eine große gräfliche Familie zu unterhalten.
Nachher kam mein Kollege und Vorgänger, der mich anlernen sollte. Er wollte weg, auf eine größere Stelle. „Milchverwalter oder Milchkühler", sagte er, „das ist dir der beste Beruf auf der Welt. Denn sieh mal, du bist dein eigener Herr. Weil du zwei Herren hast, einen hier und einen in Berlin. Aber derjenige, der dir wirklich was zu sagen hätte, der sitzt in Berlin. Da nun jeder der beiden den anderen begaunern will, hast du es gut. Nämlich der eine, also der Rotbart hier, der will dir die Milch schlecht zumessen lassen, recht knapp, damit er jeden Tag ein großes Quantum rauskriegt. Der andere in Berlin, der will, daß die Milch gut zugemessen wird, weil er dann mehr für sein Geld kriegt, als er bezahlt. Nun bekommst du ein bestimmtes Schwundmaß extra, davon hängt es ab, ob du es zu was bringst."
Darum war es wichtig für mich, zu erfahren, wer mir die Milch und das Schwundmaß denn zumißt. „Der Kuhmeister", sagte er. „Wenn du mit dem

einig wirst, regierst du hier und in Berlin! Dann läuft dir der Rotbart nach und der Berliner! Und der Kuhmeister auch!"
Am anderen Morgen um halb vier bumste einer gegen meine Tür. Es war der Nachtwächter. So früh war ich in meinem Leben noch nicht aufgestanden. Und außerdem stand kein Frühstückskaffee da. Na, wir arbeiteten bis sechs, dann war die Morgenarbeit getan. Also Milch vermessen, kühlen, Fässer füllen, Frachtbrief ausschreiben, aufladen. Ein alter Mann spannte zwei Pferde vor den Wagen und fuhr ab nach Schwedt.
Ich trank guten Kaffee, aß eine tüchtige Schniete und legte mich bis acht ein bißchen aufs Ohr. Dann hieß es, die leeren Fässer scheuern, die Apparate reinigen und die Mittagsmilch verarbeiten. Dabei ging ich auch mal in den Kuhstall. Der Kuhmeister tat sehr brummig zu mir und nickte bloß auf meinen Gruß. Ich sagte: „Meister, machen Sie mir heute abend wohl die Ehre in der Schänke?" Da nickte er wieder, aber diesmal sehr freundlich. Siehe, so wandelt sich schnell eines Menschen Gemüte. Bei einem durchs Essen, beim anderen durchs Trinken. Die Frauen, die da melken mußten, die fingen nun bei kleinem an, mit mir zu reden. Da dachte ich, ich hörte nicht recht. Es half auch nichts, daß ich die Ohren weiter aufmachte, ich verstand kein Wort von ihrem pommerschen Platt. Als sie es merkten, redeten sie erst recht und lachten sehr. Dann sagte eine: „Ein Berliner!" Das verstand ich, und es tat mir wohl. Dann sagte eine andere auf hochdeutsch und geziert: „Sie, Herr Berliner, wissen Sie, wie das heißt?" Damit zeigte sie auf das, was eine Kuh hinten in reichem Maße gerade fallen ließ.
Da lachten sie noch frecher. Dann fragte eine andere auch auf hochdeutsch: „Sie, Herr Berliner, wie heißt das, wo das rauskommt, was die Kuh fallen läßt?" Aber da fuhr der Kuhmeister dazwischen und brüllte was auf plattdeutsch, was ich wieder nicht verstand. Doch sie nahmen es nicht ernst und rebellten lustig weiter. Das war also mein erster Unterricht in der Sprache, die ich dann länger als fünfzig Jahre um mich hören und sprechen sollte.
Von Stund an hatte ich meinen Namen weg: der Berliner, der vornehme Justav, der feine Pinkel. Jaja, dachte ich in meinem Sinn, so ist das nun mit den Menschen: Für die Bauern, da bist du ein feiner Berliner, für die Berliner, da warst du bloß ein ordinärer Bauer! Es kommt im Leben und beim Ansehen des Menschen wohl allein auf den Standpunkt an. Bloß, ich hatte noch keinen.
Am anderen Morgen fuhr ich mit dem alten Mann nach Schwedt, wo ich mir noch etwas besorgen wollte. Der Alte hat auf dem langen Weg ununterbrochen zu mir geredet. Sicher hat er mir alles erzählt, was über das Gut zu wissen war. Ich habe nicht ein Dutzend Wörter verstanden. Er merkte es wohl endlich und hielt die Pferde an und brüllte mir was ins Ohr. Es war etwa

so: „Vor de Rode mök sick ein vörseihn!" Ich nickte und sagte: „Mujon nama ssylojki snili ssu", was der Anfang eines wendischen Spinnstubenliedes ist und soviel heißt: „Mir sang von fern die Nachtigall ..." Da ließ er beinahe die Pfeife fallen und sprach kein Wort mehr. Nachher erzählte mir mein Kollege, der Alte habe gesagt, die Berliner Sprache werde er nie und nimmer verstehen."

Ziffer 2

Heimweh

Die Woche verging mir so. Es arbeitet sich auch leicht, wenn zwei das tun, was einer tun soll. Dann ging mein Kollege. Die Arbeit schaffte ich schon, ich hatte auch herausgefunden, wie man manches leichter machen konnte. Ich war auch immer satt. Aber in meinem Innern quoll etwas hoch und stieß bis ans Herz, und übers Herz hinaus bis in den Hals. Ich erkannte es auch, es war das Heimweh. Alles fremd hier, keinen Menschen, mit dem man sich etwas erzählen kann, lauter Leute, deren Sprache man nicht mal versteht. Ich wollte weg. Ich glaube, das kommt auch mit davon, daß der Mensch, wenn er satt ist, am leichtesten vergißt, wie Hunger getan hat. Ich wollte fliehen. Nach Berlin. Nach Hause. Laß sie alle lachen! In der Nacht wollte ich türmen. Der Gastwirt würde mir meine Sachen nach Schwedt fahren.
Bloß den Park, den wollte ich mir noch ansehen. Mächtige alte Bäume, ganz seltene, die ich nicht mal kannte, blühende Apfelsinen- und Zitronenbäume, eine richtige Ananaszucht unter Glas, mitten im Park eine Kirche und zwei Karpfenteiche. Criewen war ein Edelsitz, wie es nicht viele gab in der Uckermark und in Pommern.
An einem Teich stand eine Bank, und ich setzte mich hin. Es war ein wunderschöner Sommerabend, so um halb neun. In meinem Herzen aber war Nacht und Heimweh. In meinem Herzen war Einsamkeit. Da war Reue. Siehe, dachte ich, solche Leute, die haben nun alles. Du aber kannst in diesem Leben gerade dein Brot haben. Solche Leute, die wissen in ihrem Reichtum und Glück und Stolz nicht, daß ein einfacher Mensch auch mal nach mehr verlangt als nach seinem Essen und seinem Bett. Es stieg mir ordentlich gallig auf, so daß ich gleich nach Berlin zurückreisen und dem Propheten Döring nun wirklich helfen wollte, die Welt zu reparieren, und sei es mit Gewalt.
Wie ich so saß, kamen ein Herr und eine Dame und setzten sich auch auf

die Bank. Ich dachte, das mag am Ende der Pastor sein mit seiner Frau oder der Lehrer mit der seinigen, und rückte beiseite. Vom Gut waren es keine. Da sie nichts sagten, dachte ich, es ist ihnen schenierlich, und stand auf. Da sagte der Herr: „Bleiben Sie ruhig!" Ich schüttelte den Kopf. „Meines Bleibens ist hier nicht."
„Gefällt es Ihnen nicht in Criewen?" fragte die Dame.
„Es ist alles so anders hier", sagte ich, „so fremd!"
„Ja", sagte er und lachte, und es sah hämisch aus, „Berlin ist das hier nicht."
Das ärgerte mich. „Wegen Berlin, da bin ich ja weggelaufen!" – „Wo sind Sie denn zu Hause?" fragte die Dame. Ich sagte: „Im Spreewald."
„Wie schön. Da kennen Sie sicher auch den Herrn Grafen in Lübbenau?"
Ich lachte ein weniges. „Ich kenne ihn wohl, bloß, er kennt mich nicht! Er kennt unsereinen bloß, wenn wir mit dem Pachtzins im Rückstand sind. Aber vielleicht ist das auch bloß sein Rentmeister."
Jetzt lachte der Herr froher. „Hier haben wir ja keinen Rentmeister."
„Nein", sagte ich, „aber der Rotbart von Verwalter scheint mir auch nicht so ohne."
Da fragte der Herr: „Arbeiten Sie unter ihm?"
„Nein, das nicht, ich bin der neue Milchpanscher. Ich habe ihm auch gleich zu Anfang ein bißchen Bescheid gestoßen. Jetzt sind wir ganz gut miteinander."
Da lachte der Herr ganz laut. „Dann sind Sie der erste, der das fertiggebracht hat. Ich placke mich schon zehn Jahre mit ihm rum und schaffe es nicht!"
„Entschuldigen Sie", sagte ich, „sind Sie auch bei ihm angestellt? Ich dachte, Sie wären der Herr Pastor?"
„Nein, direkt angestellt bin ich bei ihm nicht, aber ich habe mit ihm zu tun!" Er stand auf.
Da sagte die Dame: „Sie werden sich schon eingewöhnen. Wer da so still und allein im Park sitzen kann als junger Mann, der paßt nicht in die Großstadt."
„Ja", sagte ich, „der Park, der könnte einen schon festhalten. Die Herrschaften, die das haben anlegen lassen, die haben Geschmack. Geld wohl auch, denn was das alles so kostet. Bloß, gesehen habe ich noch keinen von ihnen in ihrem Park? Wie mag das zugehen?"
Die Dame sah mich gütig an und sagte: „Lieber junger Mann, vielleicht haben die Herrschaften nun wieder ein anderes Heimweh? Guten Abend!"
Ich stand auf und zog meine Mütze. Donnerwetter, wenn das der Lehrer war, der war besser als meiner. Aber was hatte er mit dem Rotbart zu tun?
Gleich darauf kam der Gärtner aus einem Busch. „Mensch", sagte er, „Sie

sind wohl nicht bei Trost? Stehen nicht mal auf und gehen weg! Da werden Sie wohl die längste Zeit hier gewesen sein!"
„Sie sind wohl nicht bei Trost", sagte ich, „da gibt es viele Bänke. Wenn der Kantor sich gerade auf diese setzt, wo ich schon sitze, da brauche ich doch nicht aufzustehen?"
Er sah mich ganz verbiestert an. „Der Kantor? Ja, wissen Sie denn nicht, wer da bei Ihnen gesessen hat? Der Herr Graf höchstselbst und die Gemahlin von Graf Harry. Sie wissen doch, der das mit Bismarck gehabt hat und Gefängnis gekriegt hat."
„Nein", sagte ich, als ich mich von dem Schreck erholt hatte, und ich verstand das von Graf Harry und Bismarck nicht, „da haben für mich bloß zwei Menschen gesessen."
Dieses verstand er wieder nicht.

Ziffer 3

Fischerin, du kleine ...

Aber ich hatte recht mit den Menschen. Am anderen Tag kam die zweite Mamsell, welche das Leinen unter sich hatte, in meine Stube, und mit ihr ein Hausmädchen. Die bezog mein Bett neu. „Nanu", sagte ich, „werden hier jeden Tag die Betten frisch bezogen?"
„Sagen Sie mal", fragte da die Mamsell, „was hat denn die Gräfin Harry an Ihnen gefunden?" – „Wieso?"
„Na, sie hat beauftragt, daß das blaue Kattunzeug von Ihrem Bett abgezogen wird und weißes daraufkommt. Gardinen sollen Sie auch welche kriegen." Sie holte Luft. „Die sollte hier man nicht so angeben, wo sie ihren Mann eingespunnt hätten, wenn er nicht ausgerissen wär." Sie machte ein schnippisches Gesicht.
Mich ärgerte die Klatscherei, und ich sagte: „Ich werde die Gräfin das nächste Mal danach fragen."
Erst sah sie mich verdutzt an, dann wollte sie sich totlachen. „Sagen Sie mal, Sie sind wohl auch so ein Stück Graf?"
„Jawohl", sagte ich ernst, „ich bin ein Graf aus dem Spreewald. Aber klatschen Sie da nun nicht auch darüber."
„Hören Sie mal –", doch da blieb ihr die Spucke weg.
„Jawohl", wiederholte ich und machte ein nebensächliches Gesicht, „wir

sind noch ein bißchen verwandt. So über Graf Harry. Ich hab nämlich auch was mit Bismarck gehabt. Ich bin Siebzig im Krieg gefallen, wir sind dann ganz verarmt. Aber das ist bloß vorübergehend!" Dabei seufzte ich ganz tief und wendete mich ab. Ich hörte aber doch, wie sie vor Schreck nicht weitermachten mit dem Bettbeziehen. Das Mädchen ging davon.
Die Leinenmamsell sagte: „Was ich da von der Gnädigen gesagt habe – nicht wahr, Sie erzählen es ihr nicht, Herr..." Ich zog die Stirne kraus. Da raspelte sie weiter: „Unsereinem ist es ja auch nicht an der Wiege gesungen gewesen. Mein Vater ist Hausbesitzer in Pützkow. Fischermeister ist er. Wir haben alle Bildung gelernt. Bloß, wir waren viele Kinder. Da mußte ich woanders unterkriechen. Aber für unsere Aussteuer, da hat Vater gesorgt. Arbeit schändet auch nicht. Wissen Sie, ich hab es Ihnen doch gleich angesehen. Das ist keiner von den Gewöhnlichen, hab ich zur Mamsell gesagt. Das spürt man doch gleich. Das hat mich auch nicht gewundert, gestern, daß die Herrschaften mit Ihnen zusammen gesessen haben. Der Gärtner hat es mir erzählt." Sie machte eine Luftpause. „Sagen Sie mal, sind Sie wirklich ein Graf, wenn auch ein armer?"
„Na", sagte ich, „nicht gerade Graf, bloß so ein von und zu."
„Sie heißen aber doch nicht so", bohrte sie weiter.
„Gott", sagte ich, „sind Sie aber dumm. Kann denn ein von und zu und sonst noch was als Milchpanscher gehen? Bloß, sagen Sie nichts, das hat mir die Gnädige ausdrücklich verboten. Wie heißen Sie denn, Fräulein?"
„Sophie Nickel", sagte sie schelmisch, „für die anderen heiße ich Fräulein Nickel, aber Sie dürfen ruhig Fräulein Sophie sagen, Herr – Herr –"
„Wenn Sie verschwiegen sind", sagte ich langsam, „dann dürfen Sie Herr Gustav sagen." Da bekam ich Tischtücher, Handtücher, eine Kommode. Alles durch Fräulein Sophie. Zwei Tage später kam der Rotbart. „Sagen Sie mal, lieber Grambauer", sagte er und schaute auf die Kognakflasche, die noch immer dastand, „Sie sind wohl ganz verrückt?"
„Ganz nicht, lieber Lenz", sagte ich.
„Ich heiße Herr Herbst", sagte er ärgerlich.
„Na ja", sagte ich auch ärgerlich, „das ist egal, es muß doch Frühling werden!"
„Sie sind wohl ein Spaßvogel?" fragte er.
Ich tat verwundert. „Sie merken aber auch alles!"
„Es dreht sich nicht um mich. Und wenn Sie das verrückte Weibsbild, die Sophie, verkohlen wollen, das nimmt Ihnen keiner übel. Bloß, machen Sie es halbwegs. Nämlich, das mit dem Grafen und der Verwandtschaft mit der Herrschaft, das geht zu weit. Das könnte Ihnen verdammt übel aufstoßen!"

„Hat sie Ihnen das alles erzählt?“ fragte ich.
„Noch viel mehr“, antwortete er, „der Mamsell hat sie erzählt, Sie wären Offizier gewesen!“
„War ich auch. Bei den Küchendragonern.“
„Mensch“, sagte er und lachte, „Sie gefallen mir immer besser!“ Dann wurde er wieder offiziell. „Bloß, ich warne Sie. Nämlich, die Herrschaften sind sonst gar nicht so herablassend. Das ist bloß, weil das mit Graf Harry passiert ist. Plötzlich gibt es auch für sie noch andere Menschen.“
Ich fragte ihn, was denn nun wirklich los wäre mit Graf Harry.
„Es hat doch in allen Blättern gestanden. Der Graf Harry ist ein Vetter von unserm Arnim. Er war Botschafter in Paris. Da hat er gegen Bismarck gearbeitet. Als sie ihn abriefen, hat er Papiere verschwinden lassen und allerhand über Bismarck erzählt. Jetzt hat er dafür fünf Monate Gefängnis gekriegt. Bloß, er ist nach England ausgerissen.“ Er machte ein dreckiges Gesicht. „Jaja, die kleinen Spitzbuben hängt man, die großen läßt man laufen.“
So war das also. Ich hatte wohl einen direkt traurigen Ausdruck.
Er stieß mich an. „Na, was haben Sie? Geht Ihnen das so nahe, daß mal ein Graf was abgekriegt hat?“
Am liebsten hätte ich ihm in die grienende Fresse geschlagen, weil er doch sonst immer schon von weitem dienerte, wenn er etwas Gräfliches erblickte, bloß, der Bart war so komisch. „Ich bin traurig, Herr Herbst, weil ich was Wichtiges nicht weiß. Darüber kann ich nicht schlafen. Darüber grübele ich jeden Tag. Es betrifft Sie.“
„Na los“, sagte er, „so fragen Sie doch!“
„Sie nehmen es mir auch nicht übel?“ Er schüttelte den Kopf. „Ich möchte gern wissen, wie schlafen Sie eigentlich mit dem langen Vollbart? Haben Sie den überm Deckbett oder unter?“
Einen Augenblick stand er da, als dächte er wirklich nach, als wüßte er es nicht. Darauf kriegte er einen roten Kopf. „Sie sind ein ganz frecher Bursche“, sagte er dann und drehte sich um.
Er war ein paar Tage böse mit mir. Dann stellte er mich. „Menschenskind, Sie sind ein ganz verrückter Hund. Jetzt kann ich keinen Abend einschlafen, weil ich nicht weiß, wo ich meinen Bart lassen soll.“
Bei alledem hatte ich mein Heimweh vergessen. Bloß, auf meine Bank am Karpfenteich traute ich mich nicht mehr. Als ich dann doch mal vorbeiging, wer saß da? Fräulein Sophie. Sie häkelte was. „Sie machen sich ja so unsichtbar“, sagte sie und rückte beiseite, als wäre sonst auf der großen Bank kein Platz mehr.
„Ach“, sagte ich, „ich wollte die Herrschaften nicht inkommodieren.“
„Die sind doch verreist“, sagte sie, „wissen Sie das denn nicht?“ Ich setzte

mich. „Eigentlich bin ich ja böse mit Ihnen", schmollte sie, „Sie haben mir schön die Hucke voll gelogen mit Ihrem Grafen! Sie sind ja gar keiner!" Ich machte einen verwunderten Blick. „Das habe ich auch nie gesagt. Ich bin bloß ein Herr von und zu!" Sie zeigte auf ihre Stirn. „Doch", sagte ich, „ich bin Herr von und zu Habenichts!"
Sie lächelte lieblich. „Das ist nun auch wieder geschwindelt. So einem Hergelaufenen hätte die gnädige Frau nicht das Bett weiß beziehen lassen. Sagen Sie mir doch aufrichtig, was sind Sie eigentlich?"
„Ein armer Junggeselle", sagte ich. Da schwieg sie still und häkelte emsig weiter.
„Gardinenspitzen?" fragte ich und blickte pfiffig. Sie wurde rot und machte schelmische Augen. „Richtig", sagte ich, „das sind am Ende gar weibliche Hosenkanten!"
„O pfui", machte sie.
„Wieso?" fragte ich. „Wovon soll unsereins so was kennen? Oder ist es wegen der Benennung? Dann sind es für mich also doch Gardinenspitzen. Für die Vorhänge am Tor zum Paradies."
Fräulein Sophie kullerte die Augen und senkte sie dann zu Boden. „Sie sind aber auch ein ganz Schlimmer, Herr Grambauer. An Ihnen würde mein Vater seinen Spaß haben. Den müßten Sie mal kennenlernen. Wissen Sie was? Kommen Sie nächsten Sonntag mit, da gehe ich nach Hause!"
Donnerwetter, dachte ich, die geht aber ran. Na, warum nicht, so ein bißchen scharmutzieren, das ist gut gegen das Heimweh.
„Sie werden sich schon bei uns heimisch fühlen", sagte sie schlicht.

Ziffer 4

Der Fisch springt von der Angel

Gleich nächsten Sonntag nach dem Essen gondelten Fräulein Sophie und ich los. Die Alte Oder geht dicht bei Criewen vorbei. Der Sohn vom Gastwirt, dem der Kahn gehörte, wollte uns hinrudern. „Lassen Sie man", wehrte Fräulein Sophie ihn ab, „das kann Herr Grambauer allein, der ist aus dem Spreewald!"
Er griente und stieg wieder aus. Als ich losfuhr, rief er hinterher: „Sehen Sie sich vor, daß Sie in Pützkow nicht ins Netz gehen, die Pützkower verstehen sich auf so was!"

„Er ist ein ungebildeter Mensch", sagte Fräulein Sophie. „Er hat mir einen Antrag gemacht. Aber so einen? Pfi – ich und in eine Budike! Mein Vater ist Fischermeister, dafür hat man seine Bildung nicht mitbekommen!"
Alle Wetter, so gegen den Strom rudern, das geht bei kleinem in die Knochen. Nach anderthalb Stunden kamen wir an ein paar kleinen Häusern vorbei, die mit dem Rücken direkt gegen die Bergwand gelehnt standen, welche da die Oder begrenzt. Eine schrecklich kahle und einsame Gegend. Wohl auch sehr arm. Ich legte mich noch einmal richtig ins Zeug, um rasch vorbei und nach Pützkow zu kommen. „Halt", rief da Fräulein Sophie, „nicht weiter, hier ist es ja! Ist es hier nicht schön? Das große Haus da, das ist unsers!"
Also man lernt doch nicht aus. Die Häuser waren alle eigentlich bloß Hütten, und das große von Fräulein Sophies Vater war ein klein bißchen größer. Ich sah das Fräulein an. Nein, die hatte mich gar nicht beschwindeln wollen, die glaubte in ihrem Stolz, ihre Heimat sei schön und sie stamme aus einem großen Haus. Siehe, dachte ich, sicher siehst du dich auch so an. Jeder hält seine Lage für die schönste. Ja, ja, der liebe Mensch – der eine ist krumm, und die anderen sind nicht gerade.
Als wir so die Dorfstraße entlang gingen, es waren ja bloß ein paar Häuser, da sagte Fräulein Sophie: „Das ist eigenartig, nicht wahr?"
„Ja", sagte ich, „die Häuser sind hier so schlank wie bei uns ein Flur."
„Das kommt daher", erklärte sie, „daß hinten gleich der Berg ist und vorn die Straße, da haben die Häuser in der Tiefe bloß eine Stube."
„Na ja, da könnten sie doch in der Breite was zunehmen."
Sie sah mich ein bißchen hilflos an. „Das schon, aber da war doch immer schon der Nachbar."
„Schön", sagte ich unerbittlich, „aber nach oben zu, da hatten sie doch Platz."
„Ja", sagte sie, „aber das ist hier nicht Mode. Man hat auch so sein Auskommen."
Ich mußte plötzlich laut lachen. Fräulein Sophie wollte wissen, warum es mir so wäre. Na warte, dachte ich, dir werde ich die Vornehmheit schon austreiben. „Es erinnert mich so an die Besenbinderhäuser bei uns zu Hause. Da fragte mal der neue Pastor so einen, wie er denn sein Auskommen habe. Das war Juro Plank. Der sagte zum Pfarrer: ‚Rechnen Sie sich das man selber aus, Herr Pastor, wo einem keine Handbreit Land ans Haus gehört. Vurne, da piß ich aufs Gemeindliche, hinterut, da kack ich aufs Gräfliche – wie soll da einer sein Auskommen haben?'"
Fräulein Sophie sah mich ganz entsetzt an. „Pfui", sagte sie dann und hatte Wasser in den Augen, „wie können Sie als ein gebildeter Herr so was Ordinäres zu einer Dame sagen."

Ich tat unschuldig. „Aber, Fräulein Sophie, das hat doch Juro Plank zu einem Pastor gesagt.“

Da kam ihr Vater aus dem Haus, ein ältlicher, kleiner Mann, der hatte auch in der Breite und in der Länge nicht genug mitbekommen. Das Mütterchen auch nicht. Aber es war sauber bei ihnen. Wir mußten noch mal Mittag essen. Gebratenen Fisch.

Dann machte Fräulein Sophie einen Spaziergang mit mir und war wieder ganz versöhnt. Wir kletterten auf den Bergrücken. Sie wollte mir die Sehenswürdigkeiten von Pützkow zeigen. Nämlich, daß man von da oben drüben am anderen Oderufer das Tal der Liebe sehen konnte.

„Aber das ist noch ein ziemliches Stück von hier bis ins Tal der Liebe“, sagte ich. Sie lächelte schelmisch. „Ach – die Liebe hat Flügel.“

Es war noch eine Sehenswürdigkeit, nämlich, vom Berg konnte man gleich aufs Hausdach gehen. „Ich wette“, sagte ich, „ich kann mit einem Satz über die Häuser weg bis in die Oder springen.“

„Sie Schelm“, sagte sie, „Raum ist in der kleinsten Hütte.“

Da machte ich ein gönnerhaftes Gesicht. „Eine Hütte ist Ihr väterliches Haus nun auch wieder nicht.“

Sie sah mich dankbar an, das Dussel. „Sie können es mir glauben, es ist ein richtiges Haus und keine Schulden drauf.“

Wir tranken Kaffee bei ihnen, es gab auch etwas Gebackenes. Dabei erzählte Vater Nickel von den Nöten der Fischerei.

„Vater hat es ja eigentlich nicht so nötig“, sagte Sophie rasch, „er ist auch noch Fährmann.“

„Man bloß“, sagte der Alte, „wer läßt sich schon von Pützkow übersetzen!“

Zum Abendbrot gab es zur Abwechslung gekochten Fisch. Die Sonne winkte zum Abschied. Wir machten unseren Kahn flott. Nachher ließ ich ihn treiben, weil nämlich Sophie sich an mich lehnte. Ein ganz nettes Fischchen, braune Augen, braune Haare, ob auch silberne Schuppen, na, ich glaube nicht. Ich hatte immer so einen Geschmack im Mund wie Weißfisch. Nee, dachte ich, wenn schon Fisch ohne silberne Schuppen, dann welchen mit Spreewaldsoße, da weiß man wenigstens, was man an der Beigabe hat.

Ziffer 5

Schuster-Predigt

Ich ließ den Kahn der Gefühle, in welchem Sophie saß, noch ein bißchen treiben. Bis mir Fräulein Sophie eines Tages ein Paket brachte, ich möchte es mit nach Schwedt zum Schuhmachermeister nehmen, der wüßte schon Bescheid.

Nun hatte ich in meinem Leben diese Beobachtung gemacht: nämlich, wie einer seine Schuhe trägt, so ist er in seinem Wesen. Wie er sie hält und wie er sie vertritt und wann er sie reparieren läßt, da kann einer eines Menschen ganze Art dran lesen. Besonders bei Frauen.

Ich meine das nicht bezüglich auf Leute, die kranke Füße haben, einen Ballen und so, nein, ich meine das bezüglich auf gesunde Füße. Da aber ist es egal, ob es sich um vornehme Leute handelt oder um einfache. Sieh dir ihr Schuhzeug an, sage ich, ihr Alltagsschuhzeug! Natürlich nicht die Arbeitsstiefel eines Ackerers, aber das, was die Menschen alle Tage beim Ausgehen und auch zu Hause tragen. Jawohl, auch die Hauslatschen. Dies zu besichtigen bei ihren Schätzen, das empfehle ich allen verliebten Männern. Sie sehen da ihre ganze Ehe vor sich, ihr Haus und Leben. Worte können täuschen, Briefe auch, Küsse desgleichen, Schuhe nicht.

Also erst mal, wie die Schuhe gehalten sind, ob sie schief sind an den Absätzen, übergelatscht im Fuß, gebrochen im Leder, und vor allen Dingen, wie sie geputzt sind. Heirate kein Mädchen, das ihre Schuhe bloß abwischt und denkt, ach, das sieht ja keiner, Dreck ist ja nicht gerade dran! Schaue nach, ob der graue Rand auf dem Leder am Hacken mehrere Tage dran bleibt, denn so etwas gibt es bei Frauen, die ansonsten keinen schiefen Hacken leiden können, kein bißchen Staub auf ihren Kleidern und Möbeln. Sie sind gefährlich, denn sie wollen in Absicht täuschen. Achte fein auf die Rille zwischen Sohle und Oberleder, und wo du tagelang eine feine, graue Schicht dort siehst, so sei überzeugt, du findest solche nicht nur hundertfach auf deinen Sachen später, sondern überhaupt auf deiner Ehe.

Versuche vor allen Dingen auch zu erspähen, wie das Innenfutter der Schuhe eines Menschen, an welchem dir liegt, beschaffen ist. Denn es gibt ihrer viele, die haben blanke Schuhe an, und sind solche auch nicht schief, aber inwendig sind sie ein Greuel. Diese Menschen flieh, denn es sind diejenigen, welche ihr eigenes Inwendig ebenso verbergen, weil es schmutzig, übelriechend und zerrissen ist. Ein ehrlicher Riester, der sich nicht verbirgt, ist der Beweis für eine nicht reiche, aber aufrechte Natur.

Laß dich auch nicht von solchen täuschen, so Geld genug haben, daß sie ihre Schuhe oft wechseln und immer neue tragen können. Bei denen achte auf die Form ihrer neuen Schuhe. Wählen sie übermäßig lange und spitze, so wisse, daß es Aufspieler sind, welche ihrer Kleinheit eine Elle zusetzen möchten und sich ein vornehmes Auftreten geben wollen, ob auch ihr gesundes Erdenwallen darunter leidet.
Wählen sie hinwiederum Schuhe, die neumodische und allzu breite Schnauzen haben wie Bulldoggen, so hast du die gleichen Menschen von der anderen Seite, denn es sind welche, so dartun wollen: Seht her, hier geht ein Mensch, der Kraft in sich hat und Gesundheit und ist erdeverwurzelt!
Siehst du neue Schuhe, deren Spitzen sich aufwärts richten wie ein Schusterdaumen, so wisse, daß da Menschen drin stecken, die krank sind an ihren Füßen oder an ihrer Seele. Dieweil sie nicht so auf die Erde treten können, obwohl sie es vielleicht wollen, wie ein Mensch das tun soll.
Ganz gefährlich aber sind jene Frauen, an welchen du Schuhe siehst, bei denen die Spangen oder der Ausschnitt den Fuß solchermaßen einschnüren, daß das Fett am Spann nur so rausquillt! Da fliehe, denn siehe, es ist Fett, welches sie aus Eitelkeit rausquetschen und dabei doch bloß ihre Dummheit bloßstellen, denn sie haben einen zu engen Schuh genommen, und sie haben ihn eben aus Dummheit genommen, da er ja ihre Absicht verrät, dich zu täuschen, und sie selber es nicht sehen, daß sie dich nun erst recht aufmerksam machen. Siehe, sie werden für ihre dumme Eitelkeit dir noch das Fett aus den Rippen schneiden. Vor solchen lauf, und wenn du die Hacken verlierst.
Beachte auch, wie die Schnürsenkel beschaffen sind und wie sie gezogen und gebunden sind, und ob Knoten drin sind. Du kannst an solchen alten Knoten eines Menschen Liederlichkeit erkennen.
Ach, meine Lieben, ich habe mir die Menschen wirklich darauf angesehen, und ich würde eher eine Frau genommen haben, die barfuß vom Felde kommt, als eine, so auch nur einen Tag ihre Schuhe nicht putzt. Achtet einander auf die Schuhe, es wäre noch besser, ihr achtet mehr auf die Füße. Und es wäre am allerbesten, die Menschen tauschten keine Händedrücke, sondern nackte Füßedrücke. Siehe, es gäbe weniger Heuchelei unter ihnen.
Als ich damals die Schuhe von Fräulein Sophie auspackte, freute ich mich. Sie waren nicht verlatscht und vertreten, und ihr Futter war in Ordnung. Es war lediglich eine Sohle durch, und das gehört sich nach einiger Zeit. Aber es war etwas anderes los. Nämlich, es trugen damals die Frauen so lange Röcke, daß man einen Schuh am Fuß kaum zu Gesicht kriegte.
Ich betrachtete nun die Schuhe von Fräulein Sophie und dachte: Das ist wohl

doch nicht möglich! Als ich dann die Schuhe vom Schuhmacher aus Schwedt zurückbrachte, machte ich den Karton wieder auf. Schwarze Lackschuhe, aber auch eine schwarze Gewißheit. Nämlich, der eine Absatz kurz, der andere dreimal so lang. Auch die Sohle dazu war dreimal so dick wie die vom anderen. Armes Wesen, dachte ich, du tust mir ja leid, denn ansonsten hast du ein ganz hübsches Gebäu, aber dieses gefällt mir nicht! So hielt ich den Kahn der Gefühle an. Und stieg aus.
Es war auch die höchste Zeit gewesen. „Wissen Sie", sagte einige Wochen später der Gastwirtssohn zu mir, „was die Plünnenmamsell erzählt? Sie hätten ihr einen Antrag gemacht. Aber sie hätte Sie abgewiesen. Sie sind ihr zu ordinär und ungebildet."
Ich lachte. „Dann passen wir ja gut zusammen, Hannes! Dasselbe hat sie nämlich auch von Ihnen gesagt."

Ziffer 6

Ein Schweinehund

Das mit meinem täglichen Fahren nach Schwedt war so: Eines Tages war der Rotbart zu mir gekommen. „Ich habe was für Sie, da können Sie sich noch etwas Geld zuverdienen." Ich plinkerte ihn mißtrauisch an. „Nein", sagte er, „wirklich." Bargeld verdiente ich von meinem Berliner Milchherrn fünfzig Mark den Monat, in Criewen hatte ich freie Wohnung, Morgenkaffee, Mittagessen, Abendbrot, dazu wöchentlich acht Pfund Brot, ein halbes Pfund Butter, ein halb Pfund Schmalz, einen Liter Trinkspiritus. Diese Naturalien verkaufte ich sämtlich. Aber Bargeld wollte ich ruhig mehr verdienen. „Es ist so", sagte der Rotbart, „der alte Vater Puhlke ist zu klapprig für das Milchfahren und das Abladen. Wenn Sie das selbst machen wollten? Die Pferde werden Ihnen vorgespannt, da haben Sie keine Arbeit mit. Was würden Sie dafür verlangen?"
„Was würden Sie dafür geben?" fragte ich.
„Nein", sagte er, „fordern Sie mal erst!"
„Na", sagte ich, „zwanzig Mark den Monat!" Und denke, er wird handeln.
„Ist gut", sagte er rasch, „abgemacht!" und hält mir die Hand hin. Als er raus war, wußte ich, der hat dich reingelegt, da ist ein Haken an den zwanzig Mark. Er war auch dran. Ein ganz großer.
Am anderen Morgen wollte ich losfahren nach Schwedt. Da kam ein Diener

aus dem Schloß mit einem großen leeren Wäschekorb. Dann kam ein Stubenmädchen mit einem Korb. Dann kriegte ich zwei Mappen, eine mit Post, eine mit Kontobüchern. Dann kamen der Rechnungsführer, der Förster, der Pastor, der Gärtner, der Lehrer, dann auch noch der Gastwirt und mehrere von den Arbeitern. Die hatten alle Wünsche und gaben mir Zettel mit. Ich wollte nicht. Da lärmten sie, das wäre immer so gewesen, daß der Milchwagen die Sachen mitbrächte.
Ich rief den Rotbart herbei. Der grinste bloß und sagte: „Abgemacht ist abgemacht."
„Na", sagte ich, „lange mache ich es aber nicht ab."
Ich wußte zuerst auch gar nicht, wo mir der Kopf stand. Es ging meine schöne Freizeit flöten, ich kam manchmal mittags nach Hause, und da standen meine Fässer noch ungescheuert, und ich mußte die Nachmittagszeit drangeben. Ich dachte nach. Bald hatte ich es. Ich sagte, ich würde das nicht mehr machen, ich hätte keine Lust, jeden Tag kaltes Mittagbrot zu essen.
Da sagte der Koch: „Wenn weiter nichts ist!" Und von nun an aß ich das gräfliche Essen, denn sie aßen immer erst um die Zeit, zu der ich heimkam. Das war natürlich was für meinen Magen.
Es war aber noch was Gutes an der Sache. Wenn ich mit den Geschäften in Schwedt monatlich fürs Schloß abrechnete, bekam ich jedesmal eine Vergütung von den Kaufleuten. Wein, Liköre, Delikatessen, Zigarren. Dann hatten viele der Criewener, die mitunter knapp waren, rausgekriegt, daß ich Kredit hatte in Schwedt. Sie fingen an bei mir zu pumpen, sogar der Lehrer und der Pastor. Da führte ich Kontobücher für alle ein und machte mich so selbständig. Nämlich, ich rechnete mit ihnen monatlich ab und schlug ein paar Prozent auf. Sie hatten auch nichts dagegen. Am meisten freute es mich, daß mir der Rotbart einen Vorteil gebracht hatte, wo er mich doch reinlegen wollte.
Es holte ihn dann aber rasch der Teufel. Das kam so, und ich erzähle es, weil es schier unglaublich ist für die Schlechtigkeit, zu welcher Menschen fähig sind. Also wir hatten eine Mamsell, und sie war wohl Anfang Vierzig und war eine Predigerstochter und gut zu leiden. Sie war ganz selbständig, denn die Gräfliche verstand von nichts was und war auch immer verreist. Da stand eine Mamsell nichts aus. Aber wohl doch. Nämlich die Liebe. Es kann aber auch sein, daß ein Mensch, der über die Vierzig ist und ist eine Frau mit liebevollem Gemüte, daß er Sehnsucht bekommt nach Eigenem. Da munkelte man, sie habe das Eigene in dem Rotbart gesucht. Der stand auch nichts aus in Criewen, denn der Graf kam höchstens mal auf eine Woche, und der Administrator konnte schalten und walten, wie er wollte. Er schaltete denn auch und waltete, wie er wollte.

Auf einmal hieß es, die Mamsell ist krank und muß in ein Krankenhaus. Da kam ihr Bruder, der auch Pastor war, und sie brachten sie nach Berlin. Nach acht Tagen hörten wir, sie ist gestorben. Da fragten sich alle, was hat ihr denn bloß gefehlt? Das wußte keiner.
So ungefähr acht Tage nach ihrem Tode kam ihr Bruder, der Pastor, wieder, um den Nachlaß zu holen. Dann ließ er den Rotbart ins Büro zum Sekretär rufen. Der Rotbart kam nicht. Ich traf den hilflosen Pastor, wie er den Rotbart suchte. Ich sagte ihm, er solle es doch dem Grafen melden, und da er zu schüchtern war, bat er mich darum. Da befahl der junge Graf, der vom Militär abgegangen war, dem Rotbart, zu erscheinen. Ich wollte nun weggehen aus dem Büro. Da sagte der Graf: „Bleiben Sie da und hören Sie mit an, wie ein Mensch zu einem Lumpen werden kann!" Ja, und dann hörte ich es mit an. Nämlich daß der Rotbart die Mamsell betört hatte, daß sie in ihre Tasche wirtschaften sollte, wie er es auch tat. Wenn sie genug hätten, dann würde er sie heiraten und sich selber ein Gut kaufen. Aber sie wollte nicht. Da umgarnte er das alte Mädchen mit dem Männlichen. Als sie sich trotzdem weigerte, unehrlich zu sein, drohte er ihr mit Anzeige. Da hatte er sie. Als sie die Folgen fühlte, schickte er sie nach Schwedt zu einem düstern Weibsbild, welches sie verpfuschte. Im Krankenhaus in Berlin hat sie alles ihrem Bruder, dem Pastor, gestanden und verlangt, er solle es dem Grafen und seiner Frau sagen.
„Und nun raus", sagte der Graf, „und nicht eine Stunde länger auf dem Hof!" Da schob der Rotbart ab und sagte nicht ein Wort.
„Er ist zu billig weggekommen, Herr Graf", sagte ich, „denn er ist ein Verbrecher."
„Gott wird ihn richten", sagte der Pastor sanft.
Vielleicht, daß Gott ihn gerichtet hat. Bloß, dann hat er sich viel Zeit gelassen. Der Rotbart nämlich ging einfach bis Schwedt. Dort kaufte er sich einen Gasthof und heiratete eine vermögende Witwe. Da es sich aber rumsprach mit seiner Unehrlichkeit, verkehrte keiner vom Lande bei ihm. Da schmierte er den Gasthof einem auswärtigen Käufer an und verdiente noch einmal dran. Dann ging er nach Hamburg und kaufte sich ein Hotel. Siehe, ich meine, wenn ich der Bruder Pastor gewesen wäre, so hätte ich mich als Gerichtsvollzieher Gottes gefühlt und den Burschen erst mal kaputtgeschlagen. Solches Vollstreckungsurteil hätte ich mir vom himmlischen Richter vorweg selbst ausgestellt. Mochten sie mich später da oben auch dafür herunterputzen.

Ziffer 7

Der Kahle Köter

Der Gutshof in Criewen hatte recht alte Wirtschaftsgebäude. Die waren dem jungen Grafen schon lange ein Dorn im Auge, denn sie störten das schöne Bild von Schloß und Park. Zum Betrieb gehörten zwei Vorwerke, davon hieß das eine Fuchsloch, das andere Kahler Köter. Als nun der Graf die Wirtschaftsgebäude in Criewen neu herrichten lassen wollte, da beredete ihn der Rotbart, lieber doch den Kahlen Köter auszubauen und den ganzen Wirtschaftsbetrieb vom Schloß und Park wegzunehmen. Das sei billiger und besser zu bewirtschaften. Der Graf ging darauf ein. „So wird der herrschaftliche Sitz viel schöner", sagte der Rotbart. In Wirklichkeit wollte er vom Schloß weg und glaubte, auf dem Kahlen Köter erst recht in seine Tasche wirtschaften zu können. Als dann alles für die Verlegung des Wirtschaftsbetriebes bereit war, passierte das mit der alten Mamsell. Es wurde ein neuer Verwalter angenommen, aber der Kahle Köter wurde die Zentrale vom ganzen landwirtschaftlichen Betrieb.

In meinem Leben begann damit ein neuer Abschnitt. Nämlich, ich mußte mit zum Kahlen Köter. Da war es erst mal aus mit meinem Warenhandel für Schloß und Dorf. Dieweil nun immer ein Diener nach Schwedt fuhr, denn der Kahle Köter lag drei Kilometer ab von Criewen. Wie sehr fehlte mir der Park. Und erst die Oder. Es war wirklich ein Kahler Köter. Und räudig war er noch dazu. Er lag in baumlosen Lehmbergen, nicht mal ein Garten war dabei. Das Gutshaus ein nüchterner Kasten und mit Pappe gedeckt, so auch die Stallungen. Da sollte ich nun wieder in Einsamkeit leben. Auch mein Betrieb taugte nichts. Die Kellereien dumpf und alles unpraktisch und billig eingerichtet. Das hatte alles der Rotbart besorgt und tüchtig daran verdient. Nicht ein einziges Mal hat er mich gefragt. „Nein", sagte ich, „ohne mich."

Da ich es laut sagte, hörte es ein kleiner, dicker Herr mit einem runden, roten, wetterfärbigen Gesicht und Glatze und kleinen Schweinsaugen. „Hören Sie", sagte er, „ich bin der neue Verwalter. Tun Sie mir den Gefallen und bleiben Sie wenigstens so lange, bis ich mich eingelebt habe."

„Dahier kann sich keiner einleben", sagte ich.

„Doch", bat er, „sehen Sie, ich meinerseits suchte gerade so etwas Einsames."

Also ließ ich mich breitschlagen. Bald hatte ich denn auch raus, warum er was Einsames suchte. Nämlich, er hatte eine andere Leidenschaft als der Rotbart. Das Geld galt ihm nichts, der war treu wie Gold, aber er trank. Ein

paar Wochen hielt er sich wacker. Dann ging es los. Zuerst mußte ich mal einen Kasten Bier mitbringen. Dann eine Flasche Kognak. Dann in der Woche zwei Kasten Bier. Dann jeden Tag einen Kasten Bier. Siehe, so überwand er die Einsamkeit, so zog er sein Laster nach in die Einsamkeit. Wie der Herr, so das Gescherr. Der Verwalter hatte bald keinen Geschmack daran, seinen Kognak und sein Bier allein zu trinken. Da mußte ich öfters mithalten. Auch der Inspektor. Am Tag, da hielt er auf saubere Arbeit. Trotz allem. Bloß, er konnte das wohl aushalten, in der Nacht kneipen und früh raus. Aber wir anderen nicht. Da ließen wir ihn doch wieder allein. Da trank er für zwei. Für drei. Für vier. Dann vergaß er einmal morgens das Aufstehen. Dann zweimal. Dann drei- und viermal. Dann kam es heraus. Erst besserte er sich. Dann fing er wieder an. Dann verpetzte ihn der Inspektor beim Grafen. Dann flog er.
Und warum verpetzte ihn der Inspektor? Weil er glaubte, so würde er nun Verwalter. Siehe, dachte ich, so sind die Menschen und machen noch eine Tugend daraus. Wärst du solchen Sinnes in Berlin gewesen, dann hättest du heute – aber das ärgerte mich. „Wenn Sie hier Verwalter werden", sagte ich zu dem Inspektor, „dann gehe ich als erster!" Aber er wurde nicht Verwalter. Da ging er. Ich wäre wohl dennoch gegangen, doch da kam das Wunder auf den Kahlen Köter und in mein Leben.

Ziffer 8

Ein paar Vergißmeinnicht

Ich hatte einen guten Bekannten, mit Namen hieß er Karl Kristen und war Maschinist. Eines Tages kam er an. „Ich weiß ganz was Neues!"
„Ist es auch was Gutes?" fragte ich.
„Das muß sich erst erweisen", sagte er. „Es ist aber mal was anderes."
Nun wurde ich neugierig. „Was denn?"
Er plinkerte. „Wir kriegen eine neue Wirtschafterin auf den Kahlen Köter."
„Na", sagte ich, „das ist auch recht was Besonderes. Will denn Mutter Hinsch weg?" Nämlich, Mutter Hinsch war die Witwe von einem Inspektor und führte auf dem Kahlen Köter die Wirtschaft.
„Nein", erzählte Karl Kristen, „aber der Graf sagt, sie ist dem Betrieb nicht gewachsen, hier muß eine her, die den Kerls auf die Finger sieht!"

„Das wird ein schöner alter Drache sein, Karl!“
Da lachte er bloß. „Das ist es ja, die Neue soll noch ganz jung sein!“
So was war ja nun noch nicht dagewesen, solange es Gutsbetriebe gibt.
Am andern Morgen kam sie an. Leider kam ich zu spät und verpaßte es. Ich luchste immer, wenn ich übern Hof ging, aber ich kriegte sie nicht zu sehen. Verdammt, denke ich, mal muß das Mäuschen doch aus dem Bau kommen! Karl Kristen war schon lange verheiratet, aber der schwärmte mir wunder was von ihr vor. Da kam er in meinen Betrieb gerannt. „Schnell, Gustav, sie geht gerade übern Hof!“
Ich raus, wie ich war, mit aufgekrempelten Ärmeln und Holzpantinen. Alle Wetter! Sie war nicht groß, wohl so Ende Zwanzig, mit ganz schlichtem, blondem Haar und eigentlich recht zart für solchen Betrieb. Ich mußte lachen, von wegen, daß die kleine Person sollte den Stall rauhhaariger Mannsleute in Ordnung halten.
Dabei hatte ich sie wohl etwas plump angeglotzt. „Warum lachen Sie?“ fragte sie und blieb stehen.
„Ich“, Herrgott, ich war ganz verdattert, wie sie mich so mit ihren blauen Augen geradeaus ansah. Aber so gar nicht böse, bloß verwunderlich. „Ach, Fräulein, ich habe, ich dachte ...“ Ach was, ich sage die Wahrheit. „Ich habe gelacht, als ich dachte, Sie sind hierhergekommen und sollen uns Respekt beibringen!“
Da sagte sie doch: „Wollen Sie mir das schwermachen?“ Himmelherrgott, ich dachte, jetzt lappt sie dich an, da sagt sie das so ganz einfach. Und sieht mich weiter so an. „Ich – nein – ich – verlassen Sie sich ganz auf mich!“
„Danke schön“, sagte sie und gab mir die Hand. Da stand ich denn und sah ihr nach.
Es war ein Funke ins Pulverfaß gefallen. Nein, das ist Unsinn, da hatte einer ebensogut Wasser in meinen Übermut gegossen. Mit dem Funken, das war so: ich war auf den ersten Blick verliebt. Mit dem Wasser aber war das so: ich dachte, das ist nun mal eine, die wäre die Rechte, bloß, da kommst du nie und nimmer ran! Da nahm ich die Mitte zwischen Funken und Wasser. Nämlich, ich nahm mir vor, ein ganz ordentlicher und ernstvoller Mensch in ihren Augen zu sein.
Karl Kristen hatte zugesehen. „Wie denkst du jetzt, Gustav?“
„Menschenskind“, sagte ich, „die hat mich ja ganz verzaubert!“
„Jawoll“, bestätigte er es mir, „die braucht keinen anzuschnauzen. Die hat so was. Wenn die einen ansieht mit ihren Vergißmeinnicht, da kann sie ja Schlangen und Löwen mit zähmen und hat doch eigentlich bloß was Bittendes drin.“
„Nein“, sagte ich, „es ist schlimmer, Karl. Sieh mal, bitten und schöntun,

das machen viele mit den Augen. Die hat aber was anderes drin. So was, als erwartet sie es einfach, daß ein Mensch anständig ist."
Er grübelte nach. „Bloß, da wird sie sich hier noch wundern."
„Du", sagte ich, „wenn da einer frech wird zu ihr, dem schlage ich alle Knochen kaputt!"
„Herrjemine", lachte er da, „du brennst ja schon wie ein Strohschober!"
Jawohl, ich brannte. Dabei kriegte ich als erster mein Fett von ihr. Indem sie es mir beschnitt. Das aber war so. Ich bekam auf je hundert Liter Milch zwei Liter Schwundmaß. Dabei kam ich nicht aus. Nämlich, wenn die im Kuhstall vermessene Milch nachher auf acht Grad herunter gekühlt wird, da verliert sie diese zwei Liter. Nun wird aber auch Milch verplanscht. Da hat denn mein Berliner Milchchef bei achthundert Litern Milch den Tag einen Schaden von mindestens zwei bis drei Mark. Die Milch vermaß im Kuhstall ein alter pensionierter Hofinspektor, Vater Hustelmann mit Namen. Ich war immer dabei. Nun hatte er zuweilen bei mir einen Likör getrunken und von meinem guten Tabak geraucht, denn von Moses war er man schwach gesegnet. Nun war er alt, und es wurde ihm sauer, die schweren Milcheimer zu heben und zu vermessen. Da nahm ich ihm die Eimer ab, denn das Alter sollst du ehren. Dabei zählte ich mir reell auf fünfzig Liter einen Liter zu. Aber wie das so geht! Wir klönten dabei, und so vergaß ich ab und zu, ob ich meinen Liter schon zugezählt hatte oder nicht. Um sicherzugehen, dachte ich dann immer, du hast ihn noch nicht zugezählt. So kam ich auf ein richtiges Schwundmaß. Na, auch ein bißchen darüber.
Vierzehn Tage mochte die neue Mamsell dasein, da steht sie doch wahrhaftigen Gottes mal im Kuhstall und sieht zu. Ich fühlte mich sehr geehrt. Vater Hustelmann auch. Er fragt ein bißchen. Sie erzählt, sie sei auch vom Lande. Ich messe nun und zähle dabei und verzähle mich wohl auch. Gott, wegen solch einer kleinen Person, die obendrein mit Vater Hustelmann plaudert. Plötzlich fragt sie: „Sagen Sie mal, wieviel Schwundmaß steht Ihnen zu?"
„Zwei Liter auf hundert", sage ich.
„Na", sagt sie, „dann können Sie entweder nicht zählen, oder Sie mogeln."
„Fräulein", sage ich und stelle die Kanne weg und fühle, daß ich rot werde, „da muß ich aber sehr bitten!"
„Das ist recht", sagt sie, „bitten Sie nur!" Dabei sieht sie mich wieder so selbstverständlich an.
„Herrgott", sage ich da und lache, „schließlich ist man ja auch noch ein junger Mann, daß man sich nicht sollte im Zählen verwirren, wenn Sie so dabeistehen."
Nun wurde sie etwas rot. Aber sie sah mich doch wieder fest an, als sie sagte:

„Dann haben Sie sich nicht nur verzählt, sondern auch verrechnet. Aber ich glaube, es wird nicht mehr nötig sein, daß ich dabeistehe.“ Dazu nickte sie freundlich und ging weg.
Himmeldonnerwetter! Ich konnte doch von Stund an den alten Vater Hustelmann nicht mehr bedimpeln. Der merkte schließlich was, ihm fehlte was, weil er jetzt etwas mehr hatte. So sind die Menschen. Er fragte mich: „Wieviel brauchen Sie denn Schwundmaß, um auszukommen?“ Ich sagte: „Drei Liter auf hundert.“ – „Ist gut“, sagte er, „sie hat mir anbefohlen, die kann ich zugestehen, das würde sie schon verantworten.“
Sie kriegte uns alle zahm. Sogar den neuen Verwalter, einen gnietschigen Griesebart. Ich war mit der Zeit in meinem Anzug ein bißchen liederlich geworden, alltags, in den Pausen. Für wen sollte man sich denn ordentlich machen, hier, auf dem Kahlen Köter. Jetzt fing ich wieder an, mich zu putzen. Aber sie nahm keine Notiz von mir. Bloß wenn ich aus Schwedt kam und was in der Küche abzugeben hatte, unterhielt sie sich immer ein bißchen mit mir.
Mußt sie mal ein bißchen ärgern, dachte ich, mußt den Stier mal wild machen. Ich hatte in Schwedt ein Paar knallrote Strümpfe gesehen. Die kaufte ich

mir und trug sie, wenn ich übern Hof ging. Richtig, einmal lachte das Mädchen, das immer meine Stube aufräumen mußte. „Was lachst du, Liese?" fragte ich.
„Ach", sagte sie, „es ist bloß, weil Sie wieder die dämlichen Strümpfe anhaben. Fräulein hat auch so darüber gelacht."
„So", sagte ich, „kann die auch lachen?"
„Aber sehr, sie hat gefragt, ob das ein verrückter Berliner ist. Ich hab aber gesagt, das ist ein Spreewälder. Sie hat gefragt, ob Sie schon länger hier sind. Doch, schon ein paar Jahre. Warum macht er sich dann aber noch so zum Affen?"
Da hatte ich es. Als das Mädchen weg war, zog ich die roten Strümpfe aus und warf sie in den Ofen.

Ziffer 9

Glocken auf dem Felde

Einmal nach dem Abendbrot saß ich mit Karl Kristen in meiner Stube. Es klopfte. Ich sperrte Nase und Mund auf. Da kam sie doch herein mit dem Mädchen. „Guten Abend."
„Oh, bitte, nehmen Sie doch Platz!"
„Nein", sagte sie freundlich, „ich habe nicht viel Zeit. Ich wollte bloß fragen, ob ich morgen mit Ihnen nach Schwedt fahren kann."
„Es ist mir eine Ehre", sagte ich. „Bloß, auf meinem Milchwagen? Sie können doch extra anspannen lassen, Fräulein!" Das wollte sie eben nicht, wegen der Ernte. Da sagte ich das nochmals von wegen der Ehre. Die Ehre, die ließ mich denn auch die ganze Nacht nicht schlafen. Kann aber auch sein, daß es schon die Liebe gewesen ist. Es ist schön, wenn es zusammenfällt. Es ist zusammengefallen.
Dieses merkte ich, als sie neben mir saß auf dem Milchwagen. Da konnte ich vor Aufregung nicht viel reden. Das Fräulein sprach noch weniger. Dabei fühlte ich mich, als sei ich der Graf und fahre Viere-lang in der Kalesche. Sie wollte zur Schneiderin. Da holte ich sie nachher wieder ab. Unterwegs sprachen wir etwas. Von der Stadt und vom Land. Ich sagte, um fein zu sein: „Ich bin lieber in einer Stadt."
Sie sagte: „Ich bin lieber in einem Dorf."
Ich sagte rasch: „Ich auch."

Da hat sie mich angesehen. Dann sagte sie nichts mehr.
Ich auch nicht. Der Weg ist mir sonst immer so lang vorgekommen und so weilig. Meine alten Krippensetzer konnten keinen Trab mehr machen. Heute, da gingen sie mir zu schnell, da wünschte ich direkt, sie hätten die Mauke.
Die Bauern waren schon im Korn. Als wir an einem vorbeikamen, der stillstand und seine Sense wetzte, sagte sie: „Das ist, als wenn Glocken gehen. Ich höre das für mein Leben gern."
Na, probierte ich, vielleicht hörst du es auch. Aber ich hörte bloß Sensen.
„Wenn ich die Augen zumache", sagte sie, „dann sehe ich immer unsern Herrn Jesus durch das Korn gehen, wie er die Ähren durch die Finger gleiten läßt. So ein Bild hatten wir zu Hause."

Ja, dachte ich traurig, und du in deinem Spreewald, da hast du bloß immer die Pschesponiza im Korn gesehen, die Mittagsgöttin, welche sie auch die Mittagsschleiche nennen.
„Wenn wir beteten", sagte sie, „unser täglich Brot gib uns heute, da sah ich im Geist immer das Bild. Wenn ich höre, wie sie die Sensen dengeln, dann habe ich immer das Gefühl, als müßten jetzt alle Menschen beten."
Ich blickte sie ängstlich von der Seite an. „Da waren Ihre Eltern wohl sehr fromm?" Ich wollte das rauskriegen, ob sie am Ende eine Pastörliche war. Aber sie sagte bloß, und es klang traurig: „Ich bin von klein auf Waise."
„Ich auch", sagte ich.
Da sah sie mich mißtrauisch an. Dann fragte sie: „Sie haben auch keine Eltern gehabt?"
Da sagte ich: „Mein Vater ist gestorben, da war ich zwölf Jahre."
„Und die Mutter?"
„Die Mutter", sagte ich, „die lebt, die ist gut zu mir."
Da wurde sie still. Dann sagte sie: „Wenn ich eine Mutter gehabt hätte, wäre ich nie fortgegangen von zu Hause."
Ich wollte sie fragen, wo sie ihr Zuhause hätte, aber da sie es so traurig gesagt hatte, wagte ich das nicht.
Siehe, so fuhren wir dahin, und es war ganz still mit uns. Bis es mir war, als hörte ich auch Glocken läuten.
Vielleicht träumte ich ein bißchen. Jedenfalls hörte ich die Glocken immer deutlicher. Darüber war ich glücklich in meinem Herzen und meinte gleich, es sind Hochzeitsglocken. Aber mit einem Male erschrak ich in meinem Ohr und vernahm, es waren bloß die leeren Deckel von meinen Milchfässern und die leeren Kannen auf meinem Wagen, die sich leicht aneinander stießen. Nein, dachte ich, den Traum, den laß man.
Der ihre frommen Glocken und deine Glocken, die schwingen nicht zusammen, so eine nimmt dich niemals! Da machte ich die Augen zu, denn ich wollte den Traum nicht lassen. Aber jetzt waren es keine Hochzeitsglocken mehr, es schepperte bloß so, wie ich mir denke, daß es eine Armesünderglocke macht.

Gustel aus dem Walde

In der ganzen Woche danach habe ich sie kaum gesehen. Wenn ich mir ein Gewerbe machte in der Küche, waren immer welche dabei, und sie sagte bloß kurz ja oder nein. Einmal traf ich sie auf dem Hof. Da sagte ich artig: „Entschuldigen Sie, Fräulein, aber müssen Sie nicht mal zur Anprobe nach Schwedt? Das Kleid muß nach meiner Berechnung doch soweit sein."
Da sah ich sie wirklich zum ersten Male lachen. „Daran habe ich gar nicht mehr gedacht! Aber schön, ich sage Ihnen Bescheid!"
Doch sie sagte mir nicht Bescheid. Eines Nachmittags spannte Karl Kristen den Jagdwagen an und fuhr mit ihr los. War ich da traurig in meinem Herzen. Nachher fragte ich Karl Kristen. Der lachte bloß. „Mensch, weine man nicht, die hatte ja tausend Besorgungen für ihren Wirtschaftskram!" Ich aber glaubte es nicht. „Wie heißt sie denn eigentlich?" fragte ich ihn.
„Ach", er lachte, „Auguste, und ist aus dem Wald. Da sagen wir immer die Waldguste!"
Ich erschrak. Dann aber wurde ich zornig. „Von wem ich das höre, dem schlag ich in die Fresse. Dir auch!"
Er zeigte mit dem Finger an die Stirn und ging. Da nannte ich sie für mich Gustel aus dem Walde. Bloß, warum vermied sie mich? Ob ich sie wohl mit etwas gekränkt hatte damals? Sie sagte mir nicht Bescheid. Dann nicht, dachte ich trotzig und ging nicht mehr über ihren Weg. Wohl an die vier Wochen. Aber es tat mir inwendig sehr weh. So war ich nun noch mehr einsam in meinem Herzen, als wäre ich selbst der Kahle Köter, so arm und so grau und so ohne Grünes. So nur ein Wirtschaftsbetrieb. Du wirst hier fortgehen, sagte ich zu mir.
Da ging ich eines Sonntags nachmittags nach dem Park. Aber nicht den großen Weg, sondern über einen Steig durch die Felder, denn ich wollte keinen Menschen sehen. So kam ich von hinten in den Park. Wer sitzt da auf einer Bank? Mein Fräulein. Ich grüße artig und will vorbeigehen. Da ruft sie mich an. Da bleibe ich stehen. „Habe ich Ihnen was getan?" fragt sie mich.
„Nein", sage ich, „das nicht. Aber es schickt sich nicht. Ich bin doch bloß ein Milchwagen!"
Sie sieht mich an mit den Vergißmeinnicht. Dann lacht sie. „Ach so, darum? Aber da irren Sie sich, Herr Grambauer, Sie sind kein Milchwagen, Sie sind das Pferd vom Milchwagen!" Und dabei lachte sie wieder.

Ich wollte noch was sagen, aber mir fiel nichts ein. Da ging ich weiter. Als ich längst fort war, da wußte ich das, was ich vorhin hätte sagen müssen. Nämlich, daß ich nicht mal das Pferd vor dem Milchwagen bin, sondern ein Ochse.
Ein paar Tage darauf klopft es bei mir. Mein Fräulein mit Liese. „Ich wollte fragen, wollen Sie so gut sein und mir morgen mein Kleid mitbringen?"
„Mein Gott", sagte ich, „haben Sie das noch immer nicht?"
„Nein", sagte sie, „ich habe gar nicht mehr daran gedacht."
Liese lachte und sagte, bei ihr wäre es anders, sie dächte dann bloß an das neue Kleid. Die Augen vom Fräulein spazierten in meiner Stube umher. „Sagen Sie, der Spiegel, wo haben Sie den gekauft?"
Da warf ich mich in die Brust. „Den hab ich gar nicht gekauft, den hab ich allein gemacht!" Da lenkte sie die Vergißmeinnicht wieder mitten in mein Gesicht. „Doch", sagte ich, „das ist mein Gesellenstück."
Ich sah, sie glaubte es. Ich hörte aber, daß sie sagte: „Warum sitzen Sie dann aber hier und kühlen Milch?" Aber sie merkte sehr wohl, wie mich das getroffen hatte, und sagte rasch: „Ich meine, da könnten Sie doch woanders mehr verdienen?"
„In der Stadt", sagte ich, „ich will auch wieder in die Stadt gehen."
Sie hatte sich in dem Spiegel verstohlen beschaut. „Das ist aber ein komischer Spiegel!"
„Das ist ein Hokuspokus-Spiegel, Fräulein", lachte Liese.
„Das ist ein Lebensspiegel", sagte ich. „Sehen Sie, da kann einer noch so'n bramsiges Gesicht machen, der Spiegel, der läßt sich nicht verblüffen. Der grient bloß, und wenn da ein Pastor oder ein Graf oder ein Kaiser davorsteht! Der hat mich auch schon manches Mal angegrient."
Das Fräulein machte ein ernstes Gesicht. „Nicht alle Menschen sind so, aber Ihr Spiegel macht alle zu Narren. Warum haben Sie ihn so gemacht?"
„Ich hab ihn gar nicht so gemacht, Fräulein, er hat sich allein so gemacht. Darum ist er ja ein Lebensspiegel."
Sie sah mich ganz groß an. „Dann will ich Ihnen man sagen, daß Ihr Spiegel eine schlechte Seele hat. Gott schuf den Menschen ihm zum Bilde, heißt es in der Schrift. Gottes Bild soll der Mensch nicht zur Fratze machen. Sie sind ein Ungläubiger! Darum haben Sie auch kein Glück gehabt in Ihrem richtigen Beruf. Es ist bloß schade um die schöne Holzarbeit. Kommen Sie, Liese!"
Wenn die jetzt geht, dachte ich, kommt die niemals wieder. „Da irren Sie sich, Fräulein", sagte ich daher rasch. „Da haben Sie mich falsch verstanden. Bloß, wenn einer sich so vor den Spiegel hinstellt, was kostet die Welt, bin ich nicht ein stolzer Herr, bin ich nicht eine schöne Frau, bin ich nicht ein gerechter Mensch, dann bloß grient er, darum ist er ein Lebensspiegel. Aber

er kann auch anders. Das hab ich alles am eigenen Leibe erfahren. Nämlich, wenn einer bescheiden und ohne Getu sich hinstellt und guckt bloß so in die linke Ecke unten und will bloß so bescheiden sehen, wie er aussieht, da grient der Spiegel gar nicht. Probieren Sie das mal!"
„Wahrhaftigen Gott!" rief Liese. Da probierte es Fräulein auch.
„Nämlich, das ist so", sagte ich und lachte, „wer sich bescheiden ans Leben rantraut, bloß so, als wenn er nichts weiter will, als nur mal sehen, ob er sauber ist, dem zeigt das Leben auch ein ganz klares Spiegelbild."
Sie haben dann noch eine ganze Weile probiert. Es war sehr vergnüglich. Bis sie sich umdrehte und sagte: „Da sollten Sie auch weniger über andere grienen, Herr Grambauer."
Ich war nun gar nicht mehr verlegen. „Ich hab auch eine linke kleine Ecke, wo ich ganz einfach und ehrlich bin, Fräulein!" Und ich zeigte auf mein Herz.
Dabei hatte ich wohl ein sehr bekümmertes Gesicht gemacht, denn sie sagte: „Über solche Possen kann einer allerdings nicht mehr grienen, da kann man bloß noch lachen!" Ich hörte sie denn auch noch beide lachen, als sie schon weit auf dem Hofe waren.
Anderntags holte ich das Kleid. Ich nahm den Karton erst mal mit in meine Stube und machte ihn auf. Wollte doch mal sehen, was das für ein Kleid war. Dunkelbraun mit hellbraunem Einsatz. Aber ich getraute mich nicht, es rauszunehmen. Mein Gott, dachte ich, sie ist doch noch so jung und trägt sich so ernst! Wie ich es wieder einpacken will, kommt mir ein Gedanke. Ich suchte in meinem Vorrat und fand eine schöne Schachtel mit Zuckerwerk und Schokolade. Die schob ich so mit unter. Beim Finden würde sie sich ja wohl was denken. Dann brachte ich den Karton rüber.
Ein Tag ging hin, noch einer, noch einer. Ich hatte keine Näherung gewagt. Aber sie nickte ganz freundlich. Da wurde ich dreister. Da wurde ich auch wieder ängstlich. Ich sagte mir: Was bist du bloß für ein Menschenkind, Fräulein! Wenn du meine Schokolade findest, da kannst du sie aufessen, aber auch ein Bedankemich übrig haben. Oder du kannst mir die Schokolade an den Kopf schmeißen und sagen: „Solche Frechheit, was erlauben Sie sich!" Bloß, so gar nichts von beiden – da soll einer sich auskennen.

Ziffer 11

Herz zwischen Faßmann und Laßmann

Vier Wochen gingen so dahin, und mittlerweile war es Herbst. Ich aber blühte in einen immer wilderen Frühling hinein. Hätte ich nun meinen Hof gehabt, die oder keine, und wenn ich sie hätte sollen in den Glasschrank stellen! Wenn ich nun Meister geworden wäre und hätte ein Geschäft gehabt, die oder keine! Ich sah sie als die Schönste an und von tiefem Gemüte, und sie hatte so barmherzige Augen. Da sah ich mich selber an, ganz aus der bescheidenen Spiegelecke meines Lebens, und konnte wohl sagen, schlecht bist du nicht, bloß ein armes Luder, ein Kahler Köter, und deckst das Spaßige über die räudigen Stellen. Ich kam in Versuchung, den Spiegel kaputtzuschlagen. Ich blaffte alle an, die mit mir zu schaffen hatten, auch Karl Kristen und den alten Vater Hustelmann. Ich wurde ein ganz zwieträchtiger Mensch. Am liebsten wäre ich in die Oder gegangen. Nein, sagte ich, es geht verkehrt zu im Leben. Ist ein Sinn in diesem, daß ich vom Lande weggelaufen bin und habe ein Handwerk gelernt und kann was und wollte etwas werden in der Stadt, daß ich zurück mußte aufs Land, aber nicht nach Hause auf den eigenen Hof, sondern in die armselige und traurigste Gegend in ganz Deutschland, wo ich zwischen Kuhstall und dieser armen Stube meine Lebensjahre vertrete?

Siehe, so denkt der Mensch in seinem trüben Herzen und sieht mit seinem trüben Auge nicht, wie Gott lenkt. Bei mir war es bloß der Liebesgott und hatte die Gestalt angenommen von Karl Kristen. Nämlich, dem hatte seine Frau das neunte Kind geschenkt. Des war er fröhlich, weil es endlich ein Mädchen war. „Du“, sagte er, „da habe ich was Extrafeines gemacht.“

„Das warte man erst ab“, sagte ich, „wie sie einschlägt. Mädchen sehen fein aus so bis an die Zwanzig, ob sie aber fein sind, dies erweist sich erst später.“

„Ach“, lachte er, „du bist ein Quatschkopf, das meine ich gar nicht, ich habe dir und Fräulein einen Gevatterbrief geschickt!“

Da war ich reinweg ohne Sprache. Dann sagte ich: „Die wird nicht annehmen, die ist zu fein, du bist bloß ein Maschinist.“

Er aber sagte: „Die ist zu fein, als daß sie absagt!“

Wahrhaftig, er hatte recht. Sie kam sogar eines Abends in meine Stube, aber wieder mit der dämlichen Liese, und fragte mich, was sie da alles zu machen hätte, sie wüßte nicht, was hier bräuchlich wäre, und hätte gehört, ich sei auch Gevatter.

Es wurde ein Fest wie bei einem Schloßgrafen, Karl Kristen hat sich arm gefeiert. Mehr noch als um sein kleines Mädchen hat er sich gefreut über mein großes Mädchen. Nämlich, er machte das so, daß sie neben mir zu sitzen kam. Es waren wohl an fünfzehn Menschen da. Na, wir haben den Täufling fein in die Kirche gebracht, ich ging neben meiner Verehrten bis zum Altar. Da ist mir ausgekochtem Lulatsch doch beinah schwach geworden. Nämlich, als wir so in die Kirche gingen, dicht nebeneinander, und beide so fein gemacht und ernst und die andern auch alle in Schwarz, und die Glocken läuteten und die Orgel fing an, da dachte ich einfältiger Mensch wieder in meinem hoffärtigen Sinn, ich stehe mit ihr allein vor dem Altar, und sie singen: „Wo du hingehst, da will auch ich hingehen!" Da habe ich mir doch die Augen auswischen müssen, ich alter Hund.
Wir haben gepräpelt und getrunken, und es wurde lustig. Wir sind über die Felder gegangen. Wir haben Kaffee getrunken. Wir sind wieder spazierengegangen. Dann kamen zwei Mann, einer mit einer riesigen Ziehharmonika, einer mit der Flöte. Bis zum Abendbrot haben sie man so gespielt. Dann wurde zum Tanz gerüstet. Fräulein wollte ein paarmal gehen, aber Karl Kristen ließ sie nicht weg. Da riskierte ich einen Tanz mit ihr. Na, vom Tanzen hatte sie nicht viel los, aber es war herrlich, so den Arm um sie zu legen. Dann geleitete ich sie nach Hause. Da bot ich ihr meinen Arm an. Da nahm sie meinen Arm an.
So gingen wir, und es waren wundervolle Schritte, denn der Mond stand groß am Himmel, und es war September-Ende. Sag ihr was, dachte es immerzu in mir, und das war Herr Faßmann, dann weißt du, woran du bist! Aber etwas hielt mich zurück, das war Herr Laßmann, und ich wagte es nicht. Ach was, flüsterte Herr Faßmann, drück ihr einfach einen auf! Damit sie dich verachtet, warnte Herr Laßmann. Da ließ ich es. Da fragte ich aber doch, woher sie stammte, und das fragte ich ohne meine beiden Berater. Sie erzählte, daß sie aus einem ganz kleinen Dorf ist, weiter im Pommerschen, mitten im Walde, und daß sie dort einen kleinen Hof hätte, und ihr Vater sei Schäfermeister gewesen und sei gestorben, als sie zwei Jahre alt war, und die Mutter, als sie acht Jahre alt war, und die Schwester hätte sie erzogen, aber nach der Konfirmation zu einem Pastor nach Fiddichow getan, dort habe sie die Wirtschaft erlernt. Dann sei sie auf eine Oberförsterei gekommen, mitten im Walde, dort sei sie gut mit der Frau ausgekommen, dann sei der Oberförster nach Ostpreußen versetzt worden, da habe die Frau sie vorher an ihren Bruder empfohlen, der war auch Oberförster, aber tief im Uckermärkischen, auch mitten im Walde. Da hätte die Frau gefehlt, nur eine große Familie, zwei Assessoren, drei Eleven, viel Arbeit, aber es wäre eine schöne Gegend gewesen, bloß, sie wäre weggegangen, weil die jungen Herren immer

hinter ihr her gewesen wären und schließlich sogar der Oberförster selber. So sei sie dann zu uns gekommen.
Ich erzählte auch alles von mir, mit der Bemühung, meine besten Seiten zu zeigen, und sagte zum Schluß bloß: „Nun sagen Sie mir noch eins, Fräulein! Waren Sie mir böse wegen der Zuckerschachtel?"
„Welche Zuckerschachtel?"
„Na, damals, in Ihrem Kleiderkarton!" Sie sah mich erstaunt an, das bemerkte ich im Mondschein. „Haben Sie denn die Schachtel nicht gefunden, als Sie Ihr Kleid auspackten?"
Da tanzte der Mond auf ihrem Gesicht. „Nein", sagte sie und lachte hell, „ich hab ihn gar nicht ausgepackt, das hat Liese besorgt!"
Ich stand da wie ein begossener Pudel und hätte die Liese umgebracht, wäre die mir jetzt in die Quere gekommen. Aber sie nahm mir das Versprechen ab, daß ich zu Liese nichts sagte. „Sicher hat sie es gut gemeint", sagte sie.
„Ja", maulte ich, „mit sich!"
„Nein", sagte sie, „mit Ihnen!"
„Wie denn mit mir?"
„Na, ich hätte Ihnen die Schachtel doch zurückschicken müssen. Gute Nacht, Herr Grambauer!" Ja, da hatte ich gar nicht gemerkt, daß wir schon zu Hause waren. Dabei hatte ich mir in der letzten Viertelstunde ganz fest vorgenommen gehabt, ihr etwas zu gestehen. Oder ihr gleich einen aufzudrücken. Nun war das auch hin. Bloß wegen dem Mißspaß, welchen sich die dumme Liese mit mir erlaubt hatte.

Ziffer 12

Bis daß der Tod euch scheidet

Oh, wie wunderbar, Herr, sind deine Wege! Wem die Liebe die Augen erleuchtet und lässet das Herz erblühen, dem wandelt sich ein Kahler Köter in das heilige Land und ein mit Pappe gedeckter Kuhstall in den goldenen Tempel Solomonis! Und er erkennt in seinem dankbaren Herzen, daß er seine verdrießlichen Schritte gegen seinen Willen in die graue Einsamkeit lenken mußte, damit er sein Glück finde im Unscheinlichen und sich damit schmücke inwendig und außen und ohne Trübung es trage zweiundvierzig Jahre. Und mußte es der Erde übergeben voll heißem Schmerz und durfte den Schimmer seines Glückes allein weitertragen noch achtzehn Jahre und

länger. Und wenn ich so sitze und es ausschreibe aus meinem Herzen, da denke ich oft, daß dieses Glück überhaupt nimmer wird vergehen können und wird dermaleinst müssen weiterblühen als Rosen auf meinem Grab, wie es blühte in den Augen meiner Kinder, wenn sie von ihrer Mutter sprachen.
Der Liese, dem Luder, habe ich es aber doch besorgt. Ich kaufte in Schwedt eine ebensolche Schachtel Zuckerwerk, wie die andere gewesen war. Als dann Fräulein mal wieder kam mit Liese, da holte ich die Schachtel vor. „Die hatte ich Ihnen mal zugedacht, Fräulein“, sagte ich, „die hab ich wollen in den Karton mit Ihrem Kleid packen. Aber ich muß das vergessen haben, denn wie sonst käm da noch die Schachtel her?“
Dabei hatte ich die Liese angesehen. Die wurde zuerst auch puterrot, dann lachte sie aber und sagte: „Das ist aber komisch!“
„Wieso?“ fragte ich.
„Na“, quiekte sie, „da war nämlich so eine Schachtel doch drin in dem Karton.“
„So“, sagte ich, „und wo ist die geblieben?“
„Die hab ich aufgefuttert“, sagte das freche Ding, „wenn Fräulein das gesehen hätte, die hätte schön geschimpft, daß Sie so frech sind und wollen ihr so was schenken!“
Da saß ich da mit meiner List. Liese, die griente dreckig wie eine Töpferschürze. Männerlist des Teufels ist, Weiberlist noch drüber ist.
Der Winter ging hin, ich weiß nicht, wie rasch. Bei kleinem waren wir uns doch nähergekommen. Bloß, wenn ich an die Zukunft dachte, hätte ich heulen mögen. Hier durfte wie auf den meisten Gütern nicht mal ein Inspektor heiraten, nicht mal ein Verwalter. Wie erst ich. Ich hatte auch noch nichts dergleichen anzudeuten gewagt. Bloß, dann im Frühling, da gingen wir öfters in den Park. Da sagte ich: „Wenn der Sommer kommt und die ändern das hier nicht mit dem Wasser, dann geh ich weg!“ Dabei sah ich sie an und wurde gewahr, daß sie einiges blaß wurde. „Tut es Ihnen leid?“ fragte ich. Sie sagte bloß: „Ja.“
Da nahm ich ihre Hand. Da ließ sie mir ihre Hand. Da drückte ich ihre Hand. Siehe, auf so altmodische Art hat sich mal ein Bauer in Sachen des Herzens verständigt. Da wollte ich natürlich nicht mehr weg im Sommer. Doch es trieb mich ein anderer weg.
Nämlich, in meinem Beruf war das so: Wenn ich im Sommer kein kaltes Wasser und kein Eis hatte, wurde mir die Milch sauer. Dann war sie unverkäuflich in Berlin, und es gab Krach mit dem Pächter. Ich hatte mir den Mund fusselig geredet wegen besseren Wassers und eines Eiskellers. Die im Schlosse hatten dafür kein Ohr, die hatten andere Sorgen, in der Familie. Also kam denn eines Tages mein Milchpächter und kündigte den Vertrag mit

dem Grafen. „Gehen Sie für mich nach Fliederberg“, sagte er. „Wo ist das?“ fragte ich. „Gar nicht so weit von hier“, sagte er. „Ich will es mir bedenken“, antwortete ich.

Es war mir sehr schmerzlich. Was sollte nun aus mir und meiner Zärtesten werden. Das waren meine täglichen Gedanken. Zusammenhalten oder trennen? Am Sonntag machten wir einen Spaziergang. Da fragte ich, und sie lächelte bloß. „Ich bin ein armer Schlucker“, sagte ich, „wann kann für uns die Zeit kommen?“

„Ich will warten“, sagte sie.

„Ich nicht“, sagte ich. Da gab ich ihr den ersten Kuß.

Ja, und dann erlebte ich eine ganz seltsamliche Verwandlung in meinem Gemüte. Zuerst, da war mit dem Kuß die Zukunft der Liebe in mich hineingesprungen wie ein Engel des Herrn, der wie ein Seraph nur immer himmlische Lobgesänge psalmodierte. Ich ging umher, wohl eine Woche lang, und dachte an gar nichts, ich fühlte dafür bloß alles. Niemalen wohl war über den Kahlen Köter und durch Criewen ein Mensch gegangen, der so voll Güte steckte und Wohlwollen zu aller Kreatur wie ich. Wenn Vater Hustelmann es hätte ausnutzen wollen, er hätte mich vorn und hinten beschuppen können. Die Brüder in der Dorfschänke nutzten es aus, sie spielten einmal sonnabends abends Schafskopp mit mir und betrogen mich nach Strich und Faden. Ich sah es wohl, aber aus lauter Güte wollte ich es nicht sehen, und damit sie sich hinterher kein Gewissen machten, gab ich sogar ein paar Stubenlagen aus und borgte dem Gärtner, der sich verheiraten wollte, zehn Taler für einen neuen Anzug.

Dann aber, als ich an die Zukunft des Lebens dachte, entfloh der Seraph aus mir, und es zog ein kriegerischer Erzengel ein oder ein Löwe. Denn noch einmal fragte ich mich: Was kostet die Welt? Und war gar nicht bange um die Zukunft. Erst die Frau, dann die Reparatur der Welt! Mit Gustel an der Seite, das möchte ich sehen, was mir da die Zukunft verbauen könnte. Und ich ging zum Grafen und stellte ihm vor, wie er sich schadete, wenn er nicht für besseres Wasser und für Eis sorgte. Und als es nichts half, da trumpfte ich auf, daß ich gehen würde. Da sagte er herablassend: „Wer reisen will, den soll man nicht hindern!“

Und dann entfloh der reisige Krieger oder der Löwe, und die Zukunft der Arbeit bezog in mir Logis als ein armer Sünder oder ein Kater, welchen man auf den Schwanz getreten. Nämlich, nun mußte ich ja fort, und wenn mir das auch nichts tat, außer daß es weh tat wegen der Trennung von ihr, so kam doch nun das ruhige Überlegen: Wo aber willst du so viel verdienen, daß du eine Frau wie diese begehren kannst? Ach, und da wurde ich ganz klein und hätte gar nichts dawider gehabt, wäre einer gekommen und hätte gesagt: Na, bleiben Sie schon hier! Da wäre ich doch in ihrer Nähe gewesen und hätte mich vielleicht durch ein paar Küsse wieder aufrichten lassen können. Mit Fliederberg, das war nämlich auch nichts weiter als eine Pleite.

Da faßte ich den Entschluß, es wieder in einer Stadt in meinem richtigen Beruf zu versuchen. Ich sagte es ihr. Doch sie lächelte und schüttelte den Kopf. „Unser Glück kann nur aus der Erde wachsen, Gustav!"

„Aber wo ist diese Erde?" fragte ich unwillig.

„Überall, wo sie von Pflastersteinen nicht verdeckt ist", sagte sie sanft. „Ich werde warten."

Die Wochen vergingen, dann nur noch Tage, nur noch Stunden. Wir waren oftmals in den Park gegangen, von Trennung aber hatten wir nicht gesprochen. Mir war das Herze schwer, aber bei so viel Zuversicht, wie sie in ihren Vergißmeinnicht hatte, konnte ich nicht von Abschied sprechen.

Wie wir nun so stehen, kommt eine schwarzgekleidete Dame und hat ein Mädchen von zwölf Jahren am Arm. Wir grüßen in Verlegenheit. Aber sie nickt traurig und doch freundlich. Dann sagte sie: „Sehen Sie, nun sind Sie schon zwei Jahre hier und hatten solches Heimweh!"

„Frau Gräfin", sagte ich, „morgen gehe ich nach Fliederberg."

Sie lächelte ein wenig. „Da wird es dann wohl kommen, daß Sie Heimweh nach hier haben!"

Als sie weitergegangen war, mußte ich erzählen. „Ja", sagte ich, „es ist die Gräfin Harry, der ein Vetter ist von unserem Grafen. Ihr Mann war großmächtiger Botschafter des Deutschen Reiches in Paris. Da wollte er anders als Bismarck. Da haben sie ihn abgesetzt. Da hat er sich gewehrt und es aus Papieren nachgewiesen, daß Bismarck auch mal anders gewollt hat als jetzt. Dafür haben sie ihn zu Gefängnis verurteilt. Da ist er ins Ausland geflohen. Von dort aus hat er sich verteidigt und die Papiere veröffentlicht, in denen das stand, was Bismarck früher gewollt hatte. Da haben sie ihn jetzt wegen Landesverrats zu fünf Jahren Zuchthaus verurteilt und ihm den Adel abgesprochen. Nun lebt er irgendwo in der Fremde, und seine Frau und seine Tochter kommen bisweilen nach hier. Sie wollten das Glück der Herrschenden genießen und es in Macht und Glanz pflücken und in einen Palast stellen, nun haben sie nichts in den Händen behalten als Schande und das Heimweh nach einem stillen Fleckchen Erde." Und ich erzählte, wie sie mich damals nach meiner Ankunft im Park angesprochen und ich sie beneidet hatte, weil ich glaubte, reiche und vornehme Leute wandelten über marmorsteinerne Treppen immer im Glück.

Wir standen still und schauten uns friedlich in die Augen. Aber in den Augen meines Mädchens waren Tränen, und sie sagte: „Die arme Frau!" Da fühlte ich zum ersten Male, was die Augen darstellen für den inwendigen Menschen und daß das Stille allein das Wahre ist. Mit meinem inwendigen Auge sah ich, daß die Stille das Fundament ist, darauf einer ein Haus bauen muß, soll das Glück darin wohnen. Denn das Glück ist wie ein Vogel, der mit dem stürmischen Winde fliegt. Aber niedersetzen tut er sich dort, wo es still ist. „Nein", sagte ich, „nun mag ich es gar nicht mehr abgeben!" – „Was denn?" – „Ach", sagte ich, „da hab ich einen Vers gemacht:

Und kehr ich zurück übers Jahr,
und hat sich bewährt dein Lieben,
und bist du treu mir geblieben,
dann treten wir zum Altar
übers Jahr."

Sie legte ihren Kopf an meine Brust und sagte ganz still: „Bis daß der Tod uns scheidet!"
Das war alles. Und es war keiner um uns als die Stille. Sie ist um uns geblieben die zweiundvierzig Jahre der Ehe, denn es hat niemalen ein lautes Wort zwischen uns gegeben. Heute denke ich in meinem Herzen, daß sogar das Unglück darauf Rücksicht genommen hat, denn wenn es bei uns eingekehrt ist mit Krankheit und Tod, ist es doch still gekommen und nur zu Besuch, und so ist auch noch das Weinen still gewesen, wie die Tränen still sind. Siehe, ich bin nur ein alter einfältiger Bauer, aber heute weiß ich, daß ein Weib, welches die Stille liebt, das beste Stück in die Ehe mitgebracht hat aus dem Paradies. Es stehet geschrieben in Korinther 13 Vers 13: Nun aber bleibet Glaube, Hoffnung, Liebe, aber die Liebe ist die Größeste unter ihnen! Da möchte ich es allen sagen, welche die Liebe suchen als einen großen zauberischen Baum, anzusehen als eine mächtige Eiche mit Lorbeerlaub und Goldorangen dran, daß sie in Wirklichkeit wächst als das bescheidene Blümlein Vergißmeinnicht und steht in der Wiese am Rand des kleinen Grabens. Und ist doch die Größeste unter ihnen. Also wohnet das große Herz wohl auch nur in einer stillen Brust. Also wohnet das große Glück wohl auch nur in einer stillen Stube.
Am anderen Morgen kam der Wagen aus Fliederberg. Meine Habseligkeiten waren bald verstaut. Noch ein verstohlener Händedruck. Aus einem Giebelfenster sah ein Mädchen und schwenkte still ein weißes Tüchlein. Das war der letzte Gruß, als wir vom Hofe um die Ecke fuhren. Es blieben da und fuhren mit: Glaube, Hoffnung, Liebe. Aber die Liebe war die Größeste unter ihnen.

DIE SECHSTE STUNDE

Ziffer 1

Erdflöhe mit zwei Beinen

Da saß ich nun auf einem Kastenwagen neben dem Kutscher und fuhr durch die gesegnete Uckermark. Mein bißchen Hab und Gut lag hinter mir im Wagen. Dafür war ich nun dreißig Jahre alt geworden, daß ich wieder mal ins Ungewisse fahren mußte. Und ließ mit jedem Dreh des Rades meine wirkliche Gewißheit immer hinter mir. Bandow, Selchow, Dobrow, Randemünde, Barnekow, Bietekow, Falkenberg ... „Mann Gottes", fragte ich den Kutscher, „wo wollen Sie denn mit mir hin?"
„Na Fliederberg", brummte der Kutscher, „noch eene gode Stunn."
„Was ist denn los in Ihrem Fliederberg?"
„Nischt."
Endlich bogen wir von der Chaussee links ab. Ein kleines Dorf war zu sehen. Eigentlich war es nicht zu sehen, weil es ganz von hohen Fliederhecken eingefaßt war. Aber sonst lag es in kahler Flur, auch so eine Art Kahler Köter, bloß daß sie ihm ein Halsband aus Fliederbüschen umgemacht hatten. Auf daß man von weitem nicht sehen sollte, daß er die Räude hatte.
Zuerst gewahrte ich eine große Scheune, dann die Schäferei, die Insthäuser, das waren alte Baracken, mit Stroh gedeckt, ein Kirchlein mit schönem Garten war auch da, weiter zurück eine Art Schloß, der Gutshof mit dem zweistöckigen Wirtschaftshaus, wieder eine lange Baracke mit Strohdach, noch eine große Scheune, eine Masse Ställe mit Pappdächern und ein Nebenhaus mit kaputten Ziegeln. Darin war die Stellmacherei, und davor hielten wir an. „Nanu", sagte ich, „ich bin doch nicht der Stellmacher." Der Kutscher griente: „Doar wohnt Sei." Er fing auch gleich an, meine Sachen reinzutragen. Nämlich in einen großen Raum neben der Stellmacherei. „Halt mal", sagte ich, „stellen Sie alles auf einen Haufen. Hier wird nicht erst ausgepackt!"
Die Bude war kahl, und Putz fiel von der Wand, und sie war so groß, daß

dreißig Mann darin hätten tanzen können. Ich ging ans Fenster und schaute auf den Hof. Da hatte ich ihn wieder vor mir, den Misthaufen. Das ist doch komisch, dachte ich, als Erstes zeigt dir der Himmel immer einen Misthaufen. Was will er damit sagen?
Indessen ging die Tür auf, und es kamen zwei Herren rein. Der eine war mein dicker Chef aus Berlin, der andere wohl der Gutsherr. „Ich hoffe", sagte dieser, „Sie werden sich wohl fühlen bei uns!"
Ich sah ihn patzig an und dachte: Warte, dir werde ich's geben. „Das habe ich auch gehofft, aber nun glaube ich es nicht mehr!" Ich bemerkte es, daß er sich verschrak. „In dieser Bude beißt mich das heulende Elend", sagte ich, „da packe ich lieber gar nicht erst aus!"
Er blickte umher und schüttelte den Kopf. „Eigentlich haben Sie recht, warum sieht unsereins das bloß nicht?"
Dieses hatte ich noch nicht vernommen, daß einer der Landherren so vernünftig redete. „Weil Sie keine Zeit haben", sagte ich höflicher, „weil Sie wegen der Leutenot zuviel andere Gedanken haben müssen. Allerdings, sähen Sie so was wie das hier beizeiten, dann hätten Sie und die anderen Gutsbetriebe weniger Leutenot und demzufolge mehr Zeit."
„Mann", sagte er da. „Sie sind sicher ein Berliner und haben keine Ahnung, wie es auf dem Lande zugeht."
Ich aber lachte. „Ich weiß sogar, warum so viele Klitschentüren auf dem Lande nicht bloß zugehen, sondern zugemacht werden."
„Ist gut", sagte er, „Sie bleiben hier und bekommen ein anderes Zimmer."
Und ich bekam eine schöne Stube im Gutshause neben der Stube der Mamsell. Dieselbe hatte leergestanden. Die Stube mein ich. Die Mamsell stand allerdings auch leer. Sie war Mitte Fünfzig und hieß Fräulein Schmidtchen aus Ostpreußen. Wir freundeten uns rasch an. Sie war eine Seele von einem Menschen, aber eine traurige Seele. „Ach", klagte sie, „wie wird das bloß mit den Menschen, die über ihrer Arbeit ihre Zeit verpassen? Ich bin gezogen, wie die Vögel ziehen, und suchte immer bessere Futterplätze. Nun werde ich alt und weiß nicht, wo ich mal etwas wie ein Nest habe."
„Wollen Sie denn hier weg?" fragte ich.
„Nein", sagte sie, „aber wer will einen alten Menschen behalten?"
Da dachte ich zum ersten Male darüber nach, daß auch dieses ein Greuel ist in der Welt, daß die Menschen sich mit ihrem Christentum brüsten und dulden es, daß jeder Mensch, der älter wird und ist noch so tüchtig und anständig, von Vierzig, Fünfzig an die schreckliche Angst haben muß, auf die Straße gesetzt zu werden und keine Stelle mehr zu bekommen. Wo aber soll er hin, wenn er keinen Anhang hat? Ich dachte an meine Mutter, die

mußte ebenso alt sein wie Fräulein Schmidtchen, und da trat unser kleiner Hof in meinen Sinn wie ein Hafen. Da erkannte ich, der Mensch muß zuerst ein eigenes Zuhause haben, dann kann er sogar abbrennen und trocken Brot essen. Fräulein Schmidtchen aber hatte nichts von meiner Erkenntnis, denn

es erging ihr später wirklich so wie tausend älteren Leuten: Sie haben keine Bleibe und sind zum Ziehen zu schwach, und wenn sie sich wo niederlassen, werden sie verscheucht. Und ist keiner, der sich ihrer annimmt.
Ich erkannte aber auch, warum die kleinen Höfe allerhand Stöße aushalten, die großen dagegen nicht. Nämlich, mein freundlicher Gutsherr war nur der Pächter des Gutes, und hieß derselbe mit Namen Amtmann Hinze und wohnte im Gutshause und hatte seine Familie aus Frau und drei Töchtern und seine Mutter bei sich und ließ seine beiden Söhne studieren. Und alle wollten nobel leben von den Erträgnissen des Bodens trotz der hohen Pacht, die zu zahlen war. Im Schloß aber lebte der Besitzer des Gutes und hieß mit seinem Namen Baron von Staven. Der hatte eine verdammt feine Frau, eine russische Fürstin, und seine drei Söhne waren Offiziere. Und alle wollten nobel leben von der Pacht, welche der Pächter zahlte, oder von dem, was aus dem Walde zu holen war. Und der Baron hatte einen Kutscher und einen Förster und eine Schloßbedienung. Und der Amtmann Hinze hatte auch sein Personal und noch Inspektoren und Mamsellen. Und alles sollte von der lieben Landwirtschaft ernährt werden und von dem, was an den Tagelöhnern noch gespart werden konnte. „Ich seh da nicht so sehr Landleute", sagte ich zu Fräulein Schmidtchen, „ich seh da mehr Erdflöhe. Wenn da mal ein nasses Jahr kommt, dann gehen sie alle hops."
„Um Gottes Willen", sagte sie, „unken Sie nicht, Herr Amtmann kann so schon die hohe Pacht nicht zusammenkriegen."
Eines Tages kriegte ich auf meiner Stube Besuch. Ich saß am Fenster und las ein Buch. Es war die Mutter von unserem Amtmann mit der Mamsell. „Ich muß doch mal sehen", sagte die alte Dame, „wie unser neuer Hausgenosse sich eingerichtet hat!" Sie drehte ihre spitze Nase in alle Ecken, dann sagte sie: „Ja, ja, die neue Zeit, die Ansprüche werden immer größer!"
Das ärgerte mich. „Es ist an dem, gnädige Frau", sagte ich, „aber glauben Sie mir, der Arbeiter sieht es partout nicht ein, daß er es von allen auf dem Lande am besten hat."
„Wieso?" fragte sie und war sehr verwundert.
„Ja", sagte ich, „die neue Zeit! Jeder Mensch lebt doch heutigentags über seine Mittel. Der Staat, der Städter, der Gutsherr, der Pächter, alle. Bloß der Arbeiter nicht. Aber warum nicht? I, er möchte wohl, aber dem borgt keiner was. Er kann also nicht Pleite machen und alles verlieren. Hat er da nicht ein viel schöneres und sicheres Leben als die anderen? Aber denken Sie, daß die einfachen Leute einsehen, wie gut sie es haben? Nein, da laufen sie in Versammlungen und fordern, daß sie es anders kriegen."
Da schob sie ab. „Mein Jottchen, Mannche", sagte nachher Fräulein Schmidtchen, „wie Sie ihr das so sagen können!"

Am nächsten Tage ließ mich der Amtmann rufen. Meinetwegen, denke ich. Er bot mir einen Stuhl an. „Ich will es lieber im Stehen anhören", sagte ich. Er sah mich verwundert an, dann lachte er. „Sie meinen, ich habe Sie rufen lassen, weil meine Mutter sich über Sie beklagt hat? Lassen Sie der alten Frau ihre Ansichten. Nein, ich wollte nur von Ihnen hören, wie wir die Milchgeschichte in Schwung bringen können. Ich muß Geld aus der Milch schlagen, sonst schaffe ich es nicht." Und dann fing er an, mir Vorschläge zu machen über seine Pläne und Maschinen. Ich schwieg still. „Gefällt Ihnen mein Vorhaben nicht?" fragte er ärgerlich.
Da sagte ich ihm, daß ich für das halbe Geld die Sache praktischer einrichten könnte, und setzte es ihm auseinander. Er war sehr erfreut, aber dann hatte er ein Mißtrauen. „Warum hat mein voriger Milchmann mir dann nicht von meinen Plänen abgeraten?"
„Das will ich Ihnen sagen, Herr Amtmann. Weil es Ihre Pläne waren, die Pläne vom Gutsherrn! Der Mann weiß aus Erfahrung, daß ein Gutsherr nicht gern einen Untergebenen um Rat fragt, weil er glaubt, er schädigt sein Ansehen. Andere Vorgesetzte sind wohl ebenso. Und sie nehmen es auch dem Untergebenen meist übel, wenn der von sich aus was Vernünftiges sagt. Das ist so mit Inspektoren, Landräten und vielleicht auch mit Königen. Aber das ist wohl auch so bei Arbeitern und Pferdeknechten und Kuhhirten. Nämlich, daß die nun auch wieder zu Hause alles allein verstehen und ihre Frauen und Kinder trietzen oder wenigstens über ihren Hund befehlen wollen. Das liegt wohl so in der menschlichen Natur."
„Menschenskind", sagte er, „Sie hätten sollen Pastor werden!"
Ich wehrte ab. „Nee, wenn ein Pastor so reden wollte, dann könnte er es auch bloß zu den unteren Menschen, und da würde es keinen Eindruck machen, weil sie denken: Aha, auch das gönnen sie einem armen Mann nicht, daß er in seinem Hause wenigstens was zu sagen hat! Und zu seinen Oberen darf der Pastor erst recht nicht so predigen, weil er Angst haben muß, sie schicken ihn weg. Na, und sein oberster Chef, welcher die Wahrheit und die Liebe ist, der kann ihn nicht zu solchen Reden zwingen, der wohnt zum Glück der Pastoren und Herren zu weit ab."

Es riecht nach armen Leuten

Der Amtmann muß wohl dem Baron was von mir erzählt haben. Der rief mich mal im Park an und fragte dies und das. Er war kränklich und langweilte sich. Da saß ich in der Freizeit oft bei ihm auf der Bank. Er hatte es wohl mit dem Rückenmark. Zuerst schimpfte er viel. Auf die Regierung, daß sie nicht für die Landwirtschaft sorgt. Auf die Verwalter, daß sie in ihre eigene Tasche arbeiten. Auf die Pächter, daß sie die Pacht drücken. Auf die Arbeiter, daß sie zuviel Lohn fordern.

„Aber, Herr Baron“, sagte ich, „Amtmann Hinze zahlt doch eine ganz schöne Pacht!“

„Ja“, nickte er, „aber haben Sie mal drei Söhne beim Militär.“

„I“, sagte ich, „dagegen gibt es doch ein probates Mittel, nehmen Sie sie weg vom Militär!“

Da schüttelte er ernstlich den Kopf. „Und wo soll ich sie hintun? Sie haben doch nichts anderes gelernt!“

„Ja“, sagte ich, „es muß sich mancher in einen anderen Beruf schicken, ich mußte es auch.“

„Meine Frau“, sagte er, „würde es nie erlauben. Was sollte ich auch mit ihnen anfangen!“

Ich dachte ein weniges nach. „Nehmen Sie sich einen tüchtigen Verwalter, und lassen Sie die Jungs ein paar Jahre als Eleven laufen. Wir sagen dazu Hofhunde. Morgens schon raus mit den Leuten und abends erst rein mit den Leuten. Da werden Sie bald merken, wer von den drei Bengels Sinn und Lust hat für die Landwirtschaft, denn wo das Auge des Herrn wacht, da geht auch der Betrieb. Aber es muß ein Herr sein und nicht bloß ein Besitzer, und er muß mit seinen Leuten arbeiten und nicht bloß befehligen.“

„Meine Frau gibt es nicht zu“, sagte er traurig.

„I“, sagte ich, „ich würde die Frau Baronin nicht erst fragen!“

Er blickte mich groß an. „Kennen Sie die Frau Baronin?“

Bums, da stand sie neben uns. Eigentlich sah ich sie zum ersten Mal. Sie aber sah mich gar nicht. Sie sah bloß ihren Mann. Und wie. „Das wird ja immer schöner“, krähte sie, „daß du hier mit zugereisten Menschen vertraulich wirst!“

Er sah mich hilflos an, aber ich war schon aufgestanden. „Lassen Sie man, Herr Baron“, sagte ich, „das bestätigt Ihnen bloß, was ich von der Ursache der Räude gesagt habe. Gott befohlen, Herr Baron!“

Damit wollte ich gehen. „Was unterstehen Sie sich“, lappte sie mich da an, „was haben Sie überhaupt hier im Park zu suchen? Wer sind sie überhaupt, daß Sie hier tun, als wären Sie unsereiner?“
Ich machte ihr eine Verbeugung. „Ich bin durchaus nicht Ihreteiner, Frau Baronin. Nämlich, ich bin in diesem Lande geboren und bin kein Zugereister aus einem fremden Land wie andere. Halten zu Gnaden, Euer Ungnaden!“ Und damit zog ich ab.
Ich erzählte es aber für alle Fälle Amtmann Hinze. „Die alte Schreckschraube hat Ihnen gar nichts zu sagen“, er lachte, „die behandelt mich genauso. Bei der fängt der Mensch erst beim Baron an. Nicht mal ein einfaches ‚von‘ genügt ihr.“
Außer bei mir fiel sie dann aber auch beim Kutscher des Barons in Ungnade. Der hatte eigentlich bloß mit dem Baron zu tun und mußte ihn jeden Morgen baden. Eines Morgens war eins der Kutschpferde krank, und da der Kutscher immer vorher die Pferde fütterte, beschäftigte er sich etwas länger mit dem kranken Tier. In der Eile vergaß er, sich für das Schloß umzuziehen.
Gerade den Tag kam die Gnädige ins Badezimmer. Sie fuhr den Kutscher sofort an, warum er so spät komme. Er sagte, was mit dem Pferde war. „Seit wann gehen die Pferde vor?“ keifte sie. Der Kutscher blickte den Baron an. Der nickte und sagte: „Er hat ganz richtig gehandelt, meine Liebe!“ Jetzt erst bemerkte sie, daß er nicht den Dieneranzug anhatte. Da rümpfte sie doch die Nase, schnupperte und sagte: „Es riecht hier so nach armen Leuten! Sind Sie das, Menke?“
Da richtete sich der Kutscher auf. „Ich will Ihnen mal was sagen, Frau Baronin. Wenn die armen Leute nicht wären, da bissen Sie die Läuse!“ Damit machte er sich über den Baron her und zog ihn aus.
„Muß ich mir das gefallen lassen?“ fuhr die Alte ihren Mann an. Der zuckte die Achseln und sagte: „Menke soll mich jetzt baden.“ Da rauschte sie hinaus.
Am Mittag kam das Stubenmädchen. „Vater Menke, Sie sollen sofort zur Gnädigen kommen!“
„Sie meinen, zur Frau Baronin“, sagte Vater Menke. Er ging aber hin. Sie verlangte von ihm, daß er in Zukunft stets gnädige Frau Baronin zu ihr zu sagen hätte. Da kriegte Vater Menke einen roten Kopf und antwortete: „Gott allein ist gnädig!“
Worauf er das Zimmer verließ. Worauf er seine sofortige Entlassung bekam. Von da ab arbeitete er beim Amtmann Hinze als Tagelöhner.

Grenzen im Revier

Es ist kein Kunststück, tugendhaft zu bleiben, wenn es keine Versuchung gibt. Es wäre wohl auch kein Kunststück, der Versuchung zu widerstehen, wenn es keine Eitelkeit gäbe. Und die schlimmste Eitelkeit ist diejenige, welche den Mann befällt, wenn ihm ein hübsches Mädchen verliebte Augen macht. Dann fängt er an, sein Gewissen zu beschwindeln, von wegen daß es keine Treulosigkeit ist, wenn er ein bißchen Spaß macht. Und schließlich sagt er sich die alte Lüge als Evangelium her: Einmal ist keinmal! Und plötzlich kann er das ganze Einmaleins nicht mehr richtig.

So weit ging es nun nicht bei mir. Aber die Versuchung war da. Und die Eitelkeit, die war auch da. Woraus hervorgeht: das hübsche Mädchen war auch da. Es war also nicht Fräulein Schmidtchen, deren Eingang dicht neben meiner Türe war. Die Versuchung hieß Ida, und ihr Vater war der Förster vom Baron.

Schuld aber hatte meine Liebe zum Walde. Nämlich, ich hatte viel Zeit und strolchte umher und wurde mit dem Förster gut bekannt. Einmal lud er mich ein, na, und da war die Frau Försterin da und eben Ida. Sie hatte braune Augen und schwarze Haare und war ein lustiger Kerl. Es kam dann so, daß ich mit dem Förster auf die Pürsch ging und hoffte, es dadurch auch bei ihr zu können. Zuerst ohne Gewehr. Er war aber ein witziger Hund und faßte mich beim Knopf und sagte: „Beim Jäger ist die Hauptsache, daß er einen guten Anstand hat." Ich verstand ihn denn auch.

Bloß, wie die Jäger sind: Ich hatte sein Vertrauen als ein ehrlicher Mensch erworben, welcher die Grenzen zu achten versteht, weil ich einmal auf der Jagd zur rechten Zeit nicht sehen konnte, wo im Walde die Grenze war. Dafür sah er nun immer zur falschen Zeit, wenn ich bei ihm zu Hause die Grenze überschreiten wollte.

Im Wald, das begab sich so. Er hatte einen Hirsch auf dem Kieker, der abends immer aus dem Luckower Gebiet auf das Fliederbergsche wechselte. Fünfzig Meter von der Grenze, hinter einem Dornbusch, hatten wir unsern Anstand in die Erde gegraben, so einen Meter tief. Den dritten Abend klappte es. Nach etwa zwei Stunden kam der Hirsch, ein ganz Gewaltiger. Er kam gerade auf uns zu, blieb dann stehen und sicherte. Da hatte mein Förster aber das Schießgewehr schon hoch. Der Hirsch machte kehrt, dann lag er.

„Gott sei Dank", sagte der Förster und sah mich tief an, „gerade noch *vor* der Grenze."

Ich sah auf die Grenze, ich sah auf den Hirschen, na, dachte ich, im Dunkeln kann sich auch ein Förster irren! Großvater Hussak hat sich wohl auch nur in den Grenzen getäuscht. Nämlich, der Förster hatte mir vor Tagen dic Grenze erheblich näher zu uns her gezeigt. Danach lag der Hirsch jetzt auf drübigem Boden.
„Ist gut", sagte ich, „aber besser ist noch, wenn wir ihn vorsichtig von der Grenze weg ein bißchen näher zu unserm Unterstand hintragen." Na, und dann habe ich so bei kleinem aus lauter Ordnungsliebe auch noch die Spuren auf der Erde verwischt. Das hatte ich noch so von Großvater Hussak, der war in der Beziehung auch immer sehr ordentlich gewesen. Aber wie gesagt, Förster Müller sah mich seit der Geschichte mit dem Hirschen an der Grenze für einen ehrlichen Menschen und zuverlässigen Freund an.
Übrigens solch Hirsch, der brachte was ein. Der Förster bekam sechs Mark Schußgeld, das Geweih und die Leber. Wir wollten uns die Leber gut schmecken lassen; leider schickte der Förster die Hälfte ins Schloß. „Die im Schloß haben keinen Anspruch darauf", sagte er, „aber sie erwarten es, es geht ihnen dreckig." Sicher hat die gnädige Hochnäsige noch genörgelt, daß sie nicht die ganz Leber bekam, obwohl sie nicht mal Anspruch auf den Zadder daran hatte.
Eigentlich aber wollte ich das von der Versuchung beschreiben, nämlich daß ich mit dem Förstertöchterlein ein bißchen scharmutzierte. Wir gingen auch mal zum Tanz im Krug, und ich schwenkte sie ganz tüchtig. Gustel im Walde konnte es ja nicht sehen, und es war ja auch beileibe keine Untreue. Allerdings auf dem Heimweg, da trat der Versucher aus Ida heraus und führte mich zwar nicht auf einen hohen Berg, aber dicht an Idas hohe Hügel und sprach: Dies alles will ich dir geben, so du niederfällst und mich anbetest!
Ich erschrak, denn ich fühlte, wie sich der Versucher in mir aufrichtete. Aber vielleicht weil ich ihm zu lange Zeit ließ zwischen Faßmann und Laßmann, sagte Ida: „Sie haben eine andere!"
Ich schwieg. Dennoch sagte sie: „Lügen Sie doch nicht!"
„Es ist an dem!" sagte ich kleinlaut, denn nun schämte ich mich meiner Unscham. Da war es aus. Dabei hatte ich mir das gerade von ihrem Vater merken wollen, wie man das macht mit dem Beachten der Grenze.

Die Jungfernschaftsversicherung

Meine Standhaftigkeit brachte mich vom Regen in die Traufe. Nämlich, es hatte sich langsam herumgesprochen: Er hat was mit der Försterstochter. Und nun sprach es sich rasch herum: Es ist aus mit den beiden. Die lieben Mitmenschen gaben auch gleich dem Mädchen die Schuld. Das ist so in aller Welt, daß immer die Mädchen die Schuld kriegen, wenn eine solche Sache auseinandergeht. Mich bedauerten sie alle und waren hinter mir her. Da hätte ich grasen und manches Blümlein dabei pflücken können. Eine, die stellte es ganz besonders pfiffig an, die war wohl so recht heißdurstig. Da muß ich heute noch darüber lachen.

Nämlich, der Stellmacher, der war so eine Art Freund von mir geworden. Er wohnte im Nachbardorf. Eines Tages erzählte er mir, in seinem Dorf wäre ein reizendes junges Mädchen, einzige Tochter, die Mutter hätte ein hübsches Häuschen, Garten und etwas Land, und Geld wäre auch da. Und wenn sich das Mädchen mal verheiraten würde mit einem geschlossenen Myrtenkranz, dann bekäme sie aus der Jungfernkasse in Gramzow sechshundert Mark.

„Donnerwetter“, sagte ich, „davon höre ich zum ersten Male, das ist ja ganz schlau, daß die Eltern hierzulande der Töchter ihre Jungfernschaft versichern lassen!“ Und ich meinte, daß die Burschen aus der Gegend wohl alle ausgewandert seien bei soviel Tugend.

„Ja“, sagte er, „es ist wohl mehr eine Einrichtung von den Herren Pastoren zur Hebung der Sittlichkeit.“

Ich rechnete hin und rechnete her, wie die Herren Pastoren wohl darauf gekommen sind, gerade runde sechshundert Mark als Taxe für die Jungfernschaft auszukalkulieren und warum nicht fünfhundert oder siebenhundertfünfzig Mark. Da ich noch kein Mädchen mit einer so taxierten und versicherten Unschuld gesehen hatte, reizte mich die Geschichte.

„Ja“, sagte der Stellmacher, „Sie können sich ja mal die Sache ansehen!“

Unterwegs fertigten wir tiefe Gespräche über die merkwürdige Versicherung, und was die schlauen Erfinder und Direktoren der Versicherung sich bloß dabei gedacht hätten. „Komisch ist es doch“, sagte ich, „nehmen wir mal eine Feuerversicherung. Wann wird ausbezahlt? Wenn man abgebrannt ist und Schaden hat. Eine Hagelversicherung? Wenn man verhagelt ist! Eine Unfallversicherung? Wenn man sich ein Bein gebrochen hat! Eine Sterbekasse? Wenn man ums Leben gekommen ist! Hier aber, bei der Jung-

fernschaftsversicherung, da soll das umgekehrt sein? Da kriegt man die Summe, wenn man nicht zu Schaden gekommen ist!"
Der Stellmacher schüttelte erstaunt den Kopf. „Aber es ist doch wegen der Vorsichtigkeit der Mädchen gemacht und wegen Verhütung der Unsittlichkeit!"
„Denn siehe", sprach ich weiter, „da müßten ja auch die Feuerversicherungen jedem, der zehn Jahre sein Gehöft vor Brand behütet hat, eine schöne Summe auszahlen, dafür aber einem, der abgebrannt ist, keinen Pfennig!"
Der Stellmacher dachte nach und sagte: „Da bin ich anderer Meinung bei Feuer. Da würden ja solche Versicherungen Pleite machen. Hingegen eine Jungfernschaft, die kann ein Mensch mit Willen bewahren, aber ein Haus gegen Feuer nicht!"
Da sah ich ihn an und sprach: „Da kennen Sie der Menschen Art nicht und nicht das Feuer der Liebe. Wenn das so richtig brennt, da kann das auch eine Versicherung nicht löschen, selbst wenn die Taxe tausend Mark wäre."
„Na ja", sagte er, „vielleicht brennt's wirklich bei ihr und will ihre Mutter sie auch darum bald verheiraten. Bloß, im Vertrauen, ich würd mich da an Ihrer Stelle beherrschen, ich würd da nicht in einer Viertelstunde sechshundert Mark verjubeln!"
Ich stimmte ihm bei, sagte aber doch dieses: „Ihre Rechnung stimmt nicht. Im Gegenteil, es ist so: der einzelne Sündenfall wird bei Wiederholungen immer billiger." Dabei hatte ich noch einen Gedanken. „Wer stellt denn überhaupt fest, daß die sechshundert Mark verjubelt worden sind?"
Er lachte. „Na, wenn da was Kleines ankommt, das genügt ja wohl als Beweis!"
„Wenn nun aber nichts Kleines ankommt?" fragte ich.
Er sah sich um. „Ich kann es Ihnen ja sagen. Meine war auch in der Kasse von Gramzow. Na ja, wir haben da also auch versucht, die Versicherung ein bißchen zu beschuppen. Die sechshundert Mark aus Gramzow, als uns Herr Pastor die nach der Trauung überhändigte, das war unser schönstes Hochzeitsgeschenk!"
Unter solchen liebreichen Gesprächen kamen wir nach seinem Dorfe. Wir gingen zuerst bei seiner Frau vor und dann zur Besichtigung des versicherten Gegenstandes. „Na, Mutter Klucks", sagte er, „ich muß Sie doch auch mal wieder besuchen." Sie tat sich niedlich und sagte: „Das ist aber eine Überraschung!" Dabei wußte ich, daß er uns angemeldet hatte. Ich tat mich auch niedlich. „Sie müssen entschuldigen, daß ich mitkomme, aber ich bin so viel allein." Da machte sie ein ganz bedauerliches Gesicht. „Oh, das ist nicht gut, daß der Mensch allein sei, und Sie sind doch ein ganz Ansehnlicher. Was sind Sie denn von Beruf?"

Warte, dachte ich, du Kanaille weißt doch alles ganz genau, denn es ist doch zwischen euch beiden verhackstückt, und er will sich doch einen Kuppelpelz verdienen. „Ich bin ein arbeitsloser Handwerksbursche“, sagte ich.
Erst war sie verblüfft, dann schaute sie auf den Stellmacher, dann prustete sie: „Das können Sie Mutter Lickefett erzählen. Die ist taubstumm. Sie sind doch der Fliederberger Milchonkel!“
„Wo ist denn Anna?“ fragte der Stellmacher.
„Sie kommt gleich“, sagte die Alte und nickte mir schwiegermütterlich zu, „sie macht sich bloß noch ein bißchen zurecht für den Besuch.“
Sie kam denn auch. Ganz nettes Gesicht. Bloß mächtig massiv. Ein weißes Kleid mit Rosa. Sie paßte darein wie eine Pellkartoffel in eine Schokoladentüte.
Die Alte hatte den Kaffee schon vorbereitet gehabt, Kuchen war auch gebacken. Sogar ein Schnäpschen stand da. So unvorbereitet waren wir gekommen. Das Kälbchen aber war recht schüchtern.
Nun wollte ich der versicherten Unschuld doch mal in die Augen schauen, um zu sehen, wieviel sie riskierte. Sie aber senkte den Blick fest auf ihren Schoß, als müßte sie ihre Mitgift bewachen. „Man könnte rein glauben“, sagte ich, „Sie schielen, Fräulein!“
Da riß sie vor Schreck endlich die Augen auf. „Sie sind mir aber einer!“ sagte sie. Das war alles.
„Wenn es Ihnen bei uns gefällt“, sagte die Alte rasch, „können Sie ja öfters kommen!“
„Meinen Sie das auch, Fräulein?“ fragte ich. Da wurde sie noch roter.
Da sagte ihre Mutter ärgerlich: „Benimm dich doch nicht so dumm, Anna!“
Als die Damen zum Abendbrotmachen rausgingen, sagte der Stellmacher: „Na, ist das eine Sache, oder ist das keine Sache, ha?“
Ich sagte: „Wissen Sie, das Bauer gefällt mir ganz gut, aber der Vogel, der darin sitzt – so breit wie lang, ein ausgestopfter Wollsack und ebenso dumm.“
„Ja“, sagte er ärgerlich, „alles Gute ist nun ja nie nicht beisammen.“
Also wir mußten auch noch Abendbrot mitessen. Dann aber wollte ich gehen. Ich hatte genug von dem Spaß, und die Sache wurde langsam unheimlich.
„Aber warum denn so eilig?“ fragte die Alte gieprig. „Sie können doch die Nacht hierbleiben und morgen früh mit Herrn Rattke zusammen nach Fliederberg gehen.“
Donnerwetter, dachte ich, die geht aber ran. „Ja“, sagte ich, „dies wäre mir aber doch zu beunruhigend und aufregend, so allein mit zwei Damen die ganze Nacht. Da bin ich zu schüchtern. Es ist wohl auch nicht schicklich, so gleich das erste Mal.“

„I mein, einmal hat jeder anfangen müssen", antwortete die Alte.
Anna schaute noch immer verschämt in ihren Schoß. „Nein", sagte ich, „wenn ich morgen früh die Zeit verschlafe, ist der Teufel los. Ich will jetzt lieber gehen."
Die Alte machte ein wehleidiges Gesicht. „Das ist aber schade. Ich mag Sie eigentlich ganz gern. Anna, du kannst ja Herrn Grambauer noch ein Stück bringen!" Mein Gott, dachte ich, du ersparst mir aber auch nichts.
Also Anna brachte mich ein Stück. Und man sollte es nicht glauben, unterwegs im Dunkeln konnte sie direkt das Maul aufmachen.
Bloß, ich sagte bald: „Nun müssen Sie aber umkehren, Fräulein, es ist ja schon dunkel, und wenn da Ihrer Versicherung was passierte ..."
„Ach", sagte sie verschämt, „Sie sind aber auch einer. Und ich danke auch schön. Und besuchen Sie uns bald wieder!"
Die zweite Woche nach dem Besuch kam der Stellmacher und brachte mir einen Brief:
„Lieber Herr!
Nehmen Sie es mir nicht übel, daß ich ein bißchen schüchtern war, als Sie uns besuchen taten. Sollten Sie uns mal wieder besuchen tun, so werde ich mich von einer besseren Seite bezeigen. Ich bitte wenn möglich am Sonntag, da habe ich Geburtstag. Und grüßt Sie herzlichst Ihre Anna K."
Einige Jahre später, als ich nicht mehr in Fliederberg war, traf ich den Stellmacher und fragte: „Was macht denn die Anna?"
„Ach", sagte er, „das ging damals wegen Ihrem Wegbleiben böse aus. Mutter und Tochter zankten sich. Du bist zu aufdringlich gewesen, schimpfte die Tochter. Du bist zu dämlich gewesen, schimpfte die Mutter. Da ging Anna weg, in Stellung nach Lunow, zu ihrem Onkel, der da eine Bäckerei hatte. Er hatte aber auch einen Gesellen, und der heizte nicht bloß den Backofen ein, und der backte nicht bloß Schusterjungs. Na, jedenfalls sparten sie der Jungfernkasse in Gramzow die sechshundert Mark. Darüber hat die Mutter am meisten geschimpft. Aber Gottes Segen war bei ihnen. Der Geselle war ein anständiger Kerl und heiratete Anna. Dann gab ihnen die Alte das Grundstück, und sie eröffneten da eine Bäckerei, und nun findet man bei ihnen frische Schusterjungs und dicke Bäckerjungs."

Die Sintflut

Ich habe es in Berlin mit angehört, wie sie schimpften auf die habgierigen Bauern, welche das liebe Brot so verteuern. Ich habe es auf dem Lande mit angehört, wie sie schimpften auf die habgierigen Städter, die ihnen die Arbeiter wegnehmen und dadurch das Brot verteuern und dann noch nicht mal das Korn richtig bezahlen wollen. Ich mußte in meinem Herzen gestehen, sie hatten beide recht. Ich konnte in meinem Kopfe aber nicht herausfinden, wie man es anders einrichten kann. Bloß, daß es vom Schimpfen allein nicht besser wird, das sah ich ein.

Da war vom Frühjahr ab ein Regentag nach dem anderen gewesen. Als dann das bißchen Korn dennoch reif war, wurde das Wetter ein paar Tage zuversichtlich. Da fehlten die Arbeiter, das Korn zu mähen. Sie waren noch immer in die Städte gelaufen, obwohl es dort schon lange keine Arbeit und kein Brot gab. In Tag- und Nachtarbeit und mit Überlohn kriegten wir den Roggen runter. Ich arbeitete in meiner freien Zeit mit, erst als Inspektor, dann mit der Sense.

Endlich stand das bißchen liebe Korn auf dem Felde fertig zum Einfahren. Wir hatten gerüstet, da ging es wieder los mit dem Regen. Es regnete Mist. Einen Tag, zwei Tage, eine ganze Woche und darüber. Im ganzen zwölf Tage hintereinander. Also Zähne zusammen und alle Mann raus und das Korn umsetzen, denn es war durch und durch naß. Wir kriegten die Arbeit bei schönem Wetter fertig, es trocknete fein ab, wenn auch der Ertrag immer weniger geworden war.

Also wieder los zum Einfahren, wir hatten über tausend Morgen Roggen. Am selben Tag ging es aufs neue los mit dem Regen und noch vier ganze Tage. Da setzten wir das nasse Korn nicht mehr um, sondern ließen es so trocknen.

Endlich wollten wir einfahren. Ich ahnte allerlei, aber dieses war furchtbar. Alle Garben waren zusammengewachsen, einer mußte die Mandel halten, der andere riß die Garben weg. Amtmann Hinze kriegte das Weinen und lief vom Feld. Mir war es auch zum Heulen.

Im Gutshause lief alles umher, als wäre einer gestorben. Ich sah den Baron traurig im Park sitzen. Er winkte mich heran. „Ist es wirklich so schlimm?“ fragte er. „Ja“, sagte ich. „Dann kann er doch keine Pacht zahlen?“ fragte er bänglich. „Nein“, sagte ich. „Aber er muß zahlen“, sagte er weinerlich, „sonst können wir alle einen Strick nehmen!“ Nun, die Fliederberger nahmen

noch keinen Strick, aber sie mußten wie viele andere wegen dieses Sommers den Wanderstab nehmen, der dann im Winter eigentlich nur noch ein Bettelstab war.
Wir also hofften zuerst noch. Es wurde gedroschen, aber keine Mühle wollte das Zeug mahlen, weil das Korn sich zwischen den Steinen festsetzte. Und dann die armen Bäcker, die das Mehl zu Brot backen sollten. Ja, die backten Brot. Aber was für welches. Nahm man ein Messer und schnitt ein Brot durch, dann konnte man Wasser ausschütten, alles war blau und klitschig.

Darum auch wollte kein Händler das liebe Korn kaufen, nicht mal geschenkt wollten sie es haben. Mit der Weizenernte kam es geradeso. Der Winterweizen konnte noch einigermaßen untergebracht werden. Sommerweizen aber, Gerste und Hafer, davon ist das meiste auf dem Felde verfault. Es konnte nicht mal als Viehfutter verbraucht werden. Aber die Pacht mußte aufgebracht werden, denn die im Schlosse gaben nicht nach, sie sagten, sie hungerten auch. Alles schlich umher und hielt den Kopf geduckt vor der Not, welche schwarz heraufkroch über Fliederberg und die Uckermark und die Existenz von Tausenden von Menschen vernichten wollte, wie das Unwetter es mit dem Korn auf dem Felde getan.
Damals las ich in der Zeitung zum ersten Male eine Reichstagsrede von meinem ehemaligen Freund Döring aus Berlin. Er führte den Getreidemangel und den hohen Preis auf die habgierigen Junker und Bauern zurück, jawohl, er nannte auch die Bauern habgierig, forderte noch mehr Einfuhr vom Ausland, Abschaffung der Zölle und drohte mit Rebellion und Enteignung. Da sitzen sie und prassen auf ihren Gütern, hieß es in der Rede, und der Arbeiter in der Stadt kann hungern und Unrat essen! Wie ist das möglich, dachte ich und schlug in Wut auf den Tisch, und wohin soll dies führen? Wie kann er so reden, ohne etwas von der Wirklichkeit zu wissen? Denn siehe, ich kannte ihn doch, und ich wußte doch, er sagt es aus ehrlichem Herzen. Als ich ruhiger war, setzte ich mich hin und schrieb ihm an den Reichstag einen langen Brief und verlangte, die Menschen sollten nicht bloß alles von ihrem Standpunkt aus betrachten, denn er sei oft bloß so groß wie ihre beiden Füße. Und ich schilderte ihm, wie es in Wahrheit aussah bei uns, und lud ihn ein, uns zu besuchen, denn er hätte ja freie Fahrt. Ich schrieb auch noch, er schade doch seiner Politik der Weltreparierung, wenn er so ganz an der Wahrheit vorbeirede, dieweilen doch jeder Tagelöhner es nachprüfen könne. Er hat mir nicht geantwortet. Jedoch ein paar Jahre später, da besuchte er mich heimlich und als Flüchtling. Aber alles zu seiner Zeit.
Also unser Amtmann mußte die Pacht aufbringen, denn der Baron schonte ihn nicht, weil die Gnädige das nicht wollte. Da mußte der Amtmann sang- und klanglos und mit vielen Schulden das Gut verlassen. Er ging zu seinem Bruder nach Barnekow, der nahm ihn als Inspektor an.
Den Baron hatte das so aufgeregt, daß er starb. Denn er hatte nun zwar etwas Geld bekommen, aber er hatte keinen Pächter. Sein ältester Sohn kam nach Hause, der war Rittmeister und wirtschaftete nun selbst. Aber er verstand nichts, und er hatte auch kein Betriebsgeld. Da war der bekannteste Vogel bei uns der blaue Kuckuck. Nämlich, in den Wäldern hatten wir bald keine Vögel mehr. Weil wir bald keinen richtigen Wald mehr hatten. Es wurde immer ein Stück nach dem anderen geschlagen, um Geld zu schaffen.

Ich will es gleich aufschreiben, wie es mit Fliederberg zu Ende ging, als ich schon weg war. Nach zwei Jahren Wirtschaft durch den jungen Baron war kein Inspektor und kein Förster mehr da, kein Knecht und kein Mädchen. Endlich fand er einen Großbauern, der wollte es als Pächter versuchen. Er ging pleite. Nun jagten die Gläubiger auch den Rittmeister und seine Mutter von Haus und Hof. Es hat ihnen keiner eine Träne nachgeweint. Die Gläubiger schluckten das Gut billig und verkauften es billig, aber immer noch mit Gewinn an einen Bauern. Der hatte auf seinem Grundstück im Mecklenburgischen Kieslager entdeckt, als sie da eine Eisenbahn durchlegten. Die Kieslager hatte er an die Eisenbahn verkauft. Mit den Schachtmeistern aber stand er sich gut, und so wurden vier Schachtmeister und ein Bauer reich. Fliederberg hat ihm dann das meiste wieder abgenommen, obwohl er ein tüchtiger Landwirt war. Siehe, es ist für alle, welche nach Besitz gieren, eine lehrreiche Geschichte.

Ziffer 6

Der Weg der Liebe ist sechsundsechzig Kilometer lang

Damals, gleich nach Ida und Anna, gab mir meine Gustel aus dem Walde einen Wink bis nach Fliederberg. Sie benutzte dazu den Himmel, na, sagen wir den Wind. Es ist mir ein Wunder bis auf den heutigen Tag. Ich stand an einem Sonntag mit schlechtem Gewissen auf der Chaussee, die von Fliederberg nach Falkenberg geht, und wunderte mich, daß der Himmel nach Osten zu so schwarz war. Ich hatte am Morgen einen Brief von ihr bekommen, der war traurig. Wie ich nun so auf der Chaussee stand und den Brief noch einmal las, da fielen kleine, schwarze Flocken auf das Papier. Ich blickte auf und merkte, daß immer mehr ankamen. Da erkannte ich, daß irgendwo ein Feuer gewesen sein mußte und der Wind die Asche weggetragen hatte. Ich machte die Richtung aus und kam dabei auf Schwedt.
Am übernächsten Tag las ich im Kreisblatt, der Kahle Köter bei Criewen ist abgebrannt. Da erschrak ich schwer in meinem Herzen und wollte gleich los. Aber ich konnte nicht. Es kam auch ein Brief von ihr. Das Feuer war in der großen Scheune ausgekommen, die Leute hatten einen Knall gehört. Alles war abgebrannt bis auf das Wirtschaftshaus. Sie wären nun alle wieder zum Schloß nach Criewen gezogen. Der junge Graf hätte sich am meisten darüber geärgert, daß der davongejagte Rotbart aus Schwedt zum Löschen

gekommen war. Auf jeden Fall sei es Brandstiftung. Sie sei sehr niedergeschlagen und möchte fort.
In vierzehn Tagen hatte sie Geburtstag. Da nahm ich mir einen Vertreter und machte mich auf den Weg. Und war er dreiunddreißig Kilometer lang, und ich mußte ihn laufen, denn in der Richtung ging keine Eisenbahn. Erst Chaussee, dann Verbindungswege, dann Feldwege, dann quer übers Feld. Ich schaffte es in nicht ganz sechs Stunden.
Der Kahle Köter sah zum Jammern aus. Ich ging ins Dorf zu meinem Freund Karl Kristen. Der schickte zu ihr, sie möchte mal rasch kommen. Sie hätte jetzt keine Zeit. Es wäre aber sehr eilig. Da kam sie.
Ich hatte mich in einer Kammer versteckt und hörte, wie sie in die Stube kam. „Ach“, sagte Karl Kristen, „ich habe gehört, Fräulein, Sie haben heute Geburtstag, da wollte ich bloß gratulieren und Ihnen ein Geschenk überreichen. Ich hole es gleich!“ Damit kam er in die Kammer, und ich ging in die Stube.
Da schrie sie auf „Wo kommst du her?“
„Von Fliederberg!“
„Ist was passiert?“
„Ja“, sagte ich, „manche haben heute Geburtstag, da wollte ich gratulieren und mein Geschenk bringen!“ Und ich gab ihr ein Paket, darin war ein türkisches Umschlagetuch, selbiges hatte ich in Randemünde für zehn Taler gekauft. Das Tuch haben meine beiden Töchter nach dem Tode der Mutter sich geteilt, da war es vierundvierzig Jahre alt und war schön wie am ersten Tag.
Wir tranken rasch Kaffee bei Karl Kristen, dann brachte sie mich ein Stück Weges, denn ich mußte auch meine dreiunddreißig Kilometer zurück wieder zu Fuß machen. Diesmal aber dauerte es acht Stunden. Erst spät in dunkler Nacht kam ich an. Am anderen Tag taten mir alle Knochen weh. Aber im Herzen war mir wohl. Siehe, sagte ich, da bist du an einem Tag vierzehn Stunden gelaufen, um deiner Braut zu gratulieren und eine Stunde mit ihr am Tisch zu sitzen, nun hast du Buße getan wegen Ida und Anna. Da kam ich mir vor wie ein Liebesritter aus alter Zeit.
Ich hatte ihr noch ein kleines Hoffnungssträußchen zum Geburtstag gebracht. Nämlich eine Aussicht. Dieselbe bestand in meinem Kollegen aus Kummerow. Der hatte dort einen dreimal so großen Betrieb wie ich. Ich hatte mir das angesehen, und wir hatten uns gut verstanden. Dabei hatte er mir erzählt, er würde nächstes Jahr wohl weggehen, nach Berlin, dort würde er ein Milchgeschäft übernehmen. Dann könnte ich in Kummerow sein Nachfolger werden. Immer wenn ich Zeit hatte, ging ich die fünfzehn Kilometer nach Kummerow. Das war ein anderes Dorf als Fliederberg, das war ein

anderer Betrieb als meiner. Mein Kollege versprach mir in die Hand, er wird schreiben, sobald er im reinen ist, und wird mich auch an seinen Chef empfehlen. Siehe, so sah ich meine Sonne aufgehen.

Im übrigen vertrieb ich mir die viele freie Zeit mit Fischen. Die besten aß ich allein, sie wurden bei Förster Müller gekocht oder gebraten. Wir hatten da einen See, groß war er nicht, und man hatte bisher bloß darin geangelt. Ich hatte es aber doch für richtig gehalten, den Rittmeister Baron zu fragen. „Was Sie da schon rausholen, das können Sie behalten", sagte er großmütig, „warum fragen Sie erst, meinen Sie etwa, ich bin gieprig auf Ihre paar Fischschwänze?" Ich griente bloß und dachte an seine Mutter und an die halben Hirschlebern. Da holte ich im Winter mal einen Wüstenprediger von Hecht aus dem See, der wog fünfzehn Pfund. Förster Müller verkaufte ihn, und wir teilten uns das Geld.

Im Frühjahr hatte ich beobachtet, daß sich die Fische gern in einem bestimmten Seezipfel versammelten. Da fragte ich den Baron, ob ich auch mit Reusen fischen dürfte. „Meinetwegen mit einem Schleppnetz", sagte er,

„verzehren Sie sie mit Gesundheit, und lassen Sie mich mit Ihrer Fischerei in Ruhe. Ich habe andere Sorgen.“ Er war eben ein nobler Edelmann. Ich fuhr mit dem Milchwagen nach Falkenberg und kaufte mir Netze und machte mir Reusen. Die legte ich in dem Seezipfel aus. Ein alter Kahn, der Wasser zog, war da, ich hatte ihn repariert. Fünf Reusen hatte ich und einige Aalschnüre und fing eine Menge Aale und einen Fisch, den sie Radder nannten, eine Art Karpfenplötze mit roten Flossen.

Bis mich der Segen erstickte. Nämlich, eines Morgens, als ich wieder eine Reuse hob, war sie sehr schwer. Fische und Fische drin, immer rein in den Kahn! Die zweite Reuse ebenso. Die dritte, die vierte, die fünfte. Ich mußte machen, daß ich mit meinem Kahn an Land kam, sonst wäre er abgesoffen. Wo aber hin mit dem Segen? Erst suchte ich mir mal die Aale raus, es waren zehn Stück den Tag. Die nahm ich mit. Dann holte ich mir meinen Milchwagen und zehn Kiepen. Förster Müller kam mit. Donnerwetter, wir freuten uns schon auf das Geld, das hatte geflutscht.

Wie wir nun so nach Hause kommen, wer wartet da schon? Der noble Herr Baron. Er hatte was läuten gehört vom gesegneten Fischfang.

„Hören Sie mal, mein Lieber“, schnarrte er streng, „das geht nicht!“

„Was geht nicht, Herr Baron?“

„Das mit dem Fischen!“

„Ja“, sagte ich, „Sie haben mir das aber ausdrücklich angeboten, ich wollte es ja gar nicht.“

„Ja“, sagte er, „da wußte ich eben nicht, daß es sich lohnt! Also mal alles in die Herrschaftsküche!“ Ich ließ ihn stehen und war mit Fliederberg fertig. Später sah ich ein, daß es auch für ein Edelmannswappen schwer ist, zu glänzen, wenn der Rost darauf sitzt und die Putzpomade fehlt.

Ziffer 7

Als der Großvater die Großmutter nahm

Ich ging nach Kummerow und fragte meinen Kollegen. „Du kannst dich darauf verlassen“, sagte er, „im nächsten Frühjahr ist es soweit.“

Was sollst du da warten, sagte ich mir, es wird geheiratet! Wo aber eine Wohnung herkriegen? Hier in dem Dorfe war nichts zu bekommen, auf dem Gut schon gar nicht. Ich also hin in die kleine Stadt Falkenberg. Und richtig, ich erwischte da auch eine kleine Wohnung mit etwas Stallung und ein

bißchen Garten. Dann setzte ich den Hochzeitstag fest, auf den sechsundzwanzigsten September, da hatte meine liebe Mutter auch Hochzeit gehabt, das mußte Glück bringen.
Mittlerweile war mein Geburtstag herangekommen. Ich hin nach Randemünde, kaufe einen wunderschönen Stoff, schwarze Ripsseide, nehme ihn unter den Arm und sause wieder mal zu Fuß die lange Strecke bis zum Kahlen Köter. Er war schon wieder aufgebaut. Wieder hin zu Karl Kristen und wieder Botschaft, Fräulein möchte doch mal zu Mutter Kristen kommen, der ginge es nicht gut. Sie kam auch gleich. Wer steht da? Ich. „Was ist denn los?"
„Ach", sagte ich, „es ist heute man bloß wieder ein Geburtstag."
„Wahrhaftig", sagte sie, „es ist wirklich so, deiner!"
„Ja", sagte ich, „und da du nicht nach Fliederberg gelaufen bist, um mir zu gratulieren, da komme ich eben. Es ist man gut, daß wir bloß zwei sind und ich somit nur zweimal im Jahr den Marsch zu machen brauche. Aber ich bedanke mich auch für eine Liebe, die dreiunddreißig Kilometer auseinander ist. Das muß anders werden. Darum will ich unser Verlöbnis beenden. Da!" Und damit gebe ich ihr das Paket.
Sie hatte von der Rede kein Wort verstanden, hatte wohl gar gedacht, ist der betrunken? Als sie das nun auspackte, da starrte sie mich an. „Das ist mein Geburtstagsgeschenk für mich", sagte ich, „nämlich, das ist das Brautkleid, und damit du es weißt, am sechsundzwanzigsten September wird geheiratet, basta!"
Da fielen ihr ein paar blanke Tränen aus den Vergißmeinnicht auf die Seide. Na ja, dachte ich, besser vorher als nachher. „Aber woraufhin denn heiraten?" fragte sie noch. „Auf Glaube, Liebe und Hoffnung hin", sagte ich, „eine Wohnung ist auch schon gemietet, und außerdem bin ich ein Sonntagskind." Wir haben dann noch Kaffee getrunken, und ich haute wieder mal ab über die Berge. Und doch war es meine schönste Geburtstagsfeier.
Man soll es nicht glauben, aber es ist so. Da war ich nun einunddreißig Jahre alt geworden und hatte einen Bammel, meiner Mutter zu schreiben, daß ich mich verheiraten wollte. Aber es kam ein lieber Brief von ihr, viel stand ja nicht drin, obschon er vier Seiten lang war, aber sie malte nun mal so mächtig große Buchstaben. Und sie schickte mir meine Aussteuer, das war ein schönes neues Bett mit dreifachem Zubehör, Tischwäsche, Handtücher, Hemdentuche, Strümpfe, eine Masse Schürzen für die Hausfrau. Alles selbst gesponnen, selbst gewebt und gestrickt. Das große Tischtuch lebt heute noch. Nach dem Tode meiner Frau erbten es meine Töchter, dann meine Schwiegertochter, und machte sich dieselbe vor kurzem ein Reisekostüm daraus. Es sind nun hundert Jahre her, daß meine Mutter das Leinen spann

aus Flachs, welchen sie selbst gebaut und gebrochen hatte. Auch schickte meine Mutter mir als vorläufig väterliches Erbteil dreihundert Taler. Zur Hochzeit kommen konnte sie nicht, es war zu weit. Auch mein Bruder nicht, er konnte die Wirtschaft nicht allein lassen.
Die Möbel hatte ich in Randemünde machen lassen, schöne Mahagoni, da verstand ich ja was von. Also putzte ich das kleine Heim schmuck her. Dann packte ich meinen Hochzeitsanzug ein, den Zachlinder, setzte mich auf den

Milchwagen, fuhr mit nach Randemünde, dann mit der Bahn nach Schwedt, von da mit dem Omnibus nach Königsberg in der Neumark, dann mit der Bahn nach Uchtdorf in Pommern. Da stand ein Wagen, und es ging durch endlosen Wald, bis mitten darin ein Dörfchen kam, das Grünebeck hieß. So sah ich denn ihre Heimat zum ersten Male und dachte in meinem Sinn, daß da schon ein stiller Mensch aufwachsen kann.
Es war eine schöne Hochzeit. Am schönsten aber war es in der alten, kleinen Holzkirche und wie ich mit ihr endlich vor dem Altar stand. Ich soll so laut ja gesagt haben, und es soll so laut von allen vier Wänden widergehallt haben, daß der Pastor erschrocken umhergesehen hat. Bis daß der Tod euch scheidet!
Meine junge Frau war nicht recht froh, etwas drückte sie, das merkte ich. Aber sie sagte es mir erst Tage später. Nämlich, sechs Jahre früher, als das Haus abgebrannt war, da waren auch fünfzehnhundert Mark von ihren Ersparnissen mit verbrannt, die hatte sie der Schwester zur Aufbewahrung gegeben. Von der Versicherung sollte sie dann die Hälfte wiederkriegen, die Versicherung hatte auch gezahlt, bloß, die liebe Verwandtschaft hatte das Geld verbraucht. Na, sie haben es später doch abgestottert.
Tausend Sonnen haben mit einem Male in mein Haus geschienen, als ich die Augen meiner jungen Frau sah, womit sie sich ihre kleine Wohnung betrachtete. Es war aber auch nötig, denn siehe, was waren das schon für Flitterwochen! Mein Arbeitsplatz lag acht Kilometer von meiner Wohnung, und die mußte ich zu Fuß gehen, denn Fahrräder gab es noch nicht. Morgens um halb drei mußte ich aufstehen, abends kam ich um neun Uhr nach Hause. Tagsüber hatte ich ja viele Stunden Zeit, da saß ich dann nutzlos auf dem dämlichen Fliederberg.
Anderthalb lange Jahre ging das so, der Kummerower war immer noch nicht einig mit seinem Berliner Geschäft. Ich aber hatte schon eine Filiale meiner Liebe gegründet, nämlich, der Himmel hatte uns mit einem kleinen Mädchen gesegnet. Ich war bald in der ganzen Gegend bekannt als Schnelläufer. So hatte die Chaussee noch keinen Menschen am Tag hin- und herflitzen sehen. Bloß in meinen Pausen, da saß ich oft still und dachte: Wenn du noch mehr Filialen aufmachst, was nur recht ist und in Ordnung, denn ich liebe Kinder, wo nimmst du das Betriebskapital her?
Aber meine junge Frau war glücklich. Sprach ich zu ihr mal davon, dann sagte sie: „Unser Kapital ist unerschöpflich, es heißt Glaube, Hoffnung, Liebe."
„Ja", sagte ich, „aber die Liebe ist die Größeste unter ihnen, und ich habe daher eine Ahnung: nämlich, dieses Kapital wird noch viel Vermehrung erfahren, aber dennoch werden die Zinsen das Kapital auffressen, und es wird bald kein Platz mehr in der kleinen Wohnung sein."

Eine Frage an den Reichstag und die Antwort darauf

In den ersten zwei Jahren hatte mich keine Schänke gesehen. Nicht mal am Sedantag. Gustel sagte: „Geh ruhig, wenn du mal Karten spielen willst!“ Sie selber ging nirgends hin. Doch, in die Kirche.
Aber sie war auch weltlich und las jeden Tag meine Zeitung. Da konnte sie sich nicht genug wundern über die Schlechtigkeit in der Welt, denn davon standen doch nun die Blätter voll. Am meisten war das in dem Jahr, als zweimal ein Attentat verübt wurde auf den alten Kaiser. Einmal von einem gewissen Hödel, von dem sie nachher den Spruch machten: „Frech wie Hödel am Klotz!“ Nämlich, als sie ihn hinrichteten, da hat er dabei noch ein gotteslästerliches Geschimpfe gemacht auf die schlechten Zustände in der Welt, an welchen die schlechten Menschen die Schuld hätten, die dann wieder ihn zu einem schlechten Menschen gemacht hätten. Dafür sollten sie ihn nun alle. Kann auch sein, er hat gesagt, daß sie ihn alle könnten. Die Zeitungen brachten das nicht so genau, sie genierten sich da etwas. Bloß, wie das war mit der Hinrichtung, das brachten sie alles ganz genau, da genierten sie sich gar nicht. Man sah es ihnen direkt an, wie sie sich über den schönen Lesestoff freuten, denn in dem Jahre hatten sie nochmals einen Kaiser-Attentäter. Dr. Nobiling hieß er, er war also sogar ein studierter Mann und machte so etwas und schoß auf den alten Kaiser. Da las meine Frau ein Vierteljahr keine Zeitung mehr, und es stand für sie fest: die Menschen werden durch die großen Städte schlecht. „Nein“, sagte ich, „so einfach ist das nun auch wieder nicht. Aber in den großen Städten ist die Not größer, und die Not ist die Amme der Schlechtigkeit.“ – „Und warum wird das nicht geändert?“ fragte meine Gustel zornig.
„Ja, sieh mal“, sagte ich, „da sind schon welche, die das ändern wollen, aber die hat man eingesperrt oder weggejagt.“
Worüber sie sich noch besonders empörte und fragte: „Wer ist denn so schlecht, daß er das macht?“
Warte man, dachte ich, so einfach ist das nun auch wieder nicht mit der großen Politik. Und ich sagte so nebenbei: „Das hat Bismarck getan.“
Ganz hilflos sah sie mich an, ich sah, sie kämpfte schwer mit sich. Dann fragte sie: „Was sind denn das für Menschen, denen er das angetan hat?“ Sie war anscheinend bereit, ihren Helden ein bißchen zu zupfen.
„Sie benennen sich die Sozialdemokraten“, sagte ich scheinheilig und schlicht.

Da fuhr ihr der Kopf aber mit einem Ruck in die Höhe, und ich sah, wie sie mit diesem Ruck auch wieder Bismarcken in sich aufgerichtet hatte. Sie hätte am liebsten auch etwas gesagt, womit sie ihr Bedauern über die Verbannten und Eingesperrten hätte zurücknehmen können, aber da sie doch nichts von ihnen wußte und Schlechtes so aus der Luft über Menschen nicht sagen konnte, schwieg sie lieber und ging weg.
An der Tür aber machte sie doch halt und drehte sich um und fragte ganz bei kleinem: „Wenn die für die Armen sind, dann können sie doch nicht ganz schlecht sein?“ Na ja, ich wollte ihr das nun ein bißchen erklären, nämlich daß die Armen gut sind, daß aber diejenigen, die für die guten Armen sind, schlecht sind, aber das wollte sie wohl auch wieder nicht hören und ging raus. Wie ich sie kenne, wird sie an dem Tag wohl zweimal eins hingebetet haben, einmal für Bismarcken und einmal für die Sozialdemokraten.
Wer aber stand eines Tages auf dem Gutshof in Fliederberg und fragte nach mir? Ein Mann mit einem schwarzen Vollbart und ziemlich abgerissen.
„Ja“, sagte er und sah sich scheu um, „kann ich Sie mal allein sprechen?“
Nanu, dachte ich, die Stimme kennst du doch?
„Kennen Sie mich nicht?“ fragte er.
„Nein“, sagte ich, „bloß die Stimme.“
„Na“, sagte er, „dann ist es ja gut für meine Sicherheit. Ich wollte Ihnen

antworten auf Ihren Brief, den Sie mir vor zwei Jahren an den Reichstag geschickt haben."

„Ja, mein Gott", sagte ich, „Döring? Dann ist deine politische Laufbahn wohl zu Ende?" Er klopfte meine Schulter und freute sich wohl wirklich. „Daß du noch du zu mir sagst, Gottlieb, das spricht für deine Zuverlässigkeit. Da wirst du mir auch helfen."

Darauf schwieg er still, aber er schwieg gewissermaßen mit einem Ruck still und sah dann so drohend das Haus an, in dem ich wohnte, als wolle er sagen: Kusch dich! Ich führte ihn in meine Stube, und als er alle vier Wände abgeblickt hatte, fing er an zu erzählen. Also, er war mit den anderen Sozialdemokraten ausgewiesen worden. Warum einige ausgewiesen und andere eingesperrt worden waren, das verstand ich damals nicht so recht, war aber dagegen, denn man soll Menschen nicht wegen ihres Glaubens einsperren und umherjagen. Da nun einige im Land bleiben sollten und die Arbeit fortsetzen, hatten sie falsche Papiere von ihren Freunden bekommen. Davon war er einer. Er fühlte sich aber nirgends sicher, und so war er zu mir gekommen. „Verschaff mir Arbeit", sagte er, „ich heiße jetzt Richard Krause, meine Papiere sind in Ordnung."

„Landarbeit?" fragte ich. „Davon verstehst du doch nichts!"

„Ich will es lernen", sagte er bitter, „da weiß ich später besser Bescheid über die Lage der Landarbeiter."

„Das ist gut", sagte ich. „Vergiß aber nicht, auch die Lage der Besitzer und Bauern zu studieren. Nämlich, es ist auf dem Lande immer noch so wie damals, als ich dir den Brief geschrieben habe."

Nun war es mir ja ein bißchen schenierlich mit der Freundschaft, weil er so heruntergekommen aussah. Ich hatte aber da als Freund einen Bauern, der brauchte einen Knecht. Da wurde nun mein Prophet Bauernknecht.

Er war fleißig und still und hielt es über ein Jahr aus. Also, ich will es schon gestehen, ich war auch ein kleiner Schweinehund. Nämlich, weil er doch nun die schlechte Behandlung der Knechte und Landarbeiter studieren und eben nur Schlechtes erfahren wollte, dachte ich: Warte, mein Sohn! Und hatte es mit seinem Brotherrn besprochen. Der richtete ihm eine anständige Kammer her und mußte ihm öfters einen Taler extra schenken, den er von mir immer vorher kriegte. Das war mir der Spaß wert, denn nun kam mein Prophet, der doch eine recht schlechte Lage erleiden wollte, in große Gewissensbisse und hätte eigentlich seinen Bauern loben müssen. Das brachte er als Politiker nicht fertig. Als anständiger Mensch, der er war, konnte er aber auch nicht auf seinen Bauern schimpfen. Na, er half sich, denn schimpfen und agitieren und verbessern mußte er nun mal. Also lief er sonntags oft nach Randemünde oder bis nach Prenzlau. Mich ließ er zu Hause mit der Angst um ihn.

Einmal traf ich ihn nachdenklich auf dem Feld beim Mistfahren, und ich wußte, der Schandarm interessierte sich schon für ihn. „Hör mal!“, sagte ich, „es ist besser für dich, du bleibst eine Zeitlang auch sonntags bloß ein Ackerknecht! Lad man deinen Mist lieber hier ab als in Prenzlau!“
Da erschrak er, sagte aber trotzig: „Jede Arbeit ist nicht für jeden Menschen!“
„Nein“, sagte ich, „aber diese hier will mir einstweilen für dich nützlicher erscheinen.“ Aber dann tat er mir leid. Doch er wollte nicht getröstet sein.
„Ich fühle eine Verantwortung in mir, die geht vor“, sagte er und sah über das Land hinaus.
„Das ist ja man gut mit der gefühlten Verantwortung“, sagte ich, denn ich deutete mir den Blick, „dann wirst du deinen Bauern nicht gerade in der Ernte sitzenlassen!“
Er ist dann auch geblieben bis nach Michaelis. Da sagte er: „Willst du mir zehn Taler borgen?“ Ich gab sie ihm.
Da sagte er: „Eigentlich brauche ich sie nicht, ich habe ja meinen Lohn. Ich könnte sie aber brauchen. Gefragt habe ich bloß, um dich zu prüfen. Ich habe mich in dir also nicht getäuscht.“
Dann ging er los. Ich habe ihn erst nach langen Jahren wiedergesehen. Die zehn Taler nicht. Aber das hat mir nicht leid getan, denn er hatte doch für die Sache, an die er glaubte, Kopf und Kragen riskiert. Das hätte ich damals nicht können, und darum imponierte er mir, obwohl ich seine Sache nicht so wichtig für mich hielt, denn ich war kein Fabrikarbeiter mehr, und für das Land hatten die Dörings nun mal nicht viel übrig.

Ziffer 9

Kummerow im Bruch hinterm Berge

Es kam mein Kollege aus Kummerow zu Besuch. Er sagte: „Es ist soweit, am ersten April ziehe ich ab.“
„Ist gut“, sagte ich, „was macht es?“
„Na“, sagte er, „es ist ja eine feine Stelle, sagen wir dreißig Taler, die holst du nebenbei rasch wieder raus.“ Und machte mit der Hand eine Schippe.
„Ist gut“, sagte ich und war doch ein bißchen baff, „zehn jetzt, und zwanzig, wenn ich mit dem Chef einig bin.“
„Ja“, sagte er und druckste ein bißchen, „umsonst ist der Tod.“

„Das ist ein Irrtum“, sagte ich, „hast du schon mal gesehen, daß der Tischler, der Totengräber und der Pastor umsonst sind?“
Mit dem Chef, der diesmal in Stettin saß, wurde ich rasch einig. „Aber Sie sind verheiratet“, sagte er, „hoffentlich kriegen Sie eine Wohnung in Kummerow. Gehen Sie doch mal zum Grafen.“
Ich besuchte den Grafen Runcowricz, sie nannten ihn Runkelfritz.
„Ja, mein Lieber“, sagte der, „das ist doch eine unverheiratete Stelle!“
„Nein, Herr Graf“, sagte ich, „es ist eine verheiratete Stelle, die einen Mann von Erfahrungen und in reiferen Jahren verlangt.“
Er guckte etwas scharf. „Das ist bei Inspektoren auch so, aber die müssen trotzdem alle unverheiratet sein!“
Ich dachte, hier ist es wohl wieder geboten, fest zu bleiben, sah ihm ins deutsche Auge und riskierte es. „Ich lese immer in der Zeitung von Leutenot auf dem Lande, Herr Graf!“
Er unterbrach mich: „Ja, die ist auch da, es ist schrecklich, daß man mit polnischen Schnittern wirtschaften muß.“
Ich sah ihm erneut ins deutsche Auge, das, nach seinem Namen zu urteilen, wohl ein polnisches war. „Ich wüßte ein Mittel, Herr Graf! Wenn alle deutschen Leute auf dem Lande Wohnungen kriegten, und vernünftige dazu, dann brauchte man keine Kasernen für polnische Schnitter zu bauen.“
Er winkte barsch ab. „Meine Wohnungen gebe ich nur ab, wenn die Frau zum Melken geht und ein Hofgänger gestellt wird.“
Da wurde ich ungeduldig. „Das geht mich gar nichts an, ich habe Anspruch auf eine Wohnung.“
Er griente. „Sie haben Anspruch, ja, aber ich habe keine Wohnung!“ Damit ließ er mich stehen.
Ich versuchte es bei den Bauern, denn Kummerow ist ein großes, reiches Dorf, da hätte ich manche gute Wohnung kriegen können, aber sie wollten kein Geld, sie wollten Arbeitsdienst. So schrien sie alle nach Leuten und wollten nicht sehen, wie sie schuld hatten an der Leutenot.
Also muß meine Familie in Falkenberg bleiben. Dafür behielt ich nun einen Weg zweimal am Tag von jedesmal acht Kilometern, aber statt dreihundert Liter Milch am Tage hatte ich nun weit über tausend, meist fünfzehnhundert. Denn Kummerow, das war eine Goldgrube mit seinen fetten Weiden, Wiesen und Äckern. Der alte Graf hatte es zwölf Jahre verpachtet gehabt und jährlich fünfundvierzigtausend Mark Pacht bekommen. Und der Pächter hatte sich auch noch so viel Fett geholt, daß er sich nachher sein eigenes Gut kaufen konnte. Die Tagelöhner waren beim Grafen und beim Pächter arm geblieben, soweit sie geblieben waren.
Dafür hatten die Wohnungen der Instleute alle nur eine Stube und eine kleine

Kammer, in der kein Bett stehen konnte, so schmal war sie. Die Fußböden waren aus Mauersteinen oder aus gestampftem Lehm. In der Stube war ein Ofen aus Ziegelsteinen, die Kammer hatte keinen. In der Stube war auch ein Kaminloch, darauf mußten die Leute kochen. Für sich und ihr Vieh, denn sie hatten alle noch einen kleinen Stall, wo sie eine Ziege, ein paar Hühner und ein oder zwei Schweine halten konnten. Die Küken und jungen Lämmer hielten sie, wenn es kalt war, auch in der Stube. Zu den Insthäusern gehörte kein Hof, jeder hatte seinen Misthaufen direkt unterm Fenster, und die Jauche lief bis an die Haustürschwelle. Zu keinem Haus gab es einen Abtritt. Diese Geschäfte wurden von groß und klein einfach freihändig hinterm Stall erledigt, mit dem Gesicht zum Kirchhofsplatz hin, denn kein Zaun, keine Mauer verdeckte die, so in die Knie sanken. Ging man an der Kirchhofsmauer entlang, sah man oft ein seltsamlich Bild. Aber in Kummerow machte das nichts, es wurden zwischen denen, so vorübergingen, und denen, so hockten, des öfteren gar Gespräche geführt. Auch wenn die beiden Partner nicht dem gleichen Geschlecht angehörten. Nun, später habe ich gelesen, das soll auch bei feinen Leuten früher so gewesen sein, eine Gräfin Liselotte von der Pfalz hatte einen französischen Herzog geheiratet, und in ihren Briefen nach Hause hat sie von zweischläfrigen Abtritts geschrieben. Der ganze Unterschied war also bloß, daß die Herzoglichen das im Schloßabtritt abmachten, die Kummerower Instleute aber in der freien Natur.
Im Winter freilich muß das wenig angenehm gewesen sein. Und es waren böse Winter da im Bruch, der Schnee lag oft bis zu den Fenstern. Immer vier Wohnungen gingen auf einen Flur. An keiner Wohnungstür war ein Schloß mit Griff, immer nur ein Vorlegeschloß, wie sonst an Ställen. Mitunter hausten in dem einen Raum die Eltern, irgendein Ältervater und Stücker acht Kinder. Sie wurden da im trauten Familienkreise gezeugt, geboren, krank und starben auch. Jahrhundertelang. Erst kurz vor dem Weltkrieg wurde das einigermaßen geändert.
Am fünfzehnten März verließ ich Fliederberg, am ersten April brauchte ich in Kummerow erst anzufangen. „So, Gustel", sagte ich, „nun werden erst mal die Flitterwochen nachgeholt!" Ich lag bis Mittag im Bett und fühlte mich wie Graf Runkelfritz. Donnerwetter, dachte ich, die reichen Leute haben es doch ganz gut. „Ja", sagte Gustel, „die haben Zeit und können reisen, das könntest du jetzt auch und mal deine Mutter besuchen. Wer weiß, wann wieder Zeit ist."
Also fuhr ich in die Heimat und stellte fest, daß mein Bruder ein tüchtiger Bauer geworden war. Die Mutter packte mir noch ein halbes Schwein und eine Kruke Leinöl ein und kramte aus ihrem Strumpf auch allerhand Münzen zusammen. „Einige Stücke sind rein verrostet", sagte sie, „willst du die

auch?" – „Gib man her, Mutter, ich werde sie schon putzen!" Was ist eine Mutter doch für ein Wesen!
Wieder daheim, wurde ich freudig begrüßt. Auch das, was ich mitgebracht hatte. Bis auf das Leinöl, da wollte meine Gustel nicht ran, sie schimpfte es einen türkischen Fraß. Na ja, für sie gab es nur ein nahrhaftes und ordentliches Land, das war Pommern. Ich aber löffelte in meinem Leinöl meine Heimat. In Sahne und Butter, da schwamm ich ja durch meinen Beruf. Ich ließ das alles stehen für eine Schüssel Pellkartoffeln und einen ordentlichen Schuß Leinöl auf dem Teller. Dann ein Häufchen Salz am Tellerrand, und nun aufgepaßt, wenn das Öl das Salz frißt, und dann eingestippt! Oder Quarkkäse mit Leinöl, damit kann man die zartesten Englein im Himmel, und hätten sie die englische Krankheit, großpäppeln, daß sie in kurzer Zeit keine Lust mehr verspüren zum Blümchenpflücken, sondern würden Bäume ausreißen wollen. Unser alter Lehrer Kleemann hatte gesagt: „Leinöl, das ist die Schmiere der Ewigkeit!" Er meinte, davon würden die Menschen alt. Und es ist wahr, denn wo gibt es die meisten alten Leute? In der Lausitz! Und ich selbst? Wenn ich in Pommern auch immer Leinöl gekriegt hätte, da wäre ich heute statt neunzig schon hundert Jahre alt.

Ziffer 10

Eine Minute Ehrung für einen Hund

Ich mußte nun im Winter morgens um zwei aufstehen. Herrschaften, da lauf einer zwei Stunden über die einsamen Wege, wenn es zwanzig Grad unter Null sind und der Schnee liegt so hoch, daß man den Weg nicht mehr sieht! Ich hatte es satt. Da fand ich außerhalb von Kummerow ein kleines Haus, das gehörte zur Mühle und hatte bisher immer den Müller-Eltern als Altenteil gedient. Es lag wunderschön allein auf einem großen Hügel und hatte Stall und Garten. Die zwanzig Minuten Weges bis zum Gutshof sollten mir nicht leid tun. Im Sommer flitzte ich querfeldein über die Wiesen, sprang wie ein Reh und trillerte wie eine Lerche.
Gustel war glücklich in ihrer stillen Einsamkeit. Ich auch, denn es hatte sich nun auch der Stammhalter eingestellt. Und damit die Sache gesichert blieb, bald danach noch einer. Was machte es da aus, so dreimal den Weg hin und zurück? Zwischendurch schickte ich meiner Gustel noch Liebesbriefe. Und mit was für Boten. Aber da muß ich noch etwas zurückgreifen.

Nämlich, ich hatte mir von Criewen zwei Wachtelhunde nach Fliederberg mitgebracht. Mein ganzes Leben hab ich Hundezeug um mich gehabt. Von den beiden lernte ich einen an, so ganz im Spielen, aus Langeweile. Wenn mir noch mal ein gelehrter Kerl kommt und ist stolz auf seine Gottähnlichkeit und sagt, die Hunde haben keine Überlegung, dem sage ich, er soll mich mal beobachten, wenn ich mit meinen Hunden rede.

Also dem einen, und er hieß mit seinem Namen Fritz, dem hatte ich mein Leid geklagt, daß Frauchen in Falkenberg sitzt und wir so weit weg. Den ganzen Weg über hatte ich ihm das erzählt. Zwei, drei Tage lang. Dann hatte ich ihm in Fliederberg ein Briefchen ans Halsband gebunden, ein trauriges Gesicht gemacht und gesagt: „Frauchen wartet, geh zu Frauchen!" Siehe, da ging das Tierchen allein den weiten Weg nach Falkenberg. Und Frauchen schrieb gleich auch einen Brief, und Fritz brachte ihn mir nach Fliederberg. Er brachte mir mitunter Geld, ich schickte Frauchen mitunter Schokolade und Bonbons. Und wenn ich mal nichts zu bestellen hatte, dann meldete sich Fritz, stupste mich und sagte: Na, alter Freund, vergiß Frauchen nicht!

Als ich nun nach Kummerow kam, machte ich einen Versuch. Gleich auf dem ersten Weg von Falkenberg begleitete mich Fritz. Dann gab ich ihm den Brief. Da sauste er ab nach Falkenberg und kam am Nachmittag wieder nach Kummerow, als wäre er immer den Weg gegangen. Als wir dann auf der Mühle wohnten, ging Fritz manchmal am Tag ein paarmal zwischen Dorf und Mühle. Später band ich ihm morgens um sechs ein kleines Beutelchen mit frischen Brötchen um, die trug er zu Frauchen zum Frühstück. Jeden Tag.

Und diesen herrlichen Hund hat mir ein niederträchtiger Mensch totgeschossen, weil er am Teich stand und die zahmen Enten anbellte. Aus reiner Freude an der gemeinen Tat und um Menschen zu verwunden, denn er kannte das Tierchen sehr gut, wie ein jeder es kannte, und wußte, daß es Katzen und Küken nichts tat. Ich will es gestehen: Wäre ich damals nicht verheiratet gewesen und hätte nicht Frau und Kinder gehabt, ich hätte den Lumpen kaltblütig abgeschossen. So konnten wir unsern Fritz bloß beweinen wie ein Kind und es dem lieben Gott überlassen, den Mörder zu pieken.

Siehe, er hat ihn gepiekt, wenn auch erst Jahre später. Aber es durchschauert mich, wenn ich bedenke, daß es Hunde waren, durch die er es besorgt bekam. Nämlich, es hat ihm ein Keiler beide Beine zerschlagen, so daß er bis an seines Lebens Ende mühselig an zwei Krücken schleichen mußte. Die Schuld hatten seine beiden Hunde, die waren ausgerissen, anstatt den angeschossenen Keiler zu packen. Mein kleiner Fritz hätte mich in der Gefahr nicht verlassen, das weiß ich. Der Kerl hat nachher aus Wut seine Hunde vergiften lassen, aber seine Beine kamen davon nicht wieder. Es rächt sich alles doch einmal.

Ein düsterer Besuch und ein heller Gast

Bei uns war eine düstere Gestalt zu Besuch gekommen. Meine Frau wurde schwer krank an Lungenentzündung. Sie hatte Fieber bis zu einundvierzig Grad. Dabei saßen wir allein da hinten auf dem kleinen Hügel, und ich mußte den Tag dreimal fort. Ich nahm die Frau vom Schäfermeister zur Pflege. Aber da waren doch auch die drei Würmer. Drei Doktoren hatte ich, die kamen abwechselnd, einer aus Falkenberg, einer aus Gramzow, einer aus Randemünde. Die nahmen unterschiedlich, einer für jeden Besuch sechs Mark, einer neun Mark, einer zwölf Mark. Aber sie zuckten alle drei ganz ohne Unterschied mit den Schultern und sagten, wir müssen die Krise abwarten.
Da passierte das Schreckliche, daß die Schäfersfrau mal nicht aufpaßte. Mein armes Weib lag in hohem Fieber und redete irr. Sie stand auf und nahm den kleinsten der Jungens und ging zum Mühlteich, den Hund Fritz zu suchen. Gerade als sie ins Wasser gegangen war, kamen wir an und konnten sie und das Kind retten. Wir dachten, das ist das Ende. Als ich dann ins Krankenzimmer kam, sah sie mich mit Augen an, wie ich sie noch nie bei einem kranken Menschen gesehen hatte. Ganz groß und so voll blauem Glanz, als wäre der Himmel schon in ihr. Ich faßte ihre Hand. Da sagte sie: „Die Schäfersfrau hat mir mein Brautkleid weggenommen, sie hat es zu Fritz in den Mühlteich geworfen, ich muß es holen!“ Die Frau wollte sich gekränkt verteidigen, aber die Kranke sagte, sie solle weggehen, sie habe ihr das Brautkleid gestohlen! Immer wieder bestand sie darauf.

Ich bat die Frau, beiseite zu gehen, trat an den Kleiderschrank, holte das Kleid und legte es ihr aufs Bett. „Sieh doch“, sagte ich, „da ist ja dein Brautkleid!“

Und da geschah ein Wunder. Ihre Augen wurden ruhiger, sie streichelte das Kleid, sie sah mich an, sie faßte nach meiner Hand, sie machte die Augen zu. Bald aber machte sie die Augen wieder auf und suchte was im Zimmer. Sie suchte die Schäfersfrau. „Siehst du“, sagte ich, „sie hat dein Kleid nicht weggenommen.“

„Habe ich das gesagt?“ fragte sie mit schwacher Stimme. Ich nickte. „Davon weiß ich nichts“, sagte sie, „aber dann will ich ihr alles abbitten!“ Und die Frau mußte herantreten, und sie langte nach ihrer Hand. Dann schloß sie die Augen, das Fieber ging zurück, sie schlief sich gesund. Siehe, dachte ich, wie ist es wunderlich, daß eines Menschen Herz, wenn es wahrhaft gut ist, auch noch in solchem Zustand zuerst ein Unrecht gutmachen will!

Es dauerte aber noch lange, bis sie wieder ganz gesund war. Dabei gingen nicht nur meine Ersparnisse drauf, sondern ich mußte auch noch Vieh verkaufen. Aber was ist irdisches Gut? Ich gelobte mir erneut, mein Herz nicht daran zu hängen. Wir werden eben wieder von vorn anfangen. Vielleicht war ich schon zu üppig geworden.
Nun hatte ich in meiner Not auch mal an meine Mutter geschrieben. Da kam ein Brief: „Lieber Sohn. Ich komme. Deine Mutter.“ Weiter nichts. Nicht mal Tag und Stunde. Es setzte sich einfach eine alte Frau, die noch nie mit der Eisenbahn gefahren war, in den Zug und fragte sich sogar vom Görlitzer Bahnhof durch das große Berlin bis zum Stettiner Bahnhof und kam von der Station noch den langen Weg nach Kummerow zu Fuß und dann noch bis zu unserem Haus. Die Züge hatte sie sich erst unterwegs zusammengefragt. Nicht für tausend Mark wäre sie sonst verreist, nun kam sie, weil ihr Junge rief in seiner Not.
In ihrer schönen Tracht kam sie an, und das ganze Dorf sperrte Nase und Mund auf. Wie ein stolzes Schiff mit Segeln sei sie dahergezogen, erzählte mir später Jürgen Belkow, der bei der Marine gedient hatte. Sie nahm sofort Pflege und Wirtschaft in die Hände und blieb drei Wochen, bis alles wieder im Lot war. Dann legte sie einen Beutel auf den Tisch, und da waren noch mal hundert Taler drin. „Nimm es als einen Teil von deinem mütterlichen Erbe“, sagte sie. Und alles selbst erarbeitet. Was bringt doch eine Mutter fertig!

Ziffer 12

Eine Krähe fühlt sich als ein Adler

Schrieb ich es nicht soeben auf, daß ich, als Krankheit und Tod neben mir standen, es gelobt hatte, mein Herz nicht an irdischen Besitz zu hängen? Wie leicht vergißt der Mensch doch seine Gelöbnisse, wenn die Not vorüber ist und er Zeit hat, sich zu sagen, daß weniger Arbeit und mehr Geld ja nicht immer Sünde zu sein brauchen, sondern sogar ein Lohn Gottes sein können. Und er beweist es sich aus der Schrift.
Ein Jahr später übergab meine Mutter den Hof an meinen Bruder. Ich bekam mein volles Erbe väterlicherseits und mütterlicherseits ausbezahlt. Wo sie überhaupt die Taler alle hergenommen hatte, das ist mir heute ein Rätsel. Sie waren wirklich Stück für Stück in Groschengestalt aus der Erde geklaubt

worden. Damals freilich kümmerte es mich nicht besonders. Ich freute mich, und meine Freude brachte alle meine alten Pläne wieder herbei. Wohl sagte ich mir auch, sei zufrieden mit deinem stillen Glück und baue dein kleines Haus aus zu einer Burg gegen Not und Zufall! Ich wußte auch, wonach Gustels ganzes Trachten ging und meins auch, seit Berlin, gegangen war: nämlich, mir eine eigene Wirtschaft zu erwerben. Aber das Geld hat seine eigenen Gesetze, und die sind Wegweiser zum Bösen. Wäre die Erbschaft geringer gewesen, hätte ich das mit der Wirtschaft gerichtet. Dieweilen aber die Erbschaft viel größer war, als ich gedacht, flüsterte mir das Geld Tag und Nacht ein anderes Lied. Eigentlich war es ja immer die gleiche Melodie, aber der Text veränderte sich. Die Melodie war ein Marsch. Aber einer, nach dem es sich besser tanzen als marschieren ließ. Und es tanzten danach alle Wenns, die mich aus Berlin begleitet hatten, und sie tanzten mit den Vielleichts. Sie tanzten ums Goldene Kalb, und wenn es auch nicht Arons Götzenbild war, so war es das bürgerliche Leben, und hieß Ansehen, Stand, Versorgung, städtisches Leben. Und hatte ein Mäntelchen um, und das hieß Zukunft der Kinder! Und hatte eine Krone auf, und die hieß Eitelkeit.
Meine Lieben, dies alles weiß ich heute. Damals nannte ich es vor mir: erwachte Tüchtigkeit, Vorwärtsstreben, Unternehmungslust. Du gehst in die Stadt, sagte ich mir, du bist keine Krähe, du bist kein Huhn und keine Gans. Früher dachtest du öfters, ein Kuckuck zu sein. Bewahre, du hast Mut und ein silbernes Gefieder, das schillert in der Sonne, du bist vielleicht doch ein Adler. Auf denn und fliege!
Mein Chef, der Milchhändler in Stettin, wollte sich vergrößern und sein Geschäft abstoßen. Das ist ein Wink des Schicksals, sagte ich mir, das ist das Lächeln des Glücks!
Hatte ich denn jahrelang mit Grafen, Bauern und Arbeitern verkehren und ihnen die Meinung sagen können, wie man es anfangen müsse im Leben, um selber nichts zu wagen? Nein, jetzt würde es gewagt, jetzt würden mich auch die Bedenken nicht abhalten wie in Berlin, ob etwas recht wäre, jetzt die Augen auf, den Mund noch weiter auf, die Ellbogen noch kräftiger gerührt. Achtung, jetzt erst kommt Gustav, der durch die Berliner Schule gegangen ist und euch zeigen wird, wie man ein Mann von Besitz wird! Meine Frau wollte nicht, aber ich redete so lange, daß es gut wäre für die Kinder, die feine Leute werden sollten in der Welt, und sie dürfe meinem Glück nicht beschwerlich fallen, bis sie ja sagte.
Ich suchte mir also einen Nachfolger, der nun mein Angestellter war, und übernahm das Geschäft in Stettin.
Wohlan, sprach ich mit bramsiger Stimme zu mir und zu meiner Frau, was Hunderte können, kann dein Mann noch lange. Und ich schwärmte ihr vor

von großen Geschäften und von Reichtum. Ganz zuletzt sah ich erst, daß sie feuchte Augen hatte. Ich schob es auf den Abschied vom Lande.
In Kummerow, da platzten sie vor Neid. Aber sie krochen auch ein bißchen. Nämlich, ich sagte so nebenbei, daß ich alle Bauernmilch dazu pachten wollte, und ich würde einen halben Pfennig mehr bezahlen.
Mein bisheriger Chef wollte die Kummerower Gutsmilch behalten. Da bot ich dem Grafen einen Pfennig mehr für den Liter. Er war zuerst sehr erfreut und bot mir einen Kognak an. Dann aber wollte er hochfahrig eine Kaution haben, und als ich überlegte, wurde er rasch formell. Da sagte ich ihm von mir aus wöchentliche Abrechnung zu und bezahlte ihm sogar eine Woche voraus. Da trank er mit mir ein paar Kognaks und sagte: „Mein lieber Herr Grambauer, Sie sind ein Kerl! Alle Achtung! Auf gute Zusammenarbeit!"
So erhob ich mich aus der Gestalt einer scheuen Mistkrähe oder eines zahmen Wirtschaftsvogels und verließ Kummerow und flog der Sonne der großen Stadt entgegen, stolz und gewiß, in mir eine Raubvogelnatur füttern zu können.

DIE SIEBENTE STUNDE

Ziffer 1

Ein jeglicher ist eine Uhr

Des Menschen Leben ist wie eine Uhr. Innen mit Gehwerk und Schlagwerk und einem Gehäuse herum. Langsam lernen wir das Werk kennen, und wenn wir nicht vergessen, es bei kleinem zu ölen, kommen wir auch zurecht. Bei dem einen geht die Feder früher kaputt als bei dem anderen. Manch einer überdreht sie auch. Bei dem einen hakt mal der Perpendikel aus, bei uns sagen sie dazu: Gehst du hin – kommst du her! Bei dem andern hakt mal ein Rädchen aus. Es kommt alles auf dasselbige heraus. Bloß daß das Werk nicht immer dasselbige ist.

Besonders die mit dem angeschmückten Gehäuse, da ist oft mit dem Werk nicht viel los. Auch nicht mit solchen, die einen Klang haben, als wenn eine Kirchenglocke anstößt.

Das ist eben wie mit den Menschen. Ein blecherner amerikanischer Wecker, der ist so stolz wie eine Taschenuhr. Die sieht verächtlich auf eine Küchenuhr. Eine Küchenuhr kommt sich vor wie eine Wanduhr in der guten Stube. Na, und eine Wanduhr dünkt sich ein Regulator, welcher wieder gar keinen Unterschied sieht zwischen sich und einer Standuhr. Aber erst eine Standuhr, habt ihr sie euch mal angesehen, wie sie darzeigen will: Ja, guckt mal her, ich kann ganz langsam gehen mit meinem Perpendikel und komm doch mit der Zeit mit, und brummen kann ich wie eine Turmuhr! Na, und welche bleiben am meisten stehen? Die Turmuhren.

Ich laß mir das nicht ausreden, es ist ein menschlicher Sinn in den Uhren, der sich gar einbildet, noch mehr zu sein als der Mensch selber. Das kommt vielleicht daher, daß sich die Uhren bedünken, sie können die Ewigkeit messen und dem Menschen seine Stunden ansagen.

Dabei bin ich mein ganzes Leben ein Freund von Uhren gewesen, manchmal hatte ich Stücker zwanzig in meiner Wohnung. Von welchen mir dann am liebsten die gewesen sind, die stehenblieben. Nämlich, dann konnte ich sie

auseinandernehmen und wieder in Gang bringen. Vielleicht, daß ich mir dabei ein bißchen vorgekommen bin wie der liebe Gott, wenn er an den Menschen herumbastelt. Daß ich bei all den Uhren doch nicht so richtig auf meine Lebensuhr geachtet habe, das ist mir später bewußtlich geworden. Vielleicht geht es dem Herrgott ebenso mit seiner Weltenuhr. Bloß daß er im richtigen Augenblick immer wissen tut, was wir bei noch so vielen Uhren nicht immer wissen, nämlich was die Stunde geschlagen hat.
Was wir aber wissen könnten. Dieweil ein jeglicher in sich noch eine kleine Ansage hat, die schlägt an wie bei einer vernünftigen Uhr das Werk kurz vor der vollen Stunde. Allerdings ist es nur ein leises Tack, aber es ist nicht das Tack aus dem dauernden Ticktack, nein, es ist eigentlich bloß ein leichtes Anstoßen. Darum achten wir seiner nicht mal bei der richtigen Uhr, bei uns selbst erst gar nicht. – Man kann zu dem Tack die Überlegung sagen, oder die Besinnung, oder das Gewissen. Ich benenne es als die Ansage. Wir achten seiner wenig, weil wir wohl immer Angst haben, wir kämen sonst zu spät mit dem großen Schlagen, wir möchten am liebsten alle vorgehen und die ersten sein bei der vollen Stunde.
Manche Uhren sagen freilich nicht an. Manche Menschen auch nicht. Das sind die, welche ein zu lautes Geräusch machen mit ihrem dauernden Ticktack oder mit anderen Sachen und welche darum das Leise nicht hören können. Ich hatte mal einen kleinen, verbeulten Wecker, der bildete sich ein, schon durch seinen Radau bedeutender zu sein als mein großer, schmucker Regulator. Und wenn ich sein nicht sonderlich achtete, wurde er wild und fing an zu tanzen und zu springen, als wollte er sagen: Na, bin ich wer, kann ich nicht am lautesten schreien? Würdet ihr nicht alle euer Tagwerk und euer Leben verschlafen, wenn ich nicht da wär? Manchmal habe ich ihn voll Ärger vom Tisch gewischt, davon hat er die Beulen, aber die sah er so wenig wie seine sonstige Mickrigkeit, denn er war bloß stolz auf sein Maulwerk und rasselte auch unter dem Tisch weiter. Dabei vergaß er doch ganz, daß er von sich aus gar nicht weckte, daß er bloß dazu abgerichtet und eingestellt wurde.
Also kenne ich auch Menschen. Bloß daß man die nicht immer verwünschen und ihnen mit einer Handbewegung das rasselnde Maul zuklappen kann wie einem Wecker, wenn er uns stört. Es gibt nämlich Menschen, die sind nicht damit zufrieden, daß sie ihre Aufgabe erfüllt haben, wozu sie abgerichtet und eingestellt waren. Im Gegenteil, sie können sich, wenn sie die Klappe erst mal aufgemacht haben, für ihr Leben nicht mehr bremsen und rasseln immer weiter, und ist es doch zwecklos und macht bloß Verdruß. Und wenn das Leben sie untern Tisch wischt, so kreischen sie noch: Wo ich bin, ist oben! und achten der eingebeulten Hülle nicht und meinen, sie seien Gottes Propheten der ewigen Dauer.

Viel Spaß haben mir auch immer die bramsigen Kunstuhren gemacht, die Obersten der Uhren. Wenn ich in einen Ort gekommen bin, wo eine solche war, da habe ich sie stundenlang studiert. Da sah ich sie in meinem Geiste immer wie einen Fürsten oder König oder anderen Herrschenden mit Hofstaat und Gefolge, wie sie sich so aufplusterte mit dem mächtigen und kostspieligen Gehäuse, und war ja auch vieles echt daran, wenn es auch nicht immer Gold war, was glänzte, und waren nicht immer Brillanten, was blitzte. Und wenn sie auf die Stunden kam, da schmiß sie dann immer so ein halbes Dutzend Türen mit einmal auf und zeigte sich dem Volke und war, als sagte sie: Da, seht nur her, diesen Reichtum habe ich inwendig, ich bin von der Vorsehung geschickt und gebiete in ihrem Auftrag über Leben und Tod der Menschen, über die Erde und über Sonne, Mond und Sterne! Und schmiß dann ein Gefolge von Figuren hinter sich her wie ein Krönling seine Schleppe. Und die Figuren gingen auch wieder alle, als wären sie von der Vorsehung geschickt und hätten alle menschliche Edelkeit in sich.
Da war es mir immer sonderbar zumute, wenn ich bedachte: O du eingebildetes Geschöpf von einer Uhr, dabei hat dich kein Gott geschickt und kein König gemacht, sondern man bloß Handwerker, und man weiß ihre Namen meist nicht! Und wenn du nicht mehr gehen kannst, und du kannst aus eigenem ja nicht gehen, dann mußt du warten, bis die einfachen Menschen kommen im Arbeitsrock, und die müssen deinen großmächtigen Betrieb wieder zurechtfummeln. Du lebst in deinem Glauben nach den Stunden, welche du mit Pomp und Getue ankündigst und schlägst, diese aber, die deinen Gang wirklich in Ordnung halten, die müssen arbeiten nach den Stunden, die ein Wecker in der Frühe anfängt und eine Taschenuhr oder eine Fabrikpfeife abends beendigt. Siehe, so ist es nicht bloß mit den Uhren in der Welt.

Ziffer 2

Meine Lebens- und Weltenuhr

Heute, da bin ich ehrlich und sage es heraus, daß ich in meinen jungen Jahren eben auch nicht eines anderen Taschenuhr oder gar eine Küchenuhr sein und bleiben wollte. Da kam ich mir zum geringsten immer schon wie eine Wanduhr vor, eine einfache vielleicht bloß, aber doch eine geschnitzte mit Figuren dran, und sagte gern zu den Menschen und zu mir Worte, so ich für

Klugheiten und Weisheiten hielt, und lautete ihr Sinn auch bloß: Kuckuck! Bis ich dessen nicht zufrieden war und zum mindesten ein Regulator sein wollte im Uhrenladen Deutschlands, so was gut Bürgerliches, oder gar eine Standuhr, die bei den vollen Stunden einen Adlerschrei ausstößt. Darum verließ ich auch das Dorf Kummerow und folgte meiner alten Sehnsucht in die große Stadt und ging nach Stettin.
Damals sagte etwas in mir die kommende Stunde an, ich habe sehr wohl das leise Tack gehört, bloß, ich achtete seiner nicht. Und hätte es tun sollen. Denn nämlich es war meine Schicksalsstunde, die sich ansagte. Diese aber wird jeglichem Menschen durch sein Inneres offenbar, auch wenn er kein Ansagewerk hat. Dabei bleibe ich. Bedenken hat ein Mensch oft in seinem Leben, dieses meine ich nicht. Ich meine, daß es mindestens einmal in seinem Leben ganz deutlich tackt, und es ist ein Warnzeichen: Mensch, gib acht, es schlägt deine Stunde!
Als ich erkannte, daß eine kleine fröhliche Kuckucksuhr doch nicht gut zum prahlerischen Regulator zu machen ist, da war es zu spät. Und es war auch wieder nicht zu spät, denn es mußte zuerst gar noch aus der Kuckucksuhr eine angerostete Küchenuhr werden, die überhaupt nicht schlagen konnte und nicht mal richtig gehen wollte. Damalen, da nahm ich den Plan wieder auf, mir als sichtliches Zeichen und Mahnung eine große Uhr zu machen. Nämlich aus einer alten Bauern-Standuhr eine Lebens-Uhr, meine eigene. Mit Faßmann und Laßmann als Perpendikel und meinem wahrsagenden Spiegel als Brustschild und mit meinem Karussell und den Figuren als Stundenbezeugung.
Ach, da hatte ich mancherlei Pläne mit meiner Uhr. Da wollte ich eine verbesserte Welten-Uhr schaffen und ein Schlagwerk erfinden, welches jeden Ton anders sagen sollte, vom blechernen Ping bis zum bramsigen Bam, wo sie Gongschlag zu sagen, und bis zum Kirchenglockenton. Und alle Stunde sollte einer aus dem Karussell fallen, aber nicht bloß die Armen und Alten, sondern ganz gleich, ein König, ein Revolutionär, ein Graf, ein Lakai, ein Pastor, ein Heide, ein Reicher, ein Armer, eine Jungfrau, ein Kind, ein Heiliger, ein Schächer. Nein, diese beiden letzten sollten immer zusammen abfallen. Wie auch die Jungfrau und das Kind. Wie auch ein Reicher und ein Armer. Ach, überhaupt alle gepaart: Pastor und Heide, Graf und Lakai, König und Revoluzzer. Dieweilen solches dann kein Fallen mehr ist, sondern die Aufhebung einer Ungleichheit und somit eine Verbesserung der Welt. Wie Faßmann und Laßmann das ja auch machen.
Schade, meine Lebens- und Welten-Uhr ist niemals fertig geworden. Ich habe sie wohl gebaut, und sie ging auch. Bloß, als ich das sinnreiche Karussell einbauen wollte mit der Aufhebung der Ungleichheit der Welt, da ging sie

nicht mehr. Sie wollte wohl als alte, einfache Bauernuhr, welche noch aus der Zeit der Untertänigkeit stammte, nicht zugeben, daß ich alter, einfältiger Landmann, welcher ja auch noch aus der Zeit der Untertänigkeit stammte, mir anmaßte, meinen Gedanken über einen gerechteren Lauf des Lebens und der Welt bildhaften Bemerk zu geben. Vielleicht hat sie nach all dem, was sie in vielen langen Jahren gesehen hat vom schweren, ernsten Leben, denn ich hatte sie auf einer Auktion gekauft, als der Bauer von Haus und Hof mußte, vielleicht hat sie es nicht haben wollen, daß ich den schweren Gang des menschlichen Lebens so spielerisch und mit Kuckucksrufen ändern wollte.

In mir war wohl immer zuviel Spaßigkeit bei Ansehung der menschlichen Würde. Aber ich laß mir nicht ausreden, daß auch solche Spaßigkeit von Gott ist. Es können nicht alle Vögel gewaltig und ernst wie ein Adler schreien, oder häßlich und zeternd wie eine Krähe krächzen, oder lieblich und sanft wie eine Nachtigall singen, oder gar alle wie Papageien im gleichen Klang ein behördlich geregeltes Hurra ausstoßen. Es müssen auch welche Kuckuck rufen. Sonst wären sie nicht da.

Ziffer 3

Die Schicksalsstunde

Was schwätzt denn der Alte bloß so aberwendisches Zeug von Uhren und so, werdet ihr sagen. Und werdet recht haben in eurem Vermut, daß er dergleichen schwätzt, weil er bloß um einen heißen Brei herumgehen will. Es ist an dem. Es ist mit dem Schwätzen immer an dem. Bei dem einen geschieht es, weil er den heißen Brei, den ihm andere bereiteten, nicht fressen will, bei dem anderen geschieht es, weil er will, die anderen sollen den Brei auslöffeln, den er eingebrockt hat.

Aber mit den Uhren, da ist es gerade für diese Stunde etwas Besonderes daran. Nämlich weil es die Schicksalsstunde war und ich sie kurz machen wollte, als ich sie erkannte. Bloß, da ging es mir, wie es einem geht, wenn man einen Zug verpaßt hat und sitzt im Wartesaal und wartet auf den nächsten Zug. Da gehen mit einem Male alle Uhren langsamer, und eine Stunde ist so lang wie sonst vier. Vorher aber, als wir mit guten Freunden beim Bier saßen, da gingen die vier Stunden hin wie eine. Weshalb wir ja auch den Zug verpaßt haben. So gleicht sich das mit dem verschieden raschen

Gang der Zeit wieder aus. Siehe, so hat es sich auch bei mir wieder ausgeglichen. Es gleicht sich immer und bei jedem wieder aus. Mancher stirbt allerdings vorher weg. Oftmalen gleicht es sich mit einem einzigen Schlag aus. Das ist dann der ganz große Ausgleich. Und so sind am besten jene dran, die rechtzeitig erkennen, daß es keine Feder in einer Uhr gibt, die ausreicht zum gleichmäßigen Ablauf eines ganzen Lebens. Und daß der Mensch es eben verstehen muß, wenn das Gehwerk lahm wird, sich selbst aufzuziehen.
Ich sehe, daß ich schon wieder bei den Uhren bin. Aber das kommt daher, daß ich bei den Stunden bin. Wenn ich gesagt habe, daß ich eine Kuckucksuhr war und ein Regulator sein wollte, so ist es ebensogut richtig, daß ich noch verschiedenes andere habe sein wollen. Ich bin damals wohl auch allerhand Buntkram gewesen an minderem Uhrenzeug. Bloß das eine weiß ich noch, daß ich zuletzt eine abgeschabte und abgenutzte Stelle darstellte, die nicht mehr ging, weil vielleicht die Feder kaputt war oder das Gewicht fehlte.
Nämlich, es ist ein tiefer Sinn mit der Feder oder dem Gewicht bei einer Uhr: dieweil die Feder sichtbarlich dartut, daß es ohne Spannung kein nützliches Weitergehen gibt und auch nicht ohne das Gewicht, das ein Klügerer an unsere Füße gehängt hat. Ich weiß heute, daß ich damals in der siebenten Stunde nicht mehr ging, weil ich schief hing, inwendig verschmutzt war und ein paar wichtige Teile verloren hatte. Worunter das wichtigste das Vertrauen meiner lieben Frau war. Das Vertrauen in einer Ehe, das ist wie das Öl bei einer Maschine, und auch eine Uhr braucht das Ölen. Da war aber statt Öl Wasser in mein Uhrwerk gekommen, und das war gekommen aus den stillen, heimlichen Tränen meiner Frau und war solchermaßen auch noch salzig. Ich war zuletzt weniger wert als mein wirklicher Regulator, als er auf der Auktion meiner Sachen verkauft wurde. Für denselben gab einer noch drei Mark, für mich gab keiner einen Groschen. Man hätte mich in die Rumpelkiste schmeißen können oder auf den Misthaufen. Siehe, es schmiß mich einer auf den Misthaufen oder doch dicht ran. Und da geschah das Wunder, daß ich wieder in Gang kam. Da war das wohl doch der richtige Nährboden für mich.
Nämlich, was mein Kollege Bolle gewesen ist in Berlin, der große Milch-Bolle, der hatte rechtzeitig verstanden, was die Glocke geschlagen hatte. Dabei war er auch bloß aus dem Dorf, ganz armer Leute Kind und Vollwaise und soll weggelaufen sein, als er Maurer werden mußte. Dem hing die Ansage seiner Schicksalsstunde so lange in den Ohren, bis er nicht bloß die Stunde begriff und was sie geschlagen hatte, sondern bis er selber anfing zu bimmeln. Und bimmeln zu lassen. Ich fing auch an zu bimmeln. Leider aber bald darauf auch zu bammeln. Vielleicht hatte das die Schuld. Ich will es nun doch beschreiben.

Herr Entlein legt ein Ei

Mit meinem Milchgeschäft in Stettin ging es zuerst ganz gut. Eine nette Wohnung hatten wir auch. Da war ich direkt stolz, daß ich meiner Frau das bieten konnte. Sie ließ sich ja auch nicht mehr viel merken, daß ihr das nicht recht gefiel mit der großen Stadt. Aber sie trug alles inwendig mit sich herum. Im Laden, da blitzte alles nur so, da kannte ich doch meine Gustel. Und sie war auch freundlich zu den Kunden. Sie konnte ja gar nicht anders, sie mußte freundlich sein zu jeder Kreatur. Und vielleicht freute sie sich auch ein weniges, daß wir ein gutes und sicheres Auskommen hatten und uns was zurücklegen konnten.

Aber da es uns gut ging, sollte es uns besser gehen. Und so war ich viel unterwegs und suchte neue Milch. Denn ich träumte schon von Pferden und Wagen und bimmelnden Grambauer-Jungens. Der Mann, der mir die Rosinen in den Kopf setzte, das war auch ein freundlicher Mann. Und hieß derselbe Herr Kaufmann Entlein und war ein Schwiegersohn von dem Großbauern Kluckmann aus Kummerow, welcher ein Freund von mir war. „Ich habe Sie beobachtet", sagte Herr Entlein, „ich habe gesehen, was Sie aus dem Geschäft gemacht haben. Wenn Sie Lust haben, tun wir uns zusammen und machen die Sache groß auf."
„I", sagte ich, „das kostet eine Masse Geld."
„Das habe ich", sagte er, „ich suche ja Gelegenheit, es anzulegen." Er war nämlich ein sogenannter Großkaufmann, das sind solche, die nicht mit ihren Händen arbeiten, sondern mit ihrem Geld. Lieber noch mit anderer Leute Geld. Damals wußte ich das nicht.
„Und was muß ich dazu beitragen?" fragte ich.
„Ihre Kenntnisse", sagte er, „und Ihre Ehrlichkeit."
Donnerwetter, das gefiel mir, daß einer meine Ehrlichkeit richtig bewertete und daraufhin soviel Geld riskieren wollte. Ich zählte meine Moneten. Ja, da war allerhand, und es hatte sich auch gut rentiert. Ich hatte gar kein Mißtrauen, wie auch sollte ich, wenn einer so liebreich und gutmütig mit Namen heißt wie Herr Entlein.
„Natürlich müssen Sie auch eine Einlage machen", sagte Herr Entlein, „dann ist das Interesse noch größer."
Siehe, dachte ich, er bewertet deine Ehrlichkeit schon etwas geringer. Da zählte ich meine Moneten noch einmal und fand, daß ich das Geschäft auch allein machen könnte.
Da sagte er: „Das können Sie nicht. Sie sind zu unerfahren in solchen Sachen, Sie sind zu ehrlich."
Da fand ich, daß er meine Ehrlichkeit nun wieder zu hoch bewertete. Aber dieses sagte ich ihm nicht. Sondern ich ließ die Geschichte erst mal liegen. Aber Herr Entlein hatte ein Ei in mein Nest gelegt, das gebar einen goldenen Wurm, und der fraß an meinem Innern. Und zwar dort, wo die Ehrlichkeit gegen mich selbst wohnte.

Die Menschen haben zwei Gesichter

Mit dem Herrn Grafen in Kummerow hatte das angefangen. Nämlich daß er immer leutseliger zu mir geworden war, je mehr er durch mich Geld verdiente. Warum ist er so, dachte ich, ich bin doch um nichts besser geworden? So nun auch Herr Entlein. Je mehr ich vorwärtskam und mich nicht um sein Angebot kümmerte, je mehr lief er mir nach. Ein großmächtiger Mann, der in einer Villa in der teuren Gegend, der Birkenallee, wohnte, einen Riesengeldsack und zwei studierte Söhne hatte, und ich war doch bloß bescheidener Herkunft.

Aber auch die Menschen bescheidener Herkunft haben zwei Gesichter. Das sah ich an den Bauern, von denen ich Milch beziehen wollte. Nämlich, sie zeigten sich zuerst sehr ablehnend. Nein, sie hätten alle ihre Verbindungen, und sie kennten mich nicht, und die Großstädter, die wollten den Mann auf dem Dorf bloß übers Ohr hauen. Nachher könnte ich nicht zahlen, und dann säßen sie von heut zu morgen da mit ihrer Milch. Da bot ich ihnen einen halben Pfennig für das Liter mehr und gab in der Schänke ein Viertel Bock aus. Da waren die meisten bereit, mir nicht bloß ihre Milch, sondern auch ihre Seele zu verkaufen. Sie wollten sogar mit ihren alten Abnehmern sofort brechen, und es war ihnen gleich, wenn dieselben dadurch in Verlegenheit kämen, weil sie in solchem Fall eine Zeitlang wohl ein Geschäft, aber keine Ware hatten.

Und die Landwirte waren böse auf mich, daß ich auf eine ordentliche Kündigung zu ihren bisherigen Pächtern hielt. „Ach was", sagten sie, „jeder ist sich selbst der Nächste. Auf uns nimmt auch keiner Rücksicht!" Da war ich direkt der große, ehrliche Mann für sie, mit einer guten, wenn auch dummen Gesinnung. Und alles für einen halben Pfennig mehr für das Liter Milch, und machte selbiges für viele doch bloß einen Taler im Monat aus.

Am meisten aber sah ich das mit den zwei Gesichtern im Laden. Darüber könnte einer allein ein Buch schreiben. Wer das nicht versucht hat und hat in einem Ladengeschäft hinterm Tisch gestanden, der kann überhaupt nicht mitreden von den menschlichen Charakteren. Meine gute Frau hatte das schon lange gemerkt und hatte sehr darunter gelitten, aber sie hatte es nicht gesagt und nicht geklagt. So daß ich es erst selbst merken mußte. Da mußte ich allerdings bedenken, daß es ja Kundschaft war und daß der Kunde immer recht hat.

Als ich es mal meinem Nachbarn klagte, und hatte derselbe einen Kolonialwarenladen, sagte der: „Das habe ich als erstes schon in meiner Lehre gelernt. Da sagte mein Lehrherr: ‚Junge, das bedenke, der Kunde ist ein Ehrenmann, auch wenn er dich betrügen will. Bloß, du darfst dich nicht betrügen lassen. Du darfst aber nicht sagen, daß er es tun wollte, ein Kunde irrt sich bloß, auch wenn er es gemacht hat wie ein alter Sträfling! Und wenn er dich behandelt wie einen Schuhputzer, so behandle ihn wie einen Fürsten. Du kannst dir ja dein Teil denken. Vor allem aber mußt du jeden Kunden als viel was Höheres ansehen und anreden, als was er ist. Das lieben die Menschen, besonders die Frauen. Sag ruhig gnädige Frau, auch wenn sie eben die Treppe gescheuert hat. Und wenn er eine Brille auf der Nase hat, dann sag ein für allemal Herr Doktor.‘ Sehen Sie“, sagte der Kolonialwarenmann, „so habe ich mein Geschäft gemacht.“

Ziffer 6

Frau Rat und die Müllern

Als ich damals viel im Laden half, da fand ich das alles bestätigt und wendete es auch an. Das war sehr schwer. Seit der Zeit habe ich einen großen Respekt vor Menschen, die ihr ganzes Leben hinter Ladentischen stehen und Leute bedienen müssen. Und erst recht vor denen, die bloß ein kleines Geschäft haben und Wert auf bessere Kundschaft legen. Was die an Ungerechtigkeit und Nichtachtung in sich hineinschlucken müssen, da wundert es einen bloß, daß sie nicht alle krank sind in ihrem Eingeweide.
Also da kommen so gnädige Frauen, sagen nicht guten Tag, sagen nicht adieu und antworten auch nicht auf einen freundlichen Gruß. Und wollen auch nicht einfach gnädige Frau sein, sondern Frau Rat oder Frau Doktor. Sie rümpfen erst mal die Nase über einen, der bloß Ladeninhaber ist. Dann mäkeln sie, und oft bloß aus reinem Sport. Nämlich, wenn einer was von seinen Waren versteht wie ich von Milch, Butter und Käse, dann kann mir solch ein dummes Großstadtweib, das in Wirklichkeit Margarine nicht von Butter unterscheiden kann und Vollfett nicht von Halbfett, natürlich nichts vormachen. Aber ich muß es hinnehmen und sie vorsichtig aufklären. Das ist nicht leicht, denn ich kann ihr ja nicht zustimmen, oder ich müßte doch zugeben, daß meine Sachen minderwertig sind. Na, bitte schön, da helfe sich einer mal raus.
Und es gibt welche, die sind ganz niederträchtig und suchen sich das Meckern

aus für die Zeit, wenn der Laden voll ist, damit die anderen es auch mit anhören, daß sie etwas von den Waren verstehen, und daß sie bloß das Beste haben wollen, und daß sie sonst in ein anderes Geschäft gingen. Dabei ist eine solche schon in allen Geschäften gewesen und hat es da ebenso gemacht. Und dann nimmt sie zwar den fetten Tilsiter und den fetten Schweizer, aber dann fragt sie noch nach Magerkäse und nach Landbutter. Und wenn man dann sagt, daß man solche Waren nicht führt, dann wird sie erst recht fuchtig und fragt einen: „Ja, was soll ich denn aber für mein Personal kaufen?“
Wenn sie Geld haben, kommen solche gern selbst, aber vom Fünfzehnten ab, wenn sie anschreiben lassen, dann schicken sie das Dienstmädchen. Kommt aber eine mal wieder selbst, weil sie unterwegs ist und hätte ihr Portemonnaie vergessen und braucht mal schnell fünf oder zehn Mark, dann ist sie katzenfreundlich und fragt nach der Familie und wie das Geschäft geht. Und wenn man später mahnt, dann kommt sie überhaupt nicht mehr. Und wenn man dann beim Mädchen mahnt, dann bringt die wohl das Geld, kommt aber auch nicht wieder. Und wenn man das Mädchen auf der Straße trifft, dann sagt dasselbe: „Sie hat es mir verboten, weiter bei Ihnen zu kaufen. An der andern Ecke, da wären die Sachen besser!“
Und mit den kleinen Leuten, da ist die Sache auch nicht viel anders. Denn davon bin ich kuriert worden, von dem Aberglauben, daß der Mensch, wenn er arm ist, dadurch auch schon gut ist. I, da gibt es dieselben Schweinehunde. Da mag man es hingehen lassen, wenn ein armes Luder mal klaut. Aber nun so ausposaunen, Armut und Gutheit, das ist dasselbe, da kenne ich es anders.
Nämlich, wenn sie Geld haben, nörgeln die einfachen Frauen genauso wie die Damen. Und wenn sie keins haben, sind sie genauso katzenfreundlich. Und wenn sie genug gepumpt haben, bleiben sie genauso weg. Und das ist nun auch wieder was Eigentümliches, nämlich daß sie nicht eigentlich wegbleiben, um zu betrügen, nein, das nicht. Aber sie kommen erst mal weniger, weil es ihnen schenierlich ist, daß da immer noch was angeschrieben steht. Nun haben sie zwar inzwischen wieder Geld und könnten nun wenigstens das, was sie neu kaufen, bezahlen, und das andere könnte ruhig noch etwas anstehen. Aber nein, das ist ihnen unangenehm, und da gehen sie lieber gleich zur Konkurrenz und bezahlen dort bar, was sie kaufen. Sie nehmen es einem direkt übel, daß sie bei einem in der Schuld sind.
Und dann gibt es noch eine Sorte, die immer beleidigt ist und immer glaubt, andere würden besser behandelt und rascher bedient, weil sie als etwas Besseres gelten. „Meinen Sie, unsereiner kann sich nicht auch ein Kleid pumpen? Die da, die Sie mir vorgezogen haben vorhin, die kenn ich, da hat unsere Frida bei gedient. Mit der will ich gar nicht zusammen in einem Laden

stehen. Unser Geld ist auch kein Dreck, mein Mann verdient es ehrlich, der macht keine Geschäfte wie der ihrer. Aber da wird gedienert und gedienert, und unsereiner kann warten!"
Da erlaubte ich mir mal zu sagen: „Aber, Frau Müllern, nun geben Sie wenigstens zu, daß die Dame vor Ihnen im Laden war!"
Herrje, da fuhr sie hoch: „Daß ich nicht lach, Dame, von wegen Dame! Da bin ich schon lange 'ne Dame! Aber Sie sind auch einer von denen, der einfache Leute bloß ansieht, wenn sie Geld dalassen. Mir machen Sie nicht die Tür auf, mir nicht!"
Ich wand mich und wollte doch auch wissen, wie das ausginge. „Die andere hatte den Arm voll Pakete, da machte ich ihr die Tür auf."
Die Müllern war mir über. ‚Ach, weil die so viel Geld hat, daß sie Pakete kaufen kann, da wird ihr die Tür aufgemacht! Wissen Sie denn, wo die ihr Geld her hat?"
Ich versuchte es mit Spaß: „Also, nun hören Sie mal, Frau Müllern, ich mache Ihnen jetzt auch die Tür auf!"
Aber nein, es war nichts zu machen. „Das lassen Sie mal gefälligst sein, ich kann mir die Tür allein aufmachen!"
Da riß mir die Geduld. Da sagte ich: „Na schön, und dann machen Sie die Tür wieder fest hinter sich zu, und lassen Sie sie bitte für immer zu!" Da ist sie schimpfend weggegangen und hat in der Gegend gegen mich gehetzt. Sie kaufe da nicht mehr, weil die Sachen nicht frisch genug seien.
Ja, so ist der Mensch. Ich hab ihn nicht so gemacht. Bloß, der ihn so gemacht hat, hat sicher nicht an die geplagten Ladeninhaber gedacht. Hinwiederum gab es diesen Stand damals noch nicht, so daß er auch wieder keine Schuld hat.

Ziffer 7

Herr Miesicke

Mit den Männern ist es nicht so schlimm, aber Sachen erlebt man da auch. In meiner Nachbarschaft war eine Wein- und Bierstube, wo ich ab und zu einen Schoppen trank. Da kam ich mal mit dem Geschäftsführer, einem gewissen Herrn Schmidt, auf diese Sachen zu sprechen. Derselbe sagte, er hätte auch nichts zu lachen und stände doch nicht gerade hinterm Ladentisch, nicht mal hinterm Tresen, höchstens daneben. Und er zeigte auf

einen Herrn so Ende Dreißig, der im Lokal saß und aß. „Sehen Sie mal“, sagte Herr Schmidt, „das nennt der Mann manierlich essen!“
Der, den er meinte, war schwarz und mickrig und einiges windschief gebaut und lag mit dem Gesicht fast im Teller, und mit seinen Ellenbogen fetzte er links und rechts immer so in die Gegend, weil er die Speisen richtig auseinanderriß. „Der will partout ein feiner Mann sein“, erzählte Herr Schmidt, „er ist ein gewisser Herr Miesicke und ist Reisender für eine Papierfabrik. Der hatte sich das so angewöhnt, daß er immerzu mäkelte, mal am Essen, mal am Wein, mal am Bier. Niemals nicht, wenn er allein war, aber immer, wenn recht viele Leute im Lokal waren oder wenn er mit den Herren aus seinem Kegelklub da war. Da waren nun weiß Gott bessere Herren bei als er, und die aßen und tranken und waren zufrieden, bloß er mäkelte immer an den Sachen und schnauzte die Kellner an. Die wollten ihn schon gar nicht mehr bedienen. Ich probierte alles, was er kriegte, und es war gut. Es ist, sagte ich, weil der Kerl angeben will, damit die Kellner und die Gäste denken sollen, das ist ein ganz Vornehmer, der versteht was. Das bestätigte mir dann auch mal ein Herr von seinem Kegelklub, bei dem ich mich beklagte. Der sagte: ‚Unser Miesicke spielt sich gern auf, vor drei Jahren hat er noch nicht gewußt, daß es für Rotwein, Rheinwein und Mosel besondere Flaschen gibt, das hat er mir selbst gesagt und auch, daß er aus ganz kleinen Verhältnissen ist und wie er sich hat großhungern müssen!‘“
Herr Schmidt, der Geschäftsführer, erzählte mir nun weiter dieses: „Ich sagte mir, den werde ich mal so behandeln, wie er es verdient! Also richtig, er hatte sich einen Schoppen Wein bestellt, nippte daran, stellte ihn wieder hin, rief den Kellner und schrie dabei ins Lokal: ‚Das soll Ungsteiner sein? Das können Sie anderen vormachen, aber keinem Weinkenner!‘ Es sahen denn auch die Gäste auf ihn, und der Kellner wußte nicht, was er tun sollte. Da flitzte ich ran, machte eine kleine Verbeugung und sagte bedauernd: ‚Aber Herr Miesicke, ist was nicht in Ordnung?‘ Er schob mir das Glas hin und sagte: ‚Da, das soll Ungsteiner sein – so was kann man mit mir nicht machen!‘ Ich stotterte was von Irrtümern, die möglich seien, und wetzte in den Ausschankraum, wo mein Chef und die Kellner schon warteten. ‚So‘, sagte ich, ‚nun paßt auf, was der Lümmel wert ist!‘ und ich nahm seinen Schoppen und kippte ihn in ein anderes Glas und trug es ihm hin und sagte: ‚So, Herr Miesicke, nun probieren Sie bitte mal den!‘ Er trank und nickte und sagte: ‚Na ja, warum denn nicht gleich?‘“
„Donnerwetter“, sagte ich, „solche Miesickes gehen ja noch über meine Weiber.“
„Es wird noch besser“, sagte Herr Schmidt. „Ein andermal schickte er ein Glas Pilsner zurück, das sei kein Pilsner, und er ließe sich von keinem Kellner

betrügen. Da nahm ich das Glas, und vor allen Kellnern kippte ich es in ein anderes Glas, und in meiner Wut sogar in ein ungespültes, und dann machte ich noch einen Spritzer Lagerbier dazu als Blume und brachte es ihm. Er nahm einen tiefen Schluck und sagte: ‚Na also, das ist Pilsner, aber geben Sie zu, solche Sachen dürfen nicht passieren!' Ich sagte: ‚Nein Herr Miesicke, solche Sachen dürfen wirklich nicht passieren, und man müßte den, der sie verursacht, eigentlich achtkantig rausschmeißen!' Da legte er seine Hand auf meinen Arm und sagte: ‚Na, das will ich ja nun auch wieder nicht, das erlaubt mir meine soziale Einstellung nicht!' Ich hätte es aber zu gern gewollt, denn nun hatte ich das Vergnügen, ihn immer selbst zu bedienen. Aber das können Sie mir glauben, gut fährt er dabei nicht! Er kriegt nach Möglichkeit immer Neigen."
Dieses erzählte mir Herr Schmidt von einem Mann, der seine kleine Herkunft und seine Unsicherheit und sein Mißtrauen durch bramsiges Angeben verbergen wollte und der dafür nun minderwertige Sachen trank und es zufrieden war. Ich denke mir, unser Herrgott spielt viel öfter einen Geschäftsführer, als wir es ahnen, und es ist recht so. Damals freilich meinte ich, es wäre doch besser, solchen Ekels rechts und links ein paar in die Fresse zu hauen und sie an die Luft zu setzen.
Ich hab es jedenfalls in meinem langen Leben immer wieder gefunden, daß der Mensch, wenn er Geld hat und will sich was kaufen, sofort glaubt, er schenkt einem was. Die Ware, die er für sein Geld kriegt, die achtet er nicht. Nein, der andere hat nun mein Geld, dafür kann ich ihm befehlen und kann ihn demütigen. Ich habe gefunden, daß es immer bloß vom Geld abhängt. Das Geld hat den Teufel in sich, das geht so weit, daß viele Leute sogar ihren Angestellten und Arbeitern, wenn sie ihnen den Lohn zahlen, ein Gesicht machen, als müßte der andere sich nun für die Gnade bedanken, weil ihm etwas geschenkt wird. Und das Tolle an dem Geld ist, daß der andere, der dies nun eben am eigenen Leibe erfahren hat und sogar über solches Betragen geschimpft hat, eine Viertelstunde später genauso ist, wenn er sich einen Priem kauft oder eine Wurst oder ein Schuhband.
Wer einen scharfen Aufpasser haben will, muß ihn aus den Reihen von denen nehmen, die beaufsichtigt werden sollen, und muß ihm sagen, daß er nun ein Vorgesetzter ist. Da wird man erleben, wie rasch ein Mensch ein anderes Gesicht kriegen kann.

Ziffer 8

Herr Direktor Faßmann

Meine Lieben, nun müßt ihr nicht denken, ich hätte damals das alles schon gewußt und wäre zwischen den Menschen umhergelaufen wie der Gerechte zwischen den Pharisäern und Sadduzäern. I bewahre, mir ist damals auch ein zweites Gesicht gewachsen. Das heißt, ich hatte es wohl schon in mir, wie ein jeglicher Mensch, und es entwickelte sich bloß und war das Gesicht von Herrn Faßmann. Das Gesicht von Herrn Laßmann, das hatte meine Frau bekommen, und es sollen ja Mann und Weib eins sein und sich ergänzen. Aber ich achtete dessen nicht.
Mein Faßmann langte nun auch nach außen. Nämlich, dem Herrn Entlein seine Villa stach ihm in die Nase. I, dachte ich, als ich mal da war mit meiner Frau, dem seine, das ist doch bloß Berta Kluckmann aus Kummerow und hat Mist gebrochen und Kühe gemolken und markiert nun die Gnädige und klagt über die Dienstboten? Deine Frau aber, die ist was Besseres gewesen und ist zarter von Gestalt und Gemüt, und die muß im Laden stehen und das Takelzeug bedienen? Du wirst reich werden und sie glücklich machen, und sie soll eine Dame sein. Was Herr Entlein kann, das kannst du noch allemal. Und außerdem bist du ein Sonntagskind. Was du also machen mußt, ist Geld. Alles andere kommt dann von alleine. Ja, so dachte ich.
Bloß, meine Gustel wollte nicht. Verkäuferinnen wollte sie nicht haben, und ein Extramädchen für die Kinder wollte sie auch nicht recht. Sie bat mich auch und weinte dabei, ich sollte nicht noch ein Geschäft kaufen, es wäre doch genug mit unserem Verdienen. Ich wurde unwillig und sagte, sie müßte das Dörfliche nun endlich vergessen. Da wurde unser ältester Sohn krank an Diphtheritis und starb. Ich hatte es erst nicht für so ernst genommen. Nun war in den Augen meiner Frau mehr als viel Trauer. „Was hast du?“ fragte ich. „Er ist an der Stadt gestorben“, sagte sie. Da merkte ich erst, daß sie selber krank war an der Stadt und hatte es bloß in sich bewahrt. Da ließ ich sie nicht mehr in den Laden gehen, soviel sie auch bat und ihre Sorge kundgab, daß ich mich übernehmen würde. Ich kaufte das andere Geschäft auch noch, setzte einen jungen Mann hinein und Verkäuferinnen und war viel unterwegs, um Lieferanten zu kriegen. Und richtige Milchkühler. Denn siehe, ich wußte doch aus den Zeiten meines Aufstrebens, wie leicht sie es haben, eher auf ihre Kosten zu kommen als auf meine. So war es wohl der Lauf der Welt, daß ich für meine Leute immer mehr ein Gesicht kriegte, wie ich es bei meinen Chefs auch gesehen hatte.

Da bekam ich für meine Frau vielleicht auch solch Gesicht. Nämlich bloß das von Herrn Faßmann. Vielleicht hätte ich das an ihren Augen absehen können, oder wenn ich damals genauer in meinen Spiegel geguckt hätte. Ich nahm mir aber nicht mehr die Zeit zu Nachdenklichkeiten, denn meine Geschäfte gingen glänzend, und es scheffelte direkt.
Auch hatten wir jetzt eine richtige schöne Wohnung, nicht mehr eine hinterm Laden, sondern eine Etagenwohnung und weiter ab vom Geschäft. „Siehe", sagte ich, „wenn ich das so zehn, fünfzehn Jahre mache, bin ich ein gemachter Mann, und meine Kinder haben es mal nicht nötig, das Brot bei fremden Leuten zu suchen!" Sie sah mich dabei bloß immer so merkwürdig an. Und heute, wo ich das herschreibe, weiß ich es ganz genau: Sie stachen direkt, daß es mir weh tat, die blauen Vergißmeinnicht. Da hätte sie mir lieber ihre Meinung sagen sollen. Aber das hatte ich mir wohl dadurch vom Leibe gehalten, daß ich mal gesagt hatte: „Von Geschäfte machen verstehst du nichts, nun sei so gut und behindere mich nicht im Vorwärtskommen!"
Also, ich machte doch zusammen mit Herrn Entlein. Ich vertraute ihm, denn ich wußte, er wird sein Geld nicht riskieren. Wir machten noch ein paar Geschäfte auf. Ich konnte kaum so viel Milch und Butter und Käse auftreiben. „Wir müssen eine eigene Molkerei aufmachen", sagte Herr Entlein. Das leuchtete mir ein, und wir machten sie auf. Die anderen Milchhändler wurden giftig. „Wir müssen Pferde und Wagen haben", sagte Herr Entlein. Wir schafften sie an. „Wir müssen noch mehr eigene Geschäfte haben", sagte Herr Entlein. Wir legten uns noch mehr Geschäfte zu. „Wir müssen unser Kapital vergrößern", sagte Herr Entlein, „wir wollen eine Gesellschaft gründen!" Wir gründeten eine Gesellschaft, und ich war sozusagen Herr Direktor, leitete den technischen Kram im blauen Jackett und die Versammlungen im Gehrock. Darauf war ich sehr stolz, denn ich war doch erst siebenunddreißig Jahre und wußte nicht, daß Herr Entlein mich bloß vorschob. Es hatte sich also erwiesen, daß ich zu was Besserem bestimmt war. Und so überließ ich das Technische einem Verwalter und ging nur noch nobel gekleidet und hatte eine dicke goldene Uhrkette auf dem Bauch, aber nicht von Dublee, und trank meinen Schoppen als ein Mann von Ansehen und ließ mich fotografieren und schickte das Bild meiner Mutter mit einem Bericht über meinen Aufstieg, und daß ich nun mehr sei als ein Fabrikbesitzer. Sie freute sich auch in einem Brief, aber es war mir unangenehm, daß dabeistand: „Ich bete, daß es sich nicht erfüllt, von wegen Hochmut kommt vor dem Fall!"
Da gründeten die von der Konkurrenz auch eine Gesellschaft und errichteten auch eine Molkerei. Und machten auch Geschäfte auf. Und ließen auch ihre Wagen laufen. Na schön, da ließen wir auf Herrn Entleins Rat noch mehr

Wagen laufen. Dann gingen die andern mit den Preisen herunter. Dann gingen wir voll Stolz noch mehr herunter. Dann gingen die andern noch einen Schritt weiter. Dann fingen wir an zu wackeln. Dann fingen die andern an zu wackeln. Na, und zuletzt, nach langen Monaten, machten wir uns gegenseitig tot, gerade als wir den Unsinn eingesehen und auf mein Betreiben angefangen hatten, das Geschäft zu teilen und uns gegenseitig wieder zum Leben zu bringen. Ich hatte es eben doch ein Vierteljahr zu spät eingesehen.

Ziffer 9

Es hat ausgebimmelt

Warum ich das getan hatte, weiß ich nicht, nämlich, daß ich das erste Ladengeschäft, mein eigenes, nicht mit in die Gesellschaft gebracht hatte. Das hatte ich, der ich doch Direktor war, auf den Namen meiner Frau genommen und an einen meiner Kühler verpachtet, der vorwärtskommen wollte. Eines Tages wachte ich dann also auf und sah, das Geschäft war alles, was ich aus dem Zusammenbruch behalten würde. Bloß daß man davon keine große Wohnung bezahlen konnte.
In den Jahren hatte ich mir nichts gegönnt, hatte bloß gearbeitet und kaum Zeit gefunden, mich um meine Familie zu kümmern. Ich hatte kaum gesehen, daß meine Tochter größer geworden und dann erkrankt war. Nun war sie gestorben. Da hörte ich ganz deutlich die Ansage, die mich vor der ganzen Geschichte gewarnt hatte. Sie tönte nur schwach und war wohl nicht soeben erklungen, nein, es war bloß der Widerhall von der Ansage vor Jahren, als ich den Plan mit dem Geschäft in der Stadt gefaßt hatte, und war in einem dunklen Eck meines Herzens hangengeblieben, welchen ich in der Zeit nicht mehr besucht hatte. Jetzt, wo ich mich am liebsten verkrochen hätte, da war ich wohl in diesen Eck gekommen. Und der Klang kam heraus, sprang in meine Besinnung und war ganz ohne Ton, als er aus dem Mund meiner Frau in Worten kam: „Auch dieses Kind ist an der Stadt gestorben, die Stadt bringt uns kein Glück."
Sie betete viel, und ich sah ihr etwas an, vor welchem ich schwer erschrak. Nämlich, daß sie meinte und es befürchtete, als nächste würde sie an der Stadt sterben. „Magst du die Stadt gar nicht?" fragte ich sie, als wir vom Kirchhof zurückkamen.
„Ach", sagte sie, „ich fühle es immer kalt in den Beinen, wenn ich weiß,

zwischen meinen Füßen und der Erde ist ein Steinpflaster. Ich ginge lieber barfuß über einen Lehmacker und durch aufgeweichte Erde als mit feinen Schuhen auf den Straßen hier. Draußen, da kann die Kraft der Erde ohne Hemmnis in einen Körper eindringen, aber hier sind überall Steine dazwischen. Darum haben wohl die Kinder nicht Wurzeln schlagen können, weil sie nicht an die Erde heran konnten."

„Aber, mein liebes Weib", sagte ich, „es leben doch hier so viele Menschen und werden alt."

„Ja", sagte sie still und sah weg, „die sind auch nicht aus dem Wald." Sie schwieg ein wenig. „Aber mach es nur so, wie du es für richtig hältst!"

Ich hätte es auch noch so weitergemacht, bloß daß es nicht mehr von mir abhing. Nämlich, wir machten Pleite. Und waren haftbar. Herr Entlein kam noch mit einem blauen Auge davon, denn er hatte sich durch Paragraphen gesichert. Ich nicht. Es ging alles zum Teufel, denn ich hatte mein Vermögen in der Gesellschaft gelassen.

In ohnmächtiger Wut bin ich nächtelang durch die Straßen gelaufen und wußte nicht, worüber diese Wut am größten war, über das Unglück oder über die Beschämung, welche die Eitelkeit erlitt. Aber dadurch wurde nichts geändert. Zum Glück war gerade die Pachtzeit für den eigenen Milchladen abgelaufen, und wir konnten wieder in die Wohnung hinter dem Laden einziehen und hatten wenigstens ein schmales Auskommen. Darüber freute ich mich, denn ich war willens, das andere vor meiner Mutter und vor denen in Kummerow verborgen zu halten.

Aber es dauerte nicht lange. Erst mal wollte mir keiner von den Landleuten mehr Milch liefern, denn ich war für sie ein Bankerotteur. Ich mußte meine Milch von Milchhändlern beziehen und im vorher bezahlen. Dazu stichelten sie und hetzten mich dauernd von wegen großspurig und hoch hinaus, und unser Herrgott sorge schon dafür, daß die Bäume nicht in den Himmel wachsen.

Aber noch schlimmer war das mit der Kundschaft im Laden. Nämlich, da kamen sie nun, die bösen Zungen, und erkundigten sich heuchlerisch nach der andern Wohnung und bedauerten uns, und man sah ihnen die Schadenfreude an, und sie wußten alle auch gute Ratschläge und gaben einen Trost, daß man nicht verzagen dürfe und daß Arbeit nicht schände und daß arme Leute auch ehrliche Leute sein können.

Meine Frau ließ ich bloß in den Laden, wenn ich nicht da war. Und ich sagte mir, nein, du gibst nicht nach, du eroberst dir die Stadt doch, und nun gerade, und wenn du nun wirklich über Leichen gehen sollst! Da machte ich sogar die Augen zu vor meiner Frau und war bloß noch Herr Faßmann. Wenn auch nicht Direktor Faßmann.

Ziffer 10

Faßmann läßt nicht locker

Es war alles so gemein. Auch daß wir aus Kummerow nun Briefe kriegten, wie das ginge mit der Bolle-Bimmelei in Stettin, und sie hätten läuten hören, daß wir das Schloß in Kummerow vom Grafen gekauft hätten. Unterschriften hatten die Briefe keine. Ich habe mich schwer geärgert, lief wütend umher und zeigte zu Hause ein brummiges Gesicht. Heute weiß ich, daß es weniger wegen des Geldverlustes war und mehr wegen der Schande und Blamage. Heute weiß ich auch, daß es nur gerecht war mit den Briefen, denn ich hatte die Kummerower ja auch geärgert mit meiner Prahlerei, wenn ich mal hingekommen war, hatte ihnen Bilder von meinen Geschäften und von meiner Wohnung gezeigt und mich über ihren Neid gefreut und es wohlig gefühlt, wenn sie so vor mir im Krug krochen. Nun war ich arm, und sie rächten sich. Das ist wohl Menschenart. Es ist ja auch an dem, daß ich von einem zu hohen Pferd gefallen war, wo ich gerade angefangen hatte, auf einem Pony reiten zu können. Aber von meiner Hoffart und meinem Trotz ließ ich deswegen noch lange nicht.

Da bekam ich noch einen versetzt, und sie sagen heute dazu Kinnhaken. Nämlich, unter den Gesellschaftern waren auch ein paar Leute gewesen, die hatten ihr ganzes Geld hineingegeben. Ich habe von diesen Sachen nie was gewußt, das hatte alles Herr Entlein gemacht. Die hatten sich nun zusammengetan und hatten wohl erfahren, daß ich noch ein Geschäft besaß. Das war nun zwar lange vorher, als noch keine Gesellschaft bestand, auf meine Frau gekommen und war rechtlich alles in Ordnung. Aber eines Tages kamen drei Mann in den Laden und machten Krach. Ich schmiß sie raus. Da randalierten sie und beschimpften mich. Dann klagten sie. Dann klagte ich. Sie wurden abgewiesen. Ich obsiegte, weil sie mich beleidigt hatten. Dann kamen zwei Frauen und beschimpften meine Frau. Es waren die Frauen von den Männern. Und wir hätten sie betrogen und mästeten uns an unrechtem Gut, und Gott würde es uns schon anstreichen, angefangen hätte er damit ja schon.

Meine Frau wurde von der Aufregung sehr krank, und ich ermattete auch. „Was willst du, daß ich tun soll?“

Sie sprach: „Verkaufe das Geschäft und gib ihnen alles!“

Ich weigerte mich. Da weinte sie. Da sagte ich: „Wenn ich nachgebe, muß ich mich zu Tode schämen!“

Sie sagte: „Und ich mich, wenn du nicht nachgibst!“ Da tat ich also.

Dann kamen noch zwei Frauen und forderten von mir Ersatz für die Einlagen ihrer Männer bei Herrn Entlein. Da verkaufte meine Frau auch die neue Einrichtung der Wohnung und behielt bloß das, womit wir nach Stettin gekommen waren. Und war doch sonderbar gefaßt. „Es haftet kein Segen daran", sprach sie. Da weinte ich in der Stille. Denn ich erkannte, was mir geblieben war: eine lautere Seele. Nicht meine eigene, nein, diejenige meines Weibes. Und ich schämte mich in meiner Tiefe.

Ziffer 11

Mit unechtem Humor in falsche Demut

Eines Tages nahm ich mal wieder die Bibel vor. Da las ich, daß der Mensch sich demütigen solle vor Gott und solle allen Trotz fahrenlassen und allen Stolz, desgleichen alle Traurigkeit über irdische Verluste.
Nun, so leicht war es nicht. Demütigen vor Gott, das geht an, aber was ist das? Es kommt doch immer auf das Demütigen vor Menschen hinaus, und das ist schwerer. Das ist oft unmöglich. Ich nehme den Hut ab vor solchen, die es nicht können. Von jenen, so alles verloren haben, soll man es nicht auch noch verlangen. Denn es ist wohl überhaupt das schwerste, an den Trümmern seines Hauses zu stehen und kein Holz zum Neubau zu haben, ja, nicht mal den Platz dazu. Bis ich das Bild meiner Mutter vor mir sah, damals in der Bretterbude auf dem Schutthaufen unseres Gehöftes, wie sie ihre Hände vom Gebet entsammelte und auftat zu neuer Arbeit.
Bloß, sie wußte, wo sie anfangen konnte, nämlich auf ihrem alten Grund. Ich aber hatte dergleichen nicht. Ich stand da, schon vierzig alt, hatte Frau und Kind, aber keine Wohnung und keinen Verdienst. Ich stand da in der Mitte meines Lebens und sah zurück über die Hälfte, die ich durchmessen, und es wurde mir noch bänglicher. Wie damals, als ich mit Gustel auf dem Dammschen See ruderte und es wurde neblig und ich wußte nicht, wo ist dein Ziel, ich wußte nicht mal, wo ist ein Ufer! So stand ich jetzt ohne Ziel und ohne Zweck und sah lediglich, daß ich vierzig Jahre kreuz und quer und hin und zurück gefahren war, im Sinne, vorwärtszukommen. Ich erinnerte mich, gelesen zu haben, und kannte auch Menschen, so es erlebt hatten an sich, nämlich, daß es welche geben sollte, die klar und sicher von Jugend an auf ein inwendiges Ziel losgegangen sind. Ich glaubte nicht, daß sie dabei als leibliches Ziel etwas anderes angesehen haben könnten, als ich es getan

hatte: Geld zu sammeln und ein beachtlicher Mann zu werden! Ich dachte nach, indes ich am Bollwerk umherging, wie falsch es der liebe Gott doch mit den Menschen gemacht hat, daß er ihnen allerlei Verstand, aber nicht die klare Erkenntnis vom rechten Tun und Lassen gegeben hat. Ich wußte auch nicht, was außerhalb der Bibel eigentlich gut und böse sein mochte. Siehe, dachte ich, so geht es wohl den meisten Menschen, daß sie auch bei geschäftlichem und beruflichem Vorwärtskommen und Besitzanhäufen doch in ihrem Inwendigen sein müssen wie seelische Tagelöhner, welche von der Hand in den Mund leben. Vielleicht ist dieses überhaupt des Lebens Sinn.

Langsam ging ich durch das Fort Leopold rauf in die Grabower Anlagen. Da war ein alter Kirchhof mit großen, schönen Bäumen. Ich las die Namen auf den verwitterten Steinen und Kreuzen. Ja, dachte ich, ob von denen es einer in seinen jüngeren Jahren gewußt hat, wie ein Mensch in seiner Seele

beschaffen sein muß, wenn er zu gleicher Zeit rechtlich leben will vor Gott und vor den Menschen? An der Stadt kann es nicht liegen, denn es können nicht alle Menschen auf dem Lande bleiben. Und ich sagte mir auch, daß das rechtliche Leben ja noch immer nicht getan ist, wenn man das Wahre in der Seele fühlt und es sich im Geiste vornimmt. Was ist richtig, sagte ich ganz laut, soll nun einer zuerst an ein gutes irdisches Leben denken oder an ein besseres Weiterleben nachher? Beides zusammen scheint mir nicht zu gehen! Und haute dabei auf die Lehne der Bank. Kuckuck! erscholl es aus den Anlagen, und noch ein paarmal Kuckuck!

Dieweil die Natur dermaßen fröhlich meine ernsten Gedanken verlachte, fiel mir mit einem Male der Trauerschleier von meinem Herzen, und ich mußte auch lachen. Nämlich darüber, daß ich in den Jahren der Arbeit und des Erfolges mit anderen inwendigen Dingen auch das Lachen vergessen hatte. Dieses machte mich bei kleinem fröhlich, und da ich allein war, sang ich und tanzte dabei auf dem breiten Weg: Oh, du lieber Augustin, alles ist hin. Rock ist weg, Stock ist weg – Augustin liegt im Dreck ...

Bis ich sah, daß eine Dame mit zwei Kindern ankam und sich vor mir verschrak und rasch in einen Seitenweg abbog. Woran ich ermaß, daß es wohl nicht der richtige Humor war, welcher mich eingeholt hatte, sondern ein mehr trauriger Spaß, der andere Menschen schreckte. Es fiel mir mein braves Weib ein, und ich lief, sie zu sehen. Als sie mich aber so fröhlich sah, da bog auch sie in einen Seitenweg ihrer Gefühle ab, und ich sah ihr an, daß sie dachte: Er ist betrunken!

Heute, da ich dieses aufschreibe, denke ich gerade gern an jene Stunde, in welcher ich erkannte, daß der Mensch sich am leichtesten irrt, wenn er glaubt, sich endlich richtig erkannt zu haben. Und daß es am schwersten ist, den richtigen Weg zu finden, ach, auch nur ein paar Schritte weiter zu gehen, wenn man gemerkt hat, der bisherige war der falsche.

Ziffer 12

Austreibung ins Paradies

Da nun der neue Ladenbesitzer auch in die Wohnung wollte, mußte ich mich entscheiden, wohin mit uns. „Ich wüßte was“, sagte er.

Ich sah ihn erstaunt an. „Ich habe doch die Milch aus Kummerow wieder in Pacht bekommen“, sagte er und machte sich ein bißchen größer. „Sie

waren doch ein tüchtiger Mann in Kummerow und kennen den Grafen und die Wirtschaft!"
„Ja", sagte ich und sah ihn mißtrauisch an, „Sie meinen, für Kummerow reichte es mit meinem Können?"
Da sprach er es aus: „Sehen Sie mal, hier kriegen Sie doch keine Arbeit. Was sollen Sie hier auch anfangen? Ich hätte ja an Ihrer Stelle das Geschäft nicht verkauft, wo Sie doch im Recht waren."
„So", sagte ich und ärgerte mich nun doch. „Aber Sie haben mich armen Mann noch derartig mit dem Preis gedrückt und haben es getan, weil Sie wußten, ich will wegen meiner Frau auf jeden Fall verkaufen!"
„Aber, lieber Mann", sagte er und lachte, „das ist doch was anderes, da ist sich jeder erst mal selbst der Nächste. Na, und wenn ich es nicht gewesen wäre, da wäre es eben ein anderer gewesen!"
Darauf konnte ich bloß nicken, denn diese allerfeinste Ausrede für die Eigensucht und Unanständigkeit, die hatte ich allzuoft schon gehört und selber angewendet. Also sagte ich bloß: „Da haben Sie auch recht!"
„Ist gut", sagte er, „ich zahle Ihnen neunzig Mark den Monat, wenn Sie nach Kummerow gehen!"
Neunzig Mark war jetzt für mich viel Geld. „Aber ich kriege doch keine Wohnung in Kummerow!"
„Ich habe mit dem Grafen gesprochen", sagte er, „Sie bekommen von ihm eine Wohnung."
Da mich das wunderte, lachte er dumm. „Wissen Sie, der freut sich, daß er Sie nun als kleinen Mann wieder zu sehen kriegt." Dieses hätte er nun nicht sagen sollen, aber es freute ihn wohl auch, denn ich hatte ihm mal die Milch von Lunow vor der Nase weggepachtet.
„Ich muß es mir überlegen", sagte ich.
Dann fragte ich meine Frau. „Nein", sagte sie zu meinem großen Erstaunen, „nicht nach Kummerow. Du wirst es nicht ertragen, wenn sie dich auslachen, da laß uns lieber hier irgendwas suchen!"
Da sah ich sie vor meinen Augen wie eine Heilige, denn sie wollte lieber die Großstadt ertragen als auch nur meine Eitelkeit unterm Gespött der andern leiden sehen. Aber da stand es für mich fest: Du mußt gerade nach Kummerow, damit du geläutert wirst an Leib und Seele! Also sagte ich zu. Oh, sie hatte Augen, so hell wie die Sterne, nun sie sah, daß ich es aus freien Stücken beschlossen hatte.
„Die Vertreibung aus dem Paradies", sagte ich, als wir mit Sack und Pack auf dem Bahnhof standen, und fühlte es bitter in mir. „Nein", sagte sie hell, „die Austreibung ins Paradies!" Und ihre Augen waren die einer Seherin.
Also fuhren wir vierter Klasse nach Kummerow. Zu viert. Weggefahren

Ausgang

waren wir zu fünft in der dritten Klasse. Eigentlich hätten wir jetzt zu sechst sein müssen und zweiter Klasse fahren können. Da weinte ich still, aber nicht um meine Armut, sondern um meine beiden toten Kinder. Sie aber sah hinaus über die Felder und Wiesen, und in ihren Augen stand unbeschattet ein Licht. Da erkannte ich wieder, daß es Vergißmeinnicht gewesen und geblieben waren und es wohl sein würden in Ewigkeit.
Es zuckte noch einmal ein bißchen in mir, als ich den Leiterwagen sah, der meine Habe von der Station abholte. Ganz in der Art, wie man die ziehenden Tagelöhner abholt. Nein, ärger, denn uns selbst hatte keiner abgeholt. Wir mußten den Weg ins Dorf zu Fuß gehen, und es waren doch drei Kilometer. Den kleinen Jungen mußte ich tragen.
Meine Frau hatte unser kleines Mädchen an der Hand und zeigte ihr alles und versprach ihr das Paradies. Und ich gewahrte, daß sie selbst an das Paradies glaubte und meinte, sie gehe ihm entgegen und stehe schon an seiner Pforte. Da warf ich in meiner Seele die letzte Tür zu von dem anderen Paradies, das ich in der Stadt gesucht und in einer Villa mit goldenen Türgriffen gesehen hatte. Denn die waren ja auch bloß aus Messing. So kam es, daß ich die hämischen Gesichter im Dorf nicht sah und auch die Bemerkungen nicht hörte und selbst das Grinsen für ein freundliches Willkommen nahm.
Mit lächelndem Gesicht lupfte ich meinen Hut. Dabei löste sich, als müßte es so sein, das kleine Federspiel, welches ich mir in der Stadt gekauft und immer als von einem Adler ausgegeben hatte. Es flog davon. Wahrscheinlich waren es auch bloß gefärbte Hahnenfedern gewesen. Wie ja die ganze Zeit bloß auf Adler gefärbt gewesen war. Sogar die Entleins und die Kuckucks.
Jedenfalls, die siebente Stunde, die Schicksalsstunde, war abgelaufen.

DIE ACHTE STUNDE

Ziffer 1

Wes Brot ich esse …

Da ist wohl kaum einer, der das Sprichwort nicht kennt. Und ist da doch einer, dann lebt er gewißlich auch so danach und weiß es nur nicht. Es ist auch eigentlich kein Sprichwort, es ist für die meisten Menschen ein Gebot: Wes Brot ich esse, des Lied ich singe! Und sie achten dieser weltlichen Vorschrift mehr, als sie ein Gebot ihrer Kirche beachten. Vielleicht, weil die Brotgeber es verlangen oder es gern haben, daß ihr Lied gesungen wird. Denn siehe, es ist nicht bloß alles eitel, es sind wohl auch alle eitel.
Damals, kurz vor den Backpfeifen, die das Leben für mich bereitet hatte, da war ich genauso gewesen. Da verlangte ich es auch, daß diejenigen, welche mein Brot aßen, auch mein Lied singen sollten. Solchermaßen war es also nur in der Ordnung, daß ich auch nachher freiwillig für einen Brotkanten einen Psalm sang auf den Kanten-Herrn und sogar noch einen Schnedderengtengteng anhängte: Hoch soll er leben!
Da ich bei allem Nachdenken nicht herauskriegte, wie ich inwendig war und wie ich auswendig sein müßte, um weiterzukommen, nahm ich mir vor in meinem Sinn, dieweil es nicht ging mit dem weiten Maul und der Großspurigkeit, versuchst du es eben, indem du die Schnauze ganz hältst und zum Gehen nicht mehr Weg beanspruchst als ein Karrenrad, und am besten ist, du hinterläßt als ein richtiger Leisetreter gar keine Spur. Aber es wurde mir auch noch auf die Karre manche Last gelegt, so daß da noch eine Spur meines Weges zu sehen war. Ich ärgerte mich zuerst sehr darüber. Aber nachher ärgerte ich mich nicht mehr, und schließlich, da machte ich zwei Spuren daraus, und war aus der Schiebkarre ein Ackerwagen geworden. Und wer saß darauf? Grambauers Liepe! Dieses nenne ich das Wunder meiner Auferstehung im Fleische und im Geiste. Aber alles zu seiner Zeit.
Für gute Worte und ein paar gute Taler, welche ich noch hatte, fand ich Unterkunft bei einem Bauern. Eine Stube und eine Küche. Aber bloß für ein paar Wochen, denn der Bauer wollte einen Hofgänger haben. In der Zeit aber richtete ich für mein Geld eine leere Tagelöhnerwohnung her. Sie war selbiger Art, wie ich das schon beschrieben habe. Da ließ ich den Steinfußboden überdielen, ließ eine richtige Tür einsetzen, die Fenster ausbes-

sern, alles streichen. Bloß die Enge, die konnte ich nicht erweitern. Und den Misthaufen unterm Fenster konnte ich nicht wegbringen. Aber einen Abtritt konnte ich noch an das kleine Stallabteil anbauen.
Hätte ich das man nicht getan! Denn gerade diese Sache, die rechnete man mir als Hochmut an. Solches geschah mir von den andern Familien, die da noch im Hause wohnten, und besonders von den dreien, die mit uns zusammen auf einem Flur wohnten. Nämlich, es ist wohl an dem, daß der arme Mann in seinem Innern wohltätiger ist als der reiche, und er ist auch wohl voll mehr Mitgefühl mit denen, die Not leiden. Aber es ist auch an dem, daß er solcher Art bloß so lange ist, wie er selbst Not leidet. Ist er darüber hinaus, dann vermindert sich mit jedem Taler, den er mehr verdient, seine Mitleidigkeit. Da meint er wohl, er darf nun nicht mehr zeigen, daß er weiß, wie Hunger und Elend und die Nichtachtung der Menschen tun. Denn der arme Mann ist so voll Mitgefühl nur zu seinesgleichen.
So meine ich das: Der arme Mann sieht den Seinesgleichen nicht schon darin, daß der andere auch nichts hat, daß er genauso leben muß wie er selbst. Sobald nämlich der andere, der genauso leben muß, einer ist, der es mal besser gehabt hat, verringert sich das Mitgefühl nicht bloß, dann zieht der arme Mann sogar noch eine Grenze und stemmt die Arme auf den Zaun und freut sich, daß der andere nun auch mal sieht, wie das ist, nichts zu haben und mit Frau und Kindern entbehren zu müssen. Ganz schlimm wird das aber erst, wenn der andere noch so kleine Sachen aus seiner früheren Zeit bewahren will, als da sind Reinlichkeit und Stillesein. Die neu eingesetzten Fensterscheiben, die gingen noch hin, mit der neuen Tür, da fing es an, da machte der Schlüssel zu der Tür zwar das eingelassene Schloß zu, aber er machte dafür die Mäuler auf. Ganz schlimm jedoch war das mit dem Abtritt. Da wurde beinah jedes Maul ein Abtritt und war lauter stinkender Unrat drin. „Die sind wohl zu fein, hintern Stall zu gehen! Ach, die wollten ja mal Dukatenkacker werden, nun warten sie am Ende immer noch drauf, es könnte was mang sein!“ Und hatte von ihnen doch keiner was von meinem Hochhinaus gesehen, und kannten uns alle doch bloß von vor vier Jahren, wo wir auf der Mühle wohnten und stille Menschen gewesen waren und Arbeiter wie sie. Und sie nahmen es meiner Frau krumm, daß dieselbe immer noch keinen Bettler von ihrer Tür gehen ließ. „Die haben immer noch zuviel, denen muß es noch viel dreckiger gehn!“

... des Lied ich noch nicht singe!

Schimpft nicht auf die Demütigen. Ich mochte sie früher auch nicht, aber als ich mich zu ihnen gesellte, lernte ich um. Obschon es darunter mehrere Klassen gibt. Da sind welche, besonders in der Frömmigkeit, die sind so stolz auf ihre Demütigkeit, daß sie voll Hochmut auf jeden wirklich Stolzen und auf jeden Pharisäer und Sünder gleichzeitig sehen.
Hinferner gibt es welche, die sind demütig nur zum Schein und um des Brotes willen.
Es gibt auch welche, und deren Demütigkeit ist echt. Aber sie teilen sich wieder in solche, die es aus dem Glauben sind, und in solche, die es sind, weil sie zu Knechten sich geboren fühlen.
Als ich unterwürfig war und das Brotlied sang, da wußte ich nicht zu sagen, zu welchem Verein ich gehörte. Mit meiner fröhlichen Demut, das kann schon sein, daß ich da gerissen sein wollte, und war doch bloß zerrissen. Eins aber ist mir geblieben in meinem Sinn. Nämlich daß einer sich das Demütige für sein Leben angewöhnen kann, wenn er nicht bloß für sich allein zu sorgen hat. Denn um das Brot brechen zu können für seine Familie, darum hat mancher schon seinen Charakter brechen müssen. Siehe, da hüte man sich, über ihn den Stab zu brechen. Dieweil schon das eine Ende von solchem gebrochenen Stab genügt, um dem Menschen auch noch das Stückchen Brot abzujagen, und das andere Ende ausreicht, ihm als ein Bettelstab zu dienen.
Aber ich habe in diesen Jahren der Demütigkeit auch erkannt, was es ist, wenn ein Mensch einen Glauben hat, und es braucht nicht immer nur ein Kirchenglaube zu sein. Da genügt schon ein Glaube, daß das Glück keinen großen Raum nach rechts und links nötig hat, sondern bloß Raum genug nach oben und unten, damit der Mensch den Himmel sehen und die Erde fühlen kann. Da ging Gustel umher und sah gar nicht die schadenfrohen Gesichter. Und vor Hühnergackern und Schweinegrunzen und Vogelsang und Kinderlachen, da leuchtete sie direkt und hörte nicht die bösen Worte der Menschen.
Darüber habe ich mich zuerst verwundert und habe dann die Hände gesammelt vor Dankbarkeit. Da geschah es nämlich ganz von selbst, daß die Menschen sich das abgewöhnten mit der Schadenfreude. Zuerst der Herr Graf, dann die Bauern, dann die Tagelöhner. Und dann geschah noch etwas, was mich ganz und gar in Verwunderung setzte.

Nämlich, in dem gleichen Maße, wie die Gesichter um uns freundlicher wurden, trübten sich die Augen meiner Frau. Ich achtete des zuerst nicht besonders und hatte mich schon daran gewöhnt, alles zu tragen und ein unterwürfiger Mensch sein zu müssen. In diesen Wochen gebar meine Frau mir meinen dritten Sohn. Ich war dankbar für diese Himmelsgabe und versprach, meine Söhne als Freunde der Armen zu erziehen. Zu meiner Frau aber sagte ich noch: „Zuvörderst jedoch müssen sie selber reiche Männer werden, dafür will ich mich gern demütigen vor den Menschen. Meine Söhne sollen das nimmermehr nötig haben!"

„Ach", sagte Gustel zu mir, „da irrst du in deinem Herzen, Wörter reichen nicht aus, ein Kind zu erziehen, es muß die Werke als Vorbild sehen an seinen Eltern!"

„Wie meinst du das?" fragte ich.

„Es ist mir schon lange eine Not", klagte sie, „daß du einen krummen Rücken machst vor den Menschen, denn der Mensch soll sich nur beugen vor Gott."

Ich sah sie verwunderlich an. „Gustel, ich merke das gar nicht mehr, daß ich es tu!"

„Das ist es ja", sagte sie, und es war ein Trauern in ihrem Wort, „wenn du weiter so machst, so wirst du einmal den Kopf nicht mehr aufgerichtet tragen können. Dann werden unsere Kinder dies an ihrem Vater sehen. Dann werden sie lernen, es ebenso zu tun. Oder sie werden lernen, ihren Vater nicht zu achten!"

Solche Reden faßten tief an mein Herz. Aber ich wehrte mich dagegen an. „Ist es an dem", sprach ich, „daß du meinst, der Mensch soll lieber brummig als freundlich sein?"

„Nein", sagte sie, „aber er soll freundlich sein aus seinem Herzen und nicht aus seinem Vorteil!"

Ziffer 3

Zwischen Herr und Knecht

Da ging ich, nachdem meine Frau mir so zu Gewissen geredet hatte, noch viele Wochen und Monate umher und suchte was. Und wußte nicht, was es war. Bis ich erkannte, daß ich mein Wesen suchte. Nämlich, der dicke Wilhelm, den ich immer hatte spielen wollen, seit ich meiner Mutter Hof verließ, das war wohl doch nicht mein Wesen. Der unterwürfige Knecht, den ich aus Not spielte, das war wohl auch nicht mein Wesen. Wo aber lag dann mein Wesen? Siehe, dachte ich, du bist nun schon vierzig Jahre und weißt es ob vielen Nachdenkens noch immer nicht. Da ist noch immer die Wirrnis, das Durcheinander, und du hast gerade zwei Wege als falsch erkannt von den vielen. Nun bist du wohl kein Guter, aber du bist bestimmt auch kein Böser. Du bist vielleicht kein Kirchenlicht, aber du bist auch keine Tranfunzel. Wie geht es zu, daß du beim besten Willen nicht weißt, so du es nicht bei Redensarten und Bibelsprüchen belässest, wo du hingehörst mit deinen Füßen und mit deinem Gemüt?

Da habe ich noch einmal ein Mißtrauen bekommen gegen diejenigen, welche in ganz jungen Jahren daherkommen und sagen: „Ich weiß alles, ich kann alles, und was ich tue, das ist richtig!" Weil ich das auch mal gesagt hatte. Und erst recht verwehrte ich mein Ohr denjenigen, die da verlangten, andere müßten auf sie hören, bloß weil sie jung waren oder jung ein Amt bekamen. Es ist sehr schön, in jungen Jahren etwas Tüchtiges zu lernen, und es gehört sich auch so. Es mag auch an dem sein, daß einer in jungen Jahren schon ein guter Handwerker sein kann, ein Doktor, ein Professor. Aber sie irren sich alle in ihrem Geiste, wenn sie annehmen, sie hätten nun auch schon einen fertigen Glauben oder eine Weltanschauung. Denn die Gesellenjahre des Herzens, die beginnen nicht vor den Vierzigern und die Meisterjahre nicht vor den Fünfzigern. Obermeister aber wird keiner vor seinem sechzigsten Lebensjahr.

Dieweil es bei aller Sicherheit, ja bei allem Lernen und allem guten Willen schwer ist, Eitelkeit, Rechthaberei, Herrschsucht, Laster und Haß, als welche in jeder Menschenbrust wohnen, so weit auszuroden oder abzunutzen, daß da Platz ist für das eine, welches allein einen Glauben nähren und durch ein Leben tragen kann: nämlich das Verstehen und das Verzeihen der menschlichen Bruchsäligkeit, nämlich die fröhliche Güte und die Menschenliebe bei allem Eintreten für das Rechtliche.

I bewahre, ich bin nach meiner Schicksalsstunde kein Sonntagsprediger gewesen und bin es auch nicht auf meine alten Tage. Ich habe bloß von Stund an die Menschen nach ihrer Fasson selig werden lassen. Ich kann daher für die gebrauchten tönenden Wörter, welche einem Erzieher mehr schicklich sind als einem Bauern, da kann ich auch sagen: Der Mensch ist in seinem Herzen erst reif für das Leben mit anderen Menschen, wenn er zweierlei nicht mehr gegenüber seinen Mitmenschen ist: kein Schandarm und kein Pastor! Welches mir die Schandarmen und die Pastoren verlauben mögen. Denn des Menschen Hand soll nicht nach des andern Menschen Tun fassen, um es gewaltsam zu ändern, soll aber den Sünder auch nicht fallenlassen,

sondern seine Hand soll geöffnet sein wie sein Mund, und ist es auch nur zu einem fröhlichen Gruß!
Dieses aber ist am schwersten zu lernen im Leben und ist oft schwer zu üben, auch dann noch, wenn man es möchte. Ich weiß es zu berichten, da ich es dazumalen als das Rechte für mich erkannte und zu tun versuchte. Da werden viele niemalen Meister und bleiben allezeit Lehrling, reichte ihre Lehrzeit auch wie bei mir übers achtzigste Jahr.
Denn siehe, auch dies ist in meinem Geiste nicht wahr, daß das Gütige mit den Jahren von allein kommt. Nicht mal dann, wenn man es als das Richtige erkannt hat. Mein Freund, der Inspektor Kattentitt aus Kummerow, der ein Sauigel war in seinen jungen Jahren und hat im Alter den Kopf über sich geschüttelt und gesagt. „Ich seh da öfter einen jungen Mann über die Felder gehen und die Leute verprügeln, ich kann es gar nicht glauben, daß ich das gewesen sein soll, ich könnte dem Kerl in die Fresse hauen!" Er hat solchermaßen verzeihlich dann auch politisiert und hat dennoch, wenn er hörte, es hätte ein armer Teufel aus Hunger Früchte des Feldes gestohlen, noch mit achtzig Jahren mit dem Stock losgehen wollen.
Als ich es damals in meinem Geiste erkannte und in meinem Herzen fühlte, daß ich nicht geboren bin zu einem Herrn, welches ich gedacht hatte und gewollt, aber auch nicht zu einem Knecht, welches ich auch gedacht hatte und gewollt, da sagte ich mir also: Liepe, was aber stehet in der Mitten? Da stand in der Mitten ein Mann, der ein Stück Land sein eigen nennt und ein Haus darauf, und er braucht nicht gleich ein Großbauer zu sein, sondern genügt schon ein Grambauer. Da sah ich mit meinem inwendigen Auge eine lange Reihe von Vorfahren und sah ihre hageren Gesichter und wußte, daß eine schwere Hand und eine schwere Zunge sind wie schwarzes Brot, nämlich schwer zu kauen, aber gesund. Von Stund an ging ich umher und war ehrlich fröhlich im Gemüt und sah jedem Menschen frei ins Angesicht.

Ziffer 4

Der eigene Misthaufen

Es muß einer wohl ein Bauer sein, um zu verstehen, daß dies etwas Besonderes sein soll. Oder er muß es in sich haben von seinen Vätern vom Lande. Nämlich die Lobpreisung des eigenen Misthaufens. Es ist mir da ein

Wort eingefallen von meinem stillen Vater: „Junge", sagte er einmal, als ich ihm erzählte, daß ich gern in die weite Welt möchte, mein Glück zu suchen. „Junge, das beste Fundament eines glücklichen Hauses ist der eigene Misthaufen." Damals verstand ich es nicht so recht. Nun aber verstand ich es. Und es soll selbiges Wort heißen, daß es das größte Gefühl der Sicherheit im Leben ist, im leiblichen und im seelischen, wenn einer kann auf dem eigenen Misthaufen hocken! Nämlich, es muß auch dieses wieder auf den eigenen Boden gehen. Wie auch das Einladen vom eigenen Boden kommen muß. Dann ist das ein Kreislauf der Verbundenheit mit der Erde und schließt in sich des Menschen Zuversicht, sein sicheres Gefühl, und er kann den Kopf hoch tragen vor den Mächtigen und hat sein Wohlgefallen am Leben. Am eigenen Leben. Und da er die Grundlage hat für einen gütigen Glauben, kann er leicht auch Wohlgefallen finden am gemeinschaftlichen Leben. Und er hat sich nur wieder vor der Hoffart zu hüten, die mitunter in dem eigenen Misthaufen nicht nur das Fundament des Hauses sieht, sondern gleich einen Tempel, vor dem die andern knien sollen.
Nach einem halben Jahre traf es sich, daß eine Wirtschaft von zwanzig Morgen zu haben war. Ich hatte in den drei Jahren fünfhundert Taler zurückgelegt, denn Gustel sparte an allen Ecken und Enden. Ich schrieb an meinen Bruder. Er sagte es meiner Mutter. Sie liehen mir fünfhundert Taler. Es fehlten mir noch tausend Taler, der Rest konnte stehenbleiben.
Siehe, ich hätte niemals den Mut gefunden und den Glauben, ich könnte Erfolg haben mit meinem Gang. Ich ging nämlich ganz einfach zum Grafen. Aber durchaus nicht unterwürfig, nein, bloß höflich. Er muß es wohl in meinem Wesen gemerkt haben, daß da jetzt der dritte Grambauer vor ihm stand, eben nach jenem, der ein Herr sein wollte und es nicht war, und jenem, der ein Knecht sein wollte und es nicht war, nun der, der ein Bauer sein wollte, weil er erkannt hatte, daß er auch einer war. Er lieh mir das Geld. Hundert Taler jedes Jahr zurück und gute Zinsen. Dafür war er ein Großgrundbesitzer. Mir war das recht so, denn ich wollte keine Wohltat.
Ich habe es in fünf Jahren geschafft, dann kam der Bruder ran, dann der Rest. Wie ich das fertigbrachte, dafür weisen meine Hände die Spuren noch heute mit neunzig Jahren. Nämlich, ich habe noch immer keine Spur von einem Puckel, da ist nichts zurückgeblieben aus der Zeit meiner falschen Demut, aber meine Finger haben sich gekrümmt, und einige sind wie gebogene Werkzeuge. Ich bin aufgestanden um drei Uhr in der Frühe, fünfunddreißig Jahre lang, und bin schlafen gegangen um neun Uhr abends. Vielleicht, daß ich deshalb so alt geworden bin und kann das Ende auch heute noch nicht absehen. Und habe auch noch gar keine Lust, es abzusehen. Denn ich sage mir: Bin ich ein Gerechter, so kann mir der Himmel nicht mehr weglaufen,

bin ich aber ein Schlechter, so komme ich noch früh genug in die Verdammnis. Das Fegefeuer aber habe ich hinter mir. Und ich weiß auch nicht, ob ich das wiederfinden werde da oben oder unten, was ich gern noch eine Zeitlang haben möchte. Nämlich die Bäume und die Tiere und die Vögel, ein Pfeifchen Tabak und ein Schnäpschen, ein Buch und meine Hunde. Na, die fände ich, wenn ich in den Himmel kommen sollte.
Aber ich möchte noch einiges hier unten verweilen, weil ich noch viel nachzuholen habe. Wenn ich es bestimmen könnte, dann würde ich aus reiner Neugierde so lange warten, bis die Menschen auf den Mond geflogen sind

oder auf den Mars. Und daran hat mein Freund, der Sternkieker Bruno Bürgel, schuld. Der hat mir da die Asche aufgestökert, die von meines Vaters Unterweisungen liegengeblieben ist. Der hat mir da Himmelslichter aufgesteckt, welche ich alter Heide lieber von der Erde aus ansehe als nachher von dicht dabei.
Adam und Eva in ihrem Paradies, die Könige auf ihren Thronen, die Bankiers auf ihren Geldsäcken, die Dirnlein in ihren Sündenpfühlen, die können sich alle nicht so gefühlt haben wie wir, als wir einzogen in unser kleines Gehöft. Gustel kniete mit den drei Kindern auf dem Flur und betete. Na ja, und ich sammelte meine Hände in einer dunklen Ecke. Dann sang mein Weib, dann sprang mein Weib. Dann nahm sie Forke, Besen und riesige Mengen Wasser und schrubbte das ganze Anwesen. Dann besserte ich alles aus. Nach uns hielten Schweine und Hühner und Gänse und Enten Einzug. Das Land ließ ich einstweilen verpachtet, denn ich hatte ja meine schwere Arbeit. Kühe brauchten wir nicht, ich hatte ihrer hundertfünfzig zu verwalten und hatte Milch und Butter genug. Dann gingen wir durch den Garten, und es war unsere Erde und trug sanft, als gingen wir auf Daunen.
Da sagte Gustel: „Ich weiß es, nun ruht Segen auf unserer Hände Tun! Nun tu mir noch einen Gefallen, lieber Mann!"
Ich sah sie erstaunt an. „Tausend Stück Gefallen", sagte ich.
„Siehe", sprach sie, „nun ist alles ausgefegt, was bis heute Unreines in uns war, in uns und unserer Wirtschaft. Nun laß auch den Namen Gustav und schreib dich wieder mit dem Namen, welchen du als deinen Rufnamen in der Taufe erhalten hast!"
Dadurch wurde ich erst ganz wieder, was ich gewesen war in meiner Jugend, ein bißchen anders, aber das machte die Gegend. Nämlich, sie riefen mich hier nicht wie zu Hause: Grambauers Liepe, hier wurde ich Gottlieb Grambauer. Bis ich Vadder Grambauer wurde. Aber das stand noch in weitem Felde.

Ziffer 5

Vom Ochsen zum Pferd

Die Unterschiede der Menschen sind verschieden, sagte mein neuer Freund immer, und war dieses der Steuereinnehmer Theodor Rollwage. Das ist auch so in ihrer Bezugnahme auf Ochsen und Pferde. Nämlich, in meinem

Lausitzer Heimatdorf, wenn da einem Bauern das Gelüst ankam, statt der Kühe oder Ochsen sich Pferde anzuschaffen, dann rümpften die anderen die Nasen und rissen die Mäuler auf und sagten: „Ut as esoahn, mitte Pfarde willa plien!" Und ist solches eine große verwunderliche Neuigkeit und heißt auf deutsch: Habt ihr's gesehen, er will mit Pferden pflügen! Hier in Kummerow, da gab es nach dem lieben Gott erst mal die Pferde auf der Welt. Und wenn die Leute nichts zu beißen hatten, Pferde mußten sein. Als ich da nun mit meinem Ochsen ankam, da rümpften sie die Nase und rissen auch die Mäuler auf und sagten: „Hewt ji't sähn, met Ossen willa plögen!"
Dabei wußten sie alle, daß dieses rentabler ist für solch kleinen Betrieb. Nämlich, man kauft sie jung, läßt sie arbeiten, sie machen dazu guten Mist, dann mästet man sie und verkauft sie und kauft sich neue. Mit Pferden geht das nicht. Bloß, sie wollten es nicht auf sich nehmen, Kuhbauern zu sein. Mein Stolz aber war dahin, und ich meinte mit meinem Freund Rollwage, daß die Unterschiede der Menschen wirklich so verschieden sind, daß sich diese Unterschiede in der Masse wieder von allein aufheben.
Als ich nun aber vorwärtskam und mir gelegentlich immer noch einen Morgen oder zwei zulegte, mußte ich doch meine Ochsen abschaffen. Dieweil es eben zum Ansehen in Kummerow gehörte, daß einer, der Land hatte, auch Pferde haben mußte. Ochsen, das blamiert ganz Kummerow, sagten sie. Also tat ich ihnen den Gefallen. Solche Ansicht war freilich recht kostspielig. Es ist heutigentags wohl so mit den Autos. Wir hatten da außer Bauern die Freimänner, so einer war ich nun. Nämlich, die Bauern hatten vier Pferde, die Freimänner zwei, die Einspänner hatten eins oder meist gar keins. Die ließen sich dann das Land pflügen und arbeiteten es ab. Aber eine Kuh spannte keiner vor den Pflug, wie bei uns daheim es doch Leute mit fünfzig Morgen tun.
Als ich neulich mal bei meinem Bruder zu Hause war, da fand ich, daß es auch in meiner Heimat inzwischen immer weniger Ochsen gab. Da hob er den Finger, wie er das immer machte, wenn er etwas Bedeutsames sagen wollte: „Mein lieber Bruder, die sind alle in die Stadt gezogen!"
Da sah ich ihn an und sagte: „Mein lieber Bruder, ich will es nicht vermeinen, du hast mich einbegreifen wollen in deinen Vergleich. Vergiß nicht, daß du mein leiblicher Bruder bist, wenn auch gegen mich noch ein dummer Junge." Er war da nämlich erst achtundsiebenzig Jahre.
Damals, als ich das erste Mal mit eigenen Pferden vor dem Mistwagen durch Kummerow kam, da war ich wer, und ich merkte es direkt, wie nun auch der letzte Dreckspritzer von meinen Stiefeln entfernt war. Ich fühlte mich auch gleich ein weniges, aber ich unterdrückte es, denn ich wollte diesen Weg, der ein Feldweg war, nicht wieder verlassen. Weil ich erkannt hatte,

daß an ihm nicht nur die nahrhaften Äcker liegen, sondern auch die schönsten Blumen blühen. Ja sogar auf ihm, zwischen den Radspuren. Blumen, freilich auch mancherlei seltsamlich Kraut.
Welcher Art auch meine Freunde waren. Da stand als erster Großvater Theodor Rollwage, welcher nach langer Beobachtung das Wort gesagt hatte, daß die Unterschiede der Menschen verschieden sind. Er war schon fünfundsiebenzig und hatte seine Wirtschaft lange übergeben. Er war bloß noch Steuereinnehmer und hielt darauf, als solcher angeredet zu werden. Er war gut zwei Meter lang und hatte immer einen langen blauen Tuchrock an und trug eine gewaltige hohe Pudelmütze, durch welche er noch größer war, im Sommer sowie im Winter. Seine große, spitze Nase stach aus seinem mageren Gesicht wie eine Lanze in die Gegend.
Der zweite war Inspektor Clemens Kattentitt, über welchen ich mich schon verbreitet habe. Er hatte auch das Gardemaß und war da sogar Flügelmann gewesen, und sein Schnurrbart stand ihm weit vom roten Gesicht ab. Auf diesen Schnurrbart war er früher sehr stolz gewesen und hatte ihn dauernd gedreht. Da er ein großer Weiberheld gewesen, hatte er die Frauensleute damit wohl direkt ins Herz gestochen. Aber alles ist eitel. Früher, als er noch imstande war, da war sein Schnurrbart keck aufgerichtet. Jetzt, in den gereiften Mannesjahren, trug er ihn streng waagerecht. Später, als es ihm so ging wie Salomo, als der die Sprüche schrieb von wegen hohen Alters, da ließ er ihn traurig hängen. Er hatte dieserhalb und wegen seines Namens bei den Jungens und den Weibern viel zu leiden.
Der dritte war der Schloßgärtner Traugott Forkenbeck, welcher einen mächtigen roten Vollbart trug und immer nach Garten duftete, wenn er auch ein botanisches Wunder verkörperlichte, dieweil seine Nase leuchtete wie eine Rose, aber nach Kümmel roch.
Sie sind alle dahin. Bloß in Kummerow leben sie weiter. „He is so ihrlich, als oll Rollwage lang wier!" Das ist das höchste Lob für einen Kummerower Menschen. Von einem Schürzenjäger aber sprechen sie: „He kann de Fruenslüd nich sehn, wie Entspekter Kattentitt, der harr ok ümmer de Lamp vörher utmoakt!" Der Nachruf für Schloßgärtner Forkenbeck ist nicht so lang. Da sagten sie bloß von einem, der sehr mißtrauisch ist: „He paßt up wie Vadder Forkenbeck!" An welcher Sache ich die Schuld habe. Ich will sie erzählen.

Ziffer 6

Geschichte einer Überzeugung

Am Tag, wenn ich zwischen dem Melken etwas Zeit hatte, ging ich sommers in den Schloßpark, welcher eine Schönheit war, und hatte Vater Forkenbeck daran das Verdienst. Darum sah ihm die gnädige Frau auch nicht so auf die Finger und auf den Mund. Also in dem Jahre, da waren die Birnen knapp, und mein Freund Forkenbeck, der mir sonst immer ein paar gegeben hatte, der war gnietschig. Kann aber auch sein, daß es seinen Grund darin hatte, daß die polnischen Schnitter oft über die Mauer gekommen waren und hatten geerntet, wo sie nicht gesäet hatten. Nämlich, mit deren Magen und ihrem Futter, das paßte nicht zusammen, da sie der Vorschnitter gegen einen bestimmten Betrag auf eigene Rechnung beköstigte und an den Materialien, die er dafür vom Gut geliefert bekam, erst mal noch tüchtig verdienen wollte.
Die liebe Sonne schien warm, es war alles still, denn es war mittags nach zwölf. Wie ich so den Weg daherkomme, wer liegt da lang auf der Erde? Mein Freund Forkenbeck, hat unterm Kopf einen leeren Sack, und den Kopf gegen den Birnbaum, und die Hände auf dem Bauch gefaltet, und hält Mittagsruhe. Eigentlich wollte er wohl Wache halten, nämlich, es stand an dem Birnbaum auch eine Schrotflinte, denn gerade mittags klauten die Schnitter immer. Vater Forkenbeck war also zu allem entschlossen gewesen. Aber er hatte wohl ordentlich einen genommen, und so hatte es ihn überkommen. Ich griente mir eins, denn wahrhaftig, da stand doch neben dem Birnbaum ein Spankorb voll Birnen. Die hatte er kurz vor Mittag wohl noch abgenommen. I, dachte ich, dem willst du mal einen Schreck einjagen! Ich nahm also leise den Korb und zog ab in meinen Betrieb. Willst doch mal sehen, dachte ich, was er für ein Gesicht macht, wenn er den leeren Korb findet. Wie ich den Korb wieder hintragen will, komme ich am Schweinestall vorbei, und da lag ein Haufen Kartoffeln. Ich füllte den Korb voll. Er schlief noch immer, und da stand nur die Flinte und hielt Wache. Ich schnitt ein paar Blumen ab und steckte sie in die Läufe. Dann verzog ich mich hinter einen Fliederbusch, der an der Mauer stand, und wollte abwarten.
Jawohl, mein Forkenbeck schlief ruhig weiter, aber wer kam? Die Frau Gräfin mit ihrer Dame. Sie selber hatte ein kleines Körbchen an der Hand. Sie wollte für den Mittagstisch noch ein paar frische Birnen holen. Jemine, fuhr Vater Forkenbeck hoch, als er die gefürchtete Stimme hörte. Die viele Arbeit, die Hitze, es wäre ja auch Mittagszeit, und da habe er sich ein bißchen verpustet.

»Und der Kümmel?“ sagte die Gräfin.
»Da muß ich aber bitten“, sagte Vater Forkenbeck, „da ist heute noch kein Tropfen auf meine Lippen gekommen.“ Und da konnte er auch jeden Eid darauf leisten, nämlich, er steckte die Flasche immer so weit in den Mund, daß er die Lippen mit dem Suff gar nicht in Berührung brachte.
„Aber was die Birnen anbetrifft“, fuhr Vater Forkenbeck fort, „da hab ich schon einen Korb voll gepflückt.“ Er stellte sich noch weiter ins Licht. „Man muß ja aufpassen und seine Mittagszeit opfern, das Schnittergesindel stiehlt einem sonst die Sachen untern Händen weg!“ Und er nahm der Dame das Körbchen ab und ging zu seinem Korb. Da waren nun eben Kartoffeln drin. Nun guckte die Gnädige aber nicht gerade gnädig. Eine ganze Weile sah sie abwechselnd von ihrem verdatterten Gärtner auf den Korb und wieder auf den Gärtner. Vater Forkenbeck schüttelte entgeistert seinen roten Bart.
„Aber was soll das?“ fragte die Gräfin endlich.
Vater Forkenbeck schüttelte weiter, und auch die Worte, die er endlich hervorbrachte, flogen nur wie Brocken umher: „Wenn ich – solche Hunde – wenn ich die erwische ...“ Und zur Bekräftigung seiner zornigen Entschlossenheit griff er nach der Flinte. Da entdeckte er die Nelken in den Läufen.
Dies alles ging nun gar nicht in seinen Kopf. Es ging aber auch nicht in den gräflichen Kopf. Nämlich, daß einer einem schlafenden Wächter einen Korb Birnen klaut, das mochte angehen, aber daß er dafür einen Korb Kartoffeln herträgt, das konnte nicht angehen, und erst recht nicht, daß er das Mordgewehr mit Blumen schmückt. Noch schlimmer als diese Rätsel war es für Vater Forkenbeck, daß die Gräfin anfing, Spaß an der Sache zu finden, laut lachte und versprach, den Grafen zu schicken, damit er sich die Sache auch ansehe. Birnen aber wollte sie haben, und so mußte Vater Forkenbeck in der Mittagshitze noch mal auf den Baum, und er sollte sie sofort ins Schloß bringen.
Als die Damen fort waren und mein Freund Forkenbeck auf dem Baum die Birnen pflückte, hörte ich ihn dauernd unverständliche Worte und Beschwörungen murmeln. Dann trug er die Birnen ins Schloß. In der Zeit seiner Abwesenheit steckte ich ihm in seine Flinte statt der Nelken ein paar Mohrrüben, dann verschwand ich.
Schon nach zwei Tagen wußte das ganze Dorf die Geschichte. Vater Forkenbeck war beinahe umgefallen, als der Graf und die Inspektoren mit ihm zurückkamen und nun statt der Nelken in den Flintenläufen Mohrrüben vorfanden. Er hat sich dann aber aufgerafft und ist in die Schnitterkaserne gelaufen und hat nach gleichartigen Kartoffeln gesucht. Aber sie hatten blaue, und seine waren rote. Nach ein paar Tagen hat er mir die Geschichte erzählt und mich um Rat gefragt, aber er ließ es sich nicht ausreden, daß ihn

böse Geister verhext hatten. Er fragte die Dame der Gräfin, ob sie die Nelken gesehen hätte, das wären nachher unter Zeugenbeweis Mohrrüben gewesen. Da sagte die Dame bösartig: „Es werden Kümmelblüten gewesen sein."
In der Verwirrung seines Schmerzes erzählte er die Geschichte seiner Verzauberung überall, bloß, das hatte zur Folge, daß er sich ein paar Wochen nicht im Krug sehenlassen konnte, denn sogar die Kinder riefen ihm nach, ob er nicht ein paar Birnen hätte. Und dann kam der Spruch auf, daß einer aufpasse wie Vater Forkenbeck.
Zehn Jahre später, als er in Ruhe bei seiner Tochter in Falkenberg saß, hab ich ihn aufgeklärt und alles wahrheitsgetreu erzählt. Er hat es mir nicht geglaubt. So dumm wäre er nun doch nicht, daß er darauf reinfiele, wenn ich mich jetzt interessant machen wollte. Damals, das wäre Geisterspuk gewesen, und er freue sich, daß es ihm weiter nicht geschadet habe. Basta!
Nun, ich war nicht rechthaberisch und ließ ihm seinen Glauben. Es sind mehr Menschen und größere als Vater Forkenbeck dem Unsinn treu geblieben, den sie mal für ihre feste Überzeugung hielten.

Ziffer 7

Üb immer Treu und Redlichkeit

Mit Oll Vadder Rollwage war das so, daß er als ein Patriarch angesehen sein wollte und keinen Widerspruch duldete. Wenn er Fehler machte beim Kartenspiel, dann hatten immer die anderen schuld. Worauf sich die anderen verständigten und zusammen spielten und ihn reinlegten, wenn er Solo hatte. Es kam da auch eine Beobachtung meinerseits hinzu, nämlich diese, daß selbst rechtbeschaffene Männer einen anderen rechtbeschaffenen Mann nicht leiden können, wenn dessen Pflicht darin besteht, Steuern einzuziehen. Da sind die Menschen immer dafür, es solchem Mann übelzunehmen. Also, es war Ehrensache, wir hielten beim Schafkopfspielen zusammen, und Oll Rollwage mußte jeden zweiten Solo verlieren. Es kam ja in die Pinke.
Ich muß es aber beschreiben, wie Oll Rollwage aussah, wenn er mit uns beim Spiel saß. Er trug eine gewaltige Hornbrille, aber bloß beim Lesen und Spielen. Die war so komisch in ihrem Glas, daß er nicht bis übern Tisch sehen konnte, bloß ganz nah. Nun rauchte er immer eine lange Pfeife. Dieselbe hatte auf ihrem Kopf den Alten Fritz gemalt, und er stopfte sie mit einem Stopfer. Derselbe war aus Porzellan und stellte ein Damenbein dar, unten

fein mit schwarzem Schuh, dann ein rosaner Strumpf, überm Knie ein blaues Strumpfband, und dann ein Ende weiter, dorten, wo es nicht mehr weitergeht, da war das Bein eben glatt abgeschnitten, denn sonst hätte es ja auch fürs Pfeifenstopfen keinen Zweck gehabt. Der Tabakbeutel war aus Leder und mächtig groß und schon ganz schwarz, denn Oll Rollwage hatte ihn schon fünfzig Jahre. Den Beutel, das Brillenfutteral und das Damenbein legte er immer neben sich auf den Tisch. Meine Frau fand den Pfeifenstopfer schenierlich, besonders bei so einem alten Mann, aber er lachte bloß und sagte: „So weit, als das Bein abgeschnitten ist, da ist keine unsittliche Sünde dran.“

Er hatte keinen einzigen Zahn mehr in seinem Mund. Inspektor Kattentitt hatte noch ein paar und hatte sich um das Mundstück der Pfeife noch ein paar Gummiringe von Bierflaschen gezogen und hielt seine Pfeife nun so mit dem Kiefer. Oll Rollwage fand das dumm und unmanierlich, dieweil dann jeder sehen könnte, daß man gebrechlich sei in seinem Munde. Darum rauchte er eine ganz lange Pfeife. Die stand zwischen seinen Beinen, mit dem Sabbertopf auf seinem linken Stiefel, und ihr Rohr war so lang, daß es ihm beim Sitzen noch über seine Augen reichte. Darum mußte er das Mundstück runterziehen wie einen Flitzbogen. Wenn er es dann mal rausnahm und nicht sehr festhielt, flitzte es hoch, und dann flog öfter etwas Sabber über den ganzen Tisch. Aber das konnte er ja nicht sehen, und darum war es ihm auch nicht unmanierlich, und dieweil er keinen Hinweis duldete, hüteten wir uns wohl, ihn zu reizen. Bei solchen, die das taten, hielt er dann immer auf pünktliche Steuereinziehung.

Er hatte aber doch gemerkt, daß das mit den Solos nicht mit rechten Dingen zuging, schmiß seine Karten hin und nahm die Brille ab. Nun konnte er uns sehen, denn er wollte wohl feststellen, was wir für Gesichter machten. Wir machten sie ehrlich. Da sagte auch schon Inspektor Kattentitt: „Ja, wenn du nicht richtig bedienst?“ Da ergrimmte Oll Rollwage noch mehr, stülpte seine Brille wieder auf die Nase und sah sich seine Karten an. Da konnte er wieder unsere Gesichter nicht sehen. Da konnten wir sie ruhig wieder unehrlich machen und grinsen.

Das ging so ein paarmal. Dann nahm er seine Brille endgültig ab, steckte sie ins Futteral, nahm den Tabakbeutel und das Damenbein, stülpte sich seine Schale mit Kupfern und Nickeln in die Hand und stand auf. Ich legte mich nun ins Mittel, aber er sagte, er spiele nicht mehr mit. „Na“, besänftigte Vater Forkenbeck, „wenn sich einer mal irrt, soll ein anderer nicht gleich böse Wörter reden. Wir sind alle Sünder!“

„Ich nicht“, sagte Oll Rollwage grimmig und doch würdig und ehrlich überzeugt.

Ich holte die Flasche Richtenberger. Da setzte sich Oll Rollwage erst mal auf die Ofenbank. „Na“, sagte Inspektor Kattentitt beleidigt, „wenn er nicht mehr will, dann müssen wir Vernünftigen eben zu dritt spielen.“
Oll Rollwage sagte: „Das verbitt ich mir!“, sah sich das aber ein paar Runden mit an. Dann kam er an den Tisch und sprach: „Ich habe fein aufgepaßt, es ist nichts Unredliches passiert!“ Und dann spielte er wieder mit.
Als er mal auf den Hof mußte, sagte ich: „Jetzt muß er alle Solos, die er spielt, gewinnen, aber wir unsere auch, dann gleicht sich das wieder aus, und es kommt doch schön Geld in die Pinke!“
Oll Rollwage war sehr zufrieden mit dem Abend. Er nickte uns zu und sagte: „Dabei bleib ich, es geht nichts über die Ehrlichkeit, ich hab aufgepaßt; aber nicht so wie Vater Forkenbeck!“
„Ja“, sagte Vater Forkenbeck, „und ich bin ehrlich gewesen, aber nicht so wie Oll Rollwage!“
In diesem Augenblick, da klopfte es ans Fenster. Das war Andreas Bärensprung, der Nachtwächter. Das kannten wir schon, das kannte er auch, nämlich, dann bekam er einen rausgereicht. Da war ich diesmal so in guter Laune, daß ich das Fenster aufmachte und sagte, er solle reinkommen. Er hatte bloß ein Bein, das andere, das hatte er in Frankreich gelassen beim Todesritt von Mars-la-Tour, und hatte ihm das Vaterland dafür ein Stelzbein verliehen. Wenn er damit auf dem Pflaster klappte und im Takt dazu mit dem Nachtwächterspieß, dann hörte man das im ganzen Dorf. Dann wußten alle Spitzbuben immer gleich, woher Gefahr kam, und wenn sie es mal überhört haben sollten, dann hörten sie dafür alle Stunde, wie der Nachtwächter die Flöte blies. Nämlich: Üb immer Treu und Redlichkeit ... Darum haben wir auch in dreißig Jahren in Kummerow keinen Spitzbuben gehabt.
Andreas Bärensprung kam rein, und ich wollte ihm nun auch einen einschenken. Da sagte meine Frau: „Es ist so kalt draußen, ich will ihm lieber ein Glas Warmes machen!“ Da hatte Andreas Bärensprung eine richtige Angst auf dem Gesicht, und er sagte: „Laten Se man, Fru Grambauern, doa will ick Se nich verkommandieren. Worüm ok? Ick schluck den Rum hinner, so wie he is in sine reine Natur, und sett mi an'n warmen Oaben und wärm mi dat Liw, dann is dat genau so god. Woto irst dat Water?“
Er kriegte also einen ganz großen Rum. Dann sagte ich: „Andreas, blas doch mal: Üb immer Treu und Redlichkeit!“
Der Nachtwächter griente und sagte: „To wem hen shall ick dat spelen?“
„Wieso?“ fragte ich.
„Na, ick mien man, wer is'n de Swinhund wesen und hett beschäten?“ Und dann spielte er: Üb immer Treu und Redlichkeit, und sah uns alle der Reihe nach an.

Zwei schwarze Röcke

Der eine, der hieß Talar, und es trug ihn Herr Pastor Breithaupt; der andere hieß Bratenrock, und denselben trug meine Wenigkeit. Sie konnten einer den anderen nicht recht leiden. Aber der andere, der hatte angefangen.
Nämlich zuerst, da ästimierte mich der Herr Pastor. Da kam er zu mir, und ich kam zu ihm, und wir sprachen über die Welt und über Kummerow. Da ich Bücher hatte und Zeitung las, sagte er: „Wir wollen zusammen etwas machen und die Gemeinde heben!" Nun war es aber an dem, daß er erst mal gern einen für sich allein hob. Siehe, ich war auch in solchen Sachen kein Pharisäer, denn ein Pastor ist gewissermaßen auch ein Mensch und mangelt des Ruhmes vor Gott. Aber er machte es mitunter sehr kräftig. Wenn er dann nüchtern war und hatte von Frau Pastor seine Predigt weg, dann predigte er denselben Text von der Kanzel herab. Immer so von wegen sündhafter Sauferei und Unzucht und Spielteufel.
Dieses verdroß mich bei kleinem und auch die andern. Dieweil er aber ein tüchtiger Landwirt war und seine achtzig Morgen mit einem Knecht allein pflügte und erntete, da war er auch wieder ihresgleichen, nämlich ein Bauer, und rechneten ihm die Kummerower sein Schimpfen nicht so sehr an, auch nicht seine Buddels. Der Herr Graf auch nicht, denn bei dem trank er die meisten. Bei dem spielte er auch am meisten. Auch ich machte einen Strich durch die Anrechnung. Sauf du, gut. Spiel du, gut. Basta. Aber daß er immer so die Konfirmanden haute und in die Ohren kniff, das konnte ich ihm nicht ausstreichen. Im Gegenteil, dies wollte ich ihm zu passender Zeit etwas anstreichen. Es fand sich dann auch eine Gelegenheit, als er wieder mal bei mir war und wollte, wir sollten die Gemeinde heben. Da hob er sich verdrießlich von dannen.
Nun hatte ich immer vormittags bis zwölf meinen Dienst in meiner Milchwirtschaft. Auch sonntags. Denn die Kühe sind darin unchristliche Geschöpfe und wollen auch sonntags ihre Milch los sein. Da konnte ich also nicht in die Kirche gehen. Darüber hatte meine Frau schon viel Kummer gehabt, denn sie war gläubig in ihrem Herzen. Er aber nahm es krumm. Als ich dann nach einigen Jahren Hilfe in der Wirtschaft hatte, erinnerte mich meine Frau an meine Seelenpflicht, und ich ging mit ihr arglos zum Gottesdienst. Es war sehr schön, und ich war voll Frieden in meinem Herzen. Unser Pastor Breithaupt war ein gewaltiger Redner, und ich hatte meine Freude dran. Plötzlich aber, ich verschrak mich sehr, da deutete er mit der Hand

in den Raum und zeigte direkt auf mich und sagte: „Freund, wie bist du hereingekommen?“ I, denke ich und werde zornig, das machst du in Gottes Haus?
Nun war es bräuchlich, daß die Männer nach dem Gottesdienst immer noch auf dem Kirchhof beisammenblieben und die Begebnisse der Woche besprachen, denn im Krug war bis zum Mittagessen dafür keine richtige Zeit mehr. Also, ich stand dabei und wartete. Richtig, er wollte schnell vorüber, und sein schwarzer Rock flog wie eine Wolke hinter ihm her. „Ach, Herr Pastor“, sagte ich, „haben Sie mal einen Augenblick Zeit für einen Freund, der herein- und herausgekommen ist?“
Er blieb denn auch stehen. „Ja“, sagte er, „was ist?“
„Ich wollte Ihnen bloß erklären, wie ich in die Kirche hineingekommen bin, dieweil Sie mich doch fragten. Nämlich, ich bin durch die Tür gekommen.“
Er blickte mich an und tat verwunderlich. „Ich verstehe Sie nicht.“
„So“, sagte ich, „wollen Sie es im Angesicht der Gemeinde und vor Gott leugnen, daß Sie Ihre Hand von der Kanzel ausgestreckt haben und haben diese Frage an einen Mann gerichtet, der des Sonntags bisher arbeiten mußte, und haben einen Vorwurf in diese Frage gelegt?“
Da lachte er doch schadenfroh in seinem heiligen Gewande und mitten auf dem Friedhof. „Ich denke, Sie kennen die Bibel so gut, haben Sie da nicht gemerkt, daß es ein Spruch ist?“
Dieses empörte mich noch mehr, und ich sprach: „Ich kenne den Vers sehr wohl. Aber vielleicht kann es passieren, wie es in einem andern Wort der Bibel heißt, nämlich daß mal ein Sünder ins Himmelreich kommt und sieht einen Heiligen ankommen und ist verwundert und streckt die Hand aus und fragt: Freund, wie bist du denn hereingekommen und hast doch kein hochzeitliches Kleid an?“
Da lachte er wieder, bloß nicht mehr so schadenfroh, aber was sollte er machen, und sagte: „Mein lieber Herr Grambauer, ich weiß es, auf einem schwarzen Rock sieht man am leichtesten die Flecke!“
Siehe, da wollte mir der Himmel wohl, denn gerade in diesem Augenblick schien die Sonne hell auf seinen schwarzen Talar, und da waren wirklich Flecke drauf. Nun war das Lachen auf meiner Seite, und ich sprach: „Das bestreite ich, das mit den schwarzen Röcken, und daß da immer die meisten Flecke drauf sein müssen. Meiner hier, da können Sie lange suchen, bis Sie einen Fleck finden. Na, und bei Ihrem, da meine ich, Frau Pastor müßte man öfter den Ausklopper nehmen!“
Jetzt lachten sie alle mitten auf dem Kirchhof, und er kriegte ein rotes Gesicht und schritt von dannen.

Der barmherzige Samariter

Von da ab war er richtig mein Feind, und es war von mir doch mehr Spaß gewesen. Von da ab hat er denn manchmal direkt gegen mich gepredigt. Immer so ohne Namen. Aber sie bezogen es alle auf mich. Na schön. Predige du, dachte ich, und richtete in meinem Haus eine Bibelstunde ein. Ich, jawohl. Es kamen bei kleinem immer mehr Leute. Da ergrimmte er und forderte mich auf, den Unfug zu lassen. „Unfug", sagte ich, „seit wann ist Bibellesen Unfug?" Weil aber meine Frau weinte, ließ ich es. Bloß, da ging der Kossät Adam Rodewald hin und hielt Bibelstunden ab und wurde gar ein Apostolischer und predigte gegen die bezahlten Diener des Herrn.
Ich war dazumal noch nicht so gut, wie ich es gern sein wollte, und es kitzelte mich so lange, bis ich mich doch an meinem geistlichen Widersacher rächte.
Nämlich, ich hatte für meinen Jungen allerhand Gerät gebaut, Blasrohr, Armbrüste, Scheiben, eine Laterna magica und so was. Auch das Karussell war wieder in Schwung. Da zogen denn die Jungens im Winter mit den Dingern von einer Wohnung in die andere und machten Vorstellung. So baute ich nun zur Hebung der Gemeinde ein Kasperletheater und verfaßte ein Stück, und den Kasperle, den nannte ich Kaspar, und hatte derselbe ein langes und schwarzes Hemde an. Es sprach sich bald rum. Da kamen auch die Großen und lachten sich krumm, wenn Kaspar immerzu einen aus der Buddel nahm und nachher zornige Reden gegen den Schnaps und die Karten hielt. Einmal führte ich es selbst vor im Krug. Da drohte er mir mit Klage. „I", sagte ich, „soll er doch den verklagen, der das erste Kasperletheater erfunden hat. Kann ich denn dafür, daß sein Vater ihn Kaspar genannt hat? Der wird wohl gewußt haben, warum!"
„Aber du hast deinen Kaspar Dickkopp genannt", sagte der Schulze, „und unser heißt doch Breithaupt, dieses kann dir als auf ihn bezüglich angerechnet werden."
Da bat mich meine Frau inständig und sagte, meine Kinder wollten nicht mehr in die Schule gehen. Na, so ließ ich es.
Aber unser Herrgott ist mit seinen Freunden, wenn die auch nicht oft in die Kirche gehen und ein bißchen vertraulich mit ihm tun. Er gab ihn mir in die Hände. Er gab ihn mir sogar zweimal in die Hände. Nämlich, der Pastor ging gern zum Grafen, so bei dem seinen Geburtstag oder wenn Treibjagd war. Da ging es dann mit Dideldumdum und Klingklang bis in die Morgenstunden.

Also geschah es im Januar, und es war schrecklich kalt, wohl an die zwanzig Grad, und hoher Schnee. Ich ging so um drei in der Früh in meinen Dienst, und da fand ich denn beim Schulzenhaus im Schnee einen Menschen liegen. Und das war Pastor Breithaupt. Als ich die zwei Zentner mehr Tot- als Lebendgewicht am Pfarrhaus abgeladen hatte, war ich froh. Na, die Predigt, die er am anderen Tag von Frau Pastor kriegte, war nicht von Pappe, davon hätte sogar er noch das Donnern lernen können. Wir vertrugen uns daraufhin, er ehrte mich sozusagen als barmherzigen Samariter, und wenn er damit nachließ, dann plinkerte ich ihm bloß zu. Er hielt sich auch ein Dreivierteljahr im Zaum mit dem Schimpfen von der Kanzel. Aber wir sind allzumal Sünder, und das mächtigste Fleisch wird oft am leichtesten schwach. Im Oktober, bei der Geburtstagsfeier vom Grafen, haben sie dem Diener des Himmels wohl die Hölle so richtig heiß gemacht. Weil er sich anfänglich bremste mit dem Trinken, bliesen die Brüder um so öfter den Gläsermarsch. Und zwischendurch malten sie ihm die Frau Pastor an die Wand, denn der Graf hatte von ihr gehört, was sich bei der Treibjagd ereignet hatte. Sie hatte gebeten, ihren Mann zu schonen. Kann sein, daß der Pastor dachte, ich hätte nicht dichtgehalten, und er so eine neue Wut auf mich kriegte.
Also am Morgen nach der Geburtstagsfeier hatte ich ein bißchen verschlafen. Es war wohl beinahe vier, als ich zum Gutshof ging. Um es rascher zu schaffen, lief ich nicht die Dorfstraße, sondern durch unsern Garten und auf einem Wiesenpfad, um auf einem Steg über den Faulen Graben von hinten in den Schloßpark zu kommen. Meiner Treu, da treff ich doch den Pastor Breithaupt, gerade am Graben. Er hatte wieder gut geladen, das sah ich sogar in der Schummrigkeit. Immerhin erkannte er mich doch. Hätte er mich man lieber nicht erkannt. Denn nun ranzte er mich an, was mir einfiele, ihm nachzuspionieren, und es sei nun schon das zweite Mal. Ich sagte, dieser abseitige Pfad in der Nacht sei der Weg eines Sünders, also mein Weg, aber nicht die Straße eines Gerechten, der sicher so früh unterwegs sei, dem Herrn zu danken, daß er ihn den neuen Tag habe schauen lassen. Denn ich könnte es mir nicht vorstellen, daß ein Pastor es nötig habe, seine Schritte vor der Gemeinde zu verstecken.
Er stand drüben am Graben, ich hier, um uns hielt der Schöpfer, der uns beide gemacht, den grauen Mantel des Oktobermorgens. Er sah aber wohl von oben dem Pastor mehr ins Herz als mir, denn plötzlich machte mein Freund ein freundliches Gesicht und sagte: „Also, Grambauer, wir sind alle Menschen. Es ging heftig her, Sie kennen ja Herrn Graf. Na also, ich bin nicht mehr recht sicher auf den Beinen, und da habe ich keinem begegnen wollen!“
Das heißt, so geradeweg konnte er das nicht sagen. Vielleicht, daß dieses ihn verdroß, ich wüßte sonst keinen Grund, denn ich machte zu seinen Worten

ein christliches Gesicht. Er trat auf das Brett über dem Graben, und weil das sich bog und schwankte, kriegte er plötzlich die Wut und schnauzte mich an, ich solle mich zum Teufel scheren.
„Wohlan!“ sagte ich ruhig und trat nun auch auf das Brett. „Er ist mir schon entgegengekommen. Nämlich der Teufel der Völlerei und Unmäßigkeit!“
„Das werden Sie bereuen!“ schrie er da und stampfte zornig auf den Steg.
„Vorsicht!“ rief ich. „Es sind immerhin zwei Zentner, und die sind voll!“
Da zog er doch sogar den Stock hoch und wollte ihn wütend auf das Brett vor mir stoßen. Aber er stieß vorbei. Ja, und dann lag der Stock im Graben, und der, welchem er gehörte, lag auch im Graben. Viel Wasser war ja nicht drin, und sehr kalt war es wohl auch nicht, aber er wurde doch über und über naß. Was aber das Schlimmste war: er stöhnte und konnte nicht wieder raus, die Böschung war zu hoch, und er stammelte auch was von einem kaputten Bein.
Also, ich mußte doch wahrhaftigen Gott auch bis an die Knie in den Graben rein und konnte ihn dann mit Müh und Not rauswuchten. Er jammerte, er könnte wegen seines Beines keinen Schritt gehen. Ja, lieber Himmel, tragen wollte ich den nassen und schweren Haufen auch nicht wieder. Da sah ich am Ende von Fibelkorns Garten eine Schubkarre stehen. Die holte ich, und so habe ich unsern Seelsorger nach Hause geschoben, und es ist uns unterwegs wieder kein Mensch begegnet.

Bloß, das Gesicht von Frau Pastor, als ich ihr, und sie war sozusagen im bloßen Hemde, zum zweitenmal in einem Jahr ihren Eheherrn bescherte. Sie wußte wirklich nicht, worüber sie sich mehr wundern sollte, darüber, daß es ihrem Kaspar doch wieder passiert war, oder darüber, daß ausgerechnet ich ihn wieder hatte finden müssen. „Mein Gott", sagte sie, „was müssen Sie bloß denken? Lieber, guter Herr Grambauer, sprechen Sie bloß nicht darüber!"
„I wo", sagte ich, „da hab ich nun ja bald Übung im Stillschweigen! Und wenn er so weitermacht, da werd ich mich noch zum Trappisten ausbilden oder wie die heiligen Maulhalter heißen! Ich bin ja auch kein Pastor, daß ich den Leuten ihre Laster müßte öffentlich vorwerfen!" Na, wir haben den Alten ins Bett gebracht, und er hat mir auch noch die Hand gegeben. Aber dabei mußte er doch sagen, ich sei noch mal sein Tod.
Am Vormittag ist der Doktor gekommen. Es war aber wirklich bloß eine Verstauchung. Nach acht Tagen ist er dann zu mir gekommen, und wir haben uns ausgesprochen und völlig versöhnt. Wir haben es auch gehörig begossen. Darauf hielt ich. „Ich bin zwar kein Graf und Kirchenpatron", sagte ich. Er lachte. „Aber ein Patron sind Sie, mein Lieber!"
„Ja", sagte ich, „ein Patron derer, die straucheln und zu Fall kommen." Und es war wieder Friede auf Erden, und uns' Mudding hatte ihr Wohlgefallen.
Das heißt, erst gab es noch ein Gewitter. Der es machte, war der Schöffe und Kirchenälteste Heinrich Fibelkorn. Nämlich, er vermißte am Tag nach dem gräflichen Geburtstag seine Schubkarre, konnte aber der Spur nachlaufen, denn das Rad hatte unter der Zweizentnerlast gut eingeschnitten. Also konnte Heinrich seine Schubkarre im Pastorgarten wiederfinden, wo ich sie ganz in Gedanken hatte stehenlassen. Da Heinrich nun durchaus wissen wollte, wie sie da hingekommen war, keiner auf dem Pfarrhof ihm aber Auskunft geben wollte, fing er an zu spektakeln von wegen neuen Moden und anderer Leute Eigentum wegholen, und wenn das geschehe am grünen Holze, daß dann wohl auch der Splitter im Auge des Nächsten nicht ein trockener Balken zu sein brauche. Und seine ganze Wiese am Graben sei zertrampelt, und es habe bestimmt jemand im Graben gelegen und sei voll gewesen. Er wollte ja keinen verdächtigen und keinen Namen nennen, aber dieses scheine ihm sicher, daß der Betreffende dann auf jeden Fall seinen besoffenen Spazierstock auf der Schubkarre nach Hause gefahren habe, denn ein gewisser Spazierstock habe noch auf der Karre gelegen, und er habe ihn zum Andenken mitgenommen und werde ihn hinfürder als ein Geschenk des Himmels ansehen und als Stütze für das Wandern durch das sündige Jammertal benutzen.

Na, ich sprach dann mit Heinrich Fibelkorn unter vier Augen. Darauf brachte ich Herrn Pastor seinen Spazierstock wieder und das Versprechen von Heinrich, er habe nichts gesagt und nehme alles zurück. Ich bin dann, um meine Aussöhnung zu beweisen, öfter in die Kirche gegangen und habe meine Freude an seinem gewaltigen Wort gehabt. Und als er in späteren Jahren mal sehr krank war und sein Vertreter für ihn beten ließ, da habe ich vorn in der ersten Reihe auch die Hände gefaltet. Denn er war trotz allem ein echter Kerl, und für die Kummerower, da brauchte man wohl auch keine Bürste, sondern ein Reibeisen, um den Lehm von ihren Seelen kratzen zu können.

Ziffer 10

Herrlichen Zeiten entgegen

Ich habe über den Begebnissen in Kummerow vergessen zu berichten, daß inzwischen der alte Kaiser Wilhelm gestorben war und der Kaiser Friedrich auch. Nun hatten wir einen neuen. Der hatte das gesagt von den herrlichen Zeiten, zu denen er die Brandenburger führen wollte. Die Kummerower waren nun aber Pommern, wenn auch bloß welche von vier Kilometer hinter der uckermärkischen Grenze, aber sie nahmen es ihm doch übel, daß er sie demnach auf seinem Marsch in die herrlichen Zeiten nicht mitnehmen wollte. Es sollen sich ja auch die Schlesier und die Sachsen und die Hannoveraner aufgeregt haben, daß er sie zurücklassen wollte. „Und wenn er auf seinem Marsch in die herrliche Zukunft in den Modder rutscht und steckenbleibt", fragte Schulze Wendland, „wer muß dann kommen und ihn wieder auf festen Boden bringen? Die Pommern!" Kantor Kannegießer nickte schwer mit dem Kopf, und wir sahen, daß er sich Gedanken machte. „Jaja", sagte er dann auch, „wenn es man mit dem Modder abgeht. Da könnte es genügen, wir müßten lange Stiefel anziehen, um ihm zu helfen. Bloß, ich befürchte, daß es nicht wieder so gut abgeht wie vergangenes Jahr und wir doch noch müssen das Gewehr nehmen."
Mit dem, was im vergangenen Jahr gut abgegangen war, meinte Kantor Kannegießer, daß da ein neuer Krieg mit Frankreich bevorstand. Die Franzosen hatten von Anno Siebzig her einen Dorn im Fleisch, das war der Verlust von Elsaß-Lothringen; und dann auch, weil sie glaubten, ein verlorener Krieg bedeute eine Schande, die müßte ausgewetzt werden, sonst

könnten sie nicht leben. Dabei hatten sie für Elsaß-Lothringen und den Dritten Napoleon etwas viel Besseres gekriegt, nämlich eine Republik und ein mächtiges Kolonialreich. Aber nein, sie wollten durchaus Revanche haben. Können sie haben, schrien sie bei uns. Als sie es dann 1887 so weit gebracht hatten, daß sie auf beiden Seiten des Rheins die Uniformen anzogen und die Flinten luden, da hat es auch in Kummerow zwei Parteien gegeben. Kantor Kannegießer und von uns Alten die meisten wünschten den Musjeh Boulanger in Paris zum Teufel mit seinem Krieg, aber der Graf und der Pastor meinten, wir wären es der deutschen Ehre schuldig. Na, und die jungen Kerls in Kummerow, und da besonders noch die jungen Knechte und Tagelöhner, die hatten es ganz stark mit der Ehre. „Ihr habt euren schönen Krieg gehabt", sagten sie zu uns, „wir wollen unsern auch haben, wir sind auch Helden! Was sollen sie denn in Deutschland von Kummerow denken?"
Nämlich, es war bekannt im ganzen Reiche und im ganzen Kriegsheer, daß die Kummerower die besten Soldaten sein sollten, und dienten sie ja auch fast alle freiwillig und meist bei der Kavallerie, obwohl sie es da ein Jahr länger mitmachen mußten. „Das kommt von ihrer großen Vaterlandsliebe und Kaisertreue!" hatte der Graf mal am Sedantage geprahlt. Na, es kam zwar mehr von ihrer großen Pferdeliebe, aber es stand doch im Kreisblatt.
Als nun Bismarck wegen des Musjeh Boulanger nicht den Küraß anzog, da soll der Prinz Wilhelm den ersten Krach mit dem alten Fürsten gemacht haben. Er wollte nun mal ebenso wie die jungen Knechte von Kummerow seinen Krieg haben, denn Anno Siebzig, da war er ja man erst elf Jahre alt gewesen. Ich muß es sagen, weil sie in den Geschichtsbüchern immer den alten Bismarck als einen Eisenfresser hinstellen, daß er jedenfalls damals in Kummerow und im übrigen Deutschland viele Freunde verloren hat, weil er durchaus kein Eisen fressen wollte. Sogar Schulze Wendland fürchtete, der Kanzler sei nun wohl schon zu alt geworden und habe die Traute verloren. Damals, da setzten nicht bloß die meisten Kummerower große Hoffnung auf den Prinzen Wilhelm. Laßt den man erst ran, sagten sie. Als er dann so rasch Kaiser geworden war und es bekannt wurde, daß er sich immer mehr mit Bismarck verzankte, wurde das bald anders. Er redete ihnen zuviel, und da sie das meiste nicht verstanden, kriegten sie es langsam mit der Unruhe. Da wurde ihnen Bismarck wieder so etwas wie ein Festungswall. Es war aber nicht so, daß nun alle Bauern ihn bloß als Kürassier ansahen, durchaus nicht. Da war nicht allein Kantor Kannegießer, der ihn benörgelte, weil er das mit dem Sozialistengesetz gemacht hatte und den Arbeitern in den großen Städten alle Rechte nehmen wollte, nein, da gab es auch Bauern, die sagten: „Wäre er man mehr Bauer und weniger Junker!" Aber zuerst war er für alle eben doch der Mann, der endlich das Deutsche Reich geschaffen hatte. Ja,

und dann hatten wohl alle langsam das Gefühl gekriegt: Solange als der Alte da ist, gibt es keinen Krieg!

Als nun der glitzernde junge Kaiser das gesagt hatte von den herrlichen Zeiten, zu denen er ausgerechnet die Brandenburger hinführen wollte, da redeten sie sehr viel darüber in Kummerow; und sich redeten sie in eine richtige Wut hinein, und wenn sie gekonnt hätten, dann hätten sie ihn abgesetzt. Ich hielt mich etwas zurück, denn erstens war ich geborener Brandenburger und wohnte jetzt bloß in Pommern, zweitens war ich nicht Soldat gewesen, na, und da er doch das Gesetz gegen die Arbeiter, das unter dem alten Kaiser erlassen worden war, wieder aufgehoben hatte, konnte ich ihn nicht für so schlecht halten, hatte er doch auch gesagt, die Sozialdemokratie solle man ihm überlassen. Worüber Bismarck sich bannig ärgerte. So sagte ich denn mal im Krug: „Mir kann nicht viel passieren, ich bin ein halber Brandenburger, da muß er mich auf seinem Marsch wenigstens so den halben Weg mitnehmen. Und da ich doch erst fünfundvierzig Jahre alt bin, habe ich alle Aussicht, von seinen herrlichen Zeiten wenigstens so den Schwanz mit zu erwischen." Sie nahmen mir das erst sehr übel in Kummerow, denn sie gönnten es mir nicht. Sie konnten ja dazumalen ebensowenig wie ich wissen, wie die herrlichen Zeiten Wilhelms mal aussehen würden.

Bei den richtigen Kummerowern ging es mit dem Mißtrauen gegen den Kaiser und gegen sein Gerede von den Brandenburgern schließlich so weit, daß sie im Kriegerverein anfingen, rebellisch zu werden, und bei der Fürbitte in der Kirche machten sie merklich die Lippen zusammen und sahen düster die Wand an. Da hatte der Graf, der doch Vorsitzender im Kriegerverein war, lange zu reden, bis er glaublich machte, daß es man bloß so eine Rederei gewesen sei mit den Brandenburgern und daß er damit das ganze deutsche Volk gemeint hätte. Der Graf mußte am Abend zwei Viertel Bier ausgeben, bis sie es ihm glaubten und wieder „Heil dir im Siegerkranz" sangen.

Lange hielt es dennoch nicht vor mit der neuen Kaisertreue der Kummerower. Nämlich, wir hatten eine neue Enttäuschung durch Wilhelm erfahren, und das war eine, gegen welche die Geschichte mit den Brandenburgern und ihren herrlichen Zeiten gar nichts gewesen war. Was jetzt die Kummerower aufbrachte, und es war gleich, ob sie im Kriegerverein oder im Gesangverein waren, sie hatten allsamt eine Wut auf Wilhelm. Er hatte nun doch Bismarck sogar weggejagt! Ich hatte zwar von meiner Berliner Zeit her einen kleinen Pik auf Bismarck gehabt, nämlich weil er zuließ, daß es uns Handwerkern in seinem neuen Reich so dreckig ging, und Kantor Kannegießer war ihm immer etwas gram geblieben wegen des Gesetzes gegen die Sozialisten, denn unter den eingesperrten Roten waren zwei Freunde von Kantor Kannegießer gewesen, auch Lehrer, wenn auch bloß welche in der Stadt. Aber der Stolz auf das neue Deutsche Reich, das er gegründet, das ließ uns Bismarcks Dickköpfigkeit übersehen, und sogar Oll Mutter Hanisch sagte, daß es sie immer richtig durch und durch schudderte, wenn sie so Bismarckische Worte las: Wir Deutsche fürchten Gott und sonst nichts auf der Welt! „Da muß ich immer so zum Himmel raufgucken", sagte Mutter Hanisch, „und da ist mir immer, als sehe ich unsern Herrgott so runterplinkern, als wenn er ihm zunicken tut! Wo haben sie so was noch in der Welt?"

Damals nun, als der Kaiser Bismarck weggeschickt hatte und solchermaßen bewies, daß Bismarck außer Gott doch noch etwas auf Erden zu fürchten hatte, da hätten dem Grafen keine zwei Viertel Bier geholfen, um den Kummerowern eine bessere Meinung über Wilhelm beizubringen. Er gab die zwei Viertel auch gar nicht erst aus, er schimpfte nämlich selber aus Leibeskräften, denn er war Kürassier gewesen, wie Bismarck auch. Und wenn Schandarm Niemeyer, der erstens ein Pommer war und zweitens mal Bismarck von Angesicht gesehen hatte, wenn der nicht auch eine Wut auf den Kaiser gehabt hätte, ganz Kummerow mitsamt dem Grafen und Pastor und Kantor und Schandarm wäre für Jahre wegen Majestätsbeleidigung nicht aus dem Loch gekommen. Auf meinem Pfeifenkopf war der neue Kaiser drauf, den hatte es damals gegeben, als er den Thron bestieg, und fast alles, was rauchte in Kummerow, hatte ihn sich angeschafft. Ich habe Wilhelm sofort kaltgestellt und mir in Randemünde einen Pfeifenkopf besorgt mit Bismarck drauf. Nachher mußte ich noch zwei Dutzend solcher Pfeifenköpfe nachbestellen. Sie wollten sich alle Bismarcken warmhalten und dem Kaiser zeigen, daß mit ihnen nicht zu spaßen sei. Jawohl, so handelten mal pommersche Bauern, als sie rebellieren wollten.

Ich muß aber sagen, daß Bismarck uns auch mal mächtig geärgert hat, wenn er auch keine direkte Schuld daran hatte. Nämlich, der dammliche Schandarm Niemeyer, der hatte doch immer so damit geprahlt, daß er Bismarck mal gesehen hätte, und wenn er davon erzählte, dann war es immer so, als hätte Bismarck gesagt: „Na, lieber Niemeyer, wie geht 's dir denn noch? Was meinst du, wollen wir lieber mit den Russen gehen oder mit den Franzosen?"

Ja, also da hatte nun der Briefträger gesagt, als er sich über den Schandarm wegen seiner ewigen Prahlerei mit Bismarck geärgert hatte und etwas Besonderes für die Kummerower tun wollte, er habe ein Telegramm gesehen, worin gestanden habe, daß Bismarck nach Berlin fährt, der Kaiser habe ihn zur Versöhnung eingeladen. Und weil Bismarck sich dazumalen bei seiner Entlassung so über die treue Haltung der Kummerower gefreut habe, da wollte er nun den Zug auf der Station Kummerow halten lassen und sich noch einmal bedanken.

Zuerst ärgerte sich der Schandarm, daß er das nicht gewußt hatte, dann bratschte er es überall aus, und ich glaubte es ebenso wie alle anderen. Also der ganze Kriegerverein hin; der ganze Gesangverein hin; das ganze Volk hin; sogar aus den anderen Dörfern kamen sie angelaufen und waren giftig, daß die Kummerower wieder etwas Besonderes haben sollten. Ganz vorn auf dem Bahnsteig drängelten sich die Kinder. Schließlich kam auch noch Schandarm Niemeyer angekeucht.

Es fiel mir bei kleinem auf, daß der Graf und der Pastor und der Kantor fehlten, aber ich sagte mir, die wollen es sicher nicht, daß er sich mit dem Kaiser wieder verträgt. Ich behielt jedoch etwas Mißtrauen an der Geschichte und fragte meinen Freund Pegelow, den Stationsvorsteher, ob denn das wahr sei mit dem Zug. „Jawohl", sagte Heinrich Pegelow, „der Zug kommt durch!"

„Hält er denn bei uns?"

„Bis jetzt habe ich keinen Befehl, aber wenn der Fürst das will, der kann

alle Züge in Deutschland halten lassen, auch Wilhelm seinen", antwortete der Stationsvorsteher.
„Das will ich meinen", setzte Schandarm Niemeyer hinzu, und er tat so, als wisse er das von Bismarck selbst. Da er dabei noch den Briefträger von oben herab ansah, so, als wollte er sagen: „Du Dämlack, hast du denn wirklich gedacht, ich wäre nicht schon länger unterrichtet gewesen?", ja, also da sah er, daß der Briefträger seine Mappe umgehängt hatte und seinen Dienstgang auf die Dörfer antreten wollte.
Schandarm Niemeyer war zuerst erstaunt, dann zornig, dann warf er sich in die Brust: „Krusemann, ich verbiete dir, jetzt den Bahnhof zu verlassen!"
Briefträger Krusemann sah ihn ganz verbiestert an. „Weil dieses eine feindliche Demonstration ist gegen Seine Durchlaucht!" Doch da lachte Vater Krusemann schon wieder. „Da muß ich aber laufen und den Grafen und den Pastor holen, denn die sind erst gar nicht gekommen. Was soll denn da bloß die Obrigkeit von solcher Demonstration denken!" Damit ging der Briefträger wirklich weg, und nun kam mir die Sache auch spanisch vor.
Der Schandarm jagte erst mal die Kinder vom Bahnsteig weg, weil daß sie die militärische Aufstellung beeinträchtigen könnten. Die Jungens machten Krach und heulten, und dann liefen sie über die Gleise auf die andere Seite. Meiner war wieder mal der Anführer und krähte: „Wenn der Zug hält, wir einfach wieder rüber oder gleich rin in den Zug!"
Wir waren wohl eine gute Stunde zu früh gekommen und zogen erst mal in den Wartesaal und vertilgten alles Flaschenbier, das da war. Endlich kam das Signal, und wir raus und Aufstellung genommen, und Christian Wendland, der Schulze, flüsterte sich rasch noch seine Ansprache her. Schandarm Niemeyer verwies die aufgeregten Kinder zur Ordnung, dann sonderte er sich etwas von uns ab, er wollte wohl Bismarcken gleich ins Auge fallen.
Da sahen wir bei Passow auch schon den Rauch vom Zug, und dann verfolgten wir ihn durch das Bruch. Unsere Reihen wurden unordentlich, erst mal drückte jeder seinen Kopf nach von rechts, denn wer hatte schon einen kaiserlichen Sonderzug gesehen, und der Kaiser hatte doch Bismarck seinen Extrahofzug zum Abholen geschickt, und dann hatten wir auch Angst gekriegt, die Kinder drüben könnten auf das Gleis kommen, so drängten sie nach vorn. Meiner immer vorneweg. Er hatte seine Trommel um und probierte schon leise einen Wirbel. Jetzt erkannten wir die Lokomotive. „Stillgestanden!" kommandierte der Schulze. Wir standen wie eine Felsenmauer. Schandarm Niemeyer stand wie ein Extraturm daneben. Und er donnerte heran, und ich hörte gerade noch: „Augen geradeaus!" da waren unsere Augen auch schon zu, nämlich, die Lokomotive schmiß uns dicken, pechrabenschwarzen Rauch in die Gesichter.

Als wir sie wieder aufmachten, war der Zug schon einen Kilometer weiter. Wir standen noch wie die verunglückten Schornsteinfeger, als der Zug mit Bismarcken schon hinterm Berg war. Bloß unsere Jungens, die spektakelten und schrien wild durcheinander, und ich hörte meinen Martin, wie er uns schadenfroh herüberrief, sie hätten ihn gesehen, er habe auf ihrer Zugseite am offenen Fenster gestanden und ihnen zugewinkt und einen silbernen Küraß angehabt und den großen Kürassierhelm auf. Und die andern Bengels, die hatten ihn natürlich nun auch alle gesehen.
Ich war überzeugt, Schandarm Niemeyer hatte recht, als er den Jungens das bestritt und sagte, es wäre alles bloß Einbildung. „Denn so auf der Reise, da hat er doch gar keinen Küraß an und keinen Helm auf, sondern man bloß die weiße Mütze, das ist Vorschrift beim Militär!" Die Jungens protestierten, und meiner schrie: „Wo er doch hat aussteigen wollen bei uns? Was kann er denn dafür, wenn der dämliche Lokomotivführer nicht hat anhalten können?" Da mich die Kinder alle ansahen, als sollte ich ihnen zustimmen, tat ich es und sagte: „Mit der Vorschrift beim Militär, da magst du recht haben, Niemeyer. Aber was Bismarck ist, der kann darauf pfeifen wie ein Lokomotivführer auf einen Befehl von Heinrich Pegelow. Der kann sogar mit dem Küraß zu Bett gehen, wenn er will!"
Niemeyer erschrak richtig, als er sich das vorstellte, aber für die Jungens war es nun selbstverständlich, daß sie ihn alle gesehen hatten. Ich war ja überzeugt, daß alles Einbildung der Kinder gewesen war, aber ich sagte in meinem Geiste und hörte nicht auf das Streiten meiner Freunde: So wie hier ist es wohl immer mit den Idealen und der Begeisterung dafür, nämlich daß es mehr auf den Glauben und weniger auf die Wirklichkeit ankommt. Die Kinder sollen ihn deinetwegen ruhig gesehen haben, du bestreitest es ihnen nicht!
Ich hätte mit dem Bestreiten auch keinen Erfolg gehabt, denn siehe, es haben doch sogar noch zwanzig Jahre nach seinem Tode Millionen Erwachsene ihn nur immer in Küraß und Helm groß hinter Wilhelm stehen sehen und haben nichts in der Welt gefürchtet. Nicht mal den schwarzen Ruß, der immer häufiger durch das Land flog, und der war doch dicker als der, der uns damals auf dem Bahnhof von Kummerow in die Gesichter geflogen war. Darüber hatten wir wenigstens noch eine Zeitlang gekakelt und waren erst still geworden, als der Schandarm uns angeranzt hatte: „Ein deutscher Mann hält die Schnauze wegen so'n bißchen Qualm und Dreck. Und wenn er von Bismarcken kommt, so ist es uns sogar eine Ehre. Das ist, als wenn es ein Kommando wäre wie ‚Stillgestanden!' oder ‚Präsentiert das Gewehr!'" Doch da war ihm wohl auch was ins Auge gekommen, denn er fing an zu wischen, und dann sagte er: „Aber den Briefträger, den hab ich im Verdacht, daß er

ein Roter ist, und vielleicht auch der Lokomotivführer. Dies mit dem Durchfahren, das ist ein dunkler Fleck auf Kummerow."

„Wir wollen ihn abwaschen", sagte ich und ging zur Pumpe am Giebel vom Stationsgebäude, denn unsere Gesichter hatten es wirklich nötig. Und wärend wir nun planschten und diskutierten, ob uns Vater Krusemann wirklich einen Schabernack gespielt oder ob der Schandarm durch seine Wichtigtuerei die Sache obrigkeitlich verquatscht hatte, sahen und hörten wir, wie die Jungens mit Trommelklang und Flötenspiel und Fahnenschwenken und Singen zum Dorf zurückmarschierten und die Frauen und Mädchen ihnen lachend nachfolgten. Da fingen wir verknurrten Alten an, auf den Bahnhofswirt zu schimpfen, weil er nichts mehr zu trinken hatte.

Große Politik im kleinen Dorf

Die herrlichen Zeiten Wilhelms, die wollten und wollten nicht kommen. Jedenfalls nicht für uns auf dem Lande und nicht für die Landwirtschaft. Dafür war der Caprivi gekommen, ein Graf und General, und hatte als Bismarcks Nachfolger ein paar Proben von den herrlichen Zeiten des Kaisers vorgeführt. Zuerst hatte er also die Zölle herabgesetzt, wofür er nicht bloß die Junker gegen sich kriegte, sondern auch die Bauern und die Tagelöhner. Dann hatte er den Vertrag, den wir mit Rußland hatten und auf den Bismarck als auf eine Versicherung gegen den Krieg so großen Wert gelegt hatte, also den Vertrag hatte der Caprivi gekündigt, und da war es sogar den Kriegervereinsmitgliedern und den jungen Leuten ein bißchen schwummrig zumute geworden. Andererseits aber hatte er auch durch große Heeresvorlagen das Heer und die Marine mächtig vergrößert, und da Wilhelm sich in immer neuen Bildern vor immer neuen Regimentern und auf immer neuen Panzerschiffen fotografieren ließ und die Zeitungen immer mehr darüber schrieben, wie sie in der Welt Angst hätten vor uns und uns um den blinkenden Kaiser beneideten, nahmen wir alle das große Ansehen in der Welt gern hin als Ersatz für unsere Mißlage auf dem Lande. Auch der Graf, der den Caprivi wegen der herabgesetzten Getreidezölle nicht leiden konnte, wußte bald nicht mehr, ob er schon etwas von den herrlichen Zeiten gesehen hatte oder vom Gegenteil. Wir kleinen Pütcher schon gar nicht. Nämlich, auch der kleine Mann, und mag er ein Bauer sein oder ein Arbeiter, und mag er auch bloß so viel Schmalz auf dem Brot haben, daß gerade die Löcher verdeckt sind, er fühlt sich als was Besseres, wenn er hört, daß das Volk, von welchem er ein Teil ist, in der Welt was vorstellt. Bei uns war es eigentlich bloß Kantor Kannegießer, der sagte, er werde die Unruhe nicht los, als sei in dem Kahn eine Planke locker.

Dann war der Caprivi gegangen, und der Hohenlohe war gekommen, das war nun sogar ein Fürst. Schulze Wendland fand, daß er ein bißchen zu spillerig aussähe, was ja an sich nichts schaden möchte, wenn er sich nicht übernehmen täte, und es passe auch nicht zusammen, daß solch kleiner Spatz nun weiterhin mit dem Kürassierpallasch vom alten Bismarck in der Welt umherfuchteln wollte. „Und denn, ich bitte dich, was ist das für ein Name: Hohenlohe-Schillingsfürst, und vornweg noch Chlodwig? Kann das was vorstellen? Schlodwich. Und fünfundsiebzig Jahre ist er auch schon. Nä, von dieser Sorte, da gehen doch Stücker sechs in Bismarcken seinen Rock

rein! Hättest du, und wärst ein Franzos, vor so einem Angst? Na also!" Schön, aber dafür wurden uns immer mehr schöne, große Panzerschiffe gezeigt, und die Kinder mußten in den Schulen neue Kaiserworte lernen: „Unsere Zukunft liegt auf dem Wasser!"
Da hat sogar der Graf mal öffentlich gesagt: „Mir wäre es lieber, sie läge auf dem festen Land!"
Dahinein war dann der alte Bismarck gestorben. Ich will da gleich erzählen, wie das auf dem Dorfe gewirkt hat, denn ich meine, es könnte nichts schaden, wenn manch einer von heute, der alles bloß von heute aus und von seinem gebildeten Standpunkt aus beurteilen kann, wenn der kennenlernt, wie der alte Bismarck in die Köpfe und in die Herzen der einfachen Menschen hat hineinwachsen können. Nämlich ganz einfach dadurch, daß er bei aller Ablehnung der konservativen Politik auch für die Freisinnigen und für die Bauern und für viele Tausend Arbeiter als der Mann dagestanden hat, der das Reich gegründet hatte und demzufolge ein Kerl gewesen sein mußte, obwohl daß er ein Junker war und die Arbeiter unnötigerweise mit ihrem Vaterland verfeindet hatte. Der Kerl war es, der ihnen imponierte. Siehe, da konnte der Graf bestimmt die Sozialdemokratie nicht leiden, aber von August Bebel sagte er doch, daß der ein Kerl wär.
Es lasen in Kummerow tägliche Zeitungen bloß der Graf, der Pastor, der Kantor und ich. Der Schulze und zwei Bauern lasen das Kreisblatt, das zweimal in der Woche erschien. Die andern lasen nichts, keine Zeitung und erst recht kein Buch. Die Bauern und Tagelöhner waren also auf das angewiesen, was wir ihnen von den Begebnissen in der großen Welt erzählten. Davon nun, was das ist, Freisinn und Liberalismus und Freihandel und Sozialdemokratie und Gesellschaftsordnung, davon stand in den Zeitungen nichts, oder doch nur ein paar Schlagworte, die keiner verstand. Da hieß es nur immer, man müsse freisinnig oder sozialdemokratisch oder konservativ wählen. Aber warum, das wurde keinem Dorfmenschen erklärt. Erklärungen gaben nur der Pastor und der Graf, und auch nur gelegentlich in der Kirche oder im Kriegerverein, und dann waren es Befehle oder Gebote. Na ja, der Kantor und ich riskierten mitunter etwas im Krug oder im Gesangverein. Viel ist das nicht gewesen, erstens mal wußten wir nicht viel, und zweitens durften wir auch nicht allzuviel riskieren. So drehte sich eben, was man in Kummerow als Politik benannte, bloß um den Kaiser, den Reichskanzler, den Reichstag, und da auch nur um unser herrliches Heer und um unsern Platz an der Sonne, den uns die andern mißgönnten; und ob es wohl mal wieder Krieg gäbe, und was wir Deutschen noch alles in der Welt fordern müßten, damit es uns allen gut ginge. Denn es war klar, rund um uns rum lauerten sie nur darauf, uns zu überfallen. Ja, solange wir den alten Bismarck

hatten, wenn er auch bloß im Sachsenwalde saß und übelnahm. Er war aber doch immer noch da!
Um das Bestellgeld für die Zeitung zu sparen, war mein Martin nach der Schule immer die drei Kilometer zur Station gelaufen und hatte die Zeitung geholt. Nämlich, er hatte unterwegs im Bruch stets allerhand zu stöbern mit seinem Flock, unserm Hund. Er war auch diesmal weg und sollte Entenflott mitbringen. Wir warteten mit dem Mittag, es war kein Junge da. Wir warteten noch ein bißchen und fingen an. Endlich kam er und sah aus, als wäre er verunglückt. Ich ranzte ihn an wegen seiner Bummelei, seine große Schwester sagte etwas Hämisches, und seine Mutter bangte sich. „Was ist mit dir los, mein Junge?"
Da kam er an den Tisch und legte die Zeitung hin und sagte leise: „Er ist tot!"
„Wer ist tot?" fragte ich.
„Bismarck", sagte er und lief raus.
Da nahm ich die Zeitung und las die Überschrift. Sie hatte einen großen Trauerrand. Da nahm mir meine Frau die Beilage fort und setzte sich ans Fenster. Meine beiden Mädchen gingen in die Küche und aßen dort. Wir beiden Alten aber blieben ganz still sitzen, und als ich aufblickte, sah ich, wie aus den Augen meiner Frau große Tropfen auf das Zeitungsblatt fielen. Da wollte ich was sagen, nämlich daß er ja ein alter Mann gewesen sei und schon seit acht Jahren nichts mehr zu sagen gehabt habe und daß er bei all seinen Verdiensten um die Gründung des Reiches doch auch große Fehler gemacht hätte gegenüber dem kleinen Mann, aber wie ich meine einfache Frau so sitzen sah, die doch gar nichts von Politik verstand und noch für jeden Empörer eine Entschuldigung fand, da sah ich viele Hunderttausend Menschen so sitzen, die auch nicht mehr von der großen Politik verstanden und eben auch bloß Vertrauen gehabt oder einen Sagenhelden geliebt hatten; aber ich kriegte keinen Ton raus, denn nun kam mir alles so kleinlich und mickrig vor, was ich hätte sagen können, und es war mir, als faßte eine kalte Hand an mein Herz. So haben wir den Tag kein Mittag gegessen und bis zum Abend nicht gesprochen.
Heute sind darüber mehr als vierzig Jahre vergangen. Jahre, in denen bei kleinem der letzte Dorfmensch gelernt hat, daß seine Abseitigkeit mehr schuld hat am Unglück seines Volkes. Heute sehen nicht bloß Freisinnige und Sozialdemokraten den alten Bismarck und seine Politik anders an als damals und werden es einfach nicht verstehen, wie einmal die meisten deutschen Menschen, und besonders eben die einfachen Menschen, in der Unsicherheit ihres Wissens sich nur aus ihren Gefühlen einen Halt erbauten; und daß mit diesem Halt aus Gefühlen noch fünzig Jahre nachher die Real-

politiker der Welt zu rechnen hatten. Und heute noch zu rechnen haben. Darum, weil solche einfachen Ursachen verwickelter Geschehnisse noch immer nicht ernst genommen werden, erzähle ich sie hier.
Es war nämlich im ganzen Dorf damals nicht viel anders als bei uns. Und in den andern Dörfern auch nicht. „Ich habe es wohl gesehen", sagte Pastor Breithaupt am Sonntag von der Kanzel, „solche Trauer, das ist Pommerntreue. Der erste, der von uns dort oben einmarschiert, der wird es Seiner Durchlaucht melden!" Er war dabei wohl mit seinen Gedanken etwas durcheinandergekommen, denn bei der Fürbitte für den Landesherrn fügte er diesmal einen Satz ein, in welchem er den Herrgott um Erleuchtung seiner Majestät bat.
Nachtwächter Bärensprung flötete acht Tage lang nicht in der Nacht, er hatte sich selbst diese Trauer auferlegt und das Spiel nicht gerührt, wie er sagte. Nämlich für Bismarck, wenn der noch mal den Pallasch gezogen hätte, da hätte er auch noch sein zweites Bein hingegeben, aber für den andern, den Kaiser, da sehe er düster. Und durch ganz Kummerow ging eine Bedrückung, als wie in der Erntezeit, wenn das Korn auf dem Felde steht und es ist still und gelbschweflicht in der Luft, und man möchte die Hände sammeln und bitten: Herr, laß es vorübergehen!
Es ist nicht vorübergegangen.
Geblieben war auch die Unzufriedenheit auf dem Lande, und es war nicht an dem, daß es nur den Junkern nicht behagte, weil sie weniger verdienten, es ging auch den Bauern schlecht und auch den Tagelöhnern. Was uns aber am meisten ärgerte, daß war das Geschimpfe in den Zeitungen über die habgierigen Landmenschen. Da die Zeitungen in den Städten gemacht wurden, schien es für die Zeitungsmacher selbstverständlich zu sein, daß sie für die Teuerung in den Städten die Bauern verantwortlich machen mußten.
Ich habe alle Augenblicke eine andere Zeitung bestellt, aber es war ohne Zweck, denn es stand in allen das gleiche. In den Jahren ist eine schlimmere Feindschaft zwischen Stadt und Land gelegt worden als jemals vorher und nachher. Denn wenn es auch an dem gewesen ist, daß die Junker zuerst immer an sich und ihresgleichen gedacht haben und daß sie mit ihren riesigen Getreidewirtschaften ganz andere Interessen hatten als wir kleinen Pütcher mit unserem bißchen Viehkram, so ist es hinwiederum auch an dem, daß die Stadtpolitiker und ihre Zeitungen die Arbeiter in der Stadt auch gegen uns Bauern aufhetzten und uns mit den Junkern in einen Pott schmissen und solchermaßen die allerschlimmste Politik auch für ihre eigenen Parteien machten. Da hab ich mal ein Vierteljahr gar keine Zeitung gehalten. Aber das hielt ich auch wieder nicht aus.

Daß sie dies nicht bedachten: Wenn es uns Bauern auf dem Lande nicht gut ging, dann konnte es auch den Knechten und Tagelöhnern nicht gut gehen, da mußten eben auch die Löhne knapper werden, und Leute mußten entlassen werden. Da mußte dafür wieder die Unzufriedenheit größer werden. Und so liefen immer mehr Tagelöhner in die Stadt. Dort ging es ihnen allerdings meistens noch schlechter, denn es waren da ihrer schon genug, die auf Arbeit lauerten und hungerten. Weshalb sie freilich noch ergrimmter auf die Landleute wurden, die doch schuld hatten an dem teuren Brot und Fleisch. Es war daher ganz gut, daß in den Städten, wenn auch nicht so sehr in den Zeitungen, so doch in den Versammlungen und Fabriken, auch auf die Herren der Fabriken geschimpft wurde. Dieselben hatten ja auch schuld, daß der Kaiser und seine Caprivis und Hohenlohes nichts mehr übrig hatten für die Landwirtschaft. Die Herren der Fabriken wollten keine Schutzzölle für die Landwirtschaft haben, wohl aber Schutzzölle auf die billigen Auslandswaren und Maschinen. „Laßt billiges Korn und Fleisch ins Land", riefen sie, und es klang auch ganz menschenfreundlich, „denn wenn die Lebensmittel billig sind, dann ist der Arbeiter zufrieden und fordert nicht immerzu Lohnerhöhung! Am Ende können wir dann sogar die Löhne senken und unsere Waren billiger ans Ausland verkaufen!" Das heißt, das mit dem Löhnesenken, das sagten sie nicht laut, das dachten sie bloß. Es ist eben zu gern einer des anderen Deubel.
Als da nun wieder mal Reichtagswahlen kamen, da gab es auch bei uns Versammlungen, und wir wurden aufgeklärt. Zuerst bloß von zwei Parteien. Was der Konservative war, zu dem sollten wir hingehen. Der schimpfte wie ein Wilder auf die Stadt und auf die Industrie, weil sie die Landarbeiter in die Stadt ziehe. Und auf die Arbeiter schimpfte er, und es geschähe ihnen recht, daß es ihnen in der Stadt so schlecht gehe und er stellte es nun wieder so hin, als hätten sie auf dem Lande alle das Paradies, nur nicht die Großgrundbesitzer. Da dachte ich an die elenden Insthäuser bei uns und an unsere jämmerlichen Schulen und sagte mir, ihr macht nun also dieselben Fehler wie die anderen, nämlich daß ihr die eigenen Fehler nicht seht. Zu den Sozialdemokraten sollten wir auf Wunsch des Grafen nicht in die Versammlung gehen. Wir gingen aber doch. Bloß, der machte nun auch wieder dieselben Fehler. Nämlich, er stellte es so hin, als sei auf dem Lande so lange die Hölle, bis er und seine Leute aus der Stadt kämen, uns befreiten und die Reichen abschafften und wir dann auf dem Lande leben könnten wie die Städter, mit fester Arbeitszeit und hohem Lohn und ohne den Deputatschwindel. „Ihr müßt nur wollen", sagte er, „aber eure Gehirne sind noch verkleistert. Sonst würdet ihr fordern, was euch gehört!"
Da stand ich auf und sagte: „Also der Herr Döring hat recht. Und somit fange

ich denn auch an zu fordern. Nämlich, vor sechzehn Jahren, als er vorübergehend mal Krause hieß, da hat er sich in Fliederberg von einem armen Landarbeiter zehn Taler geborgt und vergessen, sie ihm wiederzugeben."
Da erschrak er sehr und stammelte, er habe das Geld in die Kampfkasse gegeben, damit die Lage der Landarbeiter gebessert werden könne.
Ich sagte: „Wenn der Herr Redner angenommen hat, ein armer Landarbeiter kann so mir nichts dir nichts zehn Taler verschenken, dann muß er doch auch annehmen, daß die Lage der Arbeiter auf dem Lande glänzend ist."
Er sagte: „Wenn einmal das Reich der Zukunft gekommen ist, dann wird auch ein besitzgieriger Mensch wie der Vorredner erkennen, daß es nicht allein auf das Materielle, sondern auch auf das Ideelle ankommt."
„Na schön", sagte ich, „wenn er jetzt die zehn Taler rausrückt, dann will ich sie ideell zur Besserung der Lage der Landarbeiter verwenden. Dann wollen wir sie heute abend mit ihm zusammen im Krug vertrinken."
Erst wollte er nicht, dann konnte er nicht. Vier Taler aber konnten sie ihm abknöpfen, sonst hätten sie ihn nicht wieder aus Kummerow rausgelassen. Auf die Einladung, am Abend im Krug unser Gast zu sein, verzichtete er.
Es kam auch ein Freisinniger oder ein Liberaler, ein Justizrat war er und hatte einen schönen Gehrock an und einen goldenen Kneifer auf mit einer Schnur hinterm Ohr. Der gab nun wieder den beiden andern unrecht und nur sich recht. Der eine hatte Schutzzölle gewollt, der andere keine, dieser nun wollte es mal so haben und mal so. Aber darum handele es sich weniger, sagte er, denn was der Mensch brauche, das seien bürgerliche Freiheiten und geistige Güter, die seien mehr wert als alle materiellen Dinge. „Denn was wir für die Menschen auf dem Lande am notwendigsten brauchen, das ist Kultur!"
Da sagte ich: „Lieber Herr, das mit den bürgerlichen Freiheiten und den Kulturgütern, welche das Wichtigste sein sollen für unsereinen, da denke ich mir die bürgerliche Freiheit als ein Vorhemd mit einem Stehkragen, und sieht solches am Sonntag auch ganz schön aus. Jedoch ein Barchenthemd, das paßt für unsereinen besser, das macht winters wärmer, und im Sommer nimmt es den Arbeitsschweiß auf und nützt uns solchermaßen sechs Tage in der Woche. Und ich denke mir Ihre Kulturgüter als ein Paar weiße Röllchen. Dieselben sehen ebenfalls sehr schön aus an Ihrem Gehrock. Bloß, beim Mistfahren und Pflügen, da sind sie einem im Wege, und ein Paar feste Stiefel für billiges Geld wäre da für unsereinen ein besseres, weil ein nützlicheres Kulturgut."
Da sagte er: „Ich verstehe den Herrn Vorredner nicht."
Da sagte ich: „In diesem Punkte wenigstens hat der Herr recht."
Meine Dorfgenossen klatschten dazu in die Hände und riefen bravo und feierten mich als einen großen Politiker. Der freisinnige Redner hat dazu nur

den Kopf geschüttelt. Die Bauern aber drohten mir nachher an, mich bei der nächsten Wahl als Kandidaten aufzustellen. Sie haben es mit den Jahren aber wieder vergessen, und so blieb mir diese Laufbahn verschlossen. Es wäre sonst vielleicht manches anders gekommen mit Deutschland.

Ziffer 12

An der Schwelle des Jahrhunderts

Bei der Wahl hatten wir eine liberale Stimme. Das war Kantor Kannegießer, der hielt es mit den bürgerlichen Freiheiten und den Gütern der Kultur. Es machte ihm nichts mehr aus, daß Graf und Pastor ihn in seiner vaterländischen Unzuverlässigkeit erkannt hatten, dieweilen er sich sowieso wollte pensionieren lassen. Ich hatte einen weißen Zettel reingelegt, und richtig sagte mir nachher Schulze Wendland, der Wahlbeisitzer war, der Graf als Wahlvorsteher habe meinen weißen Zettel nicht als ungültig angesehen, sondern als gültig den Konservativen zugerechnet, denn sicher hätte ich es doch so gemeint gehabt und wäre nur verdusselt gewesen, und die vier Meter Holz werde er mir anfahren lassen.
Wir hatten aber auch eine sozialdemokratische Stimme. Das war der Maschinist Wilhelm Dreier vom Gut. Nämlich, die Wahl war doch geheim, darum wußten wir noch am selben Abend, wie jeder gestimmt hatte. Der Graf hatte beinahe einen Schlaganfall gekriegt, denn er hatte bisher die rote Gefahr nicht so recht ernst genommen für Kummerow, sich sogar des öfteren ein bißchen lustig gemacht über die Angst, die manche seiner Kumpane im Reichstag vor August Bebel gezeigt hatten, und nun geschah das sozusagen unter seinen eigenen Händen. Er schmiß Dreier sofort aus dem Dienst. Und Pastor Breithaupt, der wetterte dann noch in der Kirche gegen die Menschen, so sich nicht schämten, für Königsmörder, Gotteslästerer und Quartalssäufer einzutreten, und seien solche ein Schandfleck für Kummerow. Und da er nun mal im Zuge war, sprach er auch gleich gegen die Pharisäer und Zöllner in der Gemeinde, die sich freisinnig bezeichneten und solchermaßen doch nur bekannten, daß sie frei seien von gottesfürchtigem und nationalem Sinn. Und ebenso schlimm seien die Scheinheiligen, die es mit jedem und demzufolge mit keinem hielten und mit geläufiger Zunge aus schwarz weiß machten. Dabei hatten doch die andern aus meinem weißen Zettel einen schwarzen gemacht. Aber es müsse ja alle Redlichkeit aus der Welt weichen, wenn die Regierung schwach sei und Thron und Altar immer mehr dem

Ansturm der zügellosen Masse preisgebe. Und dann wetterte er gegen das neue preußische Pfarrerbesoldungsgesetz, welches zwar die Gehälter ein weniges erhöhte, dafür aber die Naturalienabgaben abschaffte und auch den Pastor als Landwirt ausschaltete, indem nunmehr das Kirchenland vom Konsistorium aus verpachtet würde. „So werden die Bande zerschnitten, welche den Seelsorger mit seiner Gemeinde verbinden, und er wird zu einem Staatsbeamten gemacht wie jeder Schemelhocker von Amtsrichter oder Schulprofessor. Wo ist da eine Gerechtigkeit, wenn der Pastor von Kummerow, welche Stelle mit vierundachtzig Morgen Land und Wiesen ausgestattet ist, von nun ab nicht mehr Gehalt kriegt als der Pastor von Lunow, welche Gemeinde ihre Pfarrstelle bloß mit vierundvierzig Morgen fundierte? Ist das eine Gerechtigkeit, wo es doch bekannt ist in ganz Preußen, mit was für hartgesottenen Sündern ein Pfarrer es in Kummerow zu tun hat? Eine öde Gleichmacherei ist das, eine Vorfrucht der Sozialdemokratie, und wird sich furchtbar rächen! Aber das sage ich gleich, und es mögen sich jene merken, die da schadenfroh grinsen: Die Einsegnungsgans und der Brauttaler, die bleiben!"
Nun pachteten die Bauern das Kirchenland, und Schulze Wendland pachtete den größten Brocken und tröstete den Pastor, er sei doch auch nicht mehr der Jüngste. Aber schon ein Jahr darauf pachtete der Pastor das Kirchenland wieder zurück und zahlte dafür elfhundert Mark Pacht, das waren hundert Mark mehr, als die Bauern Pacht zahlten und als er jetzt mehr Bargehalt bekam. So sehr hing er am Ackern.
Na, und die hundert Mark Unterschied, die holte er wieder rein durch den Brauttaler. Nämlich bisher, da war er damit sehr streng gewesen. Es war so, daß er bei einer Hochzeit das Brautpaar an der Kirchentür empfing und zum Altar geleitete, aber bloß, wenn die Braut einen geschlossenen Myrtenkranz aufhatte. Mogelten da mal welche, von denen er das wußte, auch wenn vorher nichts Kleines angekommen war, wie man das eben so in einem Dorf weiß, da konnte er verdammt unangenehm werden. Jetzt sagte er sich, Kranz ist Kranz, und ob er nun zu ist oder bloß halb zu, es gibt einen Taler, die Regierung will es ja so; und er führte es ein, daß er bei reichen Hochzeiten noch allerhand mehr machte als nötig war. Das sprach sich rum, und da auch die kleineren Leute nicht zurückstehen wollten, ließen sie beim Aufgebot schon durchblicken, daß auch der Brauttaler bei ihnen bestimmt Junge haben würde. Und besonders gingen solche Hochzeitspaare über die Talergrenze hinaus, bei denen der Brautkranz ein bißchen angeknabbert war.
Siehe, so kann auch die Untugend nicht nur den Sündern Spaß machen, sondern gleichermaßen auch den Heiligen Nutzen bringen.
Graf Runkelfritz tobte im Kriegerverein über den Verfall der Zeiten und

sagte ebenfalls: „Schuld an allem hat die schlappe Regierung. Wir brauchen eine harte Hand, eine Faust brauchen wir, und wenn der Kaiser das nicht bald einsieht, dann werden wir uns selbst die Freiheit dazu nehmen! Deutschland, Deutschland über alles!“
Immer bloß wollen sie die starke Hand für die andern, dachte ich, immer bloß wollen sie nehmen. Wenn sich das nicht ändert, dann wird der Pott bald leer sein. Das kommt mir vor, als wollten sie beim Ollschen Basta-Spiel aus der Pinke spielen, aber keiner will was reingeben, und alle trachten dabei noch, ein bißchen zu mogeln, und halten alle einer den andern für einen Spitzbuben!
Der Maschinist Dreier, der ist damals nach Stettin gegangen. Aber er ist wiedergekommen. Und wie ist er wiedergekommen! Doch alles zu seiner Zeit.
Solchermaßen gingen wir in ein neues Jahrhundert hinein. Ich war inzwischen über mein fünfzigstes Lebensjahr gegangen, von welchem sie ja sagen, nun gehe es bergab. Es kümmerte mich aber nicht so sehr wie die Sache, daß wir nun in ein neues Jahrhundert hinein sollten. Davon machten sie in der ganzen Welt einen Blam, als hätten sie alle ein neues Leben und ein neues Haus geschenkt gekriegt und brauchten nun bloß über die Schwelle zu treten, um an die gedeckten Tische zu kommen. So wie bei Weihnachten die Kinder, wenn sie in den großen Saal geführt werden, wo der Weihnachtsbaum brennt und die Geschenke liegen da. Bloß daß sie es alle nicht bedachten mit ihrem neuen Jahrhundert, daß ihnen da kein Großer den Tisch gedeckt hatte und den Weihnachtsmann spielen wollte für die andern. Die Arbeiter nicht, die Bauern nicht, die Handwerker nicht, die Pastoren nicht, der Graf nicht, der Kaiser nicht. Der liebe Gott sicher auch nicht!
Aber dem konnte man das nicht verdenken; was ist das schon für den, daß die Menschen um eine Minute vor zwölf noch 1899 schreiben und eine Minute nach zwölf 1900? Aber sie waren alle stolz, daß sie es erleben durften, und kamen sich vor, als hätten sie mitgeholfen, daß es nun soweit war. Die alte Mutter Kluckert, die wir seit Monaten nicht mehr gesehen hatten, ließ sich sogar auf ihrem Stuhl in die Haustür tragen, um das neue Jahrhundert zu sehen, und sagte glücklich: „Nä, nä, dat ick dat noch alewen künn! Nä, nä!“ Und schaute den Himmel an, und da gerade die Wolke vor dem Mond wegzog, war sie überzeugt, sie hätte gesehen, wie der liebe Gott das große Blatt von seinem himmlischen Abreißkalender abgerissen hatte.
Siehe, sagte ich mir da, es ist zwar nicht die Liebe, welche die Menschen an dieser Jahrhundertschwelle bewegt, es ist am Ende auch nicht der Glaube, es ist wohl bloß die Hoffnung. In diesem wenigstens sind die Menschen sich gleich. Bloß, worauf hoffen sie alle eigentlich? Sie erreichten mehr, wenn sie alle es wollten. Aber immerhin, sie hofften doch.

DIE NEUNTE STUNDE

Ziffer 1

Der andere Grambauer geht in die Welt

„Siehst du", sagte meine Frau, „der Himmel hält seine Hand über unser Haus, alles gedeiht." Es war wirklich so, und ich erschrak direkt, als ich es wahrnahm.
Nämlich, wie sonderbar war es doch zu verspüren, daß nun, wo ich eigentlich genügsam war und gar nicht wild auf Besitz, das Glück mir nachlief. Es ehrlich zu verdienen, schloß ich mein Herz ganz bewußt auf gegen jedermann, war fröhlich und hilfsbereit und bevorteilte keinen Menschen auch nur um einen Pfennig. Ja, ich verheimlichte es vor keinem, was ich verdiente. Auch nicht vor dem Steuereinnehmer.
Zuerst, da war mir das alles sehr ungewohnt. Aber langsam fühlte ich mich immer wohler und strebte es in meinem Sinn an, mich möglichst vollkommen zu machen. Schon um zu sehen, was der liebe Gott zu solchem Menschen sagen würde und wie er es ihm lohnte. Bei allem Spaß, welchen ich dabei hatte, nämlich weil die Menschen wegen meines Vertrauens und meiner Offenheit und meiner Helffreude viel mißtrauischer gegen mich waren als gegen einen Schubiak, es hat sich nach und nach viel leichter gelebt als früher. Ein Mensch, der nichts verbergen will, sieht plötzlich, wie die andern schwer gehen und haben alle Taschen voll Feldsteine und wissen nicht, warum sie sich so unnützlich bepackten.
„Aber das mit dem Jungen, Mudding", sagte ich, „das setze ich doch durch, da kannst du dich auf den Kopf stellen, der soll es mal leichter haben im Leben als ich. Der soll das schaffen, was ich umsonst versucht habe. Zweimal hat mich die Stadt abgeschlagen, er wird sie beim dritten Male erobern und damit das bessere Leben sich schaffen! Den eigenen Misthaufen, den halte ich ihm derweilen als Heimat!"
Uns Mudding stellte sich nun nicht auf den Kopf, solches wäre ihr auch schon in jüngeren Jahren als unschicklich vorgekommen. Aber sie stellte ihr Herz auf den Kopf. Da hatte sie vor Jahren den einen ihrer Jungen noch verloren,

und wenn der Himmel ihr ein Jahr darauf noch ein Mädchen geschenkt hatte, so war doch der letzte Junge, der ihr verblieben war, nun erst recht ihr ein und alles geworden. Gegen die höhere Schule hätte sie ja nichts einzuwenden gehabt, dafür liebte sie den offenen Kopf ihres Jungen viel zu sehr und nannte ihn stolz immer ihren Doktor. Aber gegen die Stadt hatte sie was einzuwenden. Und warum solche höheren Schulen nur immer in der Stadt sein mußten, daß ging ihr gegen den Strich. Als wenn die Kinder in der Stadt von Natur klüger seien, sagte sie und mißbilligte es.
„Klüger an sich nicht", sagte ich, „aber es sind eben mehr Klügere da!"
„Dies käme ja noch drauf an", meinte sie. Unser Martin lernte sehr rasch. Als er in die Schule kam, war er fünfeinhalb Jahre alt und konnte schon schreiben und lesen und eine ganze Menge rechnen, welches alles ich ihm beigebracht hatte. Bloß, er machte sich nicht viel draus. Wir sagen von solchem, er hat einen doppelten Kopf. Nämlich einen rechtwollenden und einen gleichgültigen. Das habe ich oft mit Sorge beobachtet. Siehe, dachte ich, das sind zwar auch Faßmann und Laßmann wie bei jedem, bloß, sie rakeln sich nicht miteinander, und sie wechseln sich nicht ab in der Herrschaft, wie das natürlich ist, sondern sie streben unabhängig voneinander empor und wollen jeder für sich Riesen sein. Wenn die sich dann später doch mal um die Macht reißen, mein Junge, das kann gefährlich werden. Nämlich, er saß viel allein, zu Hause und im Bruch, und las alles, was ihm an Papier in die Finger kam. Oder er trieb sich allein umher mit seinem Hund, oder er kümmerte sich um Pferde und Kühe und Schafe. Er war fromm wie seine Mutter, aber er scheute sich nicht, große Jungens anzugehen und Knechte und Bauern, wenn sie Unrecht taten, und besonders, wenn sie Tiere stießen und schlugen. Aber dann krakeelte er nicht lange, dann ging er gleich mit Fäusten und Knüppeln los, auch auf die Großen. Als er mal krank war, sah ich zu meinem Schrecken, daß er nicht bloß im Gesicht und an Händen und Beinen harte Narben hatte, sondern auch am Leib zerschunden war. Nämlich, die andern waren fast immer stärker gewesen oder ihrer mehrere.
Damals, als er so über zehn Jahre war, kam der alte Kantor Kannegießer zu mir und sagte: „Martin muß jetzt auf eine bessere Schule, er kann bei mir nichts mehr lernen!" Da es nun nicht gleich die große Stadt sein sollte, wurde es erst mal die kleine Stadt. Die hieß Falkenberg und war sieben und einen halben Kilometer ab. Da mußte nun der kleine Mann ganz allein drei Jahre lang jeden Tag, sommers und winters, fünfzehn Kilometer zur Schule laufen, und es war mitunter dunkel, und es war mitunter kalt bis zu zwanzig Grad, und es lag mitunter hoher Schnee auf der Landstraße, und wir hatten mitunter große Angst um ihn. Es hat ihm nicht geschadet, nicht Leibes und der Seele. Und darum lache ich, wenn ich es lese, daß sie in der Stadt und später auch

auf den Dörfern Lärm machten, wenn der Schulweg ein bißchen weit war. „Junge", sagte ich manchmal, „was machst du denn bloß so allein unterwegs?" – „Ach", sagte er, „manchmal im Kopf die Schularbeiten." Es kam vor, daß er sogar noch ein winterkrankes Tier mitbrachte, einmal sogar einen Hasen, den die Krähen angeschlagen hatten, aber er ist dann doch eingegangen. Zu Hause, da zog er dann rasch die Stiefel aus und lief im Sommer barfuß und ging stromern, und im Winter zog er Holzschuhe an und ging mit den andern schliddern, oder sie liefen Schlittschuh. Oder sie machten Kriegszüge gegen die Jungens in den andern Dörfern. Da war er dann obendrein der Anführer. Er hatte auch eine Trommel, und die trommelnden Kummerower, die waren bald gefürchtet im Kreis.

Als es nun soweit war, sagte ich: „Mudding, nun muß er in die große Stadt, und für immer!" Seine Mutter wollte, er sollte Pastor werden, das wollte ich nicht und der Junge nicht. Ich wollte, er sollte Lehrer werden, das wollte die Mutter nicht und der Junge nicht. Der Junge wollte Seemann oder Maler werden, das wollten wir als Vater und Mutter nicht. Da sagte er: „Am liebsten möchte ich pflügen!"
Da war ich sehr beleidigt, denn ich wäre in meiner Jugend alles geworden, bloß nicht Landwirt. „Junge", sagte ich, „hast du dafür einen hellen Kopf gekriegt, daß du ihn immer willst hinter Pferdehintern hertragen?"
Da sah er mich groß an und sagte: „Vater, daß paßt mir besser, als wenn ich ihn in der Stadt soll vor Ochsenköpfen hertragen!"
Ich brachte ihn aber dann doch in die große Stadt. Wenn er sie erst geschmeckt hat, dachte ich, wird er schon Gefallen dran finden, da wird er schon seinen Ehrgeiz suchen, es ihnen zu zeigen, daß auf dem Lande nicht bloß Kohlköpfe wachsen. Denn ich wollte es auch nicht wahrhaben vor mir, was ich sah, nämlich daß er mehr nach seiner Mutter schlachtete als nach mir. Seine älteste Schwester, die fünf Jahre älter war und mein Ebenbild, die wollte durchaus in die Stadt. „So seid ihr nun", heulte sie, „der Dussel will nicht weg und muß, und ich will in die Stadt und darf nicht!" Da sie aber ganz mein Fleisch und Blut war, ist sie später doch gegangen. Es wurde auch ihr kein Segen. Aber alles zu seiner Zeit.

Ziffer 2

Die Ahnenprobe

Bevor ich ihn fortbrachte, nahm ich den Jungen und seine jüngere Schwester, und wir fuhren in meine alte Heimat. Denn er sollte den Boden kennenlernen, dem sein Vater entsprossen war, indem ich hoffte, dadurch auch das zu wecken, was er väterlicherseits in sich hatte. Auch seine kleine Schwester artete ganz nach ihrer Mutter. Aber dieweil ich umherging mit meinen Jahren und war wie ein Einsegnungskind, das seinen ersten Schwips hat, da waren meine beiden Kinder still und nüchtern. Und war selbiges nicht die Schüchternheit, welche von der Fremde kam, es war anders. Nämlich, es war in meiner Heimat doch alles viel bunter und lauter mit den Menschen und der Natur und dem Kahnfahren und Fischfangen im Spreewald. Sie aber fanden das einfache Bruch zu Hause schöner und ihre Lehmberge und Kiefern-

wälder auch. Es waren eben Kummerower. Siehe, dachte ich da, wie ist es am Ende unrecht, wenn wir der Menschen Geschlecht bloß immer nach den Vätern rechten. Wie ist es verkehrt, wenn der Graf stolz darauf ist, daß mal einer seiner Vorfahren vor ein paar hundert Jahren eine Schlacht gewonnen hat. Denn zu einem Menschen, daß er da ist, gehören immer zwei, und zu jedem der zwei wieder zwei, und so fort von Ewigkeit an, da bleibt wohl mitunter in ein paar hundert Jahren kaum noch ein Tropfen Blut von den männlichen Vorfahren her, höchstens der Stolz und das Vermögen.
Wie das überhaupt so eine Art ist mit den Vorfahren. Graf Runkelfritz hatte mir mal seinen Stammbaum gezeigt, der ging bis ins zwölfte Jahrhundert.
„Ja", sagte er, „mein Lieber, das sind zweiundzwanzig männliche Ahnen!"
Ich sah mir das eine Zeit an und sagte: „Herr Graf, wenn wir die Probe machen könnten, ich habe ebenso viele Ahnen, ja noch mehr!"
Da war er ganz verbiestert in seinem Stolz.
„Doch", sagte ich, „es ist in der Ahnenzahl wohl kein Unterschied zwischen uns. Bloß ganz nebenbei ist ein kleiner Unterschied. Nämlich, die Ihrigen sind aufgeschrieben, die meinigen nicht, aber dagewesen sind sie auch."
„Ja", sagte er und lachte wieder, „aber daß sie aufgeschrieben sind, darauf kann man stolz sein, das macht eben den Unterschied. Das macht eben den Wert, für die Familie und für das Land!"
Warte, dachte ich und sagte: „Ja, aber die polnischen Ahnen, die hätte ich dann doch nicht aufgeschrieben."
„Das verstehen Sie nicht", sagte er.
„Kann sein", sagte ich, „ich habe das auch bei meinem früheren Standesherrn nicht verstanden. Dem seine Ahnen waren noch italienisch, als meine aufgeschriebenen schon als Brandenburger im Lande waren. Aber die Pacht für das Land mußten meine zahlen, nicht seine!"
„Schade", sagte er, „aber Sie können eben doch bloß bäurisch denken."
„Ja", sagte ich, „das habe ich selbst am meisten bedauert."
Daran mußte ich denken, als wir nun wieder in meiner alten Heimat waren. Nämlich, mein Bruder, der hatte auch längst geheiratet und hatte Kinder, und sein Ältester, der stand schon bei dem Gardedukorps in Potsdam. Sie hatten von morgens bis abends gearbeitet und ihre Wirtschaft in die Höhe gebracht, und meine alte Mutter war sehr stolz darauf. Da haben wir denn viel von den alten Zeiten geredet, und Mutter erzählte von der Notzeit in meiner Jugend. Es war ja auch vieles anders, sie hatten sich Land kaufen können, wenn auch für sehr teures Geld, und sie hatten nun auch Pferde. Bloß, um ihr Auskommen zu haben, mußten sie noch immer brandenburgisch Land von den italienischen Grafen pachten, daran hatte sich nichts geändert. Daran hatte auch Kaiser Wilhelm nicht gedacht, als er das von den herrlichen

Zeiten für die Brandenburger gesagt hatte. Er hatte es aber wohl bloß vergessen. Er hatte ja in den Jahren noch so viel anderes gesagt. Da hat er eben nicht alles behalten können. So behielten die Grafen eben die Macht und die Pacht und die Bauern die Hast und die Last.

Ziffer 3

Bibelforscher

„Es ist die moderne Zeit, Mudding", sagte ich, „die langt auch nach Kummerow ins Bruch." Nämlich, ich hatte als erster Glühlicht nach Kummerow gebracht. Bald aber machten es mir einige nach. Glühlicht bloß von Petroleum und Spiritus, aber dieweil auf den Lampen richtige Glühstrümpfe waren wie in der Stadt auf den Gaslampen, da bildeten wir uns bannig was ein auf unseren Fortschritt.
Pastor Breithaupt war dagegen, daß sich die Gemeinde auf diese Art hob, und sprach von bäurischer Hoffart und so. Er war ja überhaupt ein bißchen rückständig und alt geworden. Wir hatten uns auch wieder gekabbelt, und ich maulte. Das kam so: Er stellte mich mal im Gasthaus nach einer Kirchenratssitzung und bezweifelte, daß ein einfacher Mensch sich allein die Bibel auslegen könnte.
„Ach", sagte ich, „was Sie nicht sagen! Und was waren die ersten Christen? Ich meine, die Jünger unseres Herrn? Waren das etwa lauter studierte Herren?"
„Nein", sagte er, „das waren sie nicht, aber sie hatten auch bloß die mündlichen Lehren des Herrn weiterzutragen. Eine Bibel gab es damals noch nicht."
„Sieh mal an", sagte ich, „damit wollen Sie also sagen, die Bibel hat das Wort Gottes unverständlich gemacht?"
„Nein", sagte er, „aber wenn Sie hier ein theologisches Streitgespräch mit mir führen wollen, so muß ich das ablehnen."
„Und warum?" fragte ich, denn ich war in Schwung gekommen, weil da Stücker zehn aus Kummerow bei waren und ich mich über seine spöttische Miene ärgerte.
Er sagte: „Die Kenntnis der Bibel und das Wissen um ihre Auslegung erlangt man erst durch ernstes Studium!"
„Na", sagte ich, „ich bin ein ernster Bibelforscher gewesen allezeit!"
Er lachte. „Da wäre ich doch begierig, was Sie da alles erforscht haben!"

Ich aber sah ihn an. „Das kann sich gleich erweisen, wer von uns beiden besser Bescheid weiß in der Schrift, Herr Pastor: Können Sie mir sagen, in welchem Kapitel der Bibel kein c und kein f und kein m und kein z vorkommt?"
Erst sah er mich voll Mißtrauen an, dann lachte er breit.
„Aber das ist ja Unfug, und außerdem kann es nicht stimmen."
Nun wendete sich mein Freund, der Schulze Christian Wendland, dazwischen und sprach: „Mitnichten, Herr Pastor, und bei allem Respekt, aber Gottlieb ist ein Schriftkundiger. Es ist schon gescheiter, Sie sagen, daß Sie es nicht wissen."
Jetzt haute der fromme Herr auf den Tisch, und sein Kognakglas kippte um.
„Das ist nun schade", sagte Christian, „da vergießen Sie unschuldiges Blut."
„Ihr habt es alle dick hinter den Ohren, ihr Kummerower", rief der Pastor. Aber dann kitzelte ihn doch die Neugier. „Na, da bin ich doch begierig auf den Schriftkundigen Gottlieb!"
„So geben Sie also zu", sprach ich, „ich bin im Recht?"
„Nein, das gebe ich nicht zu, es ist unmöglich. In einem ganzen Kapitel sollten kein c und kein f und kein m vorkommen?"
„Und kein z", sagte ich.
„Das ist unmöglich!"
Ich bot ihm eine Wette auf eine Lage Helles an, und da die anderen ja auf jeden Fall nur gewinnen konnten und der Schulze es ihm an die Ehre legte, eine solche Wette annehmen zu müssen, schlug er auch ein.
„Sie geben damit gewissermaßen schon zu", sagte ich, „daß Sie das betreffende Kapitel der Heiligen Schrift also nicht kennen?" Er gab es zu, fragte aber noch: „Ein ganzes Kapitel?"
„Es ist der 117. Psalm!" sagte ich.
Ich sah, wie er nachdachte. Und um es gleich zu beweisen, rief ich zum Gastwirt: „Jürgen, hast du eine Bibel in deinem sündigen Haus?"
Jürgen Rettberg brachte sie an, denn sie lag immer unter dem Schanktisch zwischen den Bierflaschen, und wenn kein Gast da war, las er öfter drin. Er schlug auch gleich den 117. Psalm auf, studierte und sagte: „Nänä, Herr Pastor, Gottlieb hat recht."
Der Pastor nahm ihm die Bibel weg und untersuchte es. Es war an dem. Dann haute er das Buch auf den Tisch. Aber für diese zornige und unheilige Handlung strafte ihn der Herrgott, denn er hatte in seinem Eifer auf den vergossenen Kognak gehauen, und der spritzte ihm ins Gesicht. Solches war ihm an sich nicht zuwider, bloß in diesem Augenblick. Darum auch sagte

er wohl, wir könnten ihm alle. Aber Jürgen nahm seine Bibel ärgerlich und sagte, daß ein Christ nicht so umgehe mit heiligen Dingen. Und er wischte das Buch an seinem Ärmel ab und wollte es wegtragen. Aber die andern wollten auch alle den 117. Psalm lesen, und Heinrich Fibelkorn las ihn laut vor, und sie paßten alle scharf auf wie Hühnerhunde auf die c und f und m und z. Es war nichts mit der Jagd, ich hatte recht. „Sehen Sie, Herr Pastor", sagte da der Schulze, „auch unsereins kann mal die Bibel besser kennen als einer, der dazu angestellt ist."
„Kapitel, Kapitel – der ganze Psalm besteht ja bloß aus einem Vers", sagte der Pastor ärgerlich.
„Er stellt aber ein ganzes Kapitel dar und ist überschrieben als der 117. Psalm. Und er enthält kein c und f und m und z. Und Sie haben es nicht gewußt."
Der Pastor hatte schon nach seiner Mütze gefaßt, da sagte er zu mir und funkelte mich an: „Was hat denn solches Buchstabenschnüffeln mit dem Studium von Gottes Wort zu tun? Die Heilige Schrift ist doch keine Rätselzeitung!"
Ich sagte: „Sie sprechen so gering von den Buchstaben, weil Sie sie nicht alle kennen."
Er sagte: „Haben Sie nie das Wort gehört: Aber der Buchstabe tötet, es ist der Geist, der lebendig macht?"
Ich sah ihn harmlos an und sagte: „Da doch die ganze Heilige Schrift aus Buchstaben besteht, da tötet die Heilige Schrift also?"
Er sagte: „Menschenskind, so ist das doch nicht gemeint!"
Ich stökerte weiter: „Wenn Sie die Buchstaben nicht meinen, die in der Bibel drinstehen, dann können die vier Buchstaben von vorhin, die fehlen und nicht da sind, die können dann doch erst recht nicht töten?!" Dabei sah ich der Reihe nach meine Freunde an. Die nickten zustimmend und sehr überlegen.
Da lief er zur Tür und warf sie hinter sich zu. „He, Herr Pastor", rief Traugott Fibelkorn durchs Fenster, „und wer bezahlt nun die Lage?"
„Lat em lopen", sagte der Schulze, „die bezahl ich, das ist der Spaß schon wert!"

Heil dir im Siegerkranz

An dem Abend ging es noch hoch her. Es ging in den Jahren überhaupt wieder öfter bei uns hoch her. Nämlich, jetzt hatten wir den Bülow als Reichskanzler und hatten die Reichstagswahl gegen Rot und Schwarz gehabt. Der Graf machte eine Kaisergeburtstagsfeier, und ganz groß. Ich setzte mich nachher mit Schulze Christian Wendland, den Schöffen Trebbin und Penkun und dem Nachbar Kienbaum zu einem schönen Schafskopp hin.

Da kam der Graf aus dem Saal, er hatte seine Kürassieruniform an und nahm uns die Karten weg und kommandierte: „Marsch in den Saal, an solchem nationalen Feiertag, da spielt man keine Karten! Da sauft man!"

Er hatte auch schon ein paar Fäßchen auflegen lassen. Da er nun richtig in Fahrt war, hielt er noch mal eine Kaisersgeburtstagsrede: „Liebe Kameraden, wir Pommern, und da das mit den Brandenburgern und ihren herrlichen Zeiten bloß ein Gequackel war, da sind wir wieder ein Herz und ein Sinn, im Glauben treu und in den Knochen fest, so halten wir zusammen und zu unserm allergnädigsten Kriegsherrn! Hurra, hurra, hurra!"

Nun sollte die Musik wohl wieder „Heil dir im Siegerkranz" spielen, aber Wilhelm Bach aus Falkenberg, der unser Kapellmeister war, der hatte sich schon ein bißchen müde gepustet und unterließ es. Da redete der Graf auch gleich weiter: „Willem, du altes faules Mohrrübenschwein, wirst du wohl sofort deinen erlauchten Namensvetter mal anblasen!"

Da bliesen sie ihn an, und wir sangen ihn an. Nachher saß der Graf wieder an unserm Tisch und sagte: „Na Kinder, sind das nun herrliche Zeiten? Das sind mistige Zeiten. Und die kommen allen zugute, vor Majestät wiegen wir alle gleich und sind alle gleich viel wert!"

„Ja, ja", sagte ich, „ein Pfund ist ein Pfund. Bloß, manche kriegen ein Pfund Fleisch zugewogen und andere ein Pfund Knochen."

Mitternacht war lange vorüber, da sagte ich zum Schulzen: „Christian, wie denkst du?"

„Ja", sagte er, „ich denke es auch."

Wie wir nun rauskommen, liegt da ein Mann. Wir drehen ihn um und sehen, es ist ein Mitglied vom Kriegerverein, der da statt ins Gras in den Schnee gebissen hatte. Es war ein gewissen Bernickel, ein Freimann. Ich sagte: „Was nun? Liegenlassen können wir ihn nicht. Gehen kann er nicht. Tragen können wir ihn auch nicht. Was machen wir da?"

Der Schulze dachte nach. „Wart man, der Jürgen hat auf'm Hof einen kleinen Schlitten."
Also wir zockelten Bernickel nach Hause. Bullerten ans Fenster. Endlich ging das Fenster auf, und wir sahen eine rote Nachtjacke. „Wat bringt ji'n doa?"
„Wir bringen den Ihrigen!"
„Issa besoapen?"
„Joa, so'n beten!"
„Denn brengt dat Swin man wedder doahen, wo ji't herholt hewt!" Bums, haute sie das Fenster zu.
„Befehl ist Befehl", sagte Christian. Und so zockelten wir mit ihm wieder durchs Dorf zum Gasthaus. Dann schoben wir ihn in die Scheune und gingen erst mal uns stärken.
Das dauerte wohl ein bißchen. Und was soll ich sagen? Die Tür ging auf, und reingeschaukelt kam unser Bernickel.
„Kinder", sagte er, „mir sind die Beine kalt geworden, ich muß was trinken!"
Dann saß er eine ganze Zeit und döste und glubschte, und dann sagte er leise: „Gottlieb, sag es keinem, aber das geht nicht mit rechten Dingen zu! Denk dir an, geh ich doch vor Stunden zwei nach Hause, ganz nüchtern noch, und da wach ich nun auf und denk, ich lieg in mein Bett, und wie ich mich umdrehn will, weil daß die eine Seite so verlegen ist, da fall ich aus mein Bett. Und da ist das gar nicht mein Bett und ist gar nicht meine Stube, da ist das in Jürgen seine Scheune, und das Bett ist doch ein Kinderschlitten. Verstehst du das?"
„Nein", sagte ich, „das versteh *ich* auch nicht! Aber besser in der Scheune als im Schweinestall."
Bernickel grübelte noch eine Weile. Dann kriegte er einen Raptus und haute auf den Tisch, daß die Gläser wackelten. „Kinder, wenn das meine Olle wüßte!"
Die Feier hatte es den Abend überhaupt in sich. Als ich meine Hoftür aufmachen wollte, guckte ich von ungefähr in meinen Vorgarten. Da lag einer auf meiner Bank im Schnee. Wer war es? Unser Nachtwächter Andreas Bärensprung. Wie ich so an ihm rappelte, kam Wilhelm Trebbin die Straße lang und wackelte auch ein weniges. Wir brachten den Nachtwächter in meine Küche. Da war es schön warm, aber er blieb steif liegen. „Mensch, Gottlieb", flüsterte Wilhelm, „wenn ich einen Besoffenen seh, dann wird mir immer schwach. Haste nicht einen kleinen Tröster da?" Ich schlich mich also in die Stube und fand auch den Richtenberger und ein Glas. Wie ich nun den Korken rausmachte, da rieb ich so aus alter Gewohnheit den Proppen an der

Flasche, daß es quietschte. Das mußte in Vater Bärensprungs Ohren wie die Posaunen des Jüngsten Gerichts getönt haben oder wie ein Signal von Mars-la-Tour. Mit einemmal war er wach, erkannte auch gleich den Feind, erhob sich und ging darauf los. Aber mit Gesang, und der lautete: „Siegreich woll'n wir Frankreich schlagen – sterben als ein tapfrer Hä-ä-ä-ld ..."
Na, und da ging die Küchentür auf, und wer stand da? „Mudding", fing ich an, aber sie sah mich an wie ein Eimer Eiswasser. „Mudding", fing ich wieder an. Aber da schüttete sie aus ihren Vergißmeinnicht den Eimer Eiswasser über uns aus und drehte sich um und hub sich von dannen. „Na", sagte Wilhelm Trebbin, „nu is es egal, Gottlieb!" Er hatte recht, und so nahmen wir noch ein paar. Dann zogen die beiden ab, und statt meiner nahmen sie meine Buddel mit. Ich hörte sie draußen singen: „Bleib du im ew'gen Leben mein guter Kamerad."
Mit solchen Wünschen für mich selbst ging ich in unsre Stube, um noch ein Stündchen zu schlafen. Bloß, da stand Mudding fertig angezogen. „Nanu?" fragte ich.
„Wenn die Männer liederlich sind, müssen eben die Frauen arbeiten", sagte sie, „es ist Zeit für den Hof, die Kühe, die warten nicht, die kennen ihre Aufgaben, dafür sind sie unvernünftige Kreaturen."
Siehe, es biß uns alle mal der Schweinehund. Einen Augenblick dachte ich: Na schön, dann geh du man, ich bin wirklich müde und werde ein bißchen schlafen. Aber dann biß mich der männliche Hochmut. „Nee, Mudding, ich bin nüchtern wie ein junges Reh!" Des zum Zeichen versuchte ich zu tanzen, rutschte aber aus und fiel hin.
Was soll ich sagen? Ich ging verdammt rasch in meinen Betrieb. Aber sie ging mit. Bloß reden tat sie nicht, obwohl ich dauernd redete und ihr vom Grafen und dem Schulzen und dem Nachtwächter erzählte und von dem hohen Feiertag, und daß ich bloß ein paar Glas getrunken hätte. Aber als sie gar nicht schmelzen wollte, seufzte ich bloß: „Heil Kaiser dir!"
„Ich denke, ihr könnt ihn nicht so recht leiden", sagte sie.
Ich faltete die Hände und sagte schlicht: „Lasset die Sonne nicht über eurem Zorn untergehen." Das konnte sie auf Wilhelm und auf sich beziehen.

Ziffer 5

Die einen gehen, die anderen kommen

Das heißt, die Jahre, die gehen bloß. Ich hatte nun auch angefangen älter zu werden und merkte es nicht bloß daran, daß ich Mitte Sechzig war. Ich merkte es an anderen Dingen auch. Erstens mal daran, daß unser Junge nun ein Baumeister geworden war oder, wie sie neumodisch sagen, ein Architekt und mal hier, mal da in Deutschland war und im Ausland auch, und daß wir bloß Karten von ihm kriegten, aber nur alle paar Jahre mal sein Angesicht. Da war es sehr still in unserm Haus. Da hatte ich oft ein Verlangen, wenn ich sah, daß uns' Muddings Augen feucht wurden, wenn sie auf der Ofenbank saß und hatte so eine Karte in der Hand. Du hast es gewollt, Liepe, sagte ich mir dann, du hast ihn in die Stadt getrieben, nun mußt du es tragen.
Unser Pastor Kaspar Breithaupt hatte sich pensionieren lassen und war nach Stettin gezogen, wo er eine Tochter verheiratet hatte. Seine beiden Söhne waren Offiziere bei der Marine. Ach, das war eine Abschiedspredigt. Er hatte Tränen in den Augen und konnte nicht weiterpredigen vor Rührung. Und wir alten Kackstiebel, wir schneuzten uns in unsre Sacktücher. Da hatten wir uns nun gegenseitig ein Leben lang rumgeärgert aneinander und hatten so viel an unserem sündigen Fleisch rumgekratzt, daß wir bis auf unsere Herzen gekommen waren und uns hatten erkennen können.
Sein Nachfolger kam aus Chemnitz, das liegt in Sachsen, und hieß Lämmchen, und war beides. Er war ein guter und sanfter Mann, und Buttermilch mit Zucker ist gewißlich ein gesundes Getränk, bloß, in Kummerow mochten sie nun mal keine Buttermilch trinken. Da legten sie sich beim Mähen lieber lang übern Graben und tranken Wasser wie das liebe Vieh. Lieber noch tranken sie einen Korn, aber wenn sie den nicht hatten, dann lieber Wasser als Buttermilch. Sie hatten eben keinen Sinn für das, was in der Mitte war. Er hat sie denn auch kalt gelassen, der neue Pastor, und konnte solchermaßen selber auch nicht warm werden. Es hat ihm aber nichts geschadet, dieweil er das Lauwarme liebte. Nicht mal Adam Rodewald, der Apostel von der Gemeinde der Erhellten, konnte sich über ihn ärgern.
Einen neuen Lehrer hatten wir auch schon lange. Er war unverheiratet, und war dies seine zweite Stelle. Na, dachte ich, wie der mit den Kummerower Jungens fertig werden soll, das möchte ich gern sehen. Er ist nicht mit ihnen fertig geworden. Aber sie sind mit ihm fertig geworden. So glich sich auch dieses wieder aus. Es wäre wohl alles anders gekommen, wenn Graf Runkelfritz noch dageblieben wäre, denn der war Patron der Kirche und

Schule und hätte wohl keinen angenommen, der nicht in sein Format gepaßt hätte. Aber er war eines raschen Todes verblichen. Akkurat so, wie er gelebt hatte. Und gerade an seinem Geburtstag. Er hatte seine Freunde zur Bockjagd eingeladen, und sie saßen abends beim Jägerschmaus. Da hatte einer der Brüder gerade einen neuen Damentrinkspruch gehalten. Nämlich, es gab Gänsebraten. Stand der Gast also auf und sagte: „Kameraden, meine Herren, und ihr, Schlumpschützen! An wen denkt der wackre deutsche Mann zuerst, wenn er gut trinkt und ißt? An seinen allerhöchsten Kriegsherrn. Dies ist geschehen. An wen denkt er als Nummer zwo? An die Damens. Dieses soll jetzt geschehen. Und gerade, wenn sie nicht dabei sind, dann denkt er ihrer mit Liebe. Majestät ist ja auch nicht dabei. Richten Sie Ihre Blicke auf die leckeren Martinsvögel und sprechen Sie mir nach:

Die Gans liegt auf dem Rücken,
Der Spieß ist eingesenkt,
Da wird es sich wohl schicken,
Daß man der Damen denkt!"

Welcher Spruch einen gewaltigen Widerhall fand in den Herzen der alten Burschen, und der Graf, der lachte und hielt sich die Seiten, und sein Gesicht wurde dunkelrot, und er sagte, sein Damentrinkspruch bliebe dennoch der alte und laute nach solchem Mahle: „Man reiche mir ein Weib aus Pommern!"

Ich habe mir alles von seinem Diener erzählen lassen. Nämlich daß es noch eine Stunde so weiterging, und als es nach Mitternacht war und sein Geburtstag herangekommen, gratulierten sie ihm denn auch und stießen an. Da richtete er sich hoch auf und hielt sein Glas empor und sagte: „Horrido – hussassassa – faß die Sau!" Und ist dies wohl ein Jägertrinkspruch. Und er schwankte, und sie setzten ihn in einen Stuhl, und er sagte: „Vater, in deine Hände ..." und war tot. Getreu seinem Grundsatz: Lustig gelebt und selig gestorben, das heißt, dem Teufel die Rechnung verdorben.

Ja, was sagt unsereins nun nach fünfundzwanzig Jahren über solchen Mann? Da war manches an seinem Harnisch rostig gewesen, wie bei seinen Brüdern auch; aber inwendig war das meiste blank gewesen; wie bei so vielen seiner Brüder nicht. Er war ein wilder Arbeiter gewesen und ein tüchtiger Landwirt und hatte mitgeholfen, manchen Wagen aus dem Dreck zu schieben, wenn seine Leute sagten: „Dat geiht nich!" Dann sprang er von seinem Gaul und schmiß die Joppe ab und rin in die Speichen, und wenn sie bis an die Achsen voll Modder oder Kuhschiet waren. Als wir ihn begruben, da habe ich mir die Frage vorgelegt, was unser Herrgott bloß sagen wird, wenn er oben

ankommt. Nämlich, weil er inwendig ein grader und anständiger Kerl war, aber auswendig ein harter Herr. Wundern würde es mich gar nicht, wenn er die himmlischen Heerscharen mit einem Kriegerverein verwechselt und sie mit einer Rede auf den allerhöchsten Kriegsherrn begrüßt hätte und versucht, ein paar Fässer aufzulegen.
Es ist dann ein Pächter gekommen. Ein bürgerlicher, sein Vater soll ein Industriemann gewesen sein. Er hat uns alle nicht sehr interessiert. Er ist aber ein feiner Igel gewesen, ist mit seiner Frau nicht in die Kirche zu Fuß gegangen wie der alte Graf, der immer gesagt hatte, es geziemt sich nicht, beim Herrgott vorzufahren, und außerdem sollten auch die Pferde einen Sonntag haben. Mitnichten, der Neue, der fuhr die paar Schritte. Kriegervereinsvorsitzender wurde er auch nicht. Das wurde nun mein Freund Christian Wendland, der bisher Stellvertreter gewesen war. Christians Reden waren auch kürzer. Da kam nach dem Wort Kameraden! meistens immer gleich: In diesem Sinne ...
Es kamen auch sonst allerhand neue Gesichter ins Dorf. Ein paar Höfe wurden verkauft, und die Tagelöhner vom Gut wechselten nun auch häufiger. Es war wohl inzwischen mit Kummerow so geworden wie mit dem anderen Deutschland, nämlich, wir hatten die Richtung verpaßt, als es herrlichen Zeiten entgegengehen sollte. Wir hatten rechtsum gemacht, die herrlichen Zeiten linksum. Die Regierung aber kehrt. Wir hatten wieder mal eine Reichstagswahl gehabt, und da war die schwarze und die rote Farbe in der Reichsfahne wieder deutlicher geworden.
Auch in Kummerow hatten wir wieder Versammlungen gehabt. Auch von den Sozialdemokraten. Der neue Herr, der war für Neutralität und hatte nichts dagegen, daß der Krüger seinen Saal hergab. Da erlebten wir es denn, daß ausgerechnet Wilhelm Dreier aus Stettin antanzte. Da, der hat uns ausgeschmiert, besonders aber den toten Grafen. Bloß, da ging er ein bißchen zu weit, und so war denn bald eine böse Holzerei im Gange. Aber wir hatten doch schon sieben rote Stimmen im Dorf. Und obwohl es auch wieder eine allgemeine und geheime Wahl war, haben sie diesmal doch nicht rauskriegen können, wer die sieben waren. Es war eben doch etwas anders geworden in Deutschland und in Kummerow.

Ziffer 6

Mit feurigen Zungen

Solange wir Pastor Breithaupt bei uns hatten, da hielt sich Adam Rodewald am Bande. Nun aber trat er hervor als ein Apostel. Den Namen hatte er schon lange, weil er zuerst der Apostolischen Gemeinde angehört hatte. Dieselbe war ihm aber zu zaghaftig gewesen, und so hatte er eine eigene Kirchengesellschaft gegründet. Sie nannten sich „Die Erhellten". Adam hatte schon als Junge ein schweres Gesicht gehabt. Also sagen sie hier von einem, der nicht lachen kann. Adam Rodewald, den hat nie ein Mensch lachen sehen. Als Soldat im Manöver hat er sogar eine Bibel mitgeschleppt. Dieses war ja nun ganz schön, und er war auch von echter Frömmigkeit. Bloß, er las zuviel in der Bibel, und dabei vergaß er das Marschieren. Da ist er von Vater Philipp nie richtig weggekommen. Jetzt, da vergaß er wegen Bibellesen, daß sein Vieh hungerte oder daß es Zeit war, das Gras zu mähen oder die Kartoffeln auszumachen.
Geerbt hatte er das wohl von seinem Vater. Von dem erzählten sie, was sie auch von andern Bauern erzählen. Aber es ist sehr schön. Nämlich, Adams Vater, der hatte auch über seinem Sinnieren seine Arbeit vergessen. Man bloß, er grübelte nicht direkt über das Himmelreich nach und mehr darüber, wie er es sich schon auf Erden beschaffen könnte, ohne gerade durch viel Arbeit. Er hatte mal was von vergrabenen Schätzen gelesen. Davon hatte er schwere Träume gekriegt. Einer davon war, daß auf seinem Acker ein solcher Schatz von den Franzosen Anno Dreizehn sollte vergraben worden sein. Bloß, die Stelle hatte der Traum nicht verraten. Da soll denn Adams Vater sich beigemacht haben und hat seinen Acker Spaten für Spaten und drei Spaten tief umgegraben. Nun war er aber doch ein Landmann, wenn auch ein fauler, und der Acker war ganz voller Quecken. Da dachte er sich: Na, dann kann ich die Quecken ja gleich mit rausziehen. Dafür war er nun eben wieder ein Bauer. Einen goldenen Schatz hat er nicht gefunden, aber der Acker hat durch das tiefe Umgraben, und daß die Quecken weg waren, dreimal soviel getragen. Da hatte ihn der Traum also genarrt und auch wieder nicht, denn er hatte wirklich einen Schatz auf seinem Acker gefunden. Aber weil es keiner in Goldstücken war, ließ er es nicht gelten. Bei kleinem wuchs der Acker denn auch wieder zu, und der alte Rodewald verfiel in einen schweren Sinn und rang mit dem Teufel um das Geheimnis bis an sein Ende. Sein Sohn, der hatte den bösen Verlauf seines Vaters gesehen und seinen Sinn nicht auf goldene Schätze gerichtet, sondern auf solche der Seele. Der

grub in der Bibel und nahm die Quecken auf seinem Acker hin als eine Schickung des Himmels. Denn siehe, sagte er, der liebe Gott hat sie alle gemacht, auch die Quecken. Dem Adam machte es nichts aus, mit Frau und Kindern zu hungern. Er hatte sich ein Eselfuhrwerk angeschafft und kaufte in den Dörfern Lumpen und Abfälle auf und gab dafür Knöpfe und Bänder und Johannisbrot und Lakritzen. Dabei hatte er aber für jeden Lumpen auch noch ein Wort Gottes übrig als Zugabe. Bloß, wie das so geht mit den ganz Frommen. Nämlich, sie werden so gerecht in ihrem Herzen, daß sie langsam hochmütig werden zu denen, die nicht so fromm sind, und daß sie bei kleinem sogar verächtlich werden zu den Nichtfrommen und die Strafe des Himmels auf sie herabwünschen. Dieses habe ich nicht bloß bei Adam Rodewald beobachtet. Bei ihm beobachtete ich noch, daß er bei seinem Handel gut zurechtkam, denn schließlich konnte er sich ein Pferd anschaffen.
Adam hatte seine Frömmigkeit zuerst allein getragen. Dann hatte er seiner Frau und seinen Kindern die Last ihrer Sündhaftigkeit abgenommen und ihnen dafür die größere Last seiner Frömmigkeit aufgepackt. Dann nahm er sich die Nachbarn vor. Dann uns alle im Dorf. Dann Herrn Pastor Breithaupt. Adam Rodewald trank keinen Schnaps und kein Bier, rauchte auch nicht, er regte sich von inwendig aus an. Bloß, da wuchsen auch mehr Quecken als Korn und Kartoffeln. Er aber hielt sie für Lilien und Rosen. Zuerst, da hatte er auch Streitgespräche mit Pastor Breithaupt geführt. Bei einem war ich selbst Zeuge.
Das ging in seinem Verlauf so zu. Adams ältester Sohn hatte einen hellen Kopf und wollte Lehrer werden. Adam war damals noch nicht ganz verbiestert und ging zum Pastor und bat um ein Stipendium. Aber der Pastor mochte ihn nicht recht und sagte, es sei keins da. Da wurde Adams Sohn Schlosser. Als er noch lernte, verletzte er sich und bekam Blutvergiftung und starb. Adam ließ nicht zu, daß der Pastor zum Begräbnis kam. Andern Tags aber ging Pastor Breithaupt ins Haus und wollte der Familie Trost zusprechen. Ich war gerade da. Pastor Breithaupt sprach von Gottes Willen. Da aber antwortete ihm Adam: „Gottes Willen in Ehren, Herr Pastor, aber daß er nicht mehr lebt, daran sind Sie schuld!“
Der Pastor war sehr verwundert und fragte: „Ich bin schuld am Tode Ihres Sohnes? Wie soll denn das sein?“
Adam sagte: „Wenn Sie nicht dawider gewesen wären, wäre er Lehrer geworden.“
„Möglich“, sagte der Pastor, „aber was hat das mit seinem Tod zu tun?“
Adam sah ihn ernst an. „Daß er dann kein Schlosser geworden wäre.“
Da lächelte der Pastor und sagte: „Vermutlich nicht, aber was hat das mit dem zu tun?“

Da hob Adam seinen Kopf. „Daß er sich dann nicht verletzt hätte. Wenn er sich nicht verletzt hätte, dann wäre keine Blutvergiftung gekommen. Wenn er keine Blutvergiftung gehabt hätte, dann wäre er nicht gestorben."
Da wurde der Pastor ärgerlich über diese Albernheit und sagte: „Wenn – wenn – wenn meine Tante Räder hätt ..." Aber er schwieg wieder, denn der Junge war immerhin tot. Aber Adam sagte ruhig: „Predigen Sie man ruhig Ihren Gassenhauer zu Ende!"
Der Pastor sann ein bißchen nach. Dann sprach er: „Er hätte wohl nicht zu sterben brauchen, wenn er sich die Wunde ausgewaschen hätte!"
Aber da hatte ihn Adam Rodewald auch schon beim Rockknopf. „So", sagte er, und es war mit einemmal Schärfe in seiner Stimme und eine Genugtuung über seine eigene Erkenntnis, „so, dann ist das also doch nicht Gottes Wille gewesen mit dem Sterben, wie Sie es vorhin sagten?"
Der Pastor wußte nicht hin und nicht her. „Doch", sagte er, „alles ist Gottes Wille, aber ..."
Adams Gesicht war voll Nichtachtung für den Pastor. „Dann hätte mein Sohn mit dem Auswaschen aber doch gegen Gottes Willen gehandelt, wenn er dadurch das von Gott beschlossene Sterben verhindert hätte? Oder wie?"
Da drehte sich Pastor Breithaupt um und sagte im Rausgehen: „Sie sind verrückt, oder Sie werden es!"
Aber Adam, der sah nun mich an und sprach: „Da siehst du, was so einer von Gottes Willen weiß! Aber ich werde hinfürder mit feurigen Zungen reden!" Ja, er war eben ein Denker, der Adam.

Ziffer 7

Die Schüssel der Gemeinschaft

Adam Rodewalds feurige Reden gefielen mir gar nicht. Nämlich daß er den armen Leuten, die es im Kopf am dunkelsten hatten, daß er denen nun einredete, sie würden erhellt, wenn sie seiner Sekte angehörten. Dabei war nicht mal seine Stube erhellt. Aber das hatte auch wieder sein Gutes, dergestalt sah man den Dreck nicht so. Denn was seine Frau war, die war immer mehr ins Schmuddlige und Schwarze gesunken, je mehr ihr Mann sich und seine Familie erhellt hatte. Dieweil er nun wußte, ich lag auch mit Pastor Breithaupt verquer, machte er sich immer mehr an mich ran. Einmal Sonntag

mittag stand er doch vor seiner Tür und hielt Ausschau. Er winkte mich ran. Er sprach: „Gottlieb, ich habe es heute vor Gott übernommen, einen Vorbeigehenden an meinen Tisch zu bitten!"
Ich erschrak und sagte: „Das ist gottesfürchterlich, Adam, das tu!"
„Komm herein", sprach er.
„Nein", sagte ich, „sieh mal, ich bin doch kein Vorbeigehender, ich steh doch hier bei dir!"
„Das ist die Rede der Pharisäer", sagte er, „das ist die Rede derjenigen, die sich zu vornehm dünken, um am Tisch der Armen zu sitzen und aus der Schüssel der Gemeinschaft zu essen!"
„Nein", sagte ich, „bloß, der Herr hat nicht gemeint, daß die Frommen wie du sollen mit den Spöttern wie ich essen. Und bei uns gibt es heute auch grüne Bohnen mit Hammelfleisch."
Es half mir nichts. „Du bist kein Spötter, Gottlieb, du hast ein Licht in dir, bloß, du weißt es nocht nicht!"
Also, ich mußte in den sauren Apfel beißen. Ja, wäre es man bloß ein saurer Apfel gewesen! Und hineingebissen habe ich auch nicht. Zuerst also war nichts in der Stube als vier Gören. Dann kam die Frau und sah mich mißgefällig an.
„Gottlieb Grambauer speist mit uns", sagte Adam. Sie ging wieder raus. Dann kam sie rein und setzte sieben Teller auf den Tisch, die sie erst mit dem Schürzenzipfel schmierig wischte. Na, dachte ich, immerhin ein Teller für jeden und nicht die Schüssel der Gemeinschaft. Dann band sie die blaue, schmuddlige Schürze ab und breitete sie über den Tisch. Das sollte wohl die Tischdecke sein, dachte ich. Aber dann kam sie mit einem Kochtopf wieder und stülpte ihn auf der Schürze aus, und es waren Pellkartoffeln. So war die Schürze nun wohl die Schüssel der Gemeinschaft. Na, dachte ich, inwendig in die Kartoffeln kann sie ja mit all ihrem Dreck nicht rein.
Wir mußten uns nun setzen. Zu jedem Teller hatte sie einen Löffel gelegt. Sie kam aber noch mal mit einem andern Kochtopf, den stellte sie mit all seinem Ruß auf die eine Ecke der Schürze. Dann füllte sie mit einer zersprungenen Tasse in jeden Teller etwas Brühe aus dem Kochtopf. Zuletzt faßte sie in den Topf und holte einen mageren Hahn raus an einem Bein. Den legte sie vor sich auf die zweite Schürzenecke, nahm ihren Löffel, drehte ihn um und polkte nun mit dem Löffelstiel an dem armen Tier herum und ließ die Fleischstücke, die sie zwischen Löffelstiel und ihrem dreckigen Daumen faßte, in eines jeglichen Teller rutschen. Während der Zeit wurde kein Wort gesprochen. Sie hatten alle ihre Hände gesammelt, und nun betete Adam das Tischgebet.
Mit dem Amen stand ich auf, schwankte und sagte: „Adam, ich bin es nicht

würdig, ich habe vorhin in meinem Herzen Gott gelästert. Ich fühle es, er hat mir zur Strafe den Magen verschlossen und den Hintern geöffnet, ich muß raus!“ Und ich machte Au und Weh und krümmte mich und nahm meine Mütze und lief gebückt raus, so daß er glauben mußte, dem pressiert es wirklich.

Er ist dann eine Zeit sehr böse mit mir gewesen, dieweilen ich seine Gastfreundschaft so mißachtet hätte. Aber ich konnte nicht anders. Ich hatte ja schon mancherlei gesehen, wie es viele mit der Reinlichkeit halten, aber dies war doch das Ärgste gewesen. Nämlich im Essen, da war ich immer sehr penibel, dieweil ich es nicht einsah, warum die Menschen die lieben Gottesgaben in dreckigen Töpfen kochen und aus schmierigen Tellern essen müssen und müssen das Taschenmesser nehmen und die unsauberen Hände. Mancher, dem ich das sagte, der antwortete: „Ach was, für feine Benehmigungen haben wir keine Zeit!" Aber das ist eine Ausrede, und steckt bloß Faulheit der Weiber und Bequemlichkeit der Männer dahinter. In meiner Jugend waren wir doch gewiß sehr arm, aber wehe, wenn unsre Mutter einen sah, der mit ungewaschenen Händen das Brot anfaßte. Das sah sie als eine Sünde an. Und ist es auch. Und ist außerdem eine Sünde gegen den eigenen Leib.

Ich habe das noch mitgemacht in meinen jungen Jahren, daß Herr und Gesinde aus einer großen Schüssel aßen, und war dieses ein alter Brauch von Gemeinschaftlichkeit, und die Schüssel war sauber. Aber es hat mir schon als Kind einen Widerwillen gegeben. Denn siehe, es ist nicht alles deshalb recht, weil es die Alten so gemacht haben. Und wenn sie sagen, gleiche Speise für jedermann, so habe ich gar nichts dagegen und will dermaleinst auch im Himmel nichts voraushaben. Gleiche Speise, gleiche Teller, gleiche Löffel, warum nicht? Aber ich meine, wir brauchen die gleiche Speise nicht alle aus demselben Napf zu essen, dann könnte ja auch der eine Löffel reihum gehen.

Und wenn sie dermaleinst nach meinen irdischen Tagen im Himmel, wo jegliche Unterschiede aufgehoben sind, wenn sie da eine solche große Eßschüssel haben, dann esse ich auch nicht mit, und sind es auch lauter Gerechte, dann freß ich draußen auf der Himmelswiese lieber Sauerampfer und Huflattich.

Und wenn sie es in der Hölle auch so gemeinschaftlich haben sollten, dann sage ich: „Nee, in einem Kessel könnt ihr uns alle gemeinschaftlich kochen, das ist mir Wurst, aber wenn wir alle zusammen aus einem Kessel essen sollen, da freß ich lieber mit einem Ziegenbock aus der gleichen Raufe!"

Denn siehe, auch die Gemeinschaft der Gesinnung und der Seelen hat wohl Ursprüngliches und Mitgeschwemmtes dicht nebeneinander, aber das ist bei ihr eben wie mit dem fließenden Wasser, welches das Trübe und Unreine in seinen Strömen schnell abstößt und läßt es versinken in den schlammigen Grund und bleibt klar und rein. Aber nicht so ist es mit der Gemeinschaft des Lebens im Alltag. Das verträgt auf die Dauer drei Dinge nicht: die gemeinschaftliche Stube, das gemeinschaftliche Bett, den gemeinschaftlichen Napf. Als welche drei Dinge, von einem Unreinen benutzt, schmutzig

und widerlich bleiben. Würden denn die Menschen gern dieselbe Zahnbürste nehmen?
Aber darauf verzichten manche nun wieder aus ganz andern Gründen. Als ich mir mal eine neue Zahnbürste in der Apotheke in Falkenberg kaufte, da war Baldus Beckmann mit und wollte was für die Pferde holen. Neugierig nahm er die Bürste in seine Pranken, polkte mit dem Daumennagel in den Borsten, drehte sie hin und her und schüttelte den Kopf. „To wat brukst'n dat, Gottlieb?"
Ich erklärte es ihm, und der Apotheker hielt noch einen Vortrag, daß eine Zahnbürste das Notwendigste wäre zum ordentlichen Leben. Das Putzen der Zähne mit der Bürste sei unentbehrlich, damit verlängere man die Gesundheit der Zähne und damit wieder das Leben. Baldus griente wie ein Kohlenbrenner, nahm seine Pfeife, die schwarz war wie ein Ofenrohr, aus dem Mund und probierte mit der Bürste ein paar Striche an seinen Zähnen. Da aber machte er ein ekliges Gesicht. „Nä, nä, in min Mul kümmt so wat nich rin! Dat is bloß wedder so'n niemodschen Kroam, dat de Aptekers noch miehr Geld rutschinnen könn!"
Der Apotheker sagte: „Da werden Sie ja sehen, wo Sie mit Ihren Zähnen mal bleiben!"
„Segg eins an, Gottlieb", sagte Baldus, „glöwst du wirklich an so wat?"
Ich sagte, es wäre wohl so.
„Na", lachte er, „dann wiest ji beid mi man ju Tähn, und ick will ju mine wiesen." Er machte den Mund auch gleich weit auf und zeigte uns seine gesunden Zähne. Und er hatte noch den ganzen Mund voll und war fünfundsechzig Jahre. Mit meinen Zähnen aber war damals schon nicht mehr viel los. Baldus freute sich denn auch wie ein Kind. Er schmiß meine Zahnbürste dem Apotheker wieder auf den Ladentisch und sagte: „Et möt een bloß immer wat Orntliches int Mul kregen, dat de Tähn wat to doan hebben, dann bliwt se ok fest. Ne Piep, een Priem, een Köm, een Stümpel Wost un't Vaterunser, doabi bliw ick!"
Siehe, dachte ich, die Menschen sind eben sehr verschieden in ihrem Unterschied, wie Inspektor Kattentitt immer sagte. Baldus Beckmann würde keinen Wert auf eine eigene Zahnbürste legen, du wieder nicht auf einen gemeinschaftlichen Pott. Der eine trinkt das Bier lieber aus der Flasche, der andre aus dem Glas, der dritte trinkt gar keins, sondern lieber Kümmel mit Rum.
Also ist es wohl auch an dem, daß das Gemeinschaftliche seine Begrenzung haben muß.

Ziffer 8

Letzter Bekehrungsversuch

Adam Rodewald wollte das aber nicht wahrhaben mit der Unterschiedlichkeit der Menschen. Er war wie alle Apostel: Ein Gott, ein Kaiser, ein Pott. Und er selber der Deckel! Und so wollte er sie alle selig machen nach seiner Fasson. Und die nicht wollten, denen drohte er fürchterliche Strafen an auf Erden und im Himmel. Und wenn er die Gewalt gehabt hätte auf Erden, so hätte er sie schon im Diesseitigen gestraft. Dieweil er nun den neuen Pastor nicht fürchtete und der Graf tot war, da begann er wirklich mit feurigen Zungen zu reden, und Kummerow, das wäre Sodom und Gomorrha. Und der Herr würde Feuer regnen lassen, damit sie sähen, wie groß ihre inwendige Finsternis sei. Damals bekam er richtigen Zulauf. Nämlich, es war die Zeit, wo die Wanderredner und Propheten das Land unruhig machten und jeder sich Gottes Wort nach seinem Sinn auslegte.

Da hätten es schon lauter Pastor Breithaupts sein müssen, um dagegen anzugehen, aber keine buttermilchenen Lämmchens.

Nun tat es Adam leid, daß ich mich noch immer nicht zu der Sekte der Erhellten bekehren wollte. Er rang um mich. Der Mensch muß in sich gehen, predigte Adam, nur in sich allein hat der Mensch das Licht, das ihm den Weg zeigt zu Gott!

Also kam er doch einmal zu mir und sagte: „Gottlieb, ich komme zum letzten Mal. Rette deine Seele! Es ist bald die zwölfte Stunde. Du hast ein Licht in dir, ich weiß es, du aber weißt es nicht. Gehe in dich und suche es!"

Da sagte ich: „Adam, ich will es tun!"

Und ich tat es. Bloß, es nahm einen seltsamlichen Verlauf mit meinem Suchen nach dem Licht.

„Du mußt dich vor der Welt verschließen und in dich hineinsehen", sagte er. Ich tat es.

„Du mußt innere Einkehr halten", sagte er. Ich tat es. Aber siehe, auch das hat seine Gefahr. Zuerst, da war alles grau und unruhig in mir.

„Du mußt tiefer in dich gehen", sagte er. Ich tat es. Da wurde es noch dunkler und stiller. „Ich sehe kein Licht", sagte ich. „Du mußt noch tiefer in dich gehen", sprach er.

„Tiefer als bis in mein Herz?" fragte ich. Er aber nickte. Dann wurde es ganz finster. Und ich sagte es ihm. „Wer kein Licht in sich trägt, geht im Finstern", sagte Adam Rodewald, „du, Gottlieb, hast eine Laterne in dir, ich weiß es!"

Solche Rede zu hören, tut wohl, und so ging ich noch tiefer in mich und war wohl schon in meinem Bauch. Da erblickte ich endlich einen Schimmer. Es wurde heller, und ich sah ein rundes Licht wie ein Stern. Mein Herz freute sich dessen über die Maßen, meinte ich doch, es leuchte mir endlich das Paradies der Gerechten. Oder doch der Selbstgerechten, die alles Licht nur in sich sehen. Siehe, frohlockte ich bei mir, so schön also gehet es denen, die sich der irdischen Welt verschließen und in sich gehen und alles bloß in sich selber suchen!

Bis ich entdeckte, das Licht kam gar nicht von inwendig, sondern es kam von außen herein und fiel bloß durch ein Loch in meinen Leib wie durch eine Pforte in mich ein. Da trat ich dicht heran in mir und sah mit meinem inwendigen Auge durch diese Pforte hinaus. Da sah ich bloß ein kleines Stück Erdboden. „Es ist zu wenig, Adam", sagte ich, „und kein Himmel ist über der Erde, die ich jetzt sehe."

„Du mußt dich in Demut und Zerknirschung niederbeugen", sprach er, „wer da kniet, wird am weitesten sehen!"

Ich tat es. Es war aber wohl doch nur eine irdische Welt, welche ich erblickte, meinte ich auch in meiner Hoffart der Selbstgerechten, sie erschiene mir als eine bessere Welt, so schön und lieblich blickte sie mich nach dem langen Weg durch mein dunkles Inwendige an. Siehe, dachte ich, er hat also doch recht, nun hat die innere Einkehr dich ins Land der Gerechten geführt.

Aber da erschrak ich schwer in meinem Herzen. Denn ich erkannte etwas von dieser Welt der Gerechten. Und siehe, es war die gleiche, vor der ich die Augen zugemacht hatte, nur verkehrt rum sah ich sie jetzt und überblickte weniger von ihr als früher. Dieses aber kam daher, daß ich sie durch mein körperliches Kellerfenster und nach hinten raus ansah.

Ich berichtete es Adam und sprach: „Also wird es allen denen ergehen, welche der Welt entfliehen und dem tätigen Leben und die Vollkommenheit bloß in sich suchen wollen und gehen dabei zu weit! Wehe, wenn sie den Weg nicht zurückfinden aus sich, sie müssen elend zugrunde gehen."

Ich kehrte dazumal um und kletterte zurück in meinem Innern. Da schaute ich wieder durch die Luken meiner Dachfenster in die schöne Gotteswelt. Adam aber ergrimmte und verwies mich endgültig auf die Bank, wo die Spötter sitzen, und prophezeite mir einen baldigen und schrecklichen Tod. Ich habe daher auch Angst, denn ich bin nun, da ich dies niederschreibe, erst neunzig Jahre und sechs Monate alt.

Lohnt es sich, schlecht zu sein?

Mit den Prophezeiungen ist das wie mit den Bauernregeln und den Sprichwörtern. Es kann einer auch sagen, es ist wie mit den Gurken. Nämlich daß sie manchmal geraten und manchmal nicht. Oder wie mit den Kindern. Pastor Breithaupt gegenüber hatte ich auch öfter ein Sprichwort angewendet. Aber es war von ihm und lautete: Pastors Kinder und Müllers Vieh geraten selten oder nie! Oder wie das Wort, nach welchem es immer in den Zeitungen heißt, wenn mal ein Kind nicht zu Schaden kommt: des Kindes Schutzengel! Aber wenn dafür ein paar Dutzend Kinder zu Schaden kommen, da wird von keinem Schutzengel geschrieben. Da sollten sie wenigstens sagen, er war verreist oder eingeschlafen. So ist es auch mit den Ahnungen und den Zufällen. Nämlich daß die Menschen von hundert Fällen höchstens zwei sich merken, weil diese ihnen haftengeblieben sind. Durch Angenehmes oder durch Unangenehmes.

Wenn einer wirklich ein schlechter Hund ist und ein böser Wicht, dem kann man freilich schon mit etwas Sicherheit prophezeien, wie er endet. Dieweil es sich doch nicht lohnt, schlecht zu sein. Oder lohnt es sich manchmal doch? Wir hatten da einen Halsabschneider und Wucherer, einen Viehhändler, der glaubte nicht an Gott und nicht an den Teufel. Der borgte den Bauern Geld, der schwatzte es ihnen direkt auf, und wenn er dann seine hohen Zinsen nicht kriegte, dann trieb er sie von Haus und Hof und verkaufte den Kram. Dem prophezeiten wir alle ein böses Ende.

Da muß aber wohl unser Herrgott selbst mal geschlafen haben. Der Kerl hatte im großen Krieg noch bösere Geschäfte gemacht als vorher und hat den Hunger und das Elend der Menschen ausgenutzt ohne Mitgefühl, und hat den Staat und die Menschen begaunert, und hat seine beiden Söhne im Krieg behalten, einen zu Haus, der andere kam aus dem Feld unversehrt heim, er hat sein Vermögen noch in der Inflation bewahrt und ist alt geworden siebenundachtzig Jahre und fünf Monate und sanft gestorben. Und der Pastor hat etwas von gesegnetem Alter gesagt.

Aber vielleicht ist dies doch ein einzelner Fall und soll den Schwachen in der Furcht des Herrn zu Versuchung dienen. Ich habe ihn mir jedoch aufgeschrieben auf einer besonderen Seite meines Tagebuchs. Wenn *ich* einst vor Gottes Richterstuhl treten muß und er nimmt mein Schuldbuch vor und findet da so einzelne Posten, welche noch offenstehen, da nehme ich meinerseits mein Notizbuch vor und sage: „In aller Ehrfucht, aber ich bin

bloß ein unwissender Mensch und vom Schöpfer ausgerüstet mit Unvollkommenheit und ungenügendem Schutz gegen die Lust am Bösen. Da kann es schon sein, daß ich mit meinem schwachen Auge die Mächte der Finsternis nicht immer durchschaut habe. Da bin ich bereit, es abzubüßen. Bloß, ich möchte fragen, wenn solches dem Knecht angerechnet wird, der des Wolfen nicht achtete unter seinen seelischen Schafen, warum hat der Herr, der alles sieht und vernimmt, einen leibhaftigen Wolf ohne Gebresten siebenundachtzig Jahre und fünf Monate alt werden lassen und hat seine Brut gehütet, daß sie in Wohlstand sitzen kann noch heute?“ Da wird er mir wegen Ungebühr vor dem Jüngsten Gericht vielleicht eine Ordnungsstrafe aufbrummen. Aber ich sage es doch.
Es kann aber auch sein, er macht mir ein Fenster auf und läßt mich sehen, wie er die Gemeinheiten des alten Viehhändlers an seinen Nachkommen zu strafen gedenkt. Denn was ist ein Menschenalter vor ihm? Es kann auch sein, er sagt mir nur: „Aber Liepe, der Schweinehund ist ja schon gestraft worden. Sieh eins an, er mußte so alt werden und hat nicht ein einziges Mal in all den Jahren die Schönheit meiner Natur gekostet und die Süße des zufriedenen Herzens empfunden, noch weniger die Lust am Wohltun! Und seine Kinder haben nicht einmal das Glück gespürt, in ihrem Vater einen Mann zu sehen, welchem sie voll Stolz nacheifern möchten! Warum neidest gerade du ihm seine Beute?“
Nun, ich würde darauf sagen: „Herr, ich neide sie ihm nicht, aber daß so einer sein Leben frei umherlaufen konnte und durfte die Armen betrügen, warum hast du das zugelassen?“ Möglich, daß er dazu lächelt und sagt: „Dieses konnten doch die Menschen allein verhindern, warum taten sie es nicht?“

Ziffer 10

Es lohnt sich nicht

Vielleicht, und auch das ist möglich, war der Kerl von Viehhändler gar nicht so schlimm, und es gibt ja auch mehrere solcher, und er hat die Entschuldigung, daß nicht nur die Obrigkeit, sondern auch wir Untertanen seine Taten zugelassen haben, und es sind somit alle seine Prophezeiungen über sein Ende nicht eingetroffen. Denn in Adam Rodewalds Augen war ich ja auch ein ganz schlechter Mensch, und er hatte mir einen baldigen und schrecklichen Tod vorausgesagt.

Adam Rodewald, der feurige Apostel, hat schon ein Jahr danach ein Ende gefunden mit Schrecken. Vorher hatte er noch ganz Kummerow verrückt gemacht und den ganzen Kreis Randemünde, und sie wollten ihn schon einsperren wegen seiner Prophezeiungen. Immer flehte er den Himmel an, daß er Feuer und Schwefel regnen lassen möge über die sündigen Menschen, und sagte es voraus, daß das Feuer alles Gut fressen würde und auch alle Menschen, die nicht zu den Erhellten gehörten.
Sogar unsere gute Mudding kriegte es mit der Angst. Sie wollte den ollen grisen Kerl nicht mehr sehen und las zum Schutz gegen ihn viel mehr noch in der Bibel. Aber vielleicht tat sie das auch, weil es mit der Zeit einsam geworden war in ihrem Herzen.
Nämlich, nun waren wir schon weit in den Sechzigern, und unsere Älteste saß noch immer allein in der großen Stadt, und unser Martin, der war noch immer unterwegs in der Welt und kam bloß alle drei Jahre mal auf ein paar Tage. Er war nun was geworden und verdiente ein schönes Geld,aber wir sahen ihn doch nicht. „Später, wenn ich seßhaft geworden bin", hatte er mal gesagt, „dann müßt ihr zu mir kommen!" Damals hatte sie ihn angesehen und war glücklich über sein Vorhaben und war doch willens gewesen, nicht mehr aus Kummerow wegzugehen. So blieb uns allein unser Wohlergehen und unsre Jüngste, die sagte: „Ich heirate nicht, ich bleibe bei euch!"
So ganz recht war mir das alles nicht mit dem Jungen, aber ich hatte es doch so gewollt, daß da nach Jahrhunderten endlich einer der Grambauers ausbrechen und draußenbleiben sollte. Also verbarg ich mein Unbehagen vor meiner Frau und schaffte mir noch mehr Hunde an. Und war langsam wohl immer inwendiger geworden, und die andern hielten es für Gütigkeit. Und war doch verwundert in meinem Sinn, als ich zum erstenmal richtig bemerkte, daß sie in Kummerow nun schon Vadder Grambauer sagten und somit mein Lebensbaum sich wohl schon verfärbte.
Eins aber wollte ich, wenn ich es auch nicht sagte: Ich hätte gern einmal meinen Sohn gesehen in seiner Stadt, und daß er etwas geworden war. Und da ich ihn nicht sehen konnte, war ich zufrieden, wenn ich ein bißchen mit ihm prahlen konnte, sobald sie in Kummerow nach ihm fragten. Da strich ich dem Jungen die Butter noch dicker aufs Brot, als er sie wohl schon essen konnte, und es schmeckte mir sicherlich besser als ihm, wenn ich dann sah, wie sie sich die Mäuler in Gedanken leckten. Aber langsam gewöhnte ich mir auch das ab.
Uns' Mudding, die war in der ganzen Gegend bekannt wegen ihres ehrlichen, guten Herzens. Die gab und gab. Ich hatte es längst unterlassen, Einspruch dagegen zu machen, und damit sie nicht zu schielen brauchte, machte ich lieber ein Auge zu. Aber es kamen dann nicht bloß arme Leute, es kam

schließlich all das Takelzeug, die Tatern und Zigeuner. Da haben sie ihr öfter Kleider und Schuhe aus dem Flur gestohlen, wenn sie in die Küche ging und wollte ihnen Butterbrote machen. Und wenn sie ihnen Geld gab, hatten sie sich oft schon mit einem Huhn bezahlt gemacht.

Einmal bin ich auf der Mühle, da kommt doch solch ein Weib und will eine Damenuhr verkaufen, weil sie so in Not wäre und ihr Kind krank, und sie hätte kein Geld für Doktor und Apotheker. Da will ich schon in meine Tasche fassen und sage gerade: „Na, behalten Sie man Ihre Uhr", da sehe ich mir die Uhr an und verschrecke mich. Dann sehe ich die Frau an, bohre meine Augen in ihre wie einen Spiralbohrer. „Diese Uhr haben Sie heute in Kummerow bei dem Bauern Grambauer da und da gestohlen!" Sie sah mich an wie der Sünder seinen zornigen Gott, und aus ihren durchbohrten Augen flossen Tränen, und sie fiel nieder und betete mich fast an. Aber ich war diesmal hart und zwang sie, sich mit mir auf den Wagen zu setzen, und sie mußte mit nach Kummerow, ob sie sich auch noch so sträubte. Ich zwang sie deshalb, damit uns' Mudding nicht weiterhin so leichtgläubig handeln sollte. Dafür, daß sie solche Güte mißbraucht hatte, wollte ich das Weib sogar anzeigen.

Ich hab sie nicht angezeigt. Uns' Mudding hat geweint und hat der Frau ihre Schlechtigkeit vorgehalten und ihr klargemacht, daß es sich doch gar nicht lohnt im Leben, schlecht zu sein. Und als das Weib gar nicht aufhörte mit ihrem Unglück und der Not ihrer Kinder, und daß sie doch auch welche hätte, und ich sicher war, es ist alles gelogen, da hat uns' Mudding ihr noch ein Butterbrot geschmiert und eine Mark geschenkt. Dieses war mir nun doch zuviel, und ich legte die Hand auf die Mark. Da sagte sie: „Du hast die Frau im Wagen mit hierher gebracht, wie soll sie nun nach Randemünde kommen, wenn sie kein Geld für die Bahn hat?"

Dagegen kam keiner an. Auch nicht mit der Geschichte vom Viehhändler, bei dem sich die Schlechtigkeit vielleicht gelohnt hatte. Unsere Mutter sah mich bloß an, als ich ihr diese Geschichte vorsetzte, und fragte: „Und jetzt? Möchtest du an seiner Stelle sein?" Ich nehme an, dafür, daß sie meine Frau gewesen ist dreiundvierzig Jahre und hat mich nicht aus der Bahn fallen lassen, dafür wird mir da oben dermaleinst manche Sünde nicht angerechnet werden. Auch nicht die Ordnungsstrafe wegen der anmaßlichen Eintragung in mein Notizbuch über ihn wegen dem Viehhändler.

Ziffer 11

Es regnet Feuer vom Himmel

Damit es gerecht zugeht in meiner Betrachtung der Menschen, welchen Standes sie auch sein mögen, will ich sagen, daß auch Mutter Ballasch bloß eine Zigeunerin war und doch geachtet wegen ihrer Ehrlichkeit. Sie war schon sehr alt, und wir kannten sie in Kummerow wohl an dreißig Jahre. Jedes Jahr im Herbst kam sie an und sagte wahr und bettelte sich allerhand zusammen. Aber sie war fromm dabei und gar nicht raubsüchtig wie ihresgleichen viele sonst. Vor ihr, da hätte ich meine ganze Wohnung aufgelassen. Diesmal nun, nachdem sie gut gegessen und getrunken hatte, sagte sie: „Der Weltuntergang ist nahe! Auch Kummerow geht unter, und Deutschland geht auch unter! Es regiert der letzte deutsche Kaiser!" Uns' Mudding verschrak sich über die Maßen darüber, vielleicht nicht so sehr über den Untergang der Welt, als daß Kummerow auch dabeisein sollte. Ich fand es mehr spaßig, daß zuerst die Welt untergehen sollte, dann Kummerow und dann Deutschland. Aber die Alte verwies mir mein Lachen und sagte: „Ihr werdet an Mutter Ballasch denken, Vater Grambauer!" Ich habe an sie gedacht. Mutter Ballasch aber haben wir nicht wiedergesehen.
Bloß, damals, als sie es sagte, da glaubte ich es nicht. Aber die meisten im Dorf, die glaubten es. Die brachten es zusammen mit der Prophezeiung von Adam Rodewald, daß Feuer vom Himmel fallen werde, und kriegten dabei seltsamlicherweise ein frostiges Gefühl. Da machte sogar Pastor Lämmchen dagegen mobil und predigte in der Kirche gegen den Unsinn, und daß Deutschland fest steht und treu wie die Wacht am Rhein.
Wir hatten alle schon längst die Prophezeiungen des Apostels und der alten Zigeunerin vergessen. Es war sehr heiß, und wir fingen gerade an, den Roggen zu schneiden, es war ein sehr windiger Tag, und nachmittags gegen drei, und alles war auf dem Felde. Da hieß es plötzlich: Feuer! Da sahen wir auch schon, Kummerow brennt. Wir rannten nach Hause und sahen nichts als ein riesiges Flammesmeer und einen schwarzen Himmel. Viele erinnerten sich der Prophezeiung und fingen an zu beten, anstatt zu löschen. Es war aber auch sehr schwer, denn das Feuer war in dem Sturm schier überall. Bald brannte der Kirchturm, der mit Schindeln gedeckt war, die Schule brannte an, ein Gehöft nach dem andern.
Wir hatten unser Vieh in den Garten getrieben und den Hausrat rausgeschleppt und harrten nun, daß auch unser Gehöft hochgehen würde. Wir waren nicht hoch versichert, und ich sah das schreckliche Bild vor meinem

inwendigen Auge, das ich nicht vergessen hatte von meiner frühen Kindheit, mit aller Not der Zeit und nachher. Siehe, dachte ich, nun hast du ein langes Leben lang schwer gearbeitet und bist nach soviel Fehlschlägen wieder emporgekommen und hast dich bemüht, ein anständiger Mensch zu sein und gut zu deinen Nachbarn, und nun soll alles wieder vergehen? Ist das gerecht? Da hörte ich, wie uns' Mudding betete: „Herr, dein Wille geschehe!" Warum denn aber? Ich muckste noch einmal auf in meinem Innern und dachte: Nein, er soll es genug sein lassen mit mir! Und ich sah mich um, wie ich es vielleicht abwehren könnte. Aber da war keine Möglichkeit, wir mußten unser Haus verlassen und wirklich seinen Willen geschehen lassen.

Ich will es kurz machen. Das Feuer fraß sieben Gehöfte, drei Tagelöhnerhäuser und die schöne, alte und hohe Kirche. An unserm Gehöft sausten die Funkengarben vorbei und darüber hinweg, aber sie zündeten nicht.

In all dem Elend trat Adam Rodewald groß hervor und warf den Kummerowern ihre Sünden in die verstörten Gesichter und pries die Erhellten und machte gräßliche Worte, daß Gott uns zur Erhellung ein Licht aufgesteckt habe. Es traten auch mehrere seiner Sekte bei. Aber er wurde darüber immer verrückter in seiner Freude, bis der Schandarm hellhörig wurde und ihn mitnahm. Es war an dem. Der fromme Mann, der noch kurz vorher zu mir gesagt hatte, als ich ihm einen Korn anbot, ich könnte ihm meine ganze Wirtschaft schenken, bevor er so was anrühre, der hatte den Brand gelegt. Die einen sagten nachher, er war gut versichert und wollte abbrennen, um mit dem Neubau gleich einen Betsaal für seine Gemeinde zu errichten; die andern sagten, er habe es getan, weil sie ihm zuviel mit seiner Prophezeiung vom Feuerregen auf Kummerow zugesetzt hätten, da er nicht kommen wollte. Da habe er als ein schlauer Heiliger eben ein bißchen nachgeholfen. Zu einer Verurteilung ist es gar nicht gekommen. Sie haben ihn in die Irrenanstalt gebracht. Dort hat er sich später aufgehängt.

Ziffer 12

Die Welt geht unter

Nun blieb da immer noch die alte Zigeunerin mit ihrer Prophezeiung vom Weltuntergang. „Na", sagte ich, „da seid nur ruhig, die kann nicht nachhelfen wie Adam Rodewald, die ganze Welt kann sie doch nicht gut in Brand stecken."

Aber sie waren nun mal ein bißchen verbiestert, und Heinrich Fibelkorn meinte, ein Weltuntergang brauche ja auch nicht durch Feuer zu erfolgen. Er seinerseits denke sich – aber als wir es dann wissen wollten, konnte er doch nichts Genaues sagen. Wir nahmen dann die verschiedenen Möglichkeiten durch, wie eine Welt untergehen könnte, und kamen zumeist auf eine Sintflut. Bloß Wilhelm Trebbin war für eine Explosion. Ein Bums, sagte er, und sie fliegt auseinander. Das machte aber wohl, weil er bei der reitenden Artillerie gedient hatte.
Da erzählte ich ihnen im Krug, der ebenso wie das Gasthaus stehengeblieben war, daß ich schon mal einen Weltuntergang erlebt hätte, und es ist ja auch an dem gewesen. Nämlich, es war in den fünfziger Jahren, und ich war vielleicht sieben Jahre alt. Da haben wir einen Stern mit einem feurigen Schweif am Himmel gesehen, und das hieß sofort, es gibt Krieg und Pestilenz und Hungersnot. Aber da stand in den Zeitungen, und sie erzählten es landauf und landab und in allen Dörfern, ein berühmter Mann habe für den 30. Juni 1855 den Weltuntergang prophezeit. Es ist kein Spaß, wenn ich sage, daß die meisten in meinem Heimatdorf und sicher auch woanders ganz fest daran glaubten. Ich weiß es wie heute, daß Nowaks Vater seine zwei Kühe verkaufte und die letzten vierzehn Tage herrlich und in Freuden lebte. Aber der 30. Juni kam, und es passierte nichts. Tatsächlich hatten die meisten auch damals auf eine Sintflut gewartet. Die Männer liefen in die Schänke und betranken sich vor Kummer, und als Mitternacht vorbei war, betranken sie sich vor Freude, daß es vorbeigegangen war. Denn mit zwölf Uhr war ja der 30. Juni zu Ende, und die Prophezeiung lautete nur für diesen Tag, eine Verspätung kam da nicht in Frage.
Wir hatten zu Hause auch aufgesessen, und meine Mutter hatte immerfort gebetet. Nachher, als wir zu Bett gehen wollten, da sagte mein Vater: „Es zieht merkwürdig schwarz herauf!“ Ich lief noch einmal in den Garten und sah, der Himmel wurde wirklich von allen Seiten schwarz. Aber er blieb so stehen, und da es nun doch schon der 1. Juli war, sind wir nach einer Stunde zu Bett gegangen. Wie spät es dann in der Nacht war, das weiß ich nicht mehr. Es krachte plötzlich unheimlich in unserm Schornstein und bumste und klirrte, daß wir alle dachten, das Haus fällt über uns zusammen. Meine Mutter sprang als erste aus dem Bett und lief in die Küche. Es war aber stockfinster, und sie schrie laut auf. Wir liefen hinterher und schrien auch auf. Nämlich, aus dem Herd und Rauchfang, da floß es in Strömen, und wir traten in große Pfützen, die ganze Küche war schon überschwemmt. Es war klar, der Weltuntergang war nun doch noch gekommen. Man bloß ein paar Stunden später. Wir machten denn auch ein entsetzliches Geschrei, und ich höre noch den alten Hussak fluchen.

Als mein Vater endlich Licht gemacht hatte, da sahen wir, was es mit der Sintflut auf sich hatte. Nämlich, es war so: Mein Vater liebte keinen Schnaps und kein Bier, aber den ganzen Sommer über hatten wir Braunbier, immer gleich ein Faß, der Liter einen Groschen. Das füllten wir in Flaschen, manchmal ein ganzes Schock. Die Flaschen wurden verkorkt und kühlgestellt. Nun war der große Herd der Winterküche mit dem mächtigen Rauchfang darüber im Sommer sehr kühl. Da hatte diesmal aber wohl das Bier doch noch mächtig gegoren und hatte eine Flasche gesprengt. Die war umhergeflogen und hatte mehrere andere Flaschen zerschlagen. Die hatten gedacht, was ihr könnt, das können wir auch, und Weltuntergang ist ja doch, und so waren sie bis auf zehn Flaschen alle in die Luft geflogen, und da auch Kruken dabei waren, hatte sich das angehört wie ein gewaltiges Donnern und Schießen. Und die schwarze Sintflut, die in die Küche geflossen war, die war eben nur aus Braunbier. Das war mein erster Weltuntergang. Wir haben nachher sehr darüber gelacht, und das ganze Dorf hat gelacht. Jetzt in Kummerow lachten sie auch, als ich es erzählte, obwohl die Brandstätten noch zum Himmel sahen.
Ach, hätten sie man ruhig noch mehr gelacht! Denn es war ja bloß das Dorf Kummerow zu Schaden gekommen, wir wußten alle noch nicht, daß ein weniges später wirklich die Welt und nachher Deutschland untergehen sollte. Und für so viele Menschen der Himmel dazu.

DIE ZEHNTE STUNDE

Ziffer 1

Sturmglocken läuten

Der Brand von Kummerow war ja nun noch einigermaßen gut abgelaufen. Trauer war eigentlich bloß um unsere schöne Kirche. Die Häuser und Scheunen würden wir schon wieder aufbauen. Es gab auch welche, die sagten: Wir haben ja auch lange genug für umsonst in die Versicherung gezahlt. Die Kirche aber war nicht sehr versichert. Nun gaben Regierung und Patron zwar hohe Summen zum Aufbau, und die Gemeinde ließ sich auch nicht lumpen, aber das wußten wir alle, die neue würde niemalen so schön werden, wie die alte war. Wir setzten dann wenigstens durch, daß sie genau nach dem Vorbild der alten errichttet werden sollte. Die Glocken freilich, die waren nicht wiederzukriegen. Drei schöne Glocken, alt und von gewaltigem Klang; wenn sie läuteten, das hörten die Leute im halben Kreis Randemünde. Dann sagten sie wohl: De Kummerowschen, de maken Sunndags immer en Prott mit ere Klocken, dat is de reine Hochmut! Aber die Kummerower waren nun mal dafür, immer vorneweg zu sein. Das war so 1813 gewesen und 1866 und 1870. Da hatten die alten Fahnen und Waffen in der Kirche gehangen und auf Tafeln die Namen der Gefallenen zum ewigen Gedächtnis. Es waren viele Namen gewesen und war nun alles zu Asche geworden. „Das muß alles wiederhergestellt werden", sagte der Schulze Christian Wendland, „sonst wissen die Jungens später gar nicht, was ein Heldentod ist!"
„Und bald muß das hergestellt werden", sagte der Schöffe Fibelkorn, „wenn wir keine Glocken haben, dann können wir ja nicht mal Sturm läuten!"
Ich hatte beim Stökern in der Asche auf dem Kirchplatz die geschmolzene große Glocke gefunden und mir davon einen Splitter abgeschlagen. Den wollte ich als Andenken haben für uns' Mudding, die hatte immer mitten in ihrem raschen Gang stillgestanden, wenn die große Glocke anfing. Und hatte dann immer feuchte Augen gekriegt. „Mudding", hatte ich mal gefragt,

„weinst du eigentlich immer, wenn sie läutet?" „Ne, ne", hatte sie da gesagt, „bloß, sie macht mir inwendig immer solchen Widerhall."
Da schnitt ich nun eine Kohlrübe mitten durch und kerbte in die glatte Fläche ein Kreuz von so fünf Zentimeter, und dann machte ich das Metall flüssig und goß das Kreuz aus. Da hat sich uns' Mudding gefreut, als hätte sie die große Glocke leibhaftig wieder, und ich habe sie mal überrascht, als es sonntags gerade Kirchzeit war und es doch nicht läuten konnte, und fand der Gottesdienst im Wirtshaussaal statt. Da hatte sie doch wahrhaftig das Kreuz in der Hand und hielt es an ihr Ohr, und ich möchte wetten, sie hat mit ihrem inwendigen Ohr gehört, wie es geläutet hat.
„Gottlieb", sagte der Schulze eines Mittags Ausgang Juli, „kumm eins met rin!" Ich folgte ihm. „Nu isset so wit", sagte er, „nu müßten wir die Sturmglocken läuten, et giwt Krieg!"
„Ja", sagte ich, „ich fürchtete seiner schon seit Wochen."
„Wenn ich jünger wäre", sagte er, „da ging ich los, wofür hat man denn bei den Ulanen gedient?"
„I, Christian", sagte ich, „die brauchen unsre alten Knochen nicht mehr. Ein halbes Jahr, und der Krieg ist zu Ende!" Na, ich glaubte das nicht so recht, und wir nahmen ein paar ordentliche Richtenberger auf den Trost. Aber Christian wurde wieder ernst. „Und nun keinen Kirchturm", sagte er, „und keine Glocken, daß wir können den Sieg beläuten!"
Wir erzählten uns, wie das Siebzig war mit dem Krieg, und kannten beide das Gedicht von den Glocken, die durchs Land läuteten im Jubelsturm. Darauf nahmen wir noch ein paar Richtenberger. Dann sagten wir: „Wir Deutsche fürchten Gott, sonst nichts in der Welt!" Dann sangen wir: „Es braust ein Ruf wie Donnerhall!" Dann ging ich nach Hause.
„Mudding, es gibt Krieg, schon in ein paar Tagen!" Ich wollte gerade anfangen, ihr auseinanderzusetzen, daß die Feinde Deutschlands das Laufen lernen sollten, aber da wankte sie ein bißchen und sagte: „Uns' Jungs!" Siehe, da war die große Unterschiedlichkeit zwischen Mann und Weib wieder da und lag bloß. Ich hattte gar nicht an den Jungen gedacht. Nun dachte ich um so mehr an ihn.
Er war damals in der Stadt Hannover, und es ging ihm sehr gut. Wir rechneten nach. Ja, wirklich, er war ja nun auch schon dreißig Jahre. Da dachte ich an Siebzig und an mich und sagte: „Mudding, in dem Alter, da ist er Reserve, da brauchen die den gar nicht mehr, und wenn er hundertmal mit will."
Siehe, das glaubten damals Klügere als ich. Bei uns ging denn auch ein richtiges Wettlaufen los, da wollten die Konfirmanden mit und die alten Knacker. Und jeder glaubte, er müsse sich beeilen, sonst könnte er auf dem Weg zum Garnisonkommando schon die heimkehrenden Sieger treffen.

Ziffer 2

Die Heimatglocke

Dieweilen feierten wir die Siege. Bis Ende September, da waren auch schon drei aus unserem Dorf gefallen. Einer war mein Freund, der Tischlermeister Heinrich Barnow, und war dreiundvierzig Jahre alt, hatte Frau und Kinder im Stich gelassen und sich freiwillig gemeldet. Es waren auch schon einige nach Hause gekommen als Verwundete. Im Oktober kam Hermann Wendland und hatte das Eiserne Kreuz. Da gab der Schulze einen ganzen Abend lang im Krug was aus, und mir war es schenierlich, daß Hermann nach unserem Martin fragte, und ich wußte, der ist noch in Zivil.
Im November kam ein Soldat die Dorfstraße lang von der Station, aber mit Tornister. Nanu, dachte ich, wo will denn der hin? Da sah ich, der geht ja zu uns. So rasch bin ich nie nach Hause gelaufen und war doch schon siebenundsechzig Jahre. Es war unser Martin, und er hatte gerade seine Mutter im Arm.
„Ja, Vater", sagte er, „nun ist es soweit. Zwei Tage habe ich, dann geht es los, nach der Türkei."
Seine Mutter weinte viel. Er aber tröstete sie mit Zuversicht. „Mudding", sagte ich nachher, „mach ihm doch das Herz nicht schwer!"
„Meinst du, daß es so wirken kann?" fragte sie erstaunt und hatte einen Schleier vor ihren Augen. Ich nickte. Da sah ich, wie der Schleier sich verzog und es heller wurde in ihren Vergißmeinnicht und klarer, und stand eine große Zuversicht darin. Siehe, dachte ich, wie ist eine richtige Mutter doch verschieden von unsereinem. Da kann sie ganz allein durch ihre Liebe ihren Glauben zwingen und kann eine Hoffnung aufwachsen lassen und sich ausbreiten lassen wie eine Sonnenblume, und ist es ihr doch weh ums Herz und blutet. Da läßt sie es eben nach innen bluten, damit ihr Kind kein Blut sehn soll vorzeiten.
Ich habe in meinem langen Leben viel Gutes aus dem Inwendigen der Menschen gesehen, aber heute, wo ich dieses schreibe und bin neunzig Jahre alt, da will ich es als eine Gewißheit auf mich nehmen und verkünden, daß es nichts Größeres und Edleres an Opfer und Verzicht gibt bei einem Menschen, als es die Liebe einer Mutter zeigen kann. Die Mannsleute machen bei Gelegenheit und vorher oder nachher doch immer ein kleines Gewese mit ihren guten Taten. Da ist selbst unser Herr Jesus nicht ganz frei von gewesen, der hat auch vorher gesagt, daß er ein Opfer bringt für die andern. Seine Mutter Maria aber, die hat nichts von sich gesagt. Eine richtige

Mutter, die macht das eben so nebenbei ab, als wenn sie den Kindern das Brot schneidet. Und sieht man ihr nichts an als vielleicht ein feuchtes Geleucht in den Augen. Und auch das sieht noch aus wie ein Dank.

Ich ging mit meinem großen Jungen durchs Dorf, und wir sahen uns die Brandstätten an. Auf dem Kirchhof, da wurde ihm einiges weich ums Herz. Nämlich, die Kirche und der Turm, das war sein Reich gewesen, als er in seinem elften Jahre Kirchenjunge gewesen war, weil er Erster saß in der Schule, und mußte die Kerzen anzünden und die Liedernummern aufstecken und hatte den Oberbefehl über das Läuten.

Am andern Tag ging er allein über die Feldmark und war einen halben Tag fort. Nachher besuchte er das Vieh und schnökerte in jedem Stallwinkel und saß dann hinten im Garten und guckte immer über das Bruch. „Mutter", sagte ich leise zu ihr, „er nimmt Abschied!" Aber dann tat es mir auch schon leid, da sie sich doch wieder verschrak.

Als ich dann allein war mit Martin im dunklen Stall, da überkam es auch mich, und ich faßte ihn um, und meine Stimme zitterte wohl, als ich sagte: „Junge, komm bloß wieder!" Er sagte: „Aber gewiß doch, Vater!"

So standen wir eine Weile und sahen uns kaum. Da sagte er leise: „Kriege sind von denen, die sie machen, Verbrechen! Aber Krieg ist nicht Krieg, Vater, und du hast uns gelehrt, allen Dingen des Lebens in Ruhe ins Gesicht zu sehen!"

„Ja", sagte ich still, „das wohl, aber wenn es soweit ist, will das Herz doch immer anders."

Da schwieg er. Da sagte ich und gab mir einen Ruck: „Aber sag das, was du hast sagen wollen."

Er sprach: „Ich hasse den Krieg, aber ich kann nicht feige sein. Wenn ich nun – wir Mannsleute sind unter uns – ich meine – wenn ich nun nicht wiederkommen sollte ..."

Da war er wieder still, und wir vernahmen, wie unsere Bleß aufhörte mit dem Kauen und wie sie sich nach uns umsah. Da sagte ich fest: „Sag es, mein Sohn!"

Da sagte er: „Es war viel Unruh in mir in den Jahren. Ich habe viel gesehen und die fremden Länder gern gehabt. Wenn ich in einem solchen Land bleiben sollte und es ist Frieden und du hast gehört, er hat seine gekennzeichnete Stelle, und du hast die Mittel, es wäre mir lieb, wenn du mich nach Kummerow holtest!"

Da habe ich wohl eine Weile still geweint, denn ich fühlte in dem halbdunklen Stall, wie etwas von weither nach mir langte, und ich wußte nicht, was es war. Dann hab ich ihm bloß die Hand gegeben.

„Komm zur Mutter", sagte er, „und kein Wort darüber!"

Eine Stunde dann, bevor er gehen mußte, flüsterte ich mit ihr. Sie nickte und strahlte. Da verschwand ich und kam wieder und hatte an das Kreuz eine Öse gemacht und eine feine Schnur durchgezogen. Ich trat vor ihn hin und knöpfte ihm den Uniformrock auf. Er sah erst mich verwundert an, dann seine Mutter.
„Der Herr möge dich beschützen", sagte sie, „es ist von der geschmolzenen großen Glocke, die du immer so schön zum Läuten gebracht hast. Vater hat es gemacht."
Da leuchteten sie sich beide an mit ihren hellblauen Augen und sahen akkurat aus einer wie der andere. Da erkannte ich es noch einmal, es ist ihr Sohn mehr als meiner, aber es freute mich jetzt.
„Da hast du immer ein Stück von zu Hause bei dir", sagte ich, „da begleiten dich gewissermaßen die Glocken deiner Heimat."
„Ja, Vater", sagte er, „darum geht es ja auch."

Ziffer 3

Der Feind da drinnen

Wir hatten wohl alle auf lange eine gute Zuversicht in uns. Aber des Menschen Herz ist ein seltsamlich Ding und nährt sich auf die Dauer doch nicht allein vom Glauben und von tröstlichen Worten. Dafür sitzt es in des Menschen Leib, zu welchem Augen gehören und Ohren und der Magen. Diese Organe aber nehmen vieles auf, was von außen kommt, und gern nehmen sie das auf, was uns schwach macht. Ich habe es auch nie für ein Verbrechen gehalten, daß einer wankend wird in seinem Glauben, und sind mir solche lieber gewesen, die mit ihrem Herzen kämpfen mußten, als solche, die da sagten, es hat sie niemals etwas angefochten. Das sagten wohl auch bloß die Heiligen von sich. Vielleicht sagten es auch bloß die andern von den Heiligen. Oder es sagten die Frommen von sich. Welche es in Unkenntnis des irdischen Lebens wohl übersahen, daß auch der wahre Christenmensch nicht bloß einen Altar braucht. Sonst hätte der Schöpfer die Menschen anders gemacht, daß sie drei Sachen nicht nötig haben zum Leben: einen Tisch, ein Bett und einen Abtritt.

Pastor Lämmchen fand solche Betrachtung unschicklich. Ich aber sagte: „Herr Pastor, es ist die Wahrheit hier unten auf Erden; da oben im Himmel, da mag es nachher anders sein."

Er sagte: „Man übergeht die Unvollkommenheit der Natur, denn auch bei einem Vogel, der singt, denkt man nicht an seines Leibes Bedarf."

Da sagte ich: „Da irren Sie sich, Herr Pastor, aber das macht, weil die geistlichen Herren das irdische Leben zu wenig beachten. Nämlich gerade mit dem Vogel, Herr Pastor. Da beachtete ich mal in unserm Garten ganz niedrig eine Nachtigall, welche doch der sanftmütigste und schönste Sänger ist. Dieselbe verspeiste wohlgemut eine ordinäre Raupe. Dagegen sträubte sich mein Gemüte. Dann sang sie wunderlieblich. Das fiel um so tiefer in mein Herz, und ich fand es direkt himmlisch. Aber fast zu gleicher Zeit, da ließ sie etwas auf meinen Kopf fallen. Ich sagte unbewußt: ‚Altes Ferkel!' Aber dann habe ich ihr das nicht übelgenommen, das war gewissermaßen so der Ausgleich. Bloß, ich sage, der Mensch, der die Augen vor dem Irdischen zumacht und will bloß das Angenehme hören, der darf sich nicht wundern, wenn er angeschissen wird. Und das rührt dann nicht immer von einer kleinen Nachtigall her."

Nämlich, wären die Oberen nicht zuviel davon überzeugt gewesen, daß es bloß auf die Herzen im Volke ankommt, dann hätten sie in den schweren

Zeiten den Menschen mehr auf das Maul und auf die Finger gesehen. Dann hätten sich auch die Habgier und der Eigennutz nicht so breitmachen können. Dabei denke ich gar nicht allein an die Wucherer und die Klugen, denen der Bauch ihr Gott war und der Geldbeutel ihr Vaterland und die da sagten: Laßt man die mit den mutigen und reinen Herzen die Sache auslöffeln! Die Sache, die aus Schmerzen und Blut und Tod bestand. Ich denke dabei auch an solche, zu denen ich gehörte und zu welchen die Versuchung ebenfalls kam und flüsterte: Wo sie alle so verdienen, die großmächtigen Herren, an Kanonen und Patronen und Kleidern und Lebensmitteln, warum sollst du kleiner Mann nicht wenigstens für deine Mehrarbeit einiges mehr verdienen?

Denn siehe, wir hatten es mit den Kriegsjahren auch immer schwerer gekriegt. Wir hatten nicht Not zu leiden mit dem Magen, aber mit dem Rücken und den Armen und Beinen. Da gab es bald keine Leute mehr zum Helfen, und wenn unsereiner auch noch mit siebzig seinen Teil schaffen konnte, es schnitt einem doch das Herz entzwei, wenn einer sehen mußte, wie sich die alten Frauen mit Feld und Vieh abrackern mußten, von der dunklen Frühe bis zum dunklen Abend. Damals fing das an, daß sie in der Stadt Mangel an Fett litten, und es war ein Verbot gekommen, die Milch zu verbuttern und zu verkäsen. Aber ich wußte, es taten ihrer viele und legten sich Geld zurück für ihre Kinder, die draußen waren. Da sagte ich mir: Sollst du wieder allein der Dumme sein? – und versuchte es auch.

Ich schäme mich dessen nicht, es zu bekennen. Es war nun dreißig Jahre mit mir bergauf gegangen, allerdings durch meiner Hände Arbeit, mein Familie war gesund, ich hatte Freude daran gefunden, auch meine innere Montur zu putzen. Jawohl, ich war da wohl schon gut zehn Jahre umhergegangen wie mein Großvater Grambauer. Ich glaubte ein rechtbeschaffener Mann geworden zu sein, wollte aber wohl auch als ein solcher ästimiert sein. Welches allein schon zeigt, daß ich beileibe noch kein Gerechter war. Und so hatte mich wohl doch noch das Hussaksche eingeholt, und ich wollte wieder mal rascher verdienen, als die Redlichkeit vor mir es gestattete.

Ich hab mich damals nicht geschämt, als meine Frau es mir verbot, und auch nicht, als sie weinte, da ich es nicht ließ. Bis sie sagte: „Da schreibt unsere Tochter aus der großen Stadt, daß die kleinen Kinder keine Milch haben und die armen Frauen kein Fett. Willst du das verantworten vor deinem Gewissen?“

Ich versuchte es noch einmal mit einer Ausrede, daß doch der Staat schuld hätte an dem Mangel an Fett, weil er uns törichterweise gezwungen hatte, in ganz Deutschland die vielen Millionen Schweine auf einmal zu schlachten, und daß es nun eben alle so machten und sähen zu, wo sie blieben.

Da sagte sie: „Alle bestimmt nicht. Und wenn auch alle, es ruht kein Segen darauf, ich weiß es, daß es heimgesucht wird an deinen Kindern!" Da ließ ich es. Und lieferte fünfhundert Mark in Gold ab, die ich mir heimlich verwahrt hatte. Und zeichnete in Kriegsanleihe, was ich gewonnen hatte mit dem eigennützigen Tun.
Ich hatte allerdings auch so schon viel für meine Verhältnisse gezeichnet. Freilich nicht als Opfer, denn es hatte doch geheißen, es gibt fünf Prozent, und wir alle zweifelten nicht daran, daß es mit einem großen Sieg enden müßte. Auch meine jüngste Tochter kam. „Vater, ich will Kriegsanleihe zeichnen, sie tun es alle." Da gab ich ihr das Geld. Sie kam wieder. „Vater, es ist zuwenig, wir müssen alles zeichnen,was wir haben, gib mir meine Mitgift!" Da gab ich sie ihr, und sie zeichnete. Auch meine älteste Tochter kam zu Besuch und wollte ihr Erspartes haben und Kriegsanleihe zeichnen. Sie hob es ab und zeichnete. Dann später wollte sie so viel haben wie ihre Schwester. Da nahm ich eine Hypothek auf, und sie zeichnete. Ganz wohl war mir dabei aber nicht zumute, und wenn ich mal im dunklen Stall stand und nachdachte, war mir manchmal, als hörte ich eine leise Stimme: „Wer Kriege macht und an Kriegen verdient, ist ein Verbrecher."

Ziffer 4

Im Dienst der Gemeinschaft

Da wir nun aber den Krieg nicht gemacht hatten und auch nicht an ihm verdienten, sahen wir den Krieg noch lange als eine gerechte Sache an und wollten als alte Männer denen da draußen nicht nachstehen. Also saßen wir zusammen im Krug und berauschten uns an den Siegen der Jungen und gelobten, aufzupassen auf die Drückeberger, und überboten uns eine Zeitlang ehrlich, weiter Kriegsanleihe zu zeichnen. Ich fühlte mich aller Sünden ledig, wollte nun aber auch die andern von ihren Sünden befreien. Dabei ging ich so weit, daß ich mit Christian Wendland einen direkten Druck auf die Zurückhaltenden ausübte.
Da gingen wir umher und suchten, daß sie alle ihr Zinngeschirr abgaben und die kupfernen Wurstkessel. Manche knurrten, die meisten gaben es her. Die Glocken brauchten wir nicht abzugeben, denn wir hatten nach dem Brand keine neuen mehr bekommen.
Wir waren so in Fahrt auf der Kutsche der Rechtbeschaffenheit, daß wir gar

nicht bemerkten, wie die Pferde das Fell wechselten und statt der „Vaterlandsliebe“ und der „Opferfreudigkeit“ nun schon die „Eitelkeit“ und die „Dummheit“ uns zogen, oder sagen wir doch: zwei Schecken, und daß wir zwei Jahre lang es gar nicht sonderlich achteten, wie es immer mehr wurden aus unserem Dorf, die nicht wiederkommen konnten. Daß ich wohl manchmal sah, wie uns' Mudding still auf der Ofenbank saß und hatte einen Topf Roggenkaffee neben sich, und hatte den Bohnenkaffee doch immer so gern getrunken, und daß sie ein Schmalzbrot aß und daß es ihr schmeckte wie das heilige Abendmahl. Und suchte doch immer in der Zeitung, wann es wohl aus sein müßte. Und sah mit inwendigen Augen durchs Fenster und dachte: Wo ist er nun wohl? Bis eines Tages Wachtmeister Niemeyer kam, der ja nun auch schon ein alter Knabe war, und wir sehr erschraken. Aber er winkte gleich ab.

„Ich gratuliere“, sagte er feierlich. „Wozu?“ fragte ich. „Zum Kriegsverdienstkreuz, du und der Schulze, ihr seid die ersten!“

Eine Weile war ich still, dann sagte ich: „Du bist verrückt.“

„Ne, ne“, sagte uns' Mudding, „das gibt es nicht.“

„Doch, Frau Grambauer, ich habe die beiden Kreuze eben von Herrn Landrat zu Schulze Wendland gebracht. Komm man gleich mit, Gottlieb.“

Es war an dem. Da stach uns beide alte Krippensetzer doch ganz richtig der Teufel der Hoffart, als wenn wir beide allein den Feldzug gewonnen hätten.

Und ich hatte alles vergessen, was ich gegen den Krieg gedacht hatte. Wir steckten uns die Piepmätze auch gleich an und gingen in den Krug und ließen uns ästimieren.

Siehe, so ist der Mensch, und hat er auch hundertmal schon geglaubt, dergleichen überwunden zu haben.

Solange wir nun einen ausgaben, ging es auch mit dem Ästimieren.

Aber dann kam doch der Neid auf. Dann kamen die Reden auf, und man wüßte schon, wie so etwas gemacht würde. Da sah ich einen andern Feind in des Menschen Innerem, und er schien mir noch böser zu sein als die Eitelkeit und die Dummheit.

Als ich nach Hause kam, sagte uns' Mudding: „Es will mir nicht in den Sinn, Gottlieb, leg es nun ab und trag es nicht, es kann bloß böses Blut machen, und verdient hast du es doch auch nicht, das verdienen bloß Soldaten.“ Da lachte ich und sagte: „Du hast recht, Mudding, wer es hier verdient hat, das bist du!“

Damit wollte ich es ihr anheften. Aber da wurde sie rot wie damals als junges Mädchen, als ich ihr den Verlobungsring ansteckte. Bloß, den wollte sie behalten, das Kreuz aber nicht. „Da ist zuviel Herzeleid bei“, sagte sie, „als daß einer stolz sein könnte auf den Krieg.“

Ich habe es dann auch abgelegt, jedoch das Band, das hatte ich an jedem Rock.

Ich sah nun allmählich auch, daß es in immer mehr Gesichtern nicht mehr so begeistert stand mit dem Krieg. Da waren nun schon mehrere Familienväter gefallen. Da hatten nun auch auf den Dörfern schon Frauen gesagt: „Unser mußte fallen, und die Oberen, die sitzen hinten und halten dicke Reden!“ Da dachte ich, wenn dieses sich vollzieht in den Dörfern, da wird es Zeit, daß der Krieg zu Ende geht, denn die Kleinmütigkeit, das ist auch ein Feind da drinnen! Aber Pastor Lämmchen predigte weiter vom Durchhalten, und wir sammelten weiter Metall und forderten zur Kriegsanleihe auf, denn dieselben jungten wie die Kaninchen. Und ich fragte mich nun doch schon, ob das alles überhaupt einen Sinn hätte.

Mein Freund Christian Wendland, der wollte sich immer noch am liebsten an die Front melden. Aber dann kam ein Brief, und darin stand, daß sein Hermann, sein Ältester, gefallen war in Frankreich. Da war er ein paar Tage bedrückt. Aber er hatte noch zwei Söhne. Da kam nach vier Wochen wieder ein Brief. Darin stand, daß sein Sohn Friedrich gefallen war in Rußland. Da sagte er zu mir: „Ich beklage es nicht, Gottlieb!“

Ich drückte ihm die Hand und sagte: „Ich weiß es, Christian. Aber dir wäre leichter ums Herz, tätest du es beklagen.“

„Sie sind für uns gefallen, für das Vaterland!“ sagte er. Er sah eine Weile in die Weite, dann sagte er leise: „Ich versteh aber ein bißchen schon, wenn sie sagen, nun könnte auch mal einer von Wilhelm seinen sechs Söhnen fürs Vaterland draußenbleiben.“

Als ich nach Hause ging, fiel mir zum ersten Mal wieder die Prophezeiung von der alten Taterschen ein, von oll Mutter Ballasch, über Deutschland und den letzten Kaiser. Aber es war zu absinniges Zeug. Uns' Mudding saß auf ihrer Ofenbank und war eingeschlafen. Es war noch so viel Licht, daß ich sehen konnte, wie ihre Arme herabhingen und wie ihre Hände krumm waren und schwer verarbeitet, und war sie doch an die siebzig. Da stand ich leise auf und ging hin und streichelte ihr über den Kopf. Sie erschrak gar nicht, behielt ihre Augen zu, aber sie machte ganz langsam die Lippen auf und sagte: „Martin!“ Dann machte sie doch die Augen auf und sah mich so seltsamlich an.

Ich sagte: „Ich bin es man bloß, Mudding!“

Aber sie lächelte und sagte: „Ich habe ihn eben gesehen, er lebt!“

Ziffer 5

Die Mutter ruft

Das Mädchen von der Station kam und brachte mir ein Telegramm. Sie traf mich allein auf dem Hof. Ich wankte und fiel gegen die Stallwand. Aber sie richtete mich auf und sagte: „Es ist nichts, Vater Grambauer, es ist bloß Ihre Mutter!“

Meine Hände zitterten aber doch, als ich es aufmachte. Meine Mutter mußte sehr alt sein, aber ich empfand es doch als Sünde, daß ich mich gefreut hatte, es ist nicht Martin. „Ach“, sagte die Frau, „das Telegrammaustragen, das mach ich nicht mehr. Solche wie die hier, das geht. Aber die andern. Die Frauen sehen mich immer so an, als wäre ich es gewesen und hätte ihre Männer umgebracht!“

Meine Mutter war auch nicht tot, auch nicht krank, aber mein Bruder verkündete mir, es gehe doch zu Ende, und ich möchte noch einmal kommen.

Am andern Tag wurde ich siebzig und hatte mich ein weniges gefreut, es im stillen zu feiern. Da fuhr ich nun ab. Vom Stettiner Bahnhof in Berlin bis zum Görlitzer Bahnhof fuhr ich mit dem Omnibus. Ich stand draußen und wollte sehen, wie es die große Stadt nimmt. Ich sah viele vor den Geschäften stehen, und waren alte Frauen dabei und Kinder und warteten auf das bißchen Fett und Fleisch. Einmal hielt da gerade der Omnibus. Da konnte ich es nahe sehen, daß sie keine Siegesfahnen mehr in den Augen hatten, sondern Hunger. Da sagte ich zu mir: „Gott sei Dank!“ Ich hatte es wohl laut gesagt, denn die Schaffnerin fragte mich, ob ich was wünsche. Ich hatte mit meinem „Gott sei Dank!“ aber gemeint, daß es schön war, daß ich mich bei dem Anblick der Frauen und Kinder nicht zu schämen hatte als ein Nutznießer. Und auf dem Görlitzer Bahnhof hatte ich noch Zeit und kaufte eine Ansichtskarte und schickte sie meiner Frau und schrieb darauf bloß: „Mudding, ich danke dir!“ Aber sie hat es nicht verstanden und anders aufgefaßt und mir hinterher gesagt, sie hätte geglaubt, ich habe einen über den Durst getrunken. Siehe, auch solches kann mitunter der Lohn sein für ganz echte Besinnungen.

Meine Mutter traf ich noch an in ihrem Diesseitigen, und war es nicht mal so, wie ich es oft gesehen hatte, daß einer nicht mehr wußte, wo er sich befand in dieser Stunde, und nennen wir es, daß er auf der Schwelle steht. Meine Mutter, die stand noch immer in einer Bauernstube. Das heißt, sie lag in ihrem Bett, aber da war nichts an ihr und um sie, was nach Kränzen und Lichtern und Jenseitigkeit aussah.

„Mutter“, sagte ich, „du bist ja gar nicht krank!“
„Nein“, sagte sie, „warum denn auch?“
Da sah ich meinen Bruder an und war hilflos. „Ja, aber das Telegramm ...“
„Es ist erfüllt“, sagte sie, „da kann doch ein alter Mensch auch fortgehen, ohne zu kranken!“
Ich setzte mich auf die Bettkante. Ihr Gesicht, das waren nur lauter Falten, und ihre alten Hände, da war bloß gelbe Haut und Knochen, aber ihre Augen waren ganz hell. „I, Mutter“, sagte ich und lachte sie an, „so sehen Menschen nicht aus, die verreisen müssen, du machst die Hundert voll, das weiß ich.“
Da lächelte sie, weiß Gott. „Immer ’at der Junge doch den Kopf voll Flausen, komm mal bißchen neger ran!“ Und sie faßte mit ihren müden Fingern in mein Haar und versuchte wahrhaftigen Gott, meinen Kopf zu schütteln. Ich half denn auch ein bißchen mit dem Kopf nach, und da hatte sie eine große

Freude, denn es war für uns beide eine Jugenderinnerung. „O du verflixter Bengel“, sagte sie, „und bist doch schon siebzig.“
Als sie es nachließ, da sagte sie: „Krank bin ich gar nicht, und verreisen tu ich auch nicht. Ich zieh bloß ein bißchen um. Weißt du, so wie damals nach dem Brand. So aus einer Bretterhütte in ein schönes Haus.“
Ich war darüber wohl etwas verwundert, aber sie lächelte ganz still und sagte: „Dies ist mir gar nicht befremdlich. Dies ist, als steht das neue Haus auch auf unserem Hof. Und ist doch ein himmlisches Haus. Da seh ich es schon lange stehen. Manchmal hab ich schon ein bißchen reingeguckt. Jetzt ist auch die Tür schon losgemacht, daß ich einziehen kann.“
Und dann erzählte sie, was mein Bruder alles vollbracht hätte und daß ich mir die Wirtschaft und die Felder ansehen sollte. Und als sie sah, daß ich nicht gehen wollte, da erriet sie es wohl und sagte: „Geh man, soviel Zeit hab ich noch.“
So ging ich denn mit meinem Bruder und sah seine Arbeit an, und alles war gut. Er hatte Acker gekauft und ganz allein mit dem Spaten gerodet, drei Stiche tief. Und hatte Pferde und schönes Vieh. Sein Sohn war im Felde und hatte schon zwei Kinder.
„Ja“, sagte mein Bruder, „was hat er nun davon, daß er durchaus wollte beim Gardedukorps dienen, nun ist er doch bloß Sandhopser.“
„Damals“, sagte ich, „da waren noch ganz andre da, die das mit dem Jungen bei der Garde wollten, mein lieber Bruder. Da mußte ich sogar nach Potsdam fahren, weil du als Vater nichts ausgerichtet hast. Da mußte ich dem Wachtmeister ein paar Goldfüchse in die Hand drücken, damit dein Sohn bloß ankam. Siehe, so sieht sich hinterher alles anders an. Und zum Soldatspielen, da gehört wohl auch der Krieg dazu.
Bloß, daran denken die Menschen nicht, wenn es Zeit ist. Ich hab auch nicht daran gedacht.“
„Mein lieber Bruder“, sagte er, „es ist doch bloß, daß er wiederkommt, denn es ist noch kein Sohn da! Ich aber bin auch schon knickebeinig, und es drücken mich meine Jahre.“
Da lachte ich ihn aus und sagte: „Deine Jahre, was ist das schon, du bist ein grüner Junge in meinen Augen, denn ich bin siebzig!“
„Du machst es länger als ich“, sagte er, „du schlachtest wohl im Geist nach unserm Vater, aber die zähe Natur hast du von unsrer Mutter, ich aber schlachte gerade darin mehr nach dem Vater.“ Er nahm seine Mütze ab. Da sah ich, daß er schon ziemlich blank war, und wo er es nicht war, da war er gritzegrau. Da nahm ich auch meine Mütze ab. „Siehst du“, sagte er, „du hast noch alle Haare, und ist kein graues darunter. Und hast viel mehr durchgemacht als ich. Ich gehe vor dir hinüber!“

„Na“, sagte ich, „dann besorg mal ein gutes Quartier!“ Siehe, es war ein Spaß, aber er ist mir gegenwärtig geblieben, als es Ernst wurde. Denn er ist wirklich vor mir hinweggegangen, wenn es auch erst mit dreiundachtzig Jahren geschah. Doch alles zu seiner Zeit.

Ziffer 6

Ein Heimgang

Am andern Tag kam die Frau von meinem Bruder und sagte: „Ihr sollt kommen!“

Unsere gute Mutter war vieles schwächer. Sie konnte ihr großes Gebetbuch, in welchem auch die Gesänge standen, nicht mehr halten. Sie zeigte auf das Buch, das auf dem Deckbett lag, und flüsterte etwas. Ich hielt ihr das Buch hin. Sie blätterte mit ihren zittrigen Fingern. Ich half ihr. Da zeigte sie auf eine Seite. Es war ihr liebstes geistliches Lied, und sie hatte es uns gelehrt, als wir noch klein waren, und hatte es selbst immer wieder gelesen, und es war ihr Leben geworden. Es heißt: „Befiehl du deine Wege“ und stammt von Paul Gerhardt, der war Pastor gewesen in unserer Nachbarstadt Lübben, und sie liebten es im Lande sehr.

Aber es war ein wendisches Gesangbuch, und ich hatte doch bloß etwas Wendisch von ihr gelernt und das meiste vergessen.

„Mutter“, sagte ich leise und reichte das Buch meinem Bruder hin, der an ihrer linken Seite kniete und hatte den Kopf auf ihr Bett gelegt, „ich kann es nicht mehr, ich hab es alles verlernt. Aber deutsch kann ich es auswendig!“

Da las mein Bruder etwas auf wendisch. Dann legte sie ihm die Hand auf den Kopf und hielt sie so still und wendete mit viel Mühe das Gesicht zu mir und nickte.

Da kniete ich an ihrer rechten Seite nieder und neigte meinen Kopf tief zu ihr hin und sagte es deutsch weiter, ohne aufzusehn:

„Wird's aber sich befinden,
Daß du ihm treu verbleibst,
So wird er dich entbinden,
Da du's am mindsten gläubst.
Er wird dein Herze lösen

Von der so schweren Last,
Die du zu keinem Bösen
Bisher getragen hast."

Da fühlte ich, wie sie ihre rechte Hand auf meinen Kopf legte, und ich konnte kaum weitersprechen und flüsterte es wohl mehr:

„Mach End, o Herr, mach Ende
Mit aller unsrer Not,
Stärk unsre Füß und Hände
Und laß bis in den Tod

Uns allzeit deiner Pflege
Und Treu empfohlen sein,
Dann gehen unsre Wege
Gewiß zum Himmel ein."

Eine Weile noch knieten wir so still. Da sich die Hand auf meinem Haupte nicht bewegte, hob ich langsam das Gesicht. Sie hatte ihre Augen zugemacht. Da legte ich ihre rechte Hand leise von meinem Kopf zurück aufs Bett, und mein Bruder tat desgleichen mit ihrer linken Hand. Wir sahen uns an und sagten kein Wort und machten uns kein Zeichen durch einen Blick. Wir wußten es, unsre Mutter war von uns gegangen. Wir nahmen jeder wieder eine Hand von ihr und falteten sie ineinander.
Als ihre Wege aus ihrem irdischen Haus in ihr himmlisches Haus führten, war sie alt geworden fünfundneunzig Jahre, sechs Monate und einundzwanzig Tage. Und war nicht ein einziges Mal krank gewesen und hatte den langen Weg ihres Lebens nicht lang gefunden, denn sie hatte ihn dem Herrn befohlen, und hat im Leben und im Tod für sie alles auf ihrer kleinen Wirtschaft beisammengestanden. So war sie nicht verreist für immer und nicht gestorben, so war sie auch für uns nur umgezogen ins Altenteil der Seelen.
Wir reichten uns die Hand und fühlten es beide wie einen letzten Segen.
Ich sagte zu meinem Bruder: „Siehe, ihr Gesicht ist alt und voller Furchen, aber es ist kein Totengesicht."
„Nein", sagte er, „es gleichet eher dem Acker, über welchen ein Pflug gegangen ist."
Wir sahen auf das alte, liebe Gesicht und begriffen es nicht, warum uns so sonderlich zumute war, nicht wie an einem Sterbetag, sondern feiertäglich. „Mein lieber Bruder", sagte ich, „schaue hin! Da ist nach dem Pflüger noch

der Sämann gekommen, der uns alle gemacht hat, und hat das Land ein letztes Mal bestellt, aber zur ewigen Ernte!"

Ziffer 7

Glaube und Hunger

Als ich auf der Heimfahrt war und wieder durch Berlin kam, stieg ich aus und ging eines langen Weges zu Fuß. Nämlich, ich wollte meine älteste Tochter besuchen. Desgleichen wollte ich die Häuser ansehen, aus welchen ich vor vielen Jahren Berlin angesehen hatte. Da mußte ich erst nachrechnen. Es waren fünfundvierzig Jahre her.
Ich ging in die Köpenicker Straße 76 und stieg drei Treppen rauf. Dieses hab ich nun noch nicht begriffen, und ist keiner gewesen, der es mir hat erklären können, woher es kommt, daß tote Dinge wie eine Flurwand oder ein Treppengeländer besser funktionieren können als ein menschliches Gedächtnis. Dieweilen sie nicht bloß Gesichter aufbewahren können, sondern auch Worte und Taten. Sogar Gefühle. Wie ist solches möglich? Als ich vor dem Hause stand, da wollte ich mich besinnen auf den Flur und die Treppe und die Wohnungstür, aber ich konnte es nicht. Als ich dann Flur und Treppe sah, da wußte ich nicht bloß, daß sie so ausgesehen hatten, da fingen die Dinge auch an zu reden und erzählten mir, was ich damals mit meinem Freund, dem Oberkellner-Hausdiener aus Café Alsen, gesprochen hatte, und ich wußte meine Gedanken und Gefühle wieder, als damals die Taler immer weniger wurden und ich es überlegte, ob ich nach Hause gehen sollte. Und die Sache mit Frieda aus der Hasenheide, welcher ich vorgeschwindelt hatte, ich wollte Postdirektor werden, und ihr verschwieg, daß ich derweilen bloß Telegramme auf meine Kosten austragen durfte. Dabei hatte ich fünfundvierzig Jahre nicht an das Mädchen gedacht.
Ich wollte auch gern noch in die Stube sehen, wo ich gewohnt hatte. Aber als ich vor der Tür stand, hörte ich drinnen zwei laute Weiberstimmen, die eine schrie gerade: „Die können mich alle ...", da dachte ich, sie möchten am Ende auch mich gleich einladen, und bin rasch abwärts gestiegen.
Als ich nun so die Treppe runterging und meine Hand das Geländer beglitt, da merkte ich erst, was die betreffende Werkstatt doch für ein miserables Stück Arbeit geliefert hatte. Dazumal war es mir nicht bewußt geworden, und war es da doch ein Stück aus meinem Beruf. Damals wäre ich glücklich

gewesen, solche Arbeiten machen zu können, da fehlte mir das Erkennen für die Devise, nach der sie alle arbeiteten und lebten: Außen beglissen und innen besch . . . Da war ich unglücklich gewesen, daß das Schicksal mich nicht heimisch werden ließ und mich wieder aufs flache Land schmiß, und noch dazu mit einem Misthaufen vor der Tür.

Diesmal nun, da erkannte ich es, der Himmel hatte es gut gemeint. Da fand ich es wieder bestätigt, daß der Mensch nicht bloß eine schlechtere Nase hat als ein Hund, daß er auch ein kurzes Gesicht hat für das, was ihm zum Besten dient. Da war ich nun zwar ein altes Haus geworden, und sogar zwanzig Jahre älter als dieses hier, aber ich war nicht so verwohnt und verwahrlost, und es fiel mir der Putz nicht so runter. Da war das Geländer in meinem Innern eher immer stabiler geworden, wogegen es hier zermürbt war und geflickt und wackelte, obgleich sie es grob mit Eisenklammern gesichert hatten. Und es war mir lieber, den Misthaufen vor der Tür zu haben, als zu merken, daß ihrer viele ihn hier hinter der Tür hatten.

Ich konnte es nicht bedämmen in meiner Brust, daß ich das fünfzigjährige

Haus immer wieder mit Deutschland vergleichen mußte, wie das Reich entstanden war zur selben Zeit und hatte mit Wohlstand und Tünche geglänzt und hatte doch bloß eichenfarben Gestrichenes ausgegeben für echte Eiche. Es stand wohl noch fest und ließ sich reparieren, aber es fehlten die Mittel. Und wenn sie es reparierten, so würden sie es bloß neu anstreichen, aber das Geländer innen, das würde wacklig bleiben oder höchstens ein paar neue Krammen kriegen. Und als ich dann die Menschen näher betrachtete, welche auf den Straßen gingen und vor den Läden standen, und ich hörte ihre Sprache, da dachte ich: Mit solchem Material kann einer wenig reparieren, damit kann einer keinen haltbaren Mörtel machen, das ist ja alles bloß noch nasser Sand!

Meine Tochter hatte am Alexanderplatz eine Volksküche. Sie sah nicht gut aus. „Mädchen", sagte ich, „komm nach Hause!"

Aber sie wollte nicht. „Wir werden hier alle gebraucht", sagte sie. Es wäre schlimm mit dem Mangel an Fleisch und Fett, es würde schrecklich viel geschoben in der Kaiserstadt Berlin. Aber schlimm wäre es auch, daß die Menschen ganz ohne Vernunft lebten und sich immer hungriger und unzufriedener machten mit dem Schreien nach Fleisch, und lehnten das gut gekochte Gemüse ab, obwohl es frisch und nahrhaft war und zuträglicher als das Gezottel, welches als Fleisch zu kriegen wäre.

„Ja", sagte ich, „es ist hierbei im wahrhaftigen Sinne der Glaube, der nährt! Wenn auf dem Lande ein Knecht nicht alle paar Tage seinen richtigen Brocken Speck kriegt, dann glaubt er, von Kräften zu kommen und nicht mehr pflügen zu können. Kriegt er eine Schüssel Stampfkartoffeln, und darüber ist was Fettiges aus ranzigem Schmalz und Zwiebeln gespritzt, dann nimmt er das an als Ersatz. Da sieht er kein Gemüse drin, denn Kartoffeln sind für ihn was andres. Im Gegenteil, gibst du ihm nicht jeden Tag Kartoffeln, dann tobt er. In meiner Heimat, da sagen sie dazu Knödel, und die Alten sagen Semjak. Da geht ein Vers auf die Lausitzer und ihre Knödel: ‚Semjak, dir leb ich, Semjak, dir lieb ich, Semjak, dir sterb ich!' Dabei ist die Kartoffel noch nicht mal zweihundert Jahre auf dem Lande bekannt, und als der Alte Fritz sie in Preußen einführte, da mußte er seine Bauern mit Gewalt zwingen, sie anzubauen und zu essen. So ist der Mensch. Heute liebt er die Kartoffeln, gibst du ihm aber eine Schüssel Gemüse und hast darin einen ordentlichen Klumpen Butter geschmolzen, dann stochert er dir darin nach Fleisch und ist unzufrieden, wenn er es nicht findet, und glaubt, er muß schlappmachen. So scheint es mir auch hinsichtlich Deutschland zu sein. Sie haben das Volk so an Siege gewöhnt, daß die Menschen meinen, sie können nicht leben, wenn sie nicht jeden Tag einen kriegen. Da stochern sie in den Zeitungen rum und fressen das als Fleisch, was die ihnen jetzt vorsetzen.

Und sind das doch wohl meist bloß Grieben aus Schwarten und Zadder in Dörrgemüse. Ich hätte sie beizeiten an richtige Feldfrüchte gewöhnt. Als welche ich das deutsche Ackerland ansehe, und keine fremden Erzgruben."
Meine Tochter sagte: „Das ist mir zu hoch, Vater! Aber du kannst mir noch mal fünfhundert Mark schicken, ich soll wieder Kriegsanleihe zeichnen! Ein Risiko ist ja da nicht bei, die Papiere, die kannst du gleich behalten!"
Meine Tochter ist nach zehn Jahren für immer von uns gegangen. Die Kriegsanleihepapiere habe ich heute noch. Die sauer verdienten Märker sind in dem großen Reichswurstkessel geblieben, aus welchen der Krieg nicht bloß die Wurst, sondern auch die Brühe gefressen hat. Nachher auch noch den Kessel.

Ziffer 8

Die Großstadt kommt aufs Land

Uns' Mudding erzählte ich nichts von dem, was ich in Berlin gesehen. Sie wollte auch lieber hören, wie das mit meiner Mutter ausgegangen war. Da wurde sie ganz ernst und sagte: „So will ich auch einmal von dannen gehen." Denn sie liebte Paul Gerhardt ebenfalls. Ich aber sagte: „Damit bin ich einverstanden, denn dann haben wir noch fünfundzwanzig Jahre Zeit."
Von Berlin, und wie die Menschen da lebten, sagte ich nichts. Wozu auch? Die Großstadt mit ihrem Elend, die kam ja bei kleinem immer stärker zu uns. Mit hungrigen Mündern und hungrigen Händen kamen sie an, wobei die Münder, welche baten und bettelten, die angenehmeren waren. Dieselben genügten auch schon, uns das Herz weich zu machen und uns auf dem Lande zu sagen, daß es schlimm steht in den Städten. Daher waren die anderen, welche zeterten und schmähten und den Bauern den Untergang prophezeiten und herbeiwünschten, gar nicht mehr nötig mit ihrem Versuch, uns auch noch die Knochen weich zu machen.
Ich machte noch die Beachtung, daß die Mäuler, welche zu den Händen gehörten, die nicht genug kriegen konnten, und welche uns dann beschimpften als hartherzige Bauern, und man müßte uns totschlagen, und wir könnten uns was besehen, wenn erst die Männer da wären – ich meine, da waren solche Reden hinwiederum auch ganz gut, denn sie drängten uns damit immer mehr zum Nachdenken. Als sie nun auch noch nächtens kamen und

uns die Kartoffeln von den Feldern stahlen, was immerhin noch angehen mochte, aber sie schlachteten uns auch die Hühner im Stall und holten Kühe und Kälber von der Weide, da schädigten sie sich dadurch erst recht. Denn ich beachtete, daß gerade dadurch die Bauern sich absonderten von dem Gerede, das aus der Stadt kam, und sagten: „Wir müssen erst recht trachten, daß wir draußen siegen, sonst holt uns drinnen der Teufel!"
Bloß wenn Kinder kamen. Mein Gott, dachte ich oft, das kann ja kein Sieg wiedergutmachen! Für einen Menschen, welcher selber Kinder hat und sich erinnert, wie sie waren, als sie fröhlich riefen: „Mutter, ne Stulle!" und bekamen sie und stürmten weg, für solche Menschen ist es schlimmer, als vor dem geöffneten Höllenrachen zu stehen, wenn er in Kindergesichter sehen muß, aus welchen der Hunger schreit und willens ist, den Wohltäter noch zu bestehlen. Wenn ich es bedenke, daß mir mit beinahe neunzig Jahren noch alles gewärtig ist aus meiner Kindheit und unser Stück trocken Brot doch unser eigenes war, dann meine ich, daß die Menschen, die im Krieg als Kinder in Scharen hungern und betteln müssen, einen Giftbaum in ihre Seele gepflanzt kriegen. Von welchem sie später die Giftbeeren pflücken und ins Volk werfen. „Da nehmt es, es sind Weintrauben, und wenn ihr dran krepiert, so geschieht euch bloß recht!"
Es kamen aber auch alte Leute auf die Dörfer. Die, wenn sie mehr bettelten als klauten, dieses wohl nur ihren lahmen Beinen und zittrigen Händen zu danken hatten. Uns' Mudding war zu einer Art Zentrale geworden, welches mir gar nicht lieb war, ich will mich da nicht besser machen, als ich war. „Mudding", sagte ich, „siehst du denn nicht, daß sie dich für deine Gutmütigkeit noch hinten und vorne bestehlen?"
Da sah sie mich an und war wohl verwundert, aber sie sagte nur leise hin: „Ich hab bloß gesehen, daß sie hungern müssen."
Ich sagte: „Es ist aber doch, daß wir schon zwangsweise von jedem Schwein abgeben müssen, von Kartoffeln und Korn und Fett. Dazu gibst du noch soviel freiwillig, und sie wissen es, und kommen ihrer immer mehr zu uns, das geht nicht!"
Da sagte sie: „Aber wir hungern doch noch nicht!"
Ich sprach: „Aber ich will es nicht mehr haben in solchem Maße!"
Da wurden ihre Augen feucht, und sie sagte: „Es ist deine Wirtschaft. Aber was ich mit meiner eigenen Nahrung mache, darüber hast du nicht zu bestimmen. Ich werde sie fortgeben. Ich will vor unserm Herrgott dermaleinst die Augen nicht niederschlagen müssen!"

Ziffer 9

Uns' Mudding geht gegen die Staatsgewalt an

Mittlerweile hatten die Schandarmen das Hamstern spitzgekriegt und lauerten an den Bahnhöfen und nahmen den hungrigen und klapprigen Alten und den hungrigen, ausgemergelten Kindern das weg, was sie sich zusammengeschnorrt hatten. Sie beschlagnahmten es, also nannten sie ihr furchtbares Tun. Da waren mal ihrer vier solcher Würmer bei uns in der Stube.

Wir kannten sie schon, sie waren aus Eberswalde und liefen den weiten Weg zu Fuß und schliefen im Wald oder in Strohschobern, damit sie nicht geschnappt würden. Sie hatten Geld zum Fahren, denn ihre Mütter arbeiteten in der Fabrik und machten Granaten, aber sie trauten sich nicht auf die Eisenbahn. Da weinte uns' Mudding mit den Kindern. Dann packte sie ihnen zwei Rucksäcke und sagte zu mir: „Bring du die Kinder in den Zug, da wagt es Schandarm Niemeyer nicht!"

Ich fand das mit dem Beschlagnahmen zwar unerhört, denn was ging das einen Schandarmen an, was die Kinder geschenkt kriegten. Aber ich wagte es auch wieder nicht, denn er war doch die Staatsgewalt.

Da sagte sie: „Ein Staat, der so was tut und läßt hungrigen Kindern ein Stück Brot wegnehmen, der verdient, daß er zugrunde geht." Ihr sanfter Kopf stand ganz in Feuer.

Ich sagte: „Laß das bloß nicht den Schandarmen hören!"

Aber sie sah mich an und sagte: „Wenn dein Freund, der Schandarm, noch einmal in unser Haus kommt, dann weise ich ihm die Tür!"

Ich sagte: „Das darfst du nicht, er befolgt doch bloß den Befehl von höheren Stellen!"

Sie sprach, und ihre blauen Vergißmeinnicht blitzten: „Es gibt bei hungernden Kindern bloß eine höhere Stelle, und das ist Gottes Gebot, ihnen zu essen zu geben!"

Aber dann weinte sie doch, und die Kinder standen da und weinten laut mit.

Dann aber ist wohl der Pommer in ihrem Inwendigen aufgestanden, und sie nahm den einen Rucksack auf den Puckel und nahm die zwei kleinsten Kinder an die Hand und sagte bloß: „Kommt, Kinder!"

So geschah es, daß uns' Mudding, welche in den ganzen Jahren unserer Ehe niemals den Fuß mit mir in eine Wirtschaft gesetzt hatte, welche an keinem Vergnügen teilgenommen hatte, welche kaum jemals zu andern Menschen im Dorf gegangen war in ihrer stillen Scheu, nun mit neunundsechzig Jahren

die Kinder die drei Kilometer zum Bahnhof brachte und in den Zug und bereit war, es mit der gesamten deutschen Staatsgewalt aufzunehmen.
Als sie so fortging, da schämte ich mich in meinem Herzen, denn sie hatte mich nicht mehr angesehen und kein Wort zu mir gesagt. Und ich fürchtete, es würde sie furchtbar treffen, denn Schandarm Niemeyer kannte im Dienst keinen Spaß und war mit den Jahren immer bissiger geworden.
Sie kam wieder und war fröhlich. Später hat mir der Schandarm erzählt, daß

sie ihn angefaucht hat wie eine Löwin und hat die Rucksäcke und die Kinder verteidigt. Und er habe doch nur seine Pflicht getan. Aber dann hätten sich zwei Urlauber aus dem Zug auf ihre Seite gestellt, und da habe er ihr den Willen gelassen.
Bloß, die armen Gören, die hatten doch keinen Lohn davon. Sie erzählten es mal viel später. Sie waren eine Station vor Eberswalde ausgestiegen, weil sie fürchteten, auf dem Bahnhof geschnappt zu werden. Da hatte sie ein Polizist in der Stadt gefaßt und ihnen die Hälfte beschlagnahmt.
Meine alten Augen werden feucht, wenn ich all dessen gedenke. Uns' Mudding ist drei Jahre später dahingegangen. Diese furchtbare Zeit zum Kriegsende und was dann noch folgte in der Revolution, das hat ihr das Herz mit abgedrückt. „Ich fühle es", sagte sie still, „unser Herrgott zog seine Hand ab von einem Staat, der kleine Kinder hungern läßt!"
Nun wartet sie schon achtzehn Jahre auf mich. Aber ich bin voll Befürchtung, sie ist dort so weit oben auf die Bank der Gerechten gesetzt worden, daß ich sie dermaleinst bloß von weitem zu sehen kriege. Wenn sie mich alten Sünder überhaupt reinlassen. Und meine Hoffnung ist dann, sie hört mich wenigstens, wenn ich an der Tür rumpele und mich melde. Dann kann es sein, sie stellt die Harfe wenigstens einmal weg und kommt an die Himmelstür und schubst Petrus beiseite, wie sie es auf Erden mit Schandarm Niemeyer gemacht hat.

Ziffer 10

Auferstehung

Ich habe nicht auf die Unterleiste gedrückt und die Hölzer hochschnellen lassen, durch welche die Figuren auf meinem Karussell aus den Sätteln geschmissen wurden. Es war auch nicht mein kleines Spielzeug, es war schon die Erdkugel selbst, welche der Teufel schnurren ließ. Ich hatte andere Gedanken.
Nämlich, von meinem Karussell war auch einer abgefallen, und das war unser Junge. Er hatte sich wohl noch aufgerappelt, denn er lag nun schon seit zwölf Wochen im Lazarett und schrieb, er hoffe, es zu bestehen. Bloß, als er dann nach Hause kam, da vermochten wir es nicht zu glauben. Ganz plötzlich stand er in unsrer Stube, und wir kannten ihn erst gar nicht. Näm-

lich, er hatte ein Gesicht, das war bloß ein Totenkopf, mit braunem Leder überzogen, und die Hände waren ebenso. Und er ging an zwei Stöcken und wog achtundneunzig Pfund. Und hatte vorher hundertsechsundfünfzig Pfund gewogen. Siehe, dachte ich, und mein Herz stand still, er ist bloß heimgekommen zum Sterben! Denn ich sah seine Augen.
Doch seine Mutter, die sah das nicht. Die leuchtete und war voll Zuversicht. Ich fragte ihn, als wir mal allein waren, was mit ihm ist. Er sagte: „Die Ärzte sagen, es ist Unterernährung und Muskelschwund!" Das verstand ich nicht. „Ja", sagte er, „da ist nichts Heldisches dran. Sechzig Grad Hitze, Flecktyphus, Cholera und Malaria sind keine Feinde, von denen man erzählt. Aber wenn man gegen sie sechs Monate lang bloß Graupen in Wasser ins Feld zu führen hat, da kriegen sie einen doch!"
Nun, sie haben ihn nicht ganz gekriegt, wenn ich es auch befürchtete. Nämlich, ich hatte mal in seinen Papieren gekramt und dabei einen Brief gefunden, den er nicht abgeschickt hatte, an einen Freund. Darin stand, daß er wisse, warum er nicht mehr verschickt worden sei, wie es der Lazarettarzt gewollt hatte. Weil das Zeugnis eines Spezialarztes gelautet habe, der Fall sei aussichtslos für eine Weiterbehandlung. Er habe dieses Zeugnis heimlich gelesen. Darum sei er nach Hause gefahren, um es dort abzuwarten. Ich habe den Brief still wieder hingelegt und zu keinem ein Wort gesagt. Bloß, ich weiß nicht mehr, wie ich die Wochen habe arbeiten können. Da schnurrte dauernd das Karussell um mich, und noch im Bett war mein Kopf ein Karussell, und alles fiel herunter, Kummerow, Deutschland, die ganze Welt.
Er sprach fast nichts, saß nur da und schrieb. Und hatte Augen, wenn die einen ansahen, da war es mir, als sähen mich viele Tausend hungernde Kinder mit einem Male an. Da habe ich mich im dunklen Stall zu Boden geworfen und habe gebetet.
Ich weiß es heute, ich habe seine Gesundung nicht vermocht. Seine Mutter hat in jenen Wochen weniger gebetet, sie hatte dazu keine Zeit, und wenn sie Zeit hatte und ihre Hände sammelte, da sah es immer aus, als ob sie dankte. Was die Ärzte nicht fertigbrachten, das brachte wiederum eine Mutter fertig. Nach einem Vierteljahr brauchte er bloß noch einen Stock, und seine Augen hatten das Fremde verloren.
Ich kam hinzu, wie er einmal in seinen Papieren kramte und einiges verbrannte. Der Brief, den ich gelesen hatte, war auch dabei. Ich erzählte ihm, daß ich darum wüßte. Er sagte: „Vater, es war verfrüht mit dem Verzagen. Es soll kein Mensch die Hoffnung verlieren, und steht er schon am Grabe, solange seine Mutter noch ihren Glauben hat!" Und er sagte noch etwas, das sich in mir aufgeschrieben hat unvergeßlich: „Eine liebende Mutter ist Gottes sichtbar gewordene Hand!"

Dann, als sie hereinkam, stand er auf und nahm sie in den Arm und küßte sie ab, und sie wurde rot dabei wie eine Braut und sagte: „Aber Martin, Junge!"
Aber er nahm auch noch ihre alten, rissigen Hände und küßte sie.
„I, nicht doch", sagte sie, „ich komm ja gerade aus dem Stall!"
Da sah sie, daß ihre Hände naß geworden waren. Da wurden es ihre Augen auch. Aber es war uns allen, als gingen wir durch einen Sonnenregen.
„Mutter", sagte er fröhlich, „ich werde wieder gesund!"
Sie sah ihn voll Erstaunen an und sagte ganz verwundert: „Das wußte ich doch. Warst du denn so sehr krank? Du mußt bloß mehr essen! Willst du heute mal Kartoffelpuffer mit Speck?"
Nämlich, die hatte er als Junge gern gegessen, ich auch, aber wir hatten sie man selten gekriegt, denn sie liebte sie nicht.
„Das tu, Mudding", sagte ich, „mir ist auch so schwach im Leib!"
„Deinen schwachen Leib, den kenn ich nun vierzig Jahre, der ist immer noch stärker gewesen als deine Seele. Nachher futterst du ihm die Kartoffelpuffer noch vor der Nase weg!"
„I, Mudding", sagte ich, „dagegen wüßte ich was." Sie glubschte mich an.
„Du machst doppelt soviel Puffer, als du vorhast", sagte ich.
Nach drei Wochen ging er dann und war vier Monate bei uns gewesen. Er sagte, seine Zeit wäre nun um, und sie brauchten ihn zur Arbeit. Und als ich das nicht verstand, sagte er noch: „Damit dies alles nicht noch einmal über die Menschen kommt." Aber das verstand ich damals ebenfalls noch nicht.

Ziffer 11

Das Karussell schnurrt weiter

Eine Woche nach dem Weggang von Martin kam Schulze Wendlands Jüngster nach Haus. Der sagte: „Na, der Martin ist schön dumm, daß er noch mal gegangen ist."
„Wieso?" sagte ich. „Er geht noch am Stock und wiegt einhundertvier Pfund, da werden sie ihn nicht wieder rausschicken."
Da lachte er. „Die holen noch die ohne Kopf. Na, mich kriegt keiner mehr raus!"
Ich besprach mich mit seinem Vater. Der sagte: „Sprich man nicht darüber, Gottlieb, ich schäm mich sonst." Na, Ferdinand Wendland ist dann doch

wieder gegangen. Wenn auch bloß, um sich noch ein Loch in seiner linken Lunge zu holen.
Wie es dann losging, das weiß ich nicht mehr. Mit einemmal redeten sie alle, daß wir nicht mehr gewinnen könnten. Es kamen welche und sagten, in der Stadt wüßten sie das schon seit einem Jahr. Bei den Soldaten auch. Mit einemmal wußten es auch der Gutspächter, der Pastor und der Schulmeister, daß man dem Volk schon seit Jahren nicht die Wahrheit gesagt hatte. Mit einemmal vergaßen wir alle, wie wir vor Jahren ganz anders gedacht und gesprochen hatten, und redeten nun auch mit gegen den Krieg und gegen die, welche schuld daran sein sollten.
Bloß uns' Mudding, die redete nicht mit. Die betete weiter zu ihrem Herrgott für Deutschland. Aber er muß wohl gerade auf der anderen Seite der Welt zu tun gehabt haben, denn ihre Gebete sind nicht mehr rechtzeitig angekommen. Oder er hat das mit den hungernden Kindern wirklich als Grund genommen. Und mit den Gebeten um Sieg ist das vielleicht auch nicht so einfach, das ist am Ende so wie mit des Himmels Segen auf dem Felde: Wenn der Mensch nicht seine Pflicht dazu tut und rührt seine Arme nicht, dann wird auch nichts mit der Ernte.
Ich kann mir ja nun überhaupt nicht erklären, warum der Himmel Not und Elend schickt und in der Erntezeit einen Wolkenbruch. Sie werden es da oben besser wissen. Ich aber weiß wieder besser, wie ich dem Himmel gelegentlich sein Strafgericht ein bißchen verderbe. Und ich nehme an, das ist keine Sünde. Denn wenn er vorher anzeigt, ich komme in einer Stunde und haue dich, dann kann er mir nicht übelnehmen, daß ich meine Vorkehrungen treffe. Wozu kündigt er das denn an, und wozu gibt er den Menschen den Verstand, daß sie es erkennen können?
Es war mal in der Roggenernte, und wir wollten einfahren. Da zog über die Kummerower Feldmark ein schwarzer Himmel auf, mit Schweflicht dazwischen, daß Gott erbarm. Da ging ein Jammern an, und alle sagten: „Gleich geht es los, als wenn die Welt untergeht; das schöne Korn!" Da spannten die meisten aus.
Da spannte ich an und rief alle aus meiner Wirtschaft zusammen, und wir jagten aufs Feld. Christian Wendland machte es auch so. Was kann uns passieren, wir können bis auf die Haut naß werden, weiter nichts, sagten wir. Das Gewitter kann uns totschlagen, sagten die Mädchen. Das kann es zu Hause auch, sagten wir. Also, wir haben vier Fuhren nach Hause gekriegt, immer heista, hoppheista, rin in die Scheune, gepackt kann später werden. Na, als wir zum fünftenmal los wollten, kamen auch die andern raus, denn sie meinten, hat es bei denen gehalten, wird es auch noch weiter halten.
Aber da hielt es nicht mehr. Sie wurden nicht nasser als wir, bloß, wir hatten

über die Hälfte nach Hause gekriegt. Da es nun vierzehn Tage so anhielt mit dem schlechten Wetter, schimpften sie alle über ihren Schaden. Bloß nicht über sich. Uns' Mudding hat zwar fest geglaubt, das Wetter hätte sich an dem Tag so lange gehalten, weil sie gebetet hatte. Ich aber sagte: „Kann ja sein, bloß, ich habe dem Wetter ein bißchen dabei geholfen!"

Ziffer 12

Das große Purzeln beginnt

An die Geschichte mit dem Roggeneinfahren vor dem Wolkenbruch mußte ich denken, als nun das schwarze Wetter um Deutschland stand und die meisten ihre Hände fallen ließen oder sie bloß falteten zum Gebet. Ich meine, angezeigt hat der Himmel es früh genug, daß er uns ein Unheil bereiten will.
Bloß, der Hausherr, und das war der Kaiser Wilhelm, der ist zu Haus geblieben, anstatt rechtzeitig aufs Feld zu fahren. Er sagte nachher: „Was sollte ich machen, wo doch alle meine Freunde weggelaufen waren, die Österreicher und Bulgaren und Türken, und haben mich allein gelassen?"
Ich dachte und sprach es aus zu jedem: Du hättest es machen müssen wie Christian Wendland und Gottlieb Grambauer. Nämlich, wenn damals von unseren Leuten keiner mit rausgefahren wäre und mitten hinein ins drohende Wetter, dann wären wir eben allein gefahren.
Na, er ist nicht allein hinausgefahren, und als es dann losging mit dem Schweflicht über Deutschland, da hat er sogar noch Haus und Hof im Stich gelassen.
Darüber haute Schulze Wendland auf den Tisch und sagte: „Unsereiner, der ausreißt und läßt seinen Hof und sein Vieh verbrennen, wenn es an einem Stallende anfängt mit dem Feuer, den nenn ich einen Hosenscheißer und dürfte nie wieder ins Dorf zurück!"
„Christian!" sagte ich. „Ich habe eine Ahnung, er darf es auch nicht wieder!"
Da lernten sie es auch schon aus Zeitungen und im Krug: Revolution!!!
Ich war ja nun wegen so was nicht so ängstlich, ich dachte mir, das wird Wilhelm ergehen wie dazumal 1848 unserm Grafen. Nämlich, daß sie ihn auf den Balkon stellen und ihm etwas abdrücken und ihn dann wieder laufen lassen. Und er wird nachher bestrebt sein, sich sein Recht wiederzuholen

mit Gewalt, wie unser Graf es damals mit den Jägern gemacht hat. Und wir werden verdammt aufpassen müssen, daß wir nicht wieder angeschmiert werden.

Mit der Revolution, da war das nun in Kummerow eine besondere Sache. Nämlich, die eine Hälfte von uns, für die war das bloß das Ende vom Krieg. Ich habe es die Tage und Wochen genau beachtet, daß die wenigstens nebenbei daran dachten, es könnte vielleicht auch das Ende von Deutschland sein. Für die andere Hälfte, da war eine Revolution so etwas wie ein Erdbeben. Nämlich etwas, das man nur aus Zeitungen kannte. Wenn man davon gelesen hatte, wie es alles umschmiß in fernen Ländern, und saß zu Hause auf der Ofenbank, und die wackelte nicht, da war das bloß angenehm gruselig. Sie kriegten denn auch einen großen Schreck, als es hieß, das Erdbeben ist bei uns, Randemünde ist schon untergegangen, gleich wird sich die Erde auftun unter Kummerow und alles verschlingen! Uns' Mudding sah auch das nur als ein Geschnak an und schmiß jeden raus, der davon anfing, und wenn wir Mannsleute es mal besprachen, dann verwies sie es als ein unchristlich Tun.

„Ja, Christian", sagte ich zu Vater Wendland, „was kann uns in Kummerow die Revolution aber wirklich nehmen?"

Da sann er nach und sagte: „Gottlieb, der Deubel soll die Revolution holen. Wenn sie aber nun schon kommt, dann soll sie bei Gott uns nichts nehmen. Im Gegenteil, da soll sie für die Bauern was dalassen. Nämlich mehr Land!"

DIE ELFTE STUNDE

Ziffer 1

Morsches Holz

In der Wirrnis, welche uns umfaßte, kamen sie oft zu mir und sagten: „Vater Grambauer, wie soll das bloß werden mit Deutschland?“ Nämlich, Pastor Lämmchen hatte noch am Sonntag nach dem 9. November gepredigt, daß die alten Stützen von Thron und Altar auch weiterhin feststünden.
Da sagte ich nach dem Gottesdienst zu den Bauern: „Ich will es euch zeigen, kommt mit!“ Und ich führte sie das Zollende hinunter vors Dorf zu der Flußbrücke und sagte: „Wartet ein Weilchen, bis der Pastor kommt!“ Nämlich, er mußte nach der Tochtergemeinde Barnekow fahren.
Er kam, und ich hielt ihn an. „Herr Pastor“, sagte ich, „Sie haben heute morgen so schön gepredigt. Nun möchte ich Ihnen dazu gern mal weisen, wie es in Wirklichkeit aussieht mit den Stützen von Thron und Altar in Deutschland!“ Er blickte ganz verbiestert von seinem Wagen runter.
„Sehen Sie sich mal den Pfahl hier an“, sagte ich, „dann haben Sie ein getreues Abbild!“ Und damit zeigte ich auf einen Telegrafenpfosten, der stand neben dem Weg im Bruch und hatte vier Seitenstreben, die ihm Halt geben sollten. Die vier Streben waren nun alle unten abgefault und hingen einen halben Meter überm Erdboden frei in der Luft und hielten sich bloß dadurch aufrecht, daß sie an ihrem obern Ende an den Pfahl angenagelt waren.
Anstatt also dem Pfahl Halt zu geben, mußte der die Streben tragen, wenn sie auch ihre frühere Stellung und Bedeutung noch immer vortäuschten.
„Ja“, sagte der Pastor, „und was soll dies?“
„Dies“, sagte ich, „fiel mir heute morgen in der Kirche ein, als Sie von den Stützen von Thron und Altar predigten, welche angeblich noch feststehen! Wenn ich ein Künstler wäre, dann würde ich das hier abzeichnen.“
Meine Dorfleute, die verstanden genau, was sie da sahen an dem Pfahl. Aber der Pastor lächelte und sagte: „Mir scheint es, als wäre da manches andere faul geworden in Deutschland.“

Christian Wendland wollte gerade hochgehen, denn er bezog es auf sich, weil wir eben wieder davon gesprochen hatten, es durchzusetzen, mehr Land zu kriegen. Wir wollten es nicht mal für umsonst kriegen, sondern wir wollten es kaufen dürfen. Von den großen Herren wollten wir das Land hübsch artig kaufen. Solche Revolutionäre hatte es sicher noch nicht in der Welt gegeben. Wie der Schulze nun noch nachdachte, was er dem Pastor Deftiges erwidern könnte, welches dennoch keine Beleidigung wäre, da sagte ich: „Unser Herr Pastor hat recht, mein Gleichnis mit dem Pfahl und den Stützen, welche sich an ihn anklammern, anstatt ihn zu befestigen, das trifft nicht ganz die Natürlichkeit."
„Sehen Sie", sagte er zufrieden, „nun besinnen Sie sich wieder auf die alte Ordnung."
„Es ist nämlich so", sagte ich scheinheilig, „daß in der Wirklichkeit viel mehr abgefault und abfällig geworden ist als hier an dem Pfahl. Die Streben, die sind bloß unten ohne Verbindung mit dem Boden, aber oben, da halten sie sich noch fest an dem Pfahl. Die Stützen von Thron und Altar aber, über welche Herr Pastor gepredigt hat und welche ich mit den Streben hier verglich, die sind unten und oben abgefault und haben nicht bloß keine Verbindung mehr mit dem Boden, die haben auch oben losgelassen und sind überhaupt nicht mehr da! Bloß, dies will mir als ein Wunder erscheinen. Nämlich: Wo sind sie? Es ist doch nicht an dem, daß die armen Leute sie genommen und verfeuert haben, sie müssen sich rein von allein dünnegemacht oder vor lauter Fäulnis aufgelöst haben!"
Der Pastor sagte gar nichts. Doch, er sagte zu seinem Kutscher: „Fahren Sie weiter, Radtke!"
Wir standen noch lange um den Pfahl herum und beredeten es. Christian Wendland hatte zu Ende gedacht und sagte: „Aber es stimmt doch nicht ganz, Gottlieb. In wahrster Wirklichkeit, da hat sich auch der Pfahl dünnegemacht."
Wilhelm Trebbin hatte inzwischen die Streben ganz von dem Pfahl abgebrochen und hingeschmissen. Nun rüttelte er an dem Pfahl, daß er schwankte.
„Ich hätte", fuhr der Schulze fort, „denn wohl auch ein Gleichnis. Nämlich, ich meine, wenn der Pfahl und die Stützen sich dünnegemacht haben, da ist der liebe Erdboden denn ja frei geworden, und es wäre bloß in Ordnung, wenn nun Bauersleute ankämen und nähmen das Land und säten Korn darauf! Und sind Dämlacks, wenn sie das Land erst noch kauften." Bei Christian ging es beim Nachdenken immer bloß um das Land.
Wilhelm Trebbin spuckte seinen Priem aus und faßte wieder den Pfahl an. „Der steht noch viel zu fest", sagte er, „den kannst du nicht mit Wilhelm

und mit Thron und Altar vergleichen!“ Er lachte und war sehr stolz auf seine Worte.
Ich sagte: „Dann vergleiche ich ihn mit dem Vaterland. Das wackelt auch, aber es hat sich noch nicht dünnegemacht.“
Christian Wendland stieß seinen Zeigefinger vor und hielt ihn so still. „Halt“, sagte er, „dazu hätte ich auch noch einen Gedanken. Nämlich, laß man erst unsere Jungens zu Hause sein, die werden es schon wieder stützen.“
„Mein Lieber“, sagte ich, „wenn die zurück sind, dann ist das auch bloß Knüppelholz.“
Christian lachte. „Dann nehmen wir mehrere davon, und sie sind voller Knaste und halten um so besser.“
Mit solchen Gesprächen gingen wir zum Mittagbrot. Heinrich Fibelkorn und Hermann Raschkow sagten gar nichts, sie hatten sich jeder zwei von den abgefaulten Stützen von Thron und Altar untern Arm geklemmt.
„Das geht nicht“, verwies sie der Schulze, „es ist Staatseigentum und mehr wert als die Stützen von Thron und Altar.“
Fibelkorn griente: „Krischan, ich hebbe sone Oahnung, dat fule Holt is allens, wat een Bur in disse Tiden durch die Revolutschon kriegen mag. Segg du, Gottlieb!“
Ich sagte: „Hest recht, Fibelkorn, mit uns is dat een fulen Kroam. Du hest di dinen gesichert, wi annern wern noch wenger affkriegen!“

Ziffer 2

Brennreisig

Als unsere Soldaten wiederkamen, da waren sie nicht da. Nämlich, sie kamen alle einzeln an und waren froh, daß sie zu Hause waren, und trugen als Erinnerung die Kommißstiefel, weil die sehr gut auch auf den Acker paßten. Höchstens noch einen alten, grauen Rock ohne Tressen. Fritz Kantholz hatte jedoch seinen Karabiner mit. Aber den zeigte er erst später. Dafür zeigten andere Pistolen. Am meisten ärgerte sich Ferdinand Raschkow, der erzählte, er hätte zum Schluß ganz allein sein Maschinengewehr gehabt, und es wäre vielleicht richtiger gewesen, er hätte es mitgebracht.
„Wozu denn?“ fragte ich.
Ja, das wußte keiner zu sagen.

Manche kamen erst nach Wochen und Monaten an. Das waren die, welche sich vom Rhein ab selbständig gemacht hatten. Die waren auch viel stiller, die erzählten gar nichts. Christian Wendland wurde ganz wunderlich und sagte: „Gottlieb, du bist ein Tischler gewesen und hast recht, einstweilen sieht es nicht so aus, als könnte einer aus diesem Knüppelholz Stützen für ein neues Vaterland machen."
Ich sagte: „Dazu gehört zweierlei: erst mal das Holz, aus dem man neue Stützen machen kann, und dann gehören dazu Hände, die solche Stützen machen können. Da sich dazu Grafen und Pastoren nicht mehr eignen in dieser Zeit und Schandarmen auch nicht, müßten es wohl Arbeiterhände sein. Man bloß, werden die wenigen, die dergleichen in dieser Zeit anfassen wollen und auch etwas davon verstehen, werden die ausgerechnet nach Kummerow kommen?"
Und so kam es denn auch, und nicht bloß in Kummerow, so kam es wohl in den meisten Dörfern. Nämlich, daß da niemals ein Mann hinkam mit einem klaren Gedanken, wie wir es nun mit einer Republik zu versuchen hätten, so ohne große Fabrikherren und Junker; nein, solche Leute, die uns das sagen konnten, die kamen nicht nach Kummerow; was da kam und hängenblieb, das war immer bloß Treibholz. Besser ist wohl, ich benenne die Menschen, die da kamen, als Angler oder als Fischer. Und da von uns mageren Weißfischen keiner mehr anbiß, da versuchten die Neuangekommenen mit Reusen und Keschern zu fischen. Und da sie mitunter auch noch was erwischten, da sagten sich die Menschen in unserem Dorf, wenn nun schon alles allen gehören soll, so gehört es sich, daß es zuerst den Kummerowern gehören muß. Da war auszurechnen, wann es bei uns mit Vieh und Korn und Kartoffeln Matthäi am letzten sein würde. Darum wurden erst mal mit vereinten Kräften die Fremden aus dem Dorf rausgeprügelt, und dann wurde von den Einheimischen untereinander geprügelt. Bis sich immer mehr Verprügelte sagten, hier ist nichts mehr zu holen. Bloß, Land, das konnte man sich nicht aus der Stadt holen. Nicht mal die Erlaubnis zum Landnehmen konnte man holen.
Da sagte Schulze Wendland: „Habt ihr überhaupt schon was von der neuen Regierung gehört? Es will mir bei kleinem so vorkommen, als wollte sich all das Alte wieder einrenken. Ich schlage vor, wir geben erst rasch mal jedem, der was haben will, zehn Morgen Land, damit es bebaut wird und sie in der Republik Brot kriegen."
Wir machten eine Gemeindeversammlung, die aber mehr eine Volksversammlung war, und boten das Land vom Gut aus wie sauer Bier. Es meldeten sich jedoch bloß zehn Mann, die andern trauten sich alle nicht recht. Die meisten hatten Angst vor dem Landrat, obwohl den seit der Revolution

keiner mehr gesehen hatte. Er hatte nur zwei Tage nach der Revolution im Kreisblatt eine Bekanntmachung erlassen:

„Durch die Revolution hat sich in der Kreisverwaltung Randemünde nichts geändert. Verstöße werden geahndet.

v. Buch, Landrat.“

Manche hatten daher wohl auch Angst vor Schandarm Niemeyer, obwohl auch den seit der Revolution keiner gesehen hatte. Andere bezeigten Angst vor Pastor Lämmchen, obwohl den alle gesehen hatten und solchermaßen wissen mußten, daß Pastor Lämmchen Angst vor der Revolution hatte. Nun, und manche hatten wohl auch bloß Angst vor der Arbeit.

Da war es eigentlich ganz gut, daß endlich mal einer kam, der vor nichts Angst hatte und außerdem etwas von Revolutionen und Republiken verstand. Jedenfalls sagte er uns, daß er etwas davon verstehe. Es war Wilhelm Dreier, der vom Grafen weggejagte Maschinist, der vor zehn Jahren die rote Stimme bei uns abgegeben hatte. Er war gut durch den Krieg gekommen und prahlte damit, wie er es fertiggebracht hätte. Aber er enttäuschte uns doch gleich sehr, denn es ergab sich, daß er gar nicht gekommen war, um uns nun eine neue Regierung zu geben, nein, er nahm es die ersten Tage und Wochen lediglich als eine persönliche Kränkung hin, daß der alte Graf tot war, denn dem hatte er heimzahlen wollen, was ihm geschehen war vor zehn Jahren. Und besonders ärgerte ihn, daß auch Pastor Breithaupt nicht mehr da war, an dem hatte er sich sozusagen als an einem Ersatzmann für den Grafen rächen wollen. Nun war keiner von den beiden Stützen von Thron und Altar mehr da, und die ganze Sache machte Wilhelm Dreier deshalb keinen rechten Spaß. Aber das mit dem Land, das wollte er doch in Ordnung bringen. Da aber erfuhren wir, daß wir eine neue Regierung in Berlin hatten, nämlich, sie verbot plötzlich jegliche Enteignung von Grund und Boden der Gutsbesitzer. Darüber kriegte Wilhelm Dreier die blasse Wut, und da sie ihn nun mit den Früchten der Revolution, von welchen er immer geredet hatte, vespotteten, war er eines Tages verschwunden, und wir saßen wieder zwischen dem konservativen und dem sozialdemokratischen Pott wie früher auch. Aber nun, da es kein Land gab, ärgerte sich Schulze Wendland die rote Wut an den Hals, und er legte sein Schulzenamt nieder. „Eine Revolution, und sie bringt den Bauern kein Land, die kann auch Kaiser Wilhelm machen“, sagte er, „dazu brauchen wir keinen Scheidemann!“

Wir mußten sowieso einen neuen Gemeinderat wählen, denn es hatten von nun an alle, die in Kummerow wohnten, das Recht, mitzuwählen. Da kamen nun von den Bauern bloß noch Heinrich Fibelkorn und Ferdinand Raschkow

in den neuen Gemeinderat. Heinrich, weil er sich als Revolutionär gezeigt und gegen des Schulzen Verbot die faulen Telegrafenpfosten mit nach Hause genommen hatte, und Ferdinand, weil er sich beinahe ein Maschinengewehr aus dem Felde mit nach Hause genommen hätte. An das Schulzenamt wollte keiner recht ran, da war ihnen die Verantwortung mit dem Regierungskram zu groß in dieser Zeit voller Respektlosigkeit. „I, Leute", sagte da Lukas Winkelmann im Krug, „was is daran nu woll schwer? In eine Revolutschon is einfach akkerat allens andersrum als vorher. Was oben was, is nu unten, und was unten was, is nu oben! Steht doch schon in der Schrift, daß die Ersten sollen die Letzten sein und die Letzten die Ersten. Alles andersrum, und schon is Gerechtigkeit!"
„Jawoll", kakelte Oll Kleimansch, „un daderum wullen wi Fruenslüde van nu ab baben liggen!"
Aber darüber gab es keine Einigung, die anderen Frauen hielten das öffentliche Beraten solcher Dinge für zu schenierlich, und Lukas Winkelmann entschied schließlich, in diesem Punkte solle es bleiben wie im Kaiserreich. Da er damit die Zustimmung aller Männer im Krug fand, wurde Lukas Winkelmann auch gleich zum Schulzen gewählt. Er war auf dem Gut Stellmacher gewesen, stammte aus der Stadt, hatte ein lahmes Bein, doch lief sein Mundwerk wie geschmiert. Es war bloß nicht schön für seine Autorität, daß ihn bisher keiner in Kummerow für ernst genommen hatte, denn er schmetterte gern einen, und wenn er angedudelt war, riefen die Kinder immer hinter ihm her: „Winkelmann, Hinkelmann, Pinkelmann!" Und die Großen hatten immer im Krug, wenn er allzu stark angab, gerufen: „Haut den Lukas!" Sie hatten ihn jedoch niemals zu hauen brauchen, er war immer gleich still geworden.
Der regierte uns nun. Jedenfalls ein Vierteljahr lang. Dann waren Arbeiter aus der Kreisstadt gekommen und hatten uns klargemacht, daß sich die Kummerower wie eine Herde Brummochsen anstellten. Darauf wählten wir Christian Wendland wieder zum Schulzen. Der sagte auch wieder ja. Und entschuldigte sich gewissermaßen: „Denn seht mal, da in Berlin, da fangen sie ja auch wieder mit den Alten an, die ehedem den Zepter geschwungen haben."
„Ja", sagte ich, „und da kann wohl auch der geschickteste Tischler keine neuen Stützen für das Vaterland zimmern, wenn das Holz, das er hat, man bloß Brennreisig ist."

Ziffer 3

Torf- und Braunkohlenschwel

Uns' Mudding war ganz still geworden in dieser Zeit. Von unserm Jungen wußten wir bloß, daß er in Hannover war und hatte seine Arbeit und war langsam zu Kräften gekommen. Er wollte uns auch mal besuchen.
„Ja", sagte ich, „das könnte er wirklich mal, es ist einsam bei uns geworden."
Da sah mich seine Mutter an und sprach: „Du hast ihn hinhaben wollen in die Stadt, nun laß ihn auch bei seiner Arbeit!" Aber ich sah es ihr an, daß sie immer öfter die Dorfstraße lang blickte, ob er nicht vielleicht doch mal ankam. Aber er kam nicht.
Da wurde sie immer stiller. Sie las auch keine Zeitung mehr. Daß der Kaiser ausgerissen war und der Landrat auch, das begriff sie nicht. Auch nicht, daß jetzt der alte Saufaus Winkelmann die Arbeiter beschimpfen durfte, weil sie ihn als Schulzen abgesetzt hatten, und durfte uns bedrohen, er würde von nun ab mit den Grafen und Junkern gehen; wenn die einen verprügelten, dann geschähe es wenigstens durch vornehme Herren, aber vor Leuten, die auch bloß Tagelöhner und Fabrikarbeiter gewesen wären, da kuschte er nicht. Und wären erst mal wieder richtige Herren im Land, dann würde er uns alle schon hopsen lassen. Besonders die Weiber, davon sollte dann jeder Mann so viele nehmen dürfen, wie er vertragen könnte, ebenso müßte es mit dem Schweinefleisch gehalten werden und mit dem Branntwein. Und dazu dann einen neuen Kaiser!
Daß so etwas geredet werden durfte, daran hatte nach der Ansicht von uns' Mudding die Revolution schuld. Sie hatte es ja schließlich auch, und es verstanden mehr Menschen als uns' Mudding nicht, wie es dazu gekommen war und wie es dazu hatte kommen können. „Siehe", sagte ich zu ihr, „alles, was geworden ist mit den Menschen und ihren Einrichtungen, das hat Ungerechtigkeiten und Fehler an sich, und da sich die meisten Ungerechtigkeiten an den Armen und Kleinen bemerkbar machen, diese aber die mehreren sind, haben sie das Recht, das Unrecht einmal mit Gewalt abzustellen. Dabei kann auch allerhand Bodensatz aufgerührt werden. Du mußt die Augen nicht zumachen vor der Welt und ihrem Getu und Getöse", sagte ich zu ihr, „sonst siehst du auch nicht, daß wieder neue Blumen blühen."
„Kann denn aber bei solchem Getu und Getöse etwas Gutes herauskommen?" fragte sie.

„Sogar ein Erdbeben erfüllt eine Aufgabe“, sagte ich.
Da hat sie mich lange angesehen, und wir waren beide allein in der Stube.
„Was hast du, Mudding?“ fragte ich und streichelte ihr das Haar. Das war noch immer mit solch goldigem Schimmer, aber es war sehr dünn geworden. Und sie hatte sich die rechte Schulter rausgearbeitet auf ihre alten Tage, daß sie direkt ein bißchen schief ging, und ihre alten Finger waren voller Knoten. Wir saßen auf der Ofenbank, und sie legte ihren Kopf an mich an. Dann sagte sie ganz still: „Doch, Gottlieb, ich kann die Augen zumachen vor dem Schlimmen.“
„Aber Mudding“, sagte ich und wollte einen Spaß machen, „sieh mal, die Revolution, das ist doch nun gar kein Erdbeben gewesen, Kummerow steht doch noch.“
Da sah sie mich ganz glasig an. Dann sagte sie: „Das ist wohl so, daß es kein Erdbeben gewesen ist und hat nicht die Erde gesprengt und alles vernichtet. Aber es ist doch ein Erdbeben gewesen, und es riecht überall nach Torf und Braunkohle, die aus einem kaputten Ofen schwelen, und ich kriege immer weniger Luft. Ihr sagt, es ist Asthma und wäre meine Lunge und mein Herz, und ich weiß doch, daß es viel inwendiger ist.“
Da erschrak ich sehr in meinem Herzen und holte einen Doktor aus Randemünde. „Sie hat asthmatische Beschwerden“, sagte er, „es ist aber nicht gefährlich. Es macht vierzig Mark!“ Er verschrieb ihr Tropfen. Ich lief nach Falkenberg in die Apotheke. Es machte acht Mark.
Uns' Mudding wurde immer scheuer. Besonders die Weiber, die konnte sie nicht mehr sehen, wie die angaben und Redensarten führten. „Ich habe solche Angst“, sagte sie mal. Da bat ich sie lange, es mir zu sagen, wovor sie Angst hätte. „Ach“, sagte sie leise, „eigentlich schäme ich mich, daß ich ungerecht bin. Sicher ist das alles gar nicht so schlimm mit den Menschen durch die Revolution geworden, wahrscheinlich sind sie alle bloß durch den Krieg und die Not so geworden, und die Revolution sollte das beenden, und man müßte sie nun gerade mit Liebe behandeln.“
„Aber Mudding“, sagte ich, „das tust du doch wirklich. Wovor hast du denn da Angst?“
Da wurde sie doch ganz verschämt, und dann sagte sie: „Vor den Menschen hab ich mit einem Male Angst.“
Da war nun eine im Dorf, eine Tagelöhnertocher, die hatte vor dem Krieg schon immer Kleider von meinen Töchtern gekriegt und im Krieg regelmäßig Milch und Fett umsonst von uns. Nämlich, sie war erst zwanzig Jahre und hatte schon zwei uneheliche Kinder. Die ging jetzt mit dem dritten. Da hatten die Kerls sie im Krug wohl betrunken gemacht, denn sie torkelte an unserer Hoftür vorbei. Uns' Mudding stand zufällig da und wollte gerade weggehen,

als das Mädchen auf der Straße umfiel. Schnell lief uns' Mudding hin, um sie aufzuheben. Sie kriegte sie auch halb hoch. Doch sagte sie leise zu dem Mädchen: „Aber Bertha, Mädchen, schämst du dich denn nicht?“
Inzwischen waren auch schon andere hinzugekommen. Da rappelte sich die Person auf und stierte uns' Mudding an, und dann schrie sie: „Das geht Sie einen Dreck an, und wenn ich besoffen bin und mir jeden Tag ein Kind machen laß! Wer weiß, was Sie hinter sich haben! Unser Herrgott wird schon wissen, warum er Ihnen auf Ihre alten Tage den Ast gegeben hat!“
Und als uns' Mudding, die gar nicht das mit den unehelichen Kindern gemeint hatte, sondern bloß die Betrunkenheit, als die nun ganz entsetzt sagte: „Mädchen, du versündigst dich ...“, da spuckte das Weibsbild nach ihr. Da hat ihr Frieda Lehmann zwar ein paar ins Gesicht geknallt, aber unsere Muter ist auf den Hof gewankt und auf die Bank gefallen, und wir haben sie ins Bett bringen müssen.
Am Abend haben sie mir das erzählt. Ich stand auch vor einem Rätsel, wie ein Mensch so unter das Tier herabsinken kann. Denn ein Tier, und man tut ihm Wohltaten, erzeigt sich erkenntlich und dankbar noch nach Jahren. Dieses Miststück von Mensch hatte bloß Gutes von uns' Mudding erfahren, Kleider und Geld und Milch für ihre Bälger, und nie ein böses Wort, denn uns' Mudding rechnet nicht mit den Sünden der Menschen. Und ich hatte darüber geschimpft, daß sie so einer immer half, und meine jüngste Tochter hatte gemurrt, aber unsere allgütige Mudding hatte nur immer gesagt: „Unser Herr Jesus ist für die Armen und Sünder gekommen.“ Und da mußte sie nun das erleben. Sie hat hernach noch viel geweint, aber jetzt bloß, weil sie die Prüfung nicht bestanden hätte. Und ist hingegangen und hat dem Weibsbild zwanzig Mark geschenkt.

Ziffer 4

Sie war ein Gast auf Erden

Nach ein paar Wochen ging es wieder mit ihr, bloß daß sie wirklich viel Atemnot litt und oft ohne Besinnung war. Ich hörte sie manchmal flüstern. Das las sie im absinnigen Geist sich aus der Bibel vor. Aber ich hörte auch, wie sie ganz leise „Martin“ sagte. Da telegrafierte ich ihm.
Der Doktor aus Randemünde kam wieder und sagte: „Es sind Asthmabeschwerden, aber sie sind nicht unbeschwerlich.“ Und es machte dreißig

Mark. Er verschrieb ihr Tropfen. Ich lief nach Falkenberg in die Apotheke. Es machte sieben Mark. Wenn es zum Ende geht, wird das Leben, scheint es mir, billiger.
Es ging zu Ende. Bloß, wir wußten es noch nicht. In ihren hellen Stunden mußte ich ihr aus ihrem großen Gesang- und Gebetbuch vorlesen. Das hatte sie noch von ihrer Mutter. Am dritten Tag wollte sie ihr Lieblingslied hören. Das machte mich ein weniges verlegen, denn ich wußte, ich mochte es nicht sonderlich, weil es die Verleugnung der Welt lobpreist und ich alter Heide ihr mal bewiesen hatte, der Mensch ist nicht von seinem Herrgott in die Welt gesetzt worden, damit er sie verleugne, denn sie ist doch auch sein Werk. Aber sie wollte das Lied hören, und ich erinnerte mich, wie sie das Lesen schön gefunden hatte beim Sterben meiner Mutter. Aber gerade dies warf mir Eis auf mein Herz, denn ich wollte es nicht glauben.
Da sah ich ihren Blick zärtlich auf dem Buch, und ich fühlte es zum ersten Mal, welch unermeßlicher Schatz ein Buch sein kann, welches die Worte eines Dichters bewahrt. Das Lied war wieder von Paul Gerhardt, welchen sie wohl am meisten lieben auf den Dörfern, und er müßte, hätte ich zu bestimmen, einmal ganz vorn in des Herrgotts Hofstaat gehen, damit er sich nähren kann von seines Schöpfers Atem, denn seine eigene unsterbliche Seele hat er doch den Armen und Bedrückten auf Erden gelassen und zu ihrem Trost. Ich las ganz leise:

„Ich bin ein Gast auf Erden
Und hab hier keinen Stand,
Der Himmel soll mir werden,
Da ist mein Vaterland.
Hier reis' ich aus und abe;
Dort in der ew'gen Ruh
Ist Gottes Gnaden-Gabe,
Die schleußt all Arbeit zu.
Was ist mein ganzes Wesen
Von meiner Jugend an
All Müh und Not gewesen?
Solang ich denken kann,
Hab ich so manchen Morgen,
So manche liebe Nacht
Mit Kummer und mit Sorgen
Des Herzens zugebracht.“

Als ich das gelesen hatte, da lächelte sie mich an. Dann sagte sie, und in ihren

Augen blühten die Vergißmeinnicht frisch auf wie alle die Jahre: „Ich hab mich nie beklagt über die Arbeit, ich hab es gern getan."
Ich streichelte ihre Hände und sagte: „Ich weiß es, Mudding!" Und ich war froh und legte das Buch beiseite und sagte: „Das Lied paßt gar nicht für dich!"
Da sagte sie bittend: „Aber was jetzt kommt, das paßt!" Da las ich weiter:

„Zu ihm steht mein Verlangen,
Da woll't ich gerne hin;
Die Welt bin ich durchgangen,
Daß ich's fast müde bin.
Je länger ich hier walle,
Je wen'ger find ich Lust,
Die meinem Geist gefalle,
Das meist ist Stank und Wust."

Dieweil sie mir zunickte, hörte ich auf. „Siehst du", sagte ich, „genauso hast du das auch gesagt von dem Stank und Wust. Wenn du es auch als Torf- und Braunkohlenschwel angesehen hast. Aber sieh, einen kaputten Ofen kann man dicht machen. Oder man kann ihn umsetzen. Da wird die Luft auf Erden also schon wieder rein werden."
Sie hatte ganz rote Backen bekommen, die waren wie zwei kleine schrumpelige Äpfel in ihrem Lächeln, und ich sah, sie war wieder ganz auf der Erde.
Aber in der Nacht darauf, und es war schon gegen Morgen, hustete sie schwer und war im Fieber und erkannte uns nicht. Da betete sie nur immer: „Herr Jesus, nimm mich auf!"
Im Dorf schliefen sie noch alle. Wir standen an ihrem Bett, meine Töchter und ich, denn auch meine Älteste war gekommen, und weinten viel und wußten, es geht zu Ende mit ihr. Sie hatte aufgehört zu husten, und der Krampf, der ihre müde Brust geschüttelt hatte, der hatte auch aufgehört. Ihr Gesicht war voll Frieden, und ihr Atem ging gleichmäßig.
„Sie schläft sich gesund, Vater", sagte meine jüngste Tochter. Aber ich sah, wie ihre Lippen sich leise bewegten. Ich hörte auch, wie sie wieder nach ihrem Jesum verlangte.
Und ganz plötzlich wurde es dann, als erfüllte ein überirdisches Licht die Stube, und es kam doch nur von ihrem Gesicht. Sie hatte die Augen weit aufgemacht, und sie glänzten und leuchteten, und ihr Antlitz erstrahlte vom Inwendigen her, wie von einem Licht, das mit Kraft und Wärme näher kommt und näher und will aufbrechen und alles verklären. Ein seliger Frieden leuchtete hervor und umfaßte uns drei, das wir kein Wort sagen konnten,

obwohl wir zuerst vermeinten, sie sähe uns mit ihren offenen Augen. Aber wir fühlten doch, daß sie ins Paradies hineinsah und der Verklärung ihres Irdischen in Christus entgegenging. Und sie reckte ihre Arme weit, und ihre Lippen öffneten sich, und sie schloß die Augen und es lag himmlische Musik in ihrer Stimme, als sie das eine Wort sagte: „Martin!“
Mit diesem Wort auf den Lippen ist sie gestorben und hat den Glanz ihrer Vollendung, der zuletzt nun doch vom Irdischen gekommen war, mit hinübergenommen. Aber unser Herrgott wird es ihr nicht angerechnet haben, außer zum Guten, denn was hatte er ihr schon anzurechnen, als zum Guten?
„O Herr“, betete ich still, „wie muß sie eine Mutter gewesen sein, daß sie bei so viel Frömmigkeit in ihrer letzten Minute nicht nach deinem Sohn verlangt hat, sondern nach ihrem! Du aber hab Dank für deine Güte, da du ihr den Sohn geschickt hast in ihrer Verklärung!“

Zwei Stunden später kam unser Martin. Und als wir hintraten an ihr Bett, da war es uns allen, als breche das Licht erneut auf aus der Tiefe ihrer unendlichen Liebe und Güte und überstrahle den, welchen sie am meisten missen mußte in ihrem Leben, und hat ihn doch am meisten geliebt. Tod, wo ist dein Stachel?
Sie hat ihn nicht gefühlt. Uns aber blieb er im Fleische und wird bleiben bis an unser Ende. Wir haben ihr ein Begräbnis bereitet dicht an der neuen Kirche, und es sind Menschen gekommen von weither, und ich sah Frauen und Kinder, welche ich nicht kannte, und sie sagten: „Sie hat uns Gutes getan." Und das ganze Dorf war gekommen, und Pastor Lämmchen hat gepredigt über die Stillen im Lande, welche das Himmelreich breiten auf Erden mit sichtbaren Händen. Und er rief aus: „Wir haben einen Menschen begraben, von welchem niemalen ein Mensch ein Wort der Ungüte gehört hat!"
Auch jene verdorbene Frauensperson, welche ihr den Abgrund der Zeit vor das Haus gestellt hatte, schickte einen Kranz. Aber ich gestehe es, ich habe ihn genommen und auf den Dunghaufen geworfen. In der Nacht aber war es mir, als sähe ich die Augen unserer Toten fragend auf mir ruhen und als wäre ein leichter Schatten auf ihrem verklärten Gesicht. Da habe ich noch vor Tag den Kranz genommen und auf den Kirchhof getragen. Da lag er nun sogar auf ihrem Grab ganz obenauf.

Ziffer 5

Alles ist hin ...

Eigentlich möchte ich schweigen von diesen Tagen, da mein Herz leer war von allem Glauben an Gerechtigkeit, wie mein Haus leer war. Das inwendige Haus hinwiederum, welches ich mir in fünfunddreißig Jahren gebaut hatte, seit wir die kleine Wirtschaft besaßen, diese Wohnstätte in der Brust, die wir eingerichtet und geschmückt hatten, sie kam mir kalt vor und machte mich einsam. Da tat ich das Falscheste und klagte die Zeit an, die Vorsehung auch, und bedauerte mich. Das machte mich zuerst ein wenig warm, doch fror ich hernach um so mehr.
Was aber sollte nun werden, da mein Lebenskamerad von mir gegangen war? Bis daß der Tod uns scheidet! Wie er es einst gelobt hatte, nicht früher, aber ach, viel zu früh. Die Älteste lebte unverheiratet in Berlin, der Junge war weit fort, die Jüngste nun auch schon über dreißig Jahre alt. Aber das merkte ich

erst so recht, als sie eines Tages vor mir stand mit den Worten: „Vater, ich will heiraten. Einen kleinen Beamten, einen Witwer mit zwei Kindern!"
Da sollte ich nun allein stehen und war fünfundsiebzig Jahre alt? „Nein", sagte sie, „du kommst mit zu uns!"
„Und meine Wirtschaft?" fragte ich. „Und all das, was ich zusammengetragen habe die Jahre?"
„Ja", sagte sie, „so viel Platz haben wir nicht, verkauf es, du brauchst es ja nun nicht mehr!"
Da sie eingerichtet war, nahm ich nur eine Stube mit für mich und einzelne Stücke für sie und verkaufte alles andre. Es ist mir aber sehr schwer geworden, und Faßmann und Laßmann haben die Tage und Wochen viel in mir gekämpft. Die drei Getreuen, den Spiegel, das Karussell und die Uhr, die habe ich behalten und alles, was sonst noch zu meinem Raritätenkabinett gehörte, lauter kleine Sachen, welche für mich aber von großer Bedeutung waren.
Der Mann war ein Bahnbeamter, dicht bei uns auf der Station. Also blieb ich in Kummerow. An dem Hochzeitstag erfuhr ich noch einen großen Schmerz. Mein Sohn hatte mir gesagt, daß er die Woche darauf nach Amerika und auf eine Weltreise ginge. Im stillen verwünschte ich den Tag, an dem ich ihn in die Stadt getrieben; nun war es zu spät. Ich sah es ihm an, daß er die Unrast in sich trug und etwas suchte, was er nicht finden konnte. Nach der Trauung lief er über die Feldmark, als ob er es da suchte. „Ich gehe ohne Sorge, Vater", sagte er, „weil ich dich jetzt in guter Obhut weiß."
Kaum hatte ich mich von der Ackererde getrennt, da ging es mir, wie es mir früher schon ein paarmal gegangen war. Nämlich daß ich den Halt verlor und taumelte. Nun taumelten sie damals alle und alles in Deutschland. Dazu gehörten auch Treu und Glauben. Der Lehrmeister aber war der Staat. So daß es kam, wie wir es uns damals vorausgesagt hatten, als wir bei dem Telegrafenmast mit den abgefaulten Stützen standen. Nämlich, daß Fibelkorn und Raschkow am klügsten gefahren sind, als sie sich vom Staatseigentum wenigstens die verfaulten Pfahlstützen mitnahmen. Wir andern hatten nichts bekommen, im Gegenteil, der Staat nahm uns mit jedem Monat mehr von unserm Eigentum, indem er einfach sagte, eine Mark ist bloß eine halbe wert, einen Pfennig, einen Dreck. Erst machten wir noch unsern Spaß darüber und sagten: Der Staat muß ja wissen, was sein Adler wert ist. Aber der Spaß verging uns.
Christian Wendland war in Groll gestorben, weil er noch mal Schulze geworden war und es doch kein Land gegeben hatte, sein Sohn Ferdinand hatte den schönen Hof stehen- und liegengelassen und war in ein Freikorps eingetreten. Der Pächter vom Gut hatte Pleite gemacht. Vorher waren noch

öfters die Tagelöhner bei ihm gewesen und hatten um Korn und Kartoffeln und Holz gebeten, und sie wollten es gern abarbeiten. Denn siehe, sie konnten mit ihren schönen Verträgen und den schönen Löhnen nicht mehr ein und aus. Der Pächter war zuerst im kleinen auch entgegengekommen, und sie hatten ihm versprochen, dafür auf den Tarif mit der „grundsätzlichen Arbeitszeit von jährlich zweitausendsiebenhundert Stunden" zu verzichten. Aber er konnte es doch nicht mehr halten, denn der junge Graf oder die Ritterschaft hatten die Pacht in Naturalien verlangt. Eines Tages war er einfach verschwunden. Da fingen die Tagelöhner an, die große Wirtschaft abzubauen, sich Vieh und Korn und Kartoffeln und Geräte zu holen; wie die törichte Frau, welche die Henne schlachtet, von deren Eiern sie leben muß. Es waren ja keine goldenen Eier nie nicht gewesen, die das Gut für die Tagelöhner gelegt hatte, aber es waren doch Hühnereier gewesen. Und die schmeckten in jenen Tagen besser als goldene, deren Ziffern ja doch nur auf wertlosen Papierzetteln standen.

Da kam der junge Graf Eberhard von Runcowricz an, und wir dachten, die Tagelöhner würden ihn wieder fortjagen. Aber nein, sie freuten sich und ließen ihm sagen, sie möchten mit ihm über neue Tarife verhandeln. Da erkannte er, daß eine deutsche Revolution was anderes ist als eine ausländische. Also sandte er hin und ließ sagen, sie möchten ihm eine Deputation schicken zum Verhandeln. Bei dem Wort Deputation haben sie wohl bloß an Deputate gedacht, und sie sagten auch sofort zu. Als sie dann alles mögliche forderten, Land und Torf und Korn und Gespanndienste, da versprach er ihnen alles, aber gegen Bezahlung. Sie hatten sich vorgenommen, wenn er sich weigerte, ihm heimlich den Hof anzustecken. Nun nahmen sie seine Bedingungen an, doch von dem Barlohn in ihrem Tarif gingen sie nicht ab, weil es da so schön hieß: „Vollwertige verheiratete Landarbeiter erhalten für das Jahr zwölftausendsiebenhundertsechsundfünfzig Mark." Sogar der alte Distelberg strahlte. „Mudding, süh mal, mihr als dusend Mark inn Monat – harrst du da mal von dinen Krischan glöwt?"

Dieses alles war 1922. Na, bald waren sie soweit wie die andern, nämlich daß sie erkannten, ihr Geld ist wertloses Papier und nicht mal zu verwenden auf dem Abtritt, aber ein Scheffel Roggen ist eine Reihe Brote, und ein Meter Holz sind viele warme Stuben. Da gingen sie wieder zu Graf Eberhard. Er sagte: „Es liegt daran, daß der liebe Gott den Tarifvertrag für die Feldarbeit nicht hält!"

Sie starrten ihn dumm an.

„Ich meine", sagte er, „wenn ihr mich in der Ernte oder vor schlechtem Wetter sitzenlaßt, weil die Inflation schneller läuft als euer Tariflohn, dann verkommt das Korn, dann wird das Brot teuer, dann kann ich nichts her-

auswirtschaften, dann gehe ich pleite wie der Pächter. Ich schlage euch also vor, wir versuchen es zuerst mal bloß mit Naturalien, ihr so wie ich, und was ihr nicht verbraucht, das könnt ihr verfüttern oder verkaufen wie ich auch."
Da sagten sie ja und ließen ihn hochleben. So hatte er für Kummerow die Revolution bezwungen und die Inflation auch. Aber als Wilhelm Dreier es hörte, da kam er angehetzt, rief eine Versammlung ein und lud höhnisch auch den Grafen ein. Hatte er den Vater nicht mehr angetroffen, wollte er es wenigstens dem Sohne besorgen. Als er nun wirklich kam, fing Dreier auch kräftig an. Aber es dauerte nicht lange, da lag er draußen, rausgeschmissen von den Tagelöhnern.

Ziffer 6

Es ist noch mehr zu verlieren

Für mich war weder die Revolution noch die Inflation zu Ende. Ich will davon nicht weiter reden, daß mir die Inflation nun aber auch alles wegnahm, was ich mir in den langen Jahren mühsam zusammengearbeitet hatte. Das ging andern auch so. Bloß, daß ich auch eine Entwertung meiner inwendigen Reichtümer vermerkte, das beunruhigte mich. Hängt das eine doch so sehr vom andern ab? dachte ich. Bist du nur deswegen den Weg der Verständigen und Gütigen in deinem Innern gegangen, weil deine äußeren Lebenswege geordnet waren? Hast du deshalb von der Gier nach Geld und Besitz lassen können, weil du nicht mehr arm warst, sondern wohlhabend? Hast du deshalb von der Forderung nach Beseitigung der Ungerechtigkeiten im sozialen Leben immer abgesehen, weil es dir gut und besser ging? Darf das ein Mensch tun, der wirklich die große Gemeinschaft will? Schickt dir das Schicksal nun Verlust über Verlust, um dir noch einmal zu erweisen, daß du noch lange nicht echt bist in der Güte, welche selbstverständlich sein soll und gelöst von Gut und Besitz?
Ich sah mich im Dorfe um. Da waren manche direkt froh, daß sie es machen konnten, wie sie es vom Staat gelernt hatten: Sie wurden für ein Butterbrot ihre Schulden los und hatten kein Mitgefühl mit denen in der Stadt, Handwerkern und Geschäftsleuten, welche ihnen mal auf de- und wehmütiges Bitten Geld geliehen hatten und die nun selber nicht mal ein Butterbrot kaufen konnten. Manche machten auch gute Geschäfte mit dem Verkauf von Vieh

und Korn und kauften dafür Maschinen und Einrichtungen. Vater Fibelkorn hatte sich zwei Klaviere als wertbeständiges Kapital angeschafft, darauf konnte er mit je einem Finger zu gleicher Zeit „Deutschland über alles" spielen, und er war sehr stolz, als er es mir einmal zeigte.
Und es war noch etwas, was mich an meinen Verlusten sehr verdroß. Daß ich alles verkauft hatte und nun mein Geld ebenso wertlos war wie meine Kriegsanleihe, das rechneten sie mir im Dorf als eine große Dämlichkeit an. Und war es wohl auch. Aber wenn sie auch recht damit hatten, so tat es mir doch weh, daß sie mich dieserhalb nun nicht mehr als den klugen Gottlieb ästimierten. Ich hatte alles verloren, Haus und Hof, sie aber rissen ihre alten Strohdächer herunter und brachten knallrote Ziegel auf ihre Häuser, und mitten auf dem Dach mußten ganz groß aus gelben Ziegeln ihre Anfangsbuchstaben stehen und die Jahreszahl 1923. Da ich dieses scheußlich fand, verlor ich noch mehr an Ansehen. Aber ich sagte mir in meinem Ärger aus meinem langen Leben heraus: Abwarten, was heute ein Freudenfeuer ist, das kann morgen schon ein Scheiterhaufen sein! Ihr werdet schon sehen, wie das neue Glück mal enden wird.
Dies aber traf zuerst meine Tochter und ihre Ehe. Es ging mir ja nichts ab, aber ich merkte doch bald, die beiden Geigen, die stimmten nicht zusammen. Ich merkte es, als im August meine Tochter mit mir nach Kummerow auf den Friedhof ging, weil unsere Mutter Geburtstag hatte. Da stand sie versonnen und hatte feuchte Augen. Ich sagte: „Mädchen, was hast du?" Da sagte sie leise: „Ich möchte zu unsrer Mutter!"
Ich besprach es nachher mit ihrem Mann. Er sagte: „Es kommt wohl bloß daher, daß sie etwas erwartet."
„Ja", sagte ich, „aber darüber freut sich doch jedes gesunde Weib?"
Er sagte: „Dann weiß ich es nicht."
Ich aber war beunruhigt und spionierte ihm nach. Und da erfuhr ich es denn, daß er nach dem Tode seiner ersten Frau in Randemünde eine Liebschaft angefangen hatte. Die hatte er aufgegeben, als er sich wieder verheiratete, aber jetzt, wo meine Tochter in Schonung war, hatte er die Sache wieder aufgenommen. Meine Tochter mußte das wohl erfahren haben. Sie war von stiller Art wie ihre Mutter, nicht gar so fromm, aber sie hing am Land und am Dorf und liebte bloß ihre Heimat und fand sie schön und konnte sich nicht vorstellen, daß es woanders auch noch schöne Gegenden geben sollte. Ich versuchte es, mit ihr über ihren Mann zu sprechen und ihr das auszureden. Sie lächelte bloß. Ich nahm mir den Mann vor, er stritt alles ab, und wenn er dagewesen wäre bei dem Mädchen, so bloß, weil er noch Sachen von ihr gehabt habe. Ich fraß all meinen Groll in mich hinein und machte zu meinem Kinde ein heiteres Gesicht und freute mich, so sagte ich, endlich ein richtiger

Großvater zu werden, und dann werde das mit ihrem Mann auch wieder in Ordnung kommen. Da sagte sie: „Darüber weine ich nicht mehr, Vater. Ich weine bloß darüber, daß ich nicht bei dir geblieben bin. Was soll bloß werden nachher?“
„Wieso nachher?“ fragte ich voll Angst.
„Ach“, sagte sie, „ich rede Unsinn.“
Als ihre schwere Stunde kam, hatte ich für Arzt und Hebamme gesorgt, und sie sagten mir auch, es sei kein Grund zur Befürchtung. Aber mein Kind hatte schwer zu leiden. Sie gab sich auch keine Mühe, es durchzuhalten, und war doch sonst ein sehr energischer Mensch gewesen. Sie fieberte und redete irre, und handelten alle Worte von ihrer Mutter. Und als sie bei Besinnung war, da sagte sie zu meiner Qual: „Vater, laß mich an Mutters Seite schlafen.“
Ich habe den Arzt angefleht, ihr zu helfen. Es war umsonst, sie starb in Kindesnöten. Das Kindlein war auch tot. Der Arzt und die Hebamme schüttelten den Kopf.
Ich sagte: „Ich weiß, was sie getötet hat. Es war die Schmach, die man ihr antat.“
„Ja“, sagte die Wehmutter, „sie wollte wohl das Leben, das sie trug, nicht in diese Welt lassen. Da gab sie lieber ihr eigenes her.“
Da ging der Zorn noch einmal hoch in mir, und als der Mann an ihr Bett trat, da wies ich ihn hinaus. Er ging auch.

Ziffer 7

Das Gnadenbrot

Wohin sollte ich nun? Arm, alt, ohne Stütze und Stab und schwankend in meinem Glauben an den Sieg des Guten? Der Sohn fern in fremdem Land, mal in Nordamerika, mal in Südamerika. Die Tochter unverheiratet in Berlin. „Komm zu mir, Vater“, sagte sie, „ich miete uns eine Wohnung, wo du deine Stube hast!“ Ich schüttelte den Kopf. „Ich kann es nicht, mein Kind, du hast in deinem Alter genug mit der Sorge für dich. Was soll ich auch jetzt noch in der großen Stadt?“
Diese meine Älteste, die war wohl ganz von meinem Blut, die konnte hassen und kannte kein Verzeihen für Schlechtigkeiten. Als der Mann der Entlebten Miene machte, nicht nur das von meiner Tochter Eingebrachte zu behalten,

sondern auch noch Anspruch erhob auf Sachen in meiner Stube, da ging sie los und schleuderte ihm seine ganze Schlechtigkeit ins Gesicht. Er war feige in seinem Herzen und schluckte es, als sie drohte, sie würde es seiner Behörde mitteilen.
Aber wohin mit mir? Ich sah mich als Kind in der Nacht des großen Feuers über unsern Hof irren, ich sah mich im Berliner Tiergarten hungernd die Bäume beschauen, ich sah mich am Stettiner Bollwerk stehen nach der großen Pleite. Ich sah aber auch meinen äußerlichen und innerlichen Wohlstand, welchen ich für unvergänglich gehalten hatte, und war doch alles dahin, und ich irrte umher, bettelarm und ohne Obdach, und war sechsundsiebzig Jahre alt. Jetzt, wo ich sie nicht mehr hatte, die Sicherheit in der menschlichen Gemeinschaft, da fühlte ich es erst richtig, wie furchtbar die Angst vor dem Leben die Menschen trifft, welche aus dieser Gemeinschaft ausgeschlossen werden, und es ist gleich, ob sie schuldig sind oder nicht. Die Einsamkeit, die nicht freiwillig gesucht ist, setzt den hilflosen Menschen in einem Polarland aus, wo er bloß eine einzige Gesellschaft hat – den bösen Gedanken, der ihm das Leben und die Seele abfrißt: Warum? Ich lernte alle die verstehen, welche in Angst vor der Not der alternden Menschen die Hand gegen sich heben, und alle die, welche aus derselben Not, in die sie oft von der Gemeinschaft gebracht wurden, die Hand gegen andere erheben. Darum ist mir auch heute noch der Sünder näher als der Pharisäer. Und am nächsten ist mir der Gedanke, daß ich viel versäumt habe, als ich es in meiner Jugend unterließ, weiter den Weg zur Gemeinschaft zu gehen.
Siehe, wie gut ist es, wenn ein Mensch Menschen hat, die seiner in der Not gedenken. Wilhelm Trebbin, der jetzt Schulze geworden war, sprach mit dem jungen Grafen. Ich bekam im Inspektorhaus ein Stübchen und meine Aufwartung und mein gutes Essen. Aber ich kam mir doch vor wie mein Vaterland, genauso verwüstet an Gut und an der Seele. Weil ich mich von der Ackererde getrennt hatte.
Da saß ich nun mit dem bißchen Krempel und litt doch. Denn ich saß da als Mensch, der einst stolz gewesen war und hoch hinausgewollt hatte und der nun das Gnadenbrot bei andern essen und dafür das Maulhalten eintauschen mußte, weil man ihm in drei Jahren alles genommen hatte, was er sich in fünfunddreißig Jahren erarbeitet hatte. Wenn sie mir auch Verehrung bezeigten, im Dorf und auf dem Gut, es war mir doch, als ginge ich über einen Kirchhof, und der war abgeholzt obendrein. Da holte ich das alte Gesang- und Gebetbuch von uns' Mudding heraus und las mit Inbrunst: Mach End, o Herr, mach Ende...
Er machte kein Ende mit mir. Er holte sich diesen und jenen aus dem Dorf, und es war mir traurig zu sehen, daß sie alle jünger waren als ich. Da hatte

ich Zeit, über vieles nachzudenken. Nicht über Inwendiges, da verbiesterte ich mich in jenen Tagen. Über rein Praktisches, meine ich.
Zum Beispiel über die Sterblichkeit auf dem Lande, weil das durchaus nicht stimmt, daß sie geringer ist als in der Stadt. Sie mögen auf dem Lande durchweg eine festere Gesundheit haben, aber älter als die Stadtleute werden sie nicht. Ich glaube sogar, es sterben ihrer viele in jüngeren Jahren auf dem Lande. Und ich glaube auch, daß es drei Ursachen hat, die der Mensch beseitigen könnte. Nämlich die Unwissenheit, die Unreinlichkeit und die teuren Doktorkosten. In unserm Dorf sind in zehn Jahren zwölf jüngere Menschen an Blutvergiftung gestorben, acht an Lungenentzündung, sechs junge Frauen an Unterleibssachen. Sie haben mich immer für einen alten Praktikus gehalten und mich oft gefragt. Aber sie haben meist nicht getan, was ich ihnen geraten. Und wenn ich sagte: „Nun aber rasch den Doktor!", dann antworteten sie erst mal: „Ja, aber das kostet zuviel, vielleicht geht es auch so vorüber!" Und bei den Alten, da war es nun wieder so, daß die überhaupt keinen Doktor im Hause haben wollten. „De Doktor treckt'n Dod hinner sich her!" sagten sie.
Mit der Unwissenheit, das sah ich so oft. Wenn sie sich heiß gearbeitet hatten beim Mähen und hatten bloß ihre Hosen an und der Schweiß lief ihnen den Rücken runter, dann tranken sie öfter pro Mann und Tag einen Liter Schnaps. Dagegen haben wir viel geredet, aber sie antworteten immer: „Ohne Schnaps hält kein Mann die Erntearbeit durch!" Ich bewies es ihnen an mir. „Ja, da ist es eben Gewohnheit!" sagten sie dann. Nun bekamen sie ja vom Schnaps keine Lungenentzündung, aber wenn der Schnaps alle war, dann tranken sie Wasser mit Essig oder mit Bullrich-Salz, viele viele Liter. Oder sie legten sich übern Graben. Abends froren sie dann.
Und die jungen Frauen, die liefen barfuß bis in den November. Nicht bloß auf dem Feld, auch noch abends, um neun Uhr noch standen sie auf dem Ziegelfußboden der Küche oder saßen auf dem gepflasterten Hofplatz mit nackten Füßen und Beinen und schälten Kartoffeln. Na, und die Füße, die hatten den Tag über manche Schramme abgekriegt, und manch rostiges Stück Eisen, mancher Holzsplitter war da reingegangen. Das wurde dann so überm Trog gewaschen und mit dem Scheuerlappen oder einem alten Stück Sack abgetrocknet. Überhaupt die Reinlichkeit. Daß da mal einer den Dreck unter den Nägeln richtig wegmachte, das gab es nicht. Ganz ohne Bedenken wurde alles, was nach Wunden aussah, mit den dreckigen Fingernägeln aufgepolkt, und konnte es einer nicht mehr allein schaffen, dann machten es ihm die anderen, aber deren Finger sahen genauso aus. Die jungen Männer, wenn sie vom Militär kamen, die waren etwas properer, aber langsam verlernten sie es wieder.

Manches ist anders geworden, aber auch bloß manches, viel noch nicht. Voriges Jahr ist bei uns eine Frau von vierzig an Blutvergiftung gestorben, und es war sehr schmerzlich für die Familie. In diesem Jahr ist die Tochter der Frau, sie war erst achtzehn, auch an Blutvergiftung gestorben. Als das mit der Mutter passiert war, da hatten sie es verwünscht, daß sie so lange gewartet hatten, ehe sie einen Arzt holten. Und taten es doch mit der Tochter desgleichen. Ich kaufte mir den Vater. Was sagte er: „Sie wollte doch keinen Doktor, die schneiden immer gleich, und da hatte sie doch so große Angst vor!" Sie hatten sie selbst behandelt. Und was hatten sie gemacht? Sie hatten dem armen Mädchen das ganze Bein dick mit Schweineschmalz bestrichen und dann mit Tüchern umwickelt. Davon sollte die Blutvergiftung zurückgehen.
Nun ist das ja auch wirklich so eine Sache mit den Doktorkosten. In meinem Heimatdorf zum Beispiel, das liegt vier Kilometer ab von der kleinen Stadt, wo der Arzt wohnt. Er hat ein kleines Auto, manchmal kommt er auch mit dem Motorrad. Da nimmt er nun für jeden Besuch zwölf Mark. Heutigentags. Wenn einer bedenkt, wieviel dazu gehört, bis ein kleiner Landmann zwölf Mark in bar verdient, dann kann man es auch wieder begreifen, daß sie den Doktor immer erst im letzten Augenblick holen. Ich meine, dieses müßte von Gesetzes wegen geändert werden. Sie müßten erst mal alle in eine Krankenkasse. Ohne Krankengeld, bloß für Doktor und Medikamente. Und sie müßten auch schon in der Schule aufgeklärt werden, wie es in einem Krankenhaus wirklich aussieht und welchen Segen solche Anstalten bedeuten. Aber wie es heute noch ist, da sträuben sich nicht bloß die Alten dagegen, in ein Krankenhaus zu kommen. Und auch nicht bloß wegen der Kosten. Ich habe es immer und immer wieder gehört: Lieber so sterben als im Krankenhaus, da ist der kleine Mann doch bloß Versuchskarnickel für die Doktors! Kommt dann einer aus dem Krankenhaus zurück, und er kann es nicht bestreiten, daß sie ihn geheilt haben, dann erzählt er zum mindesten, er hätte hungern müssen. Nämlich weil er Diät halten mußte, und hatte doch so gern fetten gebratenen Speck haben wollen. Da legten sie los: „Das viele Geld für die Verpflegung stecken sie ein, und was geben sie dir: Dünne Suppen und grünes Ziegenfutter!"
Ich meine, statt der täglichen Katzenwäsche an ihrer Seele und an ihrem Geist, da sollten die Kinder in der Dorfschule jeden Tag eine ordentliche Stunde Unterricht haben in diesen Dingen, und die Herren, welche Gesetze für Landleute machen, sollten vorher ein halbes Jahr auf dem Lande dienen müssen. Denn woher kommt es, daß die Menschen so unsinnig gegeneinander sind? Weil sie nicht einer des andern Welt und Leben kennen, geschweige das, was er in Anbetracht seines Lebens von der Welt denken muß.

Hiob

Auf solche Gedanken, die Welt zu verbessern, kam ich wohl, weil ich nichts zu tun hatte. Alle Weltverbesserer haben zu einer gewissen Zeit nichts Richtiges zu tun gehabt. Ich begnügte mich ja auch damit, das praktische Leben zu verbessern, und war somit nicht so schlimm wie jene, die das inwendige Leben des Menschen verbessern wollten. Könnte man alle Propheten und Apostel in der entscheidenden Zeit ihres Lebens zwingen, ein Jahr lang hinter der Sense oder hinterm Pflug zu gehen – meine Herren, was wäre aus euch für ein brauchbares Material geworden!
Da ich nun also nichts zu tun hatte, gab mir das Schicksal wieder etwas zu tun. Es schickte einen Sturm, der den alten Baum rüttelte und schüttelte, daß er nur so stöhnte und ächzte. Und einen Blitzschlag gab es noch hinterdrein. Und ließ ihn auch treffen.
Ich hatte mein Gleichgewicht ein weniges wiedergefunden, als eine schwarzgekleidete Dame in meine Stube kam. Es war eine Berlinerin, eine Freundin von meiner ältesten Tochter, und sie war schon ein paarmal bei uns gewesen. Sie wollte es mir tröstlich sagen, aber sie konnte es nicht, und ich wußte auch sofort alles: meine Tochter war tot. Gasvergiftung. In ihrem Zimmer. Die Fremde blieb da und nahm mich mit nach Berlin.
Und ich ging wieder hinter einem Sarg her und hörte nicht, was der Pastor sagte. Und fragte mich bloß: Warum schickt dir der Herr das alles? Da saß ich unter den Sachen meiner Tochter. Und suchte. Denn es war eine Stimme in mir wach geworden: Sie ist freiwillig gegangen! Aber ich fand nichts, das es bestätigte.
Sie hatte das offene Land nicht geliebt, darum haben wir sie draußen am Rand der Riesenstadt begraben. Es war ein trauriger Friedhof, denn er war trostlos in seiner Unnatur, statt der Bäume sahen Fabrikschornsteine auf die langen Reihen der Friedlichen. Nein, so wollte ich niemalen begraben sein nach meinem irdischen Ende.
Ich habe es alles getragen. Nicht mit Festigkeit oder durch den Trost des Glaubens, wie ich es gern hinschreiben würde, ich habe es bloß getragen, weil mein Herz leer war. Mein Kopf wohl desgleichen. Da hatten nicht Gram und Schmerz und keine Gedanken Platz. Hiob! Immer wieder schallte das Wort in meiner Brust. Hiob! Bloß, es hatte einen Widerhall, und der fragte: Warum? Was hat er mit dir vor, daß er dieses Auf und Ab mit dir spielt? Ich fragte mich aber auch, wozu ich nun vierzig Jahre lang ein ehrsames Leben

geführt habe, ein gutnachbarliches dazu, wenn dieses der Lohn war, ein Hiob, der keine Aussicht hatte, wieder erhoben zu werden?
In meiner Absicht, mich ganz vor dem Leben zu verkriechen und einsam zu verdämmern in Fragen nach dem Warum, wurde ich gestört. Zu sehr hatte ich immer mit den Menschen und der Welt gelebt, und so sickerte auch jetzt die Leere da drinnen von außen wieder voll. Aber es war nun doch anders als bisher immer. Ich hatte es aufgegeben, mich gegen das Schicksal zu empören oder zu versuchen, ihm seinen Sinn zu entreißen. Ich konnte es jedoch auch nicht in Demütigkeit beweinen. Es war zuerst so, daß ich mir sagte: Das alles, was du im hohen Alter erlitten hast durch den Verlust deiner Lieben und alles irdischen Gutes, das darf dich nicht abbringen von dem Willen, mit andern Menschen zu leben und voll Güte und Freundlichkeit mit ihnen zu sein. Und besonders zu den Armen und Schwachen. Kannst du das in deiner jetzigen Lage, dann ist dein Wesen echt. Dann ist auch dein Erkennen echt, daß dieses die Aufgabe eines jeglichen Menschen sein müßte: gut und verzeihend zu sein, weil es schön ist, weil es das ist im Praktischen, was Christus gemeint hat, als er sagte: Liebet euch untereinander!
Ich konnte es. Als ich es merkte, da hatte ich plötzlich einen neuen Glauben. Es hatte der Sturm mir die Äste abgeschlagen, bis auf einen. Nun bangte ich um diesen einen, denn ich wußte nicht, ob er noch hielt. Und weil ich so viel seiner dachte, da geschah es, daß ich eines Morgens aufwachte und alles mit einem Male ganz anders ansah. Seit meiner Jugend hatte ich alle Menschen und alles Vieh niemalen anders betrachtet als die Bäume des Waldes und die Pflanzen auf dem Felde: nämlich als Dinge der gleichen Schöpfung.
Wenn solches Denken eine Sünde ist, so mag es mir der liebe Gott verzeihen, denn es ist seine eigene Schuld, er hat ja all diese Dinge gemacht und er hat auch das Denken und Fühlen im Menschen gemacht.
Es ist solchermaßen meine Ansicht über die Menschen und die Tiere und Bäume genauso aus Gott wie die Ansicht von Pastor Lämmchen, der da sagt: Der Mensch allein ist Gottes Ebenbild und ist von ihm eingesetzt, zu herrschen über die andern Geschöpfe! Ich sage: Woher weiß das Pastor Lämmchen? Von Gott? Nein, von den Menschen, die Gebote und Gesetze machen und als Herren leben und befehlen. Ich aber weiß meine auch von den Menschen, und zwar von denen, die arm sind und gehorchen müssen, und dann weiß ich es noch von den Tieren und den Bäumen! Vielleicht, daß darum meine Ansicht friedvoller ist.
Diesen Morgen also war es mir zuers, daß auch der letzte Ast von meinem Stamm nicht mehr da sei. Aber ich fühlte bald, warum ich ihn nicht sah. Und ich fühlte es nicht mit Erschrecken, ich fühlte es so: Er hat sich in eine Wurzel verwandelt und hält dich als dein letzter Halt in der Erde fest! Du hast ihn

in Wahrheit nicht in die Luft senden können, wie du es gewollt, du hast ihn müssen zur Erde senden, wie er es gewollt. Wie die Pfahlwurzel einer Kiefer allein den Baum hält, so hält er dich nun.
Pastor Lämmchen kam, und wir sprachen darüber. Aber er verstand mich nicht. Er nickte wohl und nannte es ein schönes Gleichnis, aber ich sah es seinem verzweifelten Auge an, daß er dachte: Der Alte spinnt schon! Am Ende denkt er was Politisches. Ich aber trug das Gespinst meiner Gedanken und Gefühle über den Schwären meines Hiobleibes wie einen Mantel aus feinstem Tuch.

Ziffer 9

Wandelnde Dorflinde

Ich hatte mich wohl so in mein Dasein als ein alter Baum, welchen die Zeit gepflanzt hatte und die Zeit niederlegen würde, hineingelebt, daß mich die Menschen auch so sahen. Nämlich, als einen weithin sichtbaren Gegenstand, der aus der Vergangenheit stammte, die Zukunft sah und daher die Gegenwart ohne Hast und ohne Eifer beschauen konnte. Als einen Baum, welcher die von ihren Begierden und Irrtümern umhergetriebenen Menschen zu sammeln vermochte.
Früher nämlich, da trafen sich die Leute unter der Dorflinde. Da war eine Bank rundum, und die Alten hielten da ihren Dröhnsnak. Oder die Männer hatten da ihre Gemeindeberatungen. Maitags tanzte das junge Volk um die Linde oder saß sommerabends unter ihr im Gras und sang: Ein Fähnrich zog im Kriege ... Für die Kinder war es ein Spaß, bis in die morschen Äste zu kriechen und auch mal mit einem abzubrechen. Die Linde gehörte zum Dorf und war mehr Mittelpunkt des Lebens als Kirche und Krug.
Aber auch darin hatte sich das Leben geändert, und an der Linde waren jetzt immerzu Plakate angenagelt, die zu einer Wahl aufforderten. Die Leute hatten keine rechte Zeit mehr für den alten Baum, nicht die Alten, nicht die Jungen, nicht mal die Kinder. Sie war ihnen allen wohl zu still in einer so lauten Zeit. Kann auch sein, es kam daher, daß sie eines Nachts die Bank abgebrochen und weggeschleppt hatten.
Bloß, wenn die Linde blühte und der süße Geruch ihnen in die Nase stieg, sahen die Leute noch zu ihr hin und blieben auch mal stehen und vergaßen das Wahlplakat zu lesen. Dann dachten die Alten wohl an das Gewesene,

und die Kinder träumten von dem Kommenden, und die Burschen und Mädchen fühlten die Gegenwart und ließen sich von dem Lindenduft dahin treiben, wohin sich die Eltern hatten treiben lassen: in die Wiesen hinter Heuhaufen oder in die Kammern. Solange die Linde blühte, roch es in Kummerow nicht nach Politik. Und es waren eigentlich alle froh darüber. Bis auf die junge Frau vom neuen Lehrer, die war aus der Stadt, und sie sagte mal zu mir: „Nein, dieser Lindenduft, man bekommt rein einen dicken Kopf davon!" Da sagte ich: „Junge Frau, da ist was nicht in Ordnung bei Ihnen! Nämlich, unsere jungen Frauen, die kriegten da nicht einen dicken Kopf von, sondern einen dicken Leib!"

Es hatte sich also so gemacht, daß ich langsam die Dorflinde vertreten mußte. Wohl, weil ich noch nicht ganz so still war wie sie. Denn ich blühte noch einmal und raschelte, ich hatte beim Aufziehen all der verschlossenen und verstaubten Schubfächer meines Lebens eins gefunden, in welchem ein paar vergessene Körner lagen. Sie hießen Humor und Lachen. Als sie in Ägypten in den Gräbern der alten Könige Weizenkörner fanden, haben sie dieselben in die Erde gesteckt. Da soll der Weizen aus Josefs Zeit noch aufgegangen sein. Nun, meine Körner gingen auch noch auf.

Nämlich, es kamen nicht bloß die Alten zum Klönen zu mir in meine Stube, es kam auch das junge Volk. Besonders im Winter. Ich hatte Bücher und Bilder aus aller Welt, vieles hatte mir mein Sohn geschickt. Da saßen sie auf Stühlen und auf der Ofenbank und auf dem Bettrand und auf dem Teppich, und ich las ihnen was vor, oder ich mußte erzählen. Und wenn ich mal nichts wußte, war ich auch nicht faul und erfand was.

Es machte ihnen nichts, ob das, was ich ihnen erzählte, von mir erfunden war oder von einem andern. Ich war in ihren Augen so alt und hatte nach ihrem Glauben so viel von der Welt und vom Leben erfahren, daß sie mir alles glaubten. Da sah ich es wieder, was der Glaube vermag. Daß er stärker ist und wohliger tut als das Wissen. Denn auch die Herren Gelehrten sind ja nicht glücklich durch ihr Wissen, sie sind viel glücklicher durch ihren Glauben an den Wert dieses Wissens, nämlich daß es sie über die bloß Gläubigen stellte. Als ich dieses klar erkannt hatte, da war ich unserm Herrgott näher als jemalen. Da war ich nämlich dem Himmel und der Erde gleicherzeit näher, denn der Glaube malt alles mit buntem Licht, das Wissen aber ist hellweiß. Oder grau. Es kommt auch gar nicht so sehr darauf an, was man glaubt, es ist schon viel, daß einer glauben kann.

Bloß in einem glaubten sie mir nicht: wenn ich sie erziehen wollte zur Reinlichkeit und so! Das war nun mal mein Steckenpferd, und ich liebte es und sah es wohl für ein schönes, richtiges Reitpferd an. Aber sie sträubten sich, auch nur einen Ackergaul darin zu sehen, für sie blieb es ein hölzernes

Schaukel- oder Karussellpferd. Zuerst versuchte ich den Burschen klarzumachen, daß der Mist eine Gabe Gottes sei, wenn er an seinem Platze bleibt oder aufs Feld kommt, an menschlichen Händen und Füßen aber bedeutet er nach der Arbeit eine Schweinerei. Sie grienten. Die Mädchen versuchte ich aufzuklären, daß das Essen nicht bloß aus fettem Fleisch bestehen müsse, und sie sollten alle mehr Ziegenfutter essen. Sie grienten. Und sie sollten lernen, nicht alles mit dem Messer zu essen, das Fleisch und die Kartoffeln und die Soße. Aber sie grienten, und Alwine Brösow sagte überlegen: „Man hat ja auch sein Benehmen. Aber mit dem Essen und dem Messer und so, da kann ich nur sagen, bei dem einen ist es so Sitte, und bei dem andern ist es anders Sitte!“
Bei mir selbst aber ließ ich das nicht zu. Und so sagte ich mal zu Heinrich Fibelkorn, als er den Karpfen mit seinem Taschenmesser essen wollte, weil ich ihm kein Messer hingelegt hatte, sondern bloß eine Gabel: „Heinrich, da

liegt doch eine Gabel für dich!“ Da sagte er: „I, wozu soll ich die auch noch dreckig machen!“ Ich wurde einiges ärgerlich und sagte: „Da nimm doch überhaupt bloß die Finger!“ Er sagte: „Aber, Gottlieb, man ist doch kein Schwein nich!“
Ja, und sie sollten die Zähne putzen. Denn wenn es auch an dem ist, daß Vater Baldus Beckmann mit fünfundsechzig Jahren noch alle seine Zähne hatte und ihm niemalen eine Zahnbürste vor Augen gekommen war, bis er zuguckte, wie ich eine in der Apotheke kaufte, so ist es doch viel wahrer, daß fast alle Männer auf dem Lande einen verlassenen Steinbruch im Maul haben und die Frauen mit vierzig Jahren ein künstliches Gebiß, das im Maul aussieht, als wenn auf der Leine zwölf gleiche Hemden nebeneinander hängen.
Sie kamen alle gern in meinen Unterricht. Sie hörten sich auch gern alles an. Bloß, behalten taten sie fast nichts davon. Die Jungen, das ging noch, aber die Älteren und Alten, die sagten: „Vater Grambauer wird auf seine alten Tage komisch und macht den Schulkantor!“
„Ja“, sagte ich, „auf dem Dorf sollen auch nur solche Menschen Lehrer sein, die vom Lande stammen. Dies alles, was ich euch erzähle, das würde ich auch in der Schule lehren lassen, wenn ich was zu sagen hätte!“
Da sprach Heinrich Fibelkorn ein kluges Wort: „Man god, Gottlieb, dat du nischt nich to seggen hest. Denn süh mal, süh, dann harrn wi di schonst vör vörtig Joahrn affsett’! Na, un unse Ollen, de harrn di amend noch ut’t Dörp rutjoagt! So aberst büst du een angesehen Mann, und keen een nemmt di dine niemodschen Verrücktheiten öwel!“

Ziffer 10

Die Reise nach dem Mond

Es ist eine eigene Geschichte, den Kindern aus dem Dorfe Märchen zu erzählen. Von Geistern, besonders von solchen, die in der Natur wirken, haben sie einen höllischen Bammel, auch wenn es sich um gute Geister handelt. Es spukt ja fast in jedem Dorfe, und überall hat einer der Bauern den Droak, das unheimliche Flügeltier, das nachts aus dem Uhlenloch kommt, um den Bauern den Hafer zu stehlen und zu seinem Besitzer zu tragen. Weshalb die Pferde des Bauern, der den Droak hat, stets rund und fett sind. Wir haben in manchen Dörfern auch noch Wichtelmännchen und

andere Kobolde, die unter den Hausdächern wohnen, und bekommen ein paarmal im Jahr richtigen Hexenbesuch. Aber dies alles sind für unsere Kinder Wirklichkeiten und keine Märchen. Gegen Feen, Nixen und Zaunkönige, und was sonst noch zu einem ordentlichen Märchen gehört, haben sie jedoch das richtige bäuerische Mißtrauen. Ja, wenn sie das Wort Märchen bloß hören, zwinkern sie schon ein bißchen mit den Augen, als wollten sie sagen: Das ist alles ganz schön, aber es ist man bloß nicht wahr!
Ich habe das alles mit den Blaren durchgemacht. Die kamen sehr oft zu mir, weil ich so schöne Geschichten erzählen konnte. Ich hatte es nun auch mit den alten Märchen versucht, die ich selber sehr liebte, und hatte mehrere Bücher davon. Aber sobald ich ein Buch in die Hand nahm und den Kindern etwas vorlesen wollte, zogen sie die Nasen hoch. Sie hatten nun mal das Mißtrauen ihrer Bauernväter gegenüber Büchern. Es passierte mir auch einige Male, daß selbst die Kleinen, die noch nicht in die Schule gingen, verächtlich sagten, wenn sie auf das Buch schielten: „Nu spält he'n Liehrer!" Und wenn die Geschichte, die ich zum besten gab, sehr viel von Tugend handelte, lautete das Urteil hinterher: „As'n Preester!" Wenn ich hingegen frei erzählte, hingen sie mir am Munde, und es konnte gar nicht toll genug hergehen. Nun konnte ich ihnen aber nicht immerzu Seeräuber- und Kriegsgeschichten zum besten geben; denn so viel Menschen, wie ich da umbringen mußte, um ihnen zu gefallen, gab es gar nicht in der Welt. Und so kam ich wieder auf meine geliebten Märchen. Und da sie nun mal die aufgeschriebenen und gedruckten Märchen nicht leiden mochten, mußte ich eben welche erfinden.
Ich weiß noch einen spaßigen Tag, da saßen sie wieder dicht bei dicht um mich herum, so die Jahrgänge von vier bis acht Jahren. Damals erzählte ich zum ersten Male das Märchen von meiner Reise nach dem Mond. Und es bekam seinen eigentlichen Sinn, der das Heimatgefühl preisen sollte, erst beim Erzählen.
„Liebe Kinder", sagte ich, „ihr habt doch alle die große Blume gesehen, vergangenes Jahr in meinem kleinen Garten, wißt ihr, die so hoch war wie das Haus!" Sie hatten sie denn auch alle gesehen, wenn sie auch bloß bis übers Fenster gereicht hatte. „Das war nämlich ein kleiner Ableger von einer wirklichen Wunderblume, dir mir mal ein alter Zauberer geschenkt hat. Hier habe ich noch ein richtges Samenkorn von ihr!" Und ich zeigte ihnen ein versteinertes Kienauge, so groß wie ein Taubenei. Sie befühlten es alle nacheinander neugierig, und es war wirklich eine Wunderbohne für sie. Und ich fuhr fort:
„Als ich eingesegnet war und nicht so recht wußte, was ich werden wollte, drängte meine Mutter mich jeden Tag, mich doch endlich für etwas zu

entscheiden; denn jeder Mensch müsse etwas Tüchtiges lernen. Zum Lernen hatte ich nun aber keine große Lust mehr, sagte ich mir doch: I, du hast die Schule glücklich hinter dir, und damit hast du genug gelernt, das wird wohl für dein Leben ausreichen! Aber meine Mutter lachte mich aus und rief: ‚So etwas sagen nur die Dummen! Das mit dem Lernen in der Schule ist nämlich so, als hättest du gerade gelernt, den Mund aufzumachen, wenn du hungrig bist. Vom Mundaufmachen wirst du aber nicht satt; dazu gehört, daß du auch einen vollen Teller vor dir stehen hast. Den vollen Teller aber schafft dir erst das, was du nach der Schule gelernt hast, und je mehr du gelernt hast, je voller wird mal dein Teller sein!' Sie wollte durchaus, ich sollte zu einem Verwandten zu uns in ein Nachbardorf gehen und dort ganz richtig Gärtner oder Landwirt lernen, wozu ich jedoch keine Lust hatte; denn ich wollte lieber in die Stadt. So ist das nun mal mit den jungen Jahren bei uns auf dem Lande, daß wir alles, was die Leute in der Stadt machen, für viel feiner halten als unsere Arbeit, auch wenn die Stadtarbeit hundertmal schmutziger ist und bloß in düstern Stuben und Fabriken gemacht wird, und nicht wie bei uns unter freiem Himmel. Es war aber auch noch etwas anderes, was mich abhielt, meiner Mutter Wunsch zu erfüllen. ‚Mutter', sagte ich, ‚wenn ich schon nicht in die Stadt darf, dann will ich auch nicht auf dem Lande was lernen, da gibt es noch andere Wege, rasch reich und ein großer Mann zu werden!' Aber sie pikte mit ihrem Finger an ihren Kopf, schüttelte ihn und ging hinaus.

Ich hatte nämlich bei meinen Worten vom Reichwerden an Hanko Raschbieter gedacht, der vor zwei Jahren aus Amerika heimgekehrt war, wo er ein Goldgräber gewesen sein soll. Hanko war zwar verlumpt und krank nach Hause gekommen, und alt und klapprig war er auch, aber deshalb hatte er doch die erste Zeit im Krug jeden Abend die tollsten Geschichten von seinem Reichtum erzählt, wie er ihn erworben habe und wie ihn schlechte Menschen darum gebracht hätten. Hanko Raschbieter sollte auch mit dem Teufel im Bunde stehen. Er selbst hatte das zugegeben. Ich hatte nun damals immer fleißig zugehört, wenn er uns Geschichten erzählte, und da ich nicht dumm war, hatte ich ihn zum Schluß ausgelacht und gesagt, er lüge das bloß so daher, er sei gar kein reicher Mann gewesen, und zaubern könnte er auch nicht. ‚So', sagte er da eines Tages zu mir, ‚ich kann nicht zaubern? Wenn ich es dir nun aber beweise, gibst du mir die Hand darauf, daß du dann das machen willst, was ich dir rate?' Da er dabei nicht direkt gesagt hatte, ich solle etwas tun, was vielleicht von seinem Meister, dem Beelzebub, herrührte, schlug ich schließlich ein. Darauf schenkte mir Hanko eine Bohne, genauso eine, wie die ist, die ihr da eben in der Hand gehabt habt, und befahl mir, diese Bohne in unserm Garten bei Vollmond um Mitternacht einzupflanzen und, wenn sie groß geworden sei, an ihr in die Höhe zu klettern und alles andere abzuwarten. So würde ich bestimmt rasch ein mächtiger und reicher Mann werden."

Ich wollte weitererzählen, aber ich merkte nun doch, die Kinder nahmen dadurch, daß ich selber meinen Zweifel an Hankos Wunderbohne bekannt hatte, die Geschichte für wahr. Sie griffen erneut nach der Bohne, befühlten und berochen sie, und einer versuchte sogar, hineinzubeißen. Aber da die Bohne ein Kieselstein war, gelang ihm das nicht. „Was soll ich viel sagen", fuhr ich fort, „nach ein paar Tagen schon ging die Bohne auf und wuchs jeden Tag einen Meter, nachher zehn Meter, hundert Meter. ‚Ja', sagte Hanko, ‚jeder junge Mensch pflanzt sich gern solche Wunderblume in seinen Lebensgarten und sieht an ihr empor, wie sie höher und höher wächst, und er wünscht sich, sie möchte ihn hoch emportragen über seine enge Heimat bis in ein fernes Wunderland. Es ist man bloß, daß die meisten ihr Glück nicht erleben. Du aber, Gottlieb, du bist für solche wunderbare Sachen geboren, du wirst es schaffen!'

Das dachte ich auch, und als ich meine Wunderblume so wachsen sah, machte ich Ernst. Ich stopfte rasch einen Korb voll Essen, hängte ihn mir über den Rücken und kletterte an meiner Wunderblume hoch. Ich mußte sehr rasch klettern, weil sie doch jeden Tag immer schneller wuchs. Aber na, ich schaffte es, und als ich erst oben war, setzte ich mich fest hin und wartete ab, was nun kommen würde. Denn nun wuchs ich ja einfach mit der Blume weiter in die Höhe."

Ach, ich sehe sie sitzen und stehen, die Kinder, wie sie mich scheu und nun schon fast andächtig ansahen, und das Unbekannte rührte als erste Ahnung des Wunderbaren an ihre einfältigen Seelen. Und ich weiß nicht, welches Zeichen ihrer Ergriffenheit mir besser gefiel, der Schimmer, der aus den weit aufgemachten wasserblauen Augen aufwärts zog, oder die kleinen Rinnsale, die aus den ebenfalls offenen Nasen erdwärts tropften.

„Die Blume", fuhr ich fort, „die wuchs höher und höher. Sie wuchs mit mir durch die Wolken, an den Sternen vorbei, immer höher, die Erde konnte ich schon gar nicht mehr sehen. Wird sie direkt in den Himmel wachsen, dachte ich, so einfach bis zum lieben Gott? Wie man so ist in seiner jugendlichen Lebenslust, ich wollte da noch nicht hin und lieber erst in irgendein schönes Land. Manchmal kriegte ich es auch mit der Angst; denn wie sollte ich wieder runterkommen von meiner Wunderblume und die Heimat wiederfinden? Ich hatte in meinem Dorfe von manch einem erzählen gehört, der als junger Mensch in die weite Welt gegangen und dort verschollen oder vielleicht verkommen war, weil er den Weg nach Hause nicht gefunden hatte. Und von andern wieder wurde erzählt, wie sie mühselig und beladen und als alte

Männer wohl in ihre Heimat zurückgekehrt waren, aber nur noch, um dort zu sterben. Und es fiel mir jetzt ein, daß es ähnlich auch mit Hanko Raschbieter bestellt war. Der war auch alt und krank und bitterarm und lebte von dem Essen, das ihm die Gemeinde gab, und mußte im Armenhaus wohnen. Aber ich war ja schließlich nicht alt, und krank war ich auch nicht, ich war jung und mutig und blieb einfach oben auf meiner Blume sitzen. Du willst doch mal sehen, dachte ich, wie hoch deine Wunderblume dich über die andern Menschen tragen wird! Denn seht ihr, meine Kinder, das ist ja meistens der Grund, weshalb man aus der Heimat fort und in die Ferne will: man möchte gern sich über andere Menschen erheben, man möchte mehr sein als die, mit denen man groß geworden ist oder mit denen man leben muß. Bloß daß man es in den jungen Jahren nicht zugeben will. Na, was soll ich weiter sagen, obwohl ich das alles da oben bedachte, war ich doch nicht gewillt, es nun anders zu machen. Im Gegenteil, ich konnte gar nicht erwarten, wohin ich mit meiner Wunderblume wachsen würde.
Nach einiger Zeit kamen wir dicht ran an eine schöne silberne Kugel. Großartig, dachte ich, die nimmst du in Besitz, dann bist du mit einem Schlage reich. Denn seht ihr, liebe Kinder, das ist ja der andere Grund, der einen aus der Heimat in die Fremde treibt: man möchte gern reich sein, man möchte rasch reich werden, und wenn es geht, ohne gründliche Arbeit. Ich sah nun, daß die silberne Kugel der Mond war. Schadet nichts, dachte ich, dann nimmst du eben den ganzen Mond in Besitz, dann bist du der König vom Mond. Ich wartete nun bloß auf eine schöne Gegend; denn so in ein Gebirge, woraus der Mond hauptsächlich besteht, da wollte ich nicht einsteigen. Endlich kam denn auch, weil der Mond sich noch drehte, ein großer, wunderschöner Garten, da war ein Schloß drin, ganz aus Marmelstein und Gold. In dem Garten gingen Wesen, fast wie Menschen anzusehen, bloß, das Gesicht hatten sie unten und rückwärts, wo unsereins – was anderes hat."
Hier lachten die meisten Kinder, und Jule Pasenow sagte, er glaube das nicht mit dem Gesicht da unten am Leib, denn die Menschen könnten doch nicht bergauf essen. „So", sagte ich, „weil du denkst, sie könnten nicht bergauf essen, können sie es wirklich nicht? Sieh mal an." Und ich nahm meinen Globus, drehte ihn ein paarmal und sagte: „Dies ist sozusagen die Erdkugel, soviel habt ihr doch schon in der Schule gelernt? Und da sind nun überall Menschen drauf. Und wenn nun hier oben Pommern liegt und hier Kummerow und ihr geht da aufrecht spazieren und es wohnen nun auf der anderen Seite der Kugel auch Menschen, dann hängen die doch mit dem Kopf nach unten, nicht?"
Da schwiegen sie. Es ließ sich ja auch nicht bestreiten, obwohl es für sie nicht recht glaubhaft war. Bloß, Hannchen Krusemann wollte wissen, warum die

Mondmenschen ihre Gesichter so komisch weit unten hätten. Auf diese Frage war ich nicht vorbereitet, aber ich mußte sie beantworten, wollte ich das Vertrauen meiner Zuhörer nicht verlieren. Und ich sagte: „Das ist alles so weise eingerichtet, weil die Wesen auf dem Mond sich doch sonst immer bücken müßten, wenn sie die Erde sehen wollen.“
Hannchen sah das ein, aber sie wollte noch wissen, was die Mondmenschen denn nun oben auf dem Hals hätten, wenn da kein Kopf wäre. Es waren immer die Mädchen, die mir mit ihren Fragereien so zusetzten, die Jungens waren viel vertrauensseliger.
„Soviel ich sehen konnte, Hannchen, hatten sie da oben runde Geldsäcke. Weißt du, da habe ich auch auf der Erde genug Menschen getroffen, die statt eines Kopfes auf ihrem Hals einen Geldsack trugen. Aber siehst du, da oben auf meiner Blume, da ärgerte mich das nicht, da freute ich mich, denn es war ja gerade das, was mich trieb, nun auf jeden Fall auszusteigen und in der Fremde zu bleiben. Ich dachte: Na, die Brüder werden einen schönen Schrecken kriegen, wenn die mal einen richtigen Menschen sehen. Du steigst aus, dachte ich bramsig, nimmst den großen Garten für dich in Besitz, und die Mondmenschen, die müssen dich als Herrn und König ästimieren, und des zum Zeichen machst du ihnen die Köpfe auf, die ja doch bloß Geldsäcke sind, und nimmst ihnen das Gold raus. Dann müssen sie als deine Knechte arbeiten, denn du bist der einzige, der das Gesicht oben trägt, wie unser Herrgott das bestimmt hat! Ja, so denkt man, wenn man jung ist, gern von den andern und von sich.“
Es waren mehrere Kinder, die wissen wollten, ob ich noch viel von dem Geld hätte. „Nischt hätta miehr“, krähte Johannes Randow, „uns' Vadder hätt seggt, wenn he noch Geld harr, dann würr he woll nicht in Kummerow sitten.“
„Ja, mein Sohn“, sagte ich, „wie gewonnen, so zerronnen. Aber deinem Vater kannst du sagen, er soll sich um sich kümmern und seine Plünnen zusammenhalten! Also, meine Blume, die war ein bißchen zu weit ab von dem Mondgarten. Das war schade, denn ich getraute mich nicht, rüberzuspringen. Weil sich der Mond aber doch drehte, kriegte ich Angst, er reißt aus,und fing daher an mit meiner Blume zu schaukeln, immer so hin und her, so her und hin, um dichter an den Mond heranzukommen. Und weil ich nun doch sehr gierig war, rasch reich und König in der Fremde zu werden, schwenkte ich toller und toller. Verflixt, da haute ich doch immer an dem Mond vorbei. Ich hielt mehr nach rechts, da ging es da vorbei, dann wieder links. Wie ich mich immer toller so abrackern mußte, wurde ich fuchtig und schaukelte bald wild wie in einer Luftschaukel. Endlich kam ich auch dicht ran an den Mond und wollte schon losspringen. Da merkte ich was.“

Die Kinder waren wieder stiller geworden, einige hatten sich angefaßt und schaukelten leise mit, wie ich da so auf meiner Wunderblume wackelte. Als ich nun eine Pause machte, schrie einer von den Kleinen: „Wat heste denn gemerkt, Großvadder?“
„Ja“, sagte ich betrübt, „was merkte ich? Meine Wunderblume kippte um, und ich sauste mit ihr nach unten! Weil es nämlich inzwischen Herbst und der Stiel, der meine Blume trug, morsch und ich älter geworden war. Ich hatte eben zu lange gewartet mit dem Abspringen. Das ist nämlich der Punkt, auf den es bei solchen Abenteuern in der Fremde ankommt: daß man den richtigen Tag zum Absprung nicht versäumt! Es kann aber auch sein, ich hatte vor lauter Gier zu toll gewackelt. Das ist nämlich der andere Punkt, auf den es im Leben bei solchen ungewöhnlichen Dingen ankommt: daß man sich im Zaume hält und seinen klaren Kopf bewahrt! So, nun überlegt euch, auf welchen Punkt ihr achtgeben müßt, wenn ihr mal soweit seid. Ich sage euch, da habe ich doch nun Angst gehabt um mein Leben und habe mich festgeklammert. Da war ich sehr froh, wenigstens die Blume noch zu haben, wenn die auch schon im Umfallen war, und ließ den Mond mit all seinem Geld und mit meinem Herrschertum sausen. Herrje, dachte ich, wie wäre das schön, wenn du wieder auf die Erde kämst, und wäre es auch bloß in deinem kleinen verachteten Heimatdorf, und du hättest nichts, wie wolltest du zufrieden sein, müßtest du auch jeden Tag Feldarbeit machen. Na, was soll ich lange sagen, mein Fallen durch die Luft dauerte eine ganze Zeit, und dann haute die Wunderblume endlich lang über die Erde hin. Ich hatte sie da unten im Spreewald, wo wir herstammen, eingepflanzt, und wo lag ich nun mit dem Kopf von der Blume? Tausend Meilen weit weg, hier in Kummerow in Vorpommern, auf dem Freiberg im Bruch. So bin ich statt auf den Mond nach Kummerow gekommen.“
Solange ich redete, waren sie mucksmäuschenstill geblieben, es hatte sie erschüttert, wie ich da so durch die Luft sausen mußte. Jetzt aber, als sie wußten, ich war lebendig geblieben, da ging es los. Erst fragte einer, ob ich bei dem Hinfallen nicht eine ordentliche Brüsche an den Kopf gekriegt hätte. Ein anderer, der nachgedacht hatte, zweifelte an meiner Zufriedenheit mit Kummerow. „Doa biste woll verdammt wütig west, dat du nich hest künn' König wern, wat?“ Ich sagte: „Mein Junge, besser Bauer in Kummerow als König auf dem Mond!“
Sie schienen diese Ansicht nicht zu teilen, und wenn sie auf den König schon verzichteten, so doch nicht auf das viele Geld. „Glaubt mir“, sagte ich daher, „ich habe mir in meinem langen Leben hier in Kummerow ein Königreich erworben und bin reich geworden an köstlichen Schätzen.“
„Und wo heste die versteckt?“ fragte einer.

„Hier“, sagte ich und zeigte auf die Brust,. „Aber die meisten, die habe ich schon weitergeschenkt.“
Ein paar fingen an zu lachen, und Liesbeth Carow sagte: „Großvadder Grambauer, dat is jo öberhaupt alles gelogen, kloar!“ Ich verwahrte mich sehr dagegen, und sie stritten denn auch lange, ob es wahr sein könnte oder nicht, und waren sich einig, sie würden so was Gefährliches lieber nicht riskieren.
„Ja“, sagte ich, „ihr braucht das ja auch nicht, ihr seid ja so nach Kummerow gekommen.“
Wilhelm Kärgel wollte wissen, wie ich das gemacht hätte auf der Blume, wenn ich da mal mal – na also, wenn ich da mal aus den Hosen mußte. „I, Wilhelm“, sagte ich, „hast du Sorgen! Junge, das war doch das Einfachste von der Welt. Die Vögel, die machen so was ja auch in der Luft ab.“
„Die sind ok kleiner“, verwahrte sich Liesbeth Carow, „aberst ’n Minsch, Großvadder, ’n Minsch?!“
„So“, sagte ich, „na und die Engel?“
Wilhelm Kärgel grübelte. Dann hatte er es. „Uns’ Vadder seggt, wenn die Engel pien, dat ward immer ’n Regenbogen.“
Während ich nun so erzählte, hatte ich beobachtet, wie der kleine Fritz Krenzlin immer wieder nach der Wunderbohne gelangt hatte, die ja eigentlich ein Kienauge war, ein Kieselstein, und die ich aufs Fensterbrett gelegt hatte. Zuerst waren seine Augen so groß gewesen wie Taler, mit einem Karfunkel mittendrin. Er war Gärtner Krenzlin seiner und war wohl so fünf Jahre alt. Mit einemmal hatte er die „Bohne“ erwischt, und rein mit ihr in die Hosentasche. Haha, dachte ich, den hat es. Und er war beinahe der Jüngste unter uns. Er war dann auch der erste, der sich leise verdrückte. Ich wartete einige Tage, was nun wohl kommen mochte. Wenn ich ihn traf, glubschte er mich an, als wäre ich der liebe Gott oder ein großer Zauberer. Aber bald merkte ich, daß er immer wegsah.
Nun hatte ich die Geschichte längst vergessen, es waren wohl acht Wochen vergangen. Da sagte einmal sein Vater zu mir: „Großvadder Grambauer, was haben Sie bloß meinem Jungen erzählt? Der hat da was von einer Wunderblume gefaselt, die er sich gepflanzt hat und die nicht aufgehen will.“
„I“, sagte ich, „die Bohne ist schon aufgegangen, ich sah es ihm wohl an.“
Nach ein paar Wochen wurde meine Tür aufgemacht, ein Bengel schmiß meine Wunderbohne in die Stube, daß sie nur so hinkollerte, und rief: „Und du hest doch gelogen, du olle Kirl!“ Und weg war er. Ich aber wußte, das ist mal wieder einer, der wird in seiner engen Heimat die Wunderblume der Sehnsucht nach der leuchtenden Fremde pflanzen und wird die Reise antreten, koste es, was es wolle. Gebe ihm sein Schicksal einen guten Absprung!

Ziffer 11

Mit Tieren und Bäumen

Immer war das nicht so voll Kurzweil bei mir, sondern der stillen Stunden waren allzu viele. Aber da hatte ich alle meine Uhren wieder aufgestellt, so Stücker zwanzig, die tickten und tackten durcheinander und schlugen die Stunden durcheinander und sagten an durcheinander. Siehe, dachte ich, da hast du die Welt und das menschliche Leben in deine Stube gebracht, was suchst du es draußen? Und ich kannte sie alle am Gang und kannte alle ihre Gebrechen und kam mir vor wie der Herr über das Leben. Und die Leute wußten von meinem Fimmel und brachten mir ihre kaputten Uhren, und ich bastelte sie wieder zusammen.

Ja, und die Tiere. Ich hatte mir vom Förster eine Elster schenken lassen, die richtete ich ab, und sie holte mir alle Sachen aus der Stube zusammen, die ich sagte, und sie hieß Jakob und wollte sogar sprechen. Sie flog auch draußen frei umher und kam immer wieder. Und ich hatte einen alten Hund, eine seltene Art, es gab davon bloß den einen, der war beinahe so klug wie ich, und mit dem konnte ich nun wirklich sprechen. Vierzehn Jahre war er alt und auf einem Augen blind, aber von der Liebe wollte er noch nicht lassen. Wie klug er war, dafür dieses: Beim Grafen war mal ein Berliner Herr zu Besuch gewesen mit einem echten Terrier. Als sie weg waren, hatten sie den Maulkorb vergessen. Ich zeigte ihn meinem Pussel und hielt ihm dabei eine Rede. Nämlich ich sagte: Sei nicht neidisch auf den feinen Rassehund, der in der Stadt bei vornehmen Herrschaften leben kann. Dafür muß er einen Maulkorb tragen. Es scheint allerdings, daß es ihm nichts mehr ausmacht. Vielleicht ist das die Gewöhnung? Willst du es mal probieren? Mein Pussel schnupperte neugierig immer weiter an dem Ding, hielt auch fein still, als ich es ihm überzog. Aber kaum hatte er den Maulkorb richtig auf, da sauste er durch die Stube, schuppte sich am Fußboden, jammerte und heulte, kriegte ihn auch ab, und dann sprang er auf einen Stuhl und raus aus dem Fenster. So sehr liebte er es wohl, das Maul frei zu haben, daß er auf das feine Leben gern verzichtete.

Ich hatte mir auch von den vielen Hähnen, die auf dem Hof rumliefen, zwei gezähmt. Die kamen auf Zuruf in meine Stube und setzten sich auf mein Knie, und wenn ich es wollte, krähten sie. Da machte ich für mich einen besonderen Sonnenaufgang, welcher mit meinen Uhren gar nicht übereinstimmte. Die Leute kamen an und wollte das alles sehen, und besonders das mit den Tieren wollten sie nur mit ihren eigenen Augen glauben. Und

so lebten wir dahin und vertrugen uns wundersam zusammen, Mensch, Hund, Elster, Hähne, Kinder und schließlich auch noch eine Katze. Sie kam von allein und blieb da.
Bloß, mit den Hähnen, da erlebte ich noch eine Überrraschung. Nämlich, sie hatten öfter mal die Nacht in meiner Stube geschlafen, ganz gesittet, und

hatten früh richtig gekräht. Aber so nach und nach, und weil ich sie immer nachmittags krähen ließ und auf Befehl, da hatten sie mich wohl doch als ihren Kaiser oder so was Obrigkeitliches ästimiert, denn nach einiger Zeit krähten sie des Morgens überhaupt nicht mehr, wie es doch natürlich war und wie ihnen der Schnabel gewachsen war. Sicher wagten sie es nicht, weil sie noch keinen Befehl dazu gekriegt hatten und ihre frühere Natur für unnatürlich hielten. So weit waren sie schon menschlich geworden.
Ich konnte noch gut meine Wanderungen machen, und sie gingen meistens zum Wald. Da lernte ich erst richtig verstehen, warum uns' Mudding den Wald so geliebt hatte, dieweil sie ja mitten im Wald geboren war, und war ein scheues, gutes Waldtier geblieben ihr Leben lang. Da war es mir oft, wenn die Rehe nicht mehr Angst hatten vor mir und blieben stehen, daß ich dachte, da ist sie mitten unter ihnen. Aber ich sagte mir auch wieder, nein, denn da würde sie einmal ganz dicht zu mir rankommen. Nein, sie sitzt sicher an Gottes Thron, sagte ich mir, und spielt Harfe, denn so hatte sie sich das doch vorgestellt. Aber ich mußte doch immer wieder alle Rehe genau ansehen. Sie sind so voll Frieden, und wenn sie aufhorchen, dann sichern sie nicht, wie es die Förster sagen, dann ist es, als lauschten sie auf einen, der weit weg die Harfe spielt.
Einmal stand ich vor einem uralten Baum. Na, Bruder, dachte ich, du hast noch etwas mehr auf dem Pelz als ich! Mein grauer Pussel stand neben mir und sah auch den Baum an. Da hörten wir jemand sagen: „Na, ihr drei Alten?"
Es war Förster Eichstädt. „Man könnte euch drei für Brüder halten", sagte er noch.
„Nein", sagte ich, „es stimmt nicht. Der Baum hier ist eine Eiche, das bin ich wahrhaftig nicht gewesen in meinem diesseitigen Leben, so etwas Heldisches, das immerzu Märsche bläst. Und Pussel ist auch keine solche Natur. Da bin ich eher eine Linde, die singt mehr, als daß sie bläst, und die ist auch der heilige Baum meiner wendischen Väter. Vielleicht bin ich aber doch bloß so eine alte Kiefer geworden, und sie haben sie nicht mal als Nutzholz gebrauchen können, weil sie zuviel Knorren hatte. Brennholz gibt sie ja noch ab, aber da ist kein Mangel auf Erden, und so lassen sie sie stehen." Der Förster lachte und sagte noch was, aber ich hörte nicht mehr recht hin und mußte nun wieder an die Pfahlwurzel denken, welche die Kiefern haben und worin ich meinen Sohn sah. Bloß, ich war ein weniges in Zweifel gekommen über die Pfahlwurzel.
Nämlich, ich hatte mich damit abgefunden, daß er fern war und es ihm gut ging nach seinen Briefen und Bildern. Ich hatte wohl auch ein bißchen geprahlt vor den andern, und so sagte nun erst einer, und dann sagten es

mehrere: „Wenn es ihm so gut geht, warum läßt er dann seinen alten Vater so allein?"
Siehe, da hatten sie in den alten Stamm den Holzwurm gesetzt, aber der fraß nicht Rinde und Holz, der fraß die Pfahlwurzel langsam ab. Da fühlte ich es bei kleinem, daß ich nicht mehr so fest stand in meinem Glauben, und eine fürchterliche Einsamkeit legte sich um mich, und Kälte dazu, als hätte sich einer am Nordpol verirrt. Bloß, ich sagte mir wieder, du hast es so gewollt, daß er in die Welt ging und was wurde, du wirst es in Demut tragen, daß du nun allein sein mußt im Alter und bist nichts geworden als höchstens eine Dorflinde, zu welcher die Menschen kommen, wenn sie Lust haben oder Langeweile, und die allein bleiben muß, wenn sie keine Lust haben und ihre Kurzweil woanders finden.

Ziffer 12

Noch einmal das Wandern

Da kam kurz vor meinem achtzigsten Geburtstag ein Brief von Martin, und gleich danach kam er selber. In einem großmächtigen Automobil kam er und sagte: „Vater, es ist soweit, ich habe jetzt eine feste Wohnung in Berlin, ich habe eine Frau, du sollst zu uns ziehen!"
Ich erschrak über die Maßen und freute mich über die Maßen, und Faßmann und Laßmann wurden noch einmal mächtig mobil auf ihre alten Tage.
„In vierzehn Tagen holen wir dich", sagte er, als er wieder abfuhr.
Ja, und da kamen dieselben Menschen aus dem Dorf, die es ihm übelgenommen hatten, daß er seinen alten Vater allein läßt, und sagten nun: „Er ist verrückt, einen alten Baum verpflanzt man nicht mehr!" Und sie sagten auch, daß ich in der großen Stadt entweder bald eingehen würde, oder es würde kein Verstehen geben mit der Schwiegertochter, und ich täte in einem halben Jahr wieder in Kummerow sein. Da schrieb ich ihm ab.
„Es ist unverantwortlich von Martin", sagten die Leute, „hier hat der Alte Ruhe, was soll er in dem lauten Berlin?"
Aber dann kam seine Frau, und die malte es mir so lieblich aus, und sie hätte mir eine schöne Stube eingerichtet, und sie wüßte doch von Martin, daß ich immer hätte in die Stadt wollen, und nun könnte ich es haben, und ohne Sorgen, und könnte alles nachholen, wozu ich wegen meiner vielen Arbeit nicht gekommen wäre. Da schwankte ich zwischen Verlockungen und

Warnungen hin und her. Und als sie über meine Starrigkeit ganz traurig wurde, da sagte ich es ihr zu, denn sie schien mir natürlich in ihrem Herzen. „Und meine Sachen?“ fragte ich. „Nehmen Sie mit, lieber Vater, was Sie wollen“, sagte sie, „wir werden auch für die Elster und die Hähne einen Platz finden, und wo schon zwei Hunde sind, wird auch der dritte leben können!“

Die Hähne mußte ich sowieso dalassen, das waren meine nicht. Die Elster schenkte ich dem kleinen Krenzlin und sagte ihm, die hätte ich damals vom Mond mitgebracht. Von meinem schon so zusammengeschmolzenen Hausrat machte ich wieder mal eine Auktion und behielt bloß mein Schreibpult und meine Uhren, mitsamt der Lebensuhr.

Dann kamen sie und holten mich in ihrem Wagen ab. Und damit ich die Kummerowsche Sprache um mich hatte, nahmen sie meinen Liebling auch gleich mit, das war Inspektor Kunzens Barbara. Nämlich, ich wollte mein eigenes Bett behalten und das dicke Zudeck, und Barbara war die einzige, die es so aufschütteln konnte, daß es nicht klumpte. Inspektor Kunze war im Krieg gefallen, und ich hatte eigentlich so Vaterstatt an ihr vertreten, und sie hatte an mir gehangen von klein an und war nun fünfzehn.

Wir gingen auf den Friedhof, wo unsere Lieben schliefen und wo ich mir meinen letzten Platz besorgt hatte, als ich glaubte, es ist soweit. Sie hatten es im Dorf als ein gewaltiges Aufsehen betrachtet, daß ich von Kummerow weggehen wollte, und Pastor Lämmchen hatte in seiner letzten Predigt etwas vom scheidenden Patriarchen von Kummerow gesagt. Sie hatten mir auch von den Vereinen einen Abschied bereitet, und ich mußte ihnen versprechen, jedes Jahr einmal wiederzukommen.

Im geheimen aber, da haben sie alle den Kopf geschüttelt, daß so ein alter Knabe noch den Wanderstab nehmen wollte. Schulze Trebbin sagte: „Großvater Grambauer, Kummerow bleibt Kummerow.“

„Ja, Wilhelm“, sagte ich, „das weiß ich, darum habe ich ja auch drei echte Kummerower bei mir.“

„Drei?“ fragte er verwundert und dachte nur an Martin und Barbara.

„Jawohl, drei“, sagte ich und zeigte auf meinen Hund.

Aber da geschah es, und ich wurde sehr traurig. Nämlich, der alte Köter sprang mit seinen fünfzehn Jahren aus dem Wagen, als es losging. Sie reichten ihn uns wieder rein. Als wir aus dem Dorf waren und ich ihn ein bißchen losließ, da war er wieder draußen, in voller Fahrt. Mein Sohn wendete, und wir fuhren zurück ins Dorf. Aber mein Pussel verkroch sich, und ich mußte aussteigen und ihn holen. Der dumme Kerl, der am liebsten mit jedem Mistwagen mitfuhr, der hatte doch eine Ablehnung gegen das Auto. Oder er wollte nicht weg von Kummerow. Oder er wollte nicht in die große Stadt, aus Angst vor dem Maulkorb. Als ich ihn wieder im Wagen hatte, da heulte er und wollte sich losreißen. Da sagte Schulze Trebbin: „Geben Sie ihn mir, Großvater Grambauer, er soll ein anständiges Gnadenbrot haben!" Was sollte ich machen? Ich ließ ihn da. Und Pussel ging auch ganz artig mit ihm mit.

Die Leute sagten: „Das ist eine schlimme Vorbedeutung, der Alte sollte es achten und beizeiten umkehren!" Einige sagten auch, und ich erfuhr es später: „Da läßt er nun einfach so'n altes Tier allein. Na, er wird ja sehen, wie er fährt mit seinem großkotzigen Automobil!"

Ich will es gleich hinschreiben, wenn ich es auch erst erfahren habe nach einem halben Jahr, als ich zum ersten Male wieder nach Kummerow kam. Nämlich, der arme Pussel, der war zwar mit Wilhelm Trebbin mitgegangen, aber er rührte kein Futter an, was er ihm auch Gutes anbot. Dafür soll er den ganzen Tag umhergestromert sein, vor meinem früheren Haus und immer die Wege, die wir zusammen gemacht hatten, und auch auf dem Friedhof an uns' Muddings Grab. Nach acht Tagen, da war er man bloß noch ein Skelett. Da hat ihm Wilhelm Trebbin den Gnadenschuß gegeben.

Mein Sohn hatte mal ein Bild von ihm gemacht, aus Spaß, weil er rauskriegen wollte, was in dem Pussel alles für Rassen drin waren. Ich habe es nachher vergrößern lassen. Es hängt mitten unter den Bildern meiner Lieben.

DIE ZWÖLFTE STUNDE

Ziffer 1

Von einfachen Alten und feinen Jungen

Berlin! Da war ich nun doch noch eingezogen als sein Bürger, und wenn ich dazu auch hatte achtzig Jahre alt werden müssen, so war ich dafür auch gleich in gesicherten Verhältnissen. Nun hätte ich in der Hasenheide mitsingen können: „Das größte Portemonnaie hat Ludewig!" Aber wo war die Hasenheide? Die großen Ludewigs sangen jetzt auch andere Lieder als damals. Auch hätten die kleinen Mädchen meiner wohl nicht mehr sonderlich geachtet.
Aber das ist nicht an dem, daß ein Mensch, und hat achtzig Jahre lang auf dem Lande gelebt, nicht mehr heimisch werden könnte in der Stadt. Und es ist auch nicht so, wie es immer geschrieben wird und wie ich es soeben auch wieder machte mit meinem Wort von der Hasenheide, nämlich daß ein junger Mensch vom Lande bloß des Vergnügens wegen in die Stadt will. Viel öfter ist es wohl so, daß uns auf den Dörfern die Stadt und erst recht die Großstadt als etwas vorkommt, was dem Leben eine Bereicherung gibt. Also wird auch jeder, der nicht gerade mit dem Klammerbeutel gepudert ist, keine Angst vor der Stadt haben.
Die jungen Leute auf dem Dorf gehen auch nicht alle in die Stadt, weil sie weniger schwer zu arbeiten haben wollen. Vielleicht, daß es bei den Mädchen anders ist, die laufen vom Lande weg, weil sie glauben, in der Stadt sei die Arbeit feiner. Welches sich ja auch so verhält, denn Stalldienst und Mistbrechen ist nicht für eines jeglichen Mädchens Nase.
Bei uns in Kummerow riß mal Raschkows Fritze aus. Er war ja nun kein Kirchenlicht und hat es auch in Berlin zu nichts gebracht und ist wiedergekommen. Aber er schwärmte doch immer weiter von der Stadt. „Fritze", fragte ich ihn, „nun sag mir eins: Du hast in Berlin in einem dreckigen Haus auf irgendeinem düsteren Hof gewohnt, du hast dreckige Kohlen abgetragen, schließlich ging es dir so dreckig, daß du hast hungern müssen. Was gefällt

dir denn da bloß weiterhin so an der großen Stadt?" Da sah er mich ganz treuherzig an und sagte: „Aber, Vater Grambauer, es ist da heller!"
Ich meine, daran ist mehr war, als daß er das Licht gemeint hat auf den Straßen. Oder unsere traurigen Dorfkrüge mit ihrer lieblosen Einrichtung von schirmloser Lampe, verstaubten Papiergirlanden und den mit Fliegendreck gezierten Plakaten von landwirtschaftlichen Maschinen und Kunstdünger. Ich meine, wir müßten es auf unsern Dörfern heller und freundlicher machen. Nämlich einmal so, daß wir das Helle, welches sie an Nützlichem ausbrüten in der Stadt, daß wir davon mehr in die Dörfer tragen. Denn der Mensch ist auch nur ein Falter und fliegt aus dunklem Drang dem Hellen zu und erkennt nicht, daß es oft bloß eine Gasflamme ist oder die Reklame von einem Kino. Er hält es allemal für Licht. Wenn nun aber sein Inwendiges schon von klein auf mehr an das Helle gewöhnt wäre, zu Hause auf dem Dorfe, so erschiene ihm das Dorf nicht mehr als eine Insel in Dusterheit und die Stadt nicht mehr als ein strahlendes Wunderland, dann gliche sich das zwar nicht aus zwischen den beiden, aber der junge Mensch lernte beizeiten erkennen, daß nicht alles Schmutz ist, was dunkel ist, und nicht alles Gold ist, was blinkert.
Nämlich, diese Entdeckung habe ich auch gemacht in meinem langen Leben zwischen Stadt und Land: Je heller es in der Stadt ist, je mehr sieht ein Mensch da das Unechte; je heller es aber auf dem Lande ist, um so mehr erkennt der Mensch da das Echte! Denn solche, die aus ihrem tiefsten Inwendigen nicht in der Stadt leben möchten, auch wenn sie es ohne viel Arbeit und mit genug Verdienst haben könnten, solche sind auch unter den Landleuten selten. Wenn Vater Spillmann vom Ausbau bei Kummerow, welcher bloß eine Tochter hatte, und die war an einen von der Post in der Stadt verheiratet und hatte ihren Vater nachgeholt, wenn Vater Spillmann zurückkam nach Kummerow und schimpfte auf die Stadt: „Go mi aff met de Stadt, doa schiet ik di up!" – ich meine, er hätte es sollen wirklich tun und hätte als Veteran von Siebzig nicht vor so einem WC kapitulieren sollen. Denn um den Kasten hat es sich bei ihm gehandelt, wie er es mir erzählt hat. Er hat in der Stadt bloß seinen alten schiefen Abtritt vermißt, nicht die Erde.
Ich meinerseits hatte da nun gar keine Angst. Höchstens einen kleinen Bammel, ob ich meine Kinder nicht stören würde in ihrer Art, wie sie lebten. Nämlich, man hat da im Alter so seine eigenen Gedanken, besonders wenn man lange allein gewesen ist. Dabei fürchtete ich nicht etwa, wie es Driesebergs Mutter mit ihrem Theodor ergangen ist. Sie hatte es gegen den Alten durchgesetzt, daß Theodor auf Oberlehrer studierte, und es wurde ihnen verflucht schwer, und sie kriegte viel zu hören von dem Alten. Der

Junge studierte in Greifswald und brauchte immer Geld. Sie schickte ihm denn ja auch reichlich und konnte nicht wissen, daß er es verkloppte.
Einmal, als er wieder so gejammert hatte, da machte sich Mutter Drieseberg mit der vollen Kiepe auf und fuhr nach Greifswald. Schinken und Wurst und Butter und Eier hatte sie eingepackt. Er war nicht zu Hause, er war im Studentenhaus zum Frühschoppen. Sie wartete und wartete. Er kam nicht. Sie hin. Nämlich, ihr Zug fuhr bald wieder, und dann war sie doch auch neugierig und ein bißchen stolz, ihren Theodor so bei all den feinen jungen Herren zu sehen, denn er hatte mächtig damit geprahlt.
Der Diener von dem Studentenhaus wollte sie erst nicht reinlassen. Dann kam so ein feiner Igel raus, der fragte sie, wohin sie wolle. Na, er war ein ganz guter Kerl, wenn er auch ein bißchen griente über den Besuch. Weil der Theodor nach seinen Erzählungen immer was Besondres hatte sein wollen, Sohn von einem Gutsbesitzer oder so. Also, der feine Igel sagte: „Na, Mütterchen, da kommen Sie man lieber mit rein, da wird sich der Theodor aber freuen!" Und er machte die Saaltür auf und schob sie rein, und dann rief er: „Drieseberg, Ihre alte Dame will Sie sprechen!"
Der Theodor, der sprang auf und starrte zur Tür und rührte sich nicht.
Die anderen waren ganz still. Da sagte Rieke Drieseberg: „Aber Theochen, kennst mi denn nich?"
Der Theo, der wurde abwechselnd blaß und rot, und dann stammelte er: „Das soll meine Mutter sein? Das kann ich gar nicht glauben!"
Sie ist dann rausgegangen und hat geweint. Na, die da drin haben es ihm wohl geschaukelt, denn er ist hinterhergelaufen und hat ihr alles erklären wollen, und er hat sie denn ja auch an den Zug gebracht und hat es ihr immer wieder erklärt, und sie hat versprochen, es ihm nicht nachzutragen. Aber den Stich ins Herz, den hat sie behalten ihr Leben lang und hat den Theo später, als er angestellt und verheiratet war, nie besucht. Erzählt hat es mir Doktor Sandvoß aus Randemünde, der hatte mit Theodor studiert.
Ich meine, so einer war ja nun unser Martin nicht, aber man hat doch seine Gedanken gegen diejenigen, die außerhalb der Bauern sind. Nämlich manche, die vom Lande stammen und schämen sich ihrer einfachen Eltern nicht, die werden dennoch in der Stadt so fein, daß sie schon in einem Jahr nicht mehr Plattdeutsch verstehen. Die können sich dann auf nichts mehr besinnen, wenn sie mal nach Hause kommen, und fragen das dümmste Zeug zusammen.
Da müßte es ihnen immer passieren wie Albert Kreibohm. Der hatte zwar nicht studiert, oder doch bloß auf Klempner, aber wenn er zu Hause war, da sagte er Ingenieur. Der war nun erst ein ganz feiner Pinkel. Also, er futterte sich mal wieder zu Hause durch, und die droschen gerade. Dazu waren noch

ein paar Leute gekommen, und Albert machte wieder den feinen Mann und fragte nach diesem und jenem und besonders bei den Maschinen.
Da stand nun auch eine Harke, und zwar lehnte sie mit dem Stiel nach oben, und die Zähne waren nach außen gerichtet. So stellt zwar kein ordentlicher Bauer eine Harke weg, aber bei Vater Kreibohm ging das ja immer ein bißchen liederlich zu. Also, Albert wollte wieder den ganz feinen Städter markieren und zeigte mit der Stiefelspitze auf die Harke: „Lieber Vater, wie heißt das Instrument doch gleich?“ Und dabei drückte er nun so ein bißchen spielerisch mit der Fußspitze auf die Harkenzähne. Ehe da noch sein Vater was sagen konnte, da haute der Harkenstiel zurück und Alberten feste gegen den Dez. Da rief er wütend: „Müßt ihr denn die verfluchte Harke auch so dumm hinstellen?“ Er begriff es gar nicht, daß sie all bannig lachten. Am meisten sein Vater.
Also, ich lebte mich ein in der Stadt, und warum sollte auch ein alter Bauer zurückweichen vor einer Badestube und einem WC, wie sie es nennen? Vater Spillmann, als der seinen Aufenthalt in der Stadt genommen hatte, da war es freilich zum Krach gekommen mit seiner Tochter und ihrem Mann, weil er immer vergessen hatte, nachher an der Kette zu ziehen, und demzufolge hatten die Leute gegenüber auf dem Flur gestänkert. Und als sich Vater Spillmann das mit der Kette dann richtig angewöhnen wollte, indem er sie gleich zu Beginn seiner Sitzung in die Hand nahm, da ist es ihm passiert, daß er zu früh gezogen hat und der Kasten war wohl auch wirklich nicht in Ordnung, denn Vater Spillmann kriegte die ganze Ladung kaltes Wasser auf seinen Blanken, und der hatte in seinem ganzen Dasein noch nicht Wasser gekostet, und Vater Spillmann wurde darüber ganz wütend und hatte Angst, sich den Tod zu holen, und darum kam er zurück nach Kummerow und lebte allein auf seinem Altenteil.

Ziffer 2

Alter Gaul im neuen Stall

Ich sagte mir: An das elektrische Licht haben wir uns auch auf dem Dorf gewöhnt, und wer es hat, der will es nicht mehr missen, und wer es nicht hat, der lehnt es bloß ab, weil ihm die Groschen für die Anlage leid tun. Die Jungen, die nehmen es hin, als müßte alles so sein und als sei es immer so gewesen. Mitunter, wenn sie gar zu anspruchsvoll geworden waren und ihre

Väter zwiebelten, sie müßten ein Motorrad haben, denn wie sollten sie sonst in die andern Dörfer und in die Stadt kommen und den Sonntag sich zerstreuen, da habe ich ihnen erzählt, wie das früher gewesen ist und wie es die Gebrüder Beenekens gesund gehalten hat und wie die Füße gleichmäßig geblieben sind, Zehe bei Zehe, und durch keine Kavalierstiefel verunstaltet wurden.
Wenn ich es bedenke, dann ist es in meinem Sinn, als erzählte einer aus den Kreuzzügen oder von der Erschaffung der Welt und sagte, er sei dabeigewesen. Nämlich, so sahen mich auch die Jungen an, wenn ich ihnen sagte: daß wir in meiner Kindheit kein anderes Licht gebrannt haben als den Kienspan und daß die Alten sich sträubten, als die Petroleumlampen aufkamen, und daß sie auf die Petroleumlampe schworen und nichts von Spiritusglühlicht hören wollten. Na, und wenn sie es zur Not glaubten, so schüttelten sie doch den Kopf, wenn sie hörten, wir mußten jedes bißchen Feuer in der Puschka schlagen, wie es heute die Wilden tun. Die Puschka, das war ein flacher Kasten, darin war das zerriebene morsche Holz aus alten Weiden und ein Feuerstein, den wir auf der Feldmark gesucht hatten, und sagten wir Donnerkeil dazu. Dann noch der Feuerstahl zum Schlagen. Schon wir Kinder hatten es raus, daß bei zwei-, dreimal Pinken der Funke gefaßt hatte und das morsche Holz zu glühen anfing. Dann aber war es eine Kunst, zu pusten und mit einem Fidibus aus Papier oder Kien eine Flamme zu entfachen. Sich damit draußen bei Sturm oder Regen die Pfeife anzustecken, das war nicht leicht. Ja, und dann kamen die ersten Schwefelhölzer, die man am Stiefelschaft, am Hosenboden oder an Tischen und Bänken anrieb. Es waren noch richtige kleine Balken, und wir haben sie bestaunt wie das größte Wunder, wie das Himmelslicht selbst. Bloß daß es dabei stank wie aus der Hölle. Ja, und dann kamen die richtigen Schweden in kleinen Schachteln. Später hatten sie auch auf dem Dorf die Knipsdinger, so sie Feuerzeug nennen und die nicht viel taugen, als daß eine gute Zigarre nach Benzin schmeckt.
Und ich erlebte es ebenso mit den landwirtschaftlichen Maschinen und weiß es noch, wie wir mit dem Dreschkasten anfingen und die Flegel in die Ecke stellten, aber Altvater Wendland seinen Part weiter mit dem Flegel drosch, weil er es als Sünde ansah, das liebe Korn in so eine Maschine zu schmeißen. Und ich erlebte die Mähmaschinen und, was das Tollste war, die Kreissägen. Was hatten wir im Winter mit dem Holzsägen zu schuften gehabt, wochenlang. Heute, da halten sie so einen knastigen Burschen hin, es macht Sssss – und die Stücke liegen da. Bloß daß nun die Jungen über die Unterschiedlichkeit der Sägeblätter schimpfen und es eine Schinderei nennen, daß es noch keine Maschine gibt, die das Holz spaltet.

Wenn ich daran denke, daß ich täglich für meinen Milchbetrieb sechstausend Liter Wasser zum Kühlen mit der Hand pumpen und tausend Liter Milch mit der Hand durch die Zentrifuge drehen mußte, und erlebte es noch, wie das nachher für ein paar Pfennig von einem kleinen elektrischen Motor besorgt wurde, da sagte ich mir, Maschinen sind ein Geschenk vom Himmel zuerst für den arbeitenden Menschen. Bloß, ich sah auch bald, daß der arbeitende Mensch eigentlich nichts davon hat, dieweil er die Zeit, die er sparen könnte, sofort wieder mit einer anderen Arbeit ausfüllen mußte. Unser Herrgott hat sich das sicher nicht so gedacht mit der Elektrizität und den Maschinen, daß davon bloß der den Nutzen haben soll, dem die Maschinen gehören, hingegen der, der mit den Maschinen zu arbeiten hat, doppelt und dreifach soviel wie bisher zu tun kriegt.
Dieses alles zu bedenken, hatte ich in Berlin nun Zeit. Dabei erst wurde ich dessen inne, daß ich wohl schon ein sehr alter Mann war und was ein Jahrhundert ist für die Menschen. Bloß, daß sie glücklicher geworden sind, als wir es waren, das sah ich nicht. Sie sind schneller geworden, das sehe ich. Vielleicht liegt es an ihren schnellen Maschinen, daß sie nun auch glauben, sie müßten schneller leben. Aber ich sage mir, es ist jedem seine bestimmte Menge Odem zugemessen, und wer schnell läuft, sieht zwar schneller etwas, aber er verbraucht sich auch schneller, und es geht ihm früher die Puste aus. Und wenn er dabei vielleicht auch auf seine Rechnung kommt, so muß er eins doch vernachlässigen, nämlich daß er nicht mehr genug Zeit hat für seinen Nebenmenschen.
Ich bin da wohl etwas abgekommen, dieweilen ich eigentlich von meinem neuen Stall und der neuen Krippe erzählen wollte. Nämlich, da ging es mir wie mal meinem Braunen, dem Hans. Der hatte vorher seine fünfzehn Jahre in einem alten Stall gestanden und wenig Licht gehabt und einen Kasten als Krippe, und sein Heu mußte er sich vom Boden aufnehmen. Da hatte er nun bei mir einen luftigen Stall mit Licht und eine schöne Krippe und eine Heuraufe, und es war alles sauber und ordentlich. Da wieherte er man so. Ich dachte, vor lauter Freude. Ja, prost Mahlzeit, vor Verdruß! Er wollte sich durchaus nicht an das Angenehme gewöhnen. Na, ich gab nicht nach, und schließlich, so bei einem Jahr, da hatte er sich gewöhnt. Was soll ich sagen, als ich ihn nach fünf Jahren weggab, und er kam zu Fibelkorn in einen alten Stall, wie er ihn früher auch gehabt hatte, da wieherte er wieder und wollte nicht fressen. Er gewöhnt sich, sagte ich. Aber diesmal gewöhnte er sich nicht, ich mußte ihn zurücknehmen. Es kann einer manches noch von einem alten Gaul lernen.
Ich habe es gelernt. Nämlich, so schön mein neuer Stall auch war und meine Krippe, ich spürte bei kleinem eine Unruhe. Und wenn ich auch nicht

wieherte, so wohl bloß nicht, weil ich es nicht konnte. Aber ich merkte es wohl, es ist das Pflaster. Meine Hufe, die waren doch zu lange auf der nackten Erde gelaufen und wurden auf dem Pflaster müde, wenn ich das alles auch bloß so von dem Inwendigen meine. Ich hatte also wohl das Heimweh gekriegt. Daher dachte ich an meinen Hans und sagte mir, du wirst dich gewöhnen. Es wurde mir sehr schwer. Da begab es sich, daß ich weiter hinausging, in die Parks und nach Dahlem, wo sie den Roggen und Weizen und die anderen Früchte des Feldes auf die hohe Schule schicken und nennen es Landwirtschaftliche Hochschule. Da stand ich oft am Gitter, denn sie hatten um ihre Felder schöne hohe eiserne Gitter, und sah es mir an. Und kam mir vor wie ein Stück Ackerland mitten in der Großstadt, wie dieses hier, das hinter seinem eisernen Gitter aussah wie ein Friedhof, und kam mir vor wie ein Roggenhalm, der es hört, wie die Elektrische an ihm vorbeifährt, und der vor Schreck immer tiefer in die Erde kriecht, weil er glaubt, er müßte sehr tief langen, wenn er in der Großstadt noch wirkliche Erde finden will. Kann auch sein, es ist solchem Roggenhalm gegen die Natur, so schön in Reih und Glied zu stehen und heute diesen, morgen jenen Dünger versuchsweise als Futter zu kriegen. Es war auch sonst wie in der Schule, denn jede Klasse hatte ihre Tafel, und die Leute schrieben die Zeugnisse darauf, und die Studenten lernten daran auf Diplom-Landwirt, damit sie nach dem Examen zu uns aufs Land kommen und sagen konnten: „Was ihr da macht, das ist ja alles falsch! Auf solche Art kann doch kein Korn wachsen!“ Aber ich sah es mir doch beinahe jeden Tag an, denn es vermittelte mir einen Widerschein der wirklichen Felder, und da wurde es stiller in mir. Ich fand auch eine alte Dorfkirche, die viel kleiner war als die von Kummerow, da ging ich öfter hin. Die nahm ich als Krippe für mein Inwendiges. Und siehe, da fing ich auch an zu wiehern. Aber nicht aus Verdruß, nein, aus Freude.

Ziffer 3

Der verspätete Gustav

Meine Kinder haben sicher gedacht, was ist bloß mit dem Alten los? Nämlich, so bei kleinem, da dachte ich, nun mußt du doch mal sehen, wie ein Städter leben kann, der es dazu hat. Ich ging in Theater und Spezialitäten und Kinos. Und in den Zoo. Wenn ich mir dabei die Leute ansah, da fand ich raus, daß

ich mich dadurch ein bißchen verjüngen könnte, wenn ich mich städtischer kleidete. Da erwachte wohl noch einmal der Gustav in mir.
Ich las auch sehr viel. Alle Zeitungen, die wir hatten, und ich kaufte mir noch welche dazu. Einmal, das will ich schon gestehen, denn ich habe es damals sehr geheimgehalten, kaufte ich mir fünfundzwanzig Stück von einer Nummer. Da hatte nämlich einer im Zoo ein Bild von mir gemacht, wie ein kleiner Affe auf meinem Kopf rumturnt. Das kam in die Zeitung und wurde so in die ganze Welt geschickt. Gottlieb Grambauer mit einem richtigen Affen. Immerhin war ich so noch in die Zeitung gekommen. Bloß, die Kummerowschen, an die ich die Zeitung auch schickte, die sagten: „Den hätten sie man lieber sollen mit einem Vogel knipsen, dann wär's ganz echt!"
Bücher las ich ohne Unterlaß. Am liebsten Himmelskunde und Geschichte und ferne Länder.
Zuerst war immer Barbara mit mir ausgegangen, denn sie hatten Angst, der Alte könnte sich verlaufen. I bewahre. Ich dehnte meine Entdeckungen immer weiter aus, und als Begleiter hatte ich Iwan, unsern großen Steppenwindhund. Der ging mir bald nicht mehr von der Seite, der sorgte auch dafür, daß wir pünktlich zum Essen kamen. Nämlich, wenn ich so auf der Bank im Park saß und las oder mich verträumte mit Gedanken, da stieß er mich mit der Schnauze, wenn es Zeit war zum Gehen. Er war auch schon grau und ging langsam, denn seine Gustav-Zeit lag hinter ihm, und so paßten wir beiden angelahmten Windhunde gut zusammen.
Mitunter sprachen mich auch freundselige Leute an. Da war es mir ärgerlich, daß sie immer so laut redeten, manchmal brüllten sie mir direkt was ins Ohr. Sie dachten sich, der alte Knabe, der kann sicher nicht mehr gut hören. Ich habe dann oft ebenso zurückgebrüllt und, wenn sie mich fragten, warum ich so laut sei, mit treuherzigem Gesicht gesagt: „Ich dachte, das ist so Mode in Berlin, das Laute, denn Sie schreien ja auch so!"
Nämlich, es ist komisch. Weil einige alte Leute nicht gut bei Gehör sind, glauben alle Menschen, sie müßten jedem Alten gegenüber noch lauter reden, als sie es so schon tun. Und sie merken es nicht einmal, wenn sie es mit einem zu tun haben, der sie auch im Flüstern verstehen würde. So wenig achtet doch im Grunde in der Stadt einer wirklich auf den Nebenmenschen, und sind demzufolge seine Worte auch ohne wahrhafte Teilnahme gesprochen. Sie lernen das Leben, will ich meinen, zu sehr durch ihre städtischen Brillen ansehen, von denen eine wie die andere ist. Denn auch sehr gebildete Menschen und solche, die wirklich eine Anteilnahme bezeigen wollten, wie die Freunde meines Sohnes, die kamen nicht davon los, die dachten auch: Das ist ein alter Mann, also mußt du schreien! Und wenn sie es dann begriffen hatten, dann begriffen sie wieder nicht, daß ich heute, wo ich neunzig bin,

noch eine Turmuhr erkennen kann und einen Namen an einem Schiff, mit meinem nackten Auge, wenn die Jungen es nicht mal mit ihren Brillen fertigbringen und noch einen Sperrguckewiet oder, wie sie sagen, Feldstecher darübersetzen müssen.

Aber sonst waren sie alle nette Menschen. Nämlich, so bei kleinem hatten die Freunde meines Sohnes sich angewöhnt, immer zuerst in meine Stube zu kommen. Da hat sich dann manch einer festgeklönt mit dem alten Bauern. Da habe ich nun auch wieder einen beachtlichen Bemerk gemacht. Nämlich, als sie sich das ziemlich abgewöhnt hatten mit dem Lautreden, da fingen sie dafür an, immer recht einfach zu reden und möglichst von ländlichen Dingen, wahrscheinlich, weil sie da nichts von verstanden, aber annahmen, davon versteht er was und kann darüber sprechen und würde ihr eigenes Unwissen nicht bemerken. Dafür waren sie eben Städter. Auch fanden sie es jedesmal wieder wunderschön, zu sagen, wie rasch ich mich eingelebt hätte. Als wenn unsere Dörfer wirklich auf dem Monde lägen. Na, ich wollte lieber von anderen und gebildeteren Sachen mit ihnen sprechen und hatte gedacht, dabei etwas zu lernen, und so gewöhnte ich ihnen den dörflichen Gesprächsstoff ab, indem ich sie bannig aufzog. Es dauerte eine ganze Zeit, bis sie es merkten. Dann aber kamen wir sehr gut miteinander aus, sie nahmen mich für voll. Einige wurden meine ganz dicken Freunde. Aber das schönste war, als eines Abends ein Mann zu mir reinkam und sagte: „Ich höre, Vater Grambauer, Sie lesen gern Himmelskunde?“
„Ja“, sagte ich und zeigte ihm meine Bücher, „es wird doch bei kleinem Zeit, daß ich da oben einigermaßen Bescheid weiß. Aber ein Sterngucker aus Beruf möchte ich doch nicht mehr werden!“ Er wollte wissen, warum nicht.
„Na“, sagte ich, „denken Sie mal nach. Wenn so einer nach seinem Tode alles, was er über die himmlischen Lichter auf Erden zusammenkonstruiert hat, nun aus der Nähe begucken muß und feststellen, das stimmt verdammt wenig zusammen mit dem, was er geschrieben hat, und unser Herrgott lacht dazu und sagt: Bevor du in den Himmel darfst, mußt du alles mit dem Zollstock nachmessen – ich weiß nicht!“
Er tippte mit dem Finger auf eins meiner Bücher und lachte und sagte: „Und so ein Sterngucker steht vor Ihnen. Glauben Sie ihm, das meiste, was wir Menschen wissen, erfuhren wir nicht durch den Zollstock. Das gilt nicht bloß für die Himmelskunde.“
„Das meiste Wissen von der wirklichen Erdkunde“, sagte ich, „erfahren die Menschen jedenfalls noch immer durch den Stock. Das fängt mit dem Rohrstock an und hört mit dem Krückstock auf. Zwischendurch liegen dann die Knüppel, die einem das Leben oder die Menschen zwischen die Beine schmeißen. Wohl dem, der sie aufnimmt und als Wanderstock verbraucht. Aber wer sind Sie?“
Da sagte er: „Ich bin Bruno H. Bürgel.“
Also, da war ich doch ein weniges verdattert, wegen dem Ziepen mit den

Sterngucker und auch wegen dem Prahlen mit meiner Weisheit. Aber er erzählte mir von seinen Fernrohren und von seinen Nächten, wenn der Mensch klein und unsichtbar ist gegenüber dem Unendlichen und Ewigen, und das war so wunderschön, daß ich nachher nicht mehr mit nach vorn ging. Da war ich viel zu stolz geworden, weil ein Mann, der die Wunder der Schöpfung kannte, sich nicht für zu gebildet hielt, mit einem alten einfältigen Bauern darüber zu sprechen. Ich blieb also in meiner Stube und ließ es dunkel. Und da geschah es, daß in meinem dunklen Zimmer bei kleinem immer mehr Lichter anfingen zu leuchten, und es waren wohl Sterne, deren Widerschein er aufgefangen hatte, und waren ihm heimlich aus der Tasche gefallen, oder er hatte sie ausgestreut in Absichtlichkeit, um die großen Wunder der Natur den kleinen Menschen wenigstens ins Herz zu tragen, wenn der Kopf sie nicht ganz fassen kann.

Es machte sich von allein, daß ich mir vorkam als ein feiner Mann. Bloß, es fehlte mir was. Und das waren die Kummerower. Nämlich, ich wünschte mir oft, es möchten doch welche aus Kummerow zu Besuch kommen und sehen, wie der Alte lebt. Einige hielten es denn ja auch vor Neugierde nicht aus und kamen. Ein paar wirkliche Freunde, aber auch solche, die bloß gucken wollten. Da ärgerte ich mich direkt, daß ich in meiner Stube all den Kram wieder aufgehängt hatte, den ich mitgebracht hatte. Aber ich konnte mich doch von nichts trennen, denn aus jedem Stück von dem Plöterkram sprach eine Erinnerung in einer gar deutlichen Sprache. Es waren Andenken oder, wie die Künstlerischen dazu sagen: Kitsch. Barbara hatte beim Staubwischen ja schon mit ihnen aufgeräumt und manches zerteppert, aber es war noch genug übriggeblieben. Vieles hatte ich auch selbst gefertigt, das meiste aus Holz geschnippelt, Rahmen und Kästchen und Uhrgehäuse. Einmal hatte ich einen ganzen Zimmermannshof mit lauter beweglichen Figuren gemacht. Zu solchen Arbeiten konnte man alles verwenden, Pakethalter und Strumpfbandschnallen, Flicken und Draht. Alles, was sie wegwarfen, das holte ich mir wieder zusammen und hob es auf und verbrauchte es.

Einmal bin ich dabei bös reingefallen. Nämlich, ich fand, als ich allein in der Wohnung war und ein weniges inspektierte, auf einem kleinen Tisch einen Bogen Seidenpapier zusammengefaltet. Da er ein bißchen zerknittert war und so komische Einschnitte hatte, dachte ich, sie haben den Papierkorb nicht getroffen, und nahm den Bogen mit. Daraus machte ich einen wunderschönen Lampenschirm, der hatte Muster aus Löchern und Fransen. Den andern Tag wurde die ganze Wohnung umgekrempelt, weil ein Schnittmuster fehlte für einen Mantel, und es hatte drei Mark gekostet. „Großvater, hast du es nicht gesehen?“ Ich sagte ehrlich nein. „Wie soll es denn ausgesehen haben?“ – „Ein Bogen gelbes Seidenpapier!“ Ein weniges stritten

sich Faßmann und Laßmann in mir, dann sagte ich: „Mir geht ein Licht auf, ach, was sag ich, eine ganze Lampe!" Und ich zeigte ihr den Lampenschirm und sagte, er wäre als Geschenk für sie gedacht. Sie schüttelte bloß den Kopf und sagte: „Du bist kein alter Mann, du bist noch nicht mal erwachsen, du bist ein großes Kind!" Ich aber lächelte und sprach: „Ich fange ja auch erst an zu leben!"
Vor den Kummerowern aber wollte ich was sehr Erwachsenes hermachen. Wartet man, dachte ich, ihr sollt schon zu erzählen haben daheim! Und wenn dann mein Sohn nicht zu Hause war, da ging ich mit dem Kummerower Besuch in sein Zimmer, und da rissen sie dann immer Nase und Mund auf über die vielen Bücher, die da in langen Regalen standen. Sie fragten immer wieder: „Hat er denn die alle gelesen?" Da sagte ich: „Na selbstverständlich, und jetzt lese ich sie alle!"
Es imponierte ihnen auch mächtig, und sie erzählten zu Hause, der Gottlieb Grambauer ist noch auf seine alten Tage ein Studierter geworden. Als ich später mal in Kummerow zu Besuch war, fragte mich Mutter Lubarsch, ob das wahr ist, daß ich auf Doktor studierte. Da nickte ich ernstlich. Da sagte sie und sah mich an mit Bedauern: „Mancheen kriggt dat in'n Kopp und merkt dat nich! Jeje, doa is wat an, ant oll Sprichwurt: Alter schützt vor Torheit nicht!" Die Ansichten über die Gelehrtheit, die sind eben verschieden.
Bei all diesem fühlte ich gar nicht, daß ich nun schon fünfundachtzig Jahre alt war. Ich hatte sogar, wenn ich daran dachte, eine richtige Angst, es könnte bald zu Ende sein. Denn ich wollte noch lange leben, wollte noch viel nachholen, wozu ich früher keine Zeit gehabt hatte. Darum war es mir auch immer, wenn ich einen Brief aus Kummerow kriegte und es stand darin, daß der und der gestorben ist, und sie waren doch alle jünger als ich, da war es mir dann oft, als ob es mir auf den Kopf regnete. Aber das ist wohl falsch gesagt, denn auf dem Kopf, da hätte mir der Regen nichts ausgemacht, da hatte ich noch alle meine schwarzen Haare, und bloß mein Bart war gries. Also muß ich es so sagen, daß es mir war, als klopfte einer mit kaltem Fingerknöchel an mein Herz, welches noch immer seinen Takt geht und warm ist. Und als einer sagte: „Gottlieb, in unsrer Gegend gibt es keine zweite Ernte, und wenn es auch mal vorkommt, daß ein alter Baum im November neue Knospen treibt, so hat es doch noch keinen gegeben, der es zu Blättern gebracht hat im Dezember!" Dann fiel ich wohl oft ins Sinnieren über das Vergängliche und saß auf dem Kirchhof in Dahlem vor der kleinen Dorfkirche und bedachte es in meinem Herzen: Bist du dir jetzt wenigstens klar, welches der Sinn des Lebens ist? Es wird sonst Zeit, daß du darüber nachdenkst!

Ziffer 4

Der Reichstag wird geschlossen

Damit meine ich nicht das große Haus am Brandenburger Tor. Nämlich, wir hatten einen eigenen Reichstag am Breitenbachplatz. Wenn ich so spazieren saß, auf den Bänken in den Parks und auf den Plätzen, da machte es sich, daß ich ins Gerede kam mit anderen alten Knaben. Sie hatten alle nicht mehr zu tun als ich, nämlich gar nichts. Da machte ich denn eine neue Beachtung an den Menschen. Ich bemerkte, daß die Menschen im Alter wieder ein gemeinschaftliches Feld haben, wie sie es als Kinder hatten. Die Kinder spielen und kennen eigentlich alle die gleichen Spiele, und das gleiche große Hoffen auf die Zukunft umschließt ihr Leben. Die Alten, die reden und kennen alle die gleichen Reden, nämlich das Kopfschütteln über die neue Zeit, und daß es früher viel besser gewesen sei, und das gleiche große Trauern um die Vergangenheit umfaßt ihr Leben. Und wie es bei den Kindern nichts ausmacht, ob sie Portierskinder sind oder Herrschaftskinder, so macht es bei den Alten über siebzig nichts aus, ob sie mal Arbeiter gewesen sind oder Handwerker oder Beamte. Das kommt daher, daß sich die Lebensbahn wieder zurückkrümmt zum Anfang und ein Ring wird. Die Abtrennung der Menschen voneinander, diese große Dummheit, wo jeder was Besonderes sein will, die liegt so mehr zwischen Kinderzeit und Alter.

Mit der Kinderzeit freilich ist es so, daß die Kinder, wenn sie unter sich sind, gern von ihren Eltern reden und dabei ein bißchen prahlen: Mein Vater ist Kaufmann, meiner ist Beamter! Wobei sie die Absicht in sich haben, ihre Eltern gern etwas größer zu machen. Bei den Alten, wenn sie allein sind in den hohen Jahren, da reden sie zwar gern von den Kindern, aber sie haben das Bestreben, die Kinder etwas kleiner zu machen. Nicht kleiner in ihren Stellungen und was sie erreicht haben, i bewahre, da sind die Menschen viel zu eitel, denn sie rechnen es sich meist als das eigene Verdienst an, wenn die Kinder was geworden sind. Nein, mit dem Kleinmachen meine ich es so, daß sie sich gern beklagen über den Nichtdank, den sie nun im Alter für alles ernten, was sie an ihren Kindern getan haben. Und besonders, wenn sie ganz wenig oder gar nichts für die Kinder getan haben. Ich kannte das schon vom Dorfe her und wußte, warum die Altenteilstube bei uns die Hölle heißt. Es ist nämlich gar nicht an dem, daß da immer nur die Jungen die Schuld haben und die Alten schlecht behandelt werden. Es ist vielmehr an dem, daß die Alten erst mal viel zu lange den Hof behalten und es so dem jungen Bauern unmöglich machen, zu heiraten und die Wirtschaft zu führen, und daß auch

dann noch die Alten dauernd hineinreden und weiter kommandieren wollen, und besonders die alten Frauen, die es nicht nachlassen, die junge Frau zu benörgeln und zu bestimmen. Denn nichts lernt der Mensch leichter, als andere zu kommandieren, und nichts lernt er schwerer, als vom Kommandieren zu lassen. Bloß, wenn dann die Jungen mal alt sind und sie haben es alle an ihren Alten kennengelernt, dann hat doch keiner was gelernt, und sie machen es nachher ebenso. Man kann dann so schön reden zu Fremden, nicht gerade schlecht, aber doch ein bißchen weinerlich, daß man nun auf seine alten Tage dasitzen müsse, so ganz allein. Dann bedauern einen die andern Alten, und das tut wohl.
Wir waren bei kleinem sechs Mann geworden, und der Jüngste war achtzig. Ich war der Älteste und sechsundachtzig. Unsere Sitzungen bestanden darin, daß wir sagten: „Jaja, die Zeiten! Früher ...“ Welches bedeuten sollte, die Zeiten sind schlecht und waren früher besser. Bloß, wir sagten nicht, wann dieses Früher gewesen war. Und sie waren früher ja auch oft genug schlecht gewesen. Denken wir bloß an die Gründerzeit. Ein paar von uns bekamen Renten, dreißig Mark den Monat. Da hatte es die Regierung doch fertiggebracht mit ihren Notverordnungen, davon noch drei Mark abzuziehen. Na, die bekam etwas zu hören. Bloß, sie hörte es nicht. Manchmal sagte ich: „Da ist in den letzten Jahren noch mehr verpaßt und verdorben worden als unsere Altersrente, da ist auch noch die Jugendrente von einem ganzen Volk verwirtschaftet worden.“ Ich meinte damit die junge Republik. Aber sie waren der Meinung, das mit der Altersrente sei das Ärgste. Wenn wir dann mit dem Schimpfen auf die Inflation kamen und auf die, welche sie gemacht hatten, waren wir uns voll einig. Einige von uns hätten ja auch einen ganz schönen Lebensabend haben können, wenn ihnen der Staat nicht die mühseligen Spargroschen genommen hätte. Und wofür? Etwa, um einen verlorenen Krieg zu bezahlen und einem Volk wieder eine Zukunft aufzubauen? Eine Zukunft, in der die Menschen keinen Krieg zu fürchten hätten? I bewahre. Ich gehörte auch zu den Ausgeplünderten, und wenn ich es jetzt auch nicht vermißte, so hatte das doch nichts mit der Anständigkeit zu tun, zu welcher auch ein Staat verpflichtet ist. Und hatte es etwa Land für die Bauern gegeben?
Am meisten von uns schimpfte Agent Rettschlag auf die Inflation. „Da hat man nun gespart und gespart“, sagte er, „und dann ist all das schöne Geld futsch und perdüh!“ Weil er immer so jammerte, dachten wir, es müßte wohl ein großes Vermögen gewesen sein. Später, als ich ihn mal in seiner Stube besuchte, zeigte er mir sein entwertetes Sparkassenbuch. „Ist das alles?“ fragte ich. Er nickköppte. „Na“, sagte ich, „wegen der paar Kröten würde ich aber nicht solch Geschrei machen!“ Denn siehe, sein ganzes Vermögen

waren siebenhundert Mark gewesen. Er hat mich böse angesehen und geknurrt: „Sie sind wohl einer von den heutigen Machthabern, daß Sie so reden, was?“ Und er sagte auch noch etwas, daß sich einer da wohl vorsehen müßte vor mir. Ich nickte und sagte: „Setzen Sie sich in Zukunft lieber nicht zu mir auf die Bank!“ Da schrie er mich an: „Da hab ich schon gesessen, als Sie noch auf Ihrem dreckigen Kaff gehaust haben! Und da werde ich sitzen, wenn Sie mit Ihrem Mundwerk vielleicht schon im Kittchen sitzen!“
Er ist darauf eine Woche nicht gekommen, aber dann hat er es nicht mehr ausgehalten. Er hat sich hingesetzt und nichts gesagt, auch keinen Gruß. So patzig hingesetzt, was heißen sollte: Sagt man was, ich werd euch, denn das ist eine öffentliche Bank, und es kommen bald andre Zeiten! Aber wir taten ihm nicht den Gefallen. Dann kam der Rechnungsrat Niedergesäß. Da machte er sich an den und stichelte, daß einer sich nicht jedem anvertrauen dürfe in diesen Zeiten. Nun hatte er immer seinen Spaß gemacht über den Namen von Herrn Rechnungsrat, und ist solcher ja auch ein bißchen unanständig. Jetzt nun, da schmuste sich der Agent an den Rat heran. Ich sagte: „Er will mir was anhängen, weil ich ihm gesagt habe, er macht einen ekligen Blam mit seinen lumpigen siebenhundert Mark, die er in der Inflation verloren hat!“ Da sagte der Rat und lächelte dazu: „Aber meine Herren, Geld ist nur Schimeer!“ Der Agent dachte, der Rat habe ihn verspottet, und sagte wütend: „Ja, und Schmer ohne Arbeit kriegen Sie, dieweil Sie ja eine Pension beziehen und sich einen Bauch anmästen können, wenn Sie nicht so geizig wären!“ Da sagte der Rat: „Sie sind ungezogen, Herr Agent!“ Der aber bellte weiter: „Fressen Sie etwa nicht aus der roten Staatskrippe?“ Da schimpfte Kaufmann Blaseke los und sagte: „Wenn er noch weiter stänkert, dann wird er ausgeschlossen und verwiesen von der Bank!“ Klempnermeister Heinrich murmelte bloß was. Aber ich verstand es doch. Er sagte: „Das wollen nun gebildete Herren sein!“
In diesem Augenblick gingen zwei Herren vorbei, und der eine hatte einen Fotoapparat und nahm uns ab. Der andere lachte und sagte: „Der Reichstag!“ Herr Rat machte sogleich den Vornehmen und fragte schneidig: „Haben Sie das in beleidigender Absicht gesagt?“ Da lachten sie beide, und der eine sagte: „Aber nein doch. Bloß, ich kenne Sie nun schon seit langem und weiß, hier wird große Politik gemacht!“ Ich sagte: „Dann verbitten wir uns den Vergleich. Nämlich, in dem anderen Reichstag, da wird keine große Politik gemacht, da zanken sie sich bloß!“
„Da irren Sie sich aber“, sagte der eine Herr, „nämlich, da haben sie beschlossen, von jetzt ab das Maul zu halten und Opa Hindenburg allein regieren zu lassen.“
Da stand Herr Rat auf und sagte: „Was wollen Sie mit dem Bild machen,

das Sie da haben aufnehmen lassen?“ Der Kerl sagte: „Das kommt in die Zeitung! Der Ersatz-Reichstag!“
Der Rat ging auf einen Schutzmann zu, der an der Ecke stand. Aber als er da angelangt war, waren die beiden schon weg. Der Schutzmann hatte auch bloß gelacht. Da kam Herr Rat wieder und sagte bitter: „Es ist keine Ordnung mehr in diesem Staat!“ Ich sagte: „Lassen Sie die Kerls doch fotografieren, soviel und was sie wollen. Wir brauchen unsere Gesichter doch nicht zu

verstecken!" Der Agent höhnelte: „Vielleicht täten manche das besser doch!" Herr Rat sagte: „Es ist bloß wegen meinem Sohn, dem Oberregierungsrat. Es könnte ihm vielleicht schaden in seiner Karriere!"

Damit waren wir wieder bei den Kindern. Der Rat war Witwer und hatte eine Wirtschafterin; sein Sohn wohnte auch in Berlin, kümmerte sich aber nicht um den Vater. Er war verheiratet mit einer „von", und außerdem hielt er es mit den Braunen. Der Rat beklagte sich nicht direkt, bloß, er sagte: „Es ist vielleicht, weil ich kein Akademiker bin und unter Ebert Rat geworden bin." Er hatte es mit dem Magen und wehleidete immer, daß er nichts essen und trinken könne, und sehnte sich immer nach seiner toten Frau. Dieweil er nun so gelb und mager war, da war es eben eine doppelte Gemeinheit von dem Agenten, daß er gesagt hatte, der Rat mäste sich von seiner roten Pension. Nämlich, wenn sich einer als gemästet anzusehen hatte, so war es der Agent, der war rot und dick. Er war auch Witwer und hatte fünf Kinder, aber er sagte, es wolle keins den alten Vater behalten.

Ich sagte: „Das kann ich verstehen." Er sagte: „Das ist ein wahrer Spruch, der da in einer Stadt an einem Turm angeschlagen stehen soll und lautet: ‚Wer seinen Kindern gibt das Brot und leidet nachher selber Not, den schlag man mit der Keule tot!'" Ich sagte: „Schade, daß Ihnen noch keiner den Gefallen getan hat!"

Als wir uns nun so verzankt hatten den Tag, da sagte ich, denn ich war Alterspräsident und wollte sie alle wieder versöhnen: „Ich schließe die Sitzung! Wir gehen jetzt und verkneipen die Diäten!" Nämlich, an der Ecke war eine Kutscherkneipe, da gab es einen guten Schnabus und auch ein gutes Glas Bier. Der Rat war nie mitgekommen, er vertrug kein Bier und keinen Schnaps, und die Kneipe sei auch ein wenig gewöhnlich, er wäre in der Gegend zu bekannt, und es könnte am Ende der Karriere von seinem Sohn schaden. Über diesen Fimmel von ihm hatte ich schon einige Male herzlich gelacht, aber er hatte bloß verwundert gesagt: „Daß Sie in Ihrem hohen Alter noch so lachen mögen! Ich habe in meinem ganzen Leben nicht laut gelacht, auch nicht als junger Mann!" Worauf ich ihm auf die Schulter geklopft hatte. „Sehen Sie, Herr Rat, das ist es!" Aber er verstand mich nicht und nickte bloß gönnerhaft und ein bißchen mitleidig. Dann sagte er: „Es vertrug sich nicht mit meiner Stellung als Staatsbeamter."

„Soso", sagte ich und nickköppte, „darum ist dieser Staat auch so zum Heulen geworden!"

Herr Rat wehrte ab. „In diesem Ton wollen wir nicht vom Staat sprechen, meine Herren. Es könnte der Karriere von meinem Sohn schaden."

„Ich denke, Ihr Sohn ist Nazi?" fragte der Kaufmann.

Der Rat war erschrocken. „Einstweilen regieren die aber noch nicht",

sagte er und sah sich scheu um. Da nun einer dem andern nicht so recht traute, wenn wir auch alle nichts mit dem gegenwärtigen Staat im Sinne hatten, schwiegen wir eine Weile still. Ich sagte schließlich: „Also, meine Herren, ich lade alle zu einem Frühschoppen ein. Wird der Antrag angenommen? Andernfalls heiße ich Brüning und setze ihn als Notverordnung in Kraft!"
„Genehmigt", sagte der Klempner und leckte mit der Zunge, denn er verlötete gern einen, besonders wenn ein anderer das Zinn dazu lieferte. Der Kaufmann bremste ein wenig. „Wenn ich aber mittags schon nach Schnaps rieche, macht mir Muttchen Vorwürfe." Ich sagte: „Dagegen gibt es ein Mittel: Sie trinken eben keinen Schnaps." Er sagte bedauernd: „Aach!" Über den Agenten hatte ich so ein bißchen hinweggesehen, da sagte er grimmig: „Bin ich nu auch eingeladen?"
Herr Rat brachte uns bis an die Tür, dann ging er nach Hause. Mir tat das leid, aber der Agent sagte: „Lassen Sie ihn man laufen, dann kommt auf jeden von uns etwas mehr!"
Na, wir haben den Tag ganz nett einen gehoben, obwohl wir eigentlich gar keinen rechten Grund hatten, und ich muß es dem Agenten nun wieder anrechnen, er hat ebenfalls einen ausgegeben. Wir haben dabei wohl ein bißchen laut politisiert und alles noch mal durchgenommen, den ersten Reichspräsidenten Fritze Ebert, der nun schon lange tot war und für die Bauern kein Land, für die Kleinhändler keinen Umsatz, für die Altrentner keine Renten hinterlassen hatte; dann kam Gustav Stresemann dran, dem der Agent die Schuld gab an der Inflation, durch welche er seine Ersparnisse verloren hätte; darauf nörgelte der Klempner über Papa Hindenburg, weil er die Nazis nicht ranließ, damit Deutschland endlich erwache, was spaßig war, denn der Klempner war eigentlich immer schläfrig und gähnte in einem fort; und schließlich fing der Agent an zu singen: „Deutschland, Deutschland über alles!"
Da kam einer von den jungen Droschkenkutschern ran und sagte zu ihm: „Sie, Männeken, wenn Sie oller Reaktionär hier wolln for die Monarchie demonstrieren –"
Aber sein Kollege drückte ihm die Faust weg und sagte: „Aber Karle, Mensch, die sin ja all längst dot, un't is bloß vajessn worn, se inzubuddeln!"
Ich sagte: „Schön ist die Jugend! Was ihr bewiesen habt."
Zwei Jahre hatten wir uns getroffen zu unserm Reichstag auf der Bank, nicht immer alle sechs, manchmal war aber auch noch ein Neuer dazugekommen. Welcher Partei der einzelne jedoch wirklich angehörte, das hat keiner vom andern erfahren; da wir über alle Maßnahmen des Reichstags und der Regierung niemals einig waren und jeder noch eine Partei ganz extra für sich darstellte, kann es schon sein, daß wir uns alle zu ein und derselben Partei

rechneten. Einig waren wir jedenfalls darin, daß die da oben nichts von der Politik verstanden. Na, und dann waren wir uns untereinander auch noch darin einig, daß immer die andern fünf von uns auch nicht viel davon verstanden. Wir waren also echte Deutsche. Wir gelobten auch stets, nicht wieder zu einer Wahl zu gehen, aber dann trafen wir uns an solch einem Sonntag doch alle wieder beim Wählen. Und sagten nachher immer einmütig, dagegen hilft nur der Umsturz. Darin waren wir wohl genauso wie die meisten von den deutschen Bürgern, wenn uns auch ein bißchen gruselig war vor dem Umsturz, denn direkt Nazis waren wir nicht. Jetzt, nach der Geschichte in der Kneipe, da hatte ich alle Lust am Meckern verloren. Ich sagte mir auch, es wird zuviel gequasselt. Von jedem grünen Jungen, von jedem Spießbürger, von jedem Knasterbart. Da sagte ich mir: Ebenso wie es eine Wahlgrenze nach unten gibt, sollte es auch eine nach oben geben. Sagen wir, bei achtzig. Ich führte die Wahlgrenze nach oben jedenfalls damals bei mir ein, indem ich mich des Räsonierens über die Politik enthielt und den Reichstag auflöste und mich dem Leben widmete. Denn dazu fühlte ich mich noch jung genug.
Dieweil nun aber alle Männer damals weiterhin in Politik machten, mußte ich das Leben bei den Damen suchen. Ich ging mit meinem Iwan allein in einen andern Park und setzte mich da auf eine Bank. Da kam ich denn auch öfter mit Frauen zusammen, wenn sie auch leider fast alle alt waren. Die klagten zwar auch über die Zeiten, aber sie machten doch nicht gleich Verbesserungsvorschläge und schimpften nicht immer auf ihre Kinder. Siehe, dachte ich, da hast du es wieder, daß da doch ein Unterschied ist in Eltern bei Vater und Mutter. Wieviel edler ist doch ein Frauengemüte, dachte ich. Es sprachen mich zu meiner Freude aber auch jüngere Frauen an, indem sie mit Iwan anfingen. Eine, und sie sagte, sie ist Wirtschafterin bei einem alten Herrn, und war wohl so Ende Dreißig, die paßte immer schon auf, wenn ich kam. Die wollte durchaus allerhand aus mir rauslocken, von wegen wo ich wohne und was ich bin. Na warte, dachte ich, und hab ihr so aus Spaß erzählt, ich sei ein alter Geheimrat. Sie fragte: „Wie alt sind Sie denn?"
Ich sagte: „Raten Sie mal!" Sie meinte siebzig. Ich sagte: „Na, ein bißchen müssen Sie noch zugeben, aber ich selber merke es nicht, und wenn es sich so macht, will ich mich auch noch mal verheiraten!"
Da machte sie direkt Stielaugen. Dann fragte sie: „Da leben Sie wohl von Ihrer Pension?"
Ich sagte: „Ja, und die ist sehr gut, und Vermögen ist auch noch da!"
Sie sagte: „Na, dann kann Ihre Frau ja mal lachen, oder bekommt sie die Pension nachher nicht weiter?"
„Doch", sagte ich, „bloß, was meinen Sie mit nachher?" Da wurde sie sehr verlegen. Dann sagte sie: „Sie sind ein lustiger alter Herr, da würde sich

manches Mädchen das nicht erst lange überlegen. Aber wie alt sind Sie nun wirklich?"
Ich ließ sie also bis auf die Fünfundachtzig klettern. Dann sagte ich und sah sie an: „Fräulein, Sie gefallen mir, mit Ihnen würde ich es wagen."
Sie wurde richtig rot, und dann sagte sie: „Schade, aber Sie sind mir doch ein bißchen zu alt!"
Da lachte ich und sagte: „Aber, Fräulein, um so eher rutsche ich doch ab, und die Frau hat nachher die schöne Pension allein!"
Da dachte sie ein weniges nach und sagte: „So etwas muß der Mensch sich überlegen." Na warte, dachte ich.
Am andern Tag war sie tatsächlich wieder da. Ich sah gleich, sie hatte sich feingemacht und hatte sich auch was ins Gesicht gelegt, so was von Güte. Wir begrüßten uns wie alte Freunde. Dann sprach sie von der Pflicht, die sie in sich verspüre, einem Menschen das Alter zu besonnen, und es wäre ihr egal, was ihre Verwandten dazu sagten, und sie habe es sich überlegt. Herrje, da kriegte ich doch einen Schreck. Ich sagte: „Aber was macht denn da der alte Herr, bei dem Sie sind?"
Sie machte den gütigen Mund verächtlich und sagte: „Der? Für den bin ich ja doch bloß die Haushälterin. Dabei bin ich gebildet genug, um auch eine Dame zu sein."
Während sie mich nun so voll Liebe ansah, sagte ich bedauernd: „Ich habe mir das überlegt, Fräulein, ich kann eine so edle Frauenseele nicht um ihre Jugend bringen. Ich habe nämlich das Gefühl, daß ich mindestens hundert Jahre alt werde, und das wäre für Sie doch zu lange mit dem Warten auf das Nachher! Darum will ich lieber ledig bleiben!"
Da wurde sie knallrot im Gesicht, und dann stand sie auf und sagte zornig: „Schämen Sie sich was, Sie alter Sünder, Sie!"
Ich sagte und nickte dazu: „Schön ist die Jugend, Fräulein!"
Zuerst lachte ich über meinen Spaß, denn ich hatte mich geärgert, wie ein Mensch so berechnend sein kann. Dann war ich überzeugt, daß sie bei sich glaubte, es hätte einer mit ihrem Herzen Schindluder getrieben. Und dann erschrak ich über mich. Schön, sie hatte da ihre Pläne gehabt mit mir und meiner angeblichen Pension. Aber wußte ich denn, was sie alles durchgemacht hatte im Leben und wie es um eine Frau aussieht, die vierzig ist und ohne Anhang in der Welt steht und sieht, wie von allen Seiten die Jahre herankommen gleich wilden Tieren? Wer sagt mir denn auch, daß sie schlecht war und nicht die ehrliche Absicht hatte, bloß einen Hafen zu suchen und dafür treu und brav ihre Pflicht zu tun? War ich darum so alt geworden, um hart und rasch zu urteilen wie ein Unreifer? Ich schämte mich und wollte es ihr sagen. Aber sie ist nicht wiedergekommen.

Fahrt durch fünfundachtzig Jahre

Eigentlich wurde ich immer zufriedener mit der großen Stadt. Aber mit der Politik fing es doch wieder an. Dieweil ich wieder mit Männern anfing. Und noch dazu mit alten Männern. Da es nun mitten im Winter für das Draußensitzen zu kalt war, ging ich gelegentlich mal in die Kutscherkneipe, um einen Grog zu trinken. Und wie das dann so ist, es hatten andere Männer denselben Gedanken oder dasselbe Gelüst. Und die Tische in den Kneipen, die haben das nun wohl so an sich, oder so in sich, und es kann auch sein, es ist so zugehörig zum Trinken, jedenfalls kommen dabei wildfremde Menschen ins Gespräch. Und wovon reden sie, wenn sie mit dem Wetter fertig sind? Von der politischen Lage. Nun, und da hörte ich denn immer wieder, daß es anders werden müßte. Das heißt, sie sagten es nicht mehr so offen heraus, wie man es vor fünfzig, sechzig Jahren machte, sondern mehr so, wie wir das in unserm alten Reichstag auf der Bank am Breitenbachplatz gemacht hatten, sie redeten drumherum, denn es traute einer dem andern immer weniger. Aber wir redeten trotzdem. Nämlich darüber, daß es nun bald besser werden würde. Warum soll ich mich heute anders machen, als ich damalen war? Ich machte es nämlich nun nicht anders, als sie es alle machten und es wohl so in der Luft und in der Zeit lag. Dabei fingen Faßmann und Laßmann in mir an, sich immer heftiger zu streiten, das war wie in meinen jungen Jahren, und wenn es damals die sogenannten Gründerjahre waren, denen die Pleite folgte, so ging nun den Begründerjahren die Pleite voraus, es war eben doch dasselbe Berlin. Wenn ich es damalen nicht richtig erkannte in meinen Gedanken, ihr Lieben, es haben sechzig Millionen noch weniger erkannt als ein alter Bauer.
Ich kam mir auch gar nicht alt vor. Und hatte doch eine ziemlich lange Fahrt hinter mir, und die beiden Bestandteile der Maschine in mir konnten sich schon erheblich abgenutzt haben. Denn wenn Faßmann in einem Menschen die Maschine ist, der antreibende Motor, dann ist Laßmann die Bremse. Ich hatte es mir angewöhnt, mehr Gedenktage einzulegen. Die offiziellen Gedenktage, die beachtet der Mensch ja sowieso, ich meine die kirchlichen und die staatlichen, und wenn sie ihm nichts besagen und er sie innerlich gar ablehnt, so muß er sie meistens doch feiern, indem er an ihnen nicht arbeiten darf. Aber der Mensch hat auch seine privaten Gedenktage, ich meine die Geburtstage und Sterbetage seiner Lieben. Und da wurde es immer auf kurze Zeit anders in mir. Nämlich, solche Tage, die sind für einen einfachen

Menschen das, was für eine Maschine die automatischen Bremsen sind. Denn wie der Mensch ein Fahrzeug steuert und läßt es schneller laufen und langsamer und anhalten, wie er will, und hat dazu noch Bremsen gebaut, welche automatisch wirken, wenn er ein Signal überfährt, so ist der Mensch selbst auch bloß ein Fahrzeug und kann von einem andern Willen zum Halten gebracht werden. Bei manchen Menschen muß das Schicksal freilich hart das Bremsrad drehen oder aufs Pedal treten, denn sie sind ungebärdig und wollen sich nicht fügen, und erst recht nicht, wenn es zum letzten Halt geht. Bei andern wieder, da wirken die automatischen Bremsen von Zeit zu Zeit allein. Die Menschen nennen es die Besinnlichkeit oder so. Bei mir sind es die Gedenktage. Und wenn es auch wahr ist, daß der Mensch seiner Lieben auch an anderen Tagen gedenken soll, und er tut es ja auch, so ist es doch an dem, daß solche Tage dazu da sind, uns erst richtig zu sagen: Mensch, bedenke, daß sie wie du im Licht gegangen sind, und mußten doch in den Schatten! Und wenn man älter ist, dann dreht man es um empfindet es für richtiger, daß sie zum Licht verklärt wurden aus dem Schatten.
Vielleicht ist es auch so, daß ich es in meinen alten Jahren stärker empfand als früher, weil ich, ohne es willens zu sein, angefangen hatte, das letzte Stück des mir bestimmten langen Weges in einem zu raschen Lauf zu nehmen. Denn siehe, es ist wunderlich, aber wahr, jedenfalls bei mir. Ich meine, daß ich das ganz anders fühlte mit dem Sprichtwort: Die Alten werden wieder kindisch! Ich empfinde es so, daß ich das Leben ähnlich sehe an seinem Anfang und an seinem Ende. Wenn der Mensch jung ist, dann läuft er vorn los wie ein Rennpferd und knattert dabei hinten wie ein Wildesel und wird es nicht gewahr, bis daß er die Hälfte seines Lebens zurückgelegt hat.
Denn auch dies ist wunderbarlich gemacht, daß den Menschen die Selbsttäuschung gegeben ist. Sie werden natürlich auch in der Jugend älter und älter, aber sie sehen es nicht, obwohl sie jeglichen Tag in den Spiegel schauen. Sie sehen es ebensowenig, wie sie einen Grashalm wachsen sehen. Beim Menschen ist es noch so, daß jeglicher, der einen Bekannten nach Jahren wiedersieht, zu ihm sagt: Du hast dich aber auch gar nicht verändert! Bei sich allerdings sagt er: Donnerwetter, der ist aber älter geworden! Und dieses denken sie nun beide, einer vom andern, und keiner tritt vor den Spiegel und sagt sich: Donnerwetter, du bist ja ebenso gealtert!
Meistens merken die Menschen das erst, wenn sie an die Fünfzig sind; bloß daß sie dann vor der Zahl erschrecken, nicht vor dem Bestand, den sie darstellt. Nun ja, und dann leben sie eine Zeit in Nachdenklichkeit, und dann fangen ihrer viele an, rascher zu laufen, als hätten sie was einzuholen, wie damals, als sie als Jungens losrannten. Bloß, diesmal ist es so, daß sie nicht das Leben zeitiger einholen, sondern den Tod. Je rascher sie laufen, um so

schneller erwischen sie ihn, und er ist schabernacksch genug, daß er sogar stehenbleibt, damit sie ihn rascher einholen, und ich habe welche gekannt, denen ist er noch entgegengelaufen. Da ist es gut, meine ich, daß der Mensch der Bremsen achtet in seinem seelischen Getriebe. Dieweil er sonst erlebt, daß die Bremsen seines körperlichen Getriebes das ganze Fahrzeug blockieren.
Ob ich das alles nun richtig gesagt habe mit den technischen Dingen an einem Fahrzeug, das weiß ich nicht. Ich habe da im Laufe der letzten fünf Jahre allerhand aufgeschnappt, denn ich saß immer vorne neben Martin, wenn er das Auto fuhr, und ließ mir die Sache erklären. Geliebt habe ich den Wagen darum doch nicht. Mir ging es immer zu schnell, ich bin wohl einer von denen, die nur deshalb so alt werden, weil sie im Leben und hinter den Lebensgenüssen her langsamer gelaufen sind als die andern. Für mich war schon die Eisenbahn zu schnell, ich hätte mit der Postkutsche reisen müssen. Auch dieses kommt mir vor wie ein Gleichnis des Lebens, nämlich weil einer auf solcher langsamen Lebensfahrt besser aus dem Fenster gucken und mehr sehen kann als einer, der dahinrast. Denn das Auge des Menschen kann in einer bestimmten Zeit nur immer ein Bild aufnehmen, und das Herz des Menschen auch nur. Es bleibt sich also ganz egal, ob einer rasch durchs Leben fährt oder nicht. Der Rasche kann nicht mehr Aufnahmen machen als der Langsame. Er hat höchstens mehr Sorten im Kasten. Aber wenn er sie richtig besieht, muß er feststellen, daß alle Aufnahmen, die er während der Fahrt gemacht hat, flüchtig und verzerrt sind und die guten allein von jenen Plätzen stammen, wo er Station gemacht hatte. Und er kann noch feststellen, daß er sich bei der schnellen Fahrt die Augen und das Herz rascher ruinierte.
„Vater“, sagte mein Sohn, „ich habe eine Idee. Wir fahren mal in alle Orte, in denen du seit deiner Kindheit gewesen bist!“ Da sagte ich gern zu, und wir fuhren los. Auf dieser Fahrt in die Vergangenheit habe ich eine Beachtung gemacht, die am Ende für alle gilt. Nämlich daß der Mensch, will er Orte und Dinge aus seiner Erinnerungswelt als Wirklichkeit wiedersehen, sich beschränken soll auf die ganz engen Plätze der Kindheit, auf einen Hof, einen Stall, ein Haus, eine Werkstatt. Dieweil es nämlich schon sehr schwer ist, die Menschen von damals wiederzusehen ohne Enttäuschung. Und ebenso ist es mit der Landschaft.
Denn es ist immer so, daß sich alles verändert hat, und immer zum Schlechten! Nein, das ist wohl falsch. Bloß zum mehr Nüchternen hat es sich verändert. Jedenfalls immer zur Enttäuschung. Wenn einer mal nach zwanzig, dreißig Jahren seine Herzallerliebste wiedertrifft und hat damals sterben wollen, weil er geglaubt hat, er könne ohne sie nicht leben, so ist er jetzt überzeugt, er lebte nicht mehr, wenn er damals nicht gestorben wäre.

So ein Hof, ein Haus, ein Baum, das geht an, auch wenn sie sich verändert haben. Nämlich, der Mensch selber hat gar keine Vergangenheit, will mir scheinen, er hat bloß eine Erinnerung. Vergangenheit, das ist etwas Nüchternes und Sachliches, das sind getrocknete Blumen oder so. Erinnerung aber, das ist der Duft der Blumen, der geblieben ist. Wenn einer nicht hinsieht, dann blühen alle seine Blumen wieder und sind frisch. Wenn einer aber hinsieht, dann sieht er zuerst Moder und Kaff.
Dieses merkte ich, als ich nun wieder in meiner Heimat war. Ich war froh, als die Kinder mich nach ein paar Tagen abholten. Nämlich, solange ich mit meinem Bruder und seinen Kindern und Enkeln auf dem Hof war, das war Heimat, soviel sich auch da verändert hatte. Aber schon das Dorf. Alle die neuen Gesichter, neue Häuser, die Trachten gehen immer mehr zurück, Kinder tragen überhaupt keine mehr. Ein kleiner Blick ins Wochenblatt vermittelte dafür eine große Scham: beinahe jeden Tag eine Anzeige, in welcher jemand gegen Belohnung die Täter sucht, welche ihm Feldfrüchte oder Heu gestohlen haben. Da erfuhr ich, daß es nicht arme Leute sind, die sich mal ein Gericht zum Essen holen, nein, Menschen, welche das Gestohlene verkaufen. Darüber erschrak ich sehr, als ich hörte, daß dieses alles hingenommen wird als ein unabänderliches Übel, denn in Norddeutschland, da waren die Früchte des Feldes heilig gewesen, und die Bauern hätten jeden totgeschlagen, der sich daran vergriffen hätte. Da verminderte sich meine Liebe zur alten Heimat des weiteren, aber es war schmerzlich.
Und das ganz Schlimme, das ich noch oft sehen mußte auf dieser Fahrt: der Mord an den Bäumen. Es ist gerade, als hätten sie die Augen verloren und hätten Geldstücke da sitzen, so hatten sie sich allerorten über die Bäume hergemacht. Da hatte der Schulze zugegeben, daß sie die schöne hohe Pappelallee von der Stadt zu uns, und sie war vier Kilometer lang, abholzten und verkauften. Da hatten sie in unserm kleinen Dorf die alten Kastanienbäume abgehackt, die an der Dorfstraße standen, weil sie angeblich den Verkehr behinderten. Es geht aber keine Chaussee durch unser Dorf und auch keine Landstraße, die Dorfstraße ist nicht einmal gepflastert. Aber der Schulze war mal mit einem Fuder Heu an einer Kastanie ein bißchen hängengeblieben, weil er nicht ganz nüchtern gewesen war, dafür mußten dann alle Bäume weg. Im Bruch hinterm Dorf hatten sie wie die Wilden gewütet, da mußte am Fließ alles runter, Eichen, Erlen und Pappeln, und die Jungens machten sich dann noch den Spaß und steckten die alten Weiden an den Wegen in Brand. Ich kam gerade dazu, wie Riwas Paul auch noch die letzten Erlen abschlug, die am Wegrand vor seinem Acker standen. „Schämst du dich nicht?“ sagte ich. „Wieso?“ fragte er. „Die nehmen mir bloß das Licht vom Acker. Da werde ich jetzt einen halben Zentner Korn mehr ernten.“

werde ich jetzt einen halben Zentner Korn mehr ernten."
Manche von den Pappeln lange noch nach vielen Jahren halb verfault im Graben. Nämlich, der Schulze oder auch die Besitzer hatten sich mit dem Preis verrechnet. Überhaupt der Preis. Hörten sie, diesmal bringt ein Baum zweiunddreißig statt dreißig Mark, dann schrien sie: „Dissetmal giwt et gutet Geld, da mußte runnermachen!" Ja, und dann machten sie die Bäume um die zwei Mark runter. Ich sah einen Hof, da hatte der Kerl alle acht Bäume abhauen lassen, die um das Haus gestanden hatten, und dann vertrank er von den zweihundert Mark die Hälfte bei Fastnacht, und den Rest verspielte er.
Also blieb mir damals als Erinnerung nicht eigentlich das Land, sondern bloß der Hof. Und der Friedhof. Und der Spreewald. Wir fuhren im Kahn, und ich wollte von der Kindheit träumen. Aber da war es mir auch bloß, als

klagten alle Baumstümpfe die Menschen an und riefen nach Rache. Da bat ich in meinem Herzen dem alten Grafen vieles ab, weil er doch damals bei der Separation erst rasch noch den schönen Stadtwald hatte abholzen lassen. Jetzt nämlich hatten es die Bürger ebenso gemacht, und es war doch keine Gefahr, daß sie den Boden abgeben müßten. Es ist mir das alles unverständlich, wir sind doch auch bloß Bauern gewesen, und unsere Väter auch, aber wir haben immer einen heiligen Respekt gehabt vor den Bäumen am Wege, an den Fließen und auf der Feldmark. Selbst noch einen alten Bruch zwischen zwei Feldern haben wir geschont, und nicht bloß, weil wir da im Sommer beim Essen Schatten fanden. Und es nahm ein Vater bloß so viel Holz, wie er brauchte, und bedachte immer, daß er die Bäume in der Zahl, wie er selbst sie vorgefunden hatte, erhielt für seine Kinder. Jetzt machten sie die Bäume runter, wie sie es nennen. Und wenn sie mal eine kleine Rute wieder einpflanzten, dann gackerten sie wie ein Huhn, und hatten doch bloß ein Windei gelegt.

Ja, und in Vetschau, wo ich gelernt hatte und wo ich den Kampf mit Faßmann und Laßmann angefangen hatte, da stand meines ersten Meisters Haus auch nicht mehr. Und aus der großmächtigen Fabrik, wo ich als Geselle gearbeitet hatte, war im Laufe der Jahre ein noch großmächtigeres Werk geworden. Bloß, es stand still, und die Fensterscheiben waren kaputt, und der Wind blies durch das letzte Loch, und eine Menge Arbeitsloser lungerte in dieser kleinen Stadt.

Cottbus, das war eine schöne Stadt geworden, aber sie erkannte mich nicht. Doch, einer erkannte mich. Ich ging über den Wall, und mit einem Male sagte ein alter Baum zu mir: Halt, Gottlieb, hier war es, genau hier auf dieser Stelle hast du Paula getroffen, und statt die Stadt Paris zu stürmen, hast du eine Kammer in Cottbus gestürmt! Da nickte ich dem Baum zu und fand es bestätigt, daß Bäume Wesen sind wie wir.

Da war es schon herrlich, als wir nach Criewen an der Oder kamen und der ganze Park war noch da. Und ich ging nun des Weges, an dem sechzig Meilensteine von Jahren lagen. Ich fühlte es genau, Gustel aus dem Walde ging wieder an meiner Seite. Und ich erzählte den Kindern, wie es alles gewesen war, als ich ihre Mutter kennenlernte. Und die Brücke am Teich war noch da, und die Glocke, die ich damals angemacht hatte und womit ich den Karpfen beigebracht hatte, daß sie zum Füttern kommen mußten, wenn es läutete. Ich läutete, und siehe da, sie kamen an wie damals und brachten auf ihren dicken Rücken das Zauberland meiner Jugend mit, und jeder hatte eine Krone auf. Wie damals. Da habe ich mich doch hinsetzen müssen, weil alles dies so mächtig über mich kam, und wir haben wohl der Stunden zwei oder drei ganz still so gesessen und mit inwendigen Augen gesehen, wie der

Strom der Zeit rückwärts floß. Es war nur ein kleiner Bach, ein Graben nur, aber es standen an ihm lauter Vergißmeinnicht. Dann sind wir zum Kahlen Köter gefahren. Da war ja nun der nüchterne Lehm- und Sandboden geblieben, wie er damals gewesen war, und die nüchternen Gebäude auch. Aber meine Augen wurden ein weiteres Maul feucht, und ich ließ meinen Stock fallen, damit ich ohne Scham mal konnte die Erde anfassen. Von den Menschen, welche ich gekannt hatte, lebte keiner mehr.
Wir fuhren die schöne Kastanienalle entlang nach Schwedt, und ich dachte der Fahrt, wo sie auf meinem Milchwagen gesessen hatte das erste Mal und hatte Glockenläuten gehört, obwohl ich bloß hörte, daß die Mäher die Sensen strichen. Und bin es doch nicht losgeworden die sechzig Jahre, daß auch ich stets Glocken aus der eigenen Sense hörte. Hier hatte das Land das alles bewahrt, weil sie die Bäume an ihrem Platz gelassen hatten.
Und wir fuhren über die große Brücke in Schwedt nach Nieder-Kränig, und ich sah hinüber zum Tal der Liebe. Wir fuhren durch große Wälder und kamen in ein kleines Dorf, und die Kinder sahen zum ersten Mal, woher sie gekommen war, die ihren Segen ausgeschüttet hatte über ihre Seelen. Und ich sah es wohl, wie sie still wurden und leise gingen, als kämen sie in eine Kirche. Und ich sah, wie Martin auf dem alten Friedhof am Waldrand stand und auf Grabsteinen und Kreuzen Namen suchte, wie er getan da unten bei Lübbenau, als könnte er so die tausend Quellen ermitteln, aus welchen er gekommen, und könnte ergründen, woher seine Art geworden ist. Ich habe es ihm gesagt: „Von deinen Vorfahren väterlicherseits und mütterlicherseits ist seit drei Jahrhunderten kein einziger in der Stadt geboren und gestorben!" Das hatte ich mal ermittelt zu meinem Vergnügen. Da ist er noch stiller geworden.
Und wir kamen nach Fliederberg und nach Falkenberg, aber das Haus, wo ich mein erstes Heim mit uns' Mudding hatte, stand nicht mehr. Und wir fuhren langsam den alten Weg nach Kummerow, der acht Kilometer hat, die er täglich zur Schule gehen mußte.
Und wir kamen nach Kummerow. Da gingen wir zuerst auf den Friedhof. Und dann gingen die Kinder über die Feldmark und nach dem Schwarzen See, und er zeigte seiner Frau die Stätten seiner Kindheit. Ich blieb vier Tage da, in meiner alten Stube auf dem Gut, und feierte ein vergnügtes und trauriges Wiedersehen. Da ich nun schon sechs Jahre in Berlin war und wir hatten immer noch ein Auto und die Kinder kamen mit mir an, glaubten es nun alle, daß ich wohl in Berlin meine Tage beschließen würde.
Als die Kinder mich wieder abholten, fuhren wir nach Stettin. Da begab es sich, daß ich zwar noch die Straßen meines Unglücks fand, aber nicht mehr die Häuser. Sie standen noch da, aber ich erkannte sie nicht, denn ich hatte

die Hausnummern vergessen. Und ich hatte damals vergessen, mir die Häuser genauer anzusehen. Ich war dessen nicht traurig.
Und weil wir nun schon so weit oben waren, fuhren wir noch an die See, und ich sah das Meer und die Schiffe und die Badegäste und fand das alles wunderschön, wie ein Märchen. Da tat es mir des Nachts weh in meinem Herzen, daß ich nicht jünger war, denn ich wäre gern noch über die Grenzen in ein fremdes Land gefahren.
Und wir fuhren durch das schöne Land Mecklenburg, und immer weiter, bis ins Harzgebirge. Und ich sah die Berge an, und wir fuhren weit hinauf, und ich pries den Schöpfer, der sie alle gemacht. Des Nachts aber träumte ich, daß ich ein junger Mann wäre und den Befehl hätte, alle Länder der Erde zu durchwandern. Daß ich aber nun im Traum genauso, wie es im Leben war, wohl die Lust, aber nicht den Mut hatte, einem solchen inneren Befehl zu folgen. Es war eben Herr Laßmann immer viel stärker als Herr Faßmann in mir gewesen, und ich sah nun ein, daß die Rollen der beiden durchaus nicht ein für allemal festzulegen sind. Es kommt eben darauf an, durch welche Brille sie den Menschen und das Leben um ihn ansehen und durch welche Brille der Mensch die beiden ansieht. Von einem nur bin ich überzeugt geblieben: daß jeglicher Mensch seinen Faßmann und Laßmann einigermaßen richtig postieren kann, wenn er sie an eine Kette legt, welche er auch das wachsame Gewissen benennen mag. Und welches ihm bestätigt, niemals etwas bewußt zum Nachteil seiner Mitmenschen gewollt oder gar getan zu haben. Und wenn er es dann keinem anderen Menschen übelnimmt, der da sagt: „Dieses genügt nicht!" Es genügt jedenfalls dann, wenn man schweigt und nicht hämisch zu dem andern sagt: „Und das, was du versucht oder getan hast, das war zuviel!"

Ziffer 6

Der Kreis rundet sich

Als wir wieder in Berlin waren, fragte mein Sohn: „Nun sage mir, Vater, wo ist es am schönsten für die Dauer?"
Ich dachte lange nach, denn er wollte doch eine kluge Antwort haben. Ich sagte mir: Am Meer für immer, das ist doch nicht deine Sache; im Gebirge auch nicht. Im Park von Berlin, das ist wohl auch nichts für ein ganzes Leben. Bliebe das Land. Aber auf abgeholzter Feldmark, das ist wieder, als wäre

dein Haus abgebrannt und du solltest im Schutt wohnen. Nein, dachte ich, du mußt dort sein, wo du weit über die Erde hinsehen kannst und kannst alles ankommen sehen von weitem. Und ich sagte: „In Kummerow im Bruch hinterm Berge!“
Da lachte er, faßte mich um und sagte: „Du hast es gesagt, dein Wille geschehe!“
Was er damit gemeint hatte, das verstand ich nicht. Er hat es mir auch nicht erklärt. Aber ich grübelte nach, und so fand ich manches zusammen. Es fiel mir ein, daß ich mal etwas in einem Artikel gelesen hatte, den er über die Häuser und die Menschen geschrieben hatte, denn er war doch Baumeister. Da holte ich mir den Artikel wieder vor. Da stand es so zu lesen:
„Man muß ihnen Häuser bauen, die ein hohes Dach haben, und die Häuser müssen es tragen wie einen Wetterhut, nein, wie einen Helm müssen sie es tragen. Mit dem Dach verbunden aber muß der mächtige Schornstein sein. So werden sie wohlgestaltig in ihrem Wohnen, wie ihr Land es ist. Aber wie der Mensch von schöner Gestalt sein kann und mit einem schönen Kleid und kann inwendig doch voll Plunder oder voll Not sein, so werden die Häuser erst dann echt wie das Land, auf dem sie stehen, wenn die Menschen in den Häusern echt sind. Damit sie es werden, brauchen sie einen Herd. Der muß in solchem Haus den Raum haben, der ihm zukommt. Seine fromme Ecke kann sich jeder Mensch selbst einrichten, aber den Herd, den muß man ihm bauen helfen. Sie sagen, die Hauptsache an einem Herd sei, daß er warm ist und raucht; erst wenn die Rauchschwaden aus dem Schornstein ziehen und lang hinstreichen über das Land, habe der Beschauer ein Bild des friedlichen Lebens. Ich sage, es kommt nicht auf den Beschauer an, sondern auf den Bewohner, und es ist gleich, ob der Herd mit Holz oder Kohle geheizt wird, ob er für Gas ist oder elektrisch, das hängt mehr oder weniger von den wirtschaftlichen Mächten ab. Die Hauptsache des friedlichen Hauslebens ist, daß auf dem Herd etwas steht, das warm ist, und sie sich das beschaffen können, ohne sich demütigen zu müssen vor denen, die die Macht haben. Alles nämlich ist ohne dauernden Wert, wenn die Menschen, die ein warmes Essen auf ihren Tisch stellen können, nicht ein warmes Herz haben. Solche Menschen möchte ich bauen helfen. Sie müßten ein jeder einen Garten um sich tragen wie ihre Häuser. Dafür, daß ihr Leben nicht bedürfnislos wird und ihre Besinnlichkeit nicht zur Beschaulichkeit entartet, würde der einzige Kampf und Hunger sorgen, der hier geduldet wird: der Kampf und Hunger ihrer bewegten Herzen!“
Ich habe das anfänglich nicht alles verstanden. Aber ich hörte auch Gespräche mit an, die er mit seiner Frau führte. Daraus merkte ich, daß er des Lebens in Berlin wohl müde war. Als er das nun sagte von dem Wohnen im

Bruch bei Kummerow, dachte ich an ein Sommerhaus oder so, wie es viele aus der Stadt noch nebenbei haben. Sie nennen es dann Landleben, wenn für unsereinen das Landleben auch was anderes ist, als bloß mal auf dem Lande zu leben, nämlich, bei uns heißt es, mit dem Land leben, und das sind weniger die Blumen auf der Wiese, das ist mehr das Gras, und von unsern Leibern brauchen wir dazu weniger die Augen und Nasen und mehr die Hände und Füße. So werden sie das nun auch haben wollen, dachte ich und freute mich, was die Kummerower wohl für Augen machen würden, wenn wir uns da so ein schönes Haus bauten. Und ich baute für mich das Haus direkt zu einem Luftschloß, mit Giebeln und Türmen und Fahnen dran, das Luftschloß baute ich so hoch und breit wie ein Grafenschloß, und wohnte bald so ganz allein darin, daß ich es gar nicht bedachte, die Kinder könnten etwas anderes in ihrem Sinn haben. Da war ich auch viel zu stolz darauf, daß er es zu was gebracht hatte in der Stadt, daß ich hätte vermuten können, was Martin sich ausgedacht. Nämlich, ich für meinen Teil war so zufrieden mit der Stadt, daß ich das Schloß auch hätte in Berlin bauen können. Allerdings bloß am Rand von Berlin, wo es auch grün war.
Er war immer stiller geworden. Da nahm er mich eines Abends beiseite und sagte: „Vater, es ist soweit, ich bin pflastermüde. Ich will pflügen und mähen und will Vieh um mich haben, und wir wollen einfach und still leben!"
„Ja", sagte ich verwundert, „aber deine Stellung?"
Er sagte: „Ich übe meinen Beruf nicht mehr aus!"
Ich sagte: „Aber was du mal geschrieben hast von den Häusern, die du hast bauen wollen mit breiten und hohen Dächern, wie ist es mit dem?"
Er sagte: „Sie bauen jetzt alles behördlicherseits. Ohne Leute wie mich!"
Nun, ich dachte bei dem, was er vorhatte, immer noch an eine größere Wirtschaft, und daß er da Leute haben wollte und wollte nur so umhergehen mit der Flinte auf dem Puckel und mit dem Stock an seine Langschäfter schlagen, wie die Gutsbesitzer es machen, wenn sie aussehen wollen wie die Grafen, und die großen Bauern es machen, wenn sie aussehen wollen wie die Gutsbesitzer. Aber er sagte: „Dazu habe ich kein Geld und auch keine Lust. Ich will einen kleinen Hof haben und alles allein machen mit einem Arbeiter und einem Mädchen!"
Und indessen seine Augen dabei leuchteten, als er mir das ausmalte, und wie er sich danach gesehnt habe in den letzten Jahren, da wurden meine Augen immer trüber. Denn war er dazu das alles geworden und hatte Stuben voll Bücher und Freunde, wie er sie hatte, daß er nun wollte Mist fahren und Kühe füttern und hinter der Sense gehen? Ich begriff es nicht, daß einer so willig ein Leben aufgeben konnte, wie er es hatte, und wollte sich mit einer Arbeit befassen, die von den meisten doch nur aus Not gemacht wird, und weil sie

nichts andres gelernt haben. Ich sagte: „Aber deine Frau, sie ist aus der großen Stadt!“
Er lachte. „Ich habe in den Jahren so viel Ackererde unsichtbar an meinen Füßen mitgeschleppt und ihr auf die Teppiche getragen, sie wird es einsehen, daß es besser ist, der Acker holt mich aufs Dorf, als daß ich mich weiterhin quäle, den Acker in die Stadt zu holen!“ Er klopfte mir auf die Schulter und sagte: „Ein gewisser Jemand hat mir mal gesagt, der Mensch muß einen eigenen Misthaufen haben!“
Das war richtig, aber für mich brachen doch wieder alle Luftschlösser zusammen, und ich sah erneut Hiob gehen. Aber es schrie etwas auf in meinem Herzen, denn ich sah eine leuchtende Welt versinken, und über die Trümmer ging Hiobs Sohn. Und das tat sehr weh. Wenn es auch sein Gutes hatte, denn von nun an sah ich die neue Zeit anders an.

Ziffer 7

Ein Sohn der Erde

Als es dann soweit war, daß mein Sohn es wirklich ernst meinte, da bekam ich es mit einer anderen Angst. Heute weiß ich, daß sie kleinlich war. Ich bat ihn, wir wollten irgendwo anders hingehen, bloß nicht nach Kummerow. Nämlich, dies glaubte ich in meinem Herzen nicht ertragen zu können, daß diejenigen, welche jahrelang neidisch gewesen waren, daß der Martin vom alten Grambauer es zu was gebracht hatte in der Stadt, daß sie es mit ansehen sollten, wie er nun als ein kleiner Misttreter oder Ackerknecht hinterm Pflug gehen mußte. Ich sah sie schon grienen und hörte sie spotten: „Na, Gottlieb, da war wohl doch nicht so viel dran an dem Martin seine Verdienung? Will er nun sein großmächtiges Automobil zum Mistfahren brauchen?“ Und ich seufzte: „Mein Sohn als ein Knecht ...“
Er aber sagte: „Vater, ich gehe aus der Stadt, weil ich kein Knecht sein will. Ich werde auch auf dem Dorfe kein Knecht sein, selbst dann nicht, wenn ich mich bei einem Bauern verdingen müßte. Was gehen mich die Leute an? Laß sie reden!“
Aber ich konnte es nicht, und meine Augen waren in den Tagen wohl öfters feucht. Denn wenn ich es nun auch langsam fühlte in meinem Herzen, daß das alte Bauernblut, welches er geerbt hatte von den Großvätern und Großmüttern, daß dieses mächtiger war in ihm, als es in mir gewesen ist, wenn

ich dieses nun auch fühlte, ich wußte doch besser als er, daß es die andern niemals glauben würden. Für sie war Martin dann doch nur einer, der Pleite gemacht hatte in der Stadt, weil ihn die neue Zeit ausgestoßen hatte, und der nun auf seine älteren Tage, denn er war gerade fünfzig geworden, sich mit seiner Hände Arbeit mühselig sein Brot verdienen mußte.
Er ließ das denn auch mit Kummerow. Aber wohin nun? Da kam ich auf meine Heimat. Nämlich, unserm alten Hof gegenüber war eine kleine Wirtschaft zu kriegen, da saß ein Pächter drauf. So wurde es denn beschlossen. Und ich sah, daß der Kreis, welcher um eine Sippschaft geht durch die Jahrhunderte, sich wieder zurückbiegen wollte, nämlich, der Kreis hatte immer dicht auf der Erde gelegen, ich war der erste gewesen, der ihn hatte aufrichten wollen gegen den Himmel. Und als ich das nicht geschafft hatte, da hat es mein Sohn schaffen wollen. Aber da war von seinem Leben doch bloß wieder so viel herausgesprungen wie aus meinem, und auch das mußte wieder zurück auf die Erde und nach einem Pflug fassen.
Wie voller Rätsel ist doch das menschliche Leben, warum mußten wir den Umweg machen, wenn es wieder zurückführt an den Ausgang und endet auf dem alten Friedhof zwischen den Feldern, am Rand von einem armseligen Kiefernwald? Lohnt es sich wirklich nicht?
Ich fügte mich. Heute, da kann ich es sagen, daß es mir sehr schwer wurde, wenn ich es damals zuerst auch verbarg, wollte ich doch den Kindern das Leben nicht bang machen. Denn ich verstand sie nicht in ihrem Tun, und sie hätten wohl mich nicht verstanden, daß ein alter Bauer ausgerechnet nicht wieder zurück wollte aufs Dorf.
Dieweil wir nun noch nicht gleich auf den kleinen Hof konnten, zogen wir einstweilen in die kleine Stadt Lübbenau, dicht dabei. Da hatte ich es nun nicht weit an die Stätten meiner Kindheit, und ich war auch viel da. Martin arbeitete sich ein bei seinem Vetter auf dem alten Hof, und als ich ihn hinter dem Pflug gehen sah und hinter der Sense, bloß mit Hemd und Hose und langen Stiefeln, und sah, daß er fröhlich war in seinem Herzen und Plattdeutsch redete wie in seiner Kindheit, und sah sein Wohlgefallen, mit welchem er am Abend die Beine lang unter den Tisch streckte, da ließ ich die letzten von meinen Bedenken fallen und verzieh sogar denen, die ihn dazu gezwungen hatten. Es war da wohl wirklich einer nach Hause gekommen.
Und ich meinte, daß es ein Unsinn sei, nach dem Sinn des Lebens zu fragen, wie auch ich das immer getan hatte. Weil es nicht gut einen einzigen Sinn des Lebens für alle geben konnte, gab es doch nicht einmal dasselbe und gleiche Verhältnis zur Erde für alle jene Menschen, welche sie betreuen mußten oder liebten. Denn ich erlebte es, wie ein Mensch ein Sohn der Erde sein konnte, ein anderer ihr Knecht, ein dritter ein Landstreicher, ein vierter

ihr Herr. Ich sah, daß manche Menschen Blumen sind auf der Erde, manche Feldfrüchte, manche wohl bloß Unkraut. Alle, alle aber werden sie einmal untergepflügt, haben sie ihre Gestalt auch noch so verändert, sie sind doch nur Dünger für die Saat der Kommenden.

Ziffer 8

Ein Knecht der Erde

Ich verstand es damals auch, was es bedeutet, wenn ein Mensch Erde in seinem Blut hat. Nämlich, mein Bruder starb. Er hatte seinen Hof längst an seinen Sohn gegeben, und der hatte schon große Kinder. Und Martin und seine Frau konnten gut mit den Verwandten, und war kein Unterschied des Standes, und sie fühlten das gegenseitig. Mein Bruder war dreiundachtzig Jahre alt und war ein Ackerer gewesen zeit seines Lebens. Aber er war zum Knecht der Erde geworden. Er hatte sich beim Fischen ein Nierenleiden geholt und hatte es nicht kuriert. Er sagte, er habe keine Zeit. Er hat es mit sich geschleppt zwanzig Jahre, und die Ärzte hatten den Kopf geschüttelt, daß der Alte immer weiterlebte. Der lebte nicht bloß, der ging noch mit aufs Feld, und wenn er da auch bloß rumsaß und Steckrübenpflanzen verzog, oder Gurkenkerne legte, oder mäkelte, weil die Jungen es anders machten, als er es gelernt hatte zu seiner Zeit. Manchmal, wenn der Abend schon gekommen war und war keiner mehr draußen von allen im Dorf, da kam er angewankt durch den Dunst, hatte noch einen Korb am Arm oder einen Sack auf dem Rücken. Und wenn er unterwegs einen Ast fand oder sonst ein Stück Holz, dann klemmte er das auch noch unter den Arm. Der ließ nichts umkommen, und es war gar nicht in seinem Sinn, daß sein Sohn darin einiges großzügiger war. Mit den neuen Maschinen hatte er offene Feindschaft, und wenn wieder so ein Ding auf dem Hof auftauchte, und war es auch bloß ein Kartoffelroder, da sah er zuerst böshaft nach hin, und nachher strafte er solche Sachen mit Verachtung. „Alles man bloß gemacht, daß sie das Faulenzen lernen", knurrte er dann. Na, und mit seinem sechzehnjährigen Enkel erst! Was der auf der landwirtschaftlichen Schule lernte, das war gleich alles fauler Kram. „Wer hat früher so was gehört, landwirtschaftliche Schule?" brummte er. „Die beste landwirtschaftliche Schule ist Vaters Feld, und der beste Lehrer ist Vaters Forkenstiel!" Ich teilte in diesem nicht seine Meinung, aber er meinte, mich hätte eben auch die Stadt verdorben.

Seine Kinder hatten es ihm nun öfter direkt untersagt, aufs Feld zu gehen, in seinen alten Tagen. Denn nämlich, er half ihnen eigentlich gar nicht, und er hätte mehr genützt, wäre er zu Hause geblieben und hätte auf die Gänse aufgepaßt, daß die nicht immer in den Garten gingen. Aber da bockte er auf, ob er ein altes Weib wäre, gerade noch gut genug zum Gänsehüten, und er sähe doch, was sie auf dem Felde alles falsch machten, und wenn er mal nicht mehr wäre, dann würden sie schon sagen: „Hätten wir man noch den Alten!"

Es war wohl so, daß er einfach ohne den Acker nicht leben konnte, daß etwas ganz anderes in ihm rege war, was wir nicht wußten. Später habe ich mir das bedacht, und ich glaube auch, daß ich es erkannt habe in seinem wahren Sinn. Nämlich, als ich im Sommer ein paar Wochen bei ihnen war, da habe ich ihn zuerst davon abhalten können, daß er immer aufs Feld lief. Da führte er gern lange Gespräche mit mir, und die handelten meist auch immer vom Acker, und ihr Sinn war: Soviel sich auch ändert auf der Erde, eins bleibt unverändert, nämlich der Besitz der großen Herren mit den hunderttausend Morgen. Daran hat die Bauernbefreiung und die Aufhebung der Leibeigenschaft nichts geändert, die Revolution von Achtundvierzig nicht, die Separation nicht, die Gründung des Deutschen Reiches nicht, der Weltkrieg nicht, die Revolution von 1918 nicht und nicht die Fahnen mit dem Hakenkreuz.

Die Herren bleiben mit ihrem Landüberfluß in alle Ewigkeit, dachte ich, wie der Bauer mit seiner Landnot! Das war der Inhalt seiner Gespräche jeden Tag, und war er darin ähnlich meinem alten Freund, dem Schulzen Christian Wendland in Kummerow. Nach einer guten Woche fing er dann wieder mit dem Laufen aufs Feld an. Nun hatten die Kinder ihn schon öfter im Dunkeln heimholen müssen, oder es war einer aus dem Dorf gekommen und hatte gesagt: Holt doch man bloß euern Vater nach Haus, der liegt da am Weg!

Das letzte Mal ging ich mit, wir konnten ihn erst gar nicht finden. Bis ich mich erinnerte, daß ihn ein bestimmter Acker immer am meisten angegangen war. Das war derjenige, den er sich in der Jugend vom ersten Verdienst zugekauft hatte, und hatte ihn mit dem Spaten ganz allein rigolt, drei Spatenstiche tief, und hatte Lehm nach oben gebracht und ein Feld daraus gemacht, das nach fünfzig Jahren noch immer zwischen den andern lag wie ein Garten in der Heide. Also dort gingen wir hin, und ich sah da im Schummern auch etwas liegen auf dem Feld, und wir traten hinzu, und er war es und lag da wie ein Haufen Erde und redete irre. Ich verstand es dahin, daß ihn einer rufe. Er sagte es nicht, wer das ist, der ruft, aber ich wußte es, er meinte den Acker. Wir haben ihn zu Bett gebracht, und der Doktor ist gekommen und hat den Kopf geschüttelt, daß er mit seinem Leiden immer noch da sei. In acht Tagen hatte er es überwunden.

Aber dann ist erneut ein Anfall gekommen, und er hat wieder phantasiert. Wir konnten ihn nicht mehr allein lassen, denn er wollte immer raus und aufs Feld. Einmal nachts ist er in Unterhosen entwischt, und wenn ihn am Dorfende nicht einer gesehen hätte, wäre es ihm da schon passiert. So hat es noch acht Tage gedauert mit dem Hinhören auf das Rufen vom Feld.
Die Tür von seiner Stube ging auf den Hof, sie war abends zugesperrt, und in der Nebenstube, da schlief ich. Da hörte ich mal tief in der Nacht auf dem Hof was rufen und lärmen. Ich raus aus dem Bett und auf den Flur und knipste das Licht an. Dann rief ich laut nach seinem Sohn. Der Alte hatte in seinem Irrwahn doch das Fenster aufgemacht und war rausgeklettert, und

war in den Schuppen gegangen und hatte den Pflug auf den Wagen gewuchtet, und stand nun oben auf dem Ackerwagen und hatte die Peitsche in der Hand, und stand da im Hemd und knallte mit der Peitsche, und wollte ohne Pferde aufs Feld fahren.
Wie er das mit seinen stackerigen Knochen fertiggebracht hat, das war uns allen ein Wunder, und wir waren nur froh, daß der Pferdestall abgeschlossen war und er die Pferde nicht hatte rausholen können. Wir haben ihn in sein Bett gebracht, und er hat bloß immer vom Pflügen geredet, und daß die faulen Burschen die beste Zeit versäumten, und gegen Morgen ist er dann mit Hü und Hott und mit Reden vom Pflügen eingeschlafen. Ich werde das Bild in meinem ganzen Leben nicht vergessen, wie er da in der Nacht auf dem Wagen im Hemd stand. Siehe, er ist wohl der einzige Mensch, der auf einem Ackerwagen gen Himmel gefahren ist.

Ziffer 9

Himmelfahrt im Schlitten

Mein Bruder wird da oben sehr gestaunt haben, als im Winter nach seinem Heimgang unser gemeinsamer Jugendfreund Kraliks Liepe aus Lagow im Himmel auf einem kleinen Eisschlitten angezottelt kam. Dieweil das nicht mehr Mode war. Aber daß es mit Kraliks Liepe noch mal geschah, das mußte so sein, das war Kraliks Liepe seiner Frau schuldig. Ich will es erzählen.
Es war diesen Winter ein steifer Frost, und ich sah von meinem Fenster weit über das Bruch, und es war alles voll Eis, und ganz hinten war der Spreewald. Da hörte ich die Glocken läuten. Sieh mal an, dachte ich, es ist alles so geblieben, wie es zu deiner Zeit mit den Glocken von Lübbenau war. Man bloß, ob es auch bei den Menschen und ihrem Denken über die Glocken so geblieben ist? Nämlich, zu meiner Zeit, da sagten sie von Lübben bis Calau folgendes von den Glocken von Lübbenau: Die kleine Glocke ruft immer hell „Zwiebel – Zwiebel!“, die mittelste einiges ernster „Meiran – Meiran!“, die große brummt immer „Saure Gurken – saure Gurken!“.
Da ging der Briefträger an meinem Fenster vorbei. Ich machte auf und sagte: „Herr Postrat, was sagen die Glocken von Lübbenau?“ Und richtig, er war noch ein junger Mann von dreißig, aber er sagte: „Zwibbel – Meerrettich – saure Gurken – saure Gurken!“ Das war also die ganze Veränderung in all den Jahren.

Ich fragte dann noch, wer denn gestorben sei, daß sie läuten. Da sagte er: „Der alte Kralik aus Lagow!"
Ich fragte: „Kraliks Liepe?" Er nickköppte und lachte. „Dann kann er nun ja seine Schlittenpartie machen!"
Nämlich, das mit der Leiche auf Schlittschuhen, das ist wahr, und mit Kraliks Liepe, da ist es noch ganz besonders wahr, und das wissen sie alle auch heute noch. Also, das Dorf Lagow, das liegt sechs Kilometer ab von Lübbenau und mitten im Spreewald, und bis vor zwei Jahren ging kein Weg dahin, und mußten sie im Sommer alle mit dem Kahn fahren, und im Winter, da mußten sie auf den Fließen oder über die Wiesen auf Schlittschuhen in die Stadt zur Kirche kommen. Es konnte daher in Lagow jedermann Schlittschuh laufen. Bloß die Säuglinge nicht. Na, die wurden zur Taufe im Winter eben über das Eis getragen, es machte sich auch ganz gut, wenn die Hebamme mit dem eingepackten Balg auf Schlittschuhen so losgondelte.
Ja, und die Toten? Die konnten nicht mehr Schlittschuh laufen, das ist richtig, und einen Sarg, den konnte man so weit nicht tragen. Also wurde er auf einen niedrigen Schlitten gesetzt, und da spannten sich zwei Mann vor auf Schlittschuhen und zogen ihn, und zwei Mann auf Schlittschuhen faßten hinten an und schoben und hielten ein bißchen die Richtung, damit der Tote nicht in ein ärgerliches Hin- und Herschlittern kam. Na, und dann folgten die Anverwandten und die Freunde, und alle in Zylinder und Gehrock und mit Kränzen, und die Frauen in schwarzer Tracht, und alle auf Schlittschuhen. Es kann nun wohl ein Städter darüber lachen, und es ist ja auch ein ungewöhnliches Bild und paßt nicht ganz zu einem Trauerzug, wenn sie so daherkommen auf Schlittschuhen mit Zylinder und Kränzen. Aber für unsereinen hat es nichts Komisches an sich, und für unsern Herrgott sicher auch nicht.
Bloß, mit Kraliks Liepe, das war mal eine andere Geschichte. Dieselbe begab sich, als er jung verheiratet war und hatte seine Frau bloß ein paar Jahre. Denn da holte sie sich im Winter eine Lungenentzündung und legte sich hin und starb. Kraliks Liepe war sehr unglücklich. Er hatte seine Frau sehr gern gehabt, und sie hatten lange miteinander heimlich laufen müssen, bis sein Vater es zusagte, denn sie brachte ihm zuwenig mit. Aber Schlittschuh laufen, das konnte sie. Und nicht so feste geradeweg, wie die meisten hier, sondern mit Bogen, und die kurzen roten Röcke von ihrer Tracht, die flogen dann man so. Na, und der Liepe, der war immer ganz närrisch, und er konnte auch sehr gut laufen. Und als sie verheiratet waren, da liefen sie immer zusammen nach Lübbenau und alberten auf dem Eis, und manchein freute sich über das fröhliche Paar.
Nun war sie also gestorben und mußte nach Lübbenau zur Beerdigung

gebracht werden. Und das ging zu wie immer, nämlich, der Sarg kam auf einen Schlitten und war mit Kränzen geschmückt, und es war ein großes Gefolge, denn sie hatten die junge, muntere Frau alle gern gemocht.
Nun ist es Sitte bei uns, daß es einen Leichenschmaus gibt. Gewöhnlich erst nachher, wenn der Tote in der Erde ist, und dann tüchtig, und es muß viel getrunken werden, und es muß fröhlich zugehen dabei. Aber bei manchen, die auf sich halten, da wird auch schon ein kleiner Vorschuß auf den Leichenschmaus genommen, es werden da öfter ein paar Buddeln vorher getrunken. Na, und besonders wenn es so bitterkalt ist und sie müssen im Gehrock sechs Kilometer übers Eis. Und der alte Kralik, der hielt nun auch auf den Brauch, und er wollte wohl auch seinen Jungen trösten, dieweil er die tote Schwiegertochter ästimierte. Also, sie hatten ein bißchen eingeheizt. Aber dann gingen sie doch ganz gesittet los.
Wie das nun angefangen hat, das hat nachher keiner wahrhaben wollen. Aber angefangen haben soll Kraliks Liepe selber. Nämlich, wie sie nun so über das meilenweite blanke Eis hinter dem Sarg her schlittschuhten, und hatte wohl jeder so seine Gedanken, und waren die einen wohl schon auf dem Friedhof mit ihren Gedanken und die andern gar schon beim Glas Warmen, da war Kraliks Liepe sicher in Gedanken bei seiner lieben toten Frau, und war bei ihr, als sie noch lebte und mit ihm Bogen lief. Es muß so gewesen sein, denn plötzlich sahen sie ihn, wie er so dicht hinter dem Sarg immer mehr mit den langen Beinen nach rechts und nach links ausfaßte. Das ging ein Weilchen so, und dann sahen sie, wie er bei kleinem auch ein paar Bogen machte.
Dieweil er allein ging, merkte er es wohl gar nicht, oder es war ihm bewußt und eine kleine Extraehrung für die Tote. Jedenfalls so nach und nach wurden die Bogen immer größer. Na, und schließlich, da schmiß er die Beine nach rechts und links und holländerte in gewaltigen Schwüngen und wiegte dabei den langen Leib wie in seiner glücklichsten Zeit. Und der große Kranz in seiner Hand, der schwenkte immer so mit, von rechts nach links und von links nach rechts.
Zuerst soll es sein Freund Wischeks Karle gewesen sein, der es bei kleinem mitmachte. Er hat nachher gesagt, er hätte es getan, damit es nicht so auffallen sollte, wenn Kraliks Liepe als der Haupttraurige es allein machte. Na, und dann hat sich ihm Filkos Friede angeschlossen, weil der auch ein Freund von Liepe war und seinerseits auch die tote Frau ehren wollte.
Sie wunderten sich zuerst alle sehr über die drei, aber dann machten es die in der nächsten Reihe mit, und dann, bei kleinem, immer so weiter. Und schließlich, und dieses war das Seltsamliche, auch die Frauen. Als wenn ihnen eine höhere Macht die Beine nach auswärts schmiß. Na, und da haben

die vier am Schlitten mit dem Sarg das wohl gemerkt und haben gedacht, das ist eine neue Mode, und sie haben es auch so gemacht. Und so ist denn die gute, tote, junge Frau in wundervollen Bogen auf ihrem Schlitten bis in den Hafen von Lübbenau geschunkelt.
Dort freilich haben die Leidtragenden aus der Stadt gestanden, und die haben ein böses Gesicht gemacht, und haben es eine Unehre genannt, und haben es dem Pastor gesagt, und der hat Liepe hinterher seinen Extrasegen gegeben. Darüber haben sich dann wieder alle gemeinschaftlich geärgert und haben nach dem Begräbnis ihren Ärger ein weniges heftiger runtergespült.
Der Pastor hatte gesagt, so was könnten sie lassen bis auf den Nachhauseweg, da erregte es nicht solch Ärgernis. Er hätte ihnen das gar nicht in den Mund und in die Beine zu legen brauchen. Nämlich, als sie abends nach dem Leichenschmaus sich auf den Heimweg machten, da liefen sie ohne ihr Zutun Zickzack, und da nun immer am Hafen die Bäcker im Winter die Schlittschuhbrezeln haben und es Sitte ist, daß jeder Mann und jedes Kind nach Hause Brezeln mitbringt, so mußten die Leidtragenden das auch. Und die Schlittschuhbrezeln, die sind immer zu Stücker zwanzig auf einen Bindfaden gezogen, und den hängt man sich um den Hals. Das ist so bis auf den heutigen Tag. Da hatten sich nun die Leidtragenden ganze Kränze von Brezeln umgehängt, als sie losstackerten. Bloß, es war ja nun nicht mehr ein geschlossener Zug, wie her nach Lübbenau, und dunkel war es auch schon.
Es ist dann auch ein bißchen schlimm geworden. Nämlich, Kraliks Liepe, der ist etwas vom Weg abgekommen, in seinem Ärger oder in seiner Trauer, und ist auf eine warme Stelle auf einem Fließ geraten und eingebrochen. Sie haben ihn wieder rausgezogen, und er ist als nasser Pudel nach Hause gelaufen. Bloß, zu Hause, da war er gefroren zu einem großen Stück Eis, und da haben sie ihn nicht gewaltsam aufgetaut, indem sie ihn etwa auf den Herd gesetzt hätten, nein, als vernünftige Menschen sind sie erst mit ihm ins Wirtshaus gegangen und haben ihn von inwendig aus aufgetaut.
Dabei haben sie dann gemerkt, daß Filkos Friede und Wischeks Karle fehlten. Da sind mehrere zurückgelaufen und haben die beiden gefunden, wie sie in einem Werftstrauch lagen und schliefen. Und Wischeks Karle hat es nachher entrüstet abgewiesen, daß er betrunken gewesen sein soll. Er hätte bloß seinen Freund Friede aufheben wollen, der hingefallen war, und dabei müsse der ihn umgerissen haben.
Es ist auch das noch gut abgelaufen. Zwei sind aber doch erfroren. Nämlich die beiden Zylinder von den Freunden. Die hatten sie schon vorher verloren, und die hatte keiner vermißt. Aber der Briefträger, als der am nächsten Morgen auf Schlittschuhen von Lübbenau nach Lagow gegangen ist, da hat er unterwegs was Schwarzes, Verkrumpeltes aus dem neuen Schnee gucken

sehen. Das war Friede seiner. Der Briefträger hat ihn losgepiekt und auf seiner Stange mitgenommen. Na, und dann hat er den zweiten Zylinder auch noch gefunden und hat seine Piekstange auch da quer durchgestoßen, und so ist er in Lagow eingetrudelt. Siehe, so waren sie alle beieinander.

Kraliks Liepe hat den Tod seiner jungen Frau nie ganz verwunden und hat sie doch um fünfzig Jahre überlebt und noch mal geheiratet. Nun war auch er heimgegangen, und wieder im Winter. Wenn ich da was zu sagen gehabt hätte, dann hätte er zu Grabe gebracht werden müssen, wie er damals seine erste Frau heimgebracht hat. Er hatte es auch vorgehabt, schon, um die Geistlichkeit zu ärgern. Aber sie hatten im vorletzten Jahr einen neumodischen Fußweg gebaut, und von da ab wurde zwar noch der Sarg auf einem Schlitten gebracht, aber sie geleiteten den Toten nicht mehr auf Schlittschuhen ins himmlische Reich.

Noch zwei Tage vor seinem Tode hatte Liepe seinen letzten Weg haben wollen wie vor fünfzig Jahren seine Frau. Aber sie wollten nicht.

Da drohte Liepe ihnen sehr energisch mit der Streichung des Leichenschmauses. Sie überlegten es lange. Da sagte Wehlans Paule: „Wir und sind am Sarg, da könnten wir am End die Beine bißchen was schmeißen!" Kraliks Liepe bewilligte darauf einen halben Leichenschmaus. Sie verhandelten neu. Da hatte Liepe es selber gefunden: „Willstu großen Schmaus, denne und ihr müßt mit Sarg wenigstens was schunkeln!" Das sagten sie ihm zu, aber er ließ sich die Hand darauf geben. Worauf er sich zufrieden zur Wand wendete und sanft entschlief.

Hinterher, als es bekannt wurde, da war es den Lagowschen nicht angenehm. Manche wollten es auch nicht mehr gerne hören, daß sie früher immer alle auf Schlittschuhen einem Gestorbenen gefolgt sind. „Es ist nicht christlich gewesen", sagten sie.

Ich sagte: „Unser Herrgott, wenn der es gesehen hat, damals das mit Liepes Frau und jetzt das mit ihm, und er hat es ja gesehen, denn er ist allsehend und allwissend auch und weiß solchermaßen, daß er die Menschen und Dörfer im Spreewald doch gemacht hat ohne Fuß- und Fahrweg, und ruft sie mitten im Winter zu sich, dann nimmt er es daher auch als Ordnung hin, daß sie zu ihm kommen nach ihrer Väter altem Brauch. Und die Bogen und Schwünge, die sie dabei gemacht haben, die nimmt er auch nicht übel, denn siehe, sie sind auf diesem kurzen letzten Wege nur das gleiche, was die Rutscher und Seitensprünge sind, welche der Mensch, und ist er auch ein Pastor, auf seinem langen Lebenswege gelegentlich macht. Und wenn der liebe Gott damals mitgewesen ist von der Partie zu Ehren von Liepes Frau, und er muß dabeigewesen sein, da er doch allgegenwärtig ist, da wird er, unsichtbar unserem leiblichen Auge, wohl auch auf Schlittschuhen gewesen sein. Und wie ich ihn kenne und weiß, daß er Humor hat und sich über fröhliche Menschen freut und gelegentlich auch ein Späßchen mitmacht und lachen kann, da traue ich ihm sogar zu, daß er bei aller Würdigkeit ab und zu vielleicht auch ein paar kleine Bogen riskiert hat. Im Himmel, da darf er das ja nicht tun, da würden es ihm die Pastoren sicher verbieten. Aber da haben sie auch keine so schöne Eisbahn wie im Spreewald."

Ziffer 10

Ich trete im Film auf

Also, da kam nun mein neunzigster Geburtstag heran, und die alten Freunde meines Sohnes in Berlin benutzten die Gelegenheit und kamen ihrer ein ganzes Dutzend nach Lübbenau. Es waren fast alle solche wie er, ich meine solche, die nicht mehr öffentlich bauen durften. Dies nun mit meinem Geburtstag war ihnen ein unverdächtiger Grund, sich zu treffen. Es wurde da nun im Gasthaus „Zum grünen Strand der Spree" ein großes Festmahl mir zu Ehren gerüstet, es waren ihrer wohl dreißig Menschen da, natürlich gab es Schlei und Aal mit Spreewaldsauce, und auf der langen Tafel lagen zwei lange Leisten, darin waren neunzig Löcher gebohrt, darin steckten neunzig brennende Wachskerzen. Dieselben verbreiteten einen himmlisch-festlichen Glanz und noch mehr eine höllisch-festliche Hitze, so daß zuerst alle Blumen auf der Tafel sich zusammenzogen und schließlich immer mehr Westen und Mieder sich ausdehnten und öffneten. Neunzig anständige Kerzen auf einer Tafel, so in Abständen von fünfzehn Zentimetern, das ergibt zwei Reihen von je vier bis fünf Metern, ja und es ergibt eben die Vorstellung von einem Backofen, zumalen sie alle, Männlein und Weiblein, ganz tüchtig aßen und tranken und die Frauensleute fast alle in ihrem schweren Trachtenstaat gekommen waren und die Herren mir zu Ehren in schwarzen Anzügen. Festmusik hatten wir auch, indem der jüngste Grambauer, der wohl auch der Letzte der Familie sein wird und sechzehn Jahre alt war, in der Ecke saß und einen Boxkampf mit der Ziehharmonika siegreich bestand. Ich will es kurz machen, obwohl es lange dauerte, nämlich von sieben Uhr abends bis drei Uhr morgens, und sie eine Reihe von festlichen Worten sprachen. Die Festrede hielt mein alter Freund Bruno H. Bürgel, der Sterngucker. Er machte es sehr sinnreich, indem er aus der Geschichte aufzählte, was neunzig Jahre darstellen, und man bedenke, was in dieser Zeit alles für Erfindungen gemacht worden sind, denn damals, als ich die Welt anblinzelte, da sei sie bei uns noch vom Kienspan erhellt gewesen, und es habe keine Eisenbahn und keine Telegrafen gegeben. Er zählte da wohl fast eine halbe Stunde lang alles auf, was ich in neunzig Jahren gesehen hätte, und fragte mich am Schlusse feierlich, was ich denn in den nächsten zehn Jahren bis zu meinem hundertsten Geburtstag nun noch Neues und Großes sehen möchte. Und da ritt mich doch der Deubel, und in Stimmung war ich ja auch, und ich kannte sie doch alle, also ich sagte – solchermaßen nach meinen besonderen Wünschen gefragt, und wohl auch, um von meiner kleinen Verirrung von vor vier Jahren deutlich abzurücken –: „Das vierte Reich!" Na, da war das zwar im ersten Augenblick ein großer Spaß, aber dann sahen wir, was wir bisher nicht gesehen hatten, nämlich daß die eine der großen Türen offenstand, und gleich hinter der Tür stand ein Dutzend mehr oder weniger guter Bürger, die da wohl etwas hatten sehen wollen und nun etwas zu hören gekriegt hatten. Es hat uns zuerst wohl etwas in die Suppe geregnet, und wenn ich es auch für ganz originell gehalten hätte, am Morgen nach meinem neunzigsten Geburtstag hoppgenommen zu werden, so war es mir doch auch wieder angenehm, daß keiner was meldete, wußte ich doch, daß außer meinem Martin noch ein paar anderen der Herren schon mal etwas abhanden gekommen war. Ich meine, daß uns diese meine Antwort so hat in die Suppe hageln können, beschließt sehr gut die lange Liste der Welterrungenschaften, die ich erlebte, und ist auch ein kleines Bild aus der Zeit.

Wir haben dann auch unsere Stimmung wiedergekriegt und nachher sogar getanzt, und ich bin dabei nicht der Faulste gewesen.

Nachher, als ich im Bett lag und nicht schlafen konnte, denn es gingen mir doch allerhand Gedanken durch den Kopf über das menschliche Leben, da dachte ich zwischendurch auch mal dran, wie spät es wohl sein mochte, und es war schon nach vier Uhr morgens. Da schloß sich noch ein anderer Gedanke an den Uhrzeiger, nämlich, ob die im Wohnzimmer wohl noch bei einem Cottbuser Melde-Korn beisammensitzen mochten, froh, den Alten nun los zu sein. Da stand ich denn auf und überraschte sie auch. Und so wurde es sogar sechs Uhr früh, und ein wunderschöner Maienmorgen leuchtete aus allen Fenstern herein, und aus dem weiten Bruch vor unserem Fenster sangen viele Hundert Vögel mir mein wahrscheinlich letztes Jahrzehnt an. Da hab ich hinterher wieder vor Freude nicht schlafen können.

Am Abend dann, als ich auf der Treppe im dämmrigen Hausflur stand und drei Frauen aus unserem Haus Bericht erstattete über den festlichen Abend, da trat ich in der Rage eine Stufe zurück und purzelte die halbe Treppe hinunter. Es tat sehr weh im Hüftgelenk, und sie holten den Doktor, aber

er nannte es eine Verstauchung und verschrieb eine Salbe und massierte mir die Hüfte. Es tat darauf noch mehr weh, aber wie man so ist, man verkneift es sich, obwohl man ihm am liebsten eine gelangt hätte; ein Mann von neunzig Jahren jedoch, der soeben groß gefeiert wurde, muß sich nun auch als ein Mann von Selbstbeherrschung zeigen, und so tut man dann eben, als wäre das alles nichts Besonderes, und bleibt ein bißchen im Bett. Aber da wird es schlimmer, und der Sohn stutzt bei dem vom Doktor angeordneten Massieren und holt den Arzt erneut. Der untersucht die Geschichte noch einmal und sagt noch einmal: „Es ist nichts weiter, es ist nur eine Prellung!" Und verschreibt eine neue Einreibesalbe. Doch nach drei Tagen bestellt der Sohn ein Auto, und sie fahren den alten Knaben die dreißig Kilometer ins Krankenhaus nach Cottbus, wo der Schwester beim Ausladen gleich der Ruf entfährt: „O Gott, ein Oberschenkelhalsbruch! In dem Alter!" Und da morgen Pfingsten ist, haben sie das Zimmer mit Maien geschmückt.
„Ach was", sagte der Chefarzt nachher, „das heilt wieder zusammen!" und machte dabei ein Gesicht zu meinem Sohn hinüber, daß man den Schwindel durch das Grab bis an die Himmelstür roch. Sie sagen dazu ärztliche Verschwiegenheit. Andere benennen es als fromme Lüge. Bei mir hatte der Chefarzt Pech, aber daran hatte er selbst schuld, weil er besonders gut ärztlich verschwiegen sein wollte. Er mußte mir durchaus noch erzählen, sie hätten da in Berlin eine steinalte Schauspielerin gehabt, Adele Sandrock, die hätte sich neulich auch den Oberschenkelhals gebrochen. „Achtzig oder auch neunzig Jahre war die alt, und denken Sie mal an, die ist wieder kerzengrad zusammengewachsen!" Er sagte sich eben, was weiß solch alter Bauer schon von solchen Namen! Da sie nun aber bei mir zu Hause des öfteren Witze von der alten Schauspielerin mit der Wachtmeisterkehle erzählt hatten, konnte ich sagen: „Ach, Herr Professor, ist das die, die so mächtig flunkern konnte?" Er war erstaunt und fragte verwundert: „Flunkern? Vielleicht ja, aber wieso?" – „Das fragen Sie, wo Sie sie doch kennen? Die hat Sie dann eben noch aus dem Grab heraus beschwindelt, nämlich, sie ist schon vor einem Vierteljahr an ihrem Beinbruch gestorben." Und da er nicht traurig war und nichts sagte, sagte ich noch was: „Da müssen Sie sich nichts bei denken, Herr Professor, denn erstens war sie ja man bloß eine Frau, und zweitens ist sie ja auch bloß erst zweiundsiebzig Jahre alt gewesen und keine neunzig!"
Später, als ich dann wieder wie ein Reh laufen konnte, erzählte mir mein Sohn, wie der Professor damals, als er mich mit der alten toten Sandrock hatte trösten wollen, wie der Professor ihm gesagt hatte, ein Oberschenkelhalsbruch in einem Alter von neunzig Jahren sei das Ende.
Er hatte darum auch nichts mehr mit mir unternehmen wollen, dieweil er

eben nicht gewußt hatte, was. Den ganzen Kerl in Gips legen hätte Komplikationen geschaffen, das einzige wäre nageln, aber das würden die alten Knochen nicht mehr aushalten, sie würden zerbröckeln. Na, ich habe dann auf dem Nagel zu meinem Sarge bestanden, und als sie sich schließlich daranwagten, haben sie es mit nur örtlicher Betäubung gemacht, wegen des alten Herzens. Ich meine, sie müßten es doch bei kleinem gelernt haben, daß ein Mensch nicht beschaffen ist wie der andere und das Alter durchaus nicht alle Leiber gleichmacht, sonst würde ein Mensch doch nicht mit vierzig, ein anderer mit sechzig und ein anderer mit neunzig sterben.

Sie haben also genagelt und haben dazu noch ein paar Professoren aus Berlin von der Universität geholt. Die wollten auch alle sehen, wie es dem dickköpfigen Alten bekommen würde, denn der alte Knochen, der mußte nach allem, was sie gelernt hatten, doch wegplatzen wie ein Brocken Gips. Ja, und als er das nicht tat, nun, dann mußte auf jeden Fall gleich hinterher die berühmte Komplikation eintreten. Davon ließen sie nicht ab, das sagten sie ganz freiheraus an meinem Bett, sie nahmen da wohl an, das versteht der nicht. Und als dann die schöne Komplikation auch nicht kam, da waren sie alle überzeugt, der Alte würde nun aber ein kleines Jahr im Bett mit hochgestelltem Bein liegen müssen, berechneten sie doch für einen dreißigjährigen Oberschenkelhalsbruch mindestens zehn Wochen bis ein Vierteljahr. Fleutjepiepen – nachdem ich schon nach sechs Wochen in einem Laufstuhl, welcher aussieht wie diejenigen, in denen die kleinen Kinder das Laufen lernen, nachdem ich also wieder richtig neu das Laufen angefangen hatte, schob ich mich in die Stuben der alten Weibleins, die so um die siebzig waren und lebensmüde jammerten, und spielte ihnen auf der Mundharmonika vor „Freut euch des Lebens".

Als mein Professor mal wieder Professoren und Studenten aus Berlin da hatte und sich vor ihnen mächtig aufplusterte mit seiner Kunst, da hörte ich doch, wie er sagte: „Na, der Alte fühlt sich aber auch, als wenn er das alles ganz allein so aus dem Handgelenk vollbracht hätte!" Da meldete ich mich zum Wort und sagte: „Wir wollen uns den Ruhm teilen, Herr Professor! Nämlich, Sie sollen sich ruhig weiter fühlen, als hätten Sie das alles allein aus dem Handgelenk geschafft. Und ich, ich will mich weiter so fühlen, als hätte ich es allein aus dem Beingelenk geschafft!"

Als meine Kinder mich dann abholten vom Krankenhaus in Cottbus und ich saß schon im Wagen, da kam doch die Oberschwester angerannt und sagte: „Vater Grambauer, Sie müssen noch mal aussteigen, da sind noch Professoren aus Berlin gekommen. Sie sollen nämlich gefilmt werden, denn die Geschichte mit Ihrem Bein ist ein reines Wunder!"

Ich dachte mir auch weiter nichts, denn warum sollte ich nicht ein Film-

wunder werden, Hans Albers und Charlie Chaplin haben ja auch klein angefangen. Nur sollte ich ein ganz besonderer Filmhengst werden. Nämlich, sie zogen mich splitterfasernackigt aus, und dann mußte ich ein paarmal ohne Stock durch den ganzen Saal gehen, und alle Ärzte und Schwestern und Studenten beguckten mich beim Wandern von vorn und hinten. Und das war mir nun doch etwas schenierlich, das von vorn, meine ich, wegen der Damen. Und auch wegen der Gedanken über die Aufführung meines Films. Sie haben mich dann zwar an den Universitäten verschiedener Städte aufgeführt, aber ich habe mich niemalen angesehen. Auch der alte Sanitätsrat, der meine erste Frage und die Frage meines Sohnes nach dem Schaden, den ich mir beim Fall zugezogen hatte, so schön daneben beurteilt hatte, nämlich daß er mir einen Oberschenkelhalsbruch massierte und massieren ließ, obwohl er das doch lange studiert und mehr als vierzig Jahre praktiziert hatte, also der interessierte sich nicht für meinen Fall, der ging mir nachher, als ich aus dem Krankenhaus zurück war, immer aus dem Wege, wenn er mich ankommen sah. Er vermutete wohl, ich würde ihn aufklären wollen, und das war ihm anscheinend peinlich. Die Doktoren, vor denen der Mensch kein Geheimnis hat, die haben eben ein großes Zartgefühl. Bei meinem alten Sanitätsrat war es so stark, daß er die Rechnung über die doppelte Untersuchung meines Beinbruchs und die Verordnung der Massage an der Bruchstelle jetzt, da er wußte, es war mit mir was Größeres los gewesen als eine Prellung, also daß er da auch seine Rechnung heraufsetzte. Und doch immer versuchte, davonzulaufen, wenn er meiner ansichtig wurde. Er wollte sich, nehme ich an, meiner Dankesversicherung entziehen. Na, einmal habe ich ihn aber doch eingeholt und im Vorbeigehen gesagt, er möchte mir nicht böse sein, den Schnelläufer hätte seine schmutzige Konkurrenz aus mir gemacht!
Im nächsten Jahr ist er gestorben und war doch nur lächerliche fündundsechzig Jahre alt. Vielleicht hat er sich meinen Fall so zu Herzen genommen.

Ziffer 11

Du sollst – du sollst nicht – was ist das?

Im Krankenhaus, als ich da so mit „Hoch das Bein“ angebunden lag, da war mir das Leben durchaus nicht so spaßig vorgekommen wie nachher, als ich wieder auf Draht war und eigentlich besser laufen konnte als vor meinem Sturz. Damals also, bei dem stillen Liegen, da ist mir das Nachdenken gekommen über den Sinn des Lebens, ob es sich überhaupt lohnt, so viel Gewese darum zu machen. Denn nun war ich eigentlich alt genug geworden in meinem Leben, welches nicht nur äußerlich auf und ab gegangen war, sondern auch inwendig, daß sich mir der ganze Sinn des Betriebes hätte offenbaren können. Da ich es bei kleinem gelernt hatte, meine Augen so weit aus meinem Kopfe zu stellen wie gewisse fremde Fische, gebrauchte ich in den späteren Jahren diese Stielaugen nicht mehr in Neugier auf das Tun anderer Menschen, sondern dazu, mich selbst aus einiger Entfernung anzusehen. Denn es ist nun mal an dem, daß der Mensch sich deshalb nicht richtig erkennt, weil er sich immer aus zu naher Nähe beschaut. Ich wußte zum Beispiel, daß gelegentlich Dreckspritzer auf mein Inwendiges gefallen waren, aber glaubt mir, ich konnte sie so dicht bei nicht als solche erkennen. Und so nahm ich in meinem Gefühl an, sie sind durch die lange Dauer meines Lebens wohl getrocknet und durch die dauernde Arbeit meines Leibes zerbröckelt und bis auf die grauen Spuren wieder abgefallen.

Fürwahr, dieses glaubte ich und war froh. Wissen aber konnte ich es nicht. Das ist es ja eben, meine ich, daß wir alle diese Dinge vom Menschen und dem Sinn des Lebens nicht wissen können, sondern nur glauben. Und daß darum der Glaube selig macht, nicht das Wissen. Ich glaube also, daß alles, was ich über den Sinn des Lebens gehört und gelesen habe, nur Glaubensbekenntnisse gewesen sind von Menschen, demnach Ansichten, welche von Menschen an das Leben herangetragen wurden: von hundert oder tausend Menschen ebenso viele Lebenssinne an das eine Leben. Wohingegen der wahre Sinn des Lebens nur einmal dasein kann und vom Leben an die Menschheit herangetragen wird.

Es wird manchem ein weniges sonderbarlich erscheinen, wenn ich nun auf meine alten Tage mehrere Sätze so daherrede, als hätte ich einen Pastor verschluckt. Es ist nicht so und wäre auch ein despektierlicher Vergleich, und außerdem habe ich auch immer den direkten Verkehr mit seinem Chef vorgezogen. Es liegt wohl so mehr an den Jahren, daß ich nun ein weniges orgele. Doch auch das ist ein unziemlicher Vergleich, denn meine Sprüche tönen nicht wie aus einer Kirchenorgel, und wenn sie dennoch ein wenig schnaufen, so kommt das eben auch nur vom Alter des Instrumentes, nämlich daß der Balgen oder die Pfeifen Nebenluft gekriegt haben. Wenn es nicht richtiger ist, von meinem Instrument höchstens als von einem wurmstichigen Harmonium zu reden oder geradezu von einem alten Leierkasten. Welches schon insofern das Richtige sein dürfte, als ich auf meiner Walze nun zwar einige Choräle mehr stecken habe als früher, aber noch immer von früher auch ein paar fröhliche Lieder von kleinen Mädchen und eine deftige Bauernpolka.

Es ist mir also aufgegangen, daß kein sterblicher Mensch imstande sein kann, die Frage nach dem Sinn des Lebens richtig zu beantworten. Denn es gibt einstweilen überall bloß einen für alle zurechtgemachten Sinn des kirchlichen Lebens, einen für alle zurechtgemachten Sinn des staatlichen Lebens, und es gibt allgemeine Gesetze für das Inwendige des einzelnen, die aber für alle gelten sollen, und die fordern Redlichkeit, Nachbarlichkeit, Menschenliebe, Opferwillen und so weiter. Mit dem Sinn des Lebens aber hat das nichts zu tun. Was sie meinen, ist bloß der Sinn des Zusammenlebens.
Der rechte Sinn des Lebens ist, so meine ich, in allem Leben. Aber nicht als der gebietende Herr, als ewiger Geist oder großer Zauberer oder strenger Richter, sondern als ein einfacher, kleiner Keim des Gefühls vom Guten und Schönen, gar nicht sichtbarlich unserm Auge. Und wie der Mensch durch zuträgliche Nahrung und Betreuung seinen Leib pflegen und solchermaßen das zum Wachsen und Reifen bringen kann, was er für gewöhnlich sein Leben nennt, so kann er durch zuträgliche Ernährung und Betreuung auch seine Seele pflegen und somit das wachsen und reifen lassen, was er Gott nennt, was ich für mich den Sinn des Lebens benennen möchte: das selige Gefühl, Gott in sich zu tragen, zu nähren und zu gebären! Dieweilen Gott nur ein einziges Tun haben kann, nämlich das Gute, und nur ein einziges Aussehen haben kann, nämlich das Schöne. Und hat im Menschen nur einen einzigen Weg, nämlich die Freiwilligkeit, Gerechtigkeit zu bringen in irdische Dinge. Diese aber führt zur Erlösung vom Leiden.
Bloß, den Leib päppelt der Mensch und pflegt ihn und wäscht ihn täglich und zieht ihm wenigstens jeden Sonntag ein reines Hemd an; mit der Seele ist es nicht so. Die sieht ja keiner, denkt er, und es genügt ihm, ihr alle Jahre einmal, etwa am Heiligenabend, das reine Hemd anzuziehen. Dabei ist seine Seele sichtbarer als sein Leib und wertvoller für ihn und sein Fortkommen.
Meine Freunde, glaubt einem alten Bauern: Der Weg zum Sinn des Lebens ist so einfach und schön wie ein Wiesenpfad oder ein stiller Feldweg. Wohingegen die Kunststraßen an ihm vorbeiführen, wie sie an den Äckern vorbeiführen und nicht zu ihnen hin. Denn sie verbinden die Städte und die Menschenansammlungen, nicht die Felder und die Menschen.
In dem, was wir Leben nennen, scheint mir das nun so zu sein: Die Kirchen müssen wohl Gesetze erlassen, da sie ja Gemeinden sind und das gemeinschaftliche Kirchenleben zu regeln haben; vielleicht müssen sie darüber hinaus auch Gebote haben, um mit „Du sollst – Du sollst nicht – Was ist das?" den Verkehr mit einem für alle zurechtgemachten Herrgott zu regeln. Aber ihr Fehler scheint mir zu sein, daß sie auch den Weg dorthin ein für allemal und für jeden festsetzen. Allerdings mit Vorfahrtsrecht für die Großmächtigen. Sie lehren Regeln und taufen die Menschen nach Regeln und

sagen dann: Nun gehörst du zur Gemeinschaft der Gotteskinder und hast Anspruch auf seine Gnade und auf Erlösung! Worauf der Getaufte sich nicht weiter zu inkommodieren braucht, denn wozu? Er ist Gott ja in die Nähe gerückt worden, oder doch einem Bild von ihm, und er denkt gar nicht daran und weiß wohl auch nicht, wie er das nun machen soll: als kleiner, duckmäuserischer Erdenwurm in einem allmächtigen Gott zu leben, so, daß es demselben wohlgefällig ist! Welches auch, so meine ich, gar nicht geht. Nämlich, der Mensch soll sich nicht von Gott nähren, welchen Menschen gemacht haben, und soll nichts Gutes tun, weil Gott es in Geboten fordert, welche auch die Menschen gemacht haben, sondern er soll Gutes aus Freiwilligkeit tun und soll solches schön finden aus Eigenem und soll so seinen Gott in sich selbst entdecken und wachsen lassen und in Freudigkeit fühlen, daß er in ihm und von ihm und durch ihn lebt. Ich meine, das ist der große Unterschied.
Ein Ähnliches denke ich mir auch als den Sinn und das Tun des Lebens im Staatlichen, im Volk. Und auch im einzelnen Menschen. Und so will ich mich bemühen, es einfach und deutlich hinzuschreiben:

Der Sinn des Lebens ist nicht, der Freude zu entsagen;
der Sinn des Lebens ist nicht, das Leid zu suchen und mitzuleiden;
der Sinn des Lebens ist nicht das Luderleben der Herren;
der Sinn des Lebens ist nicht das Hungerleben der Knechte;
der Sinn des Lebens ist nicht der Zwang zur Arbeit;
der Sinn des Lebens ist überhaupt nicht Herrschen und Dienen;
der Sinn des Lebens ist ganz einfach der Dienst an der Dauer des Lebens.

Für den Menschen aber heißt das: Bedeutung und Erhaltung des Lebenswillens, was einzig und allein geschehen kann durch die große Freiwilligkeit zum Mitleben und zum Weiterleben!
Meine Freunde, Freiwilligkeit ist immer gut, denn sie will handeln und immer mit denen sein, deren Leben geringer und schwerer ist als das eigene. Die große Freiwilligkeit kennt daher keine Lust zu befehlen und keinen Zwang zu gehorchen, sie erfüllt den Menschen und macht ihn eins mit seinen Mitmenschen, mit seinem Volk, mit dem Leben überhaupt. Die große, freudige Freiwilligkeit muß ein jeglicher als den tätigen Sinn des Lebens in sich selbst fühlen und muß den Mut haben, ihr zu leben und so den Sinn seines eigenen Lebens zu erfüllen, ohne die anderen in ihrem oft noch andern Lebenssinn zu stören. Bis sie von selber hinschauen zu dem freundlichen Nachbarn. Das ist es. Denn nur in einem freiwilligen Tun wohnt das Gute, ist Gott.

Als ich anfing, so zu leben, war es nicht immer leicht und manchmal auch befremdlich. Später tat es mir wohl. Dann tat es den anderen wohl, und sie nannten es Humor. Dann nannten sie es Güte. Dann sagten sie: Er ist fromm! Und sie meinten damit: Weil er lustig ist oder gütig oder fromm, darum tut er den andern Gutes! Es ist umgekehrt: Durch die freundliche Freiwilligkeit des Tuns wurde ich erst ehrlich fröhlich und vielleicht auch fromm! Und wenn ich nun frage: „Lohnt es sich, lohnt es sich nicht?", so will ich freudig bekennen: „Ja, es lohnt sich!" Denn auf die Freudigkeit kommt es an, sie erst ist das Kennzeichen der großen und echten Freiwilligkeit. Ich schrieb es hin in diesem Buch: Es ist alles eitel, und die Vögel singen weiter! Das will meinen: Es ist alles vergänglich, was körperlich unser Leben mit Erfolg und Stolz bedeutet, und weil das Leben ewig ist, kann sein Sinn mit körperlichen Organen nicht erfaßt werden; ewig aber ist das Gefühl der Freude am Leben, wie es der Gesang der Vögel verkündet, das Rauschen der Wälder und großen Ströme, das Lachen der Kinder; wir nehmen es beseligt auf und tragen es weiter mit einem unkörperlichen Organ, mit der Seele. Und ich schrieb es auch hin in diesem Buch: Alles, was da ist, ist nur Saat oder gar nur Dünger für die Saat der Kommenden! Das aber will meinen: Auch die Kommenden sind nur wieder die Vergehenden, ein zeitliches Stückchen vom Sinn des ewigen Lebens, und sie haben einst nur weiterzugeben, was sie durch uns empfingen: ihre Aufgabe und ihres Lebens Sinn – Saat zu sein oder Dünger.

Aber die Vögel singen weiter. Des sind wir fröhlich. Der Mensch, der eine Lerche richtig und in Freude hört, hört mehr als einen Vogel; er wird gern anderen Menschen helfen, daß auch sie teilhaben können des wunderlichen Frohgefühls, welches die große Freiwilligkeit des Miterlebens, des Mitstrebens und des Mithelfens hervorbringt.

Dieses scheint mir die beste Deutung vom Sinn des Lebens zu sein. Und wenn ich Kaiser wäre oder Papst oder ein anderer Mächtiger – aber da seht ihr es, wie leicht sogar ein guter Glaube wie der von der großen und freudigen Freiwilligkeit noch angetan ist, aus einem schönen Bekenntnis für uns selbst ein Gebot für andere zu machen. Das kommt von der Unvollkommenheit des Lebens, welche leider auch singende Vögel nicht verschont. Wie heißt es in dem Vers:

> Siehe, manch bunter Vogel sang,
> Bald danach hat ihn der Habicht gefressen.

Aber es heißt zu unserer Freude auch weiter:

> Singende Habichte hat, ihm sei Dank,
> Gott bei der Schöpfung zu machen vergessen.

Ziffer 12

Die Uhr sagt zum letzten Male an

Die Uhr sagt immer an, fünf Minuten, bevor die Klock voll schlägt. Meine Lebensuhr, die sagte auch öfter an, und diesmal habe ich es ganz deutlich gehört. Vielleicht deshalb, weil ich es nicht hören werde, wenn sie nun voll schlägt. Nämlich, diesmal muß sie ja zwölf schlagen, und wenn sie zwölf geschlagen hat, dann wird sie stillstehen. Und nachher werde ich nicht mehr sagen können, ob ich es gehört habe. Und was. Darum sage ich jetzt, wie diese letzten Minuten vor dem letzten Schlagen wahrscheinlich sind.
Meine Lieben, es ist nach meinem Dafürhalten mit dem Leben nicht so, wie es die Dichter und Prediger gern sagen. Nämlich daß des Menschen Lebenslauf ist wie ein Weg, welcher über einen Berg geht, der in der Mitte des Weges liegt, so um die Jahre fünfzig, und daß sich der Weg dann wieder bergab neigt, bei dem einen steiler und schneller und bei dem andern langsamer. Nein, so ist es nicht.
Es ist vielmehr für alle so, wie es schon im Leben für Menschen ist, welche aus der Ebene sind und aus dem Bruch. Nämlich daß da überhaupt kein richtiger Weg ist, höchstens ein Pfad im Gras oder ein Feldweg auf dem Acker. Und es sind keine Wegweiser da und sagen an: dahin soundso viel Kilometer, dorthin soundso viel Meilen. Nein, davon ist nichts da!
Es ist mit dem Lebensweg so, daß du gehen mußt in deinem Drange, und sollst dir aus deinem Inwendigen heraus des rechten Weges bewußt sein. Und wirst dennoch hin und wieder von deinem Wege abkommen, und wirst einen andern Weg finden und glauben, es ist derselbe, oder glauben, das ist erst der rechte. Und es macht auch nichts aus und ist auch im Grunde immer wieder derselbe Weg, und sind alle gesegnet und führen die gleiche Straße und gehen durch das eine Leben, welches köstlich war, wenn es voll freudiger Freiwilligkeit gewesen ist, trotz Mühe und Arbeit. Ja, dann erst recht! Und fährt schnell dahin, als flöge es davon. Und der Mensch ist niemals am Ziel, und wird er auch neunzig und hundert Jahre alt.
Meine Augen sind klar und scharf geblieben, und ich habe in mich hineingesehen und umher und in die Nähe und Ferne. Und ich habe gefunden, daß man besser sieht, wenn man die Augen ein wenig zukneift. In der Jugend, da reißt man die Augen eher zu weit auf, dann kann man nicht genug sehen und sieht doch weniger als der, welcher hin und wieder wenigstens ein Auge zudrückt. Es ist seltsamlich, aber es ist so: Alles wird klarer und runder und schöner im Leben, wenn man öfter mal ein Auge zudrückt.

So weit ich nun auch gegangen bin, ich kann nicht sagen, ich bin am Ziel. Denn unser Ziel liegt nicht auf Erden, immer nur unser Weg. An ihm sollen für alle, die recht beschaffen und treu ihrem Lebenssinne sind, Kornfelder stehen und sollen ihnen Brot geben.
Und es sollen Blumen im Korn stehen.
Und auf den Wiesen sollen nicht bloß Kühe gehen, sondern auch Hasen und Rebhühner.
Und es sollen Wälder dastehen, und die sollen nicht bloß aus Holz sein, sondern sollen aus Bäumen sein.
Und es sollen nicht bloß Lerchen und Nachtigallen singen, sondern auch Käuzchen und Krähen schreien, denn der Herr hat sie alle gemacht.
Und wenn die Menschen sich rasten wollen und zurücksehen, dann sollen sie keinen Tag missen wollen.
Und die Sonne soll scheinen, und der Mond und die Sterne sollen ihnen leuchten. Und heller noch ihr große Freiwilligkeit zum Leben und Mitleben.
Aber zu dem Berg, der nicht da ist auf dem Lebensweg, dazu muß ich noch etwas sagen. Der Mensch, welcher älter wird und alt, geht einfach immer weiter über eine ebene Fläche. Bloß, sie ist verwandelt vor seinem Blick und wandelt sich weiter. Aber hinten steht nicht ein düsterer Wald, der seine Schritte umfangen will, wie manche es wohl denken; es steht hinten auch nicht, wie die glauben, welche von einem Bergab reden, ein dunkles Tor. Nein, es steht vor ihnen und um sie herum nur die Weite der Ebene, als eine große Gnade, und es ist ein Wunder der Natur.
Dieses ist so: Der Mensch geht weiter in sein Alter hinein und weiter in seinem Leben. Und da merkt er bei kleinem, wie er eigentlich immer weniger sieht und wie er immer weniger hört. Und er kann gleich wie ich ein scharfes Auge haben und einem Bussard sein Schwanzmuster erkennen und ein leises Ohr kann er haben, daß er einen Fisch sprechen hört, er wird doch des Wunders gewahr! Es ist, als wäre gnädig ein Sieb um einen gestellt, und es muß nun alles Grobe und Laute und Überflüssige fernbleiben, was Menschen in Worten und Taten an Menschen herantragen. Und es ist so, daß Ohr und Auge dennoch immer schärfer werden und vernehmen hundert und tausend feinere Dinge, welche der Mensch nicht vernimmt, solange er rennt und seine Begierden rennen in ihm.
Dermaßen ausgerüstet, schreitet der alte Mensch seinen Weg durch die Ebene, die rund um ihn ist, und ist vor ihm so weit entfernt mit ihrem Ende wie hinter ihm und ihrem Anfang und an seinen Seiten mit ihren Grenzen. Und er kann weitergehen, oder er kann stillstehen, er wird es immer wieder schauen: nämlich die Menschen und Tiere und die Bäume und gar auch die

Wolken – alles verliert seine harten Umrisse und wird weicher und lieblicher.
Und auch das Allerherrlichste wird er schauen, daß alles, was er sieht, in seiner Gestalt abgeht von dem Aufrechten und geht immer mehr in die Breite und Weite. Ganz langsam zieht sich alles auseinander, das Astwerk von einer mächtigen Eiche ebenso wie ein Kirchturm oder eine Abendwolke. Alles will gleichsam in Richtung kommen mit der Ebene, will sich der Erde zubreiten. Aber nicht mit Niederbeugen, o nein, es ist so, als wollten alle Dinge niederknien, und haben dabei doch den Kopf hoch und nur die Arme weit gestreckt.
Und je weiter du gehst und bist voll Frieden, um so mehr bleiben die Menschen und Dinge zurück, welche du in deinen letzten Lebensjahren getroffen hast. Sie entweichen deinem Blick, und die letzten sind schließlich nur Schatten. Um so mehr aber kommen aus demselben bläulichen Schimmer Menschen und Tiere und Häuser, welche lange schon vergangen waren. Und sie werden immer deutlicher, je weiter sie zurückliegen in deiner Kindheit. Du kannst wieder mit ihnen reden und wirst es nicht gewahr, daß sie sechzig, siebenzig und achtzig Jahre hinter dir im Dunkeln gewesen sind oder über dir im Licht, daß du sie nicht sehen konntest, und du hast dich ihrer nicht mal erinnert. Nun aber gehst du mit jedem Tag mehr unter ihnen, und wenn die Menschen, welche in Wirklichkeit noch mit dir leben, im Häuslichen und auf der Straße, wenn die sagen: „Der Alte ist ja so still geworden!“, so laß sie denken, es kommt vom Alter, und daß deine Sinne schwach geworden sind und du wenig Anteil nimmst an ihrem Begehren. Denn nähmest du auch noch soviel Anteil daran, es werden noch immer deutlicher jene um dich treten, die vergangen sind. Und immer deutlicher, je länger es her ist.
Und der weite Himmel über der Ebene färbt sich langsam wie im Abendrot, und alle Menschen und Bäume und Dinge färben sich mit. Aber nicht so, daß sie auflodernd erglühen wie ein Feuer oder eine Glut, o nein. Sie haben nur alle vergoldete Ränder und leuchten aus ihrem eigenen Kern, als brenne hinter jedem ein anderer Stern.
Und die Menschen, die, ihres Alters froh, so über die Ebene gehen wie ich, die legen sich schießlich wohl ins Gras, das voller Blumen ist. Aber nicht, daß sie schlafen wollen vor Ermattung. Oder gar sterben vor Gleichgültigkeit. Sie liegen auf dem Rücken und sehen nach oben, wie Wanderer es tun, wenn sie zwar körperlich ein weniges müde sind, aber ihr Herz voll ist voll Wohlgefallen an der Schöpfung.
Meine Lieben, ich glaube, es wird so ausgehen: Wenn ich mich einmal lang ins Bruch lege und sehe den Himmel an,dann wird er sich langsam näher und näher zu mir senken. Vielleicht daß ich mich dann sehe, wie ich in der Wiege

lag und meine Mutter lag im Bett und langte daraus und schaukelte mich sanft. Und wenn der Himmel dann auf mir liegt, dann werde ich, glaubt es mir, nicht das Gefühl haben, daß er mich erdrückt. Nein, dann wird er wie ein warmer Hauch mich umfangen und wird sich tiefer senken und tiefer, und er wird in die Erde sinken und nicht ich, denn ich werde durch ihn hindurchgehen und eben noch ganz von ferne hören, wie es zwölf schlägt. Dann werde ich lächelnd in meines Schöpfers gütiges Antlitz sehen und ihm das von meinem Leben, mit welchem ich den Menschen nicht mehr nützlich sein kann, zurückreichen nach seinem Sinn. Und er wird es weitergeben an die Herzen und Hände der Arbeitenden, die nach mir kommen, an das Ei des Vogels, an die Blüte eines Baumes, an das Korn auf dem Felde, an die Ewigkeit.

Kann sein, daß die zwölf Schläge dann wirklich klingen wie Totenglocken. Bei mir sagen sie dann wohl: „Zwibbel – Meiran – saure Gurken." Kann sein, daß die zwölf Schläge klingen wie das Schlagen einer Standuhr. Bei mir ruft sie dann wohl zum letzten Male: „Kuckuck!" Kann aber auch sein, und dieses erahne ich in beinaher Gewißheit: daß die zwölf Schläge klingen wie überirdische Musik. Das wird für den einen eine große Orgel sein, für den andern eine Marschkapelle, für den dritten Pauken und Zimbeln und Halleluja-Singen aus tausend Engelskehlen.

Für mich wird diese ferne Musik von einer einzigen Harfe kommen. Nicht von der, welche dort oben viele haben und welche uns' Mudding in diesem Augenblick wegstellt. Nein, die Musik wird kommen von ihren krummen, verarbeiteten Fingern, welche sie in Freude gegen mich hebt, die werden im strömenden Odem der Ewigkeit lauter und schöner klingen als alle himmlischen Saiten, und aus ihren Vergißmeinnicht wird mich ein Leuchten umfassen, das mich den Himmel zuerst gar nicht sehen läßt, und ich werde bloß ein einziges Wort hören, und dasselbe wird lauten: *„Endlich!"*

ZUR NEUAUSGABE DIESES BUCHES

Ein Buch, in dem der Verfasser und seine Menschen einfach und klar ihre Meinungen über das Leben bekennen, bedarf eigentlich keines Nachwortes. Da es sich aber um ein älteres Werk handelt, das in einigen Kapiteln Veränderungen aufweist, ist der Wunsch des Verlages zu verstehen, dem Neuerscheinen des Buches einige Worte beizugeben.

Habent sua fata libelli – Bücher haben ihre Schicksale. Richtiger wäre das vielverwendete, doch wenig beachtete Wort ungekürzt zu zitieren, so wie der alte lateinische Grammatiker Terentianus Maurus es in einem Lehrgedicht niederschrieb: Pro captu lectoris habent sua fata libelli! Wie die Leser (Lektoren) sie gerade auffassen, haben Bücher ihre Schicksale.

„Die Lebensuhr des Gottlieb Grambauer“, das dritte der Kummerow-Bücher, ist in großen Auflagen erschienen, und die Hunderttausende von Lesern, die in den Alltagsweisheiten eines alten Bauern Rat suchten und in seiner lächelnden Güte Trost fanden, sind die besten Nachwortschreiber und Nachredner. Die Kummerow-Bücher kommen jedoch nicht mehr in dem Verlag heraus, der sie zuerst brachte, und zwischen der ersten Ausgabe und dieser liegen Jahrzehnte. Jahrzehnte, die nicht nur Deutschland, sondern eine ganze Welt veränderten. Fraglos veränderten sich auch die meisten Menschen, die durch die Zeit des Grauens hindurchgehen mußten.

Es ist somit nur natürlich, wenn durch solche Ereignisse auch die literarischen Darstellungen vergangener Epochen und der Kräfte, die sie bewegten, eine Korrektur erfahren. Viele Schriftsteller der Weltliteratur haben denn auch ihre Bücher im Laufe der Jahre des öfteren revidiert, und zwar nicht allein, weil der Zensor in ihnen gewühlt hatte, sondern aus der Vertiefung ihrer Einsicht in das Leben der Menschen und deren Zeit. Goethe hat für literarische Werke diese historische Revision von Voraussetzungen und Folgerungen gefordert. Er schrieb: „Eine solche Notwendigkeit entsteht aber nicht etwa daher, weil viel Geschehenes nachentdeckt worden, sondern weil neue Ansichten gegeben werden; weil der Genosse einer fortschreitenden Zeit auf Standpunkte geführt wird, von welchen sich das Vergangene auf eine neue Weise überschauen und beurteilen läßt."

Die Veränderungen in einigen Kapiteln der neuen Ausgabe der „Lebensuhr des Gottlieb Grambauer" haben jedoch auch noch andere Ursachen. Das ursprüngliche Manuskript der ersten Ausgabe beschloß die Aufzeichnungen des alten Grambauer mit dem Jahre 1932, dem Ende der Weimarer Zeit. Da der Verfasser in Schutzhaft gesessen, sich nach seiner Entlassung in den Spreewald zurückgezogen und nach dem Schreibverbot erst 1937 wieder die Genehmigung zum Schreiben „unpolitischer Bücher" erhalten hatte, glaubte der damalige Verlag, sich zu sichern, wenn er das Manuskript vor dem Druck den zuständigen Stellen zur Genehmigung vorlegte. Und als der Autor sich gegen die nunmehr erhobene Forderung, der Lebensbericht des Gottlieb Grambauer sei bis in die Zeit nach 1933 weiterzuführen, sträubte, ließ der Verlag die gewünschten Änderungen durch einen seiner Lektoren ausarbeiten. Zweifellos glaubte er so handeln zu müssen, um den Verfasser des Buches vor neuen Verfolgungen zu bewahren, wie sie aus einer Weigerung entstehen mußten. Bruno H. Bürgel, Hans Fallada und anderen nicht emigrierten Schriftstellern ist es damals ebenso ergangen. Sie wurden dadurch in eine Lage gedrängt, gegen die sie nicht protestieren konnten. Und wenn sie es, ebenso wie der Verfasser dieses Buches, in den Jahren nach 1945 unterließen, diesen Sachverhalt öffentlich bekanntzugeben, so nur, um nicht Menschen bloßzustellen, die in dem Wunsche, gefährdeten Autoren zu helfen, in jener Zeit so gehandelt hatten, aber seither aus Überzeugung für das neue Deutschland arbeiteten.

In der neuen Ausgabe der „Lebensuhr des Gottlieb Grambauer" sind also die von Lektoren des ersten Verlages für notwendig erachteten Frisuren und kleinen Einschiebsel weggefallen. Es handelte sich in der Hauptsache um eine Weiterführung der ablehnenden Haltung des alten Bauern und der anderen Altrentner gegenüber der Regierung der Notverordnungen zu gelegentlichen Hoffnungen auf das neue Regime und den „starken Mann" – zu jenen kleinbürgerlichen Hoffnungen, wie sie nach der Reichstagswahl im März 1933 für weite Kreise des deutschen Volkes typisch waren. Diese Stellen hätten daher als Zeitmerkmale auch in der Neuausgabe stehenbleiben können, zumal sie durch die Haltung Gottlieb Grambauers selbst genügend widerlegt werden; der Autor hat davon abgesehen, da sie eben fremde Zutaten waren. Es wurden dafür Abschnitte aus den Aufzeichnungen des alten Bauern eingefügt, die in dem ersten Manuskript nicht enthalten waren. Dieser Teil der Tagebücher soll einmal als zweiter Band der „Lebensuhr" erscheinen, mit dem Titel „Das

Vermächtnis des Gottlieb Grambauer" oder „Begegnungen mit Menschen, Tieren und Gott", unter welcher Überschrift der Alte sie hinterließ. Denn der Gottlieb Grambauer des Buches ist keine erfundene Romangestalt, geschaffen für die Stunden nach Feierabend oder für den Sonntag; er war ein Mensch des arbeitenden Alltags, wenn auch kein alltäglicher Mensch.
Und so kreisen nun wieder die handgeschmiedeten, verschnörkelten Zeiger der „Lebensuhr" über das barocke Zifferblatt, das die unveränderte ehrwürdige Gestalt des Gottlieb Grambauer und sein gütig lächelndes Gesicht zeigt, so wie es seinem Urbild im Leben und in seinen Bekenntnissen eigen war. Gestalt und Gesicht nur eines alten Bauern, der es mit neunzig Jahren unternahm, in heiterer Gelassenheit den Mächtigen und Unmächtigen dieser Erde hinter den Brustlatz zu schauen und mit weisen Kuckucksrufen zu sagen, was die Stunde geschlagen hat, und der in seiner „Beichte eines einfältigen Herzens" auch die eigene Brust davon nicht ausnahm. Denen aber, die in sich nur das Gefühl ihrer Unfehlbarkeit hegen, gäbe der alte Heide und Bibelfreund lächelnd die Antwort: „Johannes 8, Vers 7: Wer unter euch ohne Sünde ist, der werfe den ersten Stein!" Worauf er allerdings – guter Menschenkenner, der er war – den Arm schützend vor das Gesicht legen würde. *E. W.*